前世今生话词牌

——唐宋词演义

周伟励

作家出版社

目录

开篇：风流的岁月 / 001

菩萨蛮 / 013
更漏子 / 022
杨柳枝 / 028
女冠子 / 034
忆江南 / 042
浪淘沙 / 050
清平乐 / 057
浣溪沙 / 067
江城子 / 073
采桑子 / 079
何满子 / 086
临江仙 / 091
虞美人 / 100
渔　父 / 107
木兰花 / 114
忆秦娥 / 121
蝶恋花 / 128
踏莎行 / 15
破阵子 / 146
西江月 / 158
渔家傲 / 170
鹊桥仙 / 183

鹧鸪天 / 193
卜算子 / 206
如梦令 / 219
南乡子 / 229
诉衷情 / 240
点绛唇 / 251
阮郎归 / 264
醉花阴 / 275
青玉案 / 288
念奴娇 / 298
满江红 / 309
水调歌头 / 318
贺新郎 / 329
水龙吟 / 342
摸鱼儿 / 355
雨霖铃 / 368
声声慢 / 381
永遇乐 / 394
满庭芳 / 407
望海潮 / 420
八声甘州 / 430
烛影摇红 / 443
兰陵王 / 455
沁园春 / 466
跋　语 / 478

开篇：风流的岁月

——公元十世纪前后中国文人的生存状态

晚唐五代无疑是一个血腥的年代，将乱世的血雨腥风转化为风流绮靡的是徜徉于“花间”流连于“尊前”的中国文人。

大唐帝国的气数差不多是在落第文人的手中折腾完的。公元八八一年，落第后曾经怨气“冲天”地写下“待到秋来九月八，我花开后百花杀。冲天香阵透长安，满城尽带黄金甲”（《不第后赋菊》）这样一首“反诗”的冲天大将军黄巢带兵攻入长安，把曾经产生过唐太宗武则天李太白杜子美的光焰万丈不可一世的唐王朝冲了个稀巴烂，虽然距公元九〇七年朱温灭唐还有二十七年的光景，可明眼人都清楚，大唐帝国在那个时候就画上了句号。

另一个落第文人用香艳绮靡的形式与格调取代了大气磅礴气象万千的唐诗的辉煌。温庭筠是词史上当仁不让的第一位大家。在温氏之前也不乏人作词，如李白、刘禹锡、白居易等，但大多只是偶尔为之，唯有温氏全力经营，使之蔚为大观，成为真正具有独立美学价值的文学新样式。

面目丑陋的温庭筠偏偏是个喜欢在风月场中厮混的风流才子，他的生存方式与晚唐风雨飘摇的景况形成了令人触目惊心的反差。也许是政治的黑暗与社会的颓败更容易使人产生及时行乐的作为，屡试不第的温庭筠终日与美人醇酒为伴，在风光旖旎的温柔乡中抚平功业未建壮志难酬的创痛，销蚀放浪形骸的肉体与灵魂。他喜欢美丽的女人，他笔下的女子是何等的明艳照人，令人心旌摇荡：“小山重叠金明灭，鬓云欲度香腮雪。”（《菩萨蛮》）这首列于《花间集》卷首的温氏代表作所描写的就是一种“温庭筠式的美丽”。这是一种秾艳的美、妆饰的美，一种雍容华贵流光溢彩的美，虽然略显繁复，然并不使人觉得腻味与俗气；也许有人不喜欢，但却自有其美学上的存在价值，能把一种美丽写到如此境界，不能不说是一种大本事。

叉八次手就能吟成八韵的才华横溢的温八叉居然是个科场考试的失败者，当然也是个仕途上的失败者，然而他却是个欢场上的得意者！深情绵邈的温飞卿将他的绝世才华和至情至性完全倾注在他所熟悉所爱怜的众多女子身上："梳洗罢，独倚望江楼。过尽千帆皆不是，斜晖脉脉水悠悠，肠断白蘋洲。"（《梦江南》）"独倚望江楼"的"青楼女"是温氏作品中永恒的主人公，温庭筠用绮丽繁密的笔调描写她们，描写她们的容貌、她们的体态、她们的心理、她们的服饰、她们所居处的环境。她们的形象斑斓而又鲜艳，闪动着金玉与锦绣般的光华。她们是一群憧憬爱情而又被爱情折磨的人，相思断肠念远盼归是她们日复一日的功课，她们被珠翠钗钿胭脂粉黛深深庭院重重帘帷层层包裹，为春花秋月伤心，为莺啼燕语落泪。

流连欢场沉湎酒色的温庭筠简直就是晚唐五代文人风流放荡形象的一个缩影。温氏之前的杜牧自然是风流狂放得可以："落魄江湖载酒行，楚腰纤细掌中轻。十年一觉扬州梦，赢得青楼薄幸名。"（《遣怀》）纵酒狎妓是风流杜郎重要的生活内容，自然也是晚唐五代文人重要的生活内容。温氏之后的韩偓也不遑多让。韩氏之诗极写艳情，人称"香奁体"："鬓垂香颈云遮藕，粉着兰胸雪压梅"（《席上有赠》）；"扑粉更添香体滑，解衣唯见下裳红"（《昼寝》）；"春楼处子倾城，金陵狎客多情。朝云暮雨会合，罗袜绣被逢迎"（《六言三首》之一）。这等香艳腻滑的诗，与《花间集》中的艳词相比，可说是如出一辙，毫不逊"色"。晚唐五代文人似乎就是这样一群终日混迹于秦楼楚馆的风流快活的"狎客"。当然，唐代乃是一个豪迈开放的朝代，男女关系较为随意放纵，青楼狎妓实在是当时文人骚客的普遍现象，而且往往被视为一种风流雅事；狎妓冶游的内容在唐人的诗歌中所在多有、屡见不鲜，大诗人元稹、白居易等，也曾与当时的名妓薛涛过从甚密，时有诗歌唱和，可见其时世风如此。但是，晚唐五代的放荡应该说已到了病态的地步，这当然是病态的社会在文人身上的一种病态的折射。晚唐五代诗人喜欢在他们的作品中喋喋不休不厌其烦地描述香艳绮靡的情事，作品数量之多，刻绘之具体形象细腻露骨，都是前所未有的。如果把这种肆无忌惮的放荡置于晚唐五代战乱频仍兵连祸结白骨成丘血流成河的大背景下审视，则更能凸现出弥漫充溢于其时的中国文人畸形的生存状态与社会文化心态。

五代短暂，五个朝代的轮替只不过才用了五十余年的光景，国祚长者十余年，短者仅四年；而南方各国一般都有三十几年的寿命，国祚长者如吴越竟享国七十二年，因此，五代十国时期总的形势是：北方动荡，南方相对平静。于是，中国文人都跑到南方享福来了！南唐有冯延巳与中主后主等等，西蜀有韦庄、薛昭蕴、牛峤、张泌、牛希济、鹿虔扆、欧阳炯等"花间派"诸人，这些都是中国文学史上响当当的名字；而整个北方却似乎只有一个名叫和凝的家伙在苦苦撑持着，勉强挣回些许面子。

这是一个奇特的现象。公元九〇七年后的中国，北方是赳赳武夫在厮打、在角逐，杀人如麻，尸横遍野；南方是风流文人在快活、在享受，夜夜笙歌，朝朝管弦，倚红偎翠，怜香惜玉。

这是中国历史最黑暗的年代。

这是中国武人最跋扈的年代。

这是中国文人最放纵的年代。

中国文人在这一年代集体失去了知识分子应有的责任感。

在北方，中国文人少气节，重实利，明哲保身，寡廉鲜耻。有长乐老冯道者，一生事后唐、后晋、契丹、后汉、后周五朝十一主，皆居宰相、太师、中书令等高位，非但不以为耻，反而沾沾自喜，自称"长乐老"，并作《长乐老自序》，赞自己"孝于家，忠于国"云云，真是不知人间有羞耻事！这样的"长乐老""不倒翁"，从某一角度看倒有点像现代西方的职业政客，或曰"公务员"，不管"主子"如何变换，他自"岿然不动"。当然这是一个并不恰当的比方，五代并不具备产生现代公务员的条件，冯道之流也不可能具备现代公务员的意识，他们的目的只是保住自己的特权与利益，使自己“长乐”，什么国家、民族、百姓，统统到一边去。这类人物在五代并不鲜见，如上面提到的和凝，也是历仕梁、唐、晋、汉、周五代，也当到了宰相那样的大官。能同时侍候不同朝代不同姓氏不同年龄不同性情不同爱好不同品味的不同“主子”，这其实是一门极为高超的“行为艺术”，需要极为高明的“平衡”与“厚黑”的功夫。只是这类“长乐老”并不能使主子们“长乐”，更不能使老百姓“长乐”，五代在短短的五十多年间更换了五个朝代，老百姓更在频繁的政权更迭中饱尝兵燹之苦，不能说与五代文人的这种“长乐”意识毫无关系。

“‘吹皱一池春水’，干卿底事?”“未如陛下‘小楼吹彻玉笙寒’。”

南唐君臣的一问一答颇有象征意味。

就在中国北方走马灯似的改朝换代之际，中国文人在南方继续演绎着一幕幕风花雪月的故事。

被王国维称为“主观之诗人”的李后主当然是那个时代最杰出的文人，但他又不是一般意义上的文人，他的帝王身份使他种种香艳绮靡的作为有了荒谬的“合理性”——又有哪一个帝王不是泡在美人堆里过日子的呢？因此，李后主的风流不具典型意义。但是，李煜的艳词却极具时代特色：“花明月暗笼轻雾，今宵好向郎边去。刬袜步香阶，手提金缕鞋。　画堂南畔见，一向偎人颤。奴为出来难，教郎恣意怜。”（《菩萨蛮》）据说，这里叙述的是李煜与小姨子小周后私通的恋情，词写得妙极了，艺术水平是一流的，女主人公的动作举止与心理活动被刻画得丝丝入扣、鲜活灵动。但是，谁又能说得清词中的“小周后”与一般的妓女有什么分别呢？再看下面这首：“晓妆初过，沉檀轻注些儿个。向人微露丁香颗。一曲清歌，暂引樱桃破。　罗袖裛残殷色可，杯深旋被香醪涴。绣床斜凭娇无那。烂嚼红茸，笑向檀郎唾。”（《一斛珠》）这哪里像帝王的口吻，简直就是“无行文人”的狎妓之作，作品的内容、格调与其时风流绮靡的世风是完全吻合的。

偏安一隅的南唐君臣是一帮十足的享乐主义者，波涛汹涌的长江护卫着他们的征歌逐舞、醉死梦生。感谢顾闳中，他的《韩熙载夜宴图》

给我们留下了一份当时中国文人生存状态的真实的自供状。《韩熙载夜宴图》以直观的形式有力地佐证了五代文人一切声色犬马的描述。“风乍起，吹皱一池春水”，多美的句子！写下这一千古名句的南唐宰相冯延巳当然没有想到，来自北方的强劲的风，不几年后就要将南唐小朝廷这“一池春水”吹起掀天巨浪。江南的风太微弱、太绵软、太温柔、太轻盈，只能吹拂美人的罗裙与思妇心中的涟漪，吹不动黄河的浪花、中原的尘土。据载，吟出“细雨梦回鸡塞远，小楼吹彻玉笙寒”这样绝妙好词的南唐中主李璟也曾有过进取中原、一统天下之志向，这大概只是这位风流小皇帝的一厢情愿罢了，横扫六合叱咤风云的雄主胸中藏有百万甲兵，岂能容得下悲悲切切哭哭啼啼的儿女柔情。正如宋徽宗赵佶那厮，画一手工笔花鸟，写一手“瘦金”书法，不可谓不聪明，不可谓少才智，然终究是个亡国之君的料，与南唐二主都是一路货色。可见治国平天下与风花雪月儿女情长凑不到一块儿。毛泽东壮词曰：“惜秦皇汉武，略输文采；唐宗宋祖，稍逊风骚。”（《沁园春·雪》）其实，秦皇汉武唐宗宋祖不需要文采。

人人尽说江南好，游人只合江南老。春水碧于天，画船听雨眠。　　垆边人似月，皓腕凝双雪。未老莫还乡，还乡须断肠。（《菩萨蛮》）

——这就是令人心醉的江南，这就是令人销魂的江南，江南有碧绿的春水，江南有绝色的佳人……

颠沛流离的北方才子韦庄蹒跚而来，喘一口大气，擦一把热汗，抬头望一眼明净的天空，登上“绿窗人似花”的“红楼”……若干年后，他写下了五首优美的《菩萨蛮》。

江南的明丽并没有使韦庄的脚步永久留驻，他步履匆匆地继续前行，向西，向西，翻越“难于上青天”的蜀道，来到富饶而远离战乱的成都平原。

韦庄的入蜀迅速提升了西蜀的文化品位和文学地位，改变了中国文坛的总体格局——偏远的西蜀居然成为当时文学创作的中心。

中原的战乱并没有扰乱蜀国老宰相寻访“谢娘”的好兴致，西蜀的美女并不比江南佳丽有所逊色：“朱唇未动，先觉口脂香。缓揭绣衾抽皓腕，移凤枕，枕檀郎。”（《江城子》）这是典型的五代词的用语特色，这是典型的五代文人的生活方式。一切都没有改变，一切都不会改变，该风流的还是风流，该快活的还是快活——这就是五代，这就是五代文人。韦庄用他的直白与清新展现着那个时代中国文人不加掩饰的真率与丑陋。

韦庄不但是西蜀文学的开拓者，也是前蜀小朝廷典章制度的创立者。他帮助私盐贩子出身的王建创立了蜀国，可是他的功勋与贡献并没能保住他所宠爱的女人。蜀主王建强夺所爱，借口“教内人为词”，把他“资质艳丽，兼善词翰”的爱姬给抢走了：“夜夜相思更漏残，伤心明月凭栏干，想君思我锦衾寒。　咫尺画堂深似海，忆来唯把旧书看，几时携手入长安。”（《浣溪沙》）我们不能不为一位老人的执着与真挚而感动——韦庄入蜀定居时已经六十六岁。一个六七十岁的老人仍有此等少男少女的情怀与举止，这实在令人感慨。由此亦可见五代的风流是时代性的。发生在韦庄身上的故事，在那个疯狂而又放荡的时代里，很典型，也很平常。

西蜀的相对宁静吸引着急于躲避战乱的中原文人。就在韦庄入蜀的同时，牛峤与毛文锡等五代重要的词人也先后来到了成都。

西蜀的宁静和富足为五代词的充分发展提供了物质基础。以西蜀词人为主的花间派的形成是词史上划时代的事件，不仅标志着西蜀已经成为五代词创作的中心，而且还标志着词作为一个文学新形式真正走上了文学舞台。

唐朝宰相牛僧孺的后人牛峤带着浓重的女人香向我们走来，他的词作弥漫着“花间鼻祖”温庭筠的繁密与秾丽：“额黄侵腻发，臂钏透红纱。”（《女冠子》）“挑锦字，记情事，唯愿两心相似。收泪语，背灯眠，玉钗横枕边。”（《更漏子》）有的作品径写男女间的情事，相当大胆露骨：“玉楼冰簟鸳鸯锦，粉融香汗流山枕。帘外辘轳声，敛眉含笑惊。　柳阴烟漠漠，低鬓蝉钗落。须作一生拚，尽君今日欢。”（《菩萨蛮》）一夜欢情，几多缠绵缱绻，尽在其中，而“粉融”句简直就是“床上镜头”了；结句尤为干脆决绝，表现出一种情爱的“疯狂”。如此生动逼真的刻绘，非亲身经历者不能为之。牛峤的艳情与晚唐五代“风流大合唱”的主旋律是合拍的。

牛峤的侄儿牛希济心中的至爱是那一袭闪耀着青春光泽的“绿罗裙”：“语已多，情未了，回首犹重道：记得绿罗裙，处处怜芳草。”（《生查子》）这是一个发生在春天的哀婉缠绵的故事。朦胧月色下的依依惜别，一步三回头的反复叮咛，归结为极具美学意味的结尾两句：天涯何处无芳草？看到了芳草就会想起那穿着绿色罗裙的恋人；想起身穿绿罗裙的恋人，就会觉得天涯处处绿草惹人怜爱——联想与移情的运用，给人的想象力腾出了广阔的空间。牛希济的爱情故事给秾艳的花间渗进了些许清新的气息。

公平地说，花间词并不像一些人所认为的通篇都是浓得化不开的绮靡之作，像牛希济那样的清新自然的爱情故事也占有不少比例，此外还有村野渡头风光、古祠神庙遗迹以及怀古伤亡情绪的展示，甚至我们还可以倾听得到应该是整个五代的“主旋律”但却被五代词刻意消弭了的金鼓杀伐之声：“秋风紧，平碛雁行低，阵云齐。萧萧飒飒，边声四起，愁闻戍角与征鼙。　青冢北，黑山西。沙飞聚散无定，往往路人迷。铁衣冷，战马血沾蹄……”（毛文锡《甘州遍》）那是《花间集》中绝无仅有的声音！但是，我们不能否认，《花间集》的整个基调是香艳的、柔靡的，充满了男欢女爱的甜腻与暧昧，少数作品的“异端”并不能改变其“镂玉雕琼”“裁花剪叶”（欧阳炯《花间集叙》）之总体倾向。这其实是整个时代的总体倾向，是那个风流岁月知识分子的一种价值取向。不管是在南唐，还是在西蜀，或者是在北方，知识分子的生活方式与生存状态都是一样的，他们笔下所描摹的生活与所抒发的感情都是一样的，因此，我们很难分得清冯延巳、和凝或欧阳炯等之间的差别，这也就是五代词作常有作者归属张冠李戴的根本原因。

“肌骨细匀红玉软，脸波微送春心。娇羞不肯入鸳衾，兰膏光里两情深。”（《临江仙》）这是北方的和凝向我们展示的艳情，所透露出来的香艳绮靡丝毫也不比南方词人逊色。不由得令人生出无限感慨：在公元十世纪前后，中国南北文人的生存方式与审美趣味竟然达到了如此惊人的一致！这位在梁、唐、晋、汉、周五朝都能玩得转的“不倒翁”宰相看来也是个在风月场中玩得转的主儿，眠花宿柳、倚红偎翠的生涯在他的艳词中处处留下痕迹。他笔下的女子“正是破瓜年几，含情惯得人饶”（《何满子》），“脸莲红，眉柳绿，胸雪宜新浴”（《麦秀两歧》），显示出最为纯正的花间本色。和氏以擅作短歌艳曲而“名震中外”，契丹人称其为“曲子相公”。当了大官后，或觉有失体面，或恐有损声誉，于是“悔其少作”，竟将其大多焚毁，现存世仅二十多首。和凝的现象可能在花间词人中普遍存在，我们今天所能看到的这些五色斑斓的词作可能只是巨大冰山的一角，绝大部分艳词已经湮没在历史的冰海中。五代文人虽然行为放荡，但也懂得爱惜羽毛，沉溺色情展示肉欲毕竟不是什么光彩的事。

放荡不羁风流任性的薛昭蕴手舞朝笏、口中念念有词地走进我们的视野，他吟唱的是《浣溪沙》。薛氏对《浣溪沙》有特殊的偏爱，现存的十九首词作当中，《浣溪沙》就占了八首。“红蓼渡头秋正雨，印沙鸥迹自成行。整鬟飘袖野风香。”薛氏的这首《浣溪沙》基本上可以概括其作品的主要风格：既有花间特有的女人香又不失清新之气息。花间词人大多轻薄纤巧，薛昭蕴却是其中留下历史深沉思考的少数人之一。当然这种思考也是包容在香艳的形式中，带着浓重的花间痕迹：“倾国倾城恨有馀，几多红泪泣姑苏。倚风凝睇雪肌肤。　吴主山河空落日，越王宫殿半平芜。藕花菱蔓满重湖。”（《浣溪沙》）历史的沉重感与苍桑感给轻薄妩媚的花间注入了些许弥足珍贵的分量。

然而风流的五代仍然是由男欢女爱唱主旋律。“太狂生”的张泌带着鲁迅先生“唐朝的钉梢”的戏谑向我们展示了一个五代式的情爱故事：“晚逐香车入凤城，东风斜揭绣帘轻。漫回娇眼笑盈盈。　消息未通何计是，便须佯醉且随行。依稀闻道太狂生。”（《浣溪沙》）一见钟情式的追欢，打情骂俏式的娇嗔，当然也不乏青春的张狂与妩媚，充满了五代式的随意与暧昧。而写下“换我心，为你心，始知相忆深”（《诉衷情》）的顾夐更是将五代的情爱写得透骨入心，明人王士禛称此三句“自是透骨情语”，极是。顾氏凭此词即可在五代词中占一席位，因为他从“心”的角度挖掘男女之间刻骨铭心的情爱，与花间常见的外在形态的刻绘迥然有别。

曾为《花间集》作序的欧阳炯与鹿虔扆、阎选、毛文锡、韩悰等五人俱以小词为后蜀主孟昶所赏识，时人号为“五鬼”。五代十国时被称为“五鬼”者并不罕见，南唐宰相冯延巳与冯延鲁、魏岑、陈觉、查文徽等五人，也有“五鬼”之称。被称作“鬼”者大抵不会是什么好东西，如欧阳炯辈，与连便壶都用七种宝石镶嵌的风流昏聩的主儿孟昶大概也是一丘之貉，他们用以取悦于孟昶的“小词”，境界自然也高不到哪里去。欧阳炯走的是温庭筠的路子，但他又远没有温庭筠的才华与大气，因此，他的艳词就像打扮得珠光宝气的村妇，艳丽的外表之下时时透露出粗鄙与逼仄，如“曲罢问郎名个甚，想夫怜”；“虽似安仁掷果，未闻韩寿分香”（《春光好》）。然而欧阳炯的确是以写艳情著称，我们不难想象后蜀君臣们体味欣赏这类艳词时的种种丑陋的心态与神情：“画屏绣阁三秋雨，香唇腻脸偎人语。语罢欲天明，娇多梦不成。”（《菩萨蛮》）欧阳炯的有些词号称“极艳”，如下面的这首《浣溪沙》：“兰麝细香闻喘息，绮罗纤缕见肌肤。此时还恨薄情无？”写了男女之间的“床上动作”，写了耳之所闻、目之所见的“激情场面”，形象而具体，露骨而直白，比之于牛峤的“粉融香汗流山枕”又进了一步，说它“极艳”，可以说是“当之无愧”的。这类“极艳”的描写只能直接诉诸人的感官，在艺术上毫无美感与价值可言，后蜀的君臣们迷恋这类粗鄙浅陋的东西，心态上的畸型与龌龊就不用说了，于中透露出的更是一种弥漫于整个小朝廷的气数已尽的堕落与无奈。“烟月不知人事改，夜阑还照深宫。藕花相向野塘中。暗伤亡国，清露泣香红。”“五鬼”之一的鹿虔扆的这一首《临江仙》深沉而凄切，是对后蜀小朝廷吟唱的一曲无尽的挽歌。鹿氏的“玩深沉”可惜只是“马后炮”，后蜀的灭亡当然也有他的一份“功劳”，早知今日，何必当初！像后蜀这样腐朽的政权不亡是没有道理的。

五代多亡国之君，这是毫无疑问的，但是五代也多诗人帝王，这却是个颇为耐人寻味的问题——诗人帝王与亡国之君难道真的结下不解之缘？南唐后主李煜是个最为悲惨的亡国之君，却也是个极具艺术天分的大诗人。王国维曰：“词至李后主而眼界始大，感慨遂深，遂变伶工之词而为士大夫之词。”（《人间词话》）李煜以他字字血泪的生命之作开拓了词的境界，提升了词的品格，花间诸人不能与之同日而语！清代郭麐吊李后主云：“作个才人真绝代，可怜薄命作君王。”（《南唐杂咏》）其实，他的“薄命”既有个人的因素，更有时代的原因。前蜀的亡国之君王衍当然是个荒淫无度的酒色之徒，但同时也不能否认他是一个颇具才情的诗人，他所作的《宫词》曰：“月华如水浸宫殿，有酒不醉真痴人。”这位自以为不是“痴人”的酒徒尝自创《醉妆词》：“者边走，那边走，只是寻花柳。那边走，者边走，莫厌金杯酒。”时代风气与个人取向的极端堕落在王衍笔下得到形象的体现。而后蜀孟昶的亡国故事实与李、王二人相差无几，唯其诗人的身份一直被历史的尘埃所湮没，其实，他仅凭下面这一首作品就可以在中国文学史中占一席位了：“冰肌玉骨清无汗，水殿风来暗香满。帘间明月独窥人，欹枕钗横云鬓乱。

起来庭户悄无声，时见疏星渡河汉。屈指西风几时回，不道流年暗中换。”这实在是太美了！尤其是头两句，写花蕊夫人超尘绝俗之美，写摩诃水殿清凉幽雅之胜，简直就是神来之笔，一千多年来不知引起多少人的联想与神往。据宋代大文豪苏东坡的《洞仙歌序》，他在七岁时曾遇一位九十多岁的眉山老尼，老尼自言年轻时尝随其师入蜀主孟昶宫中。有一天非常炎热，蜀主与花蕊夫人纳凉于摩诃池上，蜀主作一词，老尼将其记下了。四十年后，老尼早已逝去，世上已无人知道此词，苏回想起来，也仅记得此词的首两句，乃据此写成了一首《洞仙歌》。可见这故事这诗句在苏东坡幼小的心灵里留下多么深刻的印象。然而这美丽的爱情故事与美丽的爱情诗句不正也道出了五代的亡国之君之所以亡国的因由吗?

美丽的花蕊夫人在亡国之后曾有诗云：“君王城上竖降旗，妾在深宫那得知。十四万人齐解甲，更无一人是男儿。”诗中透露出对后蜀将士不战而降的怨气。可是冰肌玉骨清凉无汗的夫人不知想过没有，与她在摩诃水殿风流快活的孟昶又何尝是男儿?在风流的后蜀，在风流的五代，又有几个真正的男儿?!在五十余年的漫长岁月中，只有杀人如麻的屠夫、荒淫无耻的君臣和沉湎酒色及时行乐的文人，又到哪里去找热血男儿?!

我终于知道宋代理学兴盛的原因了！

“存天理，灭人欲”的宋代难道不是对寡廉鲜耻人欲横流的五代的一种“反动”吗？

“饿死事小，失节事大”的宋代难道不是对淫佚放荡娼风炽盛的五代的一种矫枉过正吗？

当然，这也只是宋代的一面。宋代也仍然是风流绮靡的。

文天祥《正气歌》曰：“天地有正气，杂然赋流形。下则为河岳，上则为日星。于人曰浩然，沛乎塞苍冥。皇路当清夷，含和吐明庭。时穷节乃见，一一垂丹青……”

公元十世纪前后，在中国，所缺的就是这样的浩然正气！

菩萨蛮

正如充满理性的《正气歌》可以作为典型的宋代文本一样，像《菩萨蛮》这样感性的文本当然属于晚唐五代，属于风流的岁月。

《花间集》的第一首词就是温庭筠所作的《菩萨蛮》，这实在是颇具象征意义的：

小山重叠金明灭，鬓云欲度香腮雪。懒起画蛾眉，弄妆梳洗迟。

照花前后镜，花面交相映。新贴绣罗襦，双双金鹧鸪。

温氏这首词中所塑造的慵懒而美艳的妇女的形象，在我的心目中简直就是“菩萨蛮”的象征。我一直认为，《菩萨蛮》这样的文本，就是专门用来描写妇女、描写闺情的，甚至连托名为李白所作然而却存在很多疑问的那一首被称为“百代词曲之祖”的《菩萨蛮》，所写的也是望远怀人一类的闺情。

从这一词牌的创作实践来看，唐至北宋的诸多名篇，大抵难脱思妇闺怨之窠臼；从温庭筠到朱淑真，也大多纠缠于小女子伤春伤别相思断肠的凄凄惨惨戚戚之中。南宋辛弃疾以其沉雄豪放之笔写下了《菩萨蛮》中的别开生面之作，一洗“菩萨蛮”的珠光宝气与胭脂粉黛：

郁孤台下清江水，中间多少行人泪。西北望长安，可怜无数山。

青山遮不住，毕竟东流去。江晚正愁余，山深闻鹧鸪。

辛氏此词大大开拓了《菩萨蛮》的境界，彻底改变了“菩萨蛮”的传统形象。从温庭筠的《菩萨蛮》到辛弃疾的《菩萨蛮》，我们可以清晰地看出时代风气的变化与词本身的发展之轨迹。

《菩萨蛮》作为一个文化符号，带有浓烈的异域色彩，传递出大唐帝国在文化上海纳百川式的宏大气魄。据唐苏鹗《杜阳杂编》：“（唐宣宗）大中初……其国（女蛮国）人危髻金冠，璎珞被体，故谓之‘菩萨蛮’，当时倡优遂制‘菩萨蛮曲’。”按苏氏此书所载，词牌《菩萨蛮》即源自那些来自女蛮国的“危髻金冠，璎珞被体”的“菩萨蛮”。在当时，“菩萨蛮”的衣饰与乐舞一定强烈地刺激了大唐帝国的文化人，那些富于音乐天分的倡优们据此而制《菩萨蛮》曲，那些才思敏捷的诗人们据曲调而创作曲词，于是，《菩萨蛮》这一风靡晚唐五代的艺术形式便完成了从异域到中土的文化移植，成为辉煌灿烂的中华文化的组成部分。

明人杨慎的《丹铅总录·诗话·菩萨鬘》载：“唐词有‘菩萨蛮’，不知其义。按小说，开元中，南诏入贡，危髻金冠，璎珞被体，故号‘菩萨鬘’，因以制曲。”据此，则女蛮国当系指南诏国。南诏是唐朝时云南少数民族建立的政权，其人信奉佛教，“高髻金冠，璎珞被体”的形象，与今天我们所见到的菩萨塑像好像差别不大。南诏曾据有今云南全境、四川南部、贵州西部等地，这样一个在今天看来仍然属于边远地区的少数民族的异质文化进入上国首都，非但不受歧视，反而大受欢迎，成为音乐家与诗人们新的创作热点，这种高度开放与兼收并蓄的特质是一种文化高度成熟和强盛的典型标志。

从据称是李白所作的“平林漠漠烟如织，寒山一带伤心碧”到毛泽东的“赤橙黄绿青蓝紫，谁持彩练当空舞”，《菩萨蛮》在一千两百年的漫长岁月中展现了多少斑斓而瑰丽的意象。然而，在我的感觉中，《菩萨蛮》最本色最典型的意象是风流放荡的晚唐五代人创造的，是温庭筠牛峤们创造的：美艳而伤感，凄婉而幽怨。血腥味与脂粉香同样浓重的晚唐五代给我们留下多少离别情、相思梦、断肠泪，留下多少及时行乐的缠绵、一晌贪欢的缱绻。一部《花间集》，满纸女人香，女人是花间的主角，女人是花间的精灵，然而，最本色的花间女人却是由《菩萨蛮》创造的！

同为五代人的赵崇祚在编《花间集》的时候，一定作了刻意的安排：集子的开卷之作是温庭筠的十四首《菩萨蛮》。我想，这绝对不会是一种不经意的巧合，其中必定蕴含着时代的审美趣味与价值取向。

五代十国荆南的孙光宪在《北梦琐言》中记载了这样的故事：唐朝的宣宗皇帝很喜欢吟唱《菩萨蛮》，当时的宰相令狐绹想拍唐宣宗的马屁，但自己又没有本事创作，只好请在他手下任文员的温庭筠捉刀。这对才华横溢的温八叉来说简直就是小菜一碟。转眼之间，温庭筠一挥而就，令狐绹拿着温的新作进呈皇帝，当然是大受赞赏。然而这种请人捉刀的事毕竟不光彩，而且说不定还有欺君之嫌，于是令狐绹再三告诫温庭筠，要他不要泄露此事。但恃才傲物的温庭筠对自己的作品很是得意，不甘心被令狐绹剽窃，还是忍不住把这事对别人说了。令狐绹为此而大为恼火，后来就找了个机会把温庭筠赶了出去。

同为花间词人的孙光宪讲述的这个故事，透露出《菩萨蛮》在唐代曾经有过的辉煌。《菩萨蛮》之所以在晚唐受到上至帝王下至倡优的喜爱，一定是它的内容与形式跟那个时代的风气产生了某种共鸣。晚唐五代是风流的岁月，风流的岁月需要女人，风流的岁月是风流的女人与风流的文人共同营造的。

盛唐壮美而雄浑。李白近乎天籁的青春行吟，王孟宁静华美的湖畔夜曲，高岑气势峥嵘的边塞乐音，都属于盛唐。如同瀑布般倾泻而下的正午阳光，野马般奔涌而至的夏日海潮，云霞般灿烂热烈的漫山杜鹃。而晚唐则是凄美的、婉曲的、纤巧的，这种美属于秋日的黄昏，属于夕阳下随风摇曳的杨柳，属于相思女子淡如远山的眉黛。李商隐的朦胧暧昧，温庭筠的繁丽工细，都包容在一种日薄西山的凄凉以及对美丽女人的炽热情感之中。

温庭筠是描摹女人的大师。温氏笔下的女人形象，基本上是由他的《菩萨蛮》奠定的：满头珠翠，遍身绮罗，额点蕊黄，眉画远山，水精帘中闲卧，鸳鸯锦里寻梦……这个浑身焕发出金玉与锦绣光泽的美丽女人，慵懒，困倦，百无聊赖，永远带着或浓或淡的哀怨，带着被相思折磨的伤痛，带着被春花秋月刺激的愁绪——

宝函钿雀金鸂鶒，沉香阁上吴山碧。杨柳又如丝，驿桥春雨时。

水精帘里颇黎枕，暖香惹梦鸳鸯锦。江上柳如烟，雁飞残月天。

玉楼明月长相忆，柳丝袅娜春无力。门外草萋萋，送君闻马嘶。

这个由温庭筠创造的美丽而哀怨的女人成为笼罩了整个风流五代的艺术形象，美艳而凄婉的意象穿透千年时空，强烈地撼动着无数读者的心灵。多美的意象啊，美得令人心悸！

五代的诗人词客基本上都是温庭筠的跟随者，才情与气魄都大为逊色，他们只能亦步亦趋，在温庭筠巨大的阴影下施展腾挪，继续吟唱着香艳而绮靡的歌谣。

跟随者之一的牛峤存世有七首《菩萨蛮》，他的《菩萨蛮》写的都是女人——温庭筠式的女人：

舞裙香暖金泥凤，画梁语燕惊残梦。门外柳花飞，玉郎犹未归。

愁匀红粉泪，眉剪春山翠。何处是辽阳，锦屏春昼长。

玉炉冰簟鸳鸯锦，粉融香汗流山枕。帘外辘轳声，敛眉含笑惊。

柳阴烟漠漠，低鬓蝉钗落。须作一生拚，尽君今日欢。

美艳依旧，愁怨依旧，唯一的区别仅在于：在牛峤的《菩萨蛮》中，温庭筠的凄婉与含蓄消失了，取而代之的是情爱的直白与赤裸："粉融香汗流山枕"式的香艳"镜头"，"须作一生拚，尽君今日欢"式的露骨表白，牛峤的《菩萨蛮》向我们展现了一种花间式的艳情。

被周济称为“淡妆美人”的韦庄词在一片浓艳的花间中是一个“异端”，他的《菩萨蛮》同样具备了这样的特色：

人人尽说江南好，游人只合江南老。春水碧于天，画船听雨眠。

垆边人似月，皓腕凝双雪。未老莫还乡，还乡须断肠。

清新疏淡，如同“初日芙蓉春月柳”（周济语），与“严妆”的温庭筠正好构成了一道具有强烈反差的文坛风景。即便是写男女情事，也显示出与整个花间迥然不同的风格：

红楼别夜堪惆怅，香灯半掩流苏帐。残月出门时，美人和泪辞。

琵琶金翠羽，弦上黄莺语。劝我早归家，绿窗人似花。

王国维云：“‘画屏金鹧鸪’，飞卿语也，其词品似之；‘弦上黄莺语’，端己语也，其词品亦似之。”“画屏金鹧鸪”者，金碧灿烂也；“弦上黄莺语”者，清新明丽也。王国维不愧为国学大师，仅拈出作者一词句，就能将他作品的风格准确而又传神地勾勒出来，令人不能不服膺于大师的识见与巧思。

然而，五代毕竟是灿烂的色彩与热烈的情爱风行天下，西蜀的花间固然是一片姹紫嫣红，南唐君臣所展现的同样也是一派香艳绮靡的“旖旎春光”：

花明月暗笼轻雾，今宵好向郎边去。刬袜步香阶，手提金缕鞋。

画堂南畔见，一向偎人颤。奴为出来难，教君恣意怜。

又是《菩萨蛮》——南唐亡国之君李煜的《菩萨蛮》。据马令《南唐书》，此词系写后主本人与小周后的一段私情。李煜的皇后叫大周后，大周后死后，李煜又纳她的妹妹为后，称小周后。大周后生前，李煜就已经与才十五岁的小周后私通，此词描写的就是两人幽会的情景。李煜现存三首《菩萨蛮》，有人认为他的另外两首似也是为小周后而作（见夏承焘《唐宋词人年谱》）。其实这是很难证实的。弄清词中的主人公到底是谁并没有多大的意义。不管是小周后，还是别的什么女人，大概都是风流君主李煜“恣意怜”的对象。我们通过这类“狎昵已极”（王士禛语）的“艳词”，能够感受到隐藏于其中的五代淫逸放荡的时代风气，这才是最重要的。李煜的《菩萨蛮》充分展示了五代词的人物、主题、风格与审美趋向。

词本身就是风流的产物，是伴随着宴饮歌舞的欢乐与浪漫而登上文明舞台的精灵。当那些来自西部的“菩萨蛮”在大唐首都长安翩翩起舞的时候，恐怕没有人会想象得到，一个新的艺术精灵即将诞生，在此后的一千多年间，它的光焰照亮了整个东方时空。

千年词史上的第一首作品就是托名为李白所作的《菩萨蛮》。据宋僧文莹《湘山野录》载，此词最早见于鼎州沧水驿楼，不知是何人题写，更不知是何人所撰。有个叫魏道辅的人偶然见到这首词，十分喜爱。后来他到了长沙，在大文学家曾巩的弟弟、翰林学士曾布的家里见到了一本古诗集子，才知道此词为李白所作云云。这首词与另一首也托名为李白所作的《忆秦娥》，分别载于宋人所编的《尊前集》和《绝妙词选》，但并未见于唐代的典籍，故后人多有怀疑者。有人根据上引苏鹗《杜阳杂编》，认为《菩萨蛮》的曲调在唐宣宗时才传入中土，李白为玄宗时人，岂能作《菩萨蛮》词。但又有人指出唐开元时人崔令钦所著的《教坊记》中已有此曲名，因此李白仍有可能是该词的作者。

尽管存在很多疑问，但是很多人仍然愿意将这样一个“第一”的荣誉给予最伟大的诗人李白。有学者认为，这两首格调高绝、气象阔大的天才之作，如果不属于天才的诗人李白，那该算作谁的作品为好呢？这话似乎有点无奈，也有点“无理”，但的确说出了很多人的愿望，代表了很多人的想法。既然迄今为止仍没有确凿的证据证明这两首词一定是李白所作，也没有过硬的证据断定它们一定不是李白所作，我们就姑且当它们是李白所作好了。让我们这样想象：当天才李白的浪漫飘逸与如同敦煌“飞天”般飞旋舞蹈的“菩萨蛮”在一个阳光灿烂的日子里相遇时，历史便在这一刻绽放出绚丽夺目的光芒。从“菩萨蛮”到《菩萨蛮》，这是一个奇妙的过渡，尽管我们已经不可能明晰这两者之间是如何完成这一过渡的，但是我们仍能感受这一过渡所蕴含的文化内涵与信息。

李白以他的豪迈与天纵给我们留下带着愁怨然不失盛唐高远气象的《菩萨蛮》。他笔下的女人和女人的愁怨是明朗的、单纯的，没有晚唐五代那种阴郁、繁冗与隐晦，深深打上了时代的印记。二十来岁便“仗剑去国，辞亲远游”的李白终其一生都在不停地漂泊，他的漂泊似乎是主动的、自愿的，漂泊是他多姿多彩的生命的一部分，漂泊成就了他大气磅礴变幻莫测的瑰丽诗篇，因此，他的行吟没有愁苦之音。我们可以想象李白式的风流一定是随意潇洒的，我们可以想象李白邂逅的女子一定是气度豁朗的，没有肝肠寸断的伤痛，没有镂骨铭心的悲苦——“仰天大笑出门去，我辈岂是蓬蒿人”；“长风破浪会有时，直挂云帆济沧海”……正如秦少游在《鹊桥仙》中所说的：“金风玉露一相逢，便胜却人间无数”；正如现代前卫男女的情爱表白：“只求曾经拥有，不求天长地久。”不要说不可能，不要问为什么，因为那是李白，因为那是盛唐，盛唐李白给我们展现的是青春的放纵与明媚。

青春短暂，欢乐与美丽稍纵即逝，无情岁月给曾经意气风发的大唐帝国镀上了一层落日的憔悴——“夕阳无限好，只是近黄昏！”是的，大唐的国运已是暮色四合，晚唐诗人李商隐发出的这一声沉重叹息在千年的时空中悠悠回响，至今仍强烈地震撼着我们的心灵。与李商隐同时的温庭筠当然也感受到这种夕阳黄昏的冷清与寂寞，即便在他那些以描写美人醇酒为主要内容的《菩萨蛮》中，这种感受也是存在的，只不过是以一种特殊的方式存在罢了；那些金碧灿烂的铺陈，那些富丽精工的刻绘，那些色彩斑斓的描画，全都浸融在一种无可奈何的末世的苟且与伤感之中。既然没有办法可以改变世界，既然没有办法可以改变命运，那么，干脆就放弃吧，干脆就及时行乐吧。于是，在一个风和日丽的春日，风流公子温庭筠登上了长安平康里的“玉楼”，开始了他纵情声色放浪形骸的狎妓生涯。温庭筠的狎妓具有典型的晚唐特色：狎妓已经不是文人偶尔为之的风流之举，而是他们日常生活的一项重要内容；娼家妓院已经不是文人间或出入的风月场所，而是他们终日眠宿喝酒打牌过日子的“家”；妓女也已经不单纯是出卖色相提供性服务的“工具”，而有可能是生活的伴侣、感情的寄托与描写的对象。与李商隐甚至杜牧相比，温庭筠跟妓女的关系要更密切。李杜二人好歹是“朝廷命官”，虽然以风流自命，但也不得不有所顾忌；不似温庭筠屡试不第，落魄江湖，破罐破摔。温庭筠的词作，写的大多是女人，而这些女人又大概都是些妓女。“鬓云欲度香腮雪”，美艳之极，但这只能是娼妓之美；“水精帘里颇黎枕，暖香惹梦鸳鸯锦”，华美之极，但这只能是娼家之美；“杨柳又如丝，驿桥春雨时”，凄美之极，但这只能是与妓伤别时的意境之美……“商女不知亡国恨，隔江犹唱《后庭花》”，杜牧弃世时唐朝尚有五十多年天下，但是他的这两句著名的诗句却分明带有浓重的国破家亡的不祥之音。商女者，妓女也；《玉树后庭花》为南朝陈后主所制，亡国之音也。妓女似乎总与气息奄奄的末世结下不解之缘。温庭筠生当末世，末世的歌吟自然不会再有青春的欢乐与美丽。尽管他也能把妓女写得很美，但这种美是苍凉的、凄婉的，与活泼明媚的青春生命无关。温庭筠的词，温庭筠的《菩萨蛮》，为我们展现的就是这种末世的凄美！

末世的挽歌唱得再美再好也唤不起生命的激情，落日的余晖转眼间变为一片昏暗，在历史的黑暗隧道中，一切寻找光明的努力似乎都变得毫无意义，苟且偷安或许是乱世中克服恐惧的安魂曲？是的，在不可抗拒的巨大力量面前，除了苟且偷安你还能做点什么呢！五代有太多苟且偷安的故事，其中最典型的故事是由南唐后主李煜写就的。像李煜那样的偏安一隅的小皇帝其实活得很累。在北方，强大的宋朝虎视眈眈，就像一把日夜悬于头顶的利剑。弱肉强食的自然法则在乱世中越发显示出其存在的合理性。可怜的李后主，你睡在如虎似狼的宋太祖身旁，除了跟心爱的大周后小周后姐妹俩玩一把，填两首《菩萨蛮》《玉楼春》一类的艳词之外，又还能怎么样呢？“铜簧韵脆锵寒竹，新声慢奏移纤玉。眼色暗相钩，秋波横欲流”——李煜的《菩萨蛮》忠实地记录了他本人沉溺声色耽于逸乐的生活，透过那些活色生香的描写与细节，我们可以感受到生活在一种战战兢兢的等待中的深深的无奈与悲哀。那头“来自北方的狼”是天才艺术家、享乐主义者与窝囊帝王李煜一生的梦魇。倒霉的李煜当然知道等待着他的将会是什么样的命运，他所能够做的只是尽力延缓它的到来。他对宋朝曲意逢迎，逮着个什么机会就拼命上贡珍玩宝物；宋太祖灭南汉后，李煜更是惶恐不安，他上表太祖，主动要求改国号唐为江南国，改自己的称谓唐国主为江南国主……然而这一切自我贬损刻意讨好的做法都没能打动铁石心肠的宋太祖，一统天下是大势所趋、人间正道，你不统人家，人家就来统你，这是不以人的意志为转移的。可笑者如江南文士徐铉辈，妄图用一点虚名与三寸不烂之舌来游说宋太祖，然而所有自以为是冠冕堂皇的理由都抵不住赵匡胤的一句话：“天下一家，卧榻之侧，岂容他人酣睡！”于是，天下被强悍者用金戈铁马重新整合成“一家”，《玉树后庭花》终究要结束它无休止的吟唱，李后主只好带着他的小周后与《菩萨蛮》，悲悲切切地来到征服者的“卧榻之侧”，开始了他“此中日夕，只以眼泪洗脸”的“违命侯”的生活。从此，他以血泪凝成的歌吟发出了深沉而痛切的肺腑之音，为轻艳柔靡的五代词注入了沉重的国破家亡之痛，开拓了词的新境界。

《菩萨蛮》注定要成为一种象征——五代词的象征，五代女子的象征，五代风流岁月的象征。

《菩萨蛮》所营造的色彩与形象，构成了一种美艳而凄婉的意象，这种意象属于末世，属于晚唐五代。

风流五代早已成为历史，而因了这历史衍生的意象，却成为人们感受历史的一道永不磨灭的风景。

美有时可能很纤弱，有时可能很强大。

更漏子

寂寞春夜用无边细雨织就一张愁怨的网，袅娜柳丝在春雨中懒懒地伸展着困倦的腰肢，轻细柔长的更漏声仿佛滴进人的心扉，折射成惊心动魄的巨响：塞雁惊飞，城乌遽起……然而最令人销魂的还是那萧瑟秋夜的梧桐，凋零黄叶飘飞，三更冷雨敲打，一叶一叶，一声一声，和着那冷漠而刻板的滴漏声，构成一曲令天下有情人断肠的夜歌。

哦，这就是《更漏子》，这就是《更漏子》给我们展现的意象，充溢着寒夜的凝重、离人的伤感与孤独的凄凉。与《菩萨蛮》相比，《更漏子》具有更为深沉而悠远的意境，它所显现出来的那种深深的寂寞与伤感大概是别的艺术载体难以企及的，因此，《更漏子》更具艺术上的“杀伤力”。

“更漏子”作为一个文化符号毫无疑问是要跟温庭筠联系在一起的。温庭筠之前，尚未发现有用《更漏子》这一词牌创作的作品；温庭筠之后，所创作的作品基本上都沿袭了温氏六首《更漏子》中所开拓的题材、语言与意境，而且在整体艺术水平上均逊色于温氏的开山之作。因此，温庭筠不但是作为艺术形式的“更漏子”的创造者，也是作为艺术意象的“更漏子”的创造者。

更漏是什么玩意儿，现代人怕难以说得出个子丑寅卯。其实，更漏就是古代的计时器，现代人谓之钟表者是也。更漏在我国使用的历史可以上溯到周代，在西洋的自鸣钟于明代时由利玛窦等传教士传入之前，两千多年间，中国人一直利用漏壶滴水的原理来计算时间。在漫长的历史岁月中，那滴答滴答的滴漏声，是中国人丈量时间与生命的尺度，是流逝的青春、失落的爱情与难酬的壮志，是不眠的长夜、思妇的泪眼与游子床前那一片皎洁的月光……

更漏声滴答滴答，从周公制礼的年代开始，一直滴到了礼崩乐坏天下大乱的晚唐。晚唐的风流使得滴漏声有了某种特殊的意味：它似乎更多地属于红烛偏照的长夜，与男女之间的旖旎恋情关系更为密切，在花间词人所描写的一切相思梦中，更漏声往往充当一个令美丽的思妇怨恨的角色，即便是在帘幕低垂的画堂中，轻柔细微的更漏声也会变得异常清晰可怖：

柳丝长，春雨细，花外漏声迢递。惊塞雁，起城乌，画屏金鹧鸪。

香雾薄，透帘幕，惆怅谢家池阁。红烛背，绣帘垂，梦长君不知。

这大概是历史上第一首以“更漏子”来命名的作品。温庭筠以他惯用的斑斓彩笔点染了一个思妇的难眠之夜，向我们展现了晚唐的更漏给人的心灵造成的冲击。温庭筠也许并不是第一个将更漏与女子相思联系起来的人，但他一定是最成功地利用更漏在中国的特殊象征意味营造一个深沉悠远而又落寞萧飒的“夜相思”意象的人。从此以后，“更漏子”便拥有了传递“深夜——女子——相思”信息的符号意义。

温庭筠的《更漏子》无疑是温氏词中最具意境的作品，也是《花间集》中最具意境的作品：

星斗稀，钟鼓歇，帘外晓莺残月。兰露重，柳风斜，满庭堆落花。

虚阁上，倚栏望，还似去年惆怅。春欲暮，思无穷，旧欢如梦中。

多美的意境啊！用金碧秾艳的语言来创造纯美的意境，这大概只有温庭筠才能干得了这活儿。柳永的“杨柳岸、晓风残月”（《雨霖铃》）够美了吧，对不起，谁又敢说其中就没有温庭筠“帘外晓莺残月”的影子？“兰露重，柳风斜，满庭堆落花”，本是残春凋零之景，却因极美的意境而使人对此景色充满了向往。

然而《更漏子》注定是记录妇女心灵悲情的夜歌，意境越美，与悲情的反差就越大，作品艺术意象的震撼力也就越大，绝美的意境只是“更漏子”悲情主题的烘托。当“更漏子”作为晚唐五代相思女子的心灵史呈现在我们的眼前时，一切社会学意义上的真实具体的细节似乎都因显得过于琐屑而变得无关紧要：

玉炉香，红蜡泪，偏照画堂秋思。眉翠薄，鬓云残，夜长衾枕寒。

梧桐树，三更雨，不道离情正苦。一叶叶，一声声，空阶滴到明。

这恐怕只能用“销魂”二字来形容。下阕六句更是一气贯注，流转不粘，尤具震撼力。清人陈廷焯对此词的评语是“已臻绝诣，后来无能为继”。是的，温庭筠创造的“梧桐细雨”的意象将“更漏子”的悲苦推到了极致，也将相思女子的悲苦推到了极致，只要我们将后人的模仿在此稍作罗列，就足以证明陈氏此评不虚：

梧桐叶上三更雨，叶叶声声是别离。

（周紫芝《鹧鸪天》）

一声声，一更更。窗外芭蕉窗里灯，此时无限情。

梦难成，恨难平。不道愁人不许听，空阶滴到明。

（万俟咏《长相思》）

梧桐更兼细雨，到黄昏、点点滴滴。这次第，怎一个愁字了得！

（李清照《声声慢》）

枕前泪共阶前雨，隔个窗儿滴到明。

（聂胜琼《鹧鸪天》）

一目了然，以上四位宋人的作品都使用了温庭筠这首“已臻绝诣”的词中的意象，区别仅在于，高明者用得巧妙，故基本不显痕迹，如李清照，可以说是借旧意象来进行了新的创造，不愧为一流词人的手笔；而如周紫芝、万俟咏辈，或径用原句，或仅作些微改动，模仿的痕迹就太浓了。

“更漏子”意象注定要诞生于晚唐五代这一特殊的风流岁月。时代的动荡与世风的颓放使得闺怨与相思成为晚唐五代词的根本性主题，“更漏子”则是荷载这种时代主题的最适宜的载体；晚唐五代的相思是时代性的，“更漏子”则是这种属于一个时代的相思最具象征意义的意象。

长夜如歌，凄艳，悲苦，心之弦被弥漫的沉重叩击，发出同样沉重的回响。晚唐五代多么像一个长长的黑夜，黑夜是没有晨曲的，黑夜只有夜歌，带着朝阳的汹涌与激情的晨曲已经被昂扬奋发的盛唐诗人唱完了，现在轮到温庭筠们唱夜歌——温柔而无奈的夜歌，饱含着泪水的夜歌，令人断肠的夜歌。

夜深沉，夜未央，夜来香。冷峻夜色闪烁着黑的香艳，折射出晚唐五代中国知识分子的风流与放纵。红烛温暖，山枕腻滑，锦被翻红浪，玉钗横枕边，灯背脸波横，私语口脂香。温柔的夜酝酿着欲的热烈，发酵出晚唐五代烛影摇红脂粉飘香的男欢女爱。

晚唐五代词实在是一部中国文人夜生活的全记录，这些“苟全性命于乱世”的时代精英普遍选择了一种及时行乐的价值取向，宴饮与狎妓成为他们夜生活的重要内容，也成为他们作品的重要内容，妓女是他们作品中永恒的女主人公——“梳洗罢，独倚望江楼”（温庭筠《梦江南》）的女子是妓女，而说出“换我心，为你心，始知相忆深”（顾夐《诉衷情》）此等深情语的女子也是妓女。当然，她们都是执着与痴情的妓女，晚唐五代词中的妓女似乎都比较执着与痴情，夜对她们来说既意味着瞬间的欢乐与情爱，更意味着漫长的痛苦与等待——欢乐总是短暂的，而等待与守望则是晚唐五代女子精神家园中永远的现在进行时态。

在夜复一夜的等待中，更漏永远伴随着这些可怜的女子。坚定而冰冷的更漏声敲打着她们痛苦的灵魂，消蚀着她们活泼的青春，摧残她们如花的容颜。她们是失眠与相思的一群，在温庭筠们吟唱的断肠夜歌中，她们注定要成为悲剧时代理所当然的主角。

这简直就是晚唐五代妇女一种无可逃避的宿命。当晚唐五代女子第一声深婉而幽怨的叹息从温庭筠的《更漏子》中漫出的时候，她们的悲剧宿命同时也就被规定了。在长夜难眠的煎熬中，在午夜梦回的无奈中，她们辗转反侧的身影清晰而孤独，放飞的思念就像断了线的风筝，消失在如磐的夜色中，而热切的期望早已被不断重复的等待所吞噬，化作明灭烛光下蒙眬的泪眼：

钟鼓寒，楼阁暝，月照古桐金井。深院闭，小庭空，落花香露红。

烟柳重，春雾薄，灯背水窗高阁。闲倚户，暗沾衣，待郎郎不归。

“更漏子”夜歌仍在哀怨地吟唱，钟鼓的声音透过料峭春寒的重重包裹在夜空中微微颤抖着，寂寞的月光给高楼深院古桐金井镀上一层沉重的暝色，相思的主题顽强地在杨柳堆烟香雾弥漫处闪烁，不管怎样，等待依然是相思女子迷茫心海里的一片希望的绿洲——温庭筠在《更漏子》中为晚唐五代女子所规定的宿命，在韦庄的同调作品中又得到了似曾相识的重现。

在血腥五代的一片金鼓杀伐声中，夜歌的吟唱哀婉而坚定。这是两道反差强烈却又时常相伴共生的风景，冷酷的杀戮与炽热的缠绵纠结在一起，显示出宇宙间无所不在的永恒辩证法。当白日的一切残忍与丑陋渐渐消退，“更漏子”的歌声愈加清晰，在如水月色的温柔与婀娜杨柳的万种风情中，五代思妇的怨艾染上了边塞的苦寒与征戍的肃杀：

星渐稀，漏频转，何处轮台声怨。香阁掩，杏花红，月明杨柳风。

挑锦字，记情事，唯愿两心相似。收泪语，背灯眠，玉钗横枕边。

这是牛峤演绎的“更漏子”的故事。与温庭筠相比，牛峤的故事少了些意境而多了具体的细节。织锦回文的典故，从南北朝的苏蕙开始滥觞，经过漫长岁月的积淀，已经成为女子相思的象征符号。南北朝与五代同为中国古代最为典型的乱世：乱世的杀戮对人的生命造成的危害是巨大的，因此乱世多寡妇；乱世的离乱对人的情感造成的冲击同样是巨大的，因此乱世多思妇。乱世中的女子最为悲苦，她们似乎更难逃脱时代与社会强加给她们的寡妇或思妇的命运，连苏蕙、李清照这样优秀的女子尚且躲不开，更何况一般的女子！而在中国数千年的历史中，战乱实在是太多了，乱世实在是太漫长了，因此，中国妇女所承受的苦难也就更为深重，她们发出的呻吟也就更为痛苦。

晚唐五代妇女的深重苦难记录在韦庄《秦妇吟》这样的诗篇中，覆盖着浓重胭脂粉黛的晚唐五代词不承担记录历史的任务。风流五代词，满眼珠翠色，扑鼻脂粉香，缠绵的情思与明艳的欲念在字里行间弥漫，唯有《更漏子》这样的作品，在一片粉红色的轻尘中发出一声叹息、几声抽泣，女性的苦难虽然被刻意消弭了，痛苦的呻吟被转化为一种诉诸心灵的轻轻倾诉，然而，这种心灵的歌吟所造成的震撼，并不比呼天抢地式的号啕有所逊色。

永夜无言，凝重如山，唯有更漏声滴答滴答，穿越千年时空，亘古的风掠过同样古老的川原，在有情人心中播种春天的消息，深沉的思念恍若如歌的行板，华丽、缓慢而忧伤，受伤的记忆在历史的飓风中颤抖，不眠的夜空飘荡着一支断肠的歌……

杨柳枝

杨柳是一种完全属于春天的生命。当二月春风悄悄地掠过尚未苏醒的川原，仿佛一夜之间，杨柳就从一个年老色衰的干瘪老太婆变成了充满着生命力的青春美少女。

婀娜柔细、长条披拂的杨柳永远是春的宠儿，它的摇曳多姿、妩媚多情都是春天给予的，春天赋予杨柳青春勃发的生命，而青青杨柳则成了春天化育万物滋润生命的象征。

无论在江南还是塞北，无论在村野或是园囿，杨柳总是充当传递春天信息的使者，它风姿绰约地站在晴朗的天空下，向我们讲述春天的故事……

哦，那乘着油壁车来的是钱塘苏小小吗？西湖的无边春色中隐藏着多少苏小小的故事！苏小门前多杨柳，这是有唐五代人的诗词为证的：

涛声夜入伍员庙，柳色春藏苏小家。

（白居易《杭州春望》）

若解多情寻小小，绿杨深处是苏家。

（白居易《杨柳枝》）

苏小门前柳万条，毵毵金线拂平桥。

（温庭筠《杨柳枝》）

苏小门前的杨柳，在历史的季风中飘拂了三百年，终于在多情的唐五代人的笔下弥漫成一片浩荡的春色。

钱塘自古多名妓，而同叫苏小小之名的钱塘名妓竟然就有两位。据清人赵翼《陔馀丛考·两苏小小》：“南齐有钱塘妓苏小小，见郭茂倩《乐府解题》。南宋有苏小小，亦钱塘人。其姊为太学生赵不敏所眷，不敏命其弟娶其妹名小小者。见《武林旧事》。”清人吴伟业亦有诗云：“记得钱塘两苏小，不知谁个擅倾城。”（《楚云》）当然，名气最大的钱塘妓要数南朝齐时的苏小小。

苏小小，一个楚楚怜人的名字，一个美丽冷艳的幽灵！南朝的温柔月色曾抚摸过你旖旎的梦。你风情万种地辗转在如烟的柳海中，西陵月下，油壁轻车，裙裳飘逸，环佩琤琤，赚取了历代无数诗人的感情与诗句：

我乘油壁车，郎骑青骢马，何处结同心，西陵松柏下。

（古乐府《苏小小歌》）

吴郡陆机称地主，钱塘苏小是乡亲。

（韩翃《送王少府归杭州》）

西陵路边月悄悄，油壁轻车苏小小。

（罗隐《江南行》）

凭郎暂驻青骢马，此是钱塘苏小家。

（徐铉《柳枝辞》）

最令人荡气回肠的是李贺的《苏小小墓》：

幽兰露，如啼眼。无物结同心，烟花不堪剪。草如茵，松如盖，风为裳，水为佩。油壁车，夕相待。冷翠烛，劳光彩。西陵下，风吹雨。

入骨的幽冷，闪动着森然的寒气与磷磷的鬼火。

苏小小，唐五代人一个遥远幽渺而又绮艳风流的梦。

苏小小，唐五代人一个可亲可爱的名妓“乡亲”，一个可以与大文豪陆机并称的“乡亲”。

杨柳枝轻轻吟唱的柔美夜曲是苏小爱情传奇的主旋律。在万条飘拂的堤岸上，来去匆匆的马蹄声叙述着一个繁华而缤纷的故事，缥缈的歌声若隐若现，传递着不眠春夜的浪漫温馨。

苏小的春天是那匹青骢马驮来的，油壁轻车轻轻地行过烂漫的拂堤杨柳，去赶赴一个永恒的约会，在永远年轻的松柏树下，柔细柳条被挽成一个象征爱情的同心结……

那位从浙江诸暨浣纱的小溪旁走出来的姓施的小姑娘走进了一处种满了青青杨柳的所在，那是吴王夫差为她建造的宫殿。馆娃宫，多么令人伤心欲绝的字眼——美丽与青春就在这里被永远地藏匿、囚禁！如果没有杨柳——象征着生命复苏与青春荡漾的杨柳，很难想象，西施如何能在寂寞的宫中度过二十年悠悠岁月。

馆娃宫的杨柳当然也是唐五代人构建“杨柳枝”意象的重要典故：

红板江桥青酒旗，馆娃宫暖日斜时。
可怜雨歇东风定，万树千条各自垂。

（白居易《杨柳枝》）

烂漫春归水国时，吴王宫殿柳丝垂。

（皇甫松《杨柳枝》）

馆娃宫外邺城西，远映征帆近拂堤。

（温庭筠《杨柳枝》）

吴王宫里色偏深，一簇纤条万缕金。

（牛峤《杨柳枝》）

柳色深深的馆娃宫收藏了一个绝代的美人，同时也收藏了一个绝大的阴谋：西施小姑娘以她的绝代美色与阴谋家勾践的“十年生聚、十年教训”里应外合，终于使得不可一世的吴王夫差身死国灭。这是一场何等悲壮残酷的青春与感情的“持久战”啊！西施以二十年的青春与天下无双的美丽为代价，帮助她的祖国与君主复仇。不管西施的主观意识如何，从她被进献给夫差的那一刻开始，她就注定要成为一个悲剧人物、一个巨大政治阴谋的牺牲品。勾践灭吴后，功臣文种被杀，另一功臣范蠡隐遁江湖，后来成了富商陶朱公。至于西施的“下场”则传说有二：一说是她随范蠡隐遁，同泛五湖；一说是她被自己所效忠的祖国越国沉于江中。我很怀疑前说系出于文人的浪漫想象，而后说似乎更符合勾践性格的发展逻辑。

后人凭吊馆娃宫柳，大多脱不掉“西施亡吴”的“祸水”文化意识：柔情荡漾的春天，蓬勃葱茏的柳色，荒淫的君主被别有用心的宠妃迷惑，“从此君王不早朝”……呜呼！强大的吴国就这样被一个美丽的小女人“倾”掉了。就像妲己之于商纣，褒姒之于周幽。历史果真就是这样的吗？唐末罗隐就为西施打抱不平：“家国兴亡自有时，吴人何苦怨西施。西施若解倾吴国，越国亡来又是谁？”（《西施》）夫差那厮是个昏聩的主儿，愚蠢、自以为是再加上昏君特有的好色，给人灭了那是活该！只可惜糟蹋了西施那一副千古留芳的好容貌。

美丽的西施一定是寂寞的、痛苦的，寂寞深宫没有春天，只有年年岁岁永远重复的痛苦故事。馆娃宫的万条垂柳可以作证，西施只不过是一个美丽的普通女人，她也有属于女人的爱与恨。但是西施不可能爱夫差，即使没有家国之恨，荒淫君主与妃子之间又能有什么爱情可言！如果西施真的是抱着复仇的目的进宫，她的心中一定充满了仇恨。然而她在长达二十年的漫长岁月中必须每天都要以假面具面对仇人的恩宠，这实在是太可怕了！难道她的每一个灿烂的笑容都是做秀？难道著名的“西子捧心”也是做秀的产物？这对一个美丽女人来说真的是一件极端残忍的事。

西施的春天故事已经在浣纱的小溪旁讲完了，寂寞深宫没有春天，只有年年岁岁永远上演的悲惨故事。或许宫中满眼的柳色，能够使她回忆起青春的欢乐与初恋的悸动，回忆起很久以前曾经有过的明媚与灿烂，回忆起浣纱溪头杨柳枝下两小无猜的追逐……

在所有关于杨柳的故事中，“隋堤柳”是最为壮丽而又最为沉重的意象——

绵延千里的大堤上，一望无际的杨柳闪动着青春的光，绿色的风沿着河渠浩浩荡荡地西进，万千长条顷刻变幻成气势磅礴气象万千的春之怒涛。壮哉隋堤柳！

可是，当风流杨广的巨型龙舟满载着奢华与侈靡浩荡东下，千里绿影中，正在上演的“青娥殿脚春妆媚”（韦庄《河传》）的超级大秀与近在咫尺的赤地千里饿殍遍野形成了强烈的反差。悲哉隋堤柳！

据文献记载，隋炀帝下江都，曾强征吴越间十五六岁的美丽少女为其牵挽龙舟，称之为殿脚女：“至汴，上御龙舟……每舟择妍丽长白女子千人，执雕板镂金楫，号为殿脚女。”（旧题颜师古《隋遗录》）“（炀帝）龙舟既成，泛江沿淮而下。至大梁，又别加修饰，砌以七宝金玉之类。于吴越间取民间女年十五六岁者五百人，谓之殿脚女。至于龙舟御楫，即每船用彩缆十条，每条用殿脚女十人，嫩羊十口，令殿脚女与羊相间而行，牵之。”（无名氏《开河记》）

这真是天地间最为荒唐而又最为凄凉的一幕，妍丽少女、豪华龙舟与春风杨柳所构成的绚烂美丽，因独夫民贼的穷奢极欲荒淫无耻而变成一种惊心动魄的丑陋！

杨广是中国历史上最丑陋的皇帝。他杀父兄，烝庶母，对外穷兵黩武，对内横征暴敛，大兴土木，广建宫苑，开运河，筑长城，赋重役繁，荼毒天下百姓——“青娥殿脚”的闹剧，在他丑陋的一生中实在算不了什么，但已足够令人感到十二万分之恶心。

杨广是中国历史上最不负责任的皇帝——既不对天下负责，也不对自己负责。即便是天下烽烟四起，他的江山已岌岌可危，他居然可以一边对着镜子发出“好头颈，谁来砍”的感叹，一边照样淫乐不已！他的无耻与麻木大概可以当得起“前无古人，后无来者”这几个字。这样的朝廷不灭亡简直是没天理！

隋朝的国祚仅得三十八年，是典型的短命王朝。而隋朝的灭亡，与大运河的开凿大概脱不了干系。据《开河记》所载，为开凿大运河而动用的民工达五百四十多万人，当挖到徐州时，就已经死了一百五十多万。人力耗费如此巨大，对国家经济与生产力当然是极其严重的破坏。而沿岸植柳所造成耗费也是惊人的。据冯贽《南部烟花记》载，隋炀帝下诏，在堤岸上植柳一株赏一缣。白居易的《隋堤柳》诗也写道："大业年中炀天子，种柳成行夹流水；西至黄河东至淮，绿阴一千三百里。"这一千三百里的绿阴要消耗多少人力与财富，我们实在难以想象。运河的开掘固然在客观上对日后中国社会经济的发展起了促进作用，但隋炀帝开凿大运河的目的主要是为了游江都，为了享乐，他的三次江都之行，也都耗费了大量的民脂民膏。李商隐《隋宫》诗云："春风举国裁宫锦，半作障泥半作帆。"举国的宫锦，一半用作乘骑挡泥的锦鞯，一半用作船帆。诗人在此仅举一隅，就写尽了暴君耗竭天下民力追求逸乐的情状。隋王朝的国力已经被杨广一人消耗殆尽了！当时就有《柳枝》曲讽喻开河种柳事："《柳枝》者，亡隋之曲。炀帝将幸江都，开汴河，种柳……有是曲也。"（后蜀何光远《鉴诫录·亡国音》）《柳枝》是亡隋之曲，而隋堤柳则因为见证了太多的疯狂与荒谬而成为亡隋的象征，成为后人尤其是唐五代人抒发沉重的历史兴亡感的特殊意象：

梁苑隋堤事已空，万条犹舞旧春风。那堪更想千年后，谁见杨花入汉宫。

（韩琮《杨柳枝》）

万株枯槁怨亡隋，似吊吴台各自垂。好是淮阴明月里，酒楼横笛不胜吹。

（孙光宪《杨柳枝》）

温柔娇羞弱不禁风的杨柳呵，你怎能荷载如此沉重的历史？

一千三百年前的一个春天，在一条一千三百里长的堤岸上，万千青春的生命目睹了一个人的疯狂、一个王朝的覆灭。她们的名字叫杨柳，永远属于春天的杨柳。

往事如风，转头成空，衮衮诸公的喧闹只不过是一场春梦。

只要春天年年依旧，杨柳就永远年轻。

女冠子

轻艳绮靡的风气在唐五代粉红色的时空中弥漫，风流的主题无孔不入，给所有的社会成员烙上深深的时代印记，即便是那些以躲避俗世的喧嚣为主要生活目的的出家人，也避不开席卷天下的风流主题的猛烈冲击——

一群美丽娇俏风情万种的女子出没于虚静寂寥的道观，女道士充满仙风道气的“星冠霞帔”，掩盖不住属于整个风流岁月的青春的泛滥与情感的躁动，更多的时候，她们是以世俗的面貌出现：“绿云高髻，点翠匀红时世”（牛峤《女冠子》），发式与装扮都很时尚，是当时的“时世妆”；有时穿得还相当“暴露”：“雪胸鸾镜里，琪树凤楼前”（温庭筠《女冠子》），领口开得很低，因此便露出了“雪胸”，这与唐五代世俗女子大胆开放的着装风格是一致的。她们多情而妩媚：“月如眉，浅笑含双靥，低声唱小词”（牛峤《女冠子》），风流俊俏如此，一如俗世间的风尘女子，何尝有一丝半毫出家人的孤苦与冷寂。

唐五代的女道士是一群十分特殊的女人。上至皇家贵族的公主名媛，下至青楼妓馆的风流女子，都有出家当女冠者。出家的原因也五花八门。不能否认其中有人真的是出于信仰，但也有不少人的入道显然与宗教信仰关系不大。如著名的大美人杨贵妃，她在成为唐玄宗的妃子前曾被度为女道士，栖身太真观，出家为道只是她从寿王妃转为玄宗妃的一个过渡安排，与宗教信仰无关。应该说，婚姻问题是唐五代妇女出家的一个重要原因。唐五代的女冠多为婚姻不幸的女子，这些失婚女子栖身道观，往往只是一种无奈的选择，大概并不是真心想出家，一辈子与黄卷青灯为伴的。在众多的女道士当中，有不少人颇具才艺，工诗能文，好与文人墨客往来酬唱；而风流文人与风流女道之间，大概免不了种种风流逸事，故唐五代文人所写的《女冠子》，多涉香艳旖旎的情事，其中的内容很可能就是他们与她们交往的真实写照，于中可以折射出当时的社会风气与价值取向：

薄妆桃脸，满面纵横花靥。艳情多，绶带盘金缕，轻裙透碧罗。

含羞眉乍敛，微语笑相和。不会频偷眼，意如何。

（欧阳炯《女冠子》）

这样一个风流多情的女道士，与唐五代风流世界中的歌舞妓究竟有什么区别，实在很难分辨。出家与艳情本来是两个水火不相容的概念，但是在唐五代文人的作品中，这两样东西往往很自然地掺和在一起，仿佛它们就是应该在一块儿的，女道士思春、想情郎甚至与人偷情都是很自然很正常的事：

眼看唯恐化，魂荡欲相随。玉趾回骄步，约佳期。

（牛峤《女冠子》）

额黄侵腻发，臂钏透红纱。柳暗莺啼处，认郎家。

（牛峤《女冠子》）

风流的出家人大概在任何时代都少不了，但是像唐五代《女冠子》中所描绘的如此普遍的女道士的风流现象，也只有在唐五代这样的风流岁月才能够产生。由此可见，“风流”作为一种社会意识与生活方式的确渗透到当时整个社会的各个层面。

唐代是道教兴盛的朝代。唐皇室崇奉道教，唐代的开国皇帝、高祖李渊奉道教教祖老子为其祖先，其后诸帝，大多是道教的狂热信奉者，其中尤以武宗为甚。“三武一宗”的“灭佛”是中国历史与宗教史上的重大事件，而唐武宗则是“三武”之一，唐武宗之所以灭佛，当然与他狂热的道教信仰大有关系；而唐代不少后妃公主，则干脆出家去当女道士，据清人龚自珍的考证，唐后妃公主当女冠者，仅见诸文献的就有四十余人。其中著名的有高宗与武则天的女儿太平公主、睿宗女金仙公主和玉真公主、玄宗妃杨玉环（贵妃）、代宗女华阳公主等。

太平公主的“入道”故事甚具典型性，颇能说明当时统治阶级的信仰意识和上层社会的社会风气。咸亨元年（670），武则天母杨氏亡故，“后丐主为道士，以幸冥福”；仪凤年间（676—679），吐蕃请求和亲，欲娶太平公主，“后不欲弃之夷，乃真筑宫，如方士熏戒，以拒和亲”。（均见《新唐书·诸公主列传》）据说太平公主的相貌体态与性情作风与武则天甚为相似，武则天对她的儿子心狠手辣，杀的杀贬的贬，但对这个“颇有乃母之风”的女儿却十分宠爱、百般呵护，从以上文字看也可略见一斑。母亲亡故，武则天为了让亡母在阴间安享冥福，就让自己最宠爱的女儿当道士，为母亲祈福；屡犯唐边境的吐蕃请以太平公主和亲，武则天舍不得宝贝女儿下嫁到边远之地受苦，又不敢得罪吐蕃，于是就要了一个花招，为太平公主建了一座太平观，让她到道观去当观主，真的出家当了女道士，以此来拒绝吐蕃的求婚。当然，太平公主的两次出家大概都是“虚晃一枪”，前一次可能只是象征性的，不一定真的就到道观“出家”，而后一次虽然当了太平观主，也只是为了骗骗吐蕃而已——武则天后来还是物色了左奉宸卫将军薛瓘与唐太宗女城阳公主的儿子薛绍为太平公主的驸马。

在统治阶级与上层社会的直接带动下，唐五代女子出家入道之风极盛，因此，唐五代的女道士也就特别多。从“女冠子”竟然可以成为唐教坊曲名乃至词牌名，就不难想象当时女冠云集道观出入欢场的盛况。在唐代的都城长安当时有不少著名的宫观，而咸宜观应该是其中最著名的一座，这不但因为此观是当时士大夫家的妇女入道最集中的地方，还因为这里曾栖身过一个最著名的女道士——诗人鱼玄机。

鱼玄机应该是唐五代那些风流不羁多才多艺的“女冠子”的一个象征：她的出身经历与生活道路具有唐五代女道士的种种典型性——从沦落风尘的娼妓到大户人家的小妾再到风流多情的女冠——连名字也充满了道的神秘玄妙的色彩。据与鱼玄机同时代的皇甫枚的《三水小牍》载：

西京咸宜观女道士鱼玄机，字幼微，长安倡家女也。色既倾国，思乃入神。喜读书属文，尤致意于一吟一咏。破瓜之岁，志慕清虚。咸通初，遂从冠帔于咸宜。

在唐代，一个美丽而又富有才华的女子沦落为“倡家女”（即妓女），她最好的出路，往往就是先成为名噪一时的“名妓”，然后再成为文人士大夫的小妾。鱼玄机走的就是这样一条道路。据稍后于鱼玄机的五代后蜀花间词人孙光宪所撰的《北梦琐言》载，鱼玄机在入道之前曾经做过一个叫李亿的“补阙”的妾，出家咸宜观当女道士，是她被李亿抛弃以后的事。应该说，出家咸宜观是鱼玄机的无奈之举，但成为女冠却是鱼玄机人生道路的一大转折。唐代特殊的社会环境和开放的社会风气给女道士这样特殊的社会群体提供了一种特殊的机遇，使她们暂时得以摆脱封建礼教的禁锢，与文人士大夫结交，从而进入社会公共领域，有机会表现她们并不逊色于男性的才华。“色既倾国”的鱼玄机出家之后，过着与风流文士诗酒唱和的风流生活，“而风月赏玩之佳句，往往播于士林。然蕙兰弱质，不能自持，复为豪侠所调，乃从游处焉。于是风流之士争修饰以求狎。或载酒诣之者，必鸣琴赋诗，间以谑浪，懵学辈自视缺然。”（《三水小牍》）她以她的天生丽质与才华，倾倒了众多的文人墨客，连温庭筠与李郢这样的诗人名士，都曾在她诗酒风流的生活中留下印痕：

苦思搜诗灯下吟，不眠长夜怕寒衾。
满庭木叶愁风起，透幌纱窗惜月沈。
疏散未闲终遂愿，盛衰空见本来心。
幽栖莫定梧桐处，暮雀啾啾空绕林。

鱼玄机的这首《冬夜寄温飞卿》，隐约地向我们透露了一位美丽的女道士与当时诗坛的领袖人物交往的情形：灯下苦吟诗，长夜怕衾寒，风吹叶落、月沉纱窗的光景最令不眠人销魂……此情此景，竟有点像传统的深闺思妇在思念远游的情人；而她的另一首赠温氏的诗《寄飞卿》，则从诗题到内文都显示出一种亲昵与随意：

阶砌乱蛩鸣，庭柯烟露清。
月中邻乐响，楼上远山明。
珍簟凉风著，瑶琴寄恨生。
嵇君懒书札，底物慰秋情。

——如果“嵇君”懒写书札的话，又有什么东西能慰藉那种秋天特有的伤感呢！鱼玄机与温庭筠之间到底有无风流逸事，目前已难以考证，然而，可以感受到的是，一种隐隐约约的情愫在字里行间闪烁着，是“柏拉图式”的精神恋爱，还是志趣相投者之间的惺惺相惜？恐怕也只能见仁见智了。

女道士鱼玄机的生活风流而世俗，一点儿也没有出家人所应有的超脱与散淡，在生活方式与情感领域，她都与一般的欢场女子并无什么不同：

曾陪雨夜同欢席，别后花时独上楼。
（《左名场自泽州至京使人传语》）

恨寄朱弦上，含情意不任。
早知云雨会，未起兰蕙心。
（《感怀寄人》）

鱼玄机的这些文字记录了她的生活状况与心路历程，她丝毫也不掩饰她对情爱的渴望与对欢乐生活的追求，《暮春即事》一诗将她的这种心理表达得更为直白：

深巷穷门少侣俦，阮郎唯有梦中留。
香飘罗绮谁家席，风送歌声何处楼。

其实，与鱼玄机来往的“侣俦”并不少，但真正有情有义甚至可以托付终身的“阮郎”的确不多。开放的唐代虽然给鱼玄机一类的才女提供了一定的施展才华的空间，但给她们提供的整体生存空间仍然是有限的，尤其是在情爱与婚姻方面。从鱼玄机遗留下来的几首赠李亿的诗来看，她对李亿仍然是很留恋、很怀念的：“忆君心似西江水，日夜东流无歇时”（《江陵愁望寄子安》）；“醉别千卮不浣愁，离肠百结解无由”（《寄子安》）；“别君何物堪持赠，泪落晴光一首诗”（《春情寄子安》）；“书信茫茫何处问，持竿尽日碧江空”（《情书寄李子安》）。光看诗题就已经能感受到诗人的似水柔情，我们似乎不应该怀疑她的诗中所表露出来的感情的真挚。然而鱼玄机已经不可能回到过去的生活之中，对李亿的怀念大概只是一种无可奈何的感情寄托，她在欢乐与放纵的原野上信马由缰，将她的才情与美丽尽情挥洒，同时也将人性的阴暗与丑陋尽情挥洒，她越走越远，终于迷失了自我，走进了一片混沌、一片深渊。

鱼玄机的人生结局很是悲惨。她是因笞杀婢女绿翘而被京兆尹温璋处死的。虽然她才貌双全，虽然她名声远播，虽然有不少文人士大夫替她说项求情，然而她犯的是杀人罪，罪不容赦，京兆尹温璋并没有因为她是“名人”而网开一面。她死的时候才二十九岁，正是生命中最美丽最灿烂的年华！鱼玄机杀婢的原因甚为荒谬。据《三水小牍》所载，鱼玄机到邻院访友，临行时告诉婢女绿翘：如有熟客来访，就说我在某处。晚归，绿翘告知：有某某客人来访，听说你不在就走了。这位客人是鱼玄机的老相好。鱼玄机怀疑绿翘与客人私通，连夜刑讯逼供，竟然活活将其鞭笞至死。

实在很难将这样丑恶的行为跟一个美丽的女道士、跟一位才华横溢的女诗人联系起来。或许是因为长期的精神苦闷与压抑所导致的人格分裂与变态，或许是因为风流岁月的轻薄世风将生命与道德的凝重变幻成一种微不足道的随意草率，一个如此聪慧的女人竟然以如此荒唐的理由将另一个女人的生命毁灭，这是人性的悲哀，更是社会的悲哀！鱼玄机的放荡与杀人，包容了太多的社会内容，她的美丽与才华，跟她卑下的社会地位与坎坷的人生经历形成了强烈的反差，她对社会有太多的愤懑，她对人生有太多的遗恨，她的《游崇真观南楼睹新及第题名处》就抒发了她胸中的不平之气：

> 云峰满目放春晴，历历银钩指下生。
> 自恨罗衣掩诗句，举头空羡榜中名。

鱼玄机，纵使你貌美如花，纵使你才高八斗，可是你连当人家的小妾都当不安稳，只能混迹于风月无边的道观之中，做一个比“倡家女”命运好不了多少的女冠，表面上风流快活，内里却充满了苦涩与酸楚。归根结底，这都是因为“罗衣掩诗句”的社会现实的严重不公！封建社会的严酷现实不但剥夺了妇女金榜题名当官从政建功立业的权利，也基本上剥夺了妇女从事其他社会活动体现人生价值的权利。鱼玄机，你当然不可能超越社会与时代的制约，不可能抗衡悲剧命运强加于身上的不公，于是你只好去当女冠；你越是杰出，越是优秀，命运对你的打击就越大，你心中的憾恨也就越强烈，伤痛也就越深切！

在整个唐五代，文人与女冠都保持着一种相当密切的互动关系，风流放荡如温庭筠者就不用说了，即便是并不以风流名世的李白、李颀、王昌龄等，都与女道士有过或多或少的接触。文人与女冠的相“狎”，或许就是当时的社会风气。唐人高仲武编选的《中兴间气集》就记载了另一位著名的女道士女诗人李季兰与诗人刘长卿之间的逸事：

> 尝与诸贤集乌程县开元寺，知河间刘长卿有阴重之疾，乃诮之曰：“山气日夕佳。”长卿对曰：“众鸟欣有托。”举座大笑，论者两美之。

这里的“阴重之疾”就是今天的疝气，症状的一个特征是阴囊肿大，明乎此，后面的“山气”与“众鸟”就不难理解了。此段文字透露出当时的女冠与文士相“狎”的某些情景：戏谑放浪而又不至于太伤大雅。李季兰的风流与才艺皆不让鱼玄机，她与不少文人关系密切，可考的诗作唱和者有朱放、韩揆、陆羽、皎然等。皎然有《答李季兰》诗：

天女来相试，将花欲染衣。
禅心竟不起，还捧旧花归。

皎然是个和尚，李季兰竟然能使得他“禅心不起”，可见他们之间的关系非同一般。这种男僧女道的暧昧关系在任何一个时代都算得上惊世骇俗，而当事者居然还将这种关系形诸笔墨，传诸后世，这样的作为，也只有在唐代这样惊世骇俗的时代才可能发生，才可能被社会所容忍。

在红尘飞扬、香风吹拂的风流岁月中，一切神圣或美好的事物都有可能变得滑稽而怪异。在女道士的心目中，宗教的神圣远远比不上世俗的情与爱；而在文人的心目中，女冠首先是一个女人，一个美丽而风流的女人：

家住涪江汉语娇，一声歌戛玉楼箫。
睡融春日柔金缕，妆发秋霞战翠翘。
两脸酒醺红杏妒，半胸酥嫩白云饶。
若能携手随仙令，皎皎银河渡鹊桥。

（李洞《赠庞炼师》）

好一个“两脸酒醺红杏妒，半胸酥嫩白云饶”。李洞笔下的庞炼师哪里像一个宗教徒，分明就是一个风流冶艳的欢场女子，一个希望渡过鹊桥到彼岸去追求情爱的痴情女子。而这样一个女子的形象，与温庭筠、牛峤、欧阳炯等花间词人所塑造的“女冠子”的形象却是完全吻合的。

妩媚多情的女冠是唐五代一道色彩迷离而炫目的风景。

美丽女冠与风流文士的香艳故事是唐五代华丽的风流咏叹调。

像一朵斑斓而飘逸的彩云，轻轻地、轻轻地在历史的沉重中掠过，湛蓝的苍穹空旷而迷茫，心之原野吹拂着绵延千年的浪漫季风，美丽凋谢如同缤纷的落英，飘落高峻兀傲的生命堤岸，被充溢着激情的汹涌潮水吞噬，化作亮丽而苦涩的永恒记忆……

忆江南

天空中飘洒着稠密的细雨，绵软的风从杨柳梢头吹来，轻轻地拂拭着水村山郭的宁静明丽，牛背上的牧童短笛明亮而悠扬，飘荡在满眼凄迷的绿色中，孤独的乌篷船停泊在古老的枫桥下，倾听千年不变的钟声，望江楼上的美丽女子红袖飞舞，召唤着万千征帆中一颗颗漂泊的心——江南永远是中国文人一个温柔绮丽的梦。

白居易来了，带着北方的沉重，带着时代给他的创痛。

公元八二二年，五十一岁的白居易上疏唐穆宗论河北用兵事，不听；有感于国政日非，朋党倾轧，战乱频起，民生益困，乃求外任，旋出任杭州刺史。白氏在任上短短的两年间，挖城中六井，以供百姓饮用；修筑湖堤，蓄水防旱，使濒湖千余顷良田无凶年之忧——“唯留一湖水，与汝救凶年”，白居易在任满离杭前所写的《别州民》，颇为自负地道出了自己这一政绩。然而，白居易留给杭州最宝贵的财富，也许并不是几口水井，不是一段湖堤，不是救凶年的湖水，而是那些清新优美的诗篇，那些脍炙人口的诗句：

孤山寺北贾亭西，水面初平云脚低。
几处早莺争暖树，谁家新燕啄春泥。
乱花渐欲迷人眼，浅草才能没马蹄。
最爱湖东行不足，绿杨阴里白沙堤。

（《钱塘湖春行》）

湖上春来似画图，乱峰围绕水平铺。
松排山面千重翠，月点波心一颗珠。

碧毯线头抽早稻，青罗裙带展新蒲。
未能抛得杭州去，一半勾留是此湖。

（《春题湖上》）

白居易为杭州西湖写下了世上最美的诗，杭州西湖也因此成为天下最美的湖。

西湖的美是典型的江南之美，美丽的西湖是江南的象征符号。

江南绝美的景色以及远离政治中心的宁静，与北方的战乱纷扰形成了巨大的反差，白居易徜徉于江南的绿水青山之间，疲惫的身心得以稍稍歇息，种种失意与烦恼得以暂且忘却，因此，他才能够写下如此美丽的诗歌。

白居易放着好好的京官中书舍人不当，来到江南当地方官，他的心情一定是万分无奈的。他面对的是一个混乱不堪的朝廷：皇帝是宦官手上的木偶甚至是砧上的鱼肉，牛僧孺与李德裕这两个家伙为着各自的利益与恩怨斗得死去活来，手握重兵的藩镇们在不断地制造着年复一年的战乱……他的心里一定是这样想的：既然无法改变现状，既然无力回天，躲总是可以的吧！如果要躲，江南应该是个不错的地方。

公元八二二年，距离“甘露之变”尚有十三年。十三年后的公元八三五年，宰相李训等与凤翔节度使郑注密谋铲除专权的宦官仇士良，他们预先在左金吾卫的大厅设下伏兵，以后院石榴树上夜有甘露为名，诱使仇士良等前来观看，乘机加以诛杀；终因所伏甲兵暴露，失败，李训、郑注等被杀，同时株连被杀的有一千多人，史称“甘露之变”。

公元八二二年，距离朱温灭唐尚有八十五年。八十五年后的公元九〇七年，挟天子以令诸侯的朱全忠（原名朱温，此名乃唐皇帝所赐。多么具有讽刺意味！可笑可悲复可叹！）终于将玩弄于股掌之上的黄口小儿唐哀帝李柷废掉，自立为帝，建立后梁，摇摇晃晃了几十年早已名存实亡的唐王朝至此轰然倒下，结束了它二百九十年辉煌与腐朽并存的历史。

不可一世的大唐王朝自安史之乱后，国势如江河日下，在整个中晚唐的一百多年间，内有宦官专权，外则藩镇跋扈，皇帝基本上成了聋子的耳朵——摆设，至于那些大臣、宰相们，别看他们整天在朝廷上吵吵嚷嚷的，按陈寅恪先生的说法，都只是些二流角色，真正把持朝政的主角是仇士良、鱼弘志一类的生理畸变者与心理变态者。

生当这样时代的知识分子真是太不幸了！时代的极端黑暗腐朽与知识分子作为时代良心的本质构成了一种悲剧关系，毫无疑问，真正的知识分子注定都要成为黑暗时代的悲剧人物，或作为牺牲品被时代所吞噬，或作为“神州袖手人”（清末陈三立语）游离于时代之外，做一个吟弄风月寄情山水的闲人与看客。

到江南去吧！江南好，江南美，江南少纷扰，江南可忘忧。

公元八二五年，白居易再一次到江南来，任职苏州刺史。此时牛党得势，李逢吉、牛僧孺皆为相，主持朝政。白氏与牛僧孺较友善，照理应该得到重用，在皇帝身边弄份好点儿的差事干干，然白氏并不愿意在京城为官，而一再要求外放，可见他对当时的政治失望至极。白氏在苏州任上干了一年多，因患眼疾日久，不能视事，遂免职；不久，与刘禹锡结伴归洛阳，结束了他的第二次也是最后一次江南之行。此后，除了短期在长安任官并居留之外，自公元八二九年起，白氏一直在洛阳居住，直至公元八四六年他去世。

江南虽好，可白居易仍然选择了洛阳做他的归宿之地。从某种意义上说，洛阳也属于南方。远离北方的战乱，远离北方的政治，白居易在洛阳优哉游哉地度过了十八年闲暇的生活。他担任一个太子宾客分司东都的闲官，闲来无事，多以饮酒、会友、赋诗、作文打发日子，又醉心佛学，忘情山水，并多次编辑自己的诗文集，藏于各名山寺庙中。在洛阳期间，白居易其实是彻底放弃了作为一个知识分子的政治抱负，为自己的名山事业做最后的努力。

公元八四二年，七十一岁的白居易为唐武宗所闻，欲以为相，然为李德裕所阻。白居易即于该年退休，四年后，以七十五岁的高龄辞世。

晚年的白居易回忆他的江南之行，写下著名的《忆江南》三首：

江南好，风景旧曾谙。日出江花红胜火，春来江水绿如蓝。能不忆江南。

江南忆，最忆是杭州。山寺月中寻桂子，郡亭枕上看潮头。何日更重游。

江南忆，其次忆吴宫。吴酒一杯春竹叶，吴娃双舞醉芙蓉。早晚复相逢。

江南是白居易永不褪色的记忆，是吴娃与苏小们的青春笑靥，是春日明媚阳光下的拂堤杨柳，是踏着浅浅春草归来的马蹄声，是荷花深处飘荡的采莲曲，是平湖秋月的明净澄澈，是钱江怒潮的变幻奇谲……哦，忆江南，忆江南，白居易的江南欢快而明亮，闪耀着春天绿色的喜悦和郁郁葱葱生机勃发的生命张力，江南给了白居易温暖而宁静的慰藉，而白居易则赋予江南一种永远楔入中国人思维模式中的悠远深长而惝恍迷离的“忆江南”意境。

中唐文人的“忆江南”到了花间词人那里就转变为“梦江南”。从“忆江南”到“梦江南”，这中间决不仅仅是“忆”与“梦”的一字之差，而很可能是中唐文人与花间词人现实世界生存空间的差异。“梦江南”或许是花间词人一种习以为常的生活体验，是一种诗化了的生活感受，抑或是一种纯粹浪漫的艺术感觉？晚唐五代的战乱与割据使得北方与南方各地的交往变得异常困难，偏安一隅的江南在当时的文人眼中变得更为遥远，变得可望而不可即，江南的绮丽宁静，江南的温馨浪漫，大概只能在梦中寻找了：

兰烬落，屏上暗红蕉。闲梦江南梅熟日，夜船吹笛雨潇潇，人语驿边桥。

楼上寝，残月下帘旌。梦见秣陵惆怅事，桃花柳絮满江城，双髻坐吹笙。

晚唐文人皇甫松这两首意境朦胧悠远的《梦江南》，或许道出了当时知识分子“梦江南”的现实。遥远的江南，烟雨凄迷的江南，她所荷载的意象：梅熟时节的潇潇夜雨，泊岸江船中传出的袅袅笛声，驿边桥畔随风飘来的悄悄人语；还有灿若云霞的烂漫桃花，飘飞如雪的漫天柳絮，双髻少女吹奏的笙乐在月光下缓缓地流淌……这一切，都只能够在“闲梦”中才能回味，或许，这些美丽的意象只是一个美丽的梦罢了。

花间词人称皇甫松为“皇甫先辈”。按“先辈”乃唐人对进士的尊称，《花间集》对作者的称谓一般都要加上官衔，如称韦庄为“韦相”，称薛昭蕴为“薛侍郎”，据此，可推知皇甫松大概是中了进士而并没有做官，是个不求仕进、避世独立的林泉中人。

避世独立的皇甫松是江南人，江南人“梦”江南，这其中包含着几多的辛酸与无奈！因此，他的“梦”弥漫着一种淡淡的惆怅与迷茫。关山迢递，江湖险恶，故乡是回不去了，再也听不到清新优美的采莲曲，再也见不到天真娇憨的采莲小姑，那葱翠妩媚的连绵春山，碧波荡漾的纵横河泊，绿林深处传出的婉转莺声，寻常巷陌微风中轻飏的沽酒青旗，杏花春雨天，清明出游时……已成为渐行渐远的斑斓记忆，江南的万种风情只能装饰他旖旎的梦。烟雨江南，朦胧而凄迷——皇甫松的“梦江南”为江南营造了真正具有独立美学价值的美丽。

风流才子温庭筠梦中的江南当然与他所熟悉所关爱的青楼女子有关。终其一生都在女人堆里厮混的温庭筠词作中的主人公大都是女子——渴望爱情的女子，江楼守望的女子，为爱而恨极而肠断的女子，他的《梦江南》自然也不例外：

千万恨，恨极在天涯。山月不知心里事，水风空落眼前花。摇曳碧云斜。

梳洗罢，独倚望江楼。过尽千帆皆不是，斜晖脉脉水悠悠。肠断白蘋洲。

那个“独倚望江楼”的女子、那个“恨极在天涯”的女子或许就是江南思妇吧！浩荡开阔的江面上樯橹连云、千帆竞发的意象，似乎更应该属于水气氤氲波光粼粼的江南。

才华横溢的温庭筠是北方人，但北方对于温庭筠来说是一个噩梦，屡试不第的坎坷与宦途失意的痛苦终生缠绕着他，混乱与动荡像巨大的梦魇无时无刻地压迫着他，而江南却没有这些。江南有“杨柳又如丝，驿桥春雨时”（《菩萨蛮》）的温柔，有“吴宫女儿腰似束，家在钱唐小江曲”（《苏小小歌》）的多情，有“试逐渔舟看雪浪，几多江燕荇花开”（《送卢处士游吴越》）的美丽。在温庭筠的梦与现实中，江南从来就不仅仅是一个地理上的概念，而是一个有着许许多多永远流泪永远相思的痴情女子的地方，温柔多情美丽的江南，从来就属于温柔多情美丽的江南女子，江南的召唤，实质上就是江南女子的召唤：

到江南来吧！江南好，江南美，江南有七色的香梦，江南有永恒的相思。

与官员白居易的真切、隐士皇甫松的散淡很不一样，浪子温庭筠的江南深深地打上了风流的印痕。当江南的风物景色悄然隐退，青楼女子的相思成为“梦”的主题，一场文学上的“革命”就在不知不觉中接近完成。从白居易的《忆江南》到皇甫松的《梦江南》再到温庭筠的《梦江南》，可以清晰地看出词这一文学样式的美学发展轨迹——从唐诗意境向五代词意境转变的轨迹。妆罢江楼独凭栏，过尽千帆皆不是——这一思妇独有的悲情意象所传递出来的信息与意境是属于晚唐五代词的，自从这一意象被温庭筠创造出来之后，词似乎便开始具备了记录妇女尤其是思妇心灵悲情史的功能。温庭筠似乎总是要充当天下思妇的代言人，他的词作永远充溢着女子的泪水与叹息，他梦中的江南永远闪烁着一叶浩淼烟波中荷载相思女子万千思念与企盼的帆影。

作为一个文化符号，“忆江南”所包容的历史文化信息是丰富而厚重的。据唐人段安节《乐府杂录》所载，此词牌最早名《谢秋娘》，系唐相李德裕为悼亡姬谢秋娘所作，后因白居易词有“能不忆江南”句而名《忆江南》，因白词有“江南好”句又名《江南好》；因刘禹锡词有“春去也，多谢洛城人”句，名《春去也》；因皇甫松词有“闲梦江南梅熟日”句，名《梦江南》；因温庭筠词有“梳洗罢，独倚望江楼”句，名《望江南》。集天才诗人与亡国之君于一身的李煜用此调所作的作品，就是以“望江南”为名；“望江南”比之于“梦江南”，更多了一番凄凉与无奈的意味，对作为阶下囚的“江南国主”李煜来说，“望江南”三字更具悲剧意义：

多少恨，昨夜梦魂中。还似旧时游上苑，车如流水马如龙。花月正春风。

多少泪，断脸复横颐。心事莫将和泪说，凤笙休向泪时吹。肠断更无疑。

在“违命侯”李煜最后的生命中，江南曾经无数次地在他的梦中出现：“故国梦重归，觉来双泪垂。”（《子夜歌》）“罗衾不耐五更寒。梦里不知身是客，一晌贪欢。”（《浪淘沙》）江南的风花雪月已经成为痛苦的记忆，昔日的欢乐只能在梦魂中回味，有多少风流快活，就有多少憾恨，就有多少血泪！

可是，江南当然不仅仅是令李煜断肠的梦，他那哀伤忧郁的目光伴随着飞翔的心灵穿越万里关山，飘落在那片永远令他销魂的土地上。关山重重，江南是不可能用眼睛望得到的，他只能用他的心去“望”，去感受，去触摸。在他被宋太宗赵光义用“牵机药”毒杀之前的三年间，“望江南”恐怕是陪伴他度过“此中日夕，只以眼泪洗面”的囚徒生涯的每天“功课”。秦淮月色，石城涛声，王谢衣冠，江东子弟……江南的一切，无时不在他的想望之中。他在想望中完成了他一生中最为重要的角色转换——从一个窝囊的亡国之君变为词的王国中无可争议的帝王，从而使“李后主”这个悲剧性的名字放射出万丈光芒，照亮了千年历史的时空隧道。

公元九七八年，李煜在远离江南的汴京被赵光义杀害，死时才四十二岁，正是艺术创作上的黄金年龄！李煜的被杀是意料中的事。赵光义是千古疑案“烛影斧声”故事的主角，是杀宋太祖赵匡胤的嫌疑犯，他连他的皇帝哥哥都有可能谋杀，杀一个整日哭哭啼啼的亡国之君，还不是像捏死一只蚂蚁。

李煜终于以他的眼泪与悲惨故事给绮丽的江南镀上一层悲剧色彩，

从此以后，“望江南”所包容的悔恨痛苦与江南的繁华富丽永远纠缠在一起，在我们所有的历史教科书上，江南再也不是一个令人轻松愉快的概念。从此以后，我们必须面对江南的沉重与痛楚。

杏花春雨江南，铁马秋风塞北。江南的美缠绵而凄婉，塞北的美剽悍而激越。江南是水灵灵的美人儿，塞北是昂首挺胸的伟丈夫。人们对美人儿都有一种疼爱怜惜之情，而对伟丈夫往往只是崇敬。千百年来，中国文人对江南的万千宠爱，或许就是对楚楚怜人的小美人的一种情结吧。

公元一九二〇年，一位叫康白情的诗人写了一首叫《江南》的诗：

只是雪不大了，
颜色还染得鲜艳。
赭白的山，
油碧的水，
佛头青的胡豆土。
……

噢，江南是永远不会被中国文人忘却的，绵延千年的记忆依然年轻——雪花轻柔如春雨，温润着被诗歌浸淫的土地，二月的日影怯怯地铺在娇柔的水面，逼出一层宁静淡定的碧色，伶俐的飞鸟忙忙碌碌，在瓦蓝的天空下划着漂亮的弧线，沉默的林莽已渐渐苏醒，焕发出思妇梦中曾有过的斑斓……

浪淘沙

大江东去是大自然最动人最壮美的一种生命律动。子在川上曰：逝者如斯夫！不舍昼夜。千年涛声依旧，自然的钟声永不停歇，那千年流逝的是时间，是江水，还是沧海桑田的默默演变？大浪淘沙！当滚滚波涛拍打着堤岸裹挟着沙泥浩荡东下，当似水流年放逐走马灯似的风流人物众说纷纭的兴亡故事，物质世界铁的法则仿佛在向我们昭示着它无所不在的森严与冷酷——

一泊沙来一泊去，一重浪灭一重生。相搅相淘无歇日，会教山海一时平。

白浪茫茫与海连，平沙浩浩四无边。暮去朝来淘不住，遂令东海变桑田。

噢！这就是浪淘沙。白浪淘平沙，东海变桑田——白居易的这两首《浪淘沙》径直道出了“浪淘沙”的本质。沧海桑田的变幻令人觉得生命是如此短暂，进而感受到人在永恒的时间面前的微不足道。大浪淘沙不仅是一个物理概念，更是一个时间概念，或许是从孔老夫子那句著名的“逝者如斯夫！”开始，中国文人逐渐形成了以江河的流逝比拟光阴流逝的思维路向。“大江东去，浪淘尽千古风流人物！”天才诗人苏轼面对赤壁古战场的这一声大气磅礴的吟唱，把江河东去与光阴流逝的关系写绝了，把中国文人面对时间长河的无奈与悲壮道尽了。大江东去，淘尽的不仅是沙泥，多少丰功伟业，多少英雄豪杰，在这条滚滚东流的大江面前，无不转头成空、灰飞烟灭！

《浪淘沙》原为唐教坊曲名，后用为词牌，创自唐代诗人刘禹锡、白居易。早期的《浪淘沙》所咏内容即如调名所示，如刘禹锡所撰的九首与白居易所撰的六首莫不如此。这与其他词如《杨柳枝》《更漏子》等早期的情况也是一致的，符合词这一艺术样式的发展规律。此曲最早的形式为单调、四句、二十八字，即是一种能唱的七言绝句。至南唐后主李煜，因旧曲名另创新声，始创长短句双调令词，前后片各五句，共五十四字。此后，本调即以李煜所作为正体，成为后世词人普遍采用的形式。清人陈廷焯《别调集》卷二云："唐人《浪淘沙》本是可歌绝句，措语亦紧切，调名至后主'帘外雨潺潺'二阕后，竞相沿袭，古调不复弹矣。"所言极是。至宋时，柳永、周邦彦别作慢词，调长拍缓，有一百三十多字，又与此截然不同矣。

满身脂粉气的花间词人大概不会关注《浪淘沙》这类对生命和时空感慨深沉的曲调，五代后蜀的赵崇祚编《花间集》，收入晚唐五代十八位词人的五百首词作，其中仅有两首调名《浪淘沙》的作品。这两首作品均系晚唐词人皇甫松所作。但是，皇甫松并不算真正意义上的花间作家，无论在作品的内容或风格上，皇甫松与花间诸人都明显不是同一路人，他被收入《花间集》中，其实真有点儿"冤枉"：

滩头细草接疏林，浪恶罾船半欲沉。
宿鹭眠鸥飞旧浦，去年沙嘴是江心。

蛮歌豆蔻北人愁，蒲雨杉风野艇秋。
浪起䴔䴖眠不得，寒沙细细入江流。

"宿鹭眠鸥"浑不知世事变化，人间沧桑，还以为它们所栖息的沙滩是旧浦，其实这个地方去年还是江心呢——皇甫松的《浪淘沙》基本上还是一种本色之作，然而，沧海变桑田的"浪淘沙"主题被包容在含蓄蕴藉的形式中，七言绝句的痕迹已逐渐淡化，开始具有词的美学意蕴与境界。

在《浪淘沙》本调发展史上具有里程碑意义的是李煜及其作品。李煜以其极高的艺术天赋与极具悲剧性的生命体验，改造了《浪淘沙》的艺术形式，拓展了《浪淘沙》的艺术空间，赋予了《浪淘沙》全新的生命。可以说，《浪淘沙》这一艺术载体与艺术生命得以延续并发扬光大，成为后人所熟悉所习用的一种艺术形式，全赖李后主的个人天才，他所创作的《浪淘沙》，迄今为止，仍是该词牌创作史上最具震撼力的作品：

帘外雨潺潺，春意阑珊。罗衾不耐五更寒。梦里不知身是客，一晌贪欢。

独自莫凭栏，无限江山。别时容易见时难。流水落花春去也，天上人间。

这是一个亡国之君的心灵悲歌！亡国之君的囚徒生涯是可怜而悲惨的，历史上此类事例颇多，为我们所熟悉的是“乐不思蜀”与“青衣行酒”的故事——

“乐不思蜀”的主人公是三国蜀汉后主阿斗刘禅，阿斗亡国后被俘到洛阳，司马氏封他为“安乐公”。某日宴饮，表演蜀技，在座蜀人皆触景生情，伤心不已，唯独阿斗谈笑自若，一副“安乐”的样子。司马昭问他想不想念故国，阿斗答道：此间乐，不思蜀。呜呼！历史的发展有时颇具戏剧性，司马氏的威风抖不了多久，同样的命运就降临到自己身上。数十年后，司马昭的孙子西晋怀帝司马炽被匈奴人刘聪俘虏，同样也是在一个宴会上，刘聪命司马炽穿上普通老百姓的“青衣”，为座上的客人斟酒，在座的晋臣看到君主遭如此凌辱，皆号啕痛哭——历史往往是这样的惊人相似！

相比之下，李煜的故事更具悲剧性。刘禅是个痴愚型的亡国之君，他与司马昭的另一个孙子、在大荒之年问饿死的百姓“何不食肉糜（肉粥，一说肉丸子）”的晋惠帝司马衷一样，是历史上最为著名的白痴继位者，要使这一类患有智障症的家伙不亡国看来很难，因此他们的命运具有逻辑上的合理性。而李煜却不同，李煜是个天才诗人，虽然也耽于逸乐，但身死国灭似乎不应该是必然的结果，他只是生不逢时，不巧睡在宋太祖赵匡胤卧榻之侧而已。他的《浪淘沙》和《虞美人》等血泪之作，记录了他最深的悔恨和伤痛，赚取了后世无数人最大的同情与惋惜。但是历史从来就不相信眼泪，也不容许任何人吃后悔药，大浪淘沙，李煜何尝又不是茫茫尘海中的一颗沙子，他花月春风、车水龙马的风流岁月，他饱受屈辱、日夕以泪洗脸的囚徒生涯，都随着那一江滚滚东流的春水一去不返。或许，李煜在选择《浪淘沙》这一曲调作为其寄托悲情的载体时，就进行过类似的人生思考。

在经历了晚唐五代的长期战乱之后，一个新的王朝在战马的嘶鸣与铁血的映照中产生了。赵宋王朝是一个与李唐王朝完全不同的朝代。在赵宋立国的三百多年间，青春浪漫的飞扬激情消失殆尽，冷静成熟的理性主义占据统治地位。人们常说唐诗主抒情、宋诗主说理，这除了说明唐宋两代诗歌的不同风格特点外，也从一个方面说明了宋代理性主义对文学艺术的影响。程朱理学的产生是宋代理性主义盛行的必然结果。

然而，文学创作毕竟有它自身的内在规律，因此，好发议论的宋诗不能成为宋代文学的代表，代表宋代文学最高成就的是描写细腻抒情真挚的词。

词发展至宋代开始逐渐脱离音乐，成为一种独立的艺术形式，调名也跟所咏内容基本无关，成为纯粹的形式符号。就以《浪淘沙》为例，宋人用此调所撰的作品，已经全然没有了“沧海桑田”的痕迹——

有个人人，飞燕精神。急锵环佩上华裀。促拍尽随红袖举，风柳腰身。

簌簌轻裙，妙尽尖新。曲终独立敛香尘。应是西施娇困也，眉黛双颦。

浪子词人柳永的这首《浪淘沙》，距离刘、白他们所展现的“浪淘沙”意象何啻十万八千里，跟李后主的家国之恨与人生感慨也迥然不同。词中所写乃柳氏所熟悉所关爱的妓女。

柳永的生活方式与晚唐五代以来的绮靡世风是一脉相承的，其风流放荡直追词坛上的另一位浪子温庭筠。据宋人罗烨的笔记《醉翁谈录》

载，柳永“居京华，暇日遍游妓馆。所至，妓者爱其词名，能移宫换羽，一经品题，声价十倍。妓者多以金物资给之”。可见出入欢场是柳永日常生活的主要内容。据说宋仁宗赵祯原本喜欢柳永的词，后看到柳永《鹤冲天》词“忍把浮名，换了浅斟低唱”云云，老大不高兴，“及临轩放榜，特落之，曰：‘此人风前月下，好去浅斟低唱，何要浮名？且填词去。’三变由此自称‘奉旨填词’”。（宋吴曾《能改斋漫录》）这一段文字甚为传神，中国文人的放荡不羁与桀骜不驯被活脱脱地写出——既然皇帝叫“且填词去”，则干脆自称“奉旨填词”！如此作为，也只有柳永这样的“浪子词人”才做得出。

与温庭筠一样，柳永一生也是屡试不第、宦途失意，因此，他大部分时间都是在歌楼妓馆厮混，和妓女们关系密切，他的很多词作是应歌伎之邀而作，供歌伎演唱之用。据宋人叶梦得的《避暑录话》所载，柳永“为举子时，多游狎邪，善为歌辞。教坊乐工每得新腔，必求永为辞，始行于世。于是声传一时”。终其一生，柳永都没有离开过妓女，甚至在他死后，也都是由妓女集资安葬——这真是一个凄凉而又风流的人生结局，能“享受”如此“待遇”的中国文人，除了浪子柳永之外，恐怕再难找出第二人。

原名三变的柳永的确是千年词史上的伟大变革者。在两宋词坛上，柳永是创用词调最多的词人。他现存词作二百一十三首，竟用了一百三十三种词调。而在宋代词人所用的八百八十多个词调中，有一百多调是柳永首创或首次使用的。柳永在形式上喜欢变革与创新，在《浪淘沙》这一词调的使用上也可见一斑。他的集中只有两首调名《浪淘沙》的作品，却都在形式上进行了革新：上引词作上下阕首句皆比李煜词少了一字，属《浪淘沙》之变体别格；又另创《浪淘沙慢》长调，全词分三片，共一百三十五字。

然而柳永对《浪淘沙》的变革并没有对后世产生大的影响，后人使用此调创作，大多仍按李后主词的形式：

把酒祝东风，且共从容。垂杨紫陌洛城东。总是当时携手处，游遍芳丛。

聚散苦匆匆，此恨无穷。今年花胜去年红。可惜明年花更好，知与谁同？

欧阳修的这首《浪淘沙》，记述了他与友人旧地重游、共赏春光的情景，抒发了惜别的感慨，格调疏朗，笔致清新，与花间的绮靡脂粉气及柳永的市井女儿态已迥然有别。

公元一〇三一年，未来的北宋文坛领袖、二十四岁的欧阳修在洛阳西京留守钱惟演处任推官，与同僚尹洙和河南县（治所即在洛阳）主簿梅尧臣等诗文唱和，意气相投。这年秋后，梅尧臣调往他处，次年春曾再至洛阳，尝与欧阳修同游近郊。这首《浪淘沙》所记述的或许就是这一段故事，那个携手同游之人或许就是梅尧臣。

欧阳修与梅尧臣的友谊往往使人想起中国文学史上屡屡出现过的许多大文豪的友谊佳话，如李白与杜甫、元稹与白居易、刘禹锡与柳宗元，等等，他们的友谊构成了中国文坛上一道令人温暖而又艳羡不已的美丽风景。在这些伟大友谊的面前，“文人相轻”这一中国知识分子的陋习显得如此浅薄与无聊。

欧阳修绝对是一位伟大而高尚的朋友，“小人无朋，唯君子则有之”，欧阳氏《朋党论》中的这一铿锵语说得多好啊！真正的友谊只存在于志同道合的君子中，至于小人，那是不配使用“朋友”这一称谓的。携手同游的友谊，是真性情的流露，是青春年少的肝胆相照，是意气风发的惺惺相惜。年轻的欧阳修与同样年轻的梅尧臣，携手走在春日洛城杨柳飘拂的紫陌上，从那时候起，他们携手走过数十年的风雨人生。

《浪淘沙》又有别称叫《卖花声》。“卖花声”，一个清新而温柔的概念，带着江南软软的熏风与湿漉漉的雨露，很难使人不想起陆放翁那两句著名的诗句：“小楼一夜听春雨，深巷明朝卖杏花。”（《临安春雨初霁》）

公元一〇八三年，被贬南迁郴州的张舜民途经岳阳楼，登高望远，悲凉满怀，遂赋词一首，调名就叫《卖花声》：

木叶下君山，空水漫漫。十分斟酒敛芳颜。不是渭城西去客，休唱《阳关》。

醉袖抚危栏，天淡云闲。何人此路得生还。回首夕阳红尽处，应是长安。

此词意境开阔，格调沉郁苍凉，抒发的只是作者的郁勃之气、迁谪之恨，与“卖花声”所传达的“杏花春雨”完全没有关系。

从“浪淘沙”到“卖花声”，这中间应该隐藏着许多鲜活生动的故事，我们只是无从知晓而已。

悠悠千年，弹指一挥。

公元一九五四年，一位叱咤风云的人物在北戴河边写下了这样一首词：

大雨落幽燕，白浪滔天。秦皇岛外打鱼船。一片汪洋都不见，知向谁边？

往事越千年，魏武挥鞭。东临碣石有遗篇。萧瑟秋风今又是，换了人间。

这应该是当今好几代中国人最熟悉不过的“浪淘沙”意象，我们心目中最初的“浪淘沙”概念大概就是这样得到的。

这是“浪淘沙”穿越千年时空的涛声吗？

清平乐

顾名思义，“清平乐”即“清明太平之世的音乐”。如果我们将《尊前集》中列在李白名下的《清平乐》确定为李白所作的话，那么李白写作此调的时候或许是可以当得起“清明太平之世”的。

《尊前集》成书的具体年代不可考，学界一般认定为北宋初。此集错谬甚多，并多有张冠李戴的现象。如将韦庄两首《菩萨蛮》中的句子乱抽出来拼为一首，并讹为李白所作。因此，后人多怀疑该集中署名李白的《清平乐》系后人伪托。而《花间集》则系由五代后蜀的赵崇祚于广政三年（940）年前编成，集中收入了温庭筠、韦庄等人的《清平乐》作品。如果李白《清平乐》的创作权被“剥夺”的话，那《清平乐》的首创权恐怕就要落在温、韦的名下。

但是，同样是五代后蜀的欧阳炯在写于广政三年的《花间集叙》中明明白白地告诉我们：“在明皇朝，则有李太白之应制《清平乐》词四首。近代温飞卿复有《金筌集》。”这是现在我们所能看到的最早认定李白创作《清平乐》的文字。在这里，欧阳炯在“温飞卿”前加上“近代”两字，说明他与温的时间距离并不太遥远。其中隐隐约约地透露出这样的信息：温庭筠肯定不会是《清平乐》最早的创作者，因为在此之前他起码已听说了，远在二百年前唐明皇朝时，“则有李白之应制《清平乐》词四首”的事。

南宋黄昇《唐宋诸贤绝妙词选》卷一云：“唐吕鹏《遏云集》载应制词四首。以后二首无清逸气，疑非太白所作。”据此，大概可知这四首《清平乐》原载唐人吕鹏的《遏云集》。但《遏云集》今已佚。黄氏认为四首中前二首系李白所作，而以“后二首无清逸气”，怀疑它们不是李白的作品。就内容来说，前二首写的都是宫闱的故事，倒是颇切合

“应制”二字，但如以“清逸气”来要求之，则未必当得起：

禁庭春昼。莺羽披新绣。百草巧求花下斗。只赌珠玑满斗。

日晚却理残妆，御前闲舞霓裳。谁道腰肢窈窕，折旋笑得君王。

禁闱秋夜。月探金窗罅。玉帐鸳鸯喷兰麝。时落银灯香灺。

女伴莫话孤眠。六宫罗绮三千。一笑皆生百媚，宸衷教在谁边。

这些奉帝王之命而制作的作品，即便才如李白，恐怕也难以达到很高的艺术水准。

如果我们认定欧阳炯所说的没错的话，则李白创作这些《清平乐》的时间当在唐玄宗天宝元年（742）他应诏入长安到天宝三年（744）被“赐金放还”的三年间。天宝元年，四十二岁的李白被玄宗征召，来到京城。那时的李白以诗文名动天下，太子宾客兼著名诗人贺知章尝惊异于他的才华与风神，称他为“谪仙人”，唐玄宗也对他表现出莫大的尊崇。李白的族叔李阳冰在他为李白的《草堂集》所写的序中记下了李白一生中这一最“辉煌”的片断：

天宝中，皇祖下诏，征就金马，降辇步迎，如见绮、皓。以七宝床赐食，御手调羹以饭之，谓曰：“卿是布衣，名为朕知，非素蓄道义，何以及此。”置于金銮殿，出入翰林中，问以国政，潜草诏诰，人无知者。

以上所记录的这些细节和话语，看来不会是李阳冰的“合理想象”，而应该出自李白对他的叙述。这应该是关于李白受到皇帝“宠幸”的最可靠的资料。但据李白此次在长安三年的“遭遇”看，李隆基对他的尊崇恐怕更多的是统治者对一个大诗人大文豪的“礼贤下士”，他并没有将李白看作是一个治国安邦的人才，而只是把他当作一个可以替自己舞文弄墨歌功颂德的文士。从李白被封为“翰林待诏”一职就可以看出端倪。这一职务并没有什么实权，也就是待在翰林院里，替皇帝起草文书，或为皇帝的宴游活动写写助兴诗文，实际上就是一个御用文人的角色。而这与李白到长安来的目的是大相径庭的。事实上，李白供奉翰林三年也没干几件正经事，无非就是喝喝酒、会会友，间或被皇帝召去陪侍，写几首诗，作几篇文，如此而已。那些“杨国忠磨墨，高力士脱靴”一类的故事，似乎很威风，也很长脸，但只是一些传说而已，即便是真的，也只能说明李白在当时的确受到了皇帝的宠幸，而不能证明李白就如何地了得。从那些流传至今已被确认为李白创作的作品看，也能看出李白当时所充任的是什么角色：

云想衣裳花想容，春风拂槛露华浓。若非群玉山头见，会向瑶台月下逢。

一枝红艳露凝香，云雨巫山枉断肠。借问汉宫谁得似，可怜飞燕倚新妆。

名花倾国两相欢，长得君王带笑看。解释春风无限恨，沉香亭北倚栏干。

这三首名为《清平调》的著名作品是李白为唐玄宗的宠妃杨贵妃“度身订做”的。唐诗人李绅之子李濬的《松窗杂录》详细记载了此三词的创作过程，从中可看出李白作为“翰林待诏”干的都是些什么活计：

开元中，禁中初重木芍药，即今牡丹也。得四本：红、紫、浅红、通白者，上因移植于兴庆池东沉香亭前。会花方繁开，上乘月夜召太真妃以步辇从。诏特选梨园弟子中尤者，得乐十六色。李龟年以歌擅一时之名，手捧檀板，押众乐前，欲歌之。上曰：“赏名花，对妃子，焉用旧乐词为？”遂命龟年持金花笺宣赐翰林学士李白，进《清平调词》三章。白欣承诏旨，犹苦宿酲未解，因援笔赋之。（词略）龟年遽以词进，上命梨园弟子约略调抚丝竹，遂促龟年以歌。太真妃持颇黎七宝杯，酌西凉州蒲萄酒，笑领，意甚厚。上因调玉笛以倚曲，每曲遍将换，则迟其声以媚之。太真饮罢，饰绣巾重拜上意。龟年常话于五王，独忆以歌得自胜者无出于此，抑亦一时之极致耳。上自是顾李翰林尤异于他学士。

唐玄宗要的只是一个在他“赏名花，对妃子”时能提供“新乐词”的文学侍从，他并不需要李白为他“济苍生，安社稷”，因此，李白也只能陪侍在皇帝与妃子左右，写些“花比美人”的无聊诗作，这对于心比天高、胸怀大志的李白来说无疑是极痛苦的事。伟大的诗人不可能甘心于充当终日以才艺博君主一笑的“弄臣”角色，于是，“赐金还山”便成了李白无奈而必然的选择。

李濬曾于唐僖宗乾符四年（877）自秘书省校书郎入直史馆，其生活年代距李白（701—762）不算远，况其出身官宦书香之家，其父李绅历仕穆宗至武宗各朝，官至宰相，所作《悯农》二诗为世所传，故李濬“童儿时即历闻公卿间叙国朝故事”（《松窗杂录》），其所述的可信度应该是颇高的。上引文字生动传神，极富故事性，文中描摹唐玄宗、李龟年、李白、杨贵妃等人，无不形神兼具，摇曳多姿，使我们在一千多年后，仍得以一窥唐代上层阶级的生活状况与人物风范，殊为难得。

总以为李白的《清平调》和《清平乐》之间一定有着某种内在的联系：或许它们都是“应制”作品？或许它们都出于“清平”之世？

天宝初年，唐皇朝起码仍维持着表面的繁盛，那个使强盛的唐朝走向衰败的安史之乱要到十四年后才发生。在这之前的二十九年，是中国封建时代的一段黄金岁月，是中国数千年历史上不可多得的大治之世，史称“开元之治”。仅举一例就可以说明它的盛况：至开元末年，全国的户口数与唐初比竟增加了四倍！杜甫有《忆昔》诗云：

忆昔开元全盛日，小邑犹藏万家室。
稻米流脂粟米白，公私仓廪俱丰实。

九州道路无豺虎，远行不劳吉日出。
齐纨鲁缟车班班，男耕女桑不相失。

开元盛世在杜甫笔下显得形象而具体，整个社会呈现出一派富足康宁的景象，所谓“清平”之世大概也就是这个样子吧！开元之治长达二十九年（713—741）。这一时期，唐朝在政治、经济、文学、艺术诸领域都呈现出高度的繁荣，国力鼎盛，无与伦比，史称盛唐。可是，在繁盛的背后往往隐藏着深刻的危机，强盛的唐朝也不能逃脱盛极必衰的铁律。公元七四二年，唐玄宗改元天宝，被盛世的光芒遮蔽的各种阴暗开始一一凸现，从此，唐皇朝进入了由盛转衰的历史阶段。李白就是在这一历史转折时刻来到长安的。

李白在长安看到了“清平”的尾巴，那些名为《清平调》或《清平乐》的诗作，或许寄托了他对“清平世界”的理解!?

由于《花间集》被保存下来的缘故，我们得以看到温庭筠、韦庄等人的《清平乐》。从李白到温庭筠，这中间的时间跨度约一百年。一百年过去了，光芒四射的盛唐变成了衰败暗昧的晚唐，整个国家也已经从治世变成了乱世，温庭筠们所面对的是一个混乱不堪、战乱不断的社会。他们的《清平乐》褪去了“清平”的外衣，带上了悲苦的色彩：

上阳春晚。宫女愁蛾浅。新岁清平思同辇。争奈长安路远。

凤帐鸳被徒熏。寂寞花锁千门。竟把黄金买赋，为妾将上明君。

同为描写宫闱之作，温庭筠此作与李白之作迥然不同，“一笑皆生百媚”的灿烂与“寂寞花锁千门”的暗淡，折射出盛世与末世的巨大反差。此词是第一次在文字中出现“清平”二字的《清平乐》，似值得注意。

而韦庄的《清平乐》则是代思妇立言，这是晚唐五代词最常见的现象，在“莺啼残月”的花间氛围中，“伤春伤别”的传统意绪被轻轻带出：

莺啼残月，绣阁香灯灭。门外马嘶郎欲别，正是落花时节。

妆成不画蛾眉，含愁独倚金扉。去路香尘莫扫，扫即郎去归迟。

结尾两句颇具巧思，看似无理而实则符合感情发展的脉络。

在整个晚唐五代的《清平乐》中，李煜所作是最具想象力和艺术冲击力的一首：

别来春半。触目愁肠断。砌下落梅如雪乱。拂了一身还满。

雁来音信无凭。路遥归梦难成。离恨恰如春草，更行更远还生。

据说，李煜的弟弟从善入宋被留作人质，李煜请求宋太祖放还，不允，李煜忆念从善，遂作此词。北宋陈彭年《江南别录》载：

（后主）遣长弟从善入贡，因留质。后主天性友爱，自从善不还，岁时宴会皆罢，惟作《登高赋》以见意，曰：“原有鸰兮相从飞，嗟予季兮不来归。”

陈彭年（961—1017）是太宗、真宗时人，曾任直史馆兼崇文院检讨，著有《唐纪》《江南别录》等，因此，他的记录应该是比较可靠的。而南宋大诗人陆游在他的《南唐书》卷十六中对此更有详细的记载：

从善字子师，元宗第七子……开宝四年遣朝京师，太祖已有意召后主归阙，即拜从善泰宁军节度使，留京师，赐甲第汴阳坊……后主闻命，手疏求从善归国。太祖不许，上疏示从善，加恩慰抚……而后主愈悲思，每凭高北望，泣下沾襟，左右不敢仰视。由是岁时游燕，多罢不讲。尝制《却登高文》曰：“……怆家艰之如毁，萦离绪之郁陶。陟彼冈兮企予足，望复关兮睇予目。原有鸰兮相从飞，嗟予季兮不来归……”

李煜不是个好皇帝，但却是个具有真性情的人，他对弟弟的怀念是真挚感人的，这样一种手足之情一般在皇帝身上很少能看到。

李煜是个悲剧人物，就他的性情和所具有的极高的文学艺术天赋来说，其实他并不适宜当皇帝；但他“不幸”生于帝王之家，自从他的哥哥太子李冀死去后，后主的冠冕就无可逃避地历史性地落在他的头上。郑文宝《江表志》载：

后主讳煜，字重光，母曰钟太后。太子冀薨，后主当立，钟漠以其德轻志放，请立弟从谦。嗣主不可，遂以太子总百揆。嗣主南幸洪都，后主留居守金陵，数月嗣主殂，遗诏就金陵即位。

陈彭年《江南别录》也说：

后主讳煜，字重光，元宗第五子也，幼而好古，为文有汉魏之风。母兄冀为太子，性严忌，后主独以典籍自娱，未尝干预时政。冀卒，立为太子……

据以上记载看，李煜做皇帝带有点偶然性，他似乎也没有做好当皇帝的准备，故一向“独以典籍自娱，未尝干预时政”。但是，皇帝与诗人艺术家是两种何等不同的职业！当国家的责任不可避免地落在李煜身上时，他显然未能转换角色身份，仍然终日沉迷于写诗填词作曲绘画，以诗人的方式与性情来治国，想要不亡国辱身，看来也真难！宋太祖尝曰：“李煜若以作诗工夫治国事，岂为吾虏也。”（胡仔《苕溪渔隐丛话》前集卷五十九引《西清诗话》）这话当然也对。但“作诗工夫”与“治国事”压根就是两码事，你叫李煜如何去弄！

作为艺术天才型的皇帝，李煜在生活方式上的风流与奢靡自不待言，那种奢靡有时使人觉得很夸张，宋人笔记中有一则江南大将获李后主宠姬的故事：

江南大将获李后主宠姬者，见灯辄闭目云："烟气！"易以蜡烛，亦闭目云："烟气愈甚！"曰："然则宫中未尝点烛耶？"云："宫中本阁每至夜，则悬大宝珠，光照一室，如日中也。"

北宋王铚在《默记》中记载的这则小故事从最日常的角度显示了李煜生活的穷奢极欲。当然，在当时的形势下，赵匡胤统一天下已是大势所趋。李煜再励精图治，再勤政爱民，再节俭克己，最多也只能够再苟延一些时日，身死国灭的下场怕是免不了的。所以李煜的悲剧既是个人的，更是时代性的，他的不幸，在于他本质上是个诗人却当了皇帝，更在于他生在赵匡胤这样一个强悍者的时代里！

宋人用《清平乐》调来进行创作的不算少，其中不乏张先、柳永、大小晏、欧阳修、苏轼、黄庭坚、贺铸、辛弃疾这样的名家，然而好作品却并不太多。黄庭坚的这首《清平乐》算是名作：

春归何处。寂寞无行路。若有人知春去处。唤取归来同住。

春无踪迹谁知。除非问取黄鹂。百啭无人能解，因风飞过蔷薇。

黄庭坚作诗喜欢用典故、造拗句、押险韵、作硬语，但此词却写得清新爽朗，明白如话，与其诗风大异其趣。词作表达了一种惜春情怀，流露出对美好事物逝去的淡淡忧伤与无奈，"若有人知春去处。唤取归来同住"，用语与构思俱佳，与王观《卜算子》中句"若到江南赶上春，千万和春住"异曲同工，都显示出一种"情痴"的气质。

宋代理学昌盛，正心、诚意、修身、齐家等是道学家们常挂在嘴边的说教，但宋代文人在私生活上还是相当风流放任的，文人狎妓可说是当时较普遍的现象，这类生活现象在宋词中每有反映。下面的这首《清平乐》描写了一次嫖妓的全过程，从中可窥见宋代文人日常生活的一个侧面：

羞蛾浅浅。秋水如刀剪。窗下无人自针线。不觉郎来身畔。

相将携手鸳帏。匆匆不许多时。耳畔告郎低语，共郎莫使人知。

此词系北宋庐陵（今江西吉安）士人杨师纯所作，杨湜的《古今词话》对此词的创作经过有生动的描述：

庐陵杨师纯登第年，泊舟江岸。邻舟有一姝美而艳，与师纯目色相投，未尝有一语之接。一日，师纯乘酒醉跳为邻舟径获一欢。因作《清平乐》词以遣："羞蛾浅浅（略）。"

这种苟且偷欢一夜情的行径做了也就做了，一般都不愿张扬，但宋代文人却要用作品将它记下来，似唯恐世人不知，大有以此炫耀夸示的意味，这也是当时世风如此吧！

宋人的《清平乐》中最优秀的作品应该是辛弃疾的《村居》和《独宿博山王氏庵》，这两首作品，一清新秀逸，一雄放沉郁，显示出辛弃疾作为一个大词人的丰赡宏富：

茅檐低小。溪上青青草。醉里吴音相媚好。白发谁家翁媪。

大儿锄豆溪东。中儿正织鸡笼。最喜小儿无赖，溪头卧剥莲蓬。

绕床饥鼠。蝙蝠翻灯舞。屋上松风吹急雨。破纸窗间自语。

平生塞北江南。归来华发苍颜。布被秋宵梦觉，眼前万里江山。

据邓广铭《稼轩词编年笺注》，这两首作品当系作者于宋孝宗淳熙九年（1182）至十四年（1187）闲居信州（今江西上饶）时作。被南宋朝廷冷落而长期赋闲家居的辛弃疾，内心的愤懑、苦闷和孤寂就流露在《独宿博山王氏庵》一词中，而《村居》则体现了作者心中的宁静与平和，一种被田园和乡村的自然质朴召唤出来的对生活的热爱……

“清平乐”一定是中国文人灵魂深处一种最本质的渴望。

盛唐时，李白面对美丽的妃子，用“云想衣裳花想容”式夸张，做了一个缥缈而绮丽的梦。

梦很快被鼙鼓与马蹄的急骤击碎。

尖利的啸声猖獗而疯狂，划破不可多得的清晨的宁静。

悠闲的日子渐行渐远，明媚的歌再也没有昔日的嘹亮。

浣溪沙

若耶溪本身就是一条在梦之谷飘动的轻纱。溪水恬静而清亮，带着深山处女般的羞涩，从古老山村的淡然中默默流过。牧牛少年的情歌随风飘扬，散落在溪边茂密的榛莽中。夕阳在远处的树梢缓缓下沉，召唤着村舍袅袅的炊烟与浣纱女的喧闹。那位姓施的西村小姑娘坐在那块著名的浣纱石上，日复一日地进行着同样的劳作。岁月如歌。当浣纱的村姑被历史戏剧性地雕刻成倾国倾城的永恒角色，若耶溪也因此有了一个美丽的名字——浣纱溪。

浣纱溪流淌着美丽，流淌着青春的遗憾与爱情的伤感，流淌着苍茫岁月所编织的如烟往事。一个天真无邪的小姑娘，为了一个沉重的使命，被那位不怀好意的范老先生从浣纱溪带进吴王夫差的深宫，开始了她倾国倾城的悲壮故事，从此，一个鲜活灵动的青春生命死亡了，留给沉重历史的只是一个远离生命的美的抽象概念，这对于一个美丽女子的生命个体来说不知是幸抑或是不幸?!

我一直执拗地认为，作为词牌的《浣溪沙》，与那条西施浣纱的美丽小溪一定有着某种联系。事实上，词牌《浣溪沙》也叫《浣溪纱》或《浣纱溪》。清人万树《词律》云："按调名'沙'字，与《浪淘沙》不同，义应作'纱'。或又作《浣沙溪》，则尤当为'纱'。"据此，《浣溪沙》与浣纱溪故事之间的联系可谓一目了然，只是因为历史烟尘的重重隔阻，我们已经无法得知其中的具体细节。

然而能见诸文献的最早的《浣溪沙》已与西施浣纱的故事无涉，如晚唐人韩偓的作品：

宿醉离愁慢髻鬟，六铢衣薄惹轻寒。慵红闷翠掩青鸾。

罗袜况兼金菡萏，雪肌仍是玉琅玕。骨香腰细更沈檀。

这是一个典型的“香奁体”故事：晚唐女子的如雪肌肤在薄薄的纱衣下闪烁，沉檀的幽香弥漫在重重帘幕包裹的和暖中，杨柳小纤腰袅娜出檀郎无限的怜意，宿醉初醒，鸾镜里照出一片淡淡的娇慵……

不知有几个人知道，“香奁诗人”韩偓竟然是唐王朝最后的护卫者。在大唐帝国最后的日子里，亦即公元九〇一年，韩偓随木偶皇帝唐昭宗奔凤翔，任兵部侍郎等职。唐昭宗李晔居然要倚重这样一位专写女子裙裾脂粉的文人来苟延残喘，唐朝的气数看来也差不多了。如果说杜牧的纵酒狎妓之作已吟唱出晚唐末世的颓败之象，那么五十年后韩氏充满胭脂粉黛气息的“香奁体”实在是摇摇欲坠的唐王朝的亡国之音。从这一角度看，韩氏的《浣溪沙》与亡吴的浣纱女西施似乎也不能说毫无关系。

晚唐人留下的《浣溪沙》作品不多，大概只有韩偓、张曙的寥寥几首；逮至五代，文人们对该曲调似乎表现出极大的兴趣，《花间集》的十八位词家中有九位都留下了《浣溪沙》词，而且数量还不少。花间词人孙光宪的《北梦琐言》有一则“薛澄州弄笏”的故事，或可透露出《浣溪沙》在当时受欢迎的情形：

（薛昭蕴）每入朝省，弄笏而行，旁若无人。好唱《浣溪沙》词。

身为二品大员的薛侍郎，在朝廷上竟然旁若无人地舞弄朝笏而行，间或还哼几句《浣溪沙》词——五代文人的放荡不羁与其时风靡《浣溪沙》的时尚，被同为五代人的孙光宪生动地记录下来。

好唱《浣溪沙》的五代人也没有留下与西施浣纱故事有关的作品，薛昭蕴的《浣溪沙》大概是五代词中唯一涉及西施事迹的本调作品，不过他写的并不是浣纱的西施，而是吴王深宫中的西施：

倾国倾城恨有余，几多红泪泣姑苏。倚风凝睇雪肌肤。

吴主山河空落日，越王宫殿半平芜。藕花菱蔓满重湖。

从浣纱溪走出来的小姑娘成了寂寞深宫的怨妇，血色眼泪与如雪肌肤所构成的强烈反差是如此的触目惊心，吴主山河与越王宫殿俱随风逝去，消失在落日余晖默默注视下的荒野中，唯有西施的故事永远流传，成为历代文人墨客笔下的喜剧或悲剧……

尽管唐五代的《浣溪沙》已经寻找不到浣纱溪流淌的痕迹，但是我坚信那条灵动的小溪还是给《浣溪沙》灌注了清新明净的生命。在花间词一片剪红刻翠温香软玉的绮靡中，《浣溪沙》并没有让香艳主题一统天下——

红蓼渡头秋正雨，印沙鸥迹自成行。整鬟飘袖野风香。
不语含嚬深浦里，几回愁煞棹船郎。燕归帆尽水茫茫。

马上凝情忆旧游，照花淹竹小溪流。钿筝罗幕玉搔头。
早是出门长带月，可堪分袂又经秋。晚风斜日不胜愁。

如果说温庭筠所钟爱的“鬓云欲度香腮雪”（《菩萨蛮》）式的美妇是构成整个晚唐五代的主体意象，那么飘逸在薛昭蕴、张泌等词中的“野风香”就显得至为可贵，清新的风，从那条繁花掩映修竹夹岸的“小溪流”吹来，浣纱溪意象在胭脂粉黛钗钿裙裾的重围中闪烁着孤独而清冷的光。

美人醇酒肠断相思的故事讲得太多了，那位在陈桥驿披上黄袍的河北汉子，用他的滚滚铁骑惊破了“红日已高三丈透”（李煜《浣溪沙》）的奢靡，花蕊夫人的冰肌玉骨告别了暗香浮动的摩诃水殿，后主春殿的霓裳羽衣曲戛然而止，南方的轻薄最终被日渐强盛的北方理性所征服。

欲以“半部论语治天下”的赵宋是理学兴盛的时代。有宋一代多理学家。在一般人的心目中，宋代文人爱说“理”，什么“理一分殊，月印万川”，什么“存天理，灭人欲”“饿死事极小，失节事极大”，做人讲究“正心诚意”，为文强调“文以载道”，一副正大光明的样子，活得挺沉重的。其实，这只是宋人道貌岸然的一面。宋人将沉重严肃的话语写在那些堂而皇之的高头讲章里，而风流与轻佻的一面却流露在那些被称为“诗余”的长短句中。假如你发现“十五六，脱罗裳”“红玉暖，入人怀”（《忆秦娥》）这样香艳的句子竟然出自主张文章要“明道”、致用的北宋大儒欧阳修的手中时，你或许会感到大惑不解不可思议。然而，这的确是宋代独特的精神文化现象。

尽管香软的词并不承担“载道”的任务，但是理性的宋人还是要在它身上打上属于那个时代的思想烙印。宋人的《浣溪沙》大概以下面这首作品最为著名，它之所以著名，大概在于它在短短的几句中集中体现了宋代知识分子一般的生活状况与精神特征：

一曲新词酒一杯，去年天气旧亭台。夕阳西下几时回。
无可奈何花落去，似曾相识燕归来。小园香径独徘徊。

那位在落英遍地的花园香径中独自徘徊作沉思状的是太平宰相晏殊晏同叔吧。晏殊自小便是个神童，他七岁即能作文章，十三岁时有人将他推荐给当时的皇帝宋真宗，小小年纪就当上太子侍读，成了日后的仁宗皇帝的老师。仕途顺利、生活优裕的晏殊并不是理学家，但他的词作中却充满了对时间与生命的理性思考，“一曲新词酒一杯”的欢娱被光阴易逝的淡淡忧伤所困扰，“无可奈何”的懊恼中包含着对美好事物与有限生命的深深眷恋——享乐并思考着！这或许就是宋代文人有别于五代文人的精神素质。

宋代精神文化土壤中产生的最杰出的代表无疑是苏轼。屡遭贬谪、仕途坎坷的苏轼简直是封建时代政治上失意但却在精神意识领域上发出万丈光芒的那些中国文人的缩影。当然，这一类文人的最早也是最优秀的代表应该是屈原，所谓“屈原放逐，乃赋《离骚》”（司马迁语）指的就是这种文化现象。苏轼的意义在于，他以永不沉沦的高尚与超越苦难的洒脱为中国大多数不得志的文人提供了一种令人仰慕的范式。

黄州永远是苏轼生命中最重要的精神驿站。苏轼在去世前自题画像曰："问汝平生功业，黄州惠州儋州。"这应该不是自嘲语。苏轼十分清醒地知道黄州对于一个思想跋涉者的意义，黄州给予苏轼的并不仅仅是苦难与屈辱，同时还有超越巅峰的成功与思想熔岩喷涌的快意，光是那一块"假"赤壁所引发的中国文化史的"地震"，就足以令他天才的魅力穿透时空，使一千年的文人俯心低首！

亘古沉睡僻远蛮荒的黄州，你接纳了一个永远年轻的诗人，他用心灵发出的青春歌吟，擦拭着无言的山水，于是，荒凉的东坡，落寞的赤鼻，就像被神奇的魔杖所触击，大江东去、惊涛拍岸的豪迈壮烈，从此成为中国人精神家园中永远飞翔的灵魂。

在黄州的四年间，苏轼完成了他人生中一次质的飞跃，完成了由文人士大夫苏轼向历史文化人物苏东坡转变的过程。从文化史的意义上说，黄州之行的确是时代对苏东坡的一次丰厚的馈赠，苦难的磨砺成就了苏东坡的永恒。

很少有人像苏东坡那样能够在逆境中长久地保持那种昂扬奋发旷达乐观的精神状态。下面的这首《浣溪沙》在苏东坡的作品中并不算特别出色，但在他黄州的创作中应该有着特殊的意义：

山下兰芽短浸溪，松间沙路净无泥。萧萧暮雨子规啼。
谁道人生无再少，门前流水尚能西。休将白发唱黄鸡。

宋神宗元丰五年（1082）三月，病后初愈的苏轼与人同游距黄州三十里的蕲水清泉寺。此时他被贬黄州已经两年，随着时间的推移与生活的日渐安定，"乌台诗案"所造成的创痛已渐渐平复，潜藏在他内心深处的机智与潇洒在慢慢复苏：

黄州东南三十里为沙湖，亦曰螺师店。予买田其间，因往相田得疾，闻麻桥人庞安常善医而聋，遂往求疗。安常虽聋，而颖悟绝人，以纸画字，书不数字，辄深了人意。余戏之曰："余以手为口，君以眼为耳，皆一时异人也。"疾愈，与之同游清泉寺。寺在蕲水郭门外二里许，有王逸少洗笔泉，水极甘，下临兰溪，溪水西流。余作歌云："山下兰芽……"是日剧饮而归。

（《东坡志林》）

这一则东坡笔记真实地记录了他本人在黄州生活的一个侧面。文中的苏东坡机敏风趣、豪迈如昔，看来已经摆脱了"乌台诗案"的阴影。发现"溪水西流"的意外惊喜使得东坡豪情勃发，遂吟唱出上面这首呼唤青春抒发昂扬激情的人生之歌。

元丰五年（1082）对中国人与中国文化来说真是一个幸运的年份！就在这一年的七月，苏东坡游黄州赤鼻矶，写下了《念奴娇 · 赤壁怀古》与前《赤壁赋》；同年十月，东坡再游赤鼻，写后《赤壁赋》。

三月的"浣溪沙"莫非是黎明前报晓的一声鸡鸣吗？看，宏丽的太阳从那块赭红色的石崖上升起来了，它高悬在一千年的天空上，所有的中国人都能感受到它的辉煌与炽热。

江城子

当曾经做过后蜀宰相的欧阳炯写下这一首《花间集》中颇为另类的《江城子》的时候，他大概已经跟随蜀主孟昶投降了宋朝，当上了宋太祖赵匡胤授予他的闲官散骑常侍——

晚日金陵岸草平，落霞明，水无情。六代繁华，暗逐逝波声。空有姑苏台上月，如西子镜，照江城。

江城金陵是最容易使人产生兴亡感慨的地方。金陵虽有龙蟠虎踞的地形之胜，又有六朝古都的显赫声名，但金陵作为帝王都的“王气”实在不算太强盛，所谓六朝——东吴、东晋、宋、齐、梁、陈——其实都是偏安一隅的政权，而且国祚大多不长久，最短命的齐朝竟然只得二十来年的光景！王朝的频繁更迭使得金陵已经成为中国文人心中一个永恒的悲情符号。

五代十国的命运与六朝形势何其相似！北方就不用说了，光是成都这一块地方，在公元九〇三年至九六五年不过六十来年的时间里，就有王建与孟知祥两人先后在此建立政权，史称前蜀与后蜀。在走马灯似的变换皇帝的乱世中，国破家亡的悲苦无时无刻不在刺激着当时的文人，即便如欧阳炯这样好作“欢愉之语”的享乐主义者，有时也需借助“金陵”这一特殊的意象，抒发埋藏在心底的亡国创痛。

公元九六五年，宋兵攻成都，后蜀的十几万军队不战而降，偏安西南一隅的后蜀小朝廷终于走完了它三十三年的短命历程。蜀主孟昶的宠妃花蕊夫人有《述亡国诗》记录后蜀亡国的瞬间经历：

君王城上竖降旗，妾在深宫那得知。
十四万人齐解甲，更无一人是男儿！

“十四万人齐解甲”的场面真是十分惊心动魄，一个政权的昏聩与腐朽全在这七个字上凸现出来了。后蜀的十四万将士不是男儿，那蜀主孟昶、宰相欧阳炯等又岂是男儿？宋军伐蜀，从发兵到攻入成都，总共才用了六十六天，后蜀之亡何其速也！盖因其举国上下全无血性男儿。

在一片降幡的飘扬中，孟昶告别了他心爱的摩诃水殿与七宝便器，与冰肌玉骨清凉无汗的花蕊夫人等同被押解至宋都汴梁。欧阳炯等后蜀臣子也一并降宋。到达汴京七天后，孟昶即莫名其妙地暴死，花蕊夫人也于同年香销玉殒，欧阳炯虽得以苟全性命，做了一个无所事事的闲官，也只不过多活了几年而已。

偏安苟且的局面注定了后蜀君臣的生活是放纵的、糜烂的，这种放纵与糜烂就体现在欧阳炯创作的艳词中：

相见休言有泪珠，酒阑重得叙欢娱。凤屏鸳枕宿金铺。
兰麝细香闻喘息，绮罗纤缕见肌肤。此时还恨薄情无。
（《浣溪沙》）

如此直白地描写了“床上动作”，鼻之所嗅的是“细香”，耳之所闻的是“喘息”，目之所及的是“肌肤”，这大概是古典诗词中展示“色情”所能容忍的极限了，难怪晚清况周颐惊呼：“自有艳词以来，殆莫艳于此。”（《蕙风词话》）

作为时代精英的后蜀宰相欧阳炯，精神境界与生活趣味如此卑下，五代世风的沦落颓废可想而知。据说欧阳炯曾仿白居易作讽谕诗五十首规劝君主，而孟昶即位后也曾有过整肃吏治、开疆拓土的作为，然而他们留在历史的记忆符号，一个是风流轻薄的花间词人，一个是奢靡荒淫的亡国之君，时代与命运跟他们开了一个残酷的玩笑?！那位将中国数千年历史都拿来“演义”一番的蔡东藩先生在他的《五代史演义》中曾

写下如此沉痛的话：

> 五代先后历五十三年，换了八姓十三个皇帝，改了五次国号，叫作梁、唐、晋、汉、周……还有角逐中原，称王称帝，与梁、唐、晋、汉、周五朝，或合或离，不相统属的国度，共计十数……称作十国，就是吴、楚、闽、南唐、前蜀、后蜀、南汉、北汉、及吴越、荆南……这五代十国的时势，简直是君不君，臣不臣，父不父，子不子，篡弑相寻，烝报无已……故每代传袭，最多不过十余年，最少只有三四年，各国亦大都如此。

如此乱世，凭后蜀的国力与孟昶欧阳炯们的德行，又能有什么作为呢？偏于一隅的西蜀是难以承担一统天下的历史使命的，以刘备的精明强悍与诸葛亮的聪慧勤谨也只能三分天下，何况后蜀这一对亡国君臣。同样是乱世，三国是英雄辈出的时代——“天下英雄谁敌手？曹刘。生子当如孙仲谋！”（辛弃疾《南乡子》）曹操、刘备、孙权固然是大英雄，周瑜、诸葛亮、司马懿等也无一不是功业显赫、青史留名的英雄人物；而五代的情势却是真正的一塌胡涂、不可救药，五代没有英雄，有的是嗜血的武夫和患软骨症的文人。武夫攻城略地、杀人如麻，文人寡廉鲜耻、苟且偷安。一部《花间集》，不就是五代文人苟安于乱世的生存记录吗?!

没有英雄的时代当然产生不了壮丽的诗篇，代表五代文学最高成就的只能是轻艳绮靡的《花间集》。欧阳炯的讽谕诗最终也没能流传下来，倒是他的艳词成就了他在文学史上的声名。欧阳炯是《花间集》序言的作者，他的大部分词作当然忠实地体现了他在序言中所规定的“花间原则”，所谓“镂玉雕琼，拟化工而迥巧；裁花剪叶，夺春艳以争鲜”“递叶叶之花笺，文抽丽锦；举纤纤之玉指，拍按香檀”即是。欧阳炯的艳词常引起后人诟病，他的很多作品的确内容艳俗，境界不高，个别“极艳”之作（如上所引者）更涉“黄色”，但是他的《江城子》却迥然不同，它以高远阔大的意境与深沉的历史沧桑感有别于他本人的所有作品，在脂粉堆叠香风弥漫的“花间”显得弥足珍贵。

《江城子》是欧阳炯献给千年词史最有价值的创造，照临江城的凄凉月色，总是悄悄地在我们的惆怅与伤感中拂过，留下一丝凄美的感动。不管欧阳炯写过多少艳词，不管这些艳词如何的不堪，光凭这一首《江城子》，欧阳炯就可以不朽了。

公元一〇七五年，也就是距欧阳炯写《江城子》约一百年后，大文豪苏东坡来到密州，同样以《江城子》词调写下了一首改变历史的作品。这一年苏东坡三十八岁，正当灿烂辉煌的年华。那个令他日后倒大霉的“乌台诗案”要到五年后才发生，那些令他受尽折磨的人生苦难还没有开始。此时的苏东坡真挚而豪迈，充溢着浪漫的激情。

密州与《江城子》对于苏东坡有着特殊的意义。苏东坡在文学史上的最大贡献是开创了豪放词派，在十七八女郎的一片低吟浅唱中注入关西大汉的慷慨激越，使天下耳目为之一新。而苏氏的豪放之旅大概是从密州、从《江城子》开始的：

> 老夫聊发少年狂，左牵黄，右擎苍。锦帽貂裘，千骑卷平冈。为报倾城随太守，亲射虎，看孙郎。
>
> 酒酣胸胆尚开张，鬓微霜，又何妨。持节云中，何日遣冯唐。会挽雕弓如满月，西北望，射天狼。

苏东坡对他的这一首《江城子·密州出猎》颇为看重。他在致鲜于子骏的信中写道：“近却颇作小词，虽无柳七郎风味，亦自是一家，呵呵。数日前猎于郊外，所获颇多。作得一阕，令东州壮士抵掌顿足而歌之，吹笛击鼓以为节，颇壮观也。”得意之情溢于言表。

苏东坡要对宋词进行革新，碰到的最大问题就是“柳七郎风味”，当时正是柳永词风靡天下之际，所以东坡作词往往以柳词作比较。这种情形宋人笔记中多有记录：

> 东坡在玉堂日，有幕士善歌，因问：“我词何如柳七？”对曰：“柳郎中词，只合十七八女郎，执红牙板，歌‘杨柳岸晓风残月’。学士词，须关西大汉，（执）铜琵琶，铁绰板，唱‘大

江东去’。”

（俞文豹《吹剑录》）

这是对苏词与柳词不同美学风范的最形象最经典的描述，此后绵延千年的关于婉约与豪放的饶舌，大概都能找到俞氏这则著名故事的影子。苏东坡的豪放词改变了词史乃至于文学史的发展路向，而《江城子·密州出猎》的出现则意味着宋词开始有意识地摆脱“柳七郎风味”，“关西大汉”已经正式登上历史舞台，与“十七八女郎”分庭抗礼，从这一角度看，苏氏此词无疑具有划时代的开拓意义。

然而，《江城子》创作史上最感人的作品却是苏东坡在密州创作的另一首同调之作——《江城子·乙卯正月二十日夜记梦》：

十年生死两茫茫。不思量，自难忘。千里孤坟，无处话凄凉。纵使相逢应不识。尘满面，鬓如霜。

夜来幽梦忽还乡。小轩窗，正梳妆。相顾无言，唯有泪千行。料得年年肠断处：明月夜，短松冈。

与《密州出猎》的豪迈放旷迥然不同，这首千古传诵的悼亡词写得缠绵而凄婉，显示出雄姿英发的苏东坡深情绵邈的另一个侧面。词作是为悼念他十年前去世的妻子王弗而写的。王弗十六岁时嫁与苏轼，二十七岁亡故，年轻貌美而早逝，这本身就是一个十分令人伤感的悲情故事，再加上作者对现实与梦境的极力渲染，使得全词弥漫着一种撼人心肺的悲苦，“明月照孤坟”式的凄凉孤独，千百年来令无数读者肝肠寸断、潸然泪下。

苏东坡用《江城子》这一词调创作了十多首作品，这些作品大多数都写得非常优秀，极大地提升了《江城子》词牌的艺术品格，其中最优秀的作品是在密州写就的。

苏东坡一生历尽坎坷。且不说那个差点儿要了他性命的“乌台诗案”，就是在此之前，他因反对王安石变法，也是被朝廷一再外放，长期在外任地方官。苏东坡知密州，是在杭州任满之后，为便于与他在山东济南任掌书记的弟弟苏辙就近见面，而向朝廷申请调任的。密州地处北方，民风强悍豪迈，与地处江南的杭州迥异。这些因素当然会对苏东坡的创作产生影响。密州之行成就了苏东坡的豪放词，苏东坡在这里完成了词的革命，一种新的美学原则呼之欲出。

一年后，苏东坡在密州写下了他最伟大的作品《水调歌头》，那一轮同样被伤时忧国的屈原与飘逸不群的李白所追问的圆月从亘古的天空冉冉升起，以它的磅礴清辉照临一片绮罗香泽的大地，从此，词这个被称为“诗余”的领域有了清空旷远、豪迈奔放、雄奇飘逸似天风海雨逼人的万千气象，有了与不可一世的唐诗双峰并峙的资格，从而进入浩大无垠的中华文明永恒的时空领域。

采桑子

慵懒的村狗在桑树间狺狺地吠，夕阳软软地悬在天边，给田野村舍镀上一层暖暖的倦意，炊烟如岚，飘浮在绿色的阡陌上，暮归的老牛缓缓地走过吱吱作响的木桥，留下一段令游子魂牵梦绕的温馨，采桑女的歌谣质朴而缠绵，仿佛在讲述一个农耕民族的古老故事——采桑无疑是中国数千年农耕文明的重要表征。

“采桑子”的故事可以追溯到遥远的汉代，汉乐府《陌上桑》中那位美丽而坚贞的采桑女罗敷应该就是“采桑子”的艺术源头吧。一个确凿的证据是，《陌上桑》诗最早著录于《宋书·乐志》，原题《艳歌罗敷行》。而在南唐词人冯延巳的创作中，《采桑子》又题作《罗敷艳歌》。此处的“艳”当作“引”解，与“香艳”无涉。

当秦罗敷的美貌使得路旁少年搔首弄姿、太守的车骑踟蹰不前，当太守的“性骚扰”在秦罗敷夸张而机智的话语前碰壁，野性而跳脱的精灵便从田头桑陌间闪出，化作一缕绵延千年的清新的风。

这种来自田野的清新有可能影响了《采桑子》。风流轻艳的花间词人似乎并不喜欢这种带着田间气息的清新，在《花间集》十八位词家的五百首词作中，仅有和凝一人写过一首调名《采桑子》的作品：

蝤蛴领上诃梨子，绣带双垂。椒户闲时，竞学樗蒲赌荔枝。
丛头鞋子红编细，裙窣金丝。无事嚬眉，春思翻教阿母疑。

这或许是《采桑子》创作史上最早的一首作品，主人公虽然是女子，但在风格上与花间的主色调仍然有一定的差异，虽然还说不上清新，但也不能算浓艳，“赌荔枝”与“嚬眉”的描写显示出一种花间词并不多见的活泼生动。

第一个大量使用调名《采桑子》进行创作的词家是南唐宰相冯延巳。冯氏流传下来的《采桑子》有十四首之多，查冯词全集，《采桑子》也是他使用最多的词调。这在五代是一个罕见的例外。冯氏词在境界上要比花间词阔大，艺术上也显得清俊疏朗，他的《采桑子》基本上体现了这样的特色：

> 马嘶人语春风岸，芳草绵绵。杨柳桥边，落日高楼酒旆悬。
> 旧愁新恨知多少，目断遥天。独立花前，更听笙歌满画船。

这首词在宋人编的《尊前集》中就叫《罗敷艳歌》，然其内容已与罗敷无甚关系。写的虽是离愁别恨，但并不缠绵悲戚，“落日高楼”的阔大苍茫，“独立花前”的孤清冷寂，带给我们的是一种有别于花间的大气与成熟。冯延巳词已经开始有了宋人的韵味。

冯延巳不是一个称职的宰相，但却是个优秀的词人。五代文人似乎都有这种毛病：政治上无所作为甚至一塌糊涂，但在文学艺术上却大放异彩。最典型的例子当然是南唐君臣。李璟李煜父子俩就不用说了。冯延巳身为宰相，不思治国，而是热中于结党营私、排斥异己，终南唐一朝，党争不断，其激烈程度似乎尤甚于中晚唐，冯延巳宋齐丘一党与另一个宰相孙晟一党相互攻讦，斗得死去活来，把一个偏安小朝廷搞得乌烟瘴气、鸡犬不宁。当时人对冯氏等人的所作所为极为不满，将冯与其弟延鲁及魏岑、陈觉、查文徽等五人斥为“五鬼”。

政治上的昏乱与生活上的奢靡往往相伴而生，南唐君臣的风流生活在历史上是有名的，他们终日沉迷于声色犬马之乐，写曲填词是他们游乐生活的一部分。其时北方的铁蹄声已渐渐逼近，然而南唐君臣却还浑浑噩噩，依旧一如既往地享乐并“风雅”着：“‘吹皱一池春水’干卿何事?”“未如陛下‘小楼吹彻玉笙寒’。”李璟与冯延巳君臣间的一问一答，折射出一种流行于当时的轻薄绮靡之风，这种风气跟五代的血腥与杀戮构成了强烈的反差，南唐之亡或许有着历史必然的无奈，但南唐君臣的生存方式显然透露出一种亡国的不祥。

冯延巳的《采桑子》与采桑女已经没有什么关系，作品的主人公大多是歌伎或思妇，与五代词的总体情况大体相同。然而冯氏笔下的女子却少有五代词常见的“艳”，这不能不令人感到奇怪。查五代至宋初《采桑子》的创作情况，似乎还没有发现《采桑子》有涉及“艳科”的记录，不像《菩萨蛮》《女冠子》等调“艳名”远播，“劣迹”斑斑。由此想到在早期词的创作中，有些词调的确是不适宜用来描写艳情的，如《杨柳枝》，如《渔父》，等等，《采桑子》或许就是其中的一种。这其中的因由是否与远古的“陌上桑”故事有关，目前已难以考证了。

《采桑子》终于等到了使它焕发夺目光芒的机会。正如李后主之于《浪淘沙》，苏东坡之于《江城子》，欧阳修的创作，使《采桑子》超越了平庸，从众多的词调中脱颖而出，成为一个为后人所熟知所习用的文化符号——他晚年在颍州所写的十首咏西湖的《采桑子》，洗尽五代的铅华脂粉，恰如雨后初晴的西湖，绚烂而清丽：

轻舟短棹西湖好，绿水逶迤。芳草长堤，隐隐笙歌处处随。
无风水面琉璃滑，不觉船移。微动涟漪，惊起沙禽掠岸飞。

颍州西湖一定是欧阳修心中最美丽的梦。他在颍州知州任上只不过待了一年半的时间，就产生了终老此地的念头。而在此之前，他曾出知滁州、扬州，在此之后，又在亳、青、蔡等州任州官。别的不说，滁州当然是一个美丽的地方：“环滁皆山也。其西南诸峰，林壑尤美。”（《醉翁亭记》）扬州就更不用说了，它的繁华与美丽见诸无数著名诗篇，就是欧阳修本人也曾有过“平山栏槛倚晴空，山色有无中”（《朝中措》）的描述。然而欧阳修还是选择了颍州作为他的终老之地，除了“爱其民淳讼简而物产美，土厚水甘而风气和”（《思颍诗后序》）外，西湖恐怕是一个最主要的原因。在十首吟咏“西湖好”的《采桑子》中，欧阳修在前九首依次描写了颍州西湖九种不同的景色，而在最后一首道出了他对西湖最深切的情结——平生为爱西湖好。噢，西湖好，西湖好，当垂暮的欧阳修反复地吟哦着西湖的种种美丽，西湖的粼粼波光一定在轻轻地拂拭着他的疲惫与孤独，轻舟短棹的清轻明朗，晚霞夕照的温馨从容，召唤着一颗厌倦漂泊的心——颍州注定要成为欧阳修人生的最后驿站。

宋神宗熙宁元年（1068），欧阳修在亳州任上连上五表、四札子，自陈衰病，请求退休，然宋神宗赵顼六降诏书，不允告退。熙宁四年，快要走到生命尽头的欧阳修终于获准退休，回到他二十二年前工作过的颍州定居。一年后，欧阳修溘然长逝，一代文豪魂归西湖。

欧阳修的一生多姿多彩，气象万千。仕途上虽几经贬谪，但也曾做到参知政事（副宰相）的高官；史学上是一大家，撰有《新五代史》，又与宋祁等合撰《新唐书》；文学上是一代宗师，在散文、诗、词等各个方面都有大成就，尤以散文成就为最。他是唐宋八大家之一，而其余七家除唐代韩愈、柳宗元外，全都出自他的门下，由此可见他在中国散文史的地位。

词的创作在欧阳修的心目中并不占重要地位，他也属于唐五代以来那一类仅以“馀力”为之的文人。然而正是这种不经意的创作方式往往却更易倾注作者的真性情。欧阳修当然更看重他的诗，但他的词却要比他的诗流传更广，更为人所喜爱。在沿袭五代馀风的北宋，文臣武将坚决执行赵匡胤在“杯酒释兵权”事件中关于“多置田产房舍、歌儿舞姬”的“最高指示”，朝野间弥漫着享乐主义的奢靡之风。“舞低杨柳楼心月，歌尽桃花扇底风”，晏几道《鹧鸪天》中的名句真是北宋士人享乐生活的典型写照。欧公词也多写宴饮游乐、男女恋情，从中可以看出即便是出身贫寒、为人刚正的欧阳修的日常生活也充满了美人醇酒的时代气息。欧阳修不少词作已涉“艳科”，其轻艳媚俗之气不让花间中的极艳之作：

十五六，脱罗裳，长恁黛眉蹙。红玉暖，入人怀，春困熟。

（《忆秦娥》）

偎人欲语眉先皱，红玉困春酒。为问鸳衾这回后，几时重又。

（《滴滴金》）

慧多多，娇的的，天付与、教谁怜惜。除非我，偎着抱着，更有何人消得。

（《盐角儿》）

梦里似偎人睡，肌肤依旧骨香腻。觉来但堆鸳被，想忡忡，那里争知。

（《解仙佩》）

刬袜重来，半亸乌云金凤钗。行笑行行连抱得，相挨。一向娇痴不下怀。

（《南乡子》）

欧阳修的这些词作所传达出来的信息与他在人们心目中的大儒形象形成了强烈的反差，以至于有人认为他的这类杂有“鄙亵之语”的词，并不是他本人所作，而“当是仇人无名子所为”。（陈振孙《直斋书录解题》）

说“仇人无名子”做艳词“嫁祸”于欧阳修，这只是后人的猜测，缺乏确证，当不得真。其实，在北宋，文人士大夫写艳词并不是稀罕事，像晏殊这样的太平宰相就不用说了，连寇准、范仲淹这些以正直严肃面目出现的忠臣直臣，也写过“密约沉沉，离情杳杳，菱花尘满慵将照”（寇准《踏莎行》）、“残灯明灭枕头敧，谙尽孤眠滋味”（范仲淹《御街行》）一类带有脂粉味女人香的词句。因此，欧阳修写艳词，不值得大惊小怪。更何况，欧阳修在年轻时候也是相当风流的，下面的这则故事应该是他当时风流生活的一个剪影：

欧阳永叔任河南推官，亲一妓。时钱文僖为西京留守，梅圣俞、尹师鲁同在幕下。一日，宴于后园，客集而欧与妓俱不至。移时方来。钱责妓云：“未至，何也?”妓云：“中暑，往凉堂睡觉，失金钗，犹未见。”钱曰：“若得欧推官一词，当为偿汝。”欧即席云：“柳外轻雷池上雨”，云云。坐皆击节，命妓满斟送歌，而令公库偿钗。

（明蒋一葵《尧山堂外纪》）

除了一般的饮酒狎妓外，欧阳修家里还蓄有不少歌伎。他的老朋友梅尧臣曾写诗揶揄他：“公家八九姝，鬓发如盘鸦，朱唇白玉肤，参年始破瓜。”如此香艳风流的生活，为艳词的创作提供了足够的素材。欧阳修的艳词约占他词作总数的四分之三，从数量来看，也是出乎人们意料的。

然而，欧阳修毕竟是欧阳修，不愧为当时的文坛领袖、文章魁首，即便是世风如此，很难免俗，但他也不会让自己的歌词创作完全陷入艳词的泥淖中。欧阳修在词的创作史上是有开拓之功的。他在《朝中措·平山堂》中所表现出来的旷达豪迈就直接影响了苏轼。苏氏在他的《水调歌头·快哉亭作》这样写道：“长记平山堂上，敧枕江南烟雨，杳杳没孤鸿。认得醉翁语，山色有无中。”清人冯煦认为欧公的词作“疏隽开子瞻，深婉开少游”（《嵩庵论词》），真是一语中的。

描写颍州西湖景色的《采桑子》诸词应该是欧阳修在词境开拓上的一个大贡献：

春深雨过西湖好，百卉争妍。蝶乱蜂喧，晴日催花暖欲然。

兰桡画舸悠悠去，疑是神仙。返照波间，水阔风高飏管弦。

画船载酒西湖好，急管繁弦。玉盏催传，稳泛平波任醉眠。

行云却在行舟下，空水澄鲜。俯仰留连，疑是湖中别有天。

残霞夕照西湖好，花坞蘋汀。十顷波平，野岸无人舟自横。

西南月上浮云散，轩槛凉生。莲芰香清，水面风来酒面醒。

如此明净畅朗的意境，在欧阳修之前是不多见的。

垂暮之年的欧阳修思想上似乎并没有衰老的迹象。他在写这些清新明丽的《采桑子》的时候，身上正承受着糖尿病与老年衰残的种种折磨，死神正一步步地向他逼近——数月之后，这个伟大的灵魂就要永远离开我们。然而，这十首《采桑子》依然写得鲜活灵动，闪耀着健旺的生命力与生机勃勃的斑斓色彩。这就是一个伟大作家的精神魅力与人格力量之所在——躯体可以衰老，但思想上始终保持对生活与自然的高度敏感和热爱。

绵延千年的田园之风在西湖的平静水面吹起了涟漪，一位老人点燃他生命中最后的热情，为古老的采桑子意象投下了永恒的美丽。

何满子

之所以知道“何满子”，是因为唐诗人张祜的这一首《宫词》：

故国三千里，深宫二十年。
一声何满子，双泪落君前。

那时年少，对诗的内容不甚了了，只是朦胧觉得，那一声在君王前演唱的《何满子》，一定是寄存着歌者一腔怨恨的悲歌。后来才慢慢知悉，《何满子》是唐教坊曲名，该名来自开元年间沧州一个叫何满子的歌者。白居易有诗云：

世传满子是人名，临就刑时曲始成。
一曲四词歌八叠，从头便是断肠声。

据白氏此诗与诗注，歌者何满子大概是因犯事被处死，临刑前，歌此曲，欲以此赎死，然终究没有获得皇帝的赦免。后来人们就将何满子唱的这首“断肠声”取名为《何满子》。想来此曲在中晚唐时应该是颇为风行的，白居易、元稹、张祜等诗人都曾写过关于何满子的诗。元稹的诗是这样写的：

何满能歌声宛转，天宝年中世称罕。
婴刑系在囹圄间，水调哀音歌愤懑。
梨园弟子奏玄宗，一唱承恩羁网缓。
便将何满为曲名，御谱亲题乐府纂。

元稹所写与白居易诗又有所不同，在元氏诗中，何满子没有被杀，“一唱”之后，玄宗皇帝赦免了他，因而才有“承恩”与“羁网缓”。张祜则除了上面所引的《宫词》外，还有《孟才人叹》诗并序讲述了唐代宫人演唱《何满子》的故事，诗写得不怎么样，诗序中的故事却是相当的精彩：

> 武宗皇帝疾笃，迁便殿，孟才人以歌笙获宠者，密侍其右。上目之曰：“吾当不讳，尔何为哉！”指笙囊泣曰：“请以此就缢。”上悯然。复曰：“妾尝艺歌，请对上歌一曲，以泄其愤。”上以恳，许之。乃歌一声《何满子》，气亟立殒。上令医候之，曰：“脉尚温，而肠已绝。”……

歌一声《何满子》，居然就令孟才人“气亟立殒”，这样的曲子也太“凶险”、太有“杀伤力”了！这当中恐怕有着艺术夸张的成分。但有一点应该是可以肯定的：《何满子》一定是一种十分悲苦激愤的曲调。

作为一个词牌，《何满子》所留下的作品并不算十分出色，作品量也不多，但从现在所能看到的最早的作品来看，还是能找到该调些许“断肠声”的痕迹：

> 红粉楼前月照，碧纱窗外莺啼。梦断辽阳音信，那堪独守空闺。恨对百花时节，王孙绿草萋萋。

毛文锡的这首《何满子》是典型的闺怨词，“莺啼”“梦断辽阳”等意象，不禁使人想起金昌绪那首著名的《春怨》：“打起黄莺儿，莫教枝上啼。啼时惊妾梦，不得到辽西。”大概唐五代时的辽地，是独守空闺的思妇魂梦所系，是她们日夜牵挂的征人所在之地，也是令她们怨恨愁苦的断肠之地，作为一种“断肠声”，《何满子》写此类内容，应该是十分适宜的。事实上，《花间集》中仅有的几首《何满子》大多是写闺怨的内容，如孙光宪的作品：

冠剑不随君去，江河还共恩深。歌袖半遮眉黛惨，泪珠旋滴衣襟。惆怅云愁雨怨，断魂何处相寻。

一派“云愁雨怨”的“断魂”景象，“眉黛惨”“泪珠滴衣襟”极写思妇的悲苦。又如毛熙震的作品：

寂寞芳菲暗度，岁华如箭堪惊。缅想旧欢多少事，转添春思难平。曲槛丝垂金柳，小窗弦断银筝。

深院空闻燕语，满园闲落花轻。一片相思休不得，忍教长日愁生。谁见夕阳孤梦，觉来无限伤情。

这首双调的《何满子》意象较为丰富，也较为优美，以“空闻燕语”“闲落花轻”写思妇的形单影只与百无聊赖，含蓄而传神，最后归结到“夕阳孤梦”“无限伤情”，“断肠”的意蕴不言而明。

毛文锡、毛熙震二人俱是西蜀词人，也都曾在后蜀孟昶的小朝廷为官。孙光宪则仕十国之一的荆南，工词，并撰有笔记《北梦琐言》。他们都是时代精英，在五代十国那样的乱世，他们只能选择全身远害的生存方式，远离战乱频仍的北方，躲在偏远的南方小朝廷里苟且而奢靡地生活着。他们的词作是他们的生存状态与心态的特殊记录。他们写思妇，写闺怨，感欢乐之短暂，伤离合之无常，叹远人之不归，哀相思之悲苦。他们自己的命运，又何尝不是像五代时期的男女情爱那样，聚散匆匆，朝不保夕，富贵浮云，转头成空。他们是代思妇立言，但又何尝不是在感慨自身的遭际。

五代文人大多是词客，他们往往陪侍在同样喜欢听歌作词的风流君主身边，写写那些风花雪月的香艳故事，以博主子一笑。除了作艳词之外，他们大概不会做别的什么营生。如毛文锡、欧阳炯等，就是以小词获得孟昶的赏识，得以过着苟安而又富足的生活，至于五代的主旋律——战争、杀戮、流血、死亡、流离失所、哀鸿遍野……与他们好像没有太大的关系。当然，毛文锡的《甘州遍》描写了“戍角与征鼙”

“铁衣冷，战马血沾蹄”的战争场面，在脂粉堆叠香风弥漫的《花间集》中显得殊为珍贵，但此词毕竟是一首歌颂君主武功的应制之作，有拍马屁之嫌，因而在反映现实的深度与批判性方面要打折扣，内容上也似乎缺乏个体的真情实感。

北宋人对《何满子》依然不大感兴趣。创用词调最多的大革新家柳永没有用过《何满子》调来创作作品。在北宋词坛大家中，也只有张先、晏几道、苏轼、贺铸等数人用过此调。宋人的《何满子》已经开始在内容上突破“闺怨”的范畴，在形式上，也形成了双调、七十四字、平韵（偶有仄韵）的固定格式，从中透露出宋词作为一种文学样式的逐渐成熟与定型。如张先的《何满子》：

溪女送花随处，沙鸥避乐分行。游舸已如图障里，小屏犹画潇湘。人面新生酒艳，日痕更欲春长。

衣上交枝斗色，钗头比翼相双。片段落霞明水底，风纹时动妆光。宾从夜归无月，千灯万火湖塘。

这首题为《陪杭守泛湖夜归》的词作是张先集中唯一的《何满子》。如题，此词主要描写陪杭守泛湖时所看到的景况，五代的悲情女主人公不见了，“何满子”式的哀怨愤懑也消失得无影无踪。张先词以写景朦胧优美见长，如“中庭月色正清明，无数杨花过无影”，如“那堪更被明月，隔墙送过秋千影”，相比之下，此词写得平庸粗率。

天才的苏轼也只写过一首调寄《何满子》的作品：

见说岷峨凄怆，旋闻江汉澄清。但觉秋来归梦好，西南自有长城。东府三人最少，西山八国初平。

莫负花溪纵赏，何妨药市微行。试问当垆人在否，空教是处闻名。唱着子渊新曲，应须分外含情。

苏轼的这首题为《湖州作，寄益守冯当世》的《何满子》走得就更远了。词作颂扬了“益守”（成都太守）冯京任上的文治武功，充分显示了苏氏以诗为词、以议论时事入词的特色。然而，苏氏此词在他众多光芒四射的作品中显得如此苍白与暗淡，使人不禁怀疑“何满子”的魅力，它似乎不能激发诗人的激情与想象，因此，“何满子”没有扣人心弦的佳作，即便有张先、小晏、东坡等大词人的参与，“何满子”也不能成为一个在文化史上产生大影响的文化符号。

《何满子》是少数至今仍能找到其产生源头的词调，它来自一个悲剧故事。一千年来，人们不一定记得用此词调写下的任何一首作品，但是很多人会记住这个故事，同时，也记住了因这个故事而产生的词牌——《何满子》。

临江仙

“临江仙”是中国文化的一个特殊意象：无论是朝云暮雨的高唐神女，还是目眇眇兮望夫君的湘夫人，抑或是翩若惊鸿婉若游龙的洛神宓妃……都给人以一种美丽女神凭临大江凌波烟水之上的艺术想象。

中国最著名的女仙当然是嫦娥，嫦娥奔月的故事浪漫而忧伤，在中国可说是家喻户晓。然而嫦娥不是“临江仙”——“嫦娥应悔偷灵药，碧海青天夜夜心”（李商隐《嫦娥》），嫦娥是因为偷吃丈夫后羿的不死药而飞升奔月的，她到底后悔了没有，大概只有天知道！但她在茫茫碧海青天中的孤独与寂寞是自找的，是她为自己的负心行为付出的永恒代价。王母娘娘在民间也是一个妇孺皆知的女神，然而她是三千年一熟的蟠桃宴的主人，是雍容华贵有权有势的“娘娘”，不可能是“临江仙”。中国文人心目中的“临江仙”，应该与烟波浩淼的江河有关，与热烈深挚的爱情有关，与美丽的青春生命有关：

> 烟收湘渚秋江静，蕉花露泣愁红。五云双鹤去无踪。几回魂断，凝望向长空。
>
> 翠竹暗流珠泪怨，闲调宝瑟波中。花鬟月鬓绿云重。古祠深殿，香冷雨和风。

五代张泌的这一首《临江仙》应该是千年词史中最早的“临江仙”作品之一，从“湘渚”“翠竹”“珠泪”“闲调宝瑟”等意象可证，作品主人公正是中国最著名的“临江仙”——湘妃。

湘妃的故事是一个美丽而哀婉动人的故事。相传，帝尧的两个女儿娥皇和女英是帝舜的妃子。帝舜南巡，死于苍梧，二妃闻讯，千里南下相寻。她们一路走，一路哭，泪珠儿洒落在沿途的竹子上，竹竿染上了点点泪斑，便成了一种美丽的竹——“斑竹”（也叫“湘妃竹”）。她们在渡湘江时，不幸遇大风浪，船被打翻，淹死于湘水之中，遂化为湘水女神。后人因称之为湘妃。屈原作品《九歌》中有《湘君》《湘夫人》篇，有人认为湘夫人就是湘妃。

湘妃，一个极美丽的名字，她理所当然地应该是一个美丽的女神。她的爱情是如此的可歌可泣，如同一首悲壮而忧伤的诗，千百年来一直感动着我们，在深长的历史时空中留下了永恒的回声：

楚客肠欲断，湘妃泪斑斑。

（唐岑参《秋夕听罗山人弹三峡流泉》）

不见湘妃鼓瑟时，至今斑竹临江活。

（唐杜甫《奉先刘少府新画山水障歌》）

水弄湘娥佩，竹啼山露月。

（唐李贺《黄头郎》）

湘妃起舞一笑，抚瑟奏清商。

（宋张孝祥《水调歌头·泛湘江》）

斑竹一枝千滴泪，红霞万朵百重衣。

（毛泽东《答友人》）

早期的《临江仙》还有不少作品是为湘妃而作的：

暮蝉声尽落斜阳，银蟾影挂潇湘。黄陵庙侧水茫茫。楚山红树，烟雨隔高唐。

岸泊渔灯风飐碎，白蘋远散浓香。灵娥鼓瑟韵清商。朱弦凄切，云散碧天长。

黄陵庙在湖南省湘阴县北，传说为舜的两位妃子娥皇、女英之庙。北魏郦道元《水经注·湘水》：“湘水西流，径二妃庙南，世谓之黄陵庙也。”“潇湘”是二妃的遇难之地，而“灵娥鼓瑟”则来自屈原的“使湘灵鼓瑟兮，令海若舞冯夷”（《楚辞·远游》），更是关于湘妃的著名典故。然而毛文锡此词并非单咏湘妃，词中还吟咏了另一位著名的临江仙——巫山神女。据战国楚的辞赋家宋玉在《〈高唐赋〉序》中的描写，楚王在游高唐观的时候因疲倦而在大白天睡着了，并做了一个梦，梦中见到一个妇人，那妇人对楚王说：“妾巫山之女也，为高唐之客，闻君游高唐，愿荐枕席。”“王因幸之。去而辞曰：妾在巫山之阳，高丘之岨，旦为朝云，暮为行雨。朝朝暮暮，阳台之下。”这就是在中国文学作品中经常用来形容男女交欢媾合的词语“云雨”或“云雨巫山”的出典故事。

巫山神女给我们的印象是风流多情而又神秘缥缈的。在她与楚王的关系中，她完全是主动的、心甘情愿的，毫无传统中国女性的含蓄与羞涩。她翩然而来，飘然而去，充满仙人的飘逸和灵动。她与楚王在阳台上的一番“云雨”，可谓反响巨大，“流毒”久远，给千百年来的人们留下了无限的遐想：

一枝红艳露凝香，云雨巫山枉断肠。

（唐李白《清平调》）

星河好夜闻清佩，云雨归时带异香。

（唐刘禹锡《巫山神女庙》）

心若垂杨千万缕，水阔花飞，梦断巫山路。

（五代冯延巳《鹊踏枝》）

眼底关山无奈，梦中云雨空休。

（宋晏几道《河满子》）

今夜同欢会，梦魂飞，巫山一对暮云归。

（明梁辰鱼《浣纱记》）

巫山神女在早期的《临江仙》中占据着相当的位置，请再看牛希济的这一首：

峭碧参差十二峰，冷烟寒树重重。瑶姬宫殿是仙踪。金炉珠帐，香霭昼偏浓。

一自楚王惊梦断，人间无路相逢。至今云雨带愁容。月斜江上，征棹动晨钟。

有论者认为牛氏此词是以巫山之女作比兴，实寄亡国之感。这或许是有道理的。牛希济是前蜀臣子，前蜀为后唐所亡，牛氏随后主王衍降唐入洛。据传后唐明宗曾命前蜀旧臣赋蜀亡诗，其他人的诗作皆讽蜀主僭号，荒淫失国，唯独牛希济诗但述数尽，不谤君亲："满城文武欲朝天，不觉邻师犯塞烟。唐主再悬新日月，蜀王还却旧山川。非干将相扶持拙，自是吾君数尽年。古往今来亦如此，几曾欢笑几潸然。"（据何光远《鉴诫录》）前蜀创立者王建本是唐将，据蜀称帝，其子王衍降唐，正是"还却旧山川"。此诗写得颇为巧妙与"圆滑"，既无唐突新主之险，又无背弃旧主之嫌，骨子里透出的是一种不卑不亢，比那些讽旧主的诗作显得高明，难怪唐明宗也称赏他"不忘忠孝"。从这则故事透露出来的信息看，牛希济也算是一个有骨气有良心的人，并非那种背主求荣的无耻之徒，如果说他在这首词中寄托了亡国之思，也是有可能的，从"楚王惊梦断""人间无路相逢""至今云雨带愁容"等句子中我们可以读出双关的意思，这种比兴手法也符合《诗经》以来的诗歌创作传统。

在花间词人中，牛希济创作《临江仙》是最多的，他一共写了七首，占他全部所存作品（十二首）的一半强。牛氏的《临江仙》仍然是"本色"的，吟咏的对象都是神女仙姬，除了湘妃、巫山神女外，还有谢女、弄玉、汉皋神女、罗浮仙子、洛神等：

素洛春光潋滟平，千重媚脸初生。凌波罗袜势轻轻。烟笼日照，珠翠半分明。

风引宝衣疑欲舞，鸾回凤翥堪惊。也知心许恐无成。陈王辞赋，千载有声名。

牛氏的这首《临江仙》咏的就是洛神。洛神相传系伏羲之女，称宓妃，溺死于洛水，遂为洛水之神。三国魏曹植尝作《洛神赋》，对这位美丽的女神作了出神入化的描写。曹植对洛神形貌的传神刻画，使人生出无穷的想象，在他的生花妙笔下生出的美丽文字，还有许多仍活在我们现在的话语系统中，如“翩若惊鸿，婉若游龙”，如“仿佛兮若轻云之蔽月，飘飖兮若流风之回雪”，如“凌波微步，罗袜生尘”，等等，尤其是“凌波”二句，直接构成了“凌波仙子”的来源，后人对“临江仙”的种种美好想象，大概也来自“凌波”二字所衍生的辐射力。

《临江仙》词牌的起源与那些仙姬神女们大概脱不了干系，但《词谱》所引《花庵词选》云，“唐词多缘题所赋，《临江仙》之言水仙亦其一也”，不少工具书也多认为原曲多用以咏水仙。从上引的这些词史中最早的《临江仙》作品来看，恐不确。起码并非完全如此。

然而在整部《花间集》中，最有价值的《临江仙》却要算鹿虔扆的“暗伤亡国”之作：

金锁重门荒苑静，绮窗愁对秋空。翠华一去寂无踪。玉楼歌吹，声断已随风。

烟月不知人事改，夜阑还照深宫。藕花相向野塘中。暗伤亡国，清露泣香红。

我们可以看到，鹿氏这首《临江仙》与那些美丽的“临江仙”们已经没有什么关系，它真真正正明明白白是一首寄托了深沉的亡国之思的作品，与上面牛希济的那首“比兴”之作已有着明显的不同。这首“沉痛苍凉之词”（李冰若《花间集评注·栩庄漫记》）在倚红偎翠温香软玉的《花间集》中应该是一个不可多得的异数，是极其罕有的回肠荡气之作！鹿氏存词仅六首，是《花间集》中收词最少的词人之一（与尹鹗同），但他仅以这首《临江仙》，便足以抹去万千无病呻吟的平庸之作，无愧于“词人”这一称号了！此词以沉重之笔抒写亡国之痛，悲怆凄恻，一字一泪，与李后主的《浪淘沙》（帘外雨潺潺）、《虞美人》（春花秋月何时了）有异曲同工之妙，然而鹿氏所作比李氏先出，因而更具历史与美学上的价值。

宋人的《临江仙》已经逐渐摆脱了早期词“多缘题所赋”的局限，开始了描写现实、描写生活、抒发内心真挚感情的蜕变：

> 柳外轻雷池上雨，雨声滴碎荷声。小楼西角断虹明。阑干倚处，待得月华生。
>
> 燕子飞来窥画栋，玉钩垂下帘旌。凉波不动簟纹平。水精双枕，傍有堕钗横。

这是一首很有名的《临江仙》，它的有名并不完全因为作品写得好，而是因为它来自一个著名的故事：

> 欧阳文忠公任河南推官，亲一妓。时先文僖（钱惟演）罢政，为西京留守，梅圣俞、谢希深、尹师鲁同在幕下，惜欧有才无行，共白于公，屡微讽之而不恤。一日宴于后园，客集而欧与妓俱不至，移时方来，在坐相视以目。公责妓曰：“未至何也?”妓云：“中暑往凉堂，睡着，觉失金钗，犹未见。”公曰：“若得欧推官一词，当为偿汝。”欧即席云：“柳外轻雷池上雨……”坐皆称善。遂令妓满酌赏欧，而令公库偿钗，戒欧当少戢。
>
> （钱愐《钱氏私志》）

钱惟演是吴越王钱俶之子。钱俶归宋后被封为邓王，钱惟演也官至枢密使等要职。钱惟演擅诗文，当时诗坛流行西昆体，钱与杨亿、刘筠等同是西昆体的代表作家，是当时的文坛领袖。从上面这则故事看，他能把梅尧臣、尹洙、欧阳修等年轻才俊都招到他的幕下来，也可看出他在文坛上的地位。故事中所描写的文人宴饮狎妓的情况，也从一个侧面反映了自唐五代至宋以来士大夫知识分子的生活状况与生存状态。

宋代《临江仙》中最出色的作品，我以为应该数晏几道的这一首：

梦后楼台高锁，酒醒帘幕低垂。去年春恨却来时。落花人独立，微雨燕双飞。

记得小蘋初见，两重心字罗衣。琵琶弦上说相思。当时明月在，曾照彩云归。

隐隐约约的迷惘与伤感，渗透在对往昔欢乐生活的追忆与思念中。这种刻骨铭心的追忆与思念，是小晏作品的灵魂。往昔的一切，“悲欢离合之事，如幻，如电，如昨梦、前尘”（《小山词·自序》）。作为太平宰相晏殊的儿子，晏几道的沦落是颇令人伤感和诧异的。这是一段从大喜到大悲，从繁华热闹到凄清冷落，从钟鸣鼎食、纸醉金迷到穷愁潦倒、落魄孤寂的生命历程。因此，后人读小山词，每每会产生一种说不出的感慨与震撼。请再看下面的这一首《鹧鸪天》：

彩袖殷勤捧玉钟，当年拚却醉颜红。舞低杨柳楼心月，歌尽桃花扇底风。

从别后，忆相逢，几回魂梦与君同。今宵剩把银釭照，犹恐相逢是梦中。

熟悉的意象与场景，熟悉的人物与氛围。落魄的小晏总是这样低声而执著地向我们诉说他对昔日欢乐的怀想与追忆。那个从他的记忆深处走来、在他的魂梦中频频出现的“小蘋”当然是他昔日欢乐的一部分。据《小山词·自序》，小蘋与莲、鸿、云等四人是小晏友人沈廉叔、陈君龙家的歌女，小晏时常与沈、陈一起饮酒听歌，与这些歌女相熟悉并产生了某种爱怜之情，他的许多词作，都是在宴饮的场合创作，并即时交给这些歌女演唱的：“每得一解，即以草授诸儿，吾三人持酒听之，为一笑乐。”在这四位歌女当中，晏几道与小蘋的情感应该是最深的，这从他作品中不断出现的“小蘋”可证：

记得小蘋初见，两重心字罗衣。（《临江仙》）

小蘋若解愁春暮，一笑留春春也住。（《木兰花》）

小蘋微笑尽妖娆，浅注轻匀长淡净。（《玉楼春》）

小蘋的美丽与深情温暖了放浪而寂寞的晏几道，而晏几道则用最真挚的感情与最美丽的语言来描写他与小蘋离散聚合的欢乐与痛苦。上引《临江仙》的意义在于，它以精美的艺术形式记录了晏几道与小蘋的心灵互动，富于艺术张力的句子与整首作品所传达的意绪水乳交融、浑然一体，从而使这首作品成为《临江仙》这一词牌的代表性作品，人们只要一提起《临江仙》，就必然会想起这首作品；只要想起这首作品，就会感受到《临江仙》的生命力。词中脍炙人口的名句俯拾皆是，如“梦后楼台高锁，酒醒帘幕低垂”，如“落花人独立，微雨燕双飞”，如“当时明月在，曾照彩云归”，等等。一首小词中竟然出现这么多的绝妙好句，不能不令人赞叹作者精巧的艺术运思和驾驭锤炼语言文字的能力。尤值得拈出一说的是“落花”一联。“落花”两句出自五代翁宏的《宫词》，全诗如下：“又是春残也，如何出翠帏。落花人独立，微雨燕双飞。寓目魂将断，经年梦亦非。那堪向愁夕，萧飒暮蝉辉。”晏几道径用翁诗成句，将其嵌入自己的词作中，恰如妙手偶得，浑然天成，营造了一种清新优美而又惆怅凄凉的意境，从而使这两句原本不太为人所知的诗句成为“千古不能有二”（谭献《复堂词话》）的名句。究其原由，是因为翁宏其诗全首平庸，“落花”两句置身其中，犹如明珠投暗，光彩顿失，而小晏词所传递出来的“旧欢若梦”的淡淡伤感与“落花”一联所具有的特殊意象则至为吻合，因而遂脱颖而出，光彩焕发。

唐宋文人与歌女的关系是颇为独特的。“记得小蘋初见”——那天真的笑靥，无言的娇羞，眉眼中闪动的温柔，琵琶声传达的情意，以及“两重心字罗衣”的暗示——初次见面的感受一定深深地烙在小晏的记忆中，以至于事隔多年，他仍然不能忘怀，仍然要花大的笔力与心力来描写，把这一段记忆凝成了永恒的美丽。小蘋只是个歌女，不是“临江仙”。或许，在小晏心目中，小蘋就是一个风姿绰约风华绝代的“临江仙”，甚至要比那些姿容缥缈美丽庄严的女仙更可爱。——“当时明月在，曾照彩云归”——那朵在皎洁明月下冉冉归去的彩云要飘向哪儿呢？怎样美丽的女子才能当得起彩云的飘逸灵动轻盈呢？噢！是小蘋么？是记忆中初次见面的那个未谙世事不解风情天真烂漫的小蘋么？宁静圣洁的月光照彻大地，照亮绿杨掩映的深深庭院，照亮承载着繁华与风流的舞榭歌台，在词人深情绵邈的目光的注视下，那位身穿绣着两重心形图案罗衣的歌女，如同一片轻柔而亮丽的彩云，在月光如水的澄澈中翩然远去……

千年的风景依旧美丽，千年的故事依旧伤感，千年的意象依旧年轻。明月与彩云的互动所衍生的空灵澄明，给中国人的心灵投下一片绿荫。我们从小就徜徉在这样的月色之下，彩云从我们的心头轻轻拂过……

虞美人

无论从哪个角度说，“虞美人”都是中国文化史上的一个悲情符号。

作为人名的“虞美人”，她是西楚霸王项羽的姬妾，中国历史上著名的典故“霸王别姬”中楚霸王所别的那个“姬”就是她。太史公司马迁在他的皇皇巨著《史记》中把这一幕写得极为悲壮：

> 项王军壁垓下，兵少食尽，汉军及诸侯兵围之数重。夜闻汉军四面皆楚歌，项王乃大惊曰：“汉皆已得楚乎？是何楚人之多也？”项王则夜起，饮帐中。有美人名虞，常幸从；骏马名骓，常骑之。于是项王乃悲歌慷慨，自为诗曰：“力拔山兮气盖世，时不利兮骓不逝。骓不逝兮可奈何，虞兮虞兮奈若何！”歌数阕，美人和之。项王泣数行下，左右皆泣，莫能仰视。
>
> （《项羽本纪》）

项羽的下场是自刎乌江边，虞姬的命运如何，太史公没有说，但看来好不到哪去，反正不是自杀就是被人杀。《楚汉春秋》上有虞姬的和歌：“汉兵已略地，四方楚歌声。大王意气尽，贱妾何聊生。”据此，则虞美人的结局当系自杀无疑，后世的众多戏剧和文艺作品也是按这样的结局来描写虞姬的命运的。

作为词牌的“虞美人”，留给我们记忆的是一个囚徒日夕以泪洗脸的悲悲切切，一个亡国之君沉痛与悔恨交织的心灵史，一个艺术天才最后吟唱的生命之歌。

词牌“虞美人”的得名一定是源自于项羽帐中的宠姬虞美人，这是毫无疑问的。可是，正如大多数词牌所呈现的情况一样，历代词人依此调而填的《虞美人》词，基本上已与虞美人本身没有什么关系。即便是词史上最早的《虞美人》作品，也与虞姬的事迹无任何关联：

鸳鸯对浴银塘暖，水面蒲梢短。垂杨低拂曲尘波，蛛丝结网露珠多，滴圆荷。

遥思桃叶吴江碧，便是天河隔。锦鳞红鬣影沉沉，相思空有梦相寻，意难任。

毛文锡的这一首词作，大概就是现在我们所能看到的最早的《虞美人》吧。此词见于《花间集》，写初春时男子对所爱恋女子的思念，内容与风格均不脱花间之路数。“遥思桃叶吴江碧”——作者思念的是东晋大书法家王献之爱妾桃叶那样的江南女子，并非虞姬那样的悲剧人物。江苏南京秦淮河畔有桃叶渡，相传王献之曾在此送其爱妾桃叶，作《桃叶歌》云：“桃叶复桃叶，渡江不用楫。但渡无所苦，我自迎接汝。”此后“桃叶”便成为一个著名典故，用以指爱妾或所爱的女子。

毛文锡的《虞美人》词共存两首，均见于《花间集》，下面所引即是另外一首：

宝檀金缕鸳鸯枕，绶带盘宫锦。夕阳低映小窗明，南园绿树语莺莺，梦难成。

玉炉香暖频添炷，满地飘轻絮。珠帘不卷度沉烟，庭前闲立画秋千，艳阳天。

毛氏的这一首《虞美人》更是典型的花间词，题材、主人公、环境乃至描写手法等都带有明显的花间色彩。题材不离“闺情”二字，而枕绣鸳鸯，带盘宫锦，莺语绿树，还有玉炉、珠帘等等，都让人感受到温庭筠式的铺叙和金碧华美。

据康熙年间陈廷敬、王奕清等编写的《词谱》，《虞美人》调大致有两种体式，一为双调五十八字，前后段各五句，两仄韵转三平韵；一为双调五十六字，前后段各四句，两仄韵转两平韵。前引毛文锡词的第二首，即系五十八字之正体，后世词人欲填此体，当以毛氏此词为准。而五十六字一体，则以李煜的这首词为正体：

风回小院庭芜绿，柳眼春相续。凭栏半日独无言，依旧竹声新月似当年。

笙歌未散尊罍在，池面冰初解。烛明香暗画堂深，满鬓清霜残雪思难任。

公元九七五年，宋朝大将曹彬、潘美率军攻破金陵，李煜白衫纱帽出降，南唐亡。据宋人陈彭年《江南别录》：“城陷，后主欲自杀，左右泣涕固谏，得止。”我颇怀疑此事的真实性。《宋史》卷二五八《曹彬传》载：“……城陷，煜与其臣百余人诣军门请罪，彬慰安之，待以宾礼，请煜入宫治装，彬以数骑待宫门外。左右密谓为彬曰：‘煜入或不测，奈何？’彬笑曰：‘煜素懦无断，既已降，必不能自引决。’”《宋史》所载，似乎更符合李煜的性格逻辑。懦弱无断的李煜是不会自杀的，即便有“自杀”之举，也是做做样子而已。李煜至汴京后，被“封”为“违命侯”，幽禁于住所，过着极其屈辱的囚徒生活。宋人叶梦得《石林燕语》卷四记载了这样的故事：

江南李煜既降，太祖尝因曲燕问：“闻卿在国中好作诗。”因使举其得意者一联。煜沉吟久之，诵其《咏扇》云：“揖让月在手，动摇风满怀。”上曰：“满怀之风却有多少？”他日复燕煜，顾近臣曰：“好一个翰林学士。”

这是一个踌躇满志的帝王与征服者对一个亡国之君、诗人与囚徒的轻蔑。其实，李煜的这一联诗对仗工整、构思巧妙，艺术上是颇可称道的，但是，马上得天下的宋太祖显然不是一个谈诗论文的对象。“满怀之风却有多少？”这话怎么听怎么像“文章能值几个钱？”一类的一夜暴富者对知识分子的讥诮。而“好一个翰林学士”的言外之意则是：那厮不过是一个只会舞文弄墨穷酸文人罢了！轻蔑侮慢之意溢于言表。

从一国之君到阶下囚之间的反差实在太大，刺激实在太深，故李煜这一时期的创作沉痛苍凉，显示出一种源自于生命本真的力度与深度。如果说上面的那首《虞美人》表现出的是一种由物候变化引起的物是人非的伤感的话，那么，下面的这一首《虞美人》呈现给我们的则是一种从无穷悔恨生出的深切痛楚：

春花秋月何时了，往事知多少。小楼昨夜又东风，故国不堪回首月明中。

雕栏玉砌应犹在，只是朱颜改。问君能有几多愁，恰似一江春水向东流。

这是千年词史上最著名的作品之一，在中国，只要是粗通文墨者，恐怕没有谁不知道李煜的这首词。这是一首渗透了血泪的词作，在一字一泪的倾诉中，我们仿佛可以看到诗人的生命在绝望中消逝的轨迹。据宋人陆游的笔记《避暑漫钞》所载，李煜的被杀，与这首《虞美人》大有关系，他为他的率真与悲忿付出了生命的代价：

李煜归朝后，郁郁不乐，见于词语。在赐第七夕，命故伎作乐，声闻于外。太宗怒。又传“小楼昨夜又东风”及“一江春水向东流”之句，并坐之，遂被祸。

李煜又被称为李后主，与三国蜀的后主刘禅、南朝陈的后主陈叔宝一样，都是历史上著名的末代帝王、亡国之君。后主的命运从来都是悲惨的。李煜自入宋后，即被囚禁在所赐的府第里，虽然吃喝玩乐样样不缺，但却失去了最可贵的自由与尊严，昔日“车如流水马如龙，花月正春风”（《望江南》）的繁华只能在梦魂中寻觅，昔日的臣僚故旧有不少已效力新朝，虽近在咫尺，然岂敢私自前往相见！于是，终日与李煜相伴的，只有孤独、悔恨与泪水。宋人王铚的《默记》对李煜的囚徒生涯记录甚详：

徐铉归朝，为左散骑常侍，迁给事中。太宗一日问：“曾见李煜否?”铉对以“臣安敢私见之”。上曰：“卿第往，但言朕令卿往相见可矣。”铉遂径往其居，望门下马，但一老卒守门。徐言：“愿见太尉。”卒言：“有旨不得与人接，岂可见也?”铉云：“我乃奉旨来见。”老卒往报。徐入，立庭下久之……顷间，李主纱帽道服而出。铉方拜，而李主遽下阶引其手以上。铉告辞宾主之礼。主曰：“今日岂有此礼?”徐引椅少偏乃敢坐。后主相持大哭，乃坐默不言。忽长吁叹曰：“当时悔杀了潘佑、李平。”铉既去，乃有旨再对，询后主何言。铉不敢隐。遂有秦王赐牵机药之事。牵机药者，服之前却数十回，头足相就如牵机状也。又后主在赐第，因七夕命故伎作乐，声闻于外，太宗闻之大怒。又传“小楼昨夜又东风”及“一江春水向东流”之句，并坐之，遂被祸云。

故事生动而细致地描绘了李煜旧臣徐铉奉宋太宗旨前去拜会李煜的情形，据此可知李煜生存状况的严酷：一是李煜住所有人把守，以隔绝他与外界接触；二是“有旨不得与人接”，这是宋朝皇帝亲自下的命令，李煜要见外人也真是难；三是一定有人在监视李煜的一举一动，所以徐铉才不敢隐瞒会面的情况。对徐铉的描写更是传神有趣，从中可看出徐身份的尴尬、内心的无奈与战战兢兢。有些细节相当精彩，如徐入见李煜，“引椅少偏乃敢坐”：虽然见的是个阶下囚，但因为是旧主人，也不能乱了礼数。会见时，“后主相持大哭”，而徐“乃坐默不言”，不是没有话说，而是不敢说！离去后，宋太宗向徐“询后主何言”，“铉不敢隐”。事实上徐既不敢隐，也不能隐，因为隐不了。

李煜的被杀是必然的，这也是亡国之君的一般下场，只是死于“牵机药”的毒杀，令人觉得也太残忍了些。所谓牵机药乃是一种毒药，人服后因肠胃剧痛，导致身体反复前倾，头足相就如牵机状，故名。想来，李煜只是一个终日哭哭啼啼手无缚鸡之力的亡国之君，要杀便一刀杀了便是，何必大动干戈，用此剧毒，使之死得如此恐怖！由此可见宋太宗赵光义的狠心歹毒。相传赵光义弑兄篡位，也只是相传而已，并无确证，故“斧声烛影”被称为千古疑案，但以他毒杀李煜的手段，残忍如此，赵匡胤恐怕真的是他所杀。

李煜以他的生命与艺术天赋奏响了《虞美人》最辉煌的乐章。一千多年来，用《虞美人》调创作的词作很多很多，但却再也没有能够在影响力与感染力上超过李煜此作的作品。我们所有关于《虞美人》的种种感受与记忆，差不多都来自李后主“春花秋月何时了”的悲愤与怆痛。

一百年后，雄放杰出的苏轼用《虞美人》调填写了几首词作，其中有两首也写得颇有气势，体现了苏词豪迈洒脱的特点：

湖山信是东南美，一望弥千里。使君能得几时回，便使樽前醉倒更徘徊。

沙河塘里灯初上，水调谁家唱。夜阑风静欲归时，唯有一江明月碧琉璃。

波声拍枕长淮晓，隙月窥人小。无情汴水自东流，只载一船离恨向西州。

竹溪花浦曾同醉，酒味多于泪。谁教风鉴在尘埃，酝造一场烦恼送人来。

两首词都是赠别友人之作。前一首题为《有美堂赠述古》，是苏轼在杭州太守陈襄（字述古）离任的送别宴会上，应陈之请即席而作。时在宋神宗熙宁七年（1074），苏轼时任杭州通判，是陈述古的副手。后一首是苏轼赠其学生秦观之作。宋神宗元丰七年（1084）十一月，苏轼到秦观家乡高邮与秦相会，秦感激老师情意，自高邮相送，溯运河而上，历二百余里，直至淮上饮别方回。苏轼此词当系别后所作。

苏氏这两首词应该算得上是优秀作品了，但仍然无法跟李后主的这首投下他全部生命体验的词作相比。

三百年后，那个曾经灭亡南唐的赵宋王朝也遭遇了同样的命运，那位曾经毒杀李后主的宋朝皇帝的后代子孙儿皇帝昺，被大臣陆秀夫背着投海而死——历史就是在这样的循环往复中显出它的残酷无情！南宋亡后，遗民刘辰翁步李后主词原韵填写了两首《虞美人》，用以表达国破家亡的悲苦：

梅梢腊尽春归了，毕竟春寒少。乱山残烛雪和风，犹胜阴山海上窖群中。

年光老去才情在，唯有华风改。醉中幸自不曾愁，谁唱春花秋叶泪偷流。

情知是梦无凭了，好梦依然少。单于吹尽五更风，谁见梅花如泪不言中。

儿童问我今何在，烟雨楼台改。江山画出古今愁，人与落花何处水空流。

同样是伤悼亡国之作，我们可以清晰地判断其间的高下优劣。与后主的词相比，刘辰翁的词显得粗率、生硬、局促，缺乏一种艺术上的大气象以及发自内心的深沉与酣畅。这当然关乎才情的因素，但更重要的是，对于李后主来说，亡国的感受是一种切肤之痛，国家的灭亡也就等于他本人的灭亡，这样的生命寂灭的体验其他人不可能拥有，因此，刘辰翁们的吟唱终究有些“隔”，无法产生直接诉诸心灵的杀伤力……

渔 父

渔父，按字面的解释即渔翁——打鱼或钓鱼的老头，本是一种很世俗的身份，一种处于社会底层的职业，可当它进入中国文化尤其是古典文学的话语系统时，情况就会变得很奇特，这种现实生活的卑微与世俗会变得清高而澄洁，闪动着一种超尘脱俗不食人间烟火的清辉，成了文人士大夫倾心仰慕的特殊意象，一个具有象征意义的文化符号。

“渔父”作为词牌，系唐张志和创制。张志和作为一个具有国际声誉的大诗人，他所遗留于世上流传至今的作品，也就是五首《渔父》而已。但他也和中国文学史上不少的作家诗人一样，有时就靠一两首作品甚或一二佳句便能够名垂青史。诚如宋胡仔所言：“古今诗人，以诗名世者，或只一句，或只一联，或只一篇，虽其余别有好诗，不专在此，然播传于后世，脍炙于人口者，终不出此矣，岂在多哉！如‘池塘生春草’，则谢康乐也；‘澄江静如练’，则谢宣城也……‘西塞山前白鹭飞（略）’，此玄真子也。”（《苕溪渔隐丛话》后集卷二）玄真子是张志和的号。其实使张志和扬名立万的作品也真的就那么一首《渔父》：

西塞山前白鹭飞，桃花流水鳜鱼肥。青箬笠，绿蓑衣，斜风细雨不须归。

这应该是中国词史上最早的一首《渔父》，也是最著名的一首《渔父》，你看，它将打鱼人的生活与心境描写得多么令人神往：青山，绿水，桃花，白鹭，鳜鱼……这些色彩明丽的春天景物，全都笼罩在江南蒙蒙一片的斜风细雨中，那位头戴青箬笠、身披绿蓑衣的渔父，是这明媚而又朦胧的春景的主人吧，他陶醉于这美丽的景色中，即便春寒料峭，风雨潇潇，也乐不思返，不愿归去。

其实，张志和笔下的渔父，并不是真正意义上的渔父，而是文人士大夫理想化了的渔父，或者是他们处江湖之远时为自己设计的一种并不关乎生计的生存方式。这种生存方式古已有之，从商末的姜子牙到东汉的严子陵，都曾是当时极有大名的"渔父"："（文王）畋于渭水边，道遇姜太公，皤然皓首，方秉竿而钓。"（三国魏徐幹《中论·审大臣》）"除为谏议大夫，不屈，乃耕于富春山，后人名其钓处为严陵濑焉。"（《后汉书·逸民传·严光》）不同的是，姜子牙的垂钓，乃是"愿者上钩"，待价而沽，等待着文王那样的明君来发现、使用；而严光却是真正的隐者。汉光武帝刘秀在登大位之后，邀曾为同学并有高名的严光出仕，应该说是出于好意，而严光的拒绝，或出于自尊，或出于性情的散淡，也自有其道理。然而，严光的生存方式却成了后世相当一部分中国知识分子的生存模式。如张志和，就是一个典型的严光的仰慕者与追随者，他笔下的渔父，闪动着严光酷爱自然淡泊名利的影子，当然也是他自身的一个写真。唐相李德裕尝称："渔父贤而名隐，鸱夷智而功高，未若玄真隐而名彰，显而无事，不穷不达，其严光之比欤。"（《李文饶文集》别集卷七《玄真子渔歌记》）

张志和自号烟波钓徒，钓徒也就是渔父。不过他这个钓徒或渔父并不真的在钓鱼，而只是在做做样子："每垂钓，不设饵，志不在鱼也。"（宋史浩《鄮峰真隐漫录》卷三十三）渔父而志不在鱼，垂钓只不过是一种生活形式，一种与青山绿水、蓝天白云、飞鸟游鱼等交流对话的形式，与物质、与生计已毫无关系。这是参透世事的彻悟，这是超越尘俗的放达，只是这样的彻悟与放达需要足够的物质来支撑，因此像张志和这样的隐者一定不会太穷。

在中国两千多年的时间里，儒家思想一直占据着思想意识形态的主流地位，主张积极入世、有所作为的儒家哲学，对中国知识分子影响极大，因此，历史上的绝大多数文人，都怀有出仕济世的抱负，治国平天下是他们的终极目标。就连李白这样潇洒飘逸的"谪仙人"，都也曾出山应召，供奉翰林，也曾发出"但用东山谢安石，为君谈笑净胡沙"（《永王东巡歌》）的豪语和"总为浮云能蔽日，长安不见使人愁"

（《登金陵凤凰台》）的慨叹，遑论一般的知识分子。一般来说，隐遁避世、退居林泉是文人们仕途失意或人生遭遇大变故后的选择。这方面的例子很多很多，如陶渊明，如孟浩然，如李白，如郑思肖，如王夫之，等等，不胜枚举，张志和其实也属这种情况，像严子陵、林和靖这样的从头至尾都拒绝入世排斥仕进的情况则较少。

然而，说来也怪，中国知识分子无论居庙堂之高或处江湖之远，却都对严光与张志和这样的隐者一向怀有好感。据颜真卿撰《浪迹先生玄真子张志和碑铭》所记，张志和“年十六游太学，以明经擢第。献策肃宗，深蒙赏重，令待诏翰林，授左金吾卫录事参军”。后坐事贬南浦尉。赦还后，不复仕，“遂扁舟垂纶，浮三江，泛五湖，自谓烟波钓徒。著十二卷，凡三万言，号《玄真子》，遂以称焉”。隐居后的玄真子名气益重，深受文人士大夫的尊崇与仰慕：

浙江东观察使、御史大夫陈公少游闻而谒之，坐必终日。因表其所居曰“玄真坊”。又以门巷湫隘，出钱买地以立闬闳，旌曰“回轩巷”……既门隔流水，十年无桥。陈公遂为创造，行者谓之大夫桥，遂作《告大夫桥文》以谢之。

连皇帝也对他表示出异乎寻常的恩宠，唐肃宗曾赐给他奴婢各一，张志和将这对奴婢配为夫妻，给丈夫起名为渔僮，给妻子起名为樵青。唐宪宗尝画张氏画像，到江湖中去求访他的《渔父》，可惜找不到。

唐代宗大历九年（774）秋，张志和往谒湖洲刺史颜真卿。颜甚欣赏张氏的才华与节操。据南唐沈汾《续仙传》卷上载：

鲁国公颜真卿与之友善，真卿为湖州刺史，日与门客会饮，乃唱和为《渔父词》，其首唱即志和之词，曰：“西塞山前白鹭飞（略）。”真卿与陆鸿渐、徐士衡、李成矩共和二十余首，递相夸赏。而志和命丹青剪素，写景夹词，须臾五本，花木禽鱼，山水景像，奇绝踪迹，古今无伦。而真卿与诸客传玩，叹服不已。

据此，可知张志和的《渔父》是在颜真卿与门客的宴饮中创作的，当时的唱和之作并有二十余首。唱和者应该都是名重于当时的名士，如颜真卿是当时的大官，能诗文，书法创“颜体”，是一大家；陆鸿渐即茶圣陆羽，嗜茶，好著述，撰有《茶经》。此后，张志和之弟张松龄及南卓、柳宗元等也有和作，这些和作除了张松龄一首外，似乎都未能流传下来，而张志和所作因写得“妙通造化”，受到当时及后来文人的誉扬和追捧，并被众多唐宋笔记记录了下来，因而得已“风流千古”（清刘熙载《艺概》卷四）。

历代文人对张志和的《渔父》称誉有加，相传苏东坡极爱此词，“患声不可歌，乃稍损益”，写成一首《浣溪纱》：“西塞山前白鹭飞，散花洲外片帆微。桃花流水鳜鱼肥。　自蔽一身青箬笠，相随到处绿蓑衣。斜风细雨不须归。”黄庭坚闻此，击节称赏，逸兴并生，更将顾况《渔父词》与张志和《渔父》整合，作《浣溪纱》云：“新妇矶边眉黛愁，女儿浦口眼波秋。惊鱼错认月沉钩。　青箬笠前无限事，绿蓑衣底一时休。斜风细雨转船头。（顾作为：“新妇矶边月明，女儿浦口潮平，沙头鹭宿鱼惊。”）而宋代诗人徐俯（字师川），竟写《浣溪沙》《鹧鸪天》各两阕，以表达对张氏之倾慕。其《鹧鸪天》云：“七泽三湘碧草连，洞庭江汉水如天。朝廷若觅玄真子，不在江边即酒边。　明月棹，夕阳船，鲈鱼恰似镜中悬。丝纶钓饵都收却，八字山前听雨眠。”（宋叶梦得《岩下放言》卷上、宋吴曾《能改斋漫录》卷十六）

张志和的《渔父》在作品问世后不久便已传入日本，公元八二三年，即唐穆宗长庆三年，也就是张志和创作《渔父》词的四十九年后，张氏之词在日本受到天皇与亲贵们的热烈追捧与模仿，嵯峨天皇作《和张志和渔歌子五首》，此为日本词创作的开山之作。唐朝的的确确是一个国力强盛的朝代，尽管当时已进入中唐，安史之乱造成的社会震荡难以平复，藩镇割据、宦官弄权之势已成，整个国家无可挽回地在往下滑坡，然而文化上的辐射力依然强劲，除张志和的《渔父》开了日本填词之先河外，张继的《枫桥夜泊》、白居易的诗歌等，都曾传入周边的国家如日本、高丽等，对当地的文化产生了影响。

自从张志和创造了“渔父”这一散淡高洁的意象后，后之仿效者，无论帝王达官抑或一般文人士大夫，皆不能超越张氏作品的意境与内容。俞陛云《唐五代两宋词选释》云：“凡赋《渔父》词者，多作高隐之语。”可谓一语中的。不管作者有无这样的生活体验，只要用《渔父》的词牌来写作，其内容一定与渔父生活有关：

阆苑有情千里雪，桃李无言一队春。一壶酒，一竿身。世上如侬有几人。

一棹春风一叶舟，一纶茧缕一轻钩。花满渚，酒盈瓯。万顷波中得自由。

以上两词是南唐后主李煜所作的《渔父》。李煜贵为一国之君，其生存方式与生活体验跟渔父相距何啻十万八千里！然而他还是写了这样两首充满江湖气息渴望“万顷波中得自由”的“渔父”词，你不能就说他一定是附庸风雅、无病呻吟，这或者可以说明，在很多文人（李煜当然也是文人）的心目中，“渔父”所发散出来的理想主义清辉是一片摆脱世俗喧嚣回归宁静迈向高尚的心灵绿洲。

连醉生梦死的花间词人在“渔父”面前都不得不收拾起他们的轻薄与秾丽。历仕梁、唐、晋、汉、周五朝官至宰相的政治不倒翁和凝也写过《渔父》，蘋风轻翦，浪花飞溅，烟波钓徒的自由或许能引起他异样的感受：

白芷汀寒立鹭鸶，蘋风轻翦浪花时。烟幂幂，日迟迟。香引芙蓉惹钓丝。

给五个性情不同背景不同朝代不同的皇帝主子打工可不是闹着玩儿的，俗语说伴君如伴虎，当然没有日暮江上扁舟垂纶那样来得轻松惬意悠然自得，因此，职业官僚和凝对“渔父”的仰慕应该是真诚的。

花间词人中的波斯人李珣也给我们留下了“襟情高淡”（清况周颐《蕙风词话》）的《渔父》：

水接衡门十里余，信船归去卧看书。轻爵禄，慕玄虚。莫道渔人只为鱼。

避世垂纶不记年，官高争得似君闲。倾白酒，对青山。笑指柴门待月还。

棹警鸥飞水溅袍，影随潭面柳垂绦。终日醉，绝尘劳。曾见钱塘八月涛。

李珣的妹妹李舜弦是前蜀后主王衍的昭仪，因此李珣可算是前蜀的国舅，是真正的皇亲国戚。但是李秀才在花间词人中却是最无富贵气金碧色的一个，他的词大多清新疏淡、秀洁可喜，在花间词中直可独树一帜、别开生面。如《南乡子》《渔歌子》，还有上面所引的《渔父》，都能体现李氏词有别于花间的特色。

张志和的《渔父》共有五首，第一首可谓名满天下，传唱千古，而其余四首却一直被第一首的光芒所遮蔽，并不为世人所熟知。其实张志和的五首《渔父》是一个整体，完整地体现了张氏当时的生活状况与精神世界，透过其中一些具体的细节，我们可以触摸到古代中国的"渔父"——这样一些另类知识分子真实的生活与心态，感受与把握他们的生存方式和价值取向。况且，这四首长期被遮蔽的作品其实也是很优秀的：

钓台渔父褐为裘，两两三三舴艋舟。能纵棹，惯乘流。长江白浪不曾忧。

雪溪湾里钓鱼翁，舴艋为家西复东。江上雪，浦边风。笑着荷衣不叹穷。

松江蟹舍主人欢，菰饭莼羹亦共餐。枫叶落，荻花干。醉宿渔舟不觉寒。

青草湖中月正圆，巴陵渔父棹歌连。钓车子，橛头船。乐在风波不用仙。

江南在斜风细雨中悄悄地湿润着，桃花水欢快地泛向激情的三月，骄傲的扁舟停靠在昨日的河岸，白色的水鸟飞起，水面飘来一支孤独的歌。看，千年的酒意写在脸上，挥手告别杨柳梢头的繁华，温柔月色诉说如烟往事，风中弥漫着田田莲叶墨绿色的清香……

木兰花

木兰是一个古典的意象。在悠长悠长的记忆中，木兰的片断总是闪烁着典雅温润的光，渐渐积淀成一种和美的概念相联系的隽永意味。于是，木兰成了美好的象征，它以一种优雅的芳香温暖着我们对物质的感觉。

木兰作为一种香木，很早就进入了中国文人的视野。中国最早的大诗人屈原曾经吟咏过它："朝搴阰之木兰兮，夕揽洲之宿莽。"（《离骚》）汉代大辞赋家司马相如也将它写入他宏大的《子虚赋》中："其北则有阴林巨树，楩楠豫章，桂椒木兰，檗离朱杨。"晋代才子兼美男潘岳在《西征赋》中则用它来形容阿房宫的瑰异："门磁石而梁木兰兮，构阿房之屈奇。"木兰状如楠树，有香气，是建造宫室和舟船的良材。南朝梁任昉《述异记》尝云："木兰洲在浔阳江中，多木兰树。昔吴王阖闾植木兰于此，用构宫殿也。七里洲中，有鲁般刻木兰为舟，舟至今在洲中。诗家云木兰舟，出于此。"后来，木兰渐渐演变成一种美好的象征，并非一定实指。如后世诗人常常吟咏的木兰舟或兰桨，就不见得一定是木兰所造："更见南来钓翁说，醉吟还上木兰舟。"（唐罗隐《秋晓寄友人》）"忽忆去年离别，石城花雨倚江楼，波上木兰舟。"（南唐冯延巳《喜迁莺》）当然，最能唤起我们美好记忆的是苏轼《前赤壁赋》中的句子："桂棹兮兰桨，击空明兮溯流光。"

是的，木兰是美好的象征，它以一种典雅的气质唤回我们对物质世界的温暖记忆。不知从什么时候起，"木兰花"开了，绚丽而烂漫，它成为一个文化符号似乎是顺理成章的事。唐朝时，"木兰花"成为教坊曲名，此后用为词牌。现在所能见到的最早的《木兰花》出现在《花间集》里，是唐五代时人韦庄创作的：

独上小楼春欲暮，愁望玉关芳草路。消息断，不逢人，却敛细眉归绣户。

坐看落花空叹息，罗袂湿斑红泪滴。千山万水不曾行，魂梦欲教何处觅。

《花间集》中仅有三首《木兰花》，却呈现出三种不同的体式，句式参差不一，字数不一，反映了一种文学形式草创时期的原始形态：上述韦词为五十五字体，另有毛熙震词为五十二字体，魏承班词为五十四字体。虽然体式各异，但表达的内容却是一样的，都是花间风格的闺情词，秾丽香艳，缠绵伤感。毛魏二词尤为如此：

掩朱扉，钩翠箔，满院莺声春寂寞。匀粉泪，恨檀郎，一去不归花又落。

对斜晖，临小阁，前事岂堪重想着。金带冷，画屏幽，宝帐慵熏兰麝薄。

小芙蓉，香旖旎，碧玉堂深情似水。闭宝匣，掩金铺，倚屏拖袖愁如醉。

迟迟好景烟花媚，曲渚鸳鸯眠锦翅。凝然愁望静相思，一双笑靥嚬香蕊。

《花间集》中另有七言八句五十六字的《玉楼春》，与《木兰花》分属不同的词牌，因五代欧阳炯所作有“同在木兰花下醉”之句，宋代无名氏辑《尊前集》时将其混入《木兰花》调中，造成混淆，宋人因之，不复区别，故宋词中的《木兰花》实即《玉楼春》调。

五代的《玉楼春》大多为秾艳的闺情词，代思妇立言，并无多少真情实感，唯李煜所作写自身的生活体验，虽用语奢华，着色亮丽，然有真性情在：

晚妆初了明肌雪，春殿嫔娥鱼贯列。笙箫吹断水云间，重按霓裳歌遍彻。

临风谁更飘香屑，醉拍栏干情味切。归时休放烛花红，待踏马蹄清夜月。

好一段风花雪月的宫闱故事。那么风流，那么奢靡，那么放纵，那么美！与李煜亡国后被毒杀的惨状形成了强烈的反差，使人不禁想起了“有几分风流就有几分折堕”这句老话。

宋人开始用《玉楼春》调大量写作《木兰花》。张先是《木兰花》创作史上一个里程碑式的人物。他不但是最早大量创作《木兰花》词的人之一，而且通过极富才情与想象力的创造，将此调的境界提升到一个相当高的层次。张先的《木兰花》一洗五代词的胭脂粉黛绮罗香泽，给宋词注入一股跳荡着青春生命力的清新之风：

龙头舴艋吴儿竞，笋柱秋千游女并。芳洲拾翠暮忘归，秀野踏青来不定。

行云去后遥山暝，已放笙歌池院静。中庭月色正清明，无数杨花过无影。

这首题目叫《乙卯吴兴寒食》的《木兰花》，是张先在八十六岁时创作的，时在宋神宗熙宁八年（1075）春。一个八十六岁的老人尚能写出如此生气勃勃的词作，不由得不令人深为叹服与诧异。

这是一个不可思议的现象，我们或可姑且称之为“张先现象”。张氏的生命力极为旺盛，他的很多作品都是在八十多岁的高龄时创作的。如熙宁七年八十五岁时，尝作送苏轼、杨绘等的《定风波令》三首、《沁园春·寄都城赵阅道》《何满子·陪杭守泛湖夜归》《虞美人·述古移南郡》及《木兰花·席上赠同、邵二生》等；熙宁八年八十六岁时，作有《木兰花》多首、《泛清苕·正月十四日与公择吴兴泛舟》等；熙宁九年（1076）八十七岁时，作有《天仙子·公择将行》《离亭宴·公择别吴兴》《感皇恩·徐铎状元》等。从这些作品的题目就可以看出来，张先此时的社交活动相当频繁，因为他写的大多是送别或应酬一类的作品，这也从一个侧面反映了张先无论精神还是体力都处在相当好的状态。

张先生命力的健旺还体现在这样一件事上：据同时代人所留下的文字看，张先八十五岁时尚娶妾。这真是让人难以置信！夏承焘《张子野年谱》“熙宁七年”条：

> 八十五岁……
>
> 苏轼赠诗，嘲老年娶妾。苏诗十一题云：“张子野八十五，尚闻买妾，述古令作诗。”
>
> 《韵语阳秋》十九：“张子野八十五犹聘妾；东坡作诗，所谓‘诗人老去莺莺在，公子归来燕燕忙’是也。荆公亦有诗云：‘篝火尚能书细字，邮筒还肯寄新诗。’其精力如此……”
>
> 《古今词话》：“子野晚年，风韵未已，尝宠一姬，颇艳丽；但姬亦士族，不肯立名，子野以六娘呼之。而子野闺中性严，坚使立名，子野不得已，以绿杨呼之，盖取其声音与六娘相近也。既而不相容，将欲逐去之，子野乃作《蝶恋花》一曲，以写惓惓之意。绿杨将行，子野更作《浪淘沙令》以送别。”

据上引《古今词话》，则张先八十五岁时娶的妾当叫“绿杨”，查张先作品，的确有这么一首咏“绿杨”的《蝶恋花》：

> 移得绿杨栽后院，学舞宫腰，二月青犹短。不比灞陵多送远，残丝乱絮东西岸。
>
> 几叶小眉寒不展，莫唱阳关，真个肠先断。分付与春休细看，条条尽是离人泪。

语多凄婉，可谓断肠辞。如说寄托了对六娘（绿杨）的情思，那也是说得通的。而《浪淘沙令》更将这种对“杨花”的怜惜表露得更为浓烈：

> 肠断送韶华，为惜杨花。雪球摇曳逐风斜。容易着人容易去，飞过谁家。
>
> 聚散苦咨嗟，无计留他。行人洒泪滴流霞。今日画堂歌舞地，明日天涯。

用杨花的飘零比拟绿杨漂泊无定的命运，也颇为切合。

张先是北宋前期的大词人，与柳永齐名。宋人吴曾《能改斋漫录》卷十六引晁补之《评本朝乐府》："张子野与柳耆卿齐名，而时以子野不及耆卿；然子野韵高，是耆卿所乏处。"所言极是。的确，张先与柳永走的不是一条路子。柳氏喜用俚语入词，走的是通俗化的路子，以"柳七郎风味"风靡天下。而张先走的是"韵高"一路，善用一些朦胧或空灵的意象营造一种清空明远韵味悠长的意境，这在北宋早期是不多见的。他喜用并善用"影"字，尝自称"张三影"。宋胡仔《苕溪渔隐丛话前集》卷三十七引《古今词话》：

> 有客谓子野曰：人皆谓公张三中，即心中事、眼中泪、意中人也。公曰：何不目为张三影。客不晓，公曰：云破月来花弄影；娇柔懒起，帘压卷花影；柳径无人，坠风絮无影。此余平生所得意也。

其实，令张先得大名者何止以上"三影"，上引《木兰花》之"中庭月色正清明，无数杨花过无影"，另有《青门引》之"那堪更被明月，隔墙送过秋千影"，等等，灵妙飞动，声色并佳，俱是传诵千古脍炙人口的佳句。

宋代词话笔记中此类故事甚多。胡仔《苕溪渔隐丛话前集》卷三十七引《遁斋闲览》云：

> 张子野郎中，以乐章擅名一时，宋子京尚书奇其才，先往

见之，遣将命者，谓曰："尚书欲见'云破月来花弄影'郎中。"子野屏后呼曰："得非'红杏枝头春意闹'尚书耶？"遂出，置酒尽欢。盖二人所举，皆其警策也。

范公偁《过庭录》：

张先子野郎中《一丛花》词云："沉恨细思，不如桃杏，犹解嫁东风。"一时盛传。欧阳永叔尤爱之，恨未识其人。子野家南地，以故至都，谒永叔；阍者以通，永叔倒屣迎之曰："此乃'桃杏嫁东风'郎中。"

宋人笔记记载的这类词话，透露出宋代文人士大夫诗酒风流的生活细节与审美趣味，文士阶层对诗词创作及佳句警句的赏识与重视达至令人吃惊的地步，当时被称为"某某郎中"一类称谓的相当多，除了上面所引的张先、宋祁外，尚有"露花倒影柳屯田""晓风残月柳三变"（柳永），"山抹微云秦学士"（秦观），"桂子飘香张九成"（张子韶），等等；另有贺铸因其"梅子黄时雨"句而被称为"贺梅子"，张炎因《南浦·春水》词得名而被称为"张春水"，等等。

回头再说《木兰花》。《木兰花》是张先最喜用的词牌，现在所能看到的张氏该调作品尚有十首之多，是他全集中最多的。下面所引的两首是张先咏郊州西湖的作品，作于宋仁宗皇祐年间（1049-1054），这两首作品比他二十年后创作的《乙卯吴兴寒食》自然稍为逊色，但仍显示出格调清新、气韵生动的"韵高"特点：

青钱贴水萍无数，临晓西湖春涨雨。泥新轻燕面前飞，风慢落花衣上住。

红裙空引烟娥聚，云月却能随马去。明朝何处上高台，回认玉峰山下路。

西湖杨柳风流艳，满缕青春看赠别。墙头簌簌暗飞花，山外阴阴初落月。

秦姬秾丽云梳发，持酒唱歌留晚发。骊驹应解恼人情，欲出重城嘶不歇。

《木兰花》的确要感谢张先，它在张先手上得到了极大的拓展与提升。从张先开始，《木兰花》产生了优秀作品，形成了文化品格，至此，一个新的文化符号完成了它的文化积淀，开始正式跃上文化史的热闹舞台。

忆秦娥

是回忆一段怎样的美丽——弄玉公主与萧史的故事浪漫而纯美，高原少女的思念弥漫在浑厚的川原上，柳枝轻柔，禁不住太多的攀折，温暖的箫声划破月光如水的冰凉，马蹄轻轻地敲击困倦的夜，给离人捎去辗转反侧的焦灼，血色的苍茫随落叶飘坠，跌落久已疲惫的那一片山谷，美艳容颜悄悄远行，青春的心不再有昔日的张狂，生命季风掠过人生最后的驿站，远处的风景闪烁着岁月碾过的衰老，宏大庄严的图腾轰然坍塌，消失在满眼土黄的混沌中……

比李商隐大约要早一百年的光景，大诗人李白登上了乐游原。

乐游原，故址在今陕西省西安市南郊，亦称乐游苑、乐游园。本为秦时的宜春苑，汉宣帝神爵三年（前59）修乐游庙，因以为名。唐时，为长安士女游赏胜地，诗人骚客多有登临。

李白来了。在一个清爽豁朗的重阳日，飘逸不群的李白登上了乐游原。乐游原上阳光灿烂，游人如织，可诗人的眼睛看不到这些。他分明听到了高原浩荡的秋声，感受到阳光下肃杀的秋气。他把目光投向远方，远方有汉室的陵寝，在西风夕照的一片苍凉中，汉文帝的灞陵闪烁着令人伤感的孤寂。

长安多帝陵。每一座陵墓都是一段消逝的历史，不知何处传来的箫声穿透时空，传递着历史的沉重与忧郁，年年柳色演绎着离别的黯然，诗人的忧伤喷涌而出，化作一道跨越千年的美丽：

箫声咽，秦娥梦断秦楼月。秦楼月。年年柳色，灞陵伤别。

乐游原上清秋节，咸阳古道音尘绝。音尘绝。西风残照，汉家陵阙。

乐游原承载了多少诗人的忧思。杜郎俊赏，宋代姜白石尝称赏他“豆蔻词工，青楼梦好”。可风流杜郎一登上乐游原，也免不了沉重一番：

清时有味是无能，闲爱孤云静爱僧。
欲把一麾江海去，乐游原上望昭陵。

杜牧的这首《将赴吴兴登乐游原》诗，是他赴湖州刺史任前登乐游原所作，时在唐宣宗大中四年（850）。杜牧所望，乃千古雄主唐太宗的昭陵。联系杜牧所处时代藩镇割据、宦官擅权、党争频仍的乱象，我们可以感受到“望昭陵”所蕴涵的微言大义与深沉感慨。

唐代诗人登乐游原大抵喜发感慨，这与一般诗人的登高念远抒怀是一样的。其不同处在于，乐游原所处的长安一带，是秦、汉、唐三个强盛王朝的都城所在，登高望远，前朝遗迹历历在目，最易产生历史兴亡之感。最为人熟悉的例子或许要算李商隐。

李商隐比杜牧小十岁，同样生活在黑暗混乱的晚唐，但李一生身陷牛李党争，仕途坎坷，无疑更具悲剧色彩。因此，李商隐登上乐游原，所发之感慨自然更深广幽愤：

向晚意不适，驱车登古原。
夕阳无限好，只是近黄昏。

李商隐的这一首《乐游原》一向被人认为是为大唐帝国无可奈何的颓败而唱的挽歌。李商隐的无题诗写得朦胧隐晦，而这一首《乐游原》却写得明白如话，这或许是作者要通过这样浅显直白的方式，直截了当地表达他对江河日下的晚唐国势的深切关注与无限伤感。

乐游原引发了诗人沉重苍凉的历史兴亡感慨，也成就了“忆秦娥”这一艺术意象和李白这一首被称为“百代词曲之祖”（宋黄昇《唐宋诸贤绝妙词选》卷一）的不朽之作。然而，在整一个唐代，除了被称为李白所作的这一首作品外，我们再也没能发现别的《忆秦娥》作品的存在。而五代也就冯延巳有一首叫《忆秦娥》的作品，但此作无论在艺术品格或体式上都与李白之作差距甚大，我们认为那不是真正意义上的《忆秦娥》：

风淅淅，夜雨连云黑。滴滴，窗下芭蕉灯下客。

除非魂梦到乡国，免被关山隔。忆忆，一句枕前争忘得。

这样的状况一直延续到宋代。北宋前期仍然没几个人用《忆秦娥》词调来进行创作，而且在体式上还显得十分混乱。张先集中仅见的一首《忆秦娥》与李白或冯延巳所作在体式上都不相同：

参差竹，吹断相思曲。情不足，西北有楼穷远目。

忆苕溪，寒影透清玉。秋雁南飞速。菰草绿，应下溪头沙上宿。

而欧阳修的情况更令人诧异，他的《忆秦娥》不但在体式上与众人迥异，而且在内容上极为香艳，是一首十足的艳词：

十五六，脱罗裳，长恁黛眉蹙。红玉暖，入人怀，春困熟。

展香裀，帐前明画烛。眼波长，斜浸鬓云绿。看不足，苦残宵，更漏促。

这样的词作出自官声文名俱佳的欧阳修的名下，恐怕会使许多人大跌眼镜。

这种混乱的状况要到苏轼的出现才得到改观。苏氏所作虽不称《忆秦娥》而称《双荷叶》，然而它在体式上尤其是在精神上是属于李白所开创的那一路的：

双溪月，清光偏照双荷叶。双荷叶。红心未偶，绿衣偷结。

背风迎雨流珠滑，轻舟短棹先秋折。先秋折。烟鬟未上，玉杯徽缺。

而苏轼的学生李之仪则径用李白词的原韵写了一首极富太白韵味的《忆秦娥》，词的题目就叫《用太白韵》：

清溪咽，霜风洗出山头月。山头月。迎得云归，还送云别。
不知今是何时节，凌歊望断音尘绝。音尘绝。帆来帆去，天际双阙。

李之仪此词在词史上有着特殊的意义。据词中“凌歊”二字，可知此词系李之仪编管太平州时所作，时间当在宋徽宗崇宁三年（1104）前后。崇宁二年（1103），李之仪为范纯仁作遗表和行状，忤权臣蔡京，下御史狱。次年编管太平州（今安徽当涂）。“凌歊”即凌歊台，地在今当涂县西。公元四六三年，南朝宋孝武帝刘骏曾登此台，并筑避暑离宫于此。李之仪在当涂时，尝偕贺铸登台游赏，贺有《凌歊》词记登临怀古事，李氏亦另有《临江仙·登凌歊台感怀》记其事。李之仪的《忆秦娥》，题目写明“用太白韵”，这说明在李之仪所处的时代（1047—1117），《忆秦娥》（箫声咽）这首词已广为流传，并被人认为是李白的作品。

李白此词最早见于邵博的《邵氏闻见后录》（卷十九）：

“箫声咽（略）。”李太白词也。予尝秋日饯客咸阳宝钗楼上，汉诸陵在晚照中，有歌此词者，一坐凄然而罢。

邵氏生年不详，卒于公元一一五八年，照此推算，他应该比李之仪晚出数十年。也就是说，在邵氏在其《闻见后录》记录“李太白词”的数十年前，李之仪就已经在“用太白韵”写作了。由此可见，李之仪词是目前所能见到的最早证明李白是《忆秦娥》（箫声咽）作者的证据。

宋人多主太白为《忆秦娥》的首创者。李、邵之后，有程大昌者云：“《黄图》曰：‘霸桥，跨霸水为桥也。汉人送客至此桥，折柳为别。’故李白乐府曰：‘年年柳色，霸桥伤别。’”（《演繁露》卷七）黄昇编《唐宋诸贤绝妙词选》，首次选李白《菩萨蛮》《忆秦娥》入选本中，并称之为“百代词曲之祖”。明人顾起纶也认为“李太白首倡《忆秦娥》……为千载词家之祖”（《〈花庵词选〉跋》），但胡应麟、胡震亨等皆对此持怀疑或否定态度。此后，主李说和非李说聚讼纷纷，并皆有名家支持，但都拿不出确凿的证据，大多是些猜想推测之辞，因此也难以服人。

说李白是《忆秦娥》的作者，的确没有确凿的证据。但据一般逻辑或常理推测（又是推测），宋人毕竟比明人更接近唐代，更接近李白，也就更有可能接近于事实，因此，宋人主李的可信度要比明人非李的可信度大一些。如果这一逻辑能够成立的话，则李白是“百代词曲之祖”作者的说法，也应该是可以成立的，除非有确凿的证据证实他不是。

《忆秦娥》（箫声咽）气魄宏大，格调高远，境界开阔，不是李白，恐怕也难有人当得起它的作者。此作虽为本调首创，然起点极高，光芒四射，后人所作的同调作品，皆不能望其项背。宋人虽以词称著于世，然而在《忆秦娥》一调却找不出几首特别好的作品。他们似乎都为李白天才的光芒所笼罩，所作之词无论格调或意境都未免稍逊一筹。如上面所引苏轼、李之仪的词就是这种情况：他们的作品也不是不好，而是因为李白的词写得实在太好了，使别的作品都显得黯然失色。

南宋词人的作品往往充溢着一种国破家亡的悲愤。如陈与义的这首作于高宗建炎三年（1129）的《忆秦娥·五日移舟明山下作》：

鱼龙舞，湘君欲下潇湘浦。潇湘浦。兴亡离合，乱波平楚。

独无尊酒酬端午，移舟来听明山雨。明山雨。白头孤客，洞庭怀古。

陈与义的好友向子諲也有一首内容相近的《秦楼月》：

芳菲歇，故园目断伤心切。伤心切。无边烟水，无穷山色。

可堪更近乾龙节，眼中泪尽空啼血。空啼血。子规声外，晓风残月。

“兴亡离合”所引发的深沉感慨，“故园目断”所生出的无限伤痛，构成这两首词的共同主题。陈、向二人皆是南宋前期主战大臣，他们亲身经历了北宋覆亡的过程，对国破家亡有着切肤之痛，因此他们作品中流露出的沉痛悲凉是真切的、自然而然的。

而名列《宋史·佞幸传》的权臣曾觌的《忆秦娥》居然也写得慷慨悲凉，“凄然有黍离之悲”（黄昇《中兴以来绝妙词选》卷一），这或许可以说明这种家国之痛是时代性的，并不因个人品质的贤恶忠奸而有大的差异：

> 风萧瑟，邯郸古道伤行客。伤行客。繁华一瞬，不堪思忆。
>
> 丛台歌舞无消息，金尊玉管空尘迹。空尘迹。连天草树，暮云凝碧。

曾觌这首名为《邯郸道上望丛台有感》的《忆秦娥》作于南宋孝宗乾道五年（1169）。这一年他作为贺金正旦的副使，奉命出使金国。此词当系他出使途中路过赵国古都邯郸时，望战国时赵武灵王所筑的丛台遗迹有感而作。

气象较为阔大的作品尚有曾协的《秦楼月·留别海陵诸公》：

> 清秋月，长空万里烟华白。烟华白。江云收尽，楚天一色。
>
> 莼丝惹起思归客，清光正好伤离别。伤离别。五湖烟水，伴人愁绝。

总的说来，南宋的《忆秦娥》有一股抑塞磊落的忠愤之气，感慨不可谓不深，气势也不能说不大，但正如陈廷焯在《白雨斋词话》中评价曾觌的《忆秦娥》等词所说的：“词极感慨，但说得太显，终病浅薄。”这真是一语中的。是的，上举数例的毛病都是过于直白，所以显得浮泛。因此，它们终究不能突破李白词为《忆秦娥》奠定的美学基调，提升或丰富《忆秦娥》的美学品格。

《词谱》于《忆秦娥》调下是这样说的：

> 元高拭词注“商调”。按此词昉自李白，自唐迄元，体各不一，要其源皆从李词出也。因词有“秦娥梦断秦楼月”句，故名《忆秦娥》，更名《秦楼月》。苏轼词有“清光偏照双荷叶”句，名《双荷叶》。无名氏词有“水天摇荡蓬莱阁”句，名《蓬莱阁》。至贺铸始易仄韵为平韵。张辑词有“碧云暮合”句，名《碧云深》。宋媛孙道绚词有“花深深”句，名《花深深》。

李白以其不世出的才华创制了《忆秦娥》，并使之成为一个不朽的文化符号。诚如《词谱》所言，此调“自唐迄元，体各不一，要其源皆从李词出也”。后人所作的《忆秦娥》，或多或少都要受到李词的影响。从以上所举的数例看，影响的痕迹的确是存在的。

往事越千年，弹指一挥间。在李白创制此调一千二百年后的二十世纪三十年代，在中国工农红军的坚忍而悲壮的长征路上，一位将要改写中国历史的伟人写下了一首题为《娄山关》的《忆秦娥》：

> 西风烈，长空雁叫霜晨月。霜晨月。马蹄声碎，喇叭声咽。
>
> 雄关漫道真如铁，而今迈步从头越。从头越。苍山如海，残阳如血。

毛泽东的这首壮词，气魄之宏大，境界之开阔，直可逼压李白词。尤其是“苍山如海，残阳如血”两句，真不让李白之“西风残照，汉家陵阙”。毛泽东一生甚喜李白，两人在气质上颇有相通之处，故其词受李白影响，也属必然。但毛泽东以伟人的襟抱与视野来观照景物，然后形诸笔墨，铸成伟词，使李白千年之后，终遇敌手，李白倘若九泉有知，当引为知己，或可聊解高手寂寞之苦！

蝶恋花

梦似杨花，轻柔地滑过重重帘幕，穿越深深庭院，在六曲栏干、台阁亭榭、小桥流水间徘徊流连。没有蝶与花的依恋，春天的思念如春草绽放，美丽恋人憧憬秋千的浪漫，孤独的风筝飞走了，杏花春雨湿润着旧时的记忆。高楼总是独上，凭栏看那天际归帆，少年郎骑着白马从门前经过，风把所有的怨恨吹跑了……

按传统的说法，词有婉约与豪放之分。“蝶恋花”作为一个整体意象，当然应该属于婉约的范畴。从南唐冯延巳创作的第一首《鹊踏枝》起，“蝶恋花”就开始了它清轻婉丽的美的历程，再经晏殊、欧阳修、苏轼等人的努力，最终成为词领域中一个最婉约的意象，成为婉约词中一个带有象征意义的符号：

六曲栏干偎碧树。杨柳风轻，展尽黄金缕。谁把钿筝移玉柱。穿帘海燕双飞去。

满眼游丝兼落絮。红杏开时，一霎清明雨。浓睡觉来莺乱语。惊残好梦无寻处。

冯延巳的这一首《鹊踏枝》就是典型的婉约词。冯氏现存《鹊踏枝》词十四首，内容与风格大抵相近，抒情主人公（多为女子）伤春伤时的情怀与极美的景物浑融无间，构成一种略带伤感而又温婉清丽的意境，使人感受到舒徐和畅而并非剑拔弩张的审美冲击：

几日行云何处去。忘却归来，不道春将暮。百草千花寒食路。香车系在谁家树。

泪眼倚楼频独语。双燕飞来，陌上相逢否。撩乱春愁如柳絮。悠悠梦里无寻处。

清明寒食，柳絮轻飘，双飞燕子，思妇春愁……不但意象颇有重叠之处，就连结句也是大同小异。冯延巳的《鹊踏枝》奠定了“蝶恋花”的美学原则。

据《词谱》载：“《蝶恋花》，唐教坊曲。本名《鹊踏枝》，宋晏殊词改今名。”在《敦煌曲子词》中，尚保存着《鹊踏枝》较原始的形态：

叵耐灵鹊多瞒语。送喜何曾有凭据。几度飞来活捉取。锁上金笼休共语。

比拟好心来送喜。谁知锁我在金笼里。欲他征夫早归来。腾身却放我向青云里。

此词写闺中思妇与“灵鹊”的对话，按曲子词草创时期多“缘题而赋”的特征，或可认定本词为《鹊踏枝》调的早期作品。又据任半塘的考证：“此辞以‘灵鹊’起，‘灵鹊’早见于开天间之口语。又因‘征夫’而有‘征夫怨’之明征，其作辞时代显属盛唐。”（《敦煌歌辞总编》卷二）如此词是开元天宝年间的作品，那当然要比冯延巳的作品早得多，说它是草创时期的作品，应该是不错的。

《词谱》将冯延巳的《鹊踏枝》（六曲栏干偎碧树）作为《蝶恋花》调之正体，并云“宋元人俱如此填”。由此可见，无论是在体式上或是美学规范上，冯延巳的确是《蝶恋花》调的开拓者与奠基者。

北宋晏殊的创作对本调的发展具有里程碑式的意义。首先，晏殊将《鹊踏枝》易名为《蝶恋花》，使之更切合本调的风格与内容，对于明月、杨柳、双燕、帷幕、相思这样的内容和轻软温柔的风格来说，“蝶恋花”显然要比“鹊踏枝”更传神贴切；其次，晏殊的《蝶恋花》代表了该调的最高水平，有的作品已经超越了“婉约”，而呈现出苍茫阔大清旷高远的境界，这在北宋前期是极为难能可贵的：

槛菊愁烟兰泣露。罗幕轻寒，燕子双飞去。明月不谙离恨苦。斜光到晓穿朱户。

昨夜西风凋碧树。独上高楼，望尽天涯路。欲寄彩笺兼尺素。山长水阔知何处。

近人王国维曾拈出此词中“昨夜西风凋碧树，独上高楼，望尽天涯路”三句，认为此系“古今之成大事业、大学问者必经过三种之境界”的“第一境”（《人间词话》），可见晏氏此词自有一种大的气度，虽出自“婉约”，却并非“婉约”所能束缚得住。

稍后于晏殊的宋祁存世词不多，然其词所留下的“本事”却并不算少，以前《木兰花》篇所引之“‘红杏枝头春意闹’尚书”一段，最为著名。宋祁的《蝶恋花·情景》在本调的作品中并不算特别出色，然而其“本事”却为我们提供了具体可感的北宋人的生活图景。其词曰：

绣幕茫茫罗帐卷。春睡腾腾，困入娇波慢。隐隐枕痕留玉脸。腻云斜溜钗头燕。

远梦无端欢又散。泪落胭脂，界破蜂黄浅。整了翠鬟匀了面。芳心一寸情何限。

关于此词的本事则载于黄昇《唐宋诸贤绝妙词选》卷三：

子京过繁台街，逢内家车子，中有褰帘者曰：“小宋也。”子京归，遂作此词，都下传唱，达于禁中。仁宗知之，问内人：“第几车子何人呼小宋。”有内人自陈：“顷侍御宴，见宣翰林学士，左右内臣曰：‘小宋也。’时在车子中偶见之，呼一声尔。”上召子京，从容语及，子京惶惧无地。上笑曰：“蓬山不远。”因以内人赐之。

细揣宋氏词意，当系写思妇春睡初醒之神态容貌，似与宫女无涉，故词作与本事不甚契合。然而本事所显示的场景，对我们了解北宋某些社会阶层诸如宫女、文人士大夫等的生活状况甚有帮助。

宫女思凡的故事屡见于唐宋笔记，著名的“红叶题诗”的故事，即分别见载于唐范摅《云溪友议》、唐孟棨《本事诗》、宋刘斧《青琐高议》、宋王铚《补侍儿小名录》等，情节略同而人事各异。这一类今天看来近乎天方夜谭的故事如此频繁地出现在唐宋人笔记中，恐怕不能完全看作是纯粹的文学创作。黄昇是南宋人，距宋祁生活的年代也不过一两百年，他所讲述的故事或许会有流布过程中所添加的夸张成分，但恐怕也不会纯属虚构。联系“红叶题诗”一类的故事，我们可以感受得到唐宋时期文学艺术的繁盛景象以及当时社会对文人的重视和礼遇。一首词，可以“都下传唱，达于禁中”，这在当时真的不是稀罕事，不是有“凡有井水饮处，即能歌柳词”的说法吗；苏轼的诗文也常常“达于禁中”，神宗皇帝对其爱不释手；周邦彦也是每有词出，京都人便争相传诵，广为传唱……还有宫女的“放肆”，皇帝的“宽容”，等等，都能折射出当时的社会风气和开放程度。

欧阳修现存《蝶恋花》有二十余首之多，虽然有部分被认作是冯延巳、柳永、晏殊等所作，但即便剔除这些作者有争议的作品，数量也还是相当多的，由此也可看出他对此调的偏爱。下面的这首词也见于冯延巳的《阳春集》，因此有人认为它是冯延巳所作。但据李清照《临江仙》词序“欧阳公作《蝶恋花》，有‘深深深几许’之句，予酷爱之，用其语，作‘庭院深深’数阕”的说法，则欧公为此词之作者，当无疑义，盖因李清照生于公元一〇八四年，距欧公卒年一〇七二仅十二年而已，她的说法应该具有极高的可信度与权威性。欧公此词在情景和意境的发掘上都有相当的深度，虽在风格上与冯延巳词接近，但仅凭一个“深”字便可压冯词一头而胜出：

庭院深深深几许。杨柳堆烟，帘幕无重数。玉勒雕鞍游冶处。楼高不见章台路。

雨横风狂三月暮。门掩黄昏，无计留春住。泪眼问花花不语。乱红飞过秋千去。

景物的幽深与抒情主体的深挚恳切，构成了一种深长的意境，意象也变得分外的鲜明灵动。欧阳修的这首《蝶恋花》是该调最具代表性的作品之一。

苏轼以“豪放”二字名世，他在文学史上最重要的贡献在于拓宽了词的领域，在婉约的传统领地中开创了豪放一派。但是苏轼真正称得上“豪放”的词作品其实并不多，他大多数作品走的仍是“婉约”的路子，只不过他的“婉约”与唐五代宋初的传统已有所不同，如下面的这首《蝶恋花》：

> 花褪残红青杏小。燕子飞时，绿水人家绕。枝上柳绵吹又少。天涯何处无芳草。
>
> 墙里秋千墙外道。墙外行人，墙里佳人笑。笑渐不闻声渐悄。多情却被无情恼。

温婉轻柔之外，兼具清新秀洁、豁亮开朗的元素，在有声有色、富于动感的意象中蕴含了人生的哲理，这样一种兼具多种美学元素和人生哲思的风格充满了苏东坡式的魅力。“枝上柳绵吹又少，天涯何处无芳草”——苏轼的豁达历经千年的淘洗，如今已转化为一种属于整个民族的思维方式：不要太着意眼前的美丽、眼前的挫折、眼前的失利……时移势易，世界很大，机会总是会有的，“天涯何处无芳草”！苏轼以他的绝世才华与超逸性情为婉约词注入了新的内容，令天下人耳目为之一新。

关于苏轼此词，宛委山堂《说郛》卷八十四《林下词谈》记载了这样一则故事：

> 子瞻在惠州，与朝云闲坐。时青女初至，落木萧萧，凄然有悲秋之意。命朝云把大白，唱“花褪残红”。朝云歌喉将啭，泪满衣襟。子瞻诘其故，答曰：“奴不能歌，是‘枝上柳绵吹又少，天涯何处无芳草’也。”子瞻翻然大笑，曰：“是吾

正悲秋，而汝又伤春矣。”遂罢。朝云不久抱疾而亡。子瞻终身不复听此词。

这真是一则令人伤感的故事。“枝上”两句竟然能使苏轼的姬妾朝云“泪满衣襟”而“不能歌”，“不久抱疾而亡”，可见词句传递出来的信息一定强烈地撼动了朝云的心灵，从而产生一种深深的悲恸。朝云本为钱塘一妓女，苏轼在钱塘做官时纳为妾。她原本不识字，后跟苏轼读书写字，或粗通文墨，又略通佛理。苏轼贬官惠州，数妾皆散去，唯有朝云相随。应该说，朝云是个聪明敏慧、有情有义的女子，她在苏轼最倒霉最困难的时候不离不弃，侍奉左右，为落魄至极的大文豪提供些许温暖、些许欢乐，殊为难得。可惜红颜薄命，好人不得善终，年纪轻轻就“抱疾而亡”，殁于惠州。至于是否因为唱此曲所致，实难考证，总之是抑郁而致病，因病而致亡，间接的因素总是有的。所以苏轼才“终身不复听此词”。今惠州西湖畔有朝云墓，墓碑上刻有苏轼写的《朝云墓志铭》，凭此，朝云可以不朽了！

值得一提的还有周邦彦的《蝶恋花》。传统词学对周邦彦评价很高，认为他是“集大成者”（周济《宋四家词选目录序论》），推崇他为“词家之正宗”（戈载《宋七家词选》）。陈廷焯在《白雨斋词话》这样评价他：“词至美成，乃有大宗。前收苏、秦之终，后开姜、史之始。自有词人以来，不得不推为巨擘。”近人邵瑞彭甚至认为“词家有美成，犹诗家有少陵”（《周词订律序》），把他提到“词家中之杜甫”那样的高度。

男女之情与羁旅行役是美成词的主要内容。下面的这首《蝶恋花》有别于前引诸作清轻明媚的风格，以凄寒之笔写男女别情，在儿女情长的缱绻中注入了羁旅行役的况味：

月皎惊乌栖不定。更漏将残，辘轳牵金井。唤起两眸清炯炯。泪花落枕红绵冷。

执手霜风吹鬓影。去意徊徨，别语愁难听。楼上阑干横斗柄。露寒人远鸡相应。

不知怎的，使人顿时想起了温庭筠的“鸡声茅店月，人迹板桥霜”，一股肃杀凄凉之气扑面而来。周邦彦的《蝶恋花》丰富了此调的美学内涵。

旖旎的梦永远滋润着忧伤的心灵，亲切的小雨总是下着，给我们带来一种属于古典的温柔，草长莺飞是江南永恒的故事，杨柳风轻轻，唤醒了少年如诗情怀，在洒满阳光的小径上，春天悄悄地吟唱明媚的歌……

踏莎行

《踏莎行》似乎是一个可以找到“源头”的词牌。

据明人杨慎所著的《词品》,《踏莎行》出自唐韩翃的诗句“踏莎行草过春溪”。但我遍查《全唐诗》中韩翃的作品，却找不到这句诗句，倒是在卷三四八陈羽的名下，看到了《过栎阳山溪》一诗：

闲云相引上山去，人到山头云却低。
众草穿沙芳色齐，踏莎行草过春溪。

原来“踏莎行草过春溪”并不是“大历十才子”之一的韩翃的诗句，而是江东诗人陈羽的诗句。杨慎号称明代三大才子（另二人为解缙、徐渭）之首，最是博学多才，竟然也弄错了，这有点不可思议！

唐及五代都没能留下《踏莎行》的创作记录。现在所能看到的最早的一首《踏莎行》是宋初宰相寇准创作的：

春色将阑，莺声渐老。红英落尽青梅小。画堂人静雨蒙蒙，屏山半掩余香袅。

密约沉沉，离情杳杳。菱花尘满慵将照。倚楼无语欲销魂，长空黯淡连芳草。

这首《踏莎行》的题目为《春暮》，据说是寇准在某个暮春之日宴请宾客，为眼前莎草萋迷、青溪潺湲的景色所触动，于是借唐人“踏莎行草过春溪”诗意，即席创制了曲调和歌词，让乐工演唱，并将其命名为《踏莎行》。

如果这一传说属实，那么这一首《踏莎行》就是寇准的自度曲了。呵呵，难道严肃的政治家寇准也和柳永、周邦彦、姜夔等音乐家词人一样，是个精通音律、多才多艺的人？这有点难以想象，但完全是有可能的。唐宋时的官员多为大诗人、大作家，或者说，唐宋时的官场必须是作家诗人才能进来混，那时候的诗人宰相、作家部长市长多了去了，王维、白居易、韩愈、柳宗元、晏殊、欧阳修、王安石、苏轼……数都数不过来，不像现今的官吏，不说写诗作文，就是一个小小会议的讲话稿，也都要秘书代劳。

但是，说词牌《踏莎行》创自寇准毕竟未能得到史料的支持，上述故事有可能只是出于人们的想象，是一种“文学创作”，尽管寇准的确喜欢歌舞宴集，并常在宴会中创制曲调、作诗填词，一如宋代的其他文人：

> 公因早春宴客，自撰乐府词，俾工歌之，曰：“春早，柳丝无力，低拂青门道。暖日笼啼鸟，初折桃花小。　遥望碧天净如扫，曳一缕、轻烟缥缈。堪惜流年谢芳草，任玉壶倾倒。”

上引故事出自北宋僧人文莹的笔记小说《湘山野录》卷下。文莹的生活年代大约在仁宗朝后期至神宗朝（大约是1056至1085之间），与苏舜钦、欧阳修、郑獬等有交往，距寇准的年代（961-1023）很近；《湘山野录》记录了北宋太祖至神宗共六朝的“野史”，由于年代贴近，也有相当高的可信度。笔记中所记载这首词叫《甘草子》，在《全宋词》中也能看得到。

又据宋人胡仔《苕溪渔隐丛话》后集卷四十引《翰府名谈》所记：

> 公自相府出镇北门，有善歌者，至庭下，公取金钟独酌，令歌数阕，公赠之束彩，歌者未满意。蒨桃自内窥之，立为诗二章呈公，云：“一曲清歌一束绫，美人犹自意嫌轻。不知织女萤窗下，几度抛梭织得成。”其二云：“夜冷衣单手屡呵，幽

窗轧轧度寒梭。腊天夜短不盈尺，何似妖姬一曲歌。”公和云：“将相功名终若何，不堪急景似奔梭。人间万事君休问，且向樽前听艳歌。”

上引文字生动地描述了北宋官员寇准宴饮生活的情状。蒨桃是寇准的侍妾，她的两首《呈寇公》我们都很熟悉了，她看不惯寇准的豪奢行为，竟然不顾身份低微写诗劝说，为织女鸣不平，而寇准的和诗则显示出他对蒨桃的进言不以为然，他喜欢这种及时行乐的奢靡的生活方式。

我们往往很难将力主宋真宗亲征辽国、促成“澶渊之盟”的寇准和“性豪侈，喜剧饮”（《宋史·寇准传》）、终日沉溺于“柘枝舞”（一种唐朝时从西域传入的舞蹈。沈括《梦溪笔谈》说他“好柘枝舞，会客必舞柘枝，每舞必尽日，时谓之‘柘枝颠’”）的寇准联系起来，但这就是历史的真实，因此，要说抗辽大英雄寇丞相是曲调《踏莎行》的创制者，也不能说不靠谱。而具体到寇准的这首作品，既写暮春“将阑”之景，也写佳人“杳杳”情怀，倒也颇切合歌舞宴集的传统主题，或许，在飞觞传盏、轻歌曼舞的氛围中，一首自度曲就这样诞生了？

尽管从现在所能见到的资料看，寇准的《踏莎行》很有可能是本调的首创作品，但是，《词谱》却将比寇准晚出三十年的太平宰相晏殊的《踏莎行》（细草愁烟）作为此调的正体，这或许是有它的道理的：

细草愁烟，幽花怯露。凭栏总是销魂处。日高深院静无人，时时海燕双飞去。

带缓罗衣，香残蕙炷。天长不禁迢迢路。垂杨只解惹春风，何曾系得行人住。

同为北宋宰相，寇准并不以诗词名世（尽管他的诗词也写得不错），他在历史上留下的是政治家和名臣的身份；而晏殊虽然也可称政治家，但他大词人的身份显然更为人所知（其实他的政治能力和政绩也颇值得称道）。正如欧阳修，尽管做到了参知政事（副宰相），也曾参与“庆历新政”，但《辞海》给他的头衔却只是“文学家”“史学家”。

晏殊是真正的词人。你看他的《踏莎行》，虽然并不是他的代表作（他的代表作当然是《蝶恋花》（槛菊愁烟兰泣露）、《浣溪沙》（一曲新词酒一杯），等等），但却显出宋人词特有的典雅与深挚。这是脱离了花间和五代词的成熟气象，这样一种气象，从晏殊的作品就已经能看出端倪。

在晏殊的作品中，有一些物事是反复出现的，如深院、燕子（海燕）、杨柳、春风、行人，等等。且看他的另一首《踏莎行》：

小径红稀，芳郊绿遍。高台树色阴阴见。春风不解禁杨花，蒙蒙乱扑行人面。

翠叶藏莺，朱帘隔燕。炉香静逐游丝转。一场愁梦酒醒时，斜阳却照深深院。

在晏殊的这两首《踏莎行》中，主人公总是隐藏在“深深院”，那些春风啊杨花啊，又总是那么“任性”，那么不管不顾，“只解惹春风”与“不解禁杨花”构成了一对有趣的“矛盾”，而行人，则在杨柳春风的“解”与“不解”中，感受到了那种春天独有的生机勃勃的张力。

晏殊词中为我们所熟悉的还有“山长水远”的意象，这在他的《踏莎行》中也能看得到：

碧海无波，瑶台有路。思量便合双飞去。当时轻别意中人，山长水远知何处。

绮席凝尘，香闺掩雾。红笺小字凭谁附。高楼目尽欲黄昏，梧桐叶上萧萧雨。

“山长水远”的意境其实挺阔大也挺沉重的，用在“轻别”一类的离愁别恨上，尤可见出宋人对于男女之情的执着。同样的句式也用在晏氏最著名的作品《蝶恋花》中：

槛菊愁烟兰泣露。罗幕轻寒，燕子双飞去。明月不谙离恨苦，斜光到晓穿朱户。

昨夜西风凋碧树。独上高楼，望尽天涯路。欲寄彩笺兼尺素，山长水阔知何处。

此处以阔大苍茫之境渲染深挚婉曲之情，于缠绵悱恻中见出豪迈英挺，似不合理，却能收出奇制胜之效。后人论及此词，或将“独上高楼”者看作有大境界、大抱负者（如王国维），虽离作者本意甚远，但你也不能说他错了。

其实，晏殊作品出现的意象，也是宋人所习用意象，或者说，作为北宋词坛的开山人物，他所创造或开拓的意象，多为后来者继承和发展。

欧阳修算是晏殊的学生，他的词作在风格与意象的使用上，与其师作品颇有相似之处，当然，如果要往上追溯，五代的冯延巳是他们共同的源头。清人刘熙载在《艺概》中就说过：冯延巳词，晏殊得其俊，欧阳修得其深。因此，他们三人的作品，有不少是被混在一起的，分不清是谁的创作。试看他的《踏莎行》：

候馆梅残，溪桥柳细。草熏风暖摇征辔。离愁渐远渐无穷，迢迢不断如春水。

寸寸柔肠，盈盈粉泪。楼高莫近危阑倚。平芜尽处是春山，行人更在春山外。

我个人认为，欧公的这首《踏莎行》在这一词牌的创作中应该可以进入最出色的作品之列（秦少游在郴州写的那一首或许要更深沉悲抑）。此作的新奇之处，在于巧思。既然是写离情，不消说，那些细柳、芳草、暖风、行人自然是要有的，但用春水之迢迢喻离愁之无穷尽，就有点意思了；而“平芜”两句，更是全词之“关键”所在。代人设想，本不算新奇，关键在于“想”什么、“想”得如何：平芜、春山已极尽荒远，而行人更在其外，则登高念远，就没有必要了。亲，你多保重吧！这样的一种体贴入微的情感关切，通过对倚阑人的想象表达出来，说巧思，是不过誉的。

有学者认为此词“托为闺人别情，实乃自抒己情也”（刘永济《唐五代两宋词简析》），说词作暗寓欧公被贬夷陵事，所谓离愁，所谓怀远，或都与此事有关。宋仁宗景祐三年（1036），范仲淹上书批评朝政，得罪了皇帝和宰相吕夷简，被贬饶州；欧阳修替范仲淹抱不平，写了那篇著名的《与高司谏书》，痛斥高若讷身为谏官却不为范仲淹辩护，言辞激切（文中“不复知人间有羞耻事尔”句，后来成为成语），因而也被贬为夷陵令。贬谪夷陵对欧阳修来说当然是一次打击，但要说这首《踏莎行》是因被贬而发牢骚，就未免有点牵强附会、过度解读了。反复揣摩词意，看不出有多少微言大义，离情别意、怀人念远仍然是这首词作的主题，我们不要强作解人，把那些高大上的主题强加于作品之上。

在欧阳修现存的四首《踏莎行》中，下面的这一首颇显词的“艳科”本色：写了一次男女“偷欢”的过程。宋人写男女偷情的作品并不罕见，但这是欧公写的，就使人有点好奇了。欧公写艳词本来也不是什么稀罕事，据说他的词集中艳词就占了四分之三（参看本书《采桑子》一文），但写偷情，还是有些“刺激”，有些超乎想象：

碧藓回廊，绿杨深院。偷期夜入帘犹卷。照人无奈月华明，潜身却恨花深浅。

密约如期，前欢未便。看看掷尽金壶箭。阑干敲遍不应人，分明帘下闻裁剪。

此词写了一次没有结果的幽会过程，把偷欢男子如期赴约，穿越回廊深院，因月光明亮、花丛太浅而难以藏身的“惊险”与困窘写得极生动。“前欢未便”，是女子矜持、故意考验，或是别的什么原因？不得而知，总之是“分明”听到了帘下人的裁剪声，但“阑干敲遍不应人”；没有结果，是作者故意不写，还是行动本身就没有，也不得而知，留出了想象的空间。

更令人好奇的是，欧公写这些“偷欢”词，出于什么心理？是他自己的亲身经历，是道听途说，还是纯粹的文学想象？要知道，这类作品，在欧公集子中还有不少：

见羞容敛翠，嫩脸匀红，素腰袅娜。红药阑边，恼不教伊过。半掩娇羞，语声低颤，问道有人知么。强整罗裙，偷回波眼，佯行佯坐。

更问假如，事还成后。乱了云鬟，被娘猜破。我且归家，你而今休呵。更为娘行，有些针线，诮未曾收啰。却待更阑，庭花影下，重来则个。

这一首调名为《醉蓬莱》的欧词，写得比上引的《踏莎行》要露骨多了，不光有结果，而且还有鲜活生动的表情、动作、对话和心理活动，从描写的角度看，虽然充满了性的挑逗和“气味”，但堪称精彩。

问题是，作为一位以正面形象呈现的文人（不是温庭筠、柳永一类的），欧阳修为何要写这类轻薄性感露骨的“艳词”!？我不认为这是作者的亲身经历，以欧公的身份和当时的官场习气，他完全可以大大方方地狎妓，没有必要玩“偷欢”这一出。我想，最有可能的是纯粹的文人创作，当然，这样的创作可能有原型，也可能只是出于想象。要知道，欧阳修年轻的时候是很风流的，他狎妓的故事见诸宋人的笔记小说，如钱愐的《钱氏私志》、洪迈的《容斋随笔》等。此外，在仁宗和神宗朝，欧阳修还先后受到过两则乱伦绯闻的困扰，一则是说他与甥女(他妹夫和前妻生的女儿)张氏私通，另一则更是骇人听闻，竟说他与儿媳吴氏私通。这些绯闻在稍后于欧阳修的李焘撰《续资治通鉴长编》中有记载，也见于宋人的笔记，如司马光的《温公日录》、王铚的《默记》等。这两则绯闻虽然最终未能坐实，后人也多认为是北宋激烈的党争所导致的政敌对欧公的“无节操”的攻击。但即便是这样，欧公的声誉不可能会不受影响，人们会不会将欧公的风流逸事跟绯闻联系起来，得出一些对他大不敬的念头，比如像“苍蝇不叮无缝的蛋”之类的，这很难说。

当然，欧阳修写这些艳词时也许还没有当上文坛领袖和朝廷重臣，这些轻浮艳俗之作或许是他年轻时的“戏谑放浪”的“遣兴”之作？就像他在洛阳任西京留守钱惟演幕下的推官时，也就二十来岁，正是诗酒风流的最佳年龄，宴饮歌舞、狎妓游乐是必不可少习以为常的风流韵事。正如洪迈《容斋随笔》引《孔氏野史》所载："欧阳永叔、谢希深、田元均、尹师鲁在河南，携官妓游龙门，半月不返，留守钱思公作简招之，亦不答。"据此，可知欧阳修当年的风流放浪，携妓出游，乐不思返，连顶头上司钱留守的来信都可以置之不理，其"任性"如此！我想，欧公的这类艳词，或多作于此等场合、此等背景下，亦多系"逢场作戏"的游戏之作，如此而已。此类作品，宋人多有之，本不值得大惊小怪，唯欧公在后世以一代儒宗和文章魁首的面目出现，他的这些年轻时的游戏笔墨，和这面目就对不上，后人觉得惊讶，觉得不可思议，其原因或在此！

前面提到秦观的郴州之作。的确，秦观的这首《踏莎行》不光是本调中最出色的作品，甚至也是宋词中最出色的作品：

雾失楼台，月迷津渡。桃源望断无寻处。可堪孤馆闭春寒，杜鹃声里斜阳暮。

驿寄梅花，鱼传尺素。砌成此恨无重数。郴江幸自绕郴山，为谁流下潇湘去。

少游此词，似有杜鹃啼血之凄厉，盖因此词作于郴州贬所。秦氏因卷入北宋新旧（其实，旧党之间也互相攻讦）党争，自哲宗绍圣元年（1094）新党上台开始，被一贬再贬，绍圣四年（1097），被贬到郴州，此时的他已被削去所有的官爵与俸禄。事实上，待罪于郴州的秦观前途一片惨淡，更为偏远的贬所（横州、雷州）在前面等着他，而他的生命之旅其实也差不多走到尽头了——三年之后，秦观逝于藤州（今广西藤县）。因此，不消说，独处孤馆的秦观心情直可以用"悲苦""绝望"等词语来形容。

此词可用一"恨"字直道主旨。少游之恨，当恨在才华满腹而命途多舛，恨在无奈（不是无端）陷入无是非无节操的残酷党争，恨在朝廷的不明事理不识好歹不辨忠奸贤愚。然而，秦观当然知道，他陷入党争是无可避免的事，他既然人了苏门，名列“苏门四学士”，在承受老师苏东坡给他带来的荣耀的同时，也注定要承受苏东坡带来的磨难。他和他的老师一样，都是才高八斗心高气傲但又一肚皮不合时宜，都是仕途坎坷屡遭贬谪乃至于人生暮年仍被放逐到边远蛮荒之地，苏轼的政敌，就是要通过打击苏轼和他的学生，达到抑制“蜀党”政治势力和影响的目的。因此，秦观的悲苦和憾恨，就有了一种宿命般的无奈，“郴江”两句，以自怨自艾的诘问表达出深沉的痛悔，极感人，也极含蓄。

而据清人赵翼《陔余丛考》卷四十一“苏东坡秦少游才遇”条，则秦观的这首《踏莎行》是赠妓之作：

> 秦少游南迁至长沙，有妓生平酷爱秦学士词，至是知其为少游，请于母，愿托以终身。少游赠词，所谓“郴江幸自绕郴山，为谁流下潇湘去”者也。会时事严切，不敢偕往贬所。及少游卒于藤，丧还，将至长沙，妓前一夕得诸梦，即逆于途。祭毕，归而自缢以殉。

然细玩词意，终觉此词惨厉悲切，不类少游那些赠妓游戏之作，如《水龙吟》（小楼连苑横空）、《南歌子》（玉漏迢迢尽）、《虞美人》（碧桃天上栽和露）等。赵翼所撰，迹近小说家言，然不知所据何来，姑妄听之可也。

《踏莎行》终究是属于婉约的词牌，从现存的作品看，还是婉约词人做得最好，辛弃疾刘克庄辈，所作就显得有些粗疏。或看姜夔的《踏莎行》：

> 燕燕轻盈，莺莺娇软。分明又向华胥见。夜长争得薄情知，春初早被相思染。
>
> 别后书辞，别时针线。离魂暗逐郎行远。淮南皓月冷千山，冥冥归去无人管。

此词后两句清峻冷寂、气魄浩大，一下子就将全词的境界推拓扩大了。连一向不喜欢姜夔的王国维对这两句也颇推许，说："白石之词，余所最善者，亦仅二语。"（《人间词话》删稿）在我看来，王氏此语是颇值得商榷的，姜夔的好词好句太多太多，光是一"冷"字，就有"波心荡、冷月无声"（《扬州慢》）、"嫣然摇动，冷香飞上诗句"（《念奴娇》）、"但怪得竹外疏花，香冷入瑶席（《暗香》）"等佳句妙句，《红楼梦》中黛玉受到盛赞的诗句"冷月葬诗魂"，恐怕也是出自姜白石词所开拓的"幽冷"意境。但这种审美上的好恶与取舍真的是见仁见智的事，是不好强加于人的。

据词前小序，可知此词是一首"感梦"之作："自沔东来，丁未元日至金陵，江上感梦而作。"而这所梦之人，一般都认为是他在合肥的歌楼上认识的一对姊妹，如夏承焘就认为词中所梦，乃合肥姊妹（见《姜白石词编年笺校》）。这就关涉到姜夔在合肥的一段恋情。

简单说来，就是姜夔年轻的时候和合肥一对姊妹歌伎发生了恋情，这对歌伎的名字或许就叫燕燕、莺莺。大概姜夔在这段恋爱中陷得比较深，以至于他与这对姊妹分手后，一直难以忘怀，并在他日后的创作中不断地回忆和描写这段感情。有人统计，姜夔留存下来的词为八十六首，但描写这段情缘的作品竟有十八九首之多。像《淡黄柳》《一萼红》《琵琶仙》《解连环》《浣溪沙》（钗燕笼云晚不忺）、《长亭怨慢》《凄凉犯》《鹧鸪天》（肥水东流无尽期）、《杏花天影》以及这首《踏莎行》，等等，都被认为是与合肥恋情有关的作品。

姜夔布衣终生，一辈子依附于他人，但在生活上依然是诗酒风流，宴饮歌舞，狎妓冶游，与时代的风流主题同步。词中的"燕燕""莺莺"，有可能是歌伎的名字，但也可以指美人轻盈的体态与娇软的声音，而"书辞"与"针线"，则从日常的琐屑中写出情意的深厚绵长，令人感受到恋情是实实在在的，庸常的书辞和针线"编织"成的相思，更具冲击力。

丁未元日即南宋淳熙十四年（1187）正月初一。姜夔在是日写了上面的这首《踏莎行》后，意犹未尽，第二天又用《杏花天影》的词调填写了下面这首词作：

绿丝低拂鸳鸯浦。想桃叶、当时唤渡。又将愁眼与春风，待去。倚兰桡，更少驻。

金陵路、莺吟燕舞。算潮水、知人最苦。满汀芳草不成归，日暮。更移舟，向甚处。

一如姜氏的许多作品，这首词作的前面照例有一篇序文：“丙午之冬发沔口，丁未正月二日道金陵。北望淮楚，风日清淑，小舟挂席，容与波上。”后人就是根据这篇小序，才得知此词的写作时间，因而推断它也是姜氏怀念合肥恋人之作。而且，从词中文字看，如“想桃叶、当时唤渡”，是借用东晋王献之妾桃叶事来暗喻合肥女子；如“莺吟燕舞”，则又与元日之作之“燕燕”“莺莺”承接上，喻指合肥姊妹，更是显而易见。

姜夔对这段合肥情事真的是很投入，起码从感情上看是这样。整整十年之后，即宋宁宗庆元三年（1197）元夕，姜夔又梦到了他的合肥情人，他用一首词将这梦记了下来：

肥水东流无尽期，当初不合种相思。梦中未比丹青见，暗里忽惊山鸟啼。

春未绿，鬓先丝。人间别久不成悲。谁教岁岁红莲夜，两处沉吟各自知。

这首题为“元夕有所梦”的《鹧鸪天》把姜夔坚韧而绵长的“相思”记录下来了。夏承焘《姜白石词编年笺校》中说：“白石怀人各词，此首记时地最显。时白石四十余岁，距合肥初遇，已二十余年矣。”用二十余年的时间来怀念恋人，并且不断地以自己的创作来记录和回忆，说是情痴，也不为过了，因此，姜夔的合肥之恋，或不能说是逢场作戏。

淮南皓月冷千山，为谁流下潇湘去。踏莎行，忆娥眉。噢，那些由无数绝妙好辞记录着的鲜活感情和刻骨相思，是怎样滋润我们的心田，抚慰我们的灵魂！

破阵子

第一次知道词牌《破阵子》，是读南唐后主李煜的这首词：

四十年来家国，三千里地山河。凤阁龙楼连霄汉，玉树琼枝作烟萝。几曾识干戈。

一旦归为臣虏，沈腰潘鬓消磨。最是仓皇辞庙日，教坊犹奏别离歌。垂泪对宫娥。

那是近五十年前的事了。当时的我还是个少不更事的少年，不知在哪里弄了一本王仲闻先生校订的《南唐二主词》，居然就津津有味地读了起来。按理说，南唐二主那些充满脂粉味或亡国泪的词作是不大适合少年阅读的，但当时无书可读，随便逮到一本，只要勉强能看懂，都是囫囵吞枣地就啃了，哪还管什么合适不合适？

说实话，李煜词对于少年时的我冲击还是挺大的。他的“问君能有几多愁，恰似一江春水向东流”（《虞美人》），他的“别时容易见时难，流水落花春去也”（《浪淘沙》），是我最早能背诵的诗词名句，他的亡国憾恨与悲伤深深打动了心事敏感的少年人。

李煜的《破阵子》当然也是深深打动我的词作，此词以宏大场面和极具典型性的细节描写为特点，而与《虞美人》《浪淘沙》等词的抒情手法稍异，但有一点是共同的，就是多通过回忆与追悔来抒发国破家亡的悲恨。

苏轼曾对李煜此词发表过一通评论：“后主既为樊若水所卖，举国与人，故当恸哭于九庙之外，谢其民而后行，顾乃挥泪宫娥，听教坊离歌何哉！”（《东坡志林》卷四）东坡这是在批评后主于亡国之际不“恸哭于九庙”“谢其民”，而去“听教坊离曲”、对宫娥垂泪，真是不太应该了！东坡此论颇有代表性，即认为后主此词当作于国亡被掳辞别太庙之时。宋人袁文根据史书中记载的李煜亡国时的所为（“预令宫中积薪，誓言若社稷失守，当携血肉以赴火……”），认为与词中“教坊犹奏别离曲”等描写不符，“谓此词决非后主词也，特后人附会为之耳。”（《瓮牖闲评》卷五）这些议论或看法，都犯了同样的毛病，就是将文艺创作看成历史写作，将文学描写坐实为历史事实。其实，李煜此词当非国亡辞庙的当时所作，而是事后追忆所赋，我们从“一旦归为臣虏，沈腰潘鬓消磨”两句中，即可知此词是李煜“归为臣虏”后所作，正如清人毛先舒所说：“此词或是追赋。倘煜是时犹作词，则全无心肝矣。至若挥泪听歌，特词人偶然语，且据煜词，则挥泪本为哭庙，而离歌乃伶人见煜辞庙而自奏耳。”（《南唐拾遗记》）毛氏此说当是符合事实的。现代词评家一般都认可“追赋”说，大概也没有人会认同袁文的观点，认为此词是“后人附会为之”了。

但是，数百年来，苏轼和袁文等人的观点还是影响了后人对李煜词的判断，以至于康熙年间陈廷敬、王奕清等编的《词谱》在“破阵子”条下，将宋人晏殊的《破阵子》（海上蟠桃易熟）列为创始词，曰：“此调始自此词，宋词俱照此填。”须知，晏殊比李煜晚出五十多年，《词谱》的编纂者都是饱学之士，不可能不知道，他们不提李煜词，或只有一个原因，就是认为它是伪作。

其实，按照新发现的材料，不但晏词不是此调的创始词，就连李词也差得太远。一九〇〇年，随着甘肃敦煌莫高窟藏经洞被发现，大量古代文书重见天日，而在王重民所辑的《敦煌曲子词·云谣集杂曲子》中，已见有四首《破阵子》。据任半塘的考证，这些《破阵子》多属盛唐时期的作品，因此，可以肯定地说，词调《破阵子》产生的年代当在盛唐或以前。《词谱》成书于康熙五十四年（1715），比敦煌文书发现的时间早得太多，是书编者不可能知悉远在盛唐就已经有了《破阵子》作品，故《词谱》将该调的首创权系于北宋的晏殊，除了疏于考证，也属无奈。

《词谱》于“破阵子”条下是这样解释的：

> 唐教坊曲名。一名《十拍子》。陈旸《乐书》云：“唐《破阵乐》属龟兹部，秦王所制。舞用二千人，皆画衣甲，执旗旆。外藩镇春衣犒军设乐，亦舞此曲，兼马军引入场，尤壮观也。”按唐《破阵乐》乃七言绝句，此盖因旧曲名另度新声。元高拭词注“正宫”。

此处引用北宋陈旸的《乐书》，说《破阵乐》是唐太宗（秦王）李世民所制，场面宏大，“尤壮观也”，没有具体说《破阵子》如何，细揣“按”后面文字的意思，大概认为《破阵子》是因了《破阵乐》的旧曲名而另度的新声（新曲调）。

按《破阵乐》又称《秦王破阵乐》，为唐代著名的歌舞大曲，系据唐初的军歌发展而来。据说李世民（时封秦王）率军击败刘武周，他手下的将士以旧曲填入新词，为其唱赞歌，李世民当皇帝后，亲自将此曲编成舞蹈，后再经宫廷艺术家的加工整理，遂成为富丽堂皇、气势非凡的大型乐舞。有人认为，词调《破阵子》或系截取这首大型乐舞之一段而为之；而任半塘的观点是：“《破阵子》出于太宗时《破阵乐》与《七德舞》者大曲。”（《敦煌歌辞总编》卷一）

如果说草创时期的词作内容与词牌大多关联的话，但敦煌曲子词中的《破阵子》并不显示出这样的特点，那是否可以说，这几首《破阵子》已经不是最早的作品了：

> 莲脸柳眉休韵，青丝罢拢云。暖日和风花戴媚，画阁雕梁燕语新。卷帘恨去人。
>
> 寂寞长垂珠泪，焚香祷尽灵神。应是潇湘红粉继，不念当初罗帐恩。抛儿虚度春。

据“卷帘恨去人”“垂珠泪”等语，可知词意为传统之闺怨。任半塘评曰：“因去人于潇湘有旧，不能断，故恨之。但仅停妆寂寞、垂泪求神而已，于意仍待其归，非游踪薄行者比。”（《敦煌歌辞总编》卷一）尽管任氏将此词的创作时代定为盛唐，但这样的主题与唐初的“破阵乐”已相距甚远。又此词上阕之次句为五言，在格式上与后来定型的《破阵子》该句为六言有所不同，可见盛唐时的本调虽非最早，但仍尚未定型。

其他几首《破阵子》的内容与格式也大致相同：

日暖风轻佳景，流莺似问人。正时越溪花捧艳，独隔千山与万津。单于迷虏尘。

雪落庭梅愁地，香檀枉注歌唇。拦径萋萋芳草绿，红脸可知珠泪频。鱼笺岂易呈。

风送征轩迢递，参差千里余。目断妆楼相忆苦，鱼雁百水鳞迹疏。和愁封去书。

春色可堪孤枕，心焦梦断更初。早晚三边无事了，香被重眠比目鱼。双眉应自舒。

年少征夫堪恨，从军千里余。为爱功名千里去，携剑弯弓沙碛边。抛人如断弦。

迢递可知闺阁，吞声忍泪孤眠。春去春来庭树老，早晚王师归却还。免交心怨天。

从内容上看，“征妇怨”（也是一种闺怨）的主题是一致的。而从艺术上看，则显得粗疏空泛，缺乏文人词的工巧与精致，显示出民间词的特征。

这四首《破阵子》是目前我们所能见到的最早的本调作品了，由于《云谣集杂曲子》写本上标有“中和四年”（唐僖宗年号，884）、“光启二年”（同前，886）的字样，因此可以断定此集子的编辑年代不会迟于晚唐，晚唐编的集子，里面的作品就有可能创作于盛唐，任半塘说这几首《破阵子》写于盛唐，当是有所据的。

《破阵子》的创作虽然可以追溯到盛唐，但是后继乏力、响应寥寥，整个唐五代，都没能发现本调创作的痕迹，李煜的创作，是入宋以后的事。而宋人对于《破阵子》，仍然是兴趣不大，查《全宋词》，仅有晏殊、晏几道、苏轼、陆游、范成大、辛弃疾、赵善扛、马子严八人填写过《破阵子》，作品仅得十七首，其中除晏殊、辛弃疾各填五首，陆游填了两首外，苏轼等五人都只填了一首，因此，我们可以说，晏殊、辛弃疾二人是本调创作的重要词家，他们也都有重要的作品面世。

晏殊的五首《破阵子》，最为人所知的是下引的这一首：

燕子来时新社，梨花落后清明。池上碧苔三四点，叶底黄鹂一两声。日长飞絮轻。

巧笑东邻女伴，采桑径里逢迎。疑怪昨宵春梦好，元是今朝斗草赢。笑从双脸生。

这首题作《春景》的小词写得极清新明净，与大晏词常见的雍容舒徐的“富贵气”颇不相类，景色之清朗明丽，人物之烂漫生动，使得此词充溢着一种欢快活泼的生活气息，令人想起了辛稼轩闲居江西上饶时写的田园词。燕子、新社、梨花、清明，俱是春日气象；碧苔与黄鹂，可谓有声有色；“飞絮轻”颇具动感，写春日迟迟，收点睛之效。下阕写春郊少女，青春无敌，无论是“巧笑”“笑从双脸生”，都写出了笑意盈盈的少女形象；“疑怪”两句甚妙，将两位少女相遇时的生动对话（或心理活动）巧妙地带出：为什么笑得那么灿烂？昨晚做了个好梦（梦到情郎了吗）？别瞎说！是今早跟别人斗草斗赢了；末句写少女的单纯和天真烂漫，尤传神。

晏殊其他四首《破阵子》都写得较平庸。

晏几道是晏殊的儿子，人称小晏，他所写的《破阵子》与其大部分词作一样，都是写他与歌伎的交往与感情：

柳下笙歌庭院，花间姊妹秋千。记得青楼当日事，写向红窗夜月前。凭谁寄小莲。

绛蜡等闲陪泪，吴蚕到了缠绵。绿鬓能供多少恨，未肯无情比断弦。今年老去年。

小晏此词亦写得平庸，并没有什么特色，在艺术上与他的那些代表作不能相提并论，但在内容上却极具同一性。那些“笙歌庭院”“花间秋千”，自然是他所熟悉的青楼往事的一部分，然而他所爱恋的歌伎“小莲”，却不知去向，想写下那些与她缱绻欢会宴饮歌舞的昔日情事，但也不知找谁寄给她。下阕用了唐李商隐《无题》诗名句“春蚕到死丝方尽，蜡炬成灰泪始干”的句意，以表达对小莲思念之深之切，但也用得生硬，最后则是感慨年华易逝，“今年老去年”。

晏几道词中提到名字的歌女有小云、小鸿、小蘋、小莲和阿茸，这几个女子，都是他的好朋友沈廉叔、陈君龙家中的歌伎，在他的词中，这些女孩一个个都是能歌善舞、风情万种、貌美如花，他与她们的交往，往往是他填词，她们唱他的词，“每得一解，即以草授诸儿，吾三人听之，为一笑乐”（《小山词·自序》），填词听歌成了晏几道生活中最快乐的内容，而描写这些歌女的一颦一笑、歌声舞姿，也成了小山词的重要内容。

小晏给这五位歌女都写过词，如“说与小云新恨、也低眉”（《虞美人》）、“赚得小鸿眉黛、也低颦”（《虞美人》）、“记得小蘋初见，两重心字罗衣”（《临江仙》）、“阿茸十五腰肢好”（《木兰花》），等等，而尤以写给小莲的为最多：

手拈香笺忆小莲，欲将遗恨倩谁传。归来独卧逍遥夜，梦里相逢酩酊天。

——《鹧鸪天》

梅蕊新妆桂叶眉。小莲风韵出瑶池。云随绿水歌声转，雪绕红绡舞袖垂。

——《鹧鸪天》

时候草绿花红。斜阳外、远水溶溶。浑似阿莲双枕畔，画屏中。

——《愁倚阑令》

香莲烛下匀丹雪。妆成笑弄金阶月。娇面胜芙蓉。脸边天与红。

——《菩萨蛮》

小莲未解论心素。狂似钿筝弦底柱。脸边霞散酒初醒，眉上月残人欲去。

——《木兰花》

上引的《破阵子》也写到了小莲。我想，在一个词人的作品中如此频繁地提到某位歌伎，或可见出他与这位歌伎的关系非比寻常。晏几道在其父晏殊死后，虽然境况大不如前，但由于他是贵公子出身，所以也难改流连欢场宴饮歌舞的习气，他时常到好友沈廉叔、陈君龙家中饮酒赏歌观舞，并与二人家中的歌伎多有互动：他即席填词，运笔如飞，顷刻成篇；小莲们调理琴筝，试唱新曲，缥缈入云，或闻歌起舞，舞袖生风，翩若惊鸿。在小晏词中，小莲“云随绿水歌声转，雪绕红绡舞袖垂”“娇面胜芙蓉。脸边天与红”，说她能歌善舞、貌美如花并不是虚言，因此，小晏与小莲的关系是很密切的（或已上升到恋人的关系），而他对她的忆念也最深，我们从“浑似阿莲双枕畔，画屏中”“手拈香笺忆小莲，欲将遗恨倩谁传”“凭谁寄小莲”等句或可一窥端倪。

晏几道与歌伎的关系，或许就是宋代文人士大夫与歌伎关系的一个缩影。

据《词谱》，《破阵子》又名《十拍子》，其实，查《全宋词》，也只有苏轼、赵善扛与马子严的作品叫此名：

白酒新开九酝，黄花已过重阳。身外傥来都似梦，醉里无何即是乡。东坡日月长。

玉粉旋烹茶乳，金齑新捣橙香。强染霜髭扶翠袖，莫道狂夫不解狂。狂夫老更狂。

东坡此词题作《暮秋》，据内容，当是谪居黄州时期的作品。在经受了“乌台诗案”的重创后，黄州时的东坡，思想产生了重大的变化，“人生如梦”（《念奴娇》）的超脱开始成为东坡思想的“主旋律”，这与本词中的“身外傥来都似梦，醉里无何即是乡”是一致的。因为不知道还能否离开黄州，“东坡日月长”便成为一种可能，饮酒赏菊，烹茶捣橙，也就成为东坡醉乡生活的重要内容，但是，这样的生活并不是消极，“人生如梦”也不是消极避世，而是看淡、看穿，是放下、放开，不执著，不纠缠，从这个意义上说，“狂夫”就是脱离了俗世观念的人，就是不被俗世眼光理解的人，历史上，这样的“狂夫”屡见不鲜。

说到狂夫，陆游自然要算一个。他自号“放翁”，放者，颓放、狂放、放纵、放诞也。史载陆游为回击政敌弹劾他“不拘礼法”“燕饮颓放”，干脆自号“放翁”，此“放翁”，也即“狂夫”之意。陆游的《破阵子》颇有鄙弃荣华、看破红尘之意，“眼底荣华元是梦”，与苏词的“身外傥来都似梦”几如出一辙：

仕至千钟良易，年过七十常稀。眼底荣华元是梦，身后声名不自知。营营端为谁。

幸有旗亭沽酒，何妨茧纸题诗。幽谷云萝朝采药，静院轩窗夕对棋。不归真个痴。

陆游是抗金北伐的坚定支持者，南宋仅有的两次北伐他都很投入，由于北伐失败，他不但精神上受到打击，在仕途上也不能不受影响。他没有任过太重要的官职，多为些通判或地方大员的僚佐，当然也当过几个州的州官，任过国史编修官一类的京官，由于倡言恢复，不合时宜，屡遭贬谪，导致长期闲居，是仕途与政治上的失意者。此词的内容看上去超脱，旗亭沽酒，茧纸题诗，幽谷采药，轩窗对棋，有这样闲适自在的生活，真的是“营营端为谁”“不归真个痴”了。然而，这恐怕不是放翁的真实思想，起码不完全是，看看他的临终绝笔《示儿》，就可知道他的思想底色仍然是恢复中原、九州同一，他的归隐闲居，他词中所渲染的诗酒棋的生活，其实是一种英雄失意或“狂夫”老去的无奈，或是一种激愤的“反语”。

诗人范成大是陆游的好友，也是诗友，与陆游、杨万里、尤袤并称“南宋四大家”。范成大的仕途比陆游通达，官也做得大一些，曾任过参知政事、礼部尚书等高官，也任过四川制置使、广西经略安抚使等地方大员，在四川任上，陆游曾经是他的幕僚。范成大以诗名，填词对他而言是余事，在这一点上亦与陆游同。他存世之词共一百〇九首，比起他的一千九百多首诗来说自然要少得多，但他的词在宋人中仍算是比较多的。在四大家中，陆游存词最多，有一百四十四首，范成大虽然排第二，但却比杨万里的八首、尤袤的两首多出许多。石湖词在宋词中受到的关注较少，影响也不大，作为词人，他与那些我们所熟悉的名家尚有一定的距离。当然，他也有写得较好的词作，如《三登乐》（一碧鳞鳞）、《念奴娇》（水乡霜落）、《水调歌头·燕山九日作》《满江红》（千古东流）、《满江红》（罨画溪山)等，或写羁旅行役之愁绪，或抒忧国伤时之怀抱，或咏湖山田园之胜迹，有些作品，也可以看出苏轼的影响。他的《破阵子》写了他于“漂泊天隅”中参与的一次上巳节活动，词题作《祓禊》：

漂泊天隅佳节，追随花下群贤。只欠山阴修禊帖，却比兰亭有管弦。舞裙香未湔。

泪竹斑中宿雨，折桐雪里蛮烟。唤起杜陵饥客恨，人在长安曲水边。碧云千叠山。

孔凡礼《范成大年谱》将此词系于淳熙元年（1174）：“三月三日，祓禊，作《破阵子》词……词中的‘漂泊天隅’‘蛮烟’云云，当在广西作”。

南宋乾道八年（1172）十二月七日，范成大从家乡吴郡（今苏州）出发赴知靖江府兼广西经略安抚使之任，乾道九年（1173）三月十日到达桂林，在桂任职不到两年，又于淳熙二年（1175）正月二十八日离任，赴成都任知成都府兼四川制置使之职，六月到任所，从时间上看，孔氏将此词系于淳熙元年并认为“当在广西作”是正确的，因为“以时考之，当为今年。以去年三月十日入城，明年此时，又在赴蜀道中”（《范成大年谱》），三月三日的祓禊活动，也只有淳熙元年才有机会参加。

祓禊是中国古代习俗，每年于春季上巳日（三月三日）在水边举行祭祀，洗濯除垢，以消除不祥，后来发展成一种水边宴饮、郊外春游的节日活动。范词所写，正是这样的一种活动，词中用了王羲之兰亭修禊的典故，说虽然没有写兰亭序这样的雅事，但却是有着管弦歌舞一类的热闹的，可见当时的桂林虽属“蛮烟”之地，祓禊之事还是很盛行的。“杜陵饥客”用苏轼《续丽人行》“杜陵饥客眼长寒”句，其实两句皆以老杜之典伤己：杜诗《奉赠韦左丞丈二十二韵》有“骑驴十三载，旅食京华春。朝扣富儿门，暮随肥马尘。残杯与冷炙，到处潜悲辛”句，《丽人行》有“三月三日天气新，长安水边多丽人”句，此处化用东坡与杜陵诗意，当系指自己远离京城和家乡，千里迢迢来到这蛮荒之地。末句“碧云千叠山”，亦足可说明此意，无论是家乡吴郡，或是都城临安，都是碧云障目、千山隔阻啊！

无独有偶，宋朝宗室赵善扛的《十拍子》也是咏“三月三”之事：

柳絮飞时绿暗，荼蘼开后春酣。花外青帘迷酒思，陌上晴光收翠岚。佳辰三月三。

解佩人逢游女，踏青草斗宜男。醉倚画阑阑槛北，梦绕清江江水南。飞鸾与共骖。

此词题作《上巳》，内容如题，都是写三月三上巳节景物与风俗，柳絮、荼蘼都是应节植物，春游踏青与斗草也是节令习俗。赵善扛是太宗七世孙，也是宋真宗之弟商王赵元份那一支的。他生于高宗绍兴十一年（1141），卒于孝宗淳熙年间（1174—1189），历知蕲州、处州。《全宋词》收其词十四首，全见于南宋黄昇《中兴以来绝妙词选》卷四，其词以《贺新郎·夏》为稍佳，其余多咏伤春伤离之情，内容上并无新意，艺术上也无甚特色，由上引之《十拍子》即可见一斑。

《破阵子》调最重要的作品是辛弃疾创作的。稼轩今存五首《破阵子》，其余四首都没能让人记住，唯有这首题作《为陈同甫赋壮语以寄》的壮词脍炙人口，被视作“魄力雄大，如惊雷怒涛，骇人耳目”（陈廷焯《词则·放歌集》卷一）的辛词代表作：

> 醉里挑灯看剑，梦回吹角连营。八百里分麾下炙，五十弦翻塞外声。沙场秋点兵。
>
> 马作的卢飞快，弓如霹雳弦惊。了却君王天下事，赢得生前身后名。可怜白发生。

如果要说《破阵子》是出自唐初《秦王破阵乐》的话，那么稼轩此词是当得起“破阵子”这三个字，也是与这一调名相合的。也就是说，辛弃疾取这个调名来写自己在现实中难以实现的战斗场景和激越情怀，是有意为之，而不是一种巧合。

多么威武神勇的将军形象，多么紧张有序的军营生活，多么雄壮激昂的阅兵场面，多么酣畅淋漓的战斗场景！这一切，都是辛弃疾南归之后数十年所梦寐以求的，然而，南宋复杂的政治现实并没能向他提供这样的机会，因此，他只能做一做梦，只能在幻想中过一过将军瘾，过一过破阵杀敌、抗金复国的瘾。这实在是够“可怜”的！

其实，在南宋立国一百五十多年的历史中，也曾有过两次大规模的北伐的，一次是隆兴元年（1163）宋孝宗亲自主持的“隆兴北伐”，一次是宁宗开禧二年（1206）由宰相韩侂胄发动的“开禧北伐”，只不过，这两次北伐辛弃疾都没有机会亲身参与，上阵杀敌，更别提主其事了。

隆兴北伐的军事统帅是六十七岁的老将张浚，重要将领有李显忠、邵宏渊等，其时辛弃疾才二十岁出头，又刚从北方起义南归，年轻且兼“归正人”的身份，使得他不可能受到朝廷的重用，参与隆兴北伐的实际战争，况且，以稼轩的履历和实际经验，恐亦不足以担当大任。但他在当时已表现出强烈的抗金主战倾向，于乾道元年（1165）向孝宗献

《美芹十论》，力主恢复，然此论没有得到朝廷采纳。

与隆兴北伐相反，开禧北伐时辛弃疾已经垂垂老矣，尽管他在前一年（开禧元年）所作的《永遇乐·京口北固亭怀古》中发出“凭谁问，廉颇矣，尚能饭否”的诘问，颇有不服老之意，但毕竟已经是六十六岁的人了。开禧北伐的主事者是韩侂胄，辛弃疾充其量只是个鼓动者，韩侂胄不可能把战争胜利的希望寄托在一个虽极力鼓吹抗战但并没有多少对金实战经验的老人身上，因此，韩只是借重辛的声望以达至朝野支持北伐的目的。虽然也起用他任绍兴知府兼浙东安抚使、镇江知府等职，名义上把他推到抗金的前线，但是，又因他力劝韩暂缓用兵，旋被降官调职，后又遭到革职，返回铅山，所以到真正打仗时，也没他什么事了。

纵观辛弃疾的一生，作为主战派，作为一个有过戎马生涯的将领，他其实是没有在南宋对金的战争中真枪真刀地打过的，他的军事才能，或只能体现在对两湖和江西匪盗的清剿镇压上。假如历史可以重写，假如朝廷对辛弃疾委以重任，让他有机会主持抗金复国大业，发动一场对金的全面战争，就像张浚、韩侂胄所做的那样，那么他能否比他们做得更好，取得战争的胜利，完成恢复中原、统一中国的大业呢？还真的不好说（多半是不能的）。因此，我们今天看稼轩慷慨激昂的爱国词、抗战词，还是应该把它看作是文学创作，就像这首最具战争现场感的《破阵子》一样，词中的内容只是词人的想象，与现实并无多少关系的。

不过，话说回来，从文学的角度看，稼轩此词写得可是真好！

西江月

“只今唯有西江月，曾照吴王宫里人。”当唐代诗人李白在他的诗作《苏台览古》中写下这两句充满历史沧桑感的诗句时，他一定没有想到，数百年后，“西江月”会成为一个特殊的文化符号，成为一个为无数诗人骚客所喜欢使用的词牌名称。

江月照临万古，照彻山川大地，把她的磅礴清辉洒向杨柳枝、芳草地、茅店社林、驿站溪桥，洒在羁客游子、征夫怨妇、谪吏逐臣的心上……

目前所能见到的最早的《西江月》是后蜀词人欧阳炯创作的。词作见于北宋人编的《尊前集》：

月映长江秋水，分明冷浸星河。浅沙汀上白云多，雪散几丛芦苇。

扁舟倒影寒潭里，烟光远罩轻波。笛声何处响渔歌，两岸蘋香暗起。

水上鸳鸯比翼，巧将绣作罗衣。镜中重画远山眉，春睡起来无力。

钿雀稳簪云髻绿，含羞时想佳期。脸边红艳对花枝，犹占凤楼春色。

欧阳炯应该是五代时期最重要的词人之一。仅举一例便可以说明之：后蜀赵崇祚编《花间集》，收晚唐至五代十八位词人作品五百首；在这部被称为中国历史上的第一部词选集中，选入了温庭筠、韦庄、顾复、孙光宪等人的词作，其中也选了欧阳炯的十七首作品。这些入选的词家与词作，当然都是“一时之选”，是那个混乱血腥与风流绮靡并存的年代中最优秀的。更重要的，是赵崇祚请了欧阳炯为他所编的词集作序。我想，赵氏之所以请欧阳炯作序，大概也是因为，当时够水平有资格写这篇序的，恐怕非欧阳炯莫属了。

欧阳炯的《花间集叙》无疑是“花间派”的创作宣言：“镂玉雕琼，拟化工而迥巧；裁花剪叶，夺春艳以争鲜。”“则有绮筵公子，绣幌佳人，递叶叶之花笺，文抽丽锦；举纤纤之玉指，拍按香檀。不无清绝之辞，用助娇娆之态。自南朝之宫体，扇北里之娼风。何止言之不文，所谓秀而不实。”欧阳炯用绮丽的语言，直言不讳地宣示了花间词人的美学原则，即继承南朝宫体诗的传统，以华美的文字和“镂玉雕琼”“裁花剪叶”的技巧，描绘歌伎舞女的生活或男欢女爱的感情。

从上引的《西江月》（尤其是后一首）可以看出，欧阳炯的创作的确是“忠实”地遵循了他自己在《花间集叙》中所宣示的创作原则。而且，这两首“西江月”的创始之作还提供了这样的信息：当时这一词牌的格式和日后所习用格式有所不同，主要是其下阕的第一句比后来定型的《西江月》词牌“正体”多了一个字，而且押韵也与后来的有所不同。这是词牌在“草创”阶段的常见现象。定型后的《西江月》，分上下阕，共八句五十字，上下阕的第二三句皆押平声韵，第四句皆押仄声韵。

《词谱》中说：“此调始于南唐欧阳炯，前后段两起句俱叶仄韵。自宋苏轼、辛弃疾外，填者绝少，故此调必以柳词为正体。”在这部词谱中，“西江月”这一词牌，就是以柳永的词作为正体的：

凤额绣帘高卷，兽环朱户频摇。两竿红日上花梢，春睡厌厌难觉。

好梦狂随飞絮，闲愁浓胜香醪。不成雨暮与云朝。又是韶光过了。

柳永此词，最终完成了词牌《西江月》的规范化标准化“型塑”，此后人们填写此调，多按柳永词的格式，词谱所说的“正体”，大抵指的就是这意思。

柳永集中共有两首《西江月》，内容都与歌伎舞女、男欢女爱有关，上引的这首写的是美人（这样的美人多为妓女）春睡，另一首则是赤裸裸的艳词，写的是他与三个妓女“相狎”的过程：

师师生得艳冶，香香于我情多。安安那更久比和，四个打成一个。

幸自苍皇未款，新词写处多磨。几回扯了又重挼，奸字中心着我。

词中的“奸”原作“姦”（“姦”是“奸”的异体字），“姦”由三“女”组成，“姦字中心着我”，意思很明白，指的就是“我”与师师、香香、安安三女同欢，“四个打成一个”。

浪子柳永的一生放浪形骸，这一首《西江月》向我们提供了他流连欢场、和妓女“打成一片”的“证据”，可看作柳氏日常狎妓生活的一个缩影。就内容和格调来说，柳永的《西江月》承接欧阳炯们的余绪，是“花间”式的香艳在承平日久的新朝（北宋仁宗朝被视为太平盛世）的重新呈现，那种苟安年代的偷欢和太平盛世的纵欲一脉相承，都是风流岁月中风流文人常见的生活方式。

在北宋前期，用此调进行创作的人的确不多，查《全宋词》，在苏轼之前，词坛名家中，只有柳永填了两首，张先填了三首，王安石填了一首，所以《词谱》说“填者绝少”。但是，在苏轼同时或之后，填写《西江月》的词家还是渐渐多了起来，苏氏本人就填有十五首之多，其他名家如黄庭坚、晏几道、贺铸、晁补之、晁端礼、李之仪、仲殊、毛滂等，都填写过《西江月》。令人好奇的是，主持编纂了《资治通鉴》并以古板守旧的“旧党”面目出现的司马光，也用这个词牌填写过一首颇有“脂粉味”的词作：

宝髻松松挽就，铅华淡淡妆成。青烟翠雾罩轻盈，飞絮游丝无定。

相见争如不见，有情何似无情。笙歌散后酒初醒，深院月斜人静。

当然，司马光的这首小词还是写得相当“节制”，他笔下的歌女“铅华淡淡”“宝髻松松”，一副淡妆、随意的模样。但是，司马光的《西江月》还是向我们提供了这样的信息：在宋代，文人士大夫的诗酒生活，还是少不了歌姬舞女，即便是司马光这样的“正人君子”，也不能免俗。后人不了解宋人风俗，往往会为司马光辩解，如明人姜叔明就认定为“此宣和间耻温公独为君子，托为词”（见明梅鼎祚《青泥莲花记》卷七）；清人丁绍仪的《听秋声馆词话》也有类似的记载：“司马温公《西江月》云（词略），极艳冶之致。或谓决非公作……”辩护者大都认定，司马光是正人君子，不会写旖旎轻软的“艳词”，那些署他名字的“艳词”，都是别人嫉恨他，故意写了栽给他的。

苏轼是词牌《西江月》创作史上的关键人物。这不光是因为苏东坡创作了为数不少的《西江月》，自苏氏开始，有越来越多的词家使用此词牌创作作品，更为重要的是，苏东坡的创作是天才式的，充满了才情和意境：

照野弥弥浅浪，横空隐隐层霄。障泥未解玉骢骄，我欲醉眠芳草。

可惜一溪明月，莫教踏碎琼瑶。解鞍欹枕绿杨桥，杜宇一声春晓。

这首清澈澄明才气纵横的作品有一个小序，序曰：

顷在黄州，春夜行蕲水中，过酒家饮。酒醉，乘月至一溪桥上，解鞍，曲肱醉卧少休，及觉已晓，乱山攒拥，流水铿然，疑非尘世也。书此语桥柱上。

此序写得别致生动，颇显苏氏洒脱放旷的性情。从序中文字我们可以看出，这首《西江月》是在黄州写的。孔凡礼的《苏轼年谱》将此词的写作时间系在元丰五年（1082）。

在此之前的元丰二年（1079），苏轼因诗文而遭到御史何正臣、李定、舒亶等人的构陷，被捕入狱，几罹杀身之祸，史称“乌台诗案”。此案终因罪名不实，苏东坡又是当朝名士才子，加上朝野间也有不少大人物（包括王安石、王安礼、吴充、张方平、太皇太后曹氏等）为他说情，所以神宗皇帝还是放了他一马，没有如御史们的愿把他杀掉，只是将他贬到黄州去任一个叫团练副使（从八品，或相当于今之县武装部副部长，也有说相当于县民团副队长，其实是一闲职，多用以安排被贬官员）的小官。

“乌台诗案”是对苏东坡此前一直相当顺利的人生（包括诗文与仕途）的一次沉重打击，谪居黄州则是他此后被一贬再贬（最后竟远至海南的儋州）的流放生活的开始，当然也是他苦难坎坷人生的开始。但是，苏东坡的高尚与伟大，正在于他能够超越苦难，重新寻觅到人生的新境界。

黄州对于苏东坡的意义，很多论者都给予积极评价，这是因为，苏氏在黄州所创作的诗文，充满了对宇宙和人生的深沉思考，横放杰出，清空旷远，豪迈洒脱，雄奇飘逸。他的最伟大最优秀的诗文，都是在黄州创作的，如最为世人所熟悉差不多算是妇孺皆知的《念奴娇·赤壁怀古》《赤壁赋》《后赤壁赋》，等等。不少论者认为是“乌台诗案”的打击和黄州的苦难“成就”了苏东坡，依我看，与其说“成就”，毋宁说“超越”——那种苏东坡式的乐观旷达聪慧机智使他得以超越人生苦难，并把苦难转化为思想资源和创作动力，从而在人生的低洼地重新站起来，爆发出辉映千年时空的光芒。

北宋元丰五年对苏轼来说是个挺关键的年份，当然，对中国文学或中华文明来说也是挺重要的年份。这一年，诗星朗照，文星闪烁，处于人生低谷的苏东坡诗情勃发、文思泉涌，一口气写了上面所说的赤壁系列诗文，这些诗文，一千多年来，以超然空灵的思想和跌宕恣纵的文采深深地影响了无数中国人，在中国人的审美意趣和思维模式上都烙下了极深的苏式印记。

同样写于元丰五年（1082）的这首《西江月》，在思想与艺术上和赤壁诗文是一脉相承的。从那些明澈透亮的文字和空灵的意境，可以看出苏东坡式的“超越”——他已经超越了“乌台诗案”给他造成的困扰，而把黄州看作一个可以安放心灵、飞翔思想，可以重新安身立命的地方。月光照耀下的原野，乘着月色骑马游荡的诗人，曲肱醉卧溪桥的“任性”，题诗桥柱的逸兴遄飞，以及“杜宇一声春晓”的象征意味，无不显示出一种精神意识的飞扬。这样一种精神意识，我们在苏东坡写于同一年三月的《浣溪沙》（山下兰芽短侵溪）中也能感受得到（见本书的《浣溪沙》一文）。

苏轼一生以诗文名动天下，但文才太好的人政治上往往天真甚至幼稚，在这一点上，东坡与太白甚为相似。苏氏以诗文受到文坛领袖欧阳修、前辈梅尧臣等人的激赏，从而得以顺利进入仕途，他因诗文而受惠，亦因诗文而罹祸。他反对王安石变法，反就反了，却偏偏要形诸笔墨，写诗作文讥诮讽评，所以在“乌台诗案”中，那些御史说他愚弄朝廷、讪谤朝政，也不完全是冤枉。

政治上的幼稚（既反新党，又批旧党，两边都不讨好）使得苏轼在仕途上历尽坎坷，吃尽苦头，他不断地被贬谪放逐，而且越贬越远，五十八岁时被贬到了广东惠州，而在六十一岁那年竟被远谪至“天涯海角”之地海南儋州，这在当时应该是最重的处罚了（宋朝有不杀士大夫的传统）。

谪居惠州时的苏东坡已进入人生的暮年。据苏轼《朝云诗》序文“予家有数妾，四五年相继辞去，独朝云者随予南迁”云云，可知东坡当时生存状态的困窘，不说众叛亲离，也颇有点风流云散老无所依的感觉了。幸得侍妾王朝云不离不弃，一直伴随（东坡的第二任妻子王闰之已于元祐八年（1093）辞世，此后他未再续弦），才使得远谪边鄙寂寞老迈的东坡先生感受到些许慰藉与温暖。到惠州后的第三年，年仅三十四岁的王朝云因病亡故，苏东坡写下《王朝云墓志铭》《惠州荐朝云疏》《西江月·梅花》等诗文，表达他对这位将青春与生命奉献给自己的可敬女性的深切悼念：

玉骨那愁瘴雾，冰肌自有仙风。海仙时遣探芳丛，倒挂绿毛幺凤。

素面翻嫌粉涴，洗妆不褪唇红。高情已逐晓云空，不与梨花同梦。

这首《西江月》所咏的梅花，其实是喻指朝云！东坡以高洁素雅的梅花比拟朝云，实则寄托了自己对身边这位既无名分又不幸早逝的红颜知己的深深敬意，朝云九泉之下有知，当可以一展愁眉了！

下面的这首《西江月》据说是苏轼流放儋州时创作的作品（今人孔凡礼《苏轼年谱》谓此词作于绍圣四年（1097），这正是东坡贬儋州的时间；而宋人胡仔《苕溪渔隐丛话》引杨湜《古今词话》，谓此词作于黄州）：

世事一场大梦，人生几度新凉。夜来风叶已鸣廊，看取眉头鬓上。

酒贱常愁客少，月明多被云妨。中秋谁与共孤光，把盏凄然北望。

苏轼以六十一岁的高龄贬儋州，自忖无生还中原之希望，因此他在给友人的信中说："某垂老投荒，无复生还之望。昨与长子迈诀，已处置后事矣。今到海南，首当做棺，次便做墓。乃留手疏与诸子，死则葬海外，生不契棺，死不扶柩，此亦东坡之家风也。"虽然他生性达观，有时也自作宽解之语，说自己本来就是儋州人，只不过寄居在西蜀而已。（《别海南黎民表》："我本儋耳人，寄生西蜀州。忽然跨海去，譬如事远游。"）但以濒死之年（四年之后东坡卒于常州）贬极远极荒之地，心境之悲凉，可以想见。这首《西江月》所表露的，正是作者这样一种悲凄的情绪。

苏轼一生，大起大落，大喜大悲，但总的说来，是不断跌跤，而且跌得挺惨；是喜少悲多，悲远远大于喜。这样的人生，不就像一场大梦吗？当命运把诗人一次次地放逐，最后抛掷到这个孤悬海外荒蛮僻远的岛屿，他只能借酒消愁；关山隔阻，故乡难回，“把盏凄然北望”，是凄凉语，也是沉痛语。从这一角度看，我倾向于认为此词的创作应系于贬儋时期。

苏轼的学生黄庭坚同样是一个不合时宜、屡遭贬谪的人，他所创作的《西江月》也颇有故事：

月侧金盆堕水，雁回醉墨书空。君诗秀绝雨园葱，想见衲衣寒拥。

蚁穴梦魂人世，杨花踪迹风中。莫将社燕等秋鸿，处处春山翠重。

黄庭坚的这首写于赴贬所宜州（治所今广西宜山）途中的《西江月》也有一篇较长的序：

崇宁甲申，遇惠洪上人于湘中。洪作长短句见赠云：“大厦吞风吐月，小舟坐水眠空。雾窗春色翠如葱，睡起云涛正拥。　往事回头笑处，此生弹指声中。玉笺佳句敏惊鸿，闻道衡阳价重。”次韵酬之。时余方谪宜阳，而洪归分宁龙安。

据序文，黄庭坚此词是对诗僧惠洪《西江月》的和作。又据胡仔《苕溪渔隐丛话》前集卷四十八引惠洪《冷斋夜话》：“山谷南迁，与余会于长沙，留碧湘门一月。李子光以官舟借之，为憎疾者腹诽，因携十六口买小舟。余以舟迫窄为言，山谷笑曰：‘烟波万顷，水宿小舟，与大厦千楹醉眠一榻何所异，道人谬矣。’即解纤去。闻留衡阳作诗写字，因作长短句寄之，曰：‘大厦吞风吐月（略）。’时余方还江南，山谷和其词曰：‘月侧金盆堕水（略）。’”由此可知此词创作及二人唱和的具体情况。

黄庭坚被贬宜州，是因为他写的《荆南承天院塔记》被当政者诬为“幸灾谤国”，而在此之前，他就因所编写的《神宗实录》而受到攻击，说实录多不实之辞，因而遭到贬谪。这简直就是“乌台诗案”的翻版啊！从这一点看，黄庭坚的情况与其师苏轼何其相似乃尔！

北宋党争激烈，对士人的打击颇残酷。苏轼与他的学生黄庭坚、秦观等都是以老迈之躯被远谪至蛮荒之地，苏虽得以在生前回到江南，没有埋骨荒岛，但黄、秦二人却都是客死他乡：黄逝于宜州贬所，秦殁于藤州（今广西藤县）。上引惠洪《冷斋夜话》对黄庭坚“南迁”过程的描写颇生动：李子光（或系地方官?）看到黄庭坚携一家老小十六口赴贬所，便打算借官船给他用，但遭到那些嫉恨黄庭坚的人的指摘，黄只好自己买小船。“烟波万顷”云云，显示出黄庭坚的豁达爽朗，与两首《西江月》所表达出的豪迈旷放是一致的。

黄庭坚的另一首《西江月》则显示了黄氏一贯的幽默机智和喜用成句、好用典的写作特点：

断送一生唯有，破除万事无过。远山横黛蘸秋波，不饮旁人笑我。

花病等闲瘦弱，春愁没处遮拦。杯行到手莫留残，不道月斜人散。

此词化用唐韩愈《遣兴》和《赠郑兵曹》两诗的成句，也是一首“遣兴”之作。首句出自《遣兴》的“断送一生唯有酒”句，仅去一“酒”字；次句出自《赠郑兵曹》的“破除万事无过酒”句，也是去一“酒”字。如此信手拈来，稍作整合，便似浑然天成，巧成绝对，这就是山谷的本事！“杯行到手莫留残”也出自《赠郑兵曹》的“杯行到君莫停手”句，稍作改动，便嵌入词中，也了无痕迹。宋人陈师道（字无己）《后山诗话》评曰：“黄词云：‘断送一生惟有，破除万事无过。’盖韩诗有云：‘断送一生唯有酒’，‘破除万事无过酒’。才去一字，遂为切对，而语益峻。”宋人袁文的《瓮牖闲评》也说：“黄太史《西江月》词云：‘断送一生唯有，破除万事无过。’此皆韩退之之诗也。太史集之，乃天成一联。陈无己以为切对而意益峻，盖服膺如此。”

其词前小序也颇显山谷之才学性情：“老夫既戒酒不饮，遇宴集，独醒其旁。坐客欲得小词，援笔为赋。”诗人在宴会上因戒酒而不饮，众人皆醉己独醒，有时候也是颇落寞的事。坐上有客索词，山谷援笔立就，一派大诗人的范儿。

而北宋权臣蔡京的《西江月》读来使人感慨良多：

> 八十一年住世，四千里外无家。如今流落向天涯，梦到瑶池阙下。
>
> 玉殿五回命相，彤庭几度宣麻。止因贪此恋荣华，便有如今事也。

此词见于南宋王明清笔记《挥麈后录》卷八：

> 蔡元长既南迁，中路有旨，取所宠姬慕容、邢、武者三人，以金人指名来索也。元长作诗以别云：“为爱桃花三树红，年年岁岁惹东风。如今去逐他人手，谁复尊前念老翁。”初，元长之窜也，道中市食饮之类，问知蔡氏，皆不肯售。至于诟骂，无所不道；州县吏为驱逐之。稍息，元长轿中独叹曰：“京失人心，一至于此。”至潭州，作词曰：“八十一年住世（略）。”后数日卒……

蔡京在徽宗朝曾数度为相（据上引词为“五回命相”），可谓权势熏天，他是历史上臭名昭著的奸臣，被当时的太学生陈东斥为“六贼之首”，施耐庵《水浒传》中对蔡京的描写，不完全是虚构。但蔡太师的下场却是相当悲惨的，据上引笔记，蔡京不但被远谪岭南，而且他的三个宠姬都被金人指名索走，南迁途中，那些卖饮食的听说是蔡京，都不肯卖给他吃，一路上都听到有人在诟骂他，他才走到潭州（今长沙），就死掉了。这首《西江月》是他临死前写的，算是他的“绝命词”吧，字里行间所表达出来的情绪，悲凉中带有追悔，可惜这世上没有后悔药可吃。

辛弃疾的《西江月·夜行黄沙道中》曾经是我最喜欢的宋词作品，

清新，自然，明朗，充满村野田园气息，而且对仗工整，用语新巧，以数字入句，似信手拈来而浑然天成：

明月别枝惊鹊，清风半夜鸣蝉。稻花香里说丰年，听取蛙声一片。

七八个星天外，两三点雨山前。旧时茅店社林边，路转溪桥忽见。

南宋淳熙八年（1181）冬，辛弃疾因受弹劾而遭免职，从而开始了他长达十五年的归隐江西上饶带湖的闲居生活（其间曾短时出仕）。黄沙指距上饶城西四十里的黄沙岭，作者夜行山道，沿途风物络绎不绝，扑面而来，眼前展开一幅乡村风俗画：月明惊鹊，风清蝉鸣，稻花飘香，蛙声如鼓，疏星闪烁，微雨轻洒，山溪清浅，板桥横斜，茅店古朴，社林深幽……类似的乡村风俗画，我们在辛弃疾闲居期间所写的作品中常常能看到。

淳熙八年时辛弃疾才四十一岁，正是年富力强，可在功业上大显身手的年龄，只可惜，南宋朝廷没给他这样的机会，他被迫赋闲，归隐田园，过起“着意寻春懒便回，何如信步两三杯”（《鹧鸪天》）、“一花一草，一觞一咏，风流杖履”（《水龙吟》）的闲散生活。辛弃疾是主战派，“醉里挑灯看剑，梦回吹角连营”（《破阵子》）是他所渴望的战斗场景，也是他作品的主旋律。但是辛弃疾所处的时代，南宋已偏安日久（宋室南渡是在1127年），朝廷上是主和派当道，而且按当时的国力，南宋要收复中原故地，恐怕也不是那么现实。因为在此之前的“隆兴北伐”（1163），宋军溃败，主战的张浚罢退，宋金最终还是以“隆兴和议”结束战争；而在此之后的“开禧北伐”（1206），宋军又大败，最后结局是签订更为屈辱的“嘉定和议”，主事者韩侂胄被主和派史弥远等杀害。南宋的两次北伐都以失败而告终，在这样的时代背景下，积极主战的辛弃疾、陈亮等被南宋朝廷长期“冷藏”，也是十分合乎逻辑的事。幸好，辛弃疾不光是一个英雄豪杰式的将领，同时也是一个才情超迈的词人——既然形势不允许“立功”，那就把精力放在“立言”上吧！毕竟，“立言”也是儒家成就人生的一项不朽事业。

或许，赋闲中的辛弃疾是郁闷的、无奈的，但赋闲岁月客观上却成就了他大词人的历史地位，他的那些不朽的作品，有很多是在退居田园时创作的。试想，如果辛弃疾仕途顺利，一直在朝任职，并且能够实现北伐的愿望，那么，他就一定干得比张浚、韩侂胄好？一定能够“了却君王天下事，赢得生前身后名”（《破阵子》）？我看未必！

辛弃疾另有一首题为《遣兴》的《西江月》，写得生动诙谐，于戏谑趣奇的笔墨中透露出作者内心的孤独愤懑，这大概也是他闲居生活的一个剪影吧：

醉里且贪欢笑，要愁那得工夫。近来始觉古人书，信着全无是处。

昨夜松边醉倒，问松我醉何如。只疑松动要来扶，以手推松曰去。

长日无聊，何以解之？看书？可是那些古人写的书，“信着全无是处”啊！那就只有喝酒了，喝醉了，也就没有忧愁、没有烦恼。词中的作者是孤独的，他独自“松边醉倒”，把“松”当作可以说话、交流的对象，戏剧性的描写，营造了一个戏剧性的场面，显示出辛弃疾挥洒自如的性情与才情。

“西江月”的意境一定强烈地激发了历代诗人的无限想象力。“江畔何人初见月，江月何年初照人”，张若虚在他的不朽诗篇《春江花月夜》中的诘问，充满了对自然人生的玄想与哲思，江月与人的千古恋情，浪漫而又令人伤感；而李白的“今人不见古时月，今月曾经照古人”（《把酒问月》），则在人与月关系的描述中融进了历史的沧桑和岁月的苍茫。

西江月，照无眠。那一轮从亘古照耀至今的江月，仍然静静地悬挂在深蓝色的夜空，她的孤独与忧伤，是永恒的诗意……

渔家傲

在词的创作史上，我们常常说苏轼开拓了词境，开创了豪放词派，这固然是不错的，但是，苏氏的开拓并不是凭空而来，在他之前，其实是有先导或先声的，那些走在前面、发出先声的人，范仲淹算一个。

范仲淹存世作品不多，后人能见到的也只有五首而已。之所以说他是豪放词派的先声，主要是因为他的这首《渔家傲》：

塞下秋来风景异，衡阳雁去无留意。四面边声连角起。千嶂里，长烟落日孤城闭。

浊酒一杯家万里，燕然未勒归无计。羌管悠悠霜满地。人不寐，将军白发征夫泪。

范仲淹曾于宋仁宗康定元年（1040）任陕西经略安抚副使兼知延州（治所在今延安），镇守西北边境，抗击西夏侵扰，这首边塞词应该就是他在延州时创作的。北宋前期的词承袭五代花间余绪，文人士大夫所作皆不脱男女艳情、歌舞宴饮，多徘徊于小园香径，流连于深深庭院，像本词所写的衡阳雁去、四面边声、胡笳凄厉、千嶂耸立、孤城紧闭、长烟落日等苍凉萧飒的“塞下风景”和“将军白发征夫泪”式的悲壮沉雄，是前所未见的，因此，范仲淹的这首《渔家傲》，真正是别开生面之作，这样的作品出现在宋初词坛，有可能会令人不习惯。北宋魏泰的笔记《东轩笔录》卷十一记录了这样一则故事：

范文正公守边日，作《渔家傲》乐歌数阕，皆以“塞下秋来”为首句，颇述边镇之劳苦。欧阳公尝呼为穷塞主之词。及王尚书素出守平凉，文忠亦作《渔家傲》一词送之，其断章曰："战胜归来飞捷奏。倾贺酒，玉阶遥献南山寿。"顾谓王曰："此真元帅之事也。"

这则北宋士人记录的故事颇有意思，它透露出一个信息，就是作为当时文坛领袖的欧阳修对范仲淹的创作不以为然，认为这是"穷塞主之词"。所谓"穷"，即是不富贵、不华丽、不雍容、不优雅，等等，反正是不符合当时词曲创作的审美原则或倾向。而欧公为送兵部侍郎王素出守平凉而作的《渔家傲》，其中有"战胜归来"数句，大抵他自己颇为自得，认为写出了真元帅的风采。

今人吴熊和主编的《唐宋词汇评》录有欧阳修这首《渔家傲》的全词（其实也不全，缺后两句），说是孔凡礼《全宋词补辑》据《诗渊》辑出，但孔氏将作者定为庞籍：

儒将不须躬甲胄，指挥玉麈风云走。战罢挥毫飞捷奏。倾贺酒，三杯遥祝南山寿。

草软沙平春日透，萧萧下马长川逗。马上醉中山色秀。

相关句子的文字与上引"断章"并不完全一样。就境界与艺术水平而言，这词跟范仲淹的词没法比，根本不在一个层次上。范仲淹写的是眼前实景，抒发的是真情实感，故境界苍茫阔大，情感饱满而富于张力，而欧阳修（姑且定作者为欧阳修）所写，只是一般的应酬之作，强作豪语，不过是文字游戏罢了。

尽管都做过参知政事（副宰相），但范仲淹与纯粹是文人士大夫的欧阳修不同，他是那种既能写绝妙好词锦绣文章，又能运筹帷幄决胜千里、"腹中自有数万甲兵"的儒将型知识分子，称得上是文武双全，这样的人才，其实是很难得的，只可惜他不受北宋朝廷待见，更是屡遭贬谪，不能尽展其才。说到底，是中国的官场政治与文化容不下他的正道直行。

范仲淹为人耿介，每因直谏而罹祸，但他始终不后悔。他上疏仁宗，谏皇帝率百官为太后祝寿；上书章献太后，请求还政仁宗；上疏皇帝，力阻废郭皇后；向仁宗进《百官图》，激烈批评宰相吕夷简在用人上徇私……范仲淹的某些行为，有可能会被人认为是多管闲事了（如朝拜太后、还政皇帝等事，或被认为是皇帝的家事?），晏殊就曾批评他这样做是以“狂率邀名”，不但会影响自己的前程，甚至会连累举荐他的人（晏曾举荐范执掌应天书院教席），但范仲淹并未因晏殊曾有恩于己便接受批评，他写了一封信给晏殊，表示“事君有犯无隐，有谏无讪，杀其身，有益于君则为之”（《上资政晏侍郎书》），显示出可贵的正直与无私无畏。梅尧臣曾作《灵乌赋》，劝他“结舌钤喙”，少说话，少管闲事，但范仲淹亦不以为然，作同名赋文回答，说自己当“宁鸣而生，不默而死”。

范仲淹的正直无私品质与他在《岳阳楼记》中所表达的“先天下之忧而忧，后天下之乐而乐”的思想境界是一脉相承的，而这些正是中国历代知识分子最可宝贵的品格。他的“先忧后乐”思想一千多年来强烈地影响了中国无数的仁人志士，正直的中国人无不以这一境界作为激励自己的道德标杆，也许并不是所有的人都能达到这样的思想高度，但是，没有人会不认同！高山仰止，景行行止；虽不能至，心向往之。从这一角度看，范仲淹称得上伟大。他是那种能够在中国人的精神世界中增添新能量的人。

宋神宗熙宁八年（1075），苏轼在密州写下那首著名的豪放词《江城子·密州出猎》，标志着豪放派正式登上历史舞台。此时，距范仲淹作《渔家傲》，不过才三十五年时间。

据《词谱》，词牌《渔家傲》创自晏殊，因晏词中有“神仙一曲渔家傲”句，遂取以为名。《词谱》以晏氏此词为本调正体：

画鼓声中昏又晓，时光只解催人老。求得浅欢风日好。齐揭调，神仙一曲渔家傲。

绿水悠悠天杳杳，浮生岂得长年少。莫惜醉来开口笑。须信道，人间万事何时了。

查晏殊词全集，调名为《渔家傲》者共有十四首之多。有学者考证，这十四首《渔家傲》又名《荷花曲》，是一组在宴会上演唱的鼓子词，以上所引为开场曲，后面十三首全咏荷花，席间以鼓乐伴奏演唱，以助酒兴：

荷叶荷花相间斗，红娇绿嫩新妆就。昨日小池疏雨后。铺锦绣，行人过去频回首。

倚遍朱阑凝望久，鸳鸯浴处波文皱。谁唤谢娘斟美酒。萦舞袖，当筵劝我千长寿。

以上是十三首中的一首，其余各首也大多是咏荷或采莲的内容。宋祁《景文集》有《忆与唐公游西湖》诗二首，其二曰："荷花深处放舟行，棹触荷珠碎又成。莫道使君迷醉曲，分明认得采莲声。"自注云："时席上唱《渔家傲》，予省是临川公《荷花曲》。又古乐府有《采莲曲》《使君迷》。"宋祁此诗及注，说的是他与张瓌（字唐公）游颍州西湖，听到席上有人唱曲调《渔家傲》，他听出是临川公晏殊所作的《荷花曲》。

晏殊的这些《渔家傲》一仍其旧是宴集歌舞、及时行乐的主题，这类主题与范仲淹词所呈现出来的苍凉悲苦形成了极大的反差，且不管二人为官和日常生活如何，光就作品所表现出来的境界而言，孰高孰低，孰优孰劣，一眼就看出来了！晏殊被称为"太平宰相"，他的作品擅写富丽的场景和安逸的生活，因而被称作"富贵词章"，其人其词，皆与"穷"相距十万八千里；而"穷塞主"范仲淹则与"富贵"无缘，他似乎一辈子都在忧心忡忡："居庙堂之高，则忧其民；处江湖之远，则忧其君"（《岳阳楼记》），一点儿也不从容，一点儿也不轻松，然正因此，他的人格才让人折服，他的词赋诗文才让人感佩不已、慷慨生哀！

《渔家傲》是欧阳修用得最多的词牌，在他的词集中，《渔家傲》共有四十九首，比排在第二位的《玉楼春》还多十五首。欧阳修的《渔家傲》有两组十二月鼓子词，皆以月份起首，咏当月的气候风物，颇有生活气息，与晏殊词多沉溺于安闲逸乐自是不同。据《欧阳文忠公近体乐府》卷三金陵佚名者所记：

荆公尝对客诵永叔小阕云：“五彩新丝缠角粽。金盘送，生绡画扇盘双凤。”曰三十年前见其全篇，今才记三句，乃永叔在李太尉端愿席上所作十二月鼓子词。数向人求之，不可得。

按荆公即王安石，王是欧阳修的学生，他对客所诵的三句就是欧阳修十二月鼓子词“五月”中的句子：

五月榴花妖艳烘，绿杨带雨垂垂重。五色新丝缠角粽。金盘送，生绡画扇盘双凤。

正是浴兰时节动，菖蒲酒美清尊共。叶里黄鹂时一弄。犹瞢忪，等闲惊破纱窗梦。

此词写五月风物习俗，明丽如画：榴花娇艳、绿杨带雨、彩丝角粽、黄鹂鸣翠以及浴兰草汤、饮菖蒲酒……展示了一幅宋代端午时节的风俗图景。尽管王安石是在三十年前太尉李端愿的宴席上听过这首鼓子词，三十年后，他仍然记得其中的三句，可见欧公的鼓子词给他留下了深刻的印象。

北宋士大夫多耽于宴乐，“太平宰相”晏殊就不用说了，连形象不那么“富贵”的寇准、欧阳修等也何尝不是如此？欧阳修为宴会创作的鼓子词颇多，就《渔家傲》来说，除了两套十二月鼓子词外，还有荷花曲或采莲曲十多首：

一夜越溪秋水满，荷花开过溪南岸。贪采嫩香星眼慢。疏回眄，郎船不觉来身畔。

罢采金英收玉腕，回身急打船头转。荷叶又浓波又浅。无方便，教人只得抬娇面。

欧公此词写得极生动，采莲姑娘乍见情郎的慌乱与娇羞，最为传神；情节跌宕起伏，初恋少女微妙复杂的心理通过一连串的动作表达出来，极富生活气息。

此外，欧阳修歌咏颍州西湖的十首《采桑子》，也是一套供宴会上演唱、“聊佐清欢”（《西湖念语》）的鼓子词。据考，这套曲词是欧公致仕居颍州后创作的，一年后，欧公即魂归西湖。（参见本书《采桑子》）由此可见，欧公直至垂暮之年，仍热心于鼓子词的创作，北宋宴集大曲之盛，或于此可见一斑。

王安石以“变法”在历史上赫赫有名，是个大政治家，但他同时也是个杰出的文学家，散文入“唐宋八大家”之列，诗创“王荆公体”，词虽不多，但亦有一流的作品，仅《桂枝香·金陵怀古》一首，就足以屹立词坛、流传千古了。且看他的《渔家傲》：

平岸小桥千嶂抱，柔蓝一水萦花草。茅屋数间窗窈窕。尘不到，时时自有春风扫。

午枕觉来闻语鸟，欹眠似听朝鸡早。忽忆故人今总老。贪梦好，茫然忘了邯郸道。

这首清新优美的小词应该是王安石二次罢相后退隐江宁（今南京）时所作，词中所显示出的恬淡与悠闲，折射出王安石当时的心境。

如果将王安石、范仲淹、晏殊、欧阳修这几位北宋朝廷的高官重臣（宰相或副宰相）来做一个比较，那会是相当有意思的事。与晏殊、欧阳修这一类文学型的高官比，王安石身上的政治或事功色彩显然更浓厚，他是那种“慨然有矫世变俗之志”（《宋史·王安石传》）、“意行直前，敢当天下事”（《宋史·萧注传》）的治国平天下式的政治人物，他的人生理想是辅佐君王，达至强国富民的政治目标，写诗作文填词对他来说是“小道”“余事”，他的不少诗文与政治联系紧密，甚至是服务于他的政治目标的。而王安石与范仲淹倒是颇为接近，这当然缘于他们都是政治上的改革家和实践家，都是勇于任事、愿意将自己所学“为天下国家之用”（王安石《上仁宗皇帝万言书》）的人。宋仁宗庆历三年（1043），范仲淹领导了“庆历新政”，提出了以整顿吏治为中心的十项改革主张。二十六年后的宋神宗熙宁二年（1069），王安石发动了一场以理财、整军为中心的变法，旨在发展经济、充实国库、富国强兵，改变北宋建国以来积贫积弱的局面。一般都认为，庆历新政是王安石变法的先导。当然，庆历新政施行仅一年多便草草收场，而王安石变法前后历时十余年，从时间上要比庆历新政长得多，范围、规模和影响当然也要大得多。这两次改革虽然都以失败而告终，但都深刻地影响了历史的发展进程。

受到神宗皇帝信任和重用的王安石，以凌厉之势在政治、经济、军事、社会、文化等各个层面实行改革，但是，变法遭到了旧党的强烈阻击，以司马光为首的所谓旧党，集结了当时最杰出最优秀的人才，如文彦博、欧阳修、富弼、韩琦、范镇、苏轼等，而反观变法阵营，则多小人与奸佞，一场如此大规模的改革运动，得不到当时精英人物的支持，其结果也是可以预期的了。当然改革本身也是有诸多的弊端，或操之过急，或执行不力，或法令本身就有问题，或在推行过程中走了样，好经被歪嘴和尚念歪了，等等，所以，改到后来，连最关键的人物、改革的总后台宋神宗都动摇了，王安石再也得不到皇帝的充分信任与全力支持，不得已，也只能黯然辞职。

罢相后的王安石，远离权力与政治，他隐居于江宁府城东与钟山之间的半山园，每日寄情田园山水与佛学，与高士或僧人来往，因此，他的创作风格也不可避免地发生重大变化，一改为官任职时的直截刻露、雄健峭拔，而变得含蓄深婉、清新柔美，一如那首著名的《书湖阴先生壁》：

茅檐长扫静无苔，花木成畦手自栽。
一水护田将绿绕，两山排闼送青来。

如果将王安石的《渔家傲》和《书湖阴先生壁》摆在一起看，我们就会看到这二者之间其实是有一种内在的联系的，这就是意境的柔静散淡。绿水青山，茅屋小桥，春风拂扫，花木扶疏，午闻鸟语，朝听鸡鸣……这些作者着意描写点染的环境风光，当然是幽静恬美的，但透过景物表露出来的，更是一种心境的宁静与悠闲。这样一种心境，对于已经退出政治舞台但又不能完全忘怀政治的王安石来说，或许有些无奈，然而却是要努力达至的。

当然，最能表露王安石当时心结的还是那首著名的《桂枝香》：

登临送目。正故国晚秋，天气初肃。千里澄江似练，翠峰如簇。征帆去棹残阳里，背西风、酒旗斜矗。彩舟云淡，星河鹭起，画图难足。

念往昔、繁华竞逐。叹门外楼头，悲恨相续。千古凭高，对此谩嗟荣辱。六朝旧事随流水，但寒烟、衰草凝绿。至今商女，时时犹唱，后庭遗曲。

繁华竞逐的历史转瞬即逝，悲恨相续其实是人间正道，荣与辱的交错构成记忆，门外楼头的活剧最是热闹，歌声缥缈，换来一声叹息……只有像王安石那样的从人生辉煌顶峰瞬间坠落的政治失意者，或许才能有这样的感慨与彻悟?

宋代文人喜欢谈禅说理，在苏轼、黄庭坚等人的创作中，带有禅味的作品并不罕见，就黄庭坚现存的六首《渔家傲》而言，则全都与禅有涉：

万水千山来此土，本提心印传梁武。对朕者谁浑不顾。成死语，江头暗折长芦渡。

面壁九年看二祖，一花五叶亲分付。只履提归葱岭去。君知否，分明忘却来时路。

黄庭坚此词系咏禅宗初祖达摩事。达摩是南天竺（属古印度）香至王第三子，姓刹帝利，原名菩提多罗，后改名菩提达摩。据说他为了弘扬大乘佛法，将禅宗一系传至东土，不畏险难，航海西来，历时三载，于南朝梁武帝普通元年（520）的某日抵达广州，在今广州下九路的西来初地（当时为珠江江岸）舍舟登岸，开始了禅宗在中国传播的历程。

此词概括了达摩的主要事迹：航海西来、对语梁武、一苇渡江、九年面壁、传法二祖、花开五叶、只履提归……达摩来到中国后，即被好佛的梁武帝萧衍从广州迎至都城建康（今南京），但萧衍对达摩带有禅机的言语并不理解，两人话不投机，“成死语”，于是，达摩便“暗折长芦”，“一苇渡江”，前往北魏，后来在嵩山少林寺面壁九年，遇二祖慧可，授以《楞伽经》四卷，此后慧可传三祖僧璨，僧璨传四祖道信，道信传五祖弘忍，弘忍传六祖慧能，至此，佛教已基本完成中国化的历史过程，禅宗就这样一代一代地在中国流传下来了。

这首《渔家傲》是对金陵保（黄庭坚写作“宝”，见下）宁寺仁勇禅师所作的同调作品的仿作，据词前小序，当时共作有多首，黄事后回忆，只记得四首：

江宁江口阻风，戏效宝宁勇禅师作古《渔家傲》，王环中云：庐山中人颇欲得之。试思索，始记四篇。

勇禅师所作的《渔家傲》系咏禅宗古德遗事，原作已佚，黄庭坚的仿作四首却流传下来了。以上所引为第一首。下面再引这组词的第二首：

三十年来无孔窍，几回得眼还迷照。一见桃花参学了。呈法要，无弦琴上单于调。

摘叶寻枝虚半老，拈花特地重年少。今后水云人欲晓。非玄妙，灵云合被桃花笑。

此词咏禅宗南岳下（即六祖慧能弟子南岳怀让之法系）临济宗福州灵云寺志勤和尚事。灵云三十年混沌茫昧，未能悟道，最后一见桃花，忽然发悟，这不就是对六祖慧能所创的禅宗南宗之“顿悟”修禅法的最佳阐释吗？黄庭坚的这组《渔家傲》，写的都是禅宗的故事，或说公案，或涉机锋，颇为玄妙，如果没有一点禅宗方面的知识，看上去就有点云里雾里了。

读黄庭坚的这些禅词，可以充分了解他以诗为词的创作风格，多议论，多才识，多用典，而少了些抒情和婉转。

然而，如果要从《渔家傲》调中选取境界最阔大、气魄最恢弘的作品，恐怕非女词人李清照所作莫属：

天接云涛连晓雾，星河欲转千帆舞。仿佛梦魂归帝所。闻天语，殷勤问我归何处。

我报路长嗟日暮，学诗谩有惊人句。九万里风鹏正举。风休住，蓬舟吹取三山去。

李清照词以最是当行本色的婉约知名于世，然而她的这首《渔家傲》却是豪迈之至。在文学史上，但凡大作家大诗人多有不同的笔墨，就词的领域来说，如苏轼、辛弃疾，虽说所作以豪放标举，但婉约之作，也所在多有。李清照当然也是宋代词坛一大家，所以她的作品呈现出多种风格，也就不足为奇了。

李清照的婉约词当然更为有名，如她的《如梦令》：

昨夜雨疏风骤，浓睡不消残酒。试问卷帘人，却道海棠依旧。知否，知否。应是绿肥红瘦。

历代论者都给予此词较高评价，尤对“绿肥红瘦”句高度肯定，不吝赞美之词，如“此语甚新”（北宋胡仔《苕溪渔隐丛话》），“天下称之”（南宋陈郁《藏一话腴》），“语甚新”（明瞿佑《香台集》），“人工天巧，可称绝唱”（清王士禛《花草蒙拾》），“无限凄婉，却又妙在含蓄”（清黄苏《蓼园词选》），等等。

李清照的《醉花阴》《一剪梅》《声声慢》《念奴娇》《永遇乐》《武陵春》《凤凰台上忆吹箫》等，是婉约词中的代表性作品；她的全部创作，构成了一种以寻常语或口语入词而又清新自然、典雅浑成的“易安体”，极具美学上的独创性。

旧题元代伊世珍撰的《琅嬛记》里有这么一个故事：

易安以重阳《醉花阴》词函致赵明诚。明诚叹赏，自愧弗逮，务欲胜之。一切谢客，忘食忘寝者三日夜，得五十阕，杂易安作，以示友人陆德夫。德夫玩之再三，曰："只三句绝佳。"明诚诘之。答曰："莫道不消魂，帘卷西风，人比黄花瘦。"正易安作也。

据说《琅嬛记》是本伪书，所以这个故事不一定可靠。但是，即使是编造的故事，仍需遵循内在的逻辑，因此，也应该存在着一定的合理性。就诗词创作而言，李清照比赵明诚有才，这是毫无疑问的；而"莫道不消魂"三句，也的确是《醉花阴》中"绝佳"的句子，尤其是"人比黄花瘦"句，极新巧传神，将一个古代知识分子女性清丽脱俗的形象写活了。

李清照生于官宦知识分子家庭，丈夫赵明诚是太学生，也是个有文化的"官二代"（父赵挺之曾任宰相），因此，他们的结合是门当户对的，他们的婚姻是美满幸福的，他们的日常生活也是琴瑟和谐的。赵明诚喜欢收集鉴赏金石书画古董文物，李清照就帮着收集整理，夫妻俩"相对展玩咀嚼"，"同共勘校，整集签题"，"摩玩舒卷，指摘疵病"，"浸觉有味，不能自已"（李清照《金石录后序》）；李清照喜欢写诗填词，不消说，赵明诚也会唱和酬答，《琅嬛记》所记，就夫妻"唱和"而言，于情于理都是有可能的。

李清照是个奇女子，她虽说只是个官宦人家的眷属，在当时的社会条件下，难有出头露面担当任事的机会，但她的才情、识见和胸襟却都很了不起。你看她在《词论》中评点当朝文坛大家巨子、衮衮诸公，那种气势，那份自信与从容，就像武林盟主在指点江山、号令天下——"大得声称于世"的柳永，却"词语尘下"；张先、宋祁兄弟等又"破碎何足名家"；甚至于"学际天人"的晏殊、欧阳修、苏轼等，所作"皆句读不葺之诗尔"……呵呵，真有点"大儿孔文举，小儿杨德祖，余子碌碌，莫足数也"（三国祢衡语）的狂妄！且不论李清照所评是否切中这些大家的创作实际，光就胸襟与抱负而言，就透露出她的不凡。

李清照的一生可说是起伏跌宕，早年生活优裕，婚后伉俪情深、志趣相投，中年遭遇金兵入侵、家破人亡的大变故，晚年流寓他乡、漂泊无依、孤独凄苦，这从她的作品也能看出来。也许是人生的挫折困顿反而激发了李清照身上潜藏的慷慨磊落之气，所以，她才能写出《夏日绝句》那样的诗篇：

生当作人杰，死亦为鬼雄。
至今思项羽，不肯过江东。

这样的豪情，与《渔家傲》所表现出的意境是相通的。

当然，最能代表李清照创作风格和艺术水平的是《声声慢》：

寻寻觅觅，冷冷清清，凄凄惨惨戚戚。乍暖还寒时候，最难将息。三杯两盏淡酒，怎敌他、晚来风急。雁过也，正伤心，却是旧时相识。

满地黄花堆积，憔悴损，如今有谁堪摘。守著窗儿，独自怎生得黑。梧桐更兼细雨，到黄昏、点点滴滴。这次第，怎一个愁字了得。

这就是最当行的“易安体”了。“易安体”一定是当时颇受注目的创作风格，因为有不少词坛名家都做过“效易安体”的创作，如南宋词人侯寘有《眼儿媚·效易安体》，刘辰翁的《永遇乐》更是“托之易安自喻”之作，其词前小序云：“余自乙亥上元诵李易安《永遇乐》，为之涕下，今三年矣，每闻此词，辄不自堪。遂依其声，又托之易安自喻。虽辞情不及，而悲苦过之。”然而，最著名的“仿效”之作应该是词坛巨擘辛弃疾的《丑奴儿近·博山道中效李易安体》：

千峰云起，骤雨一霎儿价。更远树斜阳，风景怎生图画。青旗卖酒，山那畔别有人家。只消山水光中，无事过这一夏。

午醉醒时，松窗竹户，万千潇洒。野鸟飞来，又是一般闲暇。却怪白鸥，觑着人欲下未下。旧盟都在，新来莫是，别有说话。

辛弃疾的这首风趣幽默的词作“用浅俗之语，发清新之思”（清彭孙遹《金粟词话》），仿李清照的声口语气，描摹出一幅博山道中清新自然的风景画，颇得易安词的风采神韵。

辛弃疾是豪放派大家，他的笔下竟然也能如此“婉约”，正像被称作“婉约宗主”的李清照，也能写出雄奇奔放的《渔家傲》一样。

伟大的诗人就是这么任性！

关西大汉的铜琵琶敲响了，十七八女郎的吟唱千回百转，在轻柔与壮伟交织的时空中，放飞了美丽的蝴蝶，诗意的幽灵在阳光下徘徊，听到了远方传来的千年璀璨……

鹊桥仙

牛郎织女的故事，源自“牵牛”“织女”两个星座名，而“牵牛”“织女”之名，则最早出现在中国周代的诗歌总集《诗经》中的《大东》篇：

维天有汉，监亦有光。跂彼织女，终日七襄。虽则七襄，不成报章。睆彼牵牛，不以服箱。

《大东》是《诗经·小雅》中的篇章，诗歌控诉了西周王朝对被征服的东方各诸侯国的掠夺与压榨，是一首“怨刺”西周王朝残暴统治的作品。全诗共七章，每章八句。诗中的织女、牵牛只是天上的星宿名，在诗歌中起象征、隐喻的作用，两者之间并没有什么联系。

东汉时无名氏创作的《古诗十九首》中的《迢迢牵牛星》，或许是牛郎织女故事叙述的最早版本：

迢迢牵牛星，皎皎河汉女。
纤纤擢素手，札札弄机杼。
终日不成章，泣涕零如雨。
河汉清且浅，相去复几许。
盈盈一水间，脉脉不得语。

在诗中，牵牛星与河汉女（织女星）被分隔于“盈盈一水间”，彼此“脉脉不得语”，这就有了“牛女”故事的雏形。

南朝梁宗懔的《荆楚岁时记》有“七月七日，为牵牛织女聚会之夜”的说法，并引西晋傅玄《拟天问》：“七月七日，牵牛织女会天河。”

渐渐地，在漫长的岁月中，牵牛与织女演变成家喻户晓的民间故事。故事说的大致是，牛郎与天上的织女结为夫妻，男耕女织，生活美满。天帝得知织女私自下凡，派王母娘娘将织女押回天庭。牛郎得到神牛的帮助，挑着一对儿女在后面追赶，眼看就要追上了，王母娘娘从头上拔下金钗往身后一划，天上顿时出现一条波涛滚滚的大河，将牛郎织女分隔在河的两边。后来，他们被允许在每年的七月七日（农历）会一次面。到了那一天，无数喜鹊飞来搭成鹊桥，让牛郎织女渡河相会。

词牌《鹊桥仙》，当然是源自这个著名的民间故事。《词谱》云：“此调有两体，五十六字者始自欧阳修，因词中有‘鹊迎桥路接天津’句，取为调名。周邦彦词名《鹊桥仙令》。《梅苑》词名《忆人人》。韩淲词取秦观词句，名《金风玉露相逢曲》。张辑词有‘天风吹送广寒秋’句，名《广寒秋》。元高拭词注仙吕调。八十八字者始自柳永，《乐章集》注云：‘歇指调’。”又说：“此调多赋七夕，以欧词为正体。”

据《词谱》，则欧阳修的这首《鹊桥仙》是本调的首创作品：

月波清霁，烟容明淡，灵汉旧期还至。鹊迎桥路接天津，映夹岸、星榆点缀。

云屏未卷，仙鸡催晓，肠断去年情味。多应天意不教长，恁恐把、欢娱容易。

此词在欧阳修词作中微不足道，但却是本调创作中的重要作品。首先当然是创制了此词牌，其次是规定了词牌的形式和内容，后人创作此调，多是按五十六字分上下阕的形式，内容则是“多赋七夕”，大多和牛郎织女有关：

缑山仙子，高情云渺，不学痴牛骙女。凤箫声断月明中，举手谢、时人欲去。

客槎曾犯，银河波浪，尚带天风海雨。相逢一醉是前缘，风雨散、飘然何处。

苏轼的这首题为“七夕送陈令举”的《鹊桥仙》尽管也用了“七夕”故事，但却带有十分鲜明的东坡风格。西汉刘向《列仙传》有周灵王太子王子乔缑山七夕飘然仙去的故事，西晋张华《博物志》有客槎浮海犯牵牛宿的故事，苏轼剪裁二典入词，以王子乔的潇洒比况离别的友人，以浮槎天河的浪漫比拟他们曾经的泛舟同游，这样的豪迈飘逸，与“痴牛骏女”的缠绵悲凄明显不是一路。

宋神宗熙宁七年（1074），东坡从杭州通判调任密州知州，友人陈舜俞（字令举）专程来杭送别，东坡作此词相赠。陈曾任山阴县令，因反对王安石的青苗法而被贬，陈苏二人，政见上有相同之处。别后两年，陈令举亡故，苏轼有《祭陈令举文》云：“予与令举别二年而令举没。”表达了伤悼之意。

这首七夕送别词显示出苏轼在创作上不落窠臼、勇于开拓的特点，陆游在《跋东坡七夕词》中说：“昔人作七夕词，率不免有珠栊绮疏惜别之意，唯东坡此篇，居然是星汉上语，歌之曲终，觉天风海雨逼人。”陆游此评，东坡当引为知音。

苏轼的开拓自有其特殊的价值，但是，《鹊桥仙》调中最有艺术感染力的作品却是婉约派代表词人秦观创作的：

纤云弄巧，飞星传恨，银汉迢迢暗度。金风玉露一相逢，便胜却人间无数。

柔情似水，佳期如梦，忍顾鹊桥归路。两情若是久长时，又岂在朝朝暮暮。

秦观的这首词，恐怕是所有以七夕和牛郎织女爱情为题材的作品中流传最广、最负盛名的了，盖因此词格调意境俱高，全无伤离伤别式的陈词滥调，而开拓出一种豁达爽朗的新境界。明人李攀龙在《草堂诗余隽》卷三中说：“相逢胜人间，会心之语。两情不在朝暮，破格之谈。七夕歌以双星会少别多为恨，独少游此词谓‘两情若是久长’二句，最能醒人心目。”同为明人的沈际飞在《草堂诗余四集·正集》卷二中也表达了同样的意思：“七夕以双星会少别多为恨，而此词独谓情长不在朝暮，化朽腐为神奇。”

只要真心相爱，哪怕只有一次，也胜却无数的终日厮守；两个人的感情如能恒久长远，就不在乎朝朝暮暮的相处了。在这里，如果“朝朝暮暮”按“一朝一夕”来理解，则与上阕“金风玉露”两句所表达的意思似乎有点拧了；如果按“日日夜夜”来理解，则又与前句“两情若是久长时”的意思不甚契合，但不管怎样说，秦观要表达的观念，是相当前卫新潮的，既有“只求曾经拥有，不求天长地久”的浪漫，也有“两情不在朝暮”的坚守。

客观而言，秦观在爱情上并不专一，他也跟那个年代的大多数文人一样，狎妓游冶，出入于风月场所，这是时代流行的风尚，我们是不可以苛求于古人的，所以，对秦观的“爱情宣言”，也不必抬得那么高，看得那么重，像有些论者所说的那样。其实，这不过是文人的率性文字罢了，“只求曾经拥有，不求天长地久”，或者也符合当时的情爱观？

《鹊桥仙》虽因源自牛郎织女故事而“多赋七夕”，但既然已成词牌，成为一种文学形式，也就必然会脱离“本事”，进入抒写各类题材的正常创作中，因此，本调仍有不少“七夕”题材之外的作品，如下面的这首咏梅词：

溪清水浅，月胧烟淡，玉破梅梢未遍。横枝依约影如无，但风里、空香数点。

乘风欲去，凌波难住，谁见红愁粉怨。夜深青女湿微霜，暗香散、广寒宫殿。

这首咏梅的《鹊桥仙》是南北宋之际的词人朱敦儒所作，全词化用宋初诗人林逋《山园小梅》中诗句“疏影横斜水清浅，暗香浮动月黄昏”的词语和意境，呈现出清空疏淡的韵味，因而受到历代论者的好评。南宋张端义在《贵耳集》中说：“赋梅词如不食烟火人语。”清初沈雄也说过同样的话：“词意奇绝，似不食烟火人语。”（《古今词话·词评》）其实，此词的主要意象皆来自林逋诗，朱敦儒本人的创造并不多，实在当不起“不食烟火人语”的高评价。但是，林逋这两句诗也是抄来的，他将五代诗人江为的残句“竹影横斜水清浅，桂香浮动月黄昏”信手拈来，只换了两个字（即将“竹”易为“疏”，将“桂”易为“暗”），就放进自己的诗中：

众芳摇落独暄妍，占尽风情向小园。
疏影横斜水清浅，暗香浮动月黄昏。
霜禽欲下先偷眼，粉蝶如知合断魂。
幸有微吟可相狎，不须檀板共金樽。

说实话，林逋这诗作为一个整体并不怎么样，也只有“疏影”两句出彩，而这两句也确实因为林逋的妙手点染而出神入化，以至于成为千古名句。但是，从后来众多的评论看，这名句好像没原作者江为什么事，人人都认为是林逋的天才创造，这简直是岂有此理！其实，宋人最爱搞这样的文字游戏，说什么“点铁成金”“夺胎换骨”，在宋代诸多的诗话词话里，这样的例子还真不少。

当然，朱敦儒也不是等闲之辈，他以“诗词独步一世”（南宋周必大《二老堂诗话》），在北宋末南宋初，屡被朝廷征召，但他都一一婉拒，后来在亲友的劝说下，才到临安（今杭州）任职，历任兵部郎中、临安通判、两浙东路提点刑狱等，他的《鹧鸪天·西都作》就表达了他清高而狂傲的性情品格：

我是清都山水郎，天教分付与疏狂。曾批给雨支风券，累上留云借月章。

诗万首，酒千觞，几曾着眼看侯王。玉楼金阙慵归去，且插梅花醉洛阳。

这真的是视富贵如浮云了！风月情怀，诗酒人生，冷眼侯王权贵，不恋玉楼金阙，“清都山水郎”的疏狂任性与清高自许，倒是和赋梅词所呈现的意境有相通之处了。

南宋大诗人陆游的《鹊桥仙》也是与七夕“本事”无关的豪纵之作：

华灯纵博，雕鞍驰射，谁记当年豪举。酒徒一一取封侯，独去作江边渔父。

轻舟八尺，低篷三扇，占断蘋洲烟雨。镜湖元自属闲人，又何必君恩赐与。

陆游是南宋最坚定的主战派，他一生都在倡言北伐，力主抗金，为恢复中原大声疾呼、出谋献策，只可惜，南宋朝廷大多时候是主和派当道，主战的陆游，自然是不受待见的，所以他总是郁郁不得志，执笔为诗为文，就形成了他诗文中的抑塞磊落之气：

早岁那知世事艰，中原北望气如山。
楼船夜雪瓜洲渡，铁马秋风大散关。
塞上长城空自许，镜中衰鬓已先斑。
出师一表真名世，千载谁堪伯仲间。

这首题为《书愤》的七律是陆游诗的代表作，也是他众多《书愤》中的一首。由于在南宋的政治现实中主战者往往受到排挤甚或贬谪，沙场杀敌、建功立业的愿望已经不可能实现，所以陆游们只能“纸上谈兵”，回忆或想象那些“楼船夜雪”“铁马秋风”的“战斗”场景，使心中郁结的激愤得以舒泄，所谓“书愤”，大抵也就是如此了，书生意气，也只能在纸上挥洒。

陆游的《鹊桥仙》自然也是“书愤”之作。当年“华灯纵博，雕鞍驰射”的“豪举”还有谁人记得？在这个“酒徒封侯”的时代，像陆游那样的慷慨悲歌之士就只能去做“江边渔父”了！陆游写此词时或正闲居故乡山阴（今绍兴），他因主战而不合时宜，因而被朝廷一再弃用，闲置乡野，“轻舟”“低篷”“蘋洲烟雨”云云，当系当时闲居生活的写实。但陆游既以“塞上长城”自许，闲居对他来说就是一种折磨，是生命的虚耗，“此生谁料，心在天山，身老沧洲”（《诉衷情》），陆游对力主议和不思进取的南宋朝廷，是充满怨愤的，所以他才说出“镜湖元自属闲人，又何必君恩赐与”这样“大不敬”的话，要说“书愤”，这两句才真的是写尽了陆游对皇帝、朝廷的愤懑不平啊！

陆游的“恢复”愿望，至死也没能实现。他临终时写下的绝笔诗《示儿》，表达了他壮志未酬的沉痛与悲壮：

> 死去元知万事空，但悲不见九州同。
> 王师北定中原日，家祭无忘告乃翁。

但是，历史并没有按陆游的愿望发展下去，“王师北定中原”的情况并没有出现，在陆游去世七十年后的公元一二七九年，南宋为蒙元所灭，因此，陆游的儿孙，向他报告的只能是亡国的消息，假如陆游九泉下有知，不知该如何书写他的悲痛与愤怒?!

同为主战派的南宋状元宰相吴潜的《鹊桥仙》也是一首登高望远、伤时感怀的慷慨之作：

> 扁舟昨泊，危亭孤啸，目断闲云千里。前山急雨过溪来，尽洗却、人间暑气。
> 暮鸦木末，落凫天际，都是一团秋意。痴儿骏女贺新凉，也不道、西风又起。

吴潜任宰相时（1251）的南宋已经来日无多。公元一二三四年，南宋联合蒙古灭掉了南宋的仇敌、曾经掳走徽钦二帝灭亡北宋的金国。南宋虽借蒙古之力得以报仇雪耻，但也因此埋下了覆灭的祸根。金国覆亡后，蒙古随即开始了灭宋的战争，蒙军的铁蹄南下，鼙鼓声清晰可闻。在这样的背景下，南宋的抵抗是被动的，而吴潜的主战当然也是被动的。这样的被动抵抗自然是徒劳的，再加上南宋朝廷君主昏昧，奸臣当道，要想不亡看来也难！吴潜曾两次出任宰相又两次被免，使人感觉忠臣直臣似乎都摆脱不了免官贬谪的宿命；他曾组织义军抗击蒙古，又力阻奸臣贾似道的迁都计划，因而遭到忌恨。而且，作为臣子，吴潜还犯了一个皇权专制社会中的大忌，反对宋理宗立后来的度宗为太子，为此而惹怒了皇帝，他的罢相和被贬，和此事有直接的关系。吴潜最后死于贬所循州（治所在今广东龙川），据说是贾似道派人前去毒死的，忠臣不得好死，好人不得好报，这真叫人觉得可恨之至！

吴潜此词或系写于某次旅途中。泊孤舟，登危亭，独自仰天长啸，壮怀激烈；目断长空，看急雨浩荡，洗尽人间暑气，何等胸襟气魄。据词句所显示出的襟抱气象，或可推断此词是写作者宰相任上的某次旅途经历。此时的吴潜想必是踌躇满志、意气风发的，或许也还有一点舍我其谁的孤傲。南宋理宗赵昀两次拜吴潜为相，都有起用主战派大臣挽救危局的意图，可惜在那样一个风雨飘摇的末世，忠臣总是敌不过奸臣！

南宋德祐元年（1275），即吴潜屈死的十三年后，宋恭帝赵㬎为吴潜平反昭雪，追复原官，加封少师。只可惜，这一切都为时已晚！

《鹊桥仙》中还有一首特殊的作品——一个蜀地妓女创作的“怨嗔”词：

说盟说誓，说情说意，动便春愁满纸。多应念得脱空经，是那个先生教底。

不茶不饭，不言不语，一味供他憔悴。相思已是不曾闲，又那得工夫咒你。

此词的“本事”见南宋周密的笔记小说《齐东野语》卷十一《蜀娼词》：

蜀娼类能文，盖薛涛之遗风也。放翁客自蜀挟一妓归，蓄之别室，率数日一往。偶以病少疏，妓颇疑之。客作词自解，妓即韵答之云：“就盟说誓……”

读过这则笔记，不禁对宋朝人的文化水平肃然起敬！这样一个籍籍无名的妓女，竟然提笔就能即韵作词，那一般的读书人写诗填词做文章还不是小菜一碟?！当然我也知道，古时妓女有能诗文的传统，如唐代的薛涛、鱼玄机、李冶等，都是些能进入文学史的女诗人。宋代也有不少妓女诗人，有名有姓的就有张师师、严蕊、美奴、乐宛、越娘、楚娘、洪慧英、马琼琼、苏琼、聂胜琼、赵才卿、郑云娘、吴盈盈、苏小小，等等；还有一些没有留下名字的，如平江妓、蜀妓等。宋代能诗词的蜀妓或不止一人，上引《齐东野语》的“本事”除了记载写《鹊桥仙》的蜀妓外，还说有一蜀妓写了词作《市桥柳·送行》，这俩蜀妓应该不是一个人。

宋代的这些有名或无名的妓女当然没有薛涛、鱼玄机等人的显赫名声，但她们依然是极富才华的，就上引“本事”和《鹊桥仙》，可从中窥见当时文人狎妓蓄妓的社会风气、妓女的生存状态以及她们并不亚于男子的诗才。想来，能当陆游（号放翁）门客的都不会是平庸之辈，他为了打消蜀妓的猜疑而“作词自解”，可见，作诗填词相互赠答这样的“风雅”之举在当时实在是件稀松平常的事，不但常见于文人骚客之间，而且在文人与妓女之间也是屡见不鲜；而蜀妓虽然被“蓄之别室”，地位低微而尴尬，但她也有着自己的尊严和能与对方平等对话的才华，所以她便“即韵答之”，留下了一首机智风趣的酬答之作。

宋代妓女是一群身份特殊的群体，她们既是出卖色艺供人玩乐地位低下的情色从业者，也是有才艺有文化的知识女性。妓女的特殊身份给了她们展示才艺的机会，使得她们有可能接触到当时的文人士大夫甚至于一流的诗人词客。宋代文人狎妓成风，那些有名气的作家诗人大多与妓女有染（无名气的文人当然也有狎妓的，只是甚少被记录下来），名声越大，留下的风流逸事就越多，流传得就越广远，声名显赫者如寇准、范仲淹、晏殊、柳永、张先、欧阳修、晏几道、苏轼、秦观、周邦彦、陆游、辛弃疾、姜夔、朱熹……（数不胜数）都有过狎妓的经历，而那些身份卑贱的妓女，因为傍了这样一些“大款”“大咖”，遂得以进入后人的笔记小说或诗话词话中，从而得以流传后世，传之“不朽”。

说起来，这些“幸运”的女子其实是很不幸的，她们沦落风尘，被目为贱户，为社会所不容，她们最大的愿望，就是能够进入那些狎客的家中，如为大妇所容，就甘心情愿当人家的小妾，如不能容，就只好卷铺盖走人。而上引故事所说到的蜀妓，只是被“蓄之别室”，还没有得到进入家庭的“待遇”，情况就更糟糕一些。所以她就更在乎“放翁客”对她的感情，偶尔因为有病少去了，她就起了疑心，怀疑他是否有二心，要抛弃她了，并为此“不茶不饭，不言不语”，“供（为）他憔悴”。由此可见，像蜀妓这样的女子，虽然心地善良、胸有锦绣，但境遇地位却是如此的可怜卑微，着实令人可叹可悯！

“鹊桥仙”的爱情只是个传说，与妓女无关。

鹧鸪天

关于词牌《鹧鸪天》的出处，《汉语大词典》“鹧鸪天”条是这样说的：“或说调名取自唐郑嵎‘春游鸡鹿塞，家在鹧鸪天’诗句。然唐五代词中无此调。调始见于宋宋祁之作。”

郑嵎，唐诗人，生卒年不详，据元人辛文房《唐才子传》，得知他在唐宣宗大中五年（851）举进士第，有《津阳门诗》一首；查《全唐诗》，在卷五百六十七郑嵎名下也只有《津阳门诗》，未见有关“鹧鸪天”的诗句。当然，《汉语大词典》用了“或说”一词，没有说死，呵呵，这是比较圆滑的做法。而唐五代词的确没有调名《鹧鸪天》的作品，但如果要说此调的首创作品就是北宋宋祁的那首东拼西凑之作，那恐怕也是很成问题的：

画毂雕鞍狭路逢，一声肠断绣帘中。身无彩凤双飞翼，心有灵犀一点通。

金作屋，玉为笼，车如流水马如龙。刘郎已恨蓬山远，更隔蓬山几万重。

谁都能看出来，此词基本上是集李商隐两首《无题》的诗句和李煜《忆江南》的句子而成，创作的成分很少。这姑且不论。关键在它是否最早。查《全宋词》，发现比宋祁年长十四岁的北宋宰相夏竦就有一首《鹧鸪天》：

镇日无心扫黛眉，临行愁见理征衣。尊前只恐伤郎意，阁泪汪汪不敢垂。

停宝马，捧瑶卮，相斟相劝忍分离。不如饮待奴先醉，图得不知郎去时。

夏竦此词一仍花间词风，抒写离情别意，并以女子的声口出之，是典型的宋初词坛流行的调调。如果说宋祁之作是集句而成，作品的“眉目”不是太分明，那夏宰相的这一首代“怨妇”立言的花间体，倒是“眉眼”清晰、风格鲜明的。

《全宋词》中还有一首系在柳永名下的《鹧鸪天》，它的创作时间也有可能比宋祁的“集句”要早：

吹破残烟入夜风，一轩明月上帘栊。因惊路远人还远，纵得心同寝未同。

情脉脉，意忡忡，碧云归去认无踪。只应曾向前生里，爱把鸳鸯两处笼。

柳永词在北宋前期风靡一时，苏东坡称其词风为“柳七郎风味”。这首带有明显“柳七郎风味”的《鹧鸪天》在柳永词作中并不算出色，但却很有可能是本调的草创作品。这一来是因为柳氏系两宋词坛创用词牌最多的词人，说词牌《鹧鸪天》是柳永创制的，在逻辑上是说得通的；二来是因为柳永专注于词道，且又比宋祁年长十多岁，在词的创作上是宋的前辈，因此，说他的《鹧鸪天》要早于宋祁之作，似乎也能成立。

《鹧鸪天》的早期创作都极平庸。据《全宋词》，在晏几道的十九首《鹧鸪天》之前，只收录了夏竦、柳永、宋祁、欧阳修、范纯仁等五人的本调作品（每人一首）。夏、柳、宋之作前面已引，看上去的确不怎么样，而欧、范之作，一写思妇情怀，一写宴饮清欢，也难脱浮泛轻浅。晏几道以非凡才情和深挚情感创作《鹧鸪天》，虽仍沿袭花间题材和格调，但却在形象和意境上皆有深与新的拓展：

彩袖殷勤捧玉钟，当年拚却醉颜红。舞低杨柳楼心月，歌尽桃花扇底风。

从别后，忆相逢，几回魂梦与君同。今宵剩把银缸照，犹恐相逢是梦中。

明丽的色彩，“殷勤”的“彩袖”把歌女的美貌与轻灵衬托出来了，加上极其夸张的回忆场面的描写，使得晏小山与歌女的重逢，令人欷歔，也感人至深，“舞低”两句，直可看作五代至宋历时数百年风流岁月中文人士大夫歌舞宴集生活的高度概括。

晏几道的父亲是北宋宰相和大词人晏殊，作为被称作“盛世”的仁宗朝的“太平宰相”，晏殊擅写“富贵”，宋人吴处厚的笔记《青箱杂记》中说晏殊“每吟咏富贵，不言金玉锦绣，而唯说其气象”，如“梨花院落溶溶月，柳絮池塘淡淡风”“楼台侧畔杨花过，帘幕中间燕子飞”一类的句子，就不是“穷儿家”能写得出来的了。晏几道出生成长于宰相家庭，从小耳濡目染，见惯了大富大贵的气象，因此，他写起灯红酒绿、宴饮歌舞的奢华，是一点儿也不逊于其父的：

小令尊前见玉箫，银灯一曲太妖娆。歌中醉倒谁能恨，唱罢归来酒未消。

春悄悄，夜迢迢，碧云天共楚宫遥。梦魂惯得无拘检，又踏杨花过谢桥。

小晏集中共有十九首《鹧鸪天》，依我看，这十九首同调作品每一首都称得上佳作。上引此词，同样写了小晏与一位美丽歌女的相逢，宴会上，喝酒唱歌自是当然，问题是，在风光旖旎含情脉脉的春夜，风流才子酒喝高了，玉箫姑娘人长得漂亮，歌又唱得“太妖娆”，这就难免令人意乱神迷、想入非非，因之，末两句的出现也就顺理成章：尽管因了种种原因现实中不能彼此亲近，但无拘无束的梦魂总是可以随时相聚的，今夜，多情的梦魂，踏着满地的杨花，走过谢娘（唐代有名妓谢秋娘）家的小桥，与所爱的女子相会。

“梦魂”两句历来颇受称誉。宋人邵博的笔记《邵氏闻见后录》载有这样一段话：

> 程叔微云：“伊川闻诵晏叔原‘梦魂惯得无拘检，又踏杨花过谢桥’长短句，笑曰：‘鬼语也。’意亦赏之。”

伊川即北宋理学家程颐。我们都知道，二程（程颐和他的哥哥程颢）轻视文学创作，如果连古板的理学先生程颐都如此称赏的话，则此语的艺术张力自是非同一般。“鬼语”非人能为之，“梦魂”踏着杨花飘过谢桥，那种幽深而缥缈的意境充满了神秘和诡异，的确不是凡夫俗子所能道者，难怪伊川先生也要“意亦赏之”了。

按当今的说法，晏几道既是个“官二代”，又是个“文二代”，显赫的家世再加上绝代才华，自然会受到美女的青睐。所以，尽管小晏在他父亲死后受到冷遇，有点落魄，有点穷愁潦倒的况味，但总的说来，情况仍不至于太糟糕。从他的作品看，宴饮歌舞仍然是他生活的主要内容，他似乎总是泡在酒宴上，饮酒，填词，听歌，观舞，与歌姬舞女缠缠绵绵，或暗通款曲，或明示爱怜，使人感觉他仍然是个典型的公子哥儿，与《红楼梦》中的宝二爷颇有相似之处。

晏几道虽是宰相之子，但在仕途上并不顺利。他曾因朋友郑侠案（郑因进《流民图》反对新法而获罪）的牵连而下狱，后做过颍昌府许田镇监、乾宁军通判、开封府推官等官佐。小晏官虽然做得不大，但性情孤傲，颇有些相门之子公子哥儿的脾气。他与黄庭坚是好友，据说苏轼曾托黄转达期望结识之意，但他并未因苏氏名满天下而同意见面。宋人王灼的《碧鸡漫志》载有这样一则故事：

> 叔原年未至乞身，退居京城赐第，不践诸贵之门。蔡京重九、冬至日，遣客求长短句，欣然两为作《鹧鸪天》：“九日悲秋不到心，凤城歌管有新音。风凋碧柳愁眉淡，露染黄花笑靥深。　初见雁，已闻砧，绮罗丛里胜登临。须教月户纤纤玉，细捧霞觞滟滟金。”“晓日迎长岁岁同，太平箫鼓间歌钟。云高未有前村雪，梅小初开昨夜风。　罗幕翠，锦筵红，钗头罗

胜写宜冬。从今屈指春期近，莫使金尊对月空。”竟无一语及蔡者。

蔡京当时位居宰相，权势正炽，他于重阳、冬至日派人来请晏几道为他创作贺词，“不践诸贵之门”的小晏倒也没有拒绝，“欣然”为之，但是，他的作品只咏节令与太平，“竟无一语及蔡者”。这当然也是一种气节或曰骨气，要知道，拒绝拍当朝宰相的马屁也是需要一点勇气的！

与晏几道的《鹧鸪天》多涉男女情事不同，苏轼的同调作品则显示出一些新的气象和审美取向，这或许与他有意于开拓词境的美学抱负有关：

林断山明竹隐墙，乱蝉衰草小池塘。翻空白鸟时时见，照水红蕖细细香。

村舍外，古城旁，杖藜徐步转斜阳。殷勤昨夜三更雨，又得浮生一日凉。

查苏轼词全集，他的本调作品只有三首，在看惯了小山词的缠绵凄切之后，上引此词，的确能给人耳目一新的感觉。词中的景物情致，已不是什么“杨柳楼”“桃花扇”“醉颜红”“忆相逢”，而是“林断山明”“乱蝉衰草”“翻空白鸟”“照水红蕖”；人物形象，也不再是“殷勤”的歌女，或“无拘检”的风流词人，而是“杖藜徐步”、虚度“浮生”的贬官罪臣。此词当系苏氏被贬至黄州时所作，描写了词人眼中的贬所景色和暗淡无奈的心境，这是苏轼以诗入词、开拓词境的一例。

但是，苏轼毕竟是盛行宴集歌舞、狎妓游冶的宋代的文人士大夫，因此，他的词作不可避免和不能免俗地要留下时代的痕迹。其实，苏词虽然以豪放著称，然并不能以“豪放”一言以蔽之，苏氏的大部分词作并不豪放，而是相当的“婉约”，如下面的这首《鹧鸪天》：

笑捻红梅亸翠翘，扬州十里最妖娆。夜来绮席亲曾见，撮得精神滴滴娇。　娇后眼，舞时腰，刘郎几度欲魂消。明朝酒醒知何处，肠断云间紫玉箫。

这是一首典型的婉约词，如果将其放入小晏的《小山词》中，也是可以“乱真”的。这也是一首宴饮词，词前的小序已经将此词的创作过程交代清楚了：

陈公密出侍儿素娘，歌《紫玉箫》曲，劝老人酒，老人饮尽，为赋此词。

陈公密即陈缜，时为曲江令。北宋元符三年（1100），六十四岁的苏轼遇赦自儋州渡海北归，十二月抵达韶州（今韶关），曲江令陈缜设宴款待。侍儿素娘当然就是歌伎了，她笑捻红梅，头戴翠翘头饰，唱了一首名叫《紫玉箫》的歌曲；她是“最妖娆”的美女，在东坡眼里，她“精神滴滴娇”，令人“几度欲魂消”，所以她席上劝酒，六十多岁的坡公竟然一饮而尽，然后就创作了这首《鹧鸪天》。也就是说，这首词作是在宴席间即席而作的，苏东坡和晏几道及宋代所有的文人士大夫一样，都是饮酒赋诗、即席创作的高手，都喜欢这种宴饮歌舞、诗酒风流的生活。尽管当时东坡已进入生命的倒计时（第二年，即1101年，东坡逝于常州），可这似乎并不影响他诗才与酒量。

《鹧鸪天》别有调名叫《思越人》《思佳客》《醉梅花》《剪朝霞》《骊歌一叠》《半死桐》等。下引北宋词人贺铸的这首著名的悼亡之作就叫《半死桐》：

重过阊门万事非，同来何事不同归。梧桐半死清霜后，头白鸳鸯失伴飞。

原上草，露初晞，旧栖新垅两依依。空床卧听南窗雨，谁复挑灯夜补衣。

贺铸是宋朝开国皇帝宋太祖赵匡胤发妻孝惠皇后贺氏的族孙，他的妻子赵氏则是宋朝宗室之女，从出身来看，他们夫妻俩称得上是皇亲国戚。可是，皇亲国戚的身份并没有给他们带来富贵荣华，从这首词和贺铸其他诗作（如《问内》）所描写的内容看，他们的生活还是相当贫寒的，“空床卧听南窗雨，谁复挑灯夜补衣”两句，感人肺腑，催人泪下，使人不禁想起了唐元稹《悲遣怀》中的“贫贱夫妻百事哀”“唯将终夜长开眼，报答平生未展眉”等诗句。

贺铸的这首《鹧鸪天》，与苏轼那首《江城子·乙卯正月二十日夜记梦》一样，是宋词中最沉痛真挚的悼亡作品，也是文学史上最著名的悼亡词。如果说知名度，苏轼的《江城子》无疑要更高一些，从艺术上看，苏词以鲜活的语言倾诉感情和刻画形象，这也要比多用成语典故比拟的贺词胜一筹。但贺词的结句写得实在太好，“挑灯夜补衣”的细节，其实包含了古代妇女的众多美德，比如安于贫寒、勤俭持家，比如贤惠、温婉、娴静，等等，而这一切的美好，都随着相濡以沫的妻子的逝去而不复再现，夜卧空床，无眠听雨，孤灯独照，伊人不见，那种巨大的孤寂与悲哀，让人千载之下，也能感受得到的。

除了深情绵邈的一面，贺铸还有另一副面目，即任侠使气、豪迈放诞，不管是他的创作，或是他的性格，都能看到他的这两副面目。他的代表作中，就既有婉柔的《青玉案·凌波不过横塘路》，也有豪纵的《六州歌头·少年侠气》。他有个极婉约的雅号叫“贺梅子”，这当然是因了《青玉案》中的佳句“一川烟草，满城风絮，梅子黄子雨”而得名；他也有个极奇特的绰号叫“贺鬼头”，这却是因为他的面色青黑如铁，状貌丑陋如“鬼”，因称“鬼头”。据陆游《老学庵笔记》卷八：

> 贺方回状貌奇丑，色青黑而有英气，俗谓之“贺鬼头”。喜校书，朱黄未尝去手。诗文皆高，不独工长短句也。

贺铸为人耿介任性，说话做事不留后路，看来也是个不通世务的人。《宋史》本传说他“喜谈当世事，可否不少假借，虽贵要权倾一时，少不中意，极口诋之无遗辞”，如此性情，难以在官场混得开，因此他一生“不得美官，悒悒不得志”，任武职做过和州管界巡检，后来得李清臣、苏轼等推荐做了文官，任过太平州通判等，都不是些什么美差。所以他五十多岁就辞了职，退居苏州，以校雠家中藏书为乐。陆游说他“喜校书，朱黄（红黄两色笔墨，古人校书时用）未尝去手”，是有所据的。

词最早是配合宴乐乐曲而填写的歌词，供歌伎演唱以助酒兴，因此，词与歌伎的关系密切，文人士大夫赠妓的作品特别多。就本调来看，上引苏轼之作即是一首赠妓作品，而被苏轼称为“吾家养直”的苏庠（字养直），其《鹧鸪天》就径称“过湖阴席上赠妓”：

梅妒晨妆雪妒轻，远山依约学眉青。樽前无复歌金缕，梦觉空余月满林。

鱼与雁，两浮沉，浅颦微笑总关心。相思恰似江南柳，一夜春风一夜深。

在《全宋词》中，苏庠共有三首《鹧鸪天》，写得最好而流传较广的是《鹧鸪天》（枫落河梁野水秋）。这首赠妓之作，描画歌伎的妆容体貌：晨妆如梅花般清丽，体态如雪花般轻盈，眉黛淡扫又似“依约远山”；而写别后相思种种，则似系“虚拟”的“将来时”，或系“过去时”，说的是上回别后的相思，反正不会是“现在时”，因为“席上赠妓”，总不能说当下如何如何相思，只能说过去相思，或将来相思。煞尾两句，以江南柳喻相思，得出“一夜春风一夜深”的感觉，颇新巧。

大诗人陆游也有赠妓之作，他的《鹧鸪天·薛公肃家席上作》，据近人俞陛云《唐五代两宋词选释》：“此在薛公肃席上逢旧时歌伎而作。质言之，不过云英重现，未免有情耳。”而状元词人张孝祥的《鹧鸪天·春情》记录的则是当时颇为普遍的文人墨客狎妓事：

日日青楼醉梦中，不知楼外已春浓。杏花未遇疏疏雨，杨柳初摇短短风。

扶画鹢，跃花骢，涌金门外小桥东。行行又入笙歌里，人在珠帘第几重。

“日日青楼醉梦中”“行行又入笙歌里”——这是刚刚经历了“靖康之耻”的知识精英的生活状态吗？南宋文人士大夫出入欢场醉生梦死的情状，从这些词句的描写中可见一斑。

宋代文人狎妓的细节，尤可从妓女聂胜琼唯一的词作《鹧鸪天·寄李之问》以及相关本事中看出。其词云：

> 玉惨花愁出凤城，莲花楼下柳青青。尊前一唱阳关后，别个人人第五程。
>
> 寻好梦，梦难成，况谁知我此时情。枕前泪共帘前雨，隔个窗儿滴到明。

聂胜琼是北宋都城开封的名妓，花容月貌自不必说，难得的是有文化、有品位，既能唱曲，又能创作歌词（宋代妓女多有这样的本事）。此词系其寄“狎客”李之问之作，回忆昔日饯别李之问时的情景，倾诉了别后思念之情，结尾二句写得尤深挚感人。记录聂胜琼这首词的本事见于宋代传奇小说集《绿窗新话》卷下引南宋杨湜《古今词话》：

> 李公之问仪曹解长安幕，诣京师改秩。都下聂胜琼，名娼也，资性慧黠，公见而喜之。李将行，胜琼送之别，饮于莲花楼，唱一词，末句曰：“无计留君住。奈何无计随君去。”李复留经月，为细君督归甚切，遂别。不旬日，聂作一词以寄之，名《鹧鸪天》曰：（略）。李在中路得之，藏于箧间。抵家为其妻所得，因问之，具以实告。妻喜其语句清健，遂出妆奁资募，后往京师取归。琼至，即弃冠栉，损其妆饰，奉承李公之室以主母礼，大和悦焉。

通过这则本事，或许能够比较清晰地了解宋代的狎妓文化。在当时，文人狎妓的情况真的是相当的普遍，像李之问这样的幕僚（仪曹或是地方上掌管礼仪的属官），随随便便就狎一京师“名娼”，并为此盘桓逾月，后来被妻子发现，其妻居然也能容忍并“往京师取归”，这样做的理由，只是“喜其语句清健”！哈哈，这样的妻子，也真是太“文学”了，能写诗填词且“语句清健”的“小三”，居然能打消属于女人天性的醋意，这令人觉得不可思议，又使人觉得宋代真的是一个极风流极有文化的时代。故事的结局是符合中国传统陈腐礼教道德的“大和悦”：正妻同意接纳小妾，小妾感恩戴德，不再梳妆打扮，真心把正妻当作主母来侍候。唐宋时的歌伎地位低贱，能够从良做士人的小妾是不错的归宿了，聂胜琼的感恩，应该是符合逻辑的。李之问的生平事迹不详，看来只是当时的一般士人，本不会在历史上留下名声，是聂胜琼的词让他传之“不朽”，所以，如果要说感恩，应该是李之问感聂胜琼之恩才是！

南宋宗室赵长卿也写有多首赠妓的作品，其《鹧鸪天》云：

一曲清歌金缕衣，巧伎心事有谁知。自从别后难相见，空解题红寄好诗。

忆携手，过阶墀，月笼花影半明时。玉钗头上轻轻颤，摇落钗头豆蔻枝。

这首词有一小序说，“偶有鳞翼之便，书以寄文卿”，说明此词是寄给一个叫文卿的妓女的。赵长卿的词总体来说水平不高，施蛰存说他只是第三流的词人，但这首赠妓之作写得还是不错的，尤其是下阕写与妓携手过阶墀的情景，“玉钗头上轻轻颤”，传神生动，颇见神韵。词及本事皆见载于清人叶申芗的《本事词》卷下：

赵长卿，南宋宗室，自号仙源居士。尝置一妾，颇慧。教之学东坡字，唱东坡词，命名曰文卿。元约三年，届期，文卿不忍去，其母不容，强索之去，嫁一农夫家。文卿不能忘情，常寄词问讯。仙源因和其韵答之云：“破靥盈盈巧笑，举杯滟滟迎逢。慧心端有谢娘风。烛花香雾，娇困面微红。　别恨彩笺虽寄，清歌浅酌难同。梦回楚馆雨云空。相思春暮，愁满绿芜中。”后又寄以《鹧鸪天》云：“一曲清歌金缕衣……”

据此本事，可得知南宋时狎妓的很多信息，比如说，可以将妓女“置”回家中做妾，并可约定期限，到了期限，就要“归还”。本事中说文卿给赵长卿做妾的期限“元（原）约三年”，到期，文卿不愿离开，但“其母”（或是鸨母？）是可以“强索之去”的，而赵长卿竟不能阻拦。又比如，南宋士人狎妓置妾并不仅仅是为了性，教学东坡字，教唱东坡词，也是一种精神文化的活动。又比如，南宋妓女的素质很高，才“教”三年，就能搞创作，“常寄词问讯”，等等。

宋代士人狎妓的普遍性也可以从赵长卿的“个案”中得到印证。其实赵氏是狎妓的“老手”了，据叶申芗的《本事词》所载，他除了买文卿做妾外，还有一个叫梦云的笙妓：

仙源有笙妓名梦云者，忽对仙源有剪发修道之语。为赋《临江仙》云：“蕊嫩花房无限好，东风一样春工。百年欢笑酒樽同。笙吹雏凤语，裙染石榴红。　且向五云深处住，锦衾绣幌从容。如何即是出樊笼。蓬莱人少到，云雨事难穷。”

笙妓应该是吹笙的妓女吧。这位妓女或想和仙源（赵长卿自号仙源居士）一起剪发修道，但仙源赋《临江仙》作答，态度暧昧，“蕊嫩花房无限好”云云，说的是笙妓的娇嫩美好；“且向五云深处”，似乎又有点意思，但“蓬莱”两句，或又表达出作者仍未能完全放下俗世的欢爱？

大词人辛弃疾一生钟情于《鹧鸪天》的创作，查辛词全集，他创作的本调作品竟然有六十三首之多，在他的词集中排第一，比排第二的《水调歌头》（三十八首）要多出许多。《鹧鸪天》到了辛弃疾这里，可以说是蔚为大观、多姿多彩，清新婉约雄放沉郁皆有之：

陌上柔条初破芽，东邻蚕种已生些。平冈细草鸣黄犊，斜日寒林点暮鸦。

山远近，路横斜，青旗沽酒有人家。城中桃李愁风雨，春在溪头野荠花。

这首描写田园风光并带有弦外之音的清新自然之作有一个副题叫《代人赋》。辛氏《鹧鸪天》中题“代人赋”的作品有三首之多。所谓“代人赋”，也就是用他人的视域和口吻来描写叙述，这种角度比较奇特，作者或意欲通过这样的形式，表达一种与直抒胸臆不一样的抒写效果，或灵动风趣，或新颖别致。“城中桃李”孱弱而病态，不值得羡慕，田园生活春光明媚、生机勃勃，虽然是“代人”说出，其实却是长期遭到冷遇和闲置的辛弃疾的真实心态。当然，辛弃疾的心态是复杂的，久居乡村固然会让他热爱柔条、桑蚕、细草、黄犊和荠菜花，热爱大自然，但长期的闲置也会生出郁郁不得志的愤懑与抑塞，他的另一首《鹧鸪天》就表达了他的这种情绪：

壮岁旌旗拥万夫，锦襜突骑渡江初。燕兵夜娖银胡䩮，汉箭朝飞金仆姑。

追往事，叹今吾，春风不染白髭须。却将万字平戎策，换得东家种树书。

这恐怕是辛弃疾写得最沉痛悲愤的一首词了。此词有一小序云：“有客慨然谈功名，因追忆少年时事，戏作。”联系辛氏生平英雄事迹和词作的内容，“戏作”二字令人生出无限感慨。

辛弃疾年轻时组织队伍随义军领袖耿京起义抗金，曾率数十义兵勇闯敌营手擒杀害耿京的叛徒张安国，并将张送呈南宋朝廷正法，英勇绝伦，胆略过人；但他到南宋后并不怎么受重用，虽然任过转运使、安抚使一类的官职，但又屡被弹劾罢黜，闲置家居的时间长达二十年，而向朝廷提出的《美芹十论》和《九议》等抗金意见书也不被重视——倾注极大热情和精力写的“万字平戎策”一点用也没有，还不如“东家种树书”来得实际，能产生效用。辛弃疾在追忆这些“光辉业绩”的时候，已进入人生暮年，“壮怀激烈”的性情意气已经被庸常岁月打磨成平和通达，所以他用“戏作”的心态来叙述当年的辉煌，但又写得极富动感与张力，浩大场面和紧张细节的描写，更使人对历史的荒谬欷歔不已。对辛弃疾这样的极有才能和抱负的知识分子来说，轰轰烈烈地南归故国，就想做一番轰轰烈烈的抗金事业，结果却被陷入政治与官场的泥淖中，落得个英雄豪杰投闲置散的结局，这无论对于时代或个人来说都是一个大悲剧！

《鹧鸪天》的名作佳作太多，晏几道的创作把花间一脉发挥到极致，他用锦绣的语言展现欢场的记忆与梦想，令所有的读者都感受到那些逝去的斑斓和奢华，是以一种怎样惊艳的姿容掠过历史的时空；辛弃疾的才情和英雄气概最终为《鹧鸪天》涂抹上最绚丽繁富的色彩，在本调创作史上，就宋人而言，辛弃疾不但创作数量最多、质量最高，而且内容最丰富，风格上也最多姿多彩。

花容月貌的歌咏永不停歇，那些金戈铁马的历史轻轻翻过，江南三月，还记得渡江的日子否？千年的恩怨忘却了，听到了远方传来的鹧鸪声。

卜算子

就像绝大多数词牌名一样，《卜算子》的起源和演变过程已不可考。

据清人万树《词律》引毛氏（即明末毛先舒）所云：“骆义乌诗，用数名，人谓为‘卜算子’，故调名取之。”这是说此调名取自唐诗人骆宾王的绰号“卜算子”。但毛氏之言也只是推测而已，并不是确证。而据《词谱》，则此调有多个别名：“苏轼词有‘缺月挂疏桐’句，名《缺月挂疏桐》。秦湛词有‘极目烟中百尺楼’句，名《百尺楼》。僧皎词有‘目断楚天遥’句，名《楚天遥》。无名氏词有‘蹙破眉峰碧’句，名《眉峰碧》。”

据考，唐五代词中尚无《卜算子》调的作品，宋词中，目前所能见到的最早的作品是张先、王观、苏轼创作的，可见，《卜算子》的出现，应该是在北宋前期。

从北宋词人王观的作品中或可看出早期《卜算子》的风貌：

> 水是眼波横，山是眉峰聚。欲问行人去那边，眉眼盈盈处。
> 才始送春归，又送君归去。若到江南赶上春，千万和春住。

王观此词题为《送鲍浩然之浙东》，是一首送别词。南宋吴曾《能改斋漫录》卷十六载：“王逐客送鲍浩然游浙东，作长短句云：‘水是眼波横’（略）。”据此，可推知此词是王观为送友人鲍浩然往浙东所作。词写得灵动跳脱，以眼波和眉峰喻江南山水，极新巧，也极贴切；而“赶上春”的期许及“千万和春住”的叮咛，也真的是奇思妙想、富于创意。

王观是个颇有个性的人，仕途经历也颇具传奇色彩。据说他先是因所撰《扬州赋》受到宋神宗赏识，官至翰林学士，后又因一首《清平乐》而弄丢了乌纱：

黄金殿里，烛影双龙戏。劝得官家真个醉，进酒犹呼万岁。
折旋舞彻伊州，君恩与整搔头。一夜御前宣住，六宫多少人愁。

此词为“应制”而作。所谓应制就是奉皇帝之命赋诗作文。既是应制之作，按理应该歌功颂德，大拍马屁，但这首《清平乐》却写得生动诙谐，颇类“打油”：皇帝在“黄金殿里”喝醉了酒，美丽的妃子舞姿翩翩，醉意朦胧中皇帝色色地给妃子整理玉簪，而“御前宣住”则将这段宫廷暧昧情节推向高潮——殿前传命这位使皇帝起了色心的妃子留宿侍寝；最后一句当然是充满想象和夸张：今夜皇帝所“幸”有主，深宫中该有多少嫔妃要失望和怨恨了啊！

据说这首另类的应制作品让神宗皇帝的母亲高太后很生气，高太后本来就反对王安石变法，而王观正好是王安石的门生，又偏偏写了这样轻慢放肆的作品来“应制”，这使得高太后气不打一处来，遂以此作亵渎宋神宗的罪名，将其罢职。但这王观却又是个有脾气的人，并不因遭到罢斥而有所顾忌，而是干脆自名“逐客”，以这一名号来表达他对高太后和朝廷的强烈不满。这看上去有点像学柳永因被宋仁宗贬斥而自名“奉旨填词柳三变”的做派了。王观词学“柳七郎风味”，他的词集名为《冠柳集》，虽有自认为超过柳永之意，但也可以看出他的师承，他对这位放荡不羁的前辈，应该是比较推重的。因此，“逐客”之名，或可看作是王观的“学柳”之举，是他面对现实政治所作出的自嘲和反讽。

王观的同年苏轼（二人为仁宗嘉祐二年同榜进士）也同样做过翰林学士，同样也屡遭贬谪，是个天涯逐客，不过他却是高太后赏识的人。正是由于高太后的赏识，苏轼才被连连拔擢，数月之内由一个贬官罪臣升至翰林学士知制诰的重要岗位，专掌皇帝圣旨的起草。苏学士一生只作了两首《卜算子》，而那首本调创作史上最重要的作品，就是他以罪臣和逐客的身份在黄州创作的：

缺月挂疏桐，漏断人初静。时见幽人独往来，缥缈孤鸿影。
惊起却回头，有恨无人省。拣尽寒枝不肯栖，寂寞沙洲冷。

这首题为《黄州定慧院寓居作》的《卜算子》，是苏轼于宋神宗元丰三年（1080）因“乌台诗案”被贬而初到黄州时所作。定慧院在黄冈县东南。苏轼在元丰三年二月刚到黄州时，连个住的地方都没有，只好寄居于寺院之中，直到四月，才迁居城南江边的临皋亭。由此可以见出苏轼当时处境的艰难和恶劣。

如题所言，此词是苏轼寓居定慧院时所作。此时的苏轼，刚从“乌台诗案”濒于死亡的阴影中挣脱出来，来到荒凉僻远的黄州，做一个无权签署公文且受到“管制”（限住该地，不能随便离开，或近似于当今之“双规”?）的团练副使（从八品的小官吏），因此，他初到黄州时的情形，颇有点惊魂未定的小心翼翼与自我封闭，我们从他给李之仪的信中就可以看出他当时的生存状态和心态：

得罪以来，深自闭塞，扁舟草履，放浪山水间，与樵渔杂处，往往为醉人所推骂，辄自喜，渐不为人识。平生亲友，无一字见及，有书与之亦不答，自幸庶几免矣。

（《答李端叔书》）

这种“与樵渔杂处”、为亲友所弃的“闭塞”状态当然是孤独的，虽然他在信中说“自喜，渐不为人识”，但我相信那只是他的无奈语，并不是他的真心话。明白了这一点，就能理解上引《卜算子》所充溢的那种深深的孤寂和幽愤。

这首《卜算子》虽然只是首短小的令词，但却是苏氏最重要的作品，从反映那种东坡式的孤高旷远的精神世界而言，这首小令并不比苏轼那些最著名的长调（如《水调歌头·中秋》《念奴娇·赤壁怀古》等等）有所逊色。独往独来的“幽人”，缥缈无形迹的“孤鸿”，以及“无人省”“不肯栖”等表述，其实就是苏轼自身形象和孤寂困顿人生的写照，所以，这首短短的小词，直可以当作《苏东坡传》来阅读。苏轼一辈子都不合时宜，新党旧党都不喜欢他，无论哪一党上台，他都要倒霉，都要被打击、被贬谪，但他的乐观洒脱总是助他渡过种种困厄，到达心境平和的彼岸，这样的人生，在这首四十四字的小词中得到了生动形象而高度凝炼的概括。

后人对苏氏此词评价极高，其中又以苏门弟子黄庭坚的评语最有代表性：

东坡道人在黄州时作，语气高妙，似非吃烟火食人语。非胸中有万卷书，笔下无一点尘俗气，孰能至此。

（《豫章黄先生文集》卷二十六《跋东坡乐府》）

这是最准确贴切而又富于想象力的评价了，后世论者评论此词，大多引用山谷此语，可见山谷最知其师，不愧为苏门四学士之首。

李之仪是苏轼的僚属、学生和好朋友，也是以苏轼为首的“蜀党”的重要成员，他的仕途，与苏轼的命运联系紧密。他在苏轼知定州时曾任职幕府，二人朝夕倡酬，后竟因这一段经历被御史参劾，说他曾为苏轼幕僚，不可任京官，为此丢了“监内香药库”的差使。因与苏轼关系密切，他也被奸臣蔡京刻上“元祐党人碑”，成为“光荣”的“元祐党人”。李之仪以尺牍公文与诗歌为苏轼欣赏，但流传最广、更为人所知的还是他的词，尤其是下面的这一首《卜算子》：

我住长江头，君住长江尾。日日思君不见君，共饮长江水。

此水几时休，此恨何时已。只愿君心似我心，定不负相思意。

此词明白如话而感情丰茂深挚，有乐府民歌风，是本调中的名作。也有论者认为李氏此词源出于唐姚合的《送薛二十三郎中赴婺州》：“我住浙江西，君住浙江东。日日心来往，不畏浙江风。”将此二首作品比照着看，是可以看出其中的传承关系的。当然五代顾敻的《诉衷情》有

“换我心，为你心，始知相忆深”句，明眼人也可以一眼看出两者之间的相似度。

这是一首爱情词，据说是李之仪写给一个叫杨姝的美丽歌伎的作品。是否如此难以确考，但要说这是作者的赠妓之作，还是有点靠谱的。宋代文人与妓女关系密切，大量的爱情词其实都是赠妓狎妓之作。李之仪当然也不能免俗，尽管他与夫人胡淑修感情笃厚，但这并不妨碍他与歌伎的交往酬唱，这是时代的风气使然，与个人品质无关。

此词写得极清新爽朗，虽然是代女方立言，写的是女子“思君”的感情，但却无一点脂粉气和艳情味。词作以长江之水比拟男女之情，江头江尾的分隔，并不能隔阻刻骨的思念，因为他们是同饮一江水的恋人；江水绵绵，情意绵绵，此水不休，此情不已，而“君心似我心”的祈愿，则是一种巧妙的爱情表达，矜持节制而又坚定沉着。

前面说了，东坡的《卜算子》是本调最重要的作品，代表着该调的最高水平，因此，后人和韵之作甚多，有宋一代，就有徐俯、向子諲、朱淑真、范成大、韩淲、陈三聘、赵蕃、葛长庚等人曾步苏词之韵创作，而向子諲词集中共有六首《卜算子》，竟然有五首是和东坡韵的作品：

竹里一枝梅，雨洗娟娟静。疑是佳人日暮来，绰约风前影。
新恨有谁知，往事何堪省。梦绕阳台寂寞回，沾袖余香冷。

此词之前有一小序，序云：“东坡先生尝作《卜算子》，山谷道人见之云，类不食烟火人语。芗林往岁见梅，追和一首，终恨有儿女子态耳。”向子諲号芗林居士。据此序可知，向氏倾慕东坡之作，他用东坡之韵作这首《卜算子》，但“终恨有儿女子态”，比不上东坡原作“类不食烟火人语”之高妙。向氏的这首咏梅词其实是写得很不错的，用“雨洗娟娟静”“佳人日暮来”等语形容梅花的品质风姿，也颇为传神别致，但与苏词相比，终究是有所不逮。

向氏一生身处南北宋之交，曾任潭州（今长沙）知州，金兵围潭州，向氏率军民坚守；后官至户部侍郎。因反对秦桧议和，遂被罢退，归老林下。他的创作也以宋室南渡为界而呈现出不同的风貌，前期多写男女之情，风格绮丽轻艳，后期则多故国山河之思，题材与境界都更为宽广。

与李清照齐名的女诗人朱淑真的《卜算子·咏梅》也是步苏韵之作：

> 竹里一枝斜，映带林逾静。雨后清奇画不成，浅水横疏影。
> 吹彻小单于，心事思重省。拂拂风前度暗香，月色侵花冷。

朱淑真是个颇具才华的女子，能诗词，通音律，擅绘画，可谓多才多艺，只可惜红颜薄命，嫁了一个庸庸碌碌的小官吏，悒郁终生。相传朱淑真死后，其父母将她的文稿付之一炬。南宋淳熙九年（1182），有魏仲恭者辑录其残存诗词，得诗二百余首、词三十余首，编为《断肠集》《断肠词》，并为之作序（也有学者认为魏仲恭并没有编朱淑真诗词集，而只是写了序）。由此可见，朱淑真生前，一定创作了大量的作品(有学者就认为她是明代以前创作诗词最多的女诗人)。

作为一名小官吏的妻室，朱淑真的生平事迹自然上不了正史，因此，魏仲恭为《断肠集》所作的序就是后人研究了解这位女诗人的弥足珍贵的文字了：

> 尝闻摛辞丽句，固非女子之事，间有天资秀发，性灵钟慧，出言吐句，有奇男子之所不如，虽欲掩其名，不可得耳。如蜀之花蕊夫人，近时之李易安，尤显著名者，各有宫词乐府行乎世。然所谓脍炙者，可一二数，岂能皆佳也。比往武林，见旅邸中好事者，往往传诵朱淑真词，每窃听之，清新婉丽，蓄思含情，能道人意中事，岂泛泛者所能及，未尝不一唱而三叹也。早岁不幸，父母失审，不能择伉俪，乃嫁为市井民家妻。一生抑郁不得志，故诗中多有忧愁怨恨之语。每临风对月，触目伤怀，皆寓于诗，以写其胸中不平之气，竟无知音，悒悒抱恨而终。自古佳人多命薄，岂止颜色如花命如叶耶。观

其诗，想其人，风韵如此，而下配一庸夫，固负此生矣。其死也，不能葬骨于地下，如青冢之可吊，并其诗为父母一火焚之，今所传者，百不一传，是重不幸也。呜呼，冤哉。予是以叹息之不足，援笔而书之，聊以慰其芳魂于九泉寂寞之滨，未为不遇也。如其叙述始末，自有临安王唐佐为之传，姑书其大概为别引云。乃名其诗为《断肠集》，后有好事君子，当知予言之不妄也。淳熙壬寅二月望日，醉□居士宛陵魏仲恭端礼书。

这位为朱淑真集子写序的魏仲恭并不是泛泛之辈，他是南宋高宗时的参知政事魏良臣的次子，是个贵族官宦人家的子弟，而他本人也是个文人士大夫，曾任平江府（今苏州）通判，就这么一个上层阶级之人士，竟能有如此的同情心与独到的眼光，为一个一生抑郁的薄命女子编书写序，使其文其人得以流传下来，这真的是很不容易的！

当然，也有学者根据朱淑真“从宦东西不自由，亲帷千里泪长流”“岁暮天涯客异乡，扁舟今又渡潇湘”等诗句，认为她的丈夫并不是“市井民家”之子，而是个游宦四方的官员，因而质疑魏序中某些细节的真实性。然而，就那些为朱淑真写下文字的人来说，魏仲恭毕竟是距离时间最近的人（魏或许只比朱晚出数十年），如要全盘否定魏序的叙述，也是难以做到的，学者的质疑，也多是推测之词，并没有确凿的证据。

依我看，魏序所提供的朱淑真的具体信息有不少是颇可信的：一是朱淑真在当时已颇有诗名，有“旅邸中好事者”“往往传诵”她的作品；二是朱氏对婚姻不满，故“一生抑郁不得志”，“悒悒抱恨而终”；三是“其诗为父母一火焚之，今所传者，百不一传”。魏氏的这些记录，应该在南宋时就有流传，他也是据此将朱淑真描写为“颜色如花命如叶”的“命薄”之人，对她的不幸表示深切的同情，并将她的作品集命名为《断肠集》。

虽然后人常将朱淑真与李清照并称，但按现存的词作看，朱和李还是有差距的，而且差距还不小，从艺术的高度看，朱淑真跟李清照无法相提并论，二者显然不在一个层次上，李清照是理所当然的一流词人，而朱淑真，或只能充任二流的角色。晚清陈廷焯在《白雨斋词话》中就说过："朱淑真词，才力不逮易安，然规模唐、五代，不失分寸。"朱氏的断肠词的确继承了晚唐五代词的余绪，是对花间体的摹仿。陈氏的这个评价，应该说还是比较公允的。上引的这首《卜算子》，写得还是比较随意与粗率，"一枝斜""林逾静""横疏影""吹彻小单于"等等，径用南朝梁王籍，唐代李益，北宋林逋、苏轼的诗句，短短一首小词，堆砌了太多古人的东西，那本身的创造，就要大打折扣了。而她的《清平乐·夏日游湖》则显示了陈廷焯所说的"规模唐、五代，不失分寸"的花间风格：

> 恼烟撩露，留我须臾住。携手藕花湖上路，一霎黄梅细雨。
>
> 娇痴不怕人猜，和衣睡倒人怀。最是分携时候，归来懒傍妆台。

朱氏此词颇受人诟病，明人卓人月即讥其"太纵"（《古今词统》卷四），清人吴衡照虽称其"放诞得妙"（《莲子居词话》卷二），但"放诞"一词，实与"太纵"同。由此亦可见出，就题材与风格言，朱淑真词与花间艳词的确是一脉相承的关系。

如果要说本调的咏梅词，则陆游之作可谓大大有名：

> 驿外断桥边，寂寞开无主。已是黄昏独自愁，更著风和雨。
>
> 无意苦争春，一任群芳妒。零落成泥碾作尘，只有香如故。

陆游的这首《咏梅》之所以有名，除了因为作品本身写得好外，还得力于一个极其重要的时代因素：毛泽东在一九六二年写了与陆游词同调同题的作品《卜算子·咏梅》："风雨送春归，飞雪迎春到。已是悬崖百丈冰，犹有花枝俏。　俏也不争春，只把春来报。待到山花烂漫时，她在丛中笑。"词前有小序"读陆游咏梅词，反其意而用之"，可知毛氏所作，是因读陆游词而起，而且有意要反用其意。因为这缘故，所以毛词在发表时，就附上了陆游的原作。以毛当年的神圣地位，他的词作产生了巨大的反响，说是妇孺皆知，那是一点都不夸张，从上世纪六七十年代出生的无数女孩都被取名为“咏梅”，就可看出国人当年的风魔与迷狂。陆游此词也因此走进寻常百姓家，为千千万万的中国人所熟悉。

笔者当年也是通过毛词的附录读到陆游的这首词的，当时的感觉是：陆词深雅，毛词浅白。这一评价实属大不敬，在当时那种举国欲狂的氛围下，自然不敢公开表露，而只能停留在“腹诽”阶段。时光一晃五十年，现在回过头看此二词，我仍然坚持当年的评价。此处且不评毛词，而只说陆词。陆词之妙，要在运用了比兴手法，以梅喻人，成功地塑造一个坚贞不屈、孤高自守、永不媚俗阿世的古代文人士大夫形象，这一形象，其实就是陆游自身。

陆游一生力主抗金，性情又耿直放达，不拘礼法（曾被劾燕饮颓放，因自号放翁），在主和派占主流的朝廷中不受待见，一直受到排斥，屡遭贬谪，郁郁不得志，词中的“寂寞”“独自愁”“群芳妒”等等，其实就是陆游当时所处政治环境的写照。末二句极具感染力，也可以说是诗人高标人格的写照，历来受到高度评价，卓人月说“末句想见劲节”（《古今词统》卷四）；唐圭璋说“‘零落’两句，更揭出梅之真性，深刻无匹，咏梅即以自喻，与东坡咏鸿同意”（《唐宋词简释》）；艾治平说“末句具有扛鼎之力，振起全篇”（《唐宋词鉴赏辞典》）……这些评价，都说明了陆游咏梅词是一首具有深刻内涵和艺术魅力的杰作。

“卜算子”中的妓女词或赠妓词甚多，颇值得关注，上面介绍了一些，下面再引几首：

相逢情便深，恨不相逢早。识尽千千万万人，终不似、伊家好。

别你登长道，转更添烦恼。楼外朱楼独倚阑，满目围芳草。

这是宋代一个姓施的酒监写的赠妓词，所赠的妓女叫乐婉。据明人陈耀文《花草粹编》卷二引宋杨湜《古今词话》（原书已佚）中说：杭妓乐婉与施酒监相好，这位酒监曾经作了这首词赠乐婉。

据词意，此词应是临别相赠之作。大概这位施酒监和乐婉相好了一段时间，无奈“天下没有不散的筵席”，文人士大夫与妓女相狎，能够善始善终、终成眷属的极少，更多的是像施酒监与乐婉这一对，“别你登长道，转更添烦恼”；而挥手作别之际，好说好散，相互赠答，这样一种“风雅”之举，在当时的文化背景下，恐怕也是相当普遍的现象。

施酒监的词尽管也写出了恋恋不舍之意，但他的离去，是决绝的，没有因为临别或别后的“烦恼”而稍有改变。令人感动的是乐婉的答词，她对这一段情爱的坚忍、执着与无奈，在这首短短四十六字的令词中得到了充分的展现：

相思似海深，旧事如天远。泪滴千千万万行，更使人、愁肠断。

要见无因见，拚了终难拚。若是前生未有缘，待重结、来生愿。

“重结来生愿”的企盼，虽然虚妄，或可聊解离别的悲伤吧。旧时代的女子在两性关系中多处于被动地位，而地位低微的妓女，则更不堪，因此，乐婉的答词，看似豁朗，颇有拿得起放得下的气度，实则表达了她的伤痛与无奈。

而作为本调中的妓女词，严蕊的这一首则更受到关注：

不是爱风尘，似被前缘误。花落花开自有时，总赖东君主。

去也终须去，住也如何住。若得山花插满头，莫问奴归处。

严蕊此词的本事见于周密《齐东野语》卷二十《台妓严蕊》：

天台营妓严蕊，字幼芳，善琴弈歌舞、丝竹书画，色艺冠一时。间作诗词有新语，颇通古今。善逢迎，四方闻其名，有不远千里而登门者。唐与正守台日，酒边尝命赋红白桃花，即成《如梦令》云：“道是梨花不是，道是杏花不是，白白与红红，别是东风情味。曾记、曾记，人在武陵微醉。”与正赏之双缣。又七夕，郡斋开宴，坐有谢元卿者，豪士也，夙闻其名，因命之赋词，以己之姓为韵。酒方行，而已成《鹊桥仙》云：“碧梧初出，桂花才吐，池上水花微谢。穿针人在合欢楼，正月露、玉盘高泻。　蛛忙鹊懒，耕慵织倦，空做古今佳话。人间刚道隔年期，指天上、方才隔夜。”元卿为之心醉，留其家半载，尽客囊橐馈赠之而归。其后，朱晦庵以使节行部至台，欲摭与正之罪，遂指其尝与蕊为滥。系狱月余，蕊虽备受棰楚，而一语不及唐，然犹不免受杖。乃移籍绍兴，且复就越置狱，鞫之，久而不得其情。狱吏因好言诱之曰：“汝何不早认，亦不过杖罪。况已经断，罪不重科，何为受此辛苦邪?”蕊答云：“身为贱妓，纵是与太守有滥，科亦不至死罪。然是非真伪，岂可妄言以污士大夫?虽死不可诬也。”其辞既坚，于是再痛杖之，仍系于狱。两月之间，一再受杖，委顿几死，然声价愈腾，至彻阜陵之听。未几，朱公改除，而岳霖商卿为宪，因贺朔之际，怜其病瘁，命之作词自陈。蕊略不构思，即口占《卜算子》云：(略)。即日判令从良。继而宗室近属，纳为小妇以终身焉。《夷坚志》亦尝略载其事而不能详。余盖得之天台故家云。

周密笔下的严蕊是一个色艺双全、极具才华而又有情有义的奇女子，她不但有赋诗即成之能，而且极具人品与骨气，虽屡遭严刑拷打，也不愿诬陷太守唐仲友（字与正），光凭这一点，就令人肃然起敬，能使千千万万须眉男子汗颜！然而，就这么一个出类拔萃的女子，她的最好归宿，也是被人“纳为小妇以终身焉”，这不能不令人感到悲哀。

关于此词的作者和朱熹（号晦庵）指控唐仲友的公案，也有不同于《齐东野语》的说法。据朱熹《晦庵集》卷十九《按唐仲友第四状》，此词作者并非严蕊，而是唐仲友的亲戚高宣教：“……至五月十六日筵会，仲友亲戚高宣教撰曲一首，名《卜算子》，后一段云：‘去又如何去（略）’。”有论者据此认为严蕊只是在唐仲友的宴会上唱了此词，而并非词的作者。朱熹控仲友事，也有人认为唐氏的确有贪渎行为，朱氏所控，并非空穴来风。有学者更认为《齐东野语》《夷坚志》等所载，为小说家言，不足采信。

其实朱唐交恶，其来有自，这里不能展开。至于朱熹是否挟私报复，诬陷唐仲友，也是见仁见智，正反的意见都有，此处也不予评判，本文所关注的是，上引《卜算子》是否严蕊所作。笔者认为，就词作的内容和风格而言，似比较符合严氏妓女的身份，而朱熹所说，因牵涉到他与唐仲友的恩怨，并不能作为确证。严蕊现存词作三首，皆见于上引《齐东野语》，就这三首词而论，语言通俗直白，叙述与抒情也简单，而少了文人词的典雅和含蓄，在风格上还是比较接近的，也与大部分妓女词的水平相一致，因此，我还是倾向于严蕊是此词的作者。

朱熹控唐仲友与严蕊有私情，在宋代，官员与官妓有私情是违法行为。据《古今图书集成·艺术典·娼妓部》引明田汝成《委巷丛谈》："阃帅、郡守等官，虽得以官妓歌舞佐酒，然不得私侍枕席。"如出现这种情况，官妓是要被治罪的，而官员也要受到惩处，因此，《齐东野语》所载的严蕊被严刑拷打事，应该是事实。人们往往以为宋代士人风流成性，嫖妓成风，一如柳永等，但这一故事表明，就官员与官妓的关系来说，并不是这样的，像柳永等人所狎的，往往是市井私妓。

朱熹是理学家，他对严蕊下如此重手，人们大多认为，除了朱唐交恶的因素外，或也与理学家的道德要求有关。但是，在宋代，理学家往往也很风流的，理学家狎妓的现象也不鲜见。下面所引的这首《卜算子》，就是一位理学家的"大作"：

> 双桨浪花平，夹岸青山锁。你自归家我自归，说着如何过。
> 我断不思量，你莫思量我。将你从前与我心，付与他人可。

这首副题叫"赠妓"的词作，是南宋士人、理学家谢直创作的。谢直原名希孟，是南宋哲学家、陆王心学的创始人陆九渊的学生，曾任嘉兴府通判等职。这首《卜算子》或是他的唯一一首词作。此词的本事见于元末明初陶宗仪所编的《说郛》卷三十一引托名北宋庞元英《谈薮》：

> 谢希孟在临安狎娼陆氏，象山责之曰："士君子乃朝夕与贱娼女居，独不愧于名教乎?"希孟敬谢，谓后不敢。他日，复为娼造鸳鸯楼，象山闻之，又以为言。谢曰："非特建楼，且有记。"象山喜其文，不觉曰："楼记云何?"即口占首句云："自逊、抗、机、云之死，天地英灵之气，不钟于世之男子，而钟于妇人。"象山默然。希孟一日在娼所，忽起归兴，遂不告而行。娼追送江浒，泣涕恋恋。希孟毅然取领巾，书一词与之云（略）。

此则本事将南宋士人放荡不羁的形象描写得极生动。谢氏虽系陆象山的弟子，但并无道学先生的方巾气，却更像那些流连青楼、追逐声色的"无行"文人。本事中所记录的谢希孟与娼妓的故事，应该就是当时文人狎妓的真实写照。在文人与妓女的关系中，文人主动而决绝，而妓女则处于被动的地位，随时有可能遭到抛弃，这当中有多少感情乃至爱情，是可以想见的。此词写得粗疏而随意，信手写来，迹近口语，不类文人词，想来是谢氏仓促间写就，颇符合当时的场景。

谢希孟的"放浪无行"也可以从下面一则故事得到证实：

> 同甫之至台州，士子奔凑求见。黄岩谢希孟与同甫有故，先一日与楼大防诸公饮巾山上以待之，赋诗有云："须臾细语夹帘言，说尽尊拳与毒拳。"语已可怪。既而同甫至，希孟借郡内妓乐，宴之东湖。同甫在座与官妓语，酒至不即饮，希孟怒，诘责之，遂相詈击，妓乐皆惊散。明日有轻薄子为谑词云："何时一樽酒，重与细论文?"一州传以为笑。

这则轶事见于近人丁传靖所辑《宋人轶事汇编》卷一六引《林下偶谈》。谢氏能与当时的著名文人陈亮（字同甫）、楼钥（字大防）等相交，证明他也不是个等闲之辈，但他们竟然为些许小事"遂相詈击"，导致"妓乐皆惊散"，"一州传以为笑"，这也是颇为"奇葩"的事。想来，当时世风如此，文人的不拘细行、任性使气，或是一种受到时人欣赏或倾慕的行为?!

如梦令

关于本调的来历，据苏轼《如梦令》词前小序所云，是由后唐庄宗李存勖创制：

元丰七年十二月十八日，浴泗州雍熙塔下，戏作《如梦令》两阕。此曲本唐庄宗制，名《忆仙姿》，嫌其名不雅，故改为《如梦令》。盖庄宗作此词，卒章云：“如梦，如梦。和泪出门相送。”因取以为名云。

而清康熙朝所编的《词谱》则完全采信了苏轼的说法。《词谱》的“如梦令”条下是这样说的：

宋苏轼词注：“此曲本唐庄宗制，名《忆仙姿》，嫌其名不雅，故改为《如梦令》，盖因此词中有‘如梦如梦’叠句也。”周邦彦又因此词首句改名为《宴桃源》。沈会宗词有“不见不见”叠句，名《不见》。张辑词有“比着梅花谁瘦”句，名《比梅》。《梅苑》词名《古记》。《鸣鹤余音》词名《无梦令》。魏泰双调词名《如意令》。

李存勖是五代时后唐的开国皇帝，他称得上是个雄才大略、文武双全的人物：既能领兵打仗，击灭后梁，打下江山，建立后唐；又有文采风流，不但通晓音律，能自度曲，并写得一手好歌词。李存勖流传至今的作品，有《一叶落》《阳台梦》《歌头》《忆仙姿》等，这首《忆仙姿》，就是苏轼所说的《如梦令》调的始创作品，苏氏嫌《忆仙姿》这调名不雅，便据词中“如梦，如梦”之叠句，改名为《如梦令》。其词如下：

曾宴桃源深洞，一曲清歌舞凤。长记欲别时，和泪出门相送。如梦，如梦。残月落花烟重。

此词写得缠绵悱恻，怀念昔日宴饮歌舞的欢愉和欲别相送的凄迷，似出自花间诸人之手笔，而与乱世枭雄开国君主李存勖的识见胸襟相去甚远。

但李存勖无疑是能作那种雄浑激昂的歌曲的。据《五代史补》所载：

初，庄宗为公子时，雅好音律，又能自撰曲子词。其后，凡用军，前后队伍皆以所撰词授之，使揭声而唱，谓之“御制”。至于入阵，不论胜负，马头才转，则众歌齐作。故凡所斗战，人忘其死，斯亦用军之一奇也。

这是什么样的曲子？竟然有如许魔力！可惜那些能使士卒“人忘其死”的战歌未能流传下来，我们今天所看到的，都是些只能低吟浅唱的曲子词，这不能不叫人感到万分遗憾！

尽管苏东坡已将词牌《如梦令》的创制权给予了李存勖，但也并不是没有疑问的。查《全唐五代词》，中唐诗人白居易的名下居然也系有三首《宴桃源》(《如梦令》的又一别名)。白居易的生活年代（772—846）当然要比李存勖（885—926）早得多，如果《宴桃源》真的是白氏所作，那李存勖是铁定拿不到《如梦令》的首创权的。近人刘毓盘的《词史》就认为东坡“言之不确”，白居易应该是本调的创制者：

白居易《如梦令》词，按东坡词注曰：“此曲本后唐庄宗制，名《忆仙姿》，嫌其名不雅，故改曰《如梦令》，因词中有‘如梦，如梦，残月落花烟重’句也。”今得白氏词，是言之不确矣。

只是，白氏创《宴桃源》事殊为可疑，《词谱》中说是周邦彦因李存勖词首句有“宴桃源”三字，才改调名为《宴桃源》，你白居易哪能早在李存勖之前就创用了这一调名呢？《全唐五代词》也怀疑这三首《宴桃源》“非白居易作”，根据当然也是苏轼的词序，之所以仍收在白氏名下，“唯《尊前集》已录作白词，姑录存备考”。（《全唐五代词·正编卷一·白居易·宴桃源考辨》）据学者考证，《尊前集》为北宋人编的唐五代词集，所收录的词人与作品，在时间和地域上皆比《花间集》要广，其所收词作，有许多不见于《花间集》，如李隆基、李白、刘禹锡、白居易等人的作品，端赖《尊前集》收录而得以流传。但此集的辑录工作粗疏也是事实，集中有不少作品张冠李戴，如将韦庄两首《菩萨蛮》割裂窜改拼为一首而讹作李白词，如此“乱点鸳鸯”，的确错得离谱，所以，《尊前集》中所载的作品，也颇有可疑者，不能盲目采信。具体到白氏的《宴桃源》，因为没有确凿的证据证明其是伪作，也只好暂归白氏名下，但学者多对此抱怀疑态度，而且一般也多从苏轼之说，认为《如梦令》调是后唐李存勖创制的。

就艺术水平而言，这三首《宴桃源》也写得粗率随意，与白居易的《忆江南》《杨柳枝》《浪淘沙》《竹枝》等词作比，颇有距离：

前度小花静院，不比寻常时见。见了又还休，愁却等闲分散。肠断，肠断，记取钗横鬓乱。

落月西窗惊起，好个匆匆些子。鬒鬓鬅轻松，凝了一双秋水。告你，告你，休向人间整理。

频日雅歌幽会，打得来来越杀。说着暂分飞，蹙损一双眉黛。无奈，无奈，两个心儿总待。

“见了又还休，愁却等闲分散”“告你，告你。休向人间整理”“频日雅歌幽会，打得来来越杀”，这类平庸的描写与句子，怎么会是创造出“日出江花红胜火，春来江水绿如蓝”（《忆江南》）、“水蓼冷花红簇簇，江篱湿叶碧凄凄”“白浪茫茫与海连，平沙浩浩四无边”（《浪淘沙》）这样的意境和画面的大诗人白居易写的!?

苏轼词全集共有五首《如梦令》，据上引词序，下面的两首是记录他于元丰七年（1084）十二月十八日在泗州雍熙塔下洗浴的“戏作”：

水垢何曾相受。细看两俱无有。寄语揩背人，尽日劳君挥肘。轻手，轻手，居士本来无垢。

自净方能净彼。我自汗流呀气。寄语澡浴人，且共肉身游戏。但洗，但洗，俯为人间一切。

宋代文人常到寺院洗浴，一来是因为寺院设有浴室，洗涤设施齐备；二来是到寺院洗浴既有清洁身体之功，也或有“亲近”佛祖、参悟禅机、洗涤心垢、提升精神境界之效。苏轼诗词中屡有涉及寺院沐浴者，著名的有《安国寺浴》，径以“寺浴”名诗；上引二词，以戏谑的口吻写洗浴，实则表达了深刻的禅机和人生哲理。

苏轼“戏作”此二词时，应该是由黄州“量移汝州”的途中。东坡因“乌台诗案”被重贬，在黄州待了四年，此番“量移”，只是酌情移往靠近京城的汝州（今河南汝州）安置，官职仍然是个“不得签书公事”的团练副使，因此，他的汝州之行，并无平反的喜悦，但是，能够离开偏远的黄州，靠近京城，也是值得庆幸的吧。“轻手，轻手，居士本来无垢”“但洗，但洗，俯为人间一切”，语虽戏谑诙谐，但也颇符合苏轼乐观豁达光明磊落的性格。

平心而论，苏轼这两首“戏作”虽然隐含禅理，也写得诙谐幽默，但读起来还是觉得理胜于情，缺乏感人的艺术力量。而他的另外三首同调作品也写得不算太好。倒是他的学生秦观所作，给人留下较深的印象：

门外鸦啼杨柳，春色著人如酒。睡起熨沉香，玉腕不胜金斗。消瘦，消瘦，还是褪花时候。

遥夜沉沉如水，风紧驿亭深闭。梦破鼠窥灯，霜送晓寒侵被。无寐，无寐，门外马嘶人起。

前一首也是花间风味，无甚新意，唯“玉腕不胜金斗”的形象，颇切合相思女子的娇柔，因而显得传神生动。当然也有人考证出其出自唐李商隐《效徐陵体赠更衣》诗句“轻寒衣省夜，金斗熨沉香”（胡仔《苕溪渔隐丛话》后集卷三十三引《艺苑雌黄》），但少游的点化之功，还是不应埋没。而后一首则有羁旅行役的凄寒萧索，驿亭中的细节描写，极具典型性，充满张力的句子，如“梦破鼠窥灯”，令人毛骨悚然、不寒而栗！秦观此词和他的《踏莎行》一样，都是惨淡孤寒之作，秦氏传统上被归为婉约派，可他这两首词却一点儿也不婉约。

据《词谱》，《宴桃源》这一调名是周邦彦改的，他的词全集中有三首《如梦令》，当然也可以叫作《宴桃源》的：

尘满一絣文绣，泪湿领巾红皱。初暖绮罗轻，腰胜武昌官柳。长昼，长昼，困卧午窗中酒。

门外迢迢行路，谁送郎边尺素。巷陌雨余风，当面湿花飞去。无绪，无绪，闲处偷垂玉箸。

池上春归何处，满目残花飞絮。孤馆悄无人，梦断月堤归路。无绪，无绪，帘外五更风雨。

这是典型的闺怨词。周邦彦擅写离愁别恨、闺情闺怨，他的三首《如梦令》，写的都是同一类的内容：相思女子，长日无聊，伤春念远。这是花间以来的传统题材，为婉约词人所钟爱。周氏号称婉约派之“集大成者”，写此类题材自是当行本色。当然，这几首词并不是他的代表作，也都写得不算太出色（他写得最出色的作品自然是《兰陵王·柳》《六丑·蔷薇谢后作》《满庭芳·夏日溧水无想山作》等），但是，就内容看，说这些作品是周邦彦创作的底色，应该还是不错的吧。

本调中最令人印象深刻的作品应该就是李清照那两首《如梦令》了，我以为。李清照的词作以清新脱俗的品格呈现在世人面前，真使人油然而生耳目一新的愉悦感：

常记溪亭日暮，沉醉不知归路。兴尽晚回舟，误入藕花深处。争渡，争渡，惊起一滩鸥鹭。

昨夜雨疏风骤，浓睡不消残酒。试问卷帘人，却道海棠依旧。知否，知否，应是绿肥红瘦。

一般都认为，李清照的这两首作品描写的是她自己的日常生活，前一首写的是她的少女时代，那种青春少女的天真烂漫和无忧无虑，荡漾在字里行间；而后一首则写她成年以后的闺中生活，笔端已明显带有成熟的人生况味和复杂情绪。

李清照的生活以宋室南渡为界。此前她完全是以一个幸福的贵族女性的面目示人，生活安逸、和谐，或许也会有些许无端的烦恼，但这类烦恼无非是些幸福的“闲愁”罢了；她与丈夫赵明诚志趣相投、伉俪情深，夫妻琴瑟和鸣，羡煞时人与后世：她是个“自少年便有诗名，才力华赡，逼近前辈”（王灼《碧鸡漫志》卷二）的诗人，赵明诚则是年轻有为的官员与有收藏考据癖好的学者；在诗词创作上，自是妇唱夫随，而金石书画的收藏整理，却是夫唱妇随的。当然，在这一时段，她的父亲李格非因陷入北宋的残酷党争，名列元祐党籍而被贬逐出京城，她本人也因此而受到牵连，但这点挫折，与南渡后的国破家亡、颠沛流离、丈夫猝死、文物散尽等相比，简直就不算个事儿。

李清照的《如梦令》受到历代论者的高度评价，尤其是后一首，而“绿肥红瘦”一句，更是好评如潮。如与她差不多同时代的胡仔（晚出二十七年）在《苕溪渔隐丛话》前集卷六十中说：

近时妇人能文词如李易安，颇多佳句。小词云："昨夜雨疏风骤（略）。""绿肥红瘦"此语甚新。

稍后的陈郁（晚出一百零一年）在《藏一话腴》甲集卷下说：

李易安工造语，故《如梦令》"绿肥红瘦"之句，天下称之。

明蒋一葵《尧山堂外纪》卷五四说：

李易安又有《如梦令》，云"昨夜雨疏风骤（略）"，当时文士莫不击节称赏，未有能道之者。

清人黄苏《蓼园词选》也说道：

按一问极有情，答以"依旧"，答得极澹，跌出"知否"二句来，而"绿肥红瘦"，无限凄婉，却又妙在含蓄。短幅中藏无数曲折，自是圣于词者。

这些评论，分别道出了此词艺术上的鲜明特色，就是"新"与"巧"。问答与对话手法的运用，避免了细微与实在的情景描写，仅寥寥数语，就能表达出词人复杂微妙的伤春惜时心理，此之为巧；而用"绿肥红瘦"喻风雨之后红花凋残（瘦）、绿叶润泽（肥）的状态，进而显示出伤春惜己（感叹青春容颜易逝）的主题，此之为新。本来，以红、绿拟花、叶也不算稀奇，如唐人齐己《寄倪署郎中》诗就有"红残绿满海棠枝"句，但以肥、瘦喻之，的确新颖精警，这称得上是李清照对汉语修辞的一个贡献。

时人对"绿肥红瘦"的称赏，还体现在对句子的袭用上，如黄机的《谒金门》"风雨后，枝上绿肥红瘦"，赵善括的《好事近》"是处绿肥红瘦，怨东君情薄"，吴潜的《摸鱼儿》"满园林瘦红肥绿，休休春事无儿”，等等，这些作品，都直接使用了李清照的句子，由此可见，南宋陈郁所说的“天下称之”并非虚言。

宋人讲究炼字炼词炼句，这方面的事例典故实多，著名的有“张三影”“红杏尚书”“贺梅子”等。李清照也有“李三瘦”的雅号，是说其善以“瘦”字入词，名句有“莫道不消魂，帘卷西风，人比黄花瘦”（《醉花阴》）、“新来瘦，非干病酒，不是悲秋”（《凤凰台上忆吹箫》）以及上引《如梦令》中的这一句，故称。当然李清照以“瘦”入词远不止以上三例，她还有许多用“瘦”的名句，如“雪清玉瘦”（《多丽》）、“露浓花瘦”（《点绛唇》）、“鹤瘦松青”（《新荷叶》）、“玉瘦香浓”（《殢人娇》）、“玉瘦檀轻”（《临江仙》），等等，这些句例说明，李清照不光善用“瘦”，而且喜用“瘦”。其实，说到底，讲究修辞和锤炼字词是李清照词重要的艺术特征，她的最重要的作品《声声慢》，连用叠字，连用双声叠韵字，连用齿音舌音字，刻意营造啮齿叮咛的声调与口吻，以表达悲苦惨厉的心情，这些看似寻常口语般的文字与纯白描的手法，应该都是反复锤炼与推敲的结果，因此，《声声慢》最能体现易安词在艺术上的追求。

从《如梦令》到《声声慢》，李清照用精炼的语言给我们展示了她的悲喜人生，从青春少女的华美歌唱到暮年嫠妇的深沉歌吟，我们可以看到那种从内容到形式的一脉相承，一个人的生命，有时却是一个时代的缩影，诉说那些历史，也可以不用高亢嘹亮的声音……

同样是女性，一个叫美奴的下层女子所作则与李清照大异：

> 日暮马嘶人去，船逐清波东注。后夜最高楼，还肯思量人否。无绪，无绪，生怕黄昏疏雨。

美奴生平不详，据胡仔《苕溪渔隐丛话》后集卷四十，只知道她是北宋徽宗时士人陆藻的侍儿：

> 陆敦礼藻有侍儿名美奴，善缀词，出侑樽俎，每丐韵于坐客，顷刻成章。

陆藻字敦礼，宋徽宗时任过潭州、泉州、福州等地的知州，是个有身份有地位的文人士大夫。陆藻本人有诗传世，但没有留下词作品，倒是他的侍儿美奴有两首令词被宋人笔记记录下来了，一首是上引的《如梦令》，另一首是《卜算子》。

按宋代士大夫官员的侍儿或相当于家妓，身份似介于婢与妾之间，如主人家中有宴饮聚会活动，则需充当歌姬舞女的角色，以歌舞劝酒助兴，一些文化水平或艺术天分高的家妓，还能即席填写歌词，“出侑樽俎”，如这位美奴姑娘便是。据《苕溪渔隐丛话》的介绍，美奴“善缀词”，而且才思敏捷，常于宴会中向坐客索韵，“顷刻成章”，这样的急才，即便是“专业”词人，恐怕也不容易做得到！

美奴的这首《如梦令》在内容上仍是离情别绪的老套路，艺术上也并无创新，当然是无法跟李清照的作品相比的，但考虑到作者妓女身份的底层色彩和“顷刻成章”的即席性，还是值得拈出来说一说，宋代的妓女，“急就章”都能有这水平，则整个社会的文化氛围和水平也就可以想见了！

美奴还有一首《卜算子》，想来也是宴会间的即席之作：

送我出东门，乍别长安道。两岸垂杨锁暮烟，正是秋光老。
一曲古阳关，莫惜金尊倒。君向潇湘我向秦，鱼雁何时到。

秋日送别，秋光老、杨柳烟、阳关曲这类元素自然是要有的，美奴此词，其实是化用了唐郑谷《淮上与友人别》的诗意．只是将郑诗中的春景换作秋景，将送友人换作送情人，并且直接使用了原诗中的末句：

扬子江头杨柳春，杨花愁杀渡江人。
数声风笛离亭晚，君向潇湘我向秦。

由此可见，美奴是熟悉唐诗的，起码是熟读郑谷的诗，这当然是一种修养或文化的体现，作为北宋歌伎，知道唐末五代以鹧鸪诗得大名的诗人“郑鹧鸪”，也是顺理成章的事。

应该说，相比于郑谷的诗，美奴的作品要显得逊色，缺乏那种洒脱自然的风致，这或许就是歌伎“逢场作戏”的随意和文人追求恒久的执着的区别了。我相信，美奴和当时其他“善缀词”的歌伎一样，她们在觥筹交错间吟唱歌咏，绝对不会想到要让这些作品传之后世、流芳百世的，她们只是在娱乐、在做游戏，因此，她们的作品只是一次性的“消费品”，没有人（包括她们自己）将其作为严肃的艺术品来看待。从这一角度看，歌伎的作品随意粗疏，也有其必然性。尽管如此，我们仍然能被她们的作品所感动，她们的吟唱，其实是时代风尚与趣味的组成部分，从中可以窥见一个时代的精神气质的。

《如梦令》是典型的小令，只得三十三字，不分片，由于篇幅短小，结构简单，无法容纳更多的内容，因此，也难以产生宏大与深刻的作品。但《如梦令》是出现过令人印象深刻、拍案叫好的作品的，如李清照的作品、秦观的作品便是。我想，一个词牌，只要出现过精警奇妙的作品，这个词牌也就立起来了。像《如梦令》《忆江南》《浣溪沙》这类词牌，便是如此。

南乡子

少年时读辛弃疾词，一下子就把他的那首《南乡子·登京口北固亭有怀》给记住了：

何处望神州，满眼风光北固楼。千古兴亡多少事，悠悠。不尽长江滚滚流。

年少万兜鍪，坐断东南战未休。天下英雄谁敌手，曹刘。生子当如孙仲谋。

这首词差不多算是我最早阅读并记住的宋词了。较短的篇幅，爱国主义的内容，豪迈的风格，与青春年少的血性和浪漫最合拍。

辛弃疾写过两首有关北固亭（楼）的词作，一为此词，一为《永遇乐·京口北固亭怀古》，两首都是慷慨激昂、气魄沉雄的力作，代表着辛氏豪放主战作品的最高水平，千百年来不知唤起多少热血男儿的家国情怀。

这两首词有一个共同点，就是皆为登高望远、怀古伤今的高远之作，因而便都具有眼光远大、胸襟开阔的气概；此外，词中都提到了三国时的历史人物孙权，“生子当如孙仲谋”，“千古江山，英雄无觅，孙仲谋处”——孙仲谋成了这两首词作所极力誉扬的人物，当然也成了辛弃疾所推许的大英雄，由此亦可想见，辛弃疾每登上京口的名胜北固楼，就会油然想起“坐断东南”、能与当时真正的英雄人物曹操刘备做“敌手”的少年英雄孙仲谋。因为，在辛弃疾看来，偏安的南宋，所缺的正是孙权式的英雄人物！

这首《南乡子》和《永遇乐》（当然还有那首著名的《破阵子》）构成了我对辛词最早的记忆：抗金主旋律、英雄情结和失意的无奈。此后很长一段时间，我对辛词的判断，都摆不脱这种记忆的影响。

稍长，读《花间集》，才发现了与辛词很不一样的《南乡子》，那些欧阳炯、李珣的作品，不但格式不同，而且内容与风格也迥异：

画舸停桡，槿花篱外竹横桥。水上游人沙上女，回顾。笑指芭蕉林里住。

岸远沙平，日斜归路晚霞明。孔雀自怜金翠尾，临水。认得行人惊不起。

欧阳炯的这两首《南乡子》都是单调二十七字、五句、两平韵、三仄韵；写的也都是典型的南方风物与风情，如槿篱、竹桥、蕉林、孔雀，包括斜阳晚霞下的远岸平沙，“水上游人”与“沙上女”之间的互动（“回顾”与“笑指”皆为村女对游人“挑逗”的回应），无一不打上浓郁而鲜明的南国色彩。

欧阳炯另有单调二十八字五句格式的《南乡子》，写的正是“南中”的风物与场景：

路入南中，桄榔叶暗蓼花红。两岸人家微雨后，收红豆，树底纤纤抬素手。

南中据说是三国时才出现的地名，其地属蜀汉，辖境相当于今四川大渡河以南地区和云南、贵州两省，但也有人认为南中指的就是南国(广南？岭南？其实难以确考)。词中所说的桄榔、蓼花、红豆，当然极具南国特色，但也难以指定是具体哪个地方的植物，如桄榔，在岭南和云南等地均有分布；而红豆，则多见于广东、广西、海南、云南等，这些地方，笼统以南国称之，当然也是可以的。此词极明丽，桄榔暗(绿)，蓼花红，纤手白，构成丰富的色彩层次，而“收红豆”场面，又因“纤纤抬素手”的动作显得明艳生动。

李珣的《南乡子》在格式上与欧阳炯词稍异，为单调三十字、六句、两平韵、三仄韵，但在内容上则与炯词同，所咏多为南国风物：

烟漠漠，雨凄凄，岸花零落鹧鸪啼。远客扁舟临野渡，思乡处，潮退水平春色暮。

乘彩舫，过莲塘，棹歌惊起睡鸳鸯。游女带香偎伴笑，争窈窕，竞折团荷遮晚照。

倾绿蚁，泛红螺，闲游女伴簇笙歌。避暑信船轻浪里，闲游戏，夹岸荔枝红蘸水。

相见处，晚晴天，刺桐花下越台前。暗里回眸深属意，遗双翠，骑象背人先过水。

因为词中有莲荷、荔枝、刺桐、大象等物，南方的“色彩”已经很明显了，而“荔枝”的出现，则又使人觉得李词所咏或系粤东——更南的南方。“竞折团荷遮晚照”描写游女娇憨，极传神生动；而“骑象背人先过水”则是一幅民俗风情画，这些清新明朗的场景与画面，从花间的秾丽绮艳中突围而出，给人们带来耳目一新的惊喜。

《词谱》中的“南乡子”条下是这样说的：

唐教坊曲名。此词有单调、双调。单调者始自欧阳炯词，冯延巳、李珣俱本此添字。双调者始自冯延巳词。《太和正音谱》注“越调”。欧阳修本此减字，王之道、黄机、赵长卿俱本此添字也。

据《词谱》，单调者有二十七字、二十八字、三十字三种格式，而二十八字格又有两种不同的句读，故单调《南乡子》实有四种格式。二十七字格以欧阳炯的“画舸停桡”一词为例词，二十八字格以欧阳炯的“路入南中”一词为例词，三十字格以李珣的“烟漠漠”一词为例词。

按《词谱》的说法，单调创自欧阳炯，则欧阳炯所创应为二十七字格，而二十八字、三十字两格，则是二十七字格的添字之作。这种词调格式随意变动（字数的添删和句读的不同）的情况，或反映了词调在草创时期的真实状态。

考察本调的发展史，大抵可知单调《南乡子》出现最早，内容多咏南方风物，词牌名与词本身的内容有密切联系（即所谓缘题而赋），这就比较符合词的发展规律。《南乡子》或者也是为数不多的可以追溯源头的词牌？但是，《南乡子》最终流行的是双调五十六字、上下阕各五句及四平韵的格式，这其实是单调二十八字的重叠格了，欧阳炯与李珣所创用的格式，并没能流行开来。据《词谱》，双调的始创者为冯延巳，其词如下：

细雨湿流光，芳草年年与恨长。烟锁凤楼无限事，茫茫。鸾镜鸳衾两断肠。

魂梦任悠扬，睡起杨花满绣床。薄幸不来门半掩，斜阳。负你残春泪几行。

冯氏此词已经脱离了单调《南乡子》缘题而作歌咏南国风物的范畴，而回归花间五代词的本色，描写闺情闺怨，唯其托物起兴，描画心理，比之于纯以刻绘思妇衣饰容颜的花间词有所拓展。但冯氏对本调的最大贡献乃是在体式的开拓上，双调的创立，使本调得以容纳更多的内容，并在韵律上造成回旋往复的效果，这或许是后来的众多词人喜用冯氏此格的主要原因。

在宋代的著名词人中，苏轼是创作《南乡子》最多的，目前保留在他词集中的作品就有十七首之多，比晏几道（七首）、李之仪（六首）、黄庭坚（五首）、周邦彦（六首）、辛弃疾（六首）、张炎（五首）等要多出许多。东坡毕竟是大手笔，他所创作的《南乡子》，也代表着该调的最高水平，如下引的这首《重九涵辉楼呈徐君猷》：

霜降水痕收，浅碧鳞鳞露远洲。酒力渐消风力软，飕飕。破帽多情却恋头。

佳节若为酬，但把清樽断送秋。万事到头都是梦，休休。明日黄花蝶也愁。

此词作于宋神宗元丰四年（1081）九月九日，时东坡在黄州贬所。词题中的徐君猷是当时的黄州太守。东坡因“乌台诗案”于元丰三年（1180）被贬黄州，所幸得到太守徐君猷的善待，使得处于人生低谷的他稍感安慰。据东坡在元丰五年（1082）所作的《醉蓬莱》中的小序云：“余谪居黄，三见重九，每岁与太守徐君猷会于栖霞楼……”可见，重九日宴饮于栖霞楼（即涵辉楼）已成了保留“节目”，这应该可以看作是徐太守对当时以罪臣身份贬居黄州的苏东坡的“善待”之举。

虽是宴会上的即席之作，有应酬的成分，但仍写得流转自如、才气纵横，典故的运用与写景抒情妙合无痕，将重九的主题演绎得跌宕而饱满。“破帽多情”句极妙，拈出东晋孟嘉龙山落帽的旧典而翻出新意，巧妙地表达了对不见弃于故人的感激之情。词中所表露出来的洞明世事的豁达，还有些许无奈和惆怅，也颇能感动人。

东坡的《南乡子·宿州上元》也是一首颇有气势的佳作：

千骑试春游，小雨如酥落便收。能使江东归老客，迟留。白酒无声滑泻油。

飞火乱星球，浅黛横波翠欲流。不似白云乡外冷，温柔。此去淮南第一州。

据孔凡礼《苏轼年谱》，此词作于元丰八年（1085）正月十五日上元节（又称元宵节）。词作描写宿州元宵节盛况，写法上贵在张弛有度、收放自如，像“千骑试春游”，将场面写得很宏大，而“小雨如酥”，则使人有细腻温润的感觉，“淮南第一州”的自诩当然也显得颇豪迈。

苏门弟子黄庭坚的《南乡子·重阳日宜州城楼宴集即席作》也是本调名作：

诸将说封侯，短笛长歌独倚楼。万事尽随风雨去，休休。

戏马台南金络头。

催酒莫迟留，酒味今秋似去秋。花向老人头上笑，羞羞。白发簪花不解愁。

这也是一首重阳日宴集的即席之作。据北宋佚名《道山清话》所记：

山谷之在宜也，其年乙酉，即崇宁四年也。重九日，登郡城之楼，听边人相语："今岁当鏖战取封侯。"因作小词云："诸将说封侯（略）。"倚栏高歌，若不能堪者。是月三十日，果不起。

宋徽宗崇宁三年（1104）四月，宋廷大举经营河湟，收复鄯、廓二州地；崇宁四年（1105）三月，又复银州，取得西北战事的胜利，上引本事中的"今岁当鏖战取封侯"当指此事。其时黄庭坚在贬所广西宜州已有一年多。当他在重九日登上宜州城楼，听到诸将领在议论西北战事并发立功封侯的大言，便即席作了这首词，抒发他对世事与功名利禄的感慨。尽管词中表达了对立功封侯的不以为然，但山谷对国家能打胜仗并收复了失地还是很动感情的，"倚栏高歌，若不能堪者"，说的就是山谷当时激动不能自已的情状。山谷是于崇宁四年九月三十日去世的，也就是说，在写完这首抒发"长歌痛饮"豪情的《南乡子》后不久，这位才气横溢的诗人就溘然长逝，永远离开这个对他不公平也不友善的世界，因此，山谷的这首参透世事、鄙弃功名而又旷达乐观的杰作便有了"绝笔"的意味。

在黄庭坚、秦观、晁补之、张耒这四个被称为"苏门四学士"的诗人中，黄庭坚与其师苏轼才华最相近，性情最相似，而不幸的是，境遇却也最接近！黄庭坚在北宋诗坛是开宗立派的大人物，开创了盛极一时的"江西诗派"，其诗生前与苏轼齐名，并称苏黄；其词名虽无秦观卓著，但词风也疏宕豪迈，直追苏轼；书法则是大家，与苏轼、米芾、蔡襄并称"宋四家"。但这样一个才华卓绝的人物并没有得到他所处的时代的善待，而是被一贬再贬，最后竟然殁于极偏极远的贬所宜州，死时还不满六十岁！黄庭坚与死于藤州的秦观一样，都是被朝廷远贬至边鄙之地，而且到死都不能还家。我想，这种对官员的重贬，在偃武修文的宋代，差不多算是最重的惩罚了。

总体而言，《南乡子》（双调）出色的作品不算太多，除了一些大家（如苏辛等）偶有名作外，更多的词家所作，都未能达至他们的最高水平。就我的感觉，正如我在本文开头说的那样，能给我留下深刻印象的是辛弃疾的那首《登京口北固亭有怀》。辛氏此词虽然单纯，但深沉苍凉，并不亚于他的《永遇乐》《水龙吟》《摸鱼儿》等长篇力作。我以为，辛氏的这首《南乡子》可以列入他的最优秀的作品之列，当然也可以列入宋词最优秀的作品之中！

我在本书的不少篇目中曾介绍过宋代理学家写的词，本篇继续介绍朱熹的《南乡子·次张安国韵》：

落日照楼船，稳过澄江一片天。珍重使君留客意，依然。风月从今别一川。

离绪悄危弦，永夜清霜透幕毡。明日回头江树远，怀贤。目断晴空雁字连。

之所以要介绍此词，除了因为词本身写得不错外，还因为此词是理学家朱熹与词人张孝祥的唱和之作，是朱氏按张词之韵填写的次韵之作，通过此词，我们或能看出讲究格物致知正心诚意修齐治平的理学家也具有很好的形象思维，也能够从事需要丰富情感的诗词（尤其是词）创作，而且写出的作品并不比那些“专业”的词人差。具体就朱张二人的这两首《南乡子》而言，说理学家的创作胜于词人是可以成立的。下面且看张孝祥的原词：

江上送归船，风雨排空浪拍天。赖有清樽浇别恨，凄然。宝蜡烧花看吸川。

楚舞对湘弦，暖响围春锦帐毡。坐上定知无俗客，俱贤。便是朱张与少连。

张氏此词题目叫《邢监庙饯送朱太傅、张直阁，阻雨，赋此词》。

词题中的邢监庙叫邢少连，是张孝祥的朋友，朱太傅自然是朱熹，张直阁即是理学家张栻。据题，此词应该是张孝祥写给朱熹的送别词。乾道三年（1167）八月，朱熹往长沙会张栻，时张孝祥任潭州知州，张栻主讲岳麓书院。朱张二人在岳麓书院“会友讲学”，展开学术辩论，探讨儒学理论问题。十一月，朱熹由张栻陪同游南岳，行前，邢少连设宴为朱张饯行（监庙为邢少连的官称，时邢氏或官监南岳庙，因作为东道主设宴为朱张饯行?），张孝祥的词当作于此时。

张氏在词中描写了这次宴集的具体情况，“风雨排空浪拍天”对应了题目中的“阻雨”，但似有文人惯用的夸张；“别恨”与“凄然”强调了离情，也似乎有些过了；最后三句写参与宴集的众人，“无俗客”“俱贤”点出了与会者的身份：都是一时之贤、文人雅士，直白道来，则显得有些突兀。总起来说，张氏的这首《南乡子》写得比较浮泛、粗疏，只是一般的酬酢之作。而朱熹的和作显然是有备而来，因而写得大气，有文采，像“落日照楼船”“风月从今别一川”“明日回头江树远”等，形象鲜明，画面生动，写景与抒情结合得颇为恰切，算是佳句。

宋代官员大多能诗词，这或许是因为这些官员多经过科举选拔，文化水平是有保障的；但不少行伍出身的武人将领也工诗能文，颇令人觉得诧异，这或许是因为宋代文风炽盛，武人也会受到世风的熏染，所以舞文弄墨不再是文人的专利，在一个连妓女都能即席创作的时代，武将赋诗作词也没什么值得大惊小怪的吧。

关于这一点我们会立即想到岳飞。岳飞的《满江红》《小重山》大名鼎鼎，是可以进入文学史的优秀作品之列的（当然也有人认为那首著名的《满江红》不是岳飞所作，而是明人伪托）；一些没有那么著名的将领，像刘锜、孟珙等也皆有诗作传世，而与岳飞差不多齐名的韩世忠竟然也有两首词作流传了下来，其中一首是《南乡子》：

人有几何般，富贵荣华总是闲。自古英雄都如梦，为官。宝玉妻男宿业缠。

年迈已衰残，鬓发苍浪骨髓干。不道山林有好处，贪欢。只恐痴迷误了贤。

从词风就能看出来了，这不像是文人的创作。粗率，直白，浅露，缺少文人词的典雅与节制，颇适合韩世忠这样的出身行伍的“老粗”的口吻。韩氏此词和他的另一首词作《临江仙》均见于南宋士人费衮的《梁溪漫志》卷八：

> 绍兴间，韩蕲王自枢密使就第，放浪湖山，匹马数童，飘然意行。一日至湖上，遥望苏仲虎尚书宴客，蕲王径造其席，喜甚，醉归。翌日，折简谢，饷以羊羔，且作二词，手书以赠。苏公缄藏之，亲题其上云：“二阕三纸，勿乱动。”淳熙丁未，苏公之子寿父山丞太府，携以示蕲王长子庄敏公，庄敏以示予。字画殊倾欹，然其词乃林下道人语。庄敏云：“先人生长兵间，不解书，晚年乃稍稍能之耳。”其一词《临江仙》云：“冬看山林萧疏净，春来地润花浓。少年衰老与山同。世间争名利，富贵与贫穷。　荣贵非干长生药，清闲是不死门风。细君识取主人公。单方只一味，尽在不言中。”其一《南乡子》云：“人有几何般（略）。”

差不多同时代的楼钥的《攻媿集》全文引用了费衮《梁溪漫志》中的这则本事，而稍后的周密《齐东野语》亦记有此事，但文字稍简略，看来也是出自费衮的书。

据上引本事，大抵可知韩世忠词的创作背景。因宋高宗一心主和，韩世忠与岳飞、张俊等大将被朝廷解除兵权，此后，岳被冤杀于风波亭，韩、张因有平苗傅、刘正彦兵变之乱救驾之功而被升为枢密使。这其实是以赵构为首的南宋统治集团为巩固中央集权而设计的一套连环计：杀岳飞以震慑众将领，升韩、张之官又收回兵权，表面上是尊崇，实则上是废除武功……这种种算计，归根结底就是为了解决武将拥兵自重、尾大不掉的威胁（这是赵宋王朝自太祖以来一直存在的心病）。在主和的大趋势下，武将的重要性自然被淡化，威胁性也自然被弱化，朝廷也就自然而然地回到“偃武修文”的基本国策上，所以，韩世忠们在枢密使的位置上不会待得太久，久坐无趣，也就会萌生退意。当然，据《宋史》，韩世忠反对秦桧议和，并为岳飞冤狱事当面质问秦桧，因而遭到主和朝廷的冷遇，这应该是他退隐湖山、放浪山水的主要原因。

《梁溪漫志》所讲述的故事真实反映了韩世忠退隐后的生活状况，而《南乡子》一词则更能看出他的性情和心态。韩世忠作为一个出身贫寒少小从军一生征战无数立下赫赫战功的退休高级武官，对人生的认识是粗线条的，文化修养的欠缺又严重制约了他的表达，“先人生长兵间，不解书，晚年乃稍稍能之耳”，他儿子庄敏公的这一段话，很真实，也很生动，把韩世忠“老兵”的形象表达出来了。作为“官二代”，韩的儿子想必是有文化的，他很清楚他父亲在那个标榜文化的时代的那种尴尬，所以才要替他父亲向那些文人士大夫做出解释。

同样以战功而不是以举业升至宰辅的赵葵，也给后人留下了一首《南乡子》：

> 束发领西藩，百万雄兵掌握间。召到庙堂无一事，遭弹。昨日公卿今日闲。
>
> 拂晓出长安，莫待西风割面寒。羞见钱塘江上柳，何颜。瘦仆牵驴过远山。

这也是赵葵留存于世的唯一一首词，见于元刘一清《钱塘遗事》卷三“赵信庵”条：

> 信庵赵葵南仲，忠肃公幼子，意气豪迈……自三京之役，家居数年，至淳祐癸卯，优诏起复，畀以重任。为参预时，有奏对日记。穆陵与之密议储事，公再三赞决，且云：“如陛下即位，便不是好样子。”尤人所难言也。除拜右相，葵屡上辞免，而朝旨促赴阙益急。后葵到京，时以“宰相须用读书人”劾之，葵已知之矣，乃径出国门，疾驰而归。题《南乡子》壁间云：“束发领西藩（略）。”后有表奏曰：“霍光不学无术，每思张咏之语以怀惭；后稷所读何书，敢以赵抃之言而自解。”

是虽有激而云，然亦见几而作矣。

从以上文字看，赵葵应该是个极有个性的人，不恋权位，视宰相乌纱如无物。先是“屡上辞免”，在不得不赴阙上任的情况下，有人以“宰相须用读书人”的理由提出弹劾，他就坚决请辞，“径出国门，疾驰而归”，而且还题词壁间，发牢骚兼以明志。末了还在给皇帝的谢表中反唇相讥，用他曾祖赵抃的话讽刺弹劾者：后稷（周族始祖，相传曾在尧舜时代做过农官）所读的是什么书？哈哈，这话问得好！有谁知道那些上古圣人贤人读过些什么书呢？

其实赵葵也是个读书人。他出身于官宦世家，曾祖赵抃是北宋名臣，有“铁面御史”的美称，曾在神宗朝任参知政事；祖父赵棠是北宋学者、湖湘学派创始人胡安国的学生；父亲赵方是理学家张栻的弟子，文武兼备，以端明殿学士、正议大夫致仕，为南宋名臣、抗金名将；其兄赵范曾任两淮制置使、京湖安抚制置使兼襄阳知府等，是抗金名将。这样的家庭背景，使得赵葵不可能是个纠纠武夫或粗人，他要弄个进士出身也不是什么太难的事，事实上，赵葵“少负经济之才”，只是“耻事科举”，终“以战多致宰辅”（南宋俞德邻《佩韦斋辑闻》卷二）。他和兄长赵范都不愿走通过科举入仕之路，而有志于事功，因此很早便跟随父亲在军队中历练，获得领兵打仗的实际经验和知识，身经百战，终成一代抗金名将、儒将。这一点，赵葵与出身寒门的岳飞、韩世忠等又有所不同。

赵葵的《南乡子》写得豪迈大气而又幽默诙谐，颇符合他的身份和个性。无论是“束发领西藩”的意气风发，“百万雄兵掌握间”的自信与大气，还是“召到庙堂无一事”的戏谑谐趣，“瘦仆牵驴过远山”的形象生动，无一不可以看出作者的胸襟与识见。这是一个参透世事的智慧老人的人生告白，没有矜持，也没有煽情与夸饰，赵葵以他的机智与冷静，让我们看到了一个另类读书人的与众不同。

从辛弃疾到赵葵，“何处望神州”，“束发领西藩”，南宋文人的家国情怀和抗敌热情终究挽不回灭亡的结局。其实南宋不缺能打仗的将领和经济实力，缺的只是朝阳国家的阳刚之气和孙仲谋式的大英雄。

千年之后读史，令人欷歔！

诉衷情

和众多流行的词牌一样，《诉衷情》原来也是唐教坊曲名。

最早的《诉衷情》作品出现在《花间集》中，有单调与双调两体，在用韵与句读方面，均呈现出很不一致的情况，如同为单调，温庭筠、韦庄、顾夐三人的作品便颇不一样：

莺语，花舞，春昼午。雨霏微。金带枕，宫锦。凤凰帷。柳弱燕交飞，依依。辽阳音信稀，梦中归。

温庭筠仅存《诉衷情》一首，此词大概也是目前所能见到的最早的该调作品。词写思妇念远盼归，自是花间之传统题材，并无新意，又堆金铺锦，辞藻华丽，更是温氏之积弊。此词的意义或在于创制新调。有学者认为《诉衷情》调为温庭筠据唐教坊曲子所创，此词则为温氏创调的实践之作吧。

而韦庄的《诉衷情》则显示出不同的格式：

烛烬香残帘未卷，梦初惊。花欲谢，深夜。月胧明。何处按歌声，轻轻。舞衣尘暗生，负春情。

碧沼红芳烟雨静，倚栏桡。垂玉佩，交带。袅纤腰。鸳梦隔星桥，迢迢。越罗香暗销，坠花翘。

韦庄的《诉衷情》存两首，也见于《花间集》。韦词虽然也是单调三十三字体，但在句读和用韵上却与温词大异：温词十一句，五仄韵，六平韵，句句用韵；韦词九句，六平韵，两仄韵，首句不用韵，后八句用韵。此外，温词前面七个字作三句，韦词前面七个字作一句，这也是二词差异较大的地方。

尽管都是花间式的描摹手段，主人公也都是思妇，然而韦庄词却比温词显得更成熟，更连贯，也更有气韵，这也许是因为韦庄所创的格式克服了温词的急促与零碎？从温庭筠的创调之作到韦庄的改良之作，或可从中看出一个词调在达至最后定型之前的发展变化轨迹。

顾夐的名作在韦词的基础上又向前大大地跨越了一步：

永夜抛人何处去，绝来音。香阁掩，眉敛，月将沉。争忍不相寻。怨孤衾。换我心、为你心，始知相忆深。

顾词为单调三十七字、九句、六平韵、两仄韵体，看得出是韦庄词的添字改良版，但此词不光是形式上起了变化，而关键在于内容和情感上的生动鲜活，像“换我心、为你心，始知相忆深”这样的深情倾诉，纯用白描，与温韦缺乏真情实感的金玉堆砌迥然有别。清人王士禛在《花草蒙拾》中说：“顾太尉‘换我心、为你心，始知相忆深’，自是透骨情语。”近人王国维也说：“词家多以景寓情。其专主作情词而绝妙者，如……顾夐之‘换我心、为你心，始知相忆深。”（《人间词话删稿》）二王的评论，可谓一语中的，不借助环境和容饰等“景语”而直抒胸臆的确是顾氏此词的鲜明特色。可以说，顾词的风格和内容真正表达了词牌“诉衷情”所蕴含的意义，相思女子要求对方“换心思考”的内心独白，应该就是“诉衷情”最原始最本质的含义了。

顾词“换我心、为你心”的句式对后人影响甚深，北宋李之仪的“只愿君心似我心，定不负相思意”（《卜算子》），南宋徐照的“妾心移得在君心，方知人恨深”（《阮郎归》），都有“袭用”顾词的明显痕迹。

《诉衷情》从单调发展到双调，毛文锡词或是一个关键的节点：

桃花流水漾纵横，春昼彩霞明。刘郎去，阮郎行，惆怅恨难平。

愁坐对云屏，算归程。何时携手洞边迎，诉衷情。

鸳鸯交颈绣衣轻，碧沼藕花馨。偎藻荇，映兰汀，和雨浴浮萍。

思妇对心惊，想边庭。何时解佩掩云屏，诉衷情。

毛氏词为双调四十一字，前段五句四平韵，后段四句四平韵，此二词或是目前所能见到的最早的双调《诉衷情》。毛氏此格虽然和入宋以后流行与定型的双调四十四字、前后段各三平韵的格式尚有差距，但是已经相当接近了。值得注意的是，毛词两首都用了“诉衷情”三字作为结句，这或可说明毛氏已在有意识地改造此调。此二词一咏天台仙女，一咏“想边庭”之思妇，都是花间词的传统范畴，内容与艺术手法皆无新意，唯形式上开创了双调之格，为此调的最终定型与流行奠定了基础。

魏承班的《诉衷情》共有五首，魏词格式与毛词略同，唯词风更秾丽，内容也更绮靡：

春深花簇小楼台，风飘锦绣开。新睡觉，步香阶，山枕印红腮。

鬓乱坠金钗，语檀偎。临行执手重重嘱，几千回。

此词着重写女子的居住环境、容貌服饰、神情体态和私密的情爱场面，如“山枕印红腮”“鬓乱坠金钗，语檀偎”等，语涉香艳，算得上是一首艳词了，人们说起花间，往往都会想到这样的词、这样的描写。

入宋以后，《诉衷情》开始定格在双调四十四字前后段各三平韵的格式。就《全宋词》所载，最早使用此调的柳永、张先、晏殊等人的作品，都是按这个格式填写的：

一声画角日西曛，催促掩朱门。不堪更倚危阑，肠断已消魂。

年渐晚，雁空频，问无因。思心欲碎，愁泪难收，又是黄昏。

柳永的这首《诉衷情》虽然仍是闺怨题材，但在风格上走的显然不是花间轻艳的路子。柳永本以俗词见长，但此词并不显俗，反而显出些许文人词的雅来，“一声画角”的肃杀惨厉，又为思妇的哀切平添了一丝悲壮。柳永是词人中创制词牌最多者，所创词牌有一百多个，《诉衷情》这一词牌想必也是他最后完善和定型的，不过这很难确考了，但一个不可否认的事实是，《全宋词》中所录的第一首《诉衷情》（即上面所引的这一首），是柳永创作的。

当然，张先也有可能是此调格式的“终结”者。张虽比柳晚出六年，但却活到八十九岁，比六十七岁的柳永多活了二十多年，创作时间较长，创作数量也多（存词一百六十五首，少于柳永的二百一十二首）；而且张先也善于创制词调，如《山亭宴慢》《谢池春慢》《泛清苕》等调，都是他创制并首先使用的。张先的《诉衷情》现存两首，由于创作时间（包括柳词的创作时间）不能确考，因此，也不能说他的本调作品就一定写得比柳永晚：

> 花前月下暂相逢，苦恨阻从容。何况酒醒梦断，花谢月朦胧。
> 花不尽，月无穷，两心同。此时愿作，杨柳千丝，绊惹春风。

张先此词也写男女之情，但他摒弃了花间的香艳绮靡，而专注于爱情的坚韧与执著，“花不尽，月无穷，两心同”，掷地有声，真正的爱情不会因“苦恨”的阻碍而泯灭，正如词中所描写的，“此时愿作，杨柳千丝，绊惹春风”，为了春天和爱，而甘愿作风中的千丝杨柳。这就是宋词之所以超越花间，张先之所以超越毛文锡、魏承班辈的原因所在。宋代晁补之说“子野韵高”，的确说出了张先与宋人词的某些特质，相比于花间五代词，“韵高”其实也是宋词的艺术标签。

晏殊是柳永、张先的同时代人，与柳、张二人擅写长调不同，晏殊多作小令，像《诉衷情》这样的令词，正是他所擅长的，在晏词全集中，《诉衷情》共有十首之多，从数量上看，仅次于《渔家傲》（十四首）、《浣溪沙》（十三首）、《木兰花》（十一首）三调，排在第四位。由此可见，《诉衷情》是为大晏所看重与喜用的词调：

> 东风杨柳欲青青，烟淡雨初晴。恼他香阁浓睡，撩乱有啼莺。
> 眉叶细，舞腰轻，宿妆成。一春芳意，三月和风，牵系人情。

又是一首闺怨词。北宋初，词在题材和风格上仍承袭五代花间的余绪，“晏同叔去五代未远，馨烈所扇，得之最先，故左宫右徵，和婉而明丽，为北宋倚声家初祖”（清末冯煦《六十一家词选例言》）；比之于花间南唐词，晏氏所作固然有疏俊流丽之长，但总体上仍未能摆脱其影响，所以晏词的眉目尚未够清晰，有时会与五代词（如冯延巳词）混淆不清。上引晏词便呈现出此种特点：题材与风格都贴近花间，但又要比花间稍显疏淡，写思妇伤春念远，化用了唐代金昌绪《春怨》与王昌龄《闺怨》两诗，并通过杨柳、淡烟、和风等春天景物的描画，衬托出深闺女子怨望惆怅的心理，而这一手法，不就是花间的传统么？

然而宋词终究要从轻浅腻俗的花间池沼中挣脱出来，才能形成气候、蔚为大观，成就属于自己的汪洋大海。其实，每一个时代的精神文化与文学艺术层面都有杰出的弄潮儿，在宋代，这样的弄潮儿不乏其人，从潘阆、柳永、张先到范仲淹、苏轼、辛弃疾……无数知名或不那么知名的词家，都曾经为突破传统的束缚作出过努力。而宋词作为一个时代的艺术样式，它的最终完成，也经历了一个漫长的变化过程，从量变到质变，这其中既有时代的因素，也有人力的引领作用，既有名家的开拓之功，也有非名家的点滴积聚之力。

我们或可从王益的《诉衷情》中看出宋词的这种变化：

> 烧残绛蜡泪成痕，街鼓报黄昏。碧云又阻来信，廊上月侵门。
> 愁永夜，拂香茵，待谁温。梦兰憔悴，掷果凄凉，两处销魂。

王益是北宋士人，是神宗时的宰相王安石的父亲，曾任韶州知州、江宁府通判等职。王益仅存词一首，就是这首《诉衷情》。据南宋吴曾《能改斋漫录》，此词曾被误作杜安世词，后杜氏作出纠正，说词为王益作：

晁以道云："杜安世词：'烧残绛蜡泪成痕，街鼓报黄昏。'或讥其黄昏未到，那得烧残绛蜡。或曰王荆公父益都官所作。曾有人以此问之，答曰：'重檐邃室，帘幕拥密，不夜已可燃烛矣。'韩魏公以此赏杜公，杜乃云：'王益作。'荆公时在座，闻语离席。"其全章云："烧残绛蜡泪成痕（略）。"盖《诉衷情》也。

此词其实也是写女子深闺之思，唯手法上有所变化，以黄昏烧烛隐喻高门大户，以"月侵门"喻指无眠，而用"掷果"这一形容美男子的典故，则表达出她的相思（"憔悴""销魂"，表相思之深切），这些含蓄曲折的描写，比之于五代词多堆砌铺陈居室环境女子容饰的手法自是不同，因而受到了晁说之（字以道）、韩琦（封魏国公）等人的赞赏。

上引故事中"荆公离席"的细节颇值得玩味，荆公即王安石，离席当系古代礼仪。王安石在韩魏公席上听到有人提到他父亲的名字和作品，要"离席"（离开席位）以示敬意。当时的王安石应该还没有当上宰相，而韩琦是北宋重臣，曾任仁宗、英宗、神宗三朝宰相，是他的前辈，他作为晚辈出席前辈的宴席，表现出谦恭的举止，是合乎逻辑的。

王安石也写有五首《诉衷情》，将他的词与王益词对比着看，或更能看出北宋词风的大变化：

常时黄色见眉间，松桂我同攀。每言天上辛苦，不肯饵金丹。
怜水静，爱云闲，便忘还。高歌一曲，岩谷迤逦，宛似商山。

此词题作《和俞秀老鹤词》，是王安石晚年隐居钟山时和门客俞紫芝的五首《诉衷情》之一首。俞紫芝字秀老，有高行，能诗词，终身不娶不仕，是个林和靖式的人物；与王安石多有唱和，其诗词多得荆公称赏与誉扬，这首鹤词和作自然也是荆公对秀老词的一种推许。

顾名思义，鹤词自然咏鹤，然细玩词意，应该是有所寄托。像"攀松桂""怜水静，爱云闲"这样的句子，表面上说的是鹤，其实也是在说他们自己，这也颇符合王安石晚年的隐居心态。这样的内容与呈现方式，又与王益词迥然不同了，宋词发展到王安石所处的时代，已经与五代花间风拉开了距离，只等着一个叫苏轼的人出来，以他的绝世才华和豪迈性情，完成对风流绮靡的最后一击。

苏轼的《诉衷情》在他的词作中不算出色，但仍能显示出明显的以诗为词、爱发议论的苏氏词风：

钱塘风景古来奇，太守例能诗。先驱负弩何在，心已誓江西。
花尽后，叶飞时，雨凄凄。若为情绪，更问新官，向旧官啼。

此词的题目作《送述古，迓元素》。题中的“述古”是陈襄的字，而“元素”则是杨绘的字。熙宁七年（1074），陈襄在杭州太守任上移知陈州，接任者是杨绘，时苏轼任杭州通判，此词当系苏氏为送“旧官”陈襄、迎“新官”杨绘而作。一般来说，这种应酬性的作品很难写出真情实感，因此，苏轼的这首词也只是泛泛写来，说些“钱塘风景古来奇”之类的空疏语。而“太守例能诗”一句，虽是大白话，也是大实话：陈襄为学者型官员，有《易讲义》《中庸讲义》等理学著作，但诗也写得不错；而杨绘更是以诗词见长，能自度曲，并撰有词话《时贤本事曲子集》等。

贺铸词虽兼有婉约与豪放之长，但其底色似更偏向婉约一路，他的《诉衷情》上接五代，充满了花间的甜腻和脂粉气息：

半销檀粉睡痕新，背镜照樱唇。临风再歌团扇，深意属何人。
轻调笑，浅凝颦，认情亲。最难堪酒，似不胜情，依样伤春。

北宋词坛虽然经过苏轼的大力“涤荡”，但由于历史的因袭太重，传统的惯性并未因此而中止，因而北宋词仍然是轻婉柔媚的抒写在唱主角，此种专以女子（此类女子多为歌伎）的姿容与表情动作作为描写对象的词作，在北宋依然很盛行，就是苏轼本人，也写了不少这样的作品。

男性词家写“女郎词”是传统，脂粉味极重，但女词人写来又如何呢？请看李清照唯一的一首《诉衷情》：

夜来沉醉卸妆迟，梅萼插残枝。酒醒熏破春睡，梦远不成归。
人悄悄，月依依，翠帘垂。更挼残蕊，更捻余香，更得些时。

可以看出，李清照词的主人公虽然也是个女子，但与贺铸等男性词人作品中的女子已有本质上的不同。李词中的女子不是什么歌伎或一般的思妇，而往往是她本人：一个才华横溢并极有文化品位的女诗人，一个天真烂漫的少女，一个思念丈夫的妻子，一个流落无依孤独寂寞的嫠妇……本词中的醉酒女子，被残梅的幽香“熏破春睡”，酒醒了，归乡的梦也破了，夜深沉，人无眠，她“悄悄”地待在暗夜中，面对“依依”的月影，百无聊赖地“更挼残蕊”“更捻余香”。孤独寂寞，借酒浇愁，对节令物候和花事格外敏感，思念故乡与远人，这些都是易安词中的女子所具有的共同特征，而这又是与诗人本身的形象相吻合的。

易安词中颇多喝酒与醉酒的描写，如“沉醉不知归路”（《如梦令》之一）、“浓睡不消残酒”（《如梦令》之二）、“未成沉醉意先融”（《浣溪沙》）、“酒阑歌罢玉尊空”（《好事近》）、“东篱把酒黄昏后”（《醉花阴》）、“不如随分尊前醉”（《鹧鸪天》）、“共赏金尊沉绿蚁”（《渔家傲》）、“三杯两盏淡酒，怎敌他、晚来风急”（《声声慢》）、“险韵诗成，扶头酒醒”（《念奴娇》），还有此词中的“夜来沉醉卸妆迟”，等等，从这些句子中，我们能够读出易安豪迈的性情、孤寂的心态和诗人气质，这些性情气质跟贺铸们塑造的花间式女子的精神面貌不能相提并论。

其实，真正给我留下深刻印象的本调作品是陆游的《诉衷情》：

当年万里觅封侯，匹马戍梁州。关河梦断何处，尘暗旧貂裘。
胡未灭，鬓先秋，泪空流。此生谁料，心在天山，身老沧洲。

我读陆游这首悲愤苍凉的作品时大概还是个少年。那时正值“文革”，没有书读，没有工作，看不到前途，陆游词中的悲怆正好和一个少年的悲观与迷茫接上了头，于是，那种空寂与幻灭的感觉，便随着每一次的朗读，不断地撞击我的心扉。

陆游以诗名世，是个大诗人，但他的词也写得很出色，说他是大词人，也当得起的。陆游至今存词一百四十多首，而上引的这首《诉衷情》可说是他的代表作。

此词或可作为陆游一生力主抗金的写照来读。据夏承焘、吴熊和《放翁词编年笺注》，此词或作于淳熙八年（1181）至十二年（1185）间，时陆游闲居故乡山阴（今绍兴），年龄在五十六岁到六十岁之间。尽管陆游活了八十五岁，但到了五六十岁的年龄，应该也可以回顾一下自己的生平了。

陆游与比他年轻十五岁的辛弃疾一样，是南宋坚定的主战派，他一生都在倡言恢复，多次上书力陈抗金北伐大计，因此，屡被主和派弹劾，或说其鼓唱是非、力说用兵，或诋其不拘礼法、宴饮颓放，或讥其恢复之说不合时宜，等等，陆游的数次被贬，或免官，或辞职，盖因于此；他的抑郁、愤懑、悲怆，亦源于此。

陆游是真真正正在抗金前线待过一段时间的，“当年万里觅封侯，匹马戍梁州”这两句并不纯粹是文学描写。他曾于孝宗乾道八年（1172）受四川宣抚使王炎之邀到南郑（今陕西汉中）其幕下襄理军务，为王炎起草抗金复国的《平戎策》，并到骆谷口、仙人原、定军山等战略要地考察，到宋金的边界线大散关巡逻，他的名诗《书愤》有“铁马秋风大散关”句，说的也是这一段经历。那一年，陆游四十七岁，正是热血男儿仰天长啸、壮怀激烈的年龄。然而在经历了隆兴北伐的失败后，一心议和的南宋朝廷当然不会采纳陆游的《平戎策》，随着王炎的罢职，幕府解散，陆游唯一的一次军旅生活就这样结束了。

此后，陆游宦海沉浮，当过一些州府的通判等，甚至主管过道观，这一类官职，与陆游念兹在兹的抗金北伐、收复中原的理想与事业隔得很远了，有的职位，在陆游看来，也只是一个饭碗而已，因此，他对当时的政局和朝廷应该是很失望的。而当他因被贬而闲居故乡，回想起当年从军戍边的豪迈经历，那种失望与悲怆的感觉就会更深重。“关河梦断何处，尘暗旧貂裘”，那些关塞边防狼烟烽火，那些铁马金戈胡笳羌笛，战旗猎猎，锋镝鸣响，还有牛羊的腥膻和关山月色，只能在梦中重现；“去年射虎南山秋，夜归急雪满貂裘”（《三月十七日醉中作》），当年的战衣（貂裘）破敝了，征尘与酒痕早已飘散，只留下一堆酣畅激越的记忆。

但记忆也是沉重的。陆游或许知道，胡是灭不了的了，“欲倾天上河汉水，净洗关中胡虏尘”（《夏夜大醉醒后有感》）也只是酒后醉语；“咸阳不劳三日到，幽州正可一炬空”（《夜观秦蜀地图》）更是诗人一厢情愿的浪漫想象。从靖康之耻北宋亡国（1127）到陆游作此词的南宋淳熙年间（姑且作淳熙十二年，即公元1185年），五一八年倏忽而过，而陆游们不得不正视的现实却是，那些“胡虏尘”非但没有被“净洗”，南宋朝廷反而与“逆胡”先后签订和议，割地赔款，南宋皇帝对金朝皇帝称叔称伯……如此颓败的国势，陆游又焉能不知？因此，他才沉痛地写下这些句子：“胡未灭，鬓先秋，泪空流。”

南宋隆兴元年（1163），张浚在新皇帝宋孝宗的支持下发动北伐，结果在符离一带被金兵击溃，大败而归，南宋朝廷不得已于隆兴二年（1164）与金朝签订和约，史称“隆兴和议”。陆游理所当然是张浚北伐的坚定支持者，因此隆兴北伐的失败对陆游的打击是沉重的。隆兴和议之后宋金都不再兴兵，双方维持了四十多年的和平，经济得以发展，人民得以休养生息，但双方的息兵使得南宋恢复中原的希望也越来越渺茫。对此，作为坚定主战派的陆游，肯定是不满乃至于痛心疾首的，他耿耿于“胡未灭”，伤感于“鬓先秋”，以至于对自己的一生，做出了悲剧性的判断：“此生谁料，心在天山，身老沧州。”对于一个以抗金北伐收复失地作为毕生事业的主战派士大夫来说，还有什么比这更大的悲哀呢！

在隆兴和议四十二年后的开禧二年（1206），权臣韩侂胄主持发动对金的战争，史称“开禧北伐”。陆游一如既往地支持这次北伐。很不幸，开禧北伐也是以南宋的失败而告终。之后，韩侂胄被史弥远诛杀，南宋将韩氏的人头送至金国乞和，并签订了更为屈辱的“嘉定和议”。这一切，对于已经八十多岁的陆游来说，所造成的打击足以致命。果然，嘉定和议签订一年后，陆游便带着“但悲不见九州同”（《示儿》）的憾恨辞世了。

不管当时和后世如何评价南宋的这两次出师未捷的北伐，或说准备不够充分，仓促出兵；或说主事者用人不察、谋划不周；或说将领不和，争权夺利；或说兴兵北伐压根儿就是个错误，等等，但不可否认的事实是，两次北伐皆以失败告终，这不能不令人思考，南宋究竟有没有击败金国、收复中原的实力。如果说宋高宗是因为害怕迎还徽钦二帝会影响自己作为皇帝的合法性，所以要杀掉岳飞，阻挠恢复中原（这一观点以前颇流行，但近时颇有人怀疑，认为这不大符合情理或逻辑），但赵构之后的南宋诸帝，应该没有这样的心理负担。如果说两次北伐的失败都是因准备不足或用人失当所导致，似乎也有点勉强，因为宋金对峙百年，战争对于双方来说都是随时可能发生的事，局部的失误应该不能根本影响和动摇最终的结果，关键还是要看国家的实力。如此看来，南宋北伐的失败，其根本就在于国家整体实力（不光是经济实力，还包括政治、武备、民心、统治集团的能力和意志等）的不济，换言之，凭当时南宋的国力并不足以击败金朝。其实，宋金对峙的百年现实说明了双方都不具备灭掉对手的力量，所以战与和就构成了宋金历史活剧的二重唱，只不过，有时候这个声部高一些，有时候那个声部高一些。

陆游死后六十九年，南宋彻底覆亡。

陆游为之奋斗终身的抗金复国终究未能实现，他的遗恨与寂寞流传了一千年，给这个国家与民族留下了难以磨灭的激情和伤感。

“此生谁料，心在天山，身老沧州。”宋朝的历史总是让人悲恨交加、扼腕痛惜，这既是陆游、辛弃疾、陆秀夫、文天祥们心中的痛，又何尝不是一个民族永恒的痛！

点绛唇

“点绛唇”想必是唐朝的风俗。

绛者，深红也。唐朝女子的樱唇，想来都是深红色的。这使我想起了日本古代仕女图中女子的唇妆，在一片雪白的肌肤中透出的一点红，那种红，深沉而热烈，令人有“触目惊心”的感觉。日本是唐朝的学生，仕女图中的女子唇红、体胖，是否有唐朝的审美因素，没有研究，不好说。我只是不由自主地做这样的联想而已。

“点绛唇”作为词调名，据《辞海》《辞源》等的说法，说是因南朝梁江淹《咏美人春游》诗有“白雪凝琼貌，明珠点绛唇”句，故取为调名。但此说颇有语焉不详处，江淹诗句虽有“点绛唇”三字，但它是如何及何时转化为词调名的，没有交代。当然，由于年代久远等原因，大多数词牌是找不到源头或出处的，有的虽能寻到源头，但其中的演变过程已难以弄得清楚，所以，后人的考证也只能语焉不详。

尽管江淹诗早就有了“点绛唇”的描写，但其作为一个词牌出现，应该还是到了唐代或此后才开始的。这不但是因为词乃起源于隋唐之际的文学形式，至晚唐五代才日渐兴盛，而唐代设教坊掌管俗乐，对词的发展起到了重要的促进作用，现有的很多词牌都是先作为教坊曲名出现，后才用为词牌的；而且就此调的创作情况而言，隋唐以前还没有出现过《点绛唇》的作品，据目前所能看到的资料，最早的本调作品是五代南唐词人冯延巳创作的。此词始见于冯氏的《阳春集》：

荫绿围红，梦琼家在桃源住。画桥当路，临水双朱户。
柳径春深，行到关情处。颦不语。意凭风絮，吹向郎边去。

冯氏此词前段写“梦琼”家桃红柳绿、朱户临水、曲径幽深的优美环境（这样的场所很可能是妓院），后段又回到女子（这样的女子很可能是妓女）相思念远的老套，在内容上与“点绛唇”已经没有什么关系。按草创时期的作品多“缘题而赋”的特点，此词或许已不是本调最初的作品了，它之所以能成为“最早”，当系那些“缘题而赋”、描写美人仕女“点绛唇”的作品在历史长河中被湮没的缘故？

据《词谱》，此调格式为双调四十一字，前段四句，三仄韵；后段五句，四仄韵。此谱即以冯词为本调的正体，认为如苏轼词之藏韵、韩琦词之添字皆为变格，由此可见，在《点绛唇》现存的作品中，冯氏此词不光创作年代最早，而且格式也是最标准的，能作为后人创作的范式。

《点绛唇》在唐五代似乎并没有得到青睐。查《全唐五代词》，除了上引的冯延巳作品外，再也没能发现任何一首本调作品（包括文人创作和民间创作）。但入宋以后，情况竟然得到极大的改观，我们从《全宋词》中可以看到，宋初的不少大文豪都用本调创作过作品，如王禹偁、寇准、林逋、晏殊等，而诗人、散文家王禹偁留存于世的唯一一首词作就是《点绛唇》：

雨恨云愁，江南依旧称佳丽。水村渔市，一缕孤烟细。
天际征鸿，遥认行如缀。平生事。此时凝睇，谁会凭阑意。

王禹偁为人刚正、为官清廉，他的文学观念与创作显然植入了他的品性，他是北宋初期首先起来反对唐末以来流行的浮华奢靡文风，提倡明白晓畅、朴素平易的作家，他的散文《黄州新建小竹楼记》，他的诗歌《畬田词》《村行》，等等，都体现了他的文学主张，上引的这一首词作描写江南“水村渔市”的风光，抒发了胸有鸿鹄之志而不得伸展的憾恨，在宋初词坛的一片胭脂粉黛、金玉锦绣中显得特别“刺眼”，这同样也可以看出作者不随波逐流的人生态度在起作用。

特别值得指出的是，此词意境开阔，风格清健，早在范仲淹那首著名的《渔家傲》之前，王禹偁就已经写出了这样的作品，这是具有开拓意义的。人们往往只看到范仲淹、苏轼在词风的开拓和转变中所起的作用，而有意或无意忽略了王禹偁，其实，王禹偁比范仲淹早生四十五年，比苏轼更是早出了八十三年，是他们的老师和前辈，他特立独行的创作，不可能对他们不产生影响。因此，尽管王禹偁只留下一首令词，但也足以别开生面，为后人的进一步开拓撑开了一线天地，值得重视和誉扬。

比王禹偁稍晚（小七岁）的寇准也给后人留下了一首《点绛唇》。寇准为人为官皆忠耿刚直，他的词作也有气象阔大者，如《阳关引》，但这首《点绛唇》却显然未能摆脱花间的影响，写的仍然是女子伤春念远的内容：

水陌轻寒，社公雨足东风慢。定巢新燕，湿雨穿花转。
象尺熏炉，拂晓停针线。愁蛾浅。飞红零乱，侧卧珠帘卷。

尽管内容上无新的拓展，但在艺术上却颇显匠心。上阕写春景，撷取几个春天特有的典型意象，如轻寒、东风、春燕、湿雨等，便将春的轮廓勾勒出来了。“东风慢”用得甚妙，春天的风当然是和缓的，“吹面不寒杨柳风”，说的也是这层意思，而雨足风慢，正是春天的征候。下阕写闺中，“拂晓停针线”点出思妇怀人无眠，“愁蛾浅”则直接点出闺怨，而结句颇有巧思，“珠帘卷”三字点出上阕所写的种种春色，都是女子从帘内看出所见，这就将伤春或春怨的主旨巧妙地托出来了。

宋初隐士林逋以“林和靖”之名行于世，“梅妻鹤子”（以梅为妻，以鹤为子）林处士以诗名，在当时已有盛誉，其《山园小梅》中“疏影”“暗香”两句妙绝千古，受到欧阳修、苏轼、黄庭坚、辛弃疾、姜夔等的称颂誉扬。据说他不恋浮名，作诗随就随弃，未尝存稿，大诗人梅尧臣在《林和靖先生诗集序》中“坐实”了这一说法，“其诗时人贵重甚于宝玉，先生未尝自贵也，就，则弃之，故所存百无一二焉”；今存诗三百余首，或多为当时的“好事者”“窃记”（《宋史·林逋传》）所得。其词名亦著，惜流传不多，今仅存三首，其中的一首便是《点绛唇》：

金谷年年，乱生春色谁为主。余花落处，满地和烟雨。
又是离歌，一阕长亭暮。王孙去。萋萋无数，南北东西路。

此词名为咏草实写别情，用了西晋石崇《金谷诗序》中的典故和《楚辞·招隐士》“王孙游兮不归，春草生兮萋萋”的诗意，写法虽无新意，但咏物与抒情流转自然，有的句子，如“乱生春色”“满地和烟雨”“一阕长亭暮”等等，或生动，或大气，或深沉，使得词作的风格与宋初的格调拉开了距离，又使人觉得作者或以作诗之法来作词？联想到作者隐逸诗人的身份，其所作之词有诗的手法，词风疏隽而不轻软，也不会让人觉得奇怪的吧。

隐逸士人多受时人及后世的仰慕，著名的例子有东汉严光、唐张志和及北宋林逋。严光和张志和都受到了当时的皇上汉光武帝、唐肃宗的礼遇，而林逋也同样得到当朝皇帝宋真宗、宋仁宗的尊崇，真宗赐给他粟米布帛，并让地方官吏“岁时”前去慰问，他去世后，仁宗赐他“和靖先生”的谥号（“林和靖”的名号就是这样来的）。

我一向对皇帝推崇隐士的动机持怀疑态度，总觉得像是一种刻意的公关手段，目的是要宣传皇帝如何地爱惜人才、礼贤下士，制造野无遗贤、盛世升平的幻象。

林和靖以隐居得高名，恰与他不趋名利的隐士“形象”形成矛盾，当然，也没有证据证明他是以退为进，以隐居不仕博取声誉，但是，他跟当时的官员或名人如范仲淹、梅尧臣等有来往、有唱和也是事实。我想，真正的隐士，应该是彻底的避世者，而不是那些虽身处山林田园但仍与俗世的名利保持密切联系的人。后人有诗评论严光说：“一着羊裘便有心，虚名留得到如今。当时若着蓑衣去，烟水茫茫何处寻。”这是讥讽严子陵穿着羊裘垂钓，因而能被刘秀访到而邀至京城，同眠一榻，如果他穿的是蓑衣，则“烟水茫茫何处寻”了。其实，历史上很多隐士都有这种情况，他们是身隐而心不隐，有时会做出一些举动来引起社会的关注，如林逋，固然有结庐西湖孤山二十年不及城市之“隐”，但也有以诗名动公卿乃至于上达“天听”之“不隐”，说到底，他的“隐”，或能更好地实现“不隐”，起码客观效果是这样。

宋史说林和靖不娶、无子，但有人考证说他其实是有后的，南宋士人、《山家清供》的作者林洪也说他是林逋的七世孙，因此，林逋的不娶，或只是丧偶后不再续娶罢了。他的另一首小令《长相思》，表达了一段刻骨铭心的爱情，这恐怕不是以“梅妻鹤子”的形象示人、从来没有过情感经历的人所能写出的：

吴山青，越山青。两岸青山相送迎，谁知离别情？
君泪盈，妾泪盈。罗带同心结未成，江头潮已平。

此词以一个女子的口吻，写一段“同心结未成”的爱情，这不知是否系这位清心寡欲、心如枯井、不食人间烟火的和靖先生的感情实录，也许，经历了爱情或婚姻失败的惨痛，才有后来的远离人烟乃至于人的感情的林和靖。这恐怕永远都是个谜了。

韩琦在北宋政坛的重要性，可用“相三朝，立二帝”六字“以蔽之”，他为相十年，辅佐仁宗、英宗、神宗三朝，并在赵曙（英宗）和赵顼（神宗）被立为太子的过程中起到过重要的作用，由此可见，他是北宋中期举足轻重的政治人物。同时，他也是杰出的将领，长期镇守西北边陲，与范仲淹并称“韩范”，在军队中甚有威望，当时边地有民谣称：“军中有一韩，西贼闻之心骨寒；军中有一范，西贼闻之惊破胆。”

韩琦虽以政治与军事方面的成就青史留名，但他也如同宋代的许多重要官员一样，在诗词文方面皆颇具才情。韩氏在诗歌创作上用力甚勤，诗作数量颇丰，据学者统计，他的《安阳集》中所收诗作有逾七百首之多；诗歌内容丰富，艺术上“多不事雕镂，自然高雅”（《四库全书总目》卷一五二），可在宋代诗歌史上占有一席之地。与丰富多彩的诗歌创作相比，韩琦的词似乎显得微不足道，据《全宋词》，韩氏存世的词作只有五首，而且还有一首是残句，仅就数量而言，可差得太远！造成韩词数量少的原因，或系作者受“诗尊词卑，词乃诗余”观念的影响，不重视词的创作；又或即便创作了，但并不收进集子中，以至于散失亡佚，没能流传下来？但就所存的作品言，韩琦的创作，仍是颇可称道的。如他的《点绛唇》：

> 病起恹恹，画堂花谢添憔悴。乱红飘砌，滴尽胭脂泪。
> 惆怅前春，谁向花前醉。愁无际。武陵回睇。人远波空翠。

关于此词的创作情况，北宋士人吴处厚的笔记《青箱杂记》卷八有记载：

> 韩魏公晚年镇北都，一日病起，作《点绛唇》小词云："病起恹恹（略）。"

据此，可知此词当作于神宗熙宁元年（1068）至五年（1072）韩琦任河北路安抚使、判大名府之职时，当时正值王安石大力推行新法之际，韩琦反对新法，与王安石产生了矛盾，但因为王安石变法的后台是宋神宗，而神宗变法的决心又很大，所以，尽管韩琦是三朝元老，并有立储之功，也无法阻止新法的推行。

这首小词透露出韩琦当时极度失意的心情和境况，"恹恹""憔悴""惆怅""愁"等词，"扎堆"出现在一首短短的令词中，尽管是大病初愈，身体的衰弱或会影响心情，但联系到韩氏当时在政治上受到的挫折和他已进入人生暮年的事实（熙宁八年韩琦即去世），人们有理由认为，生病并不是造成"恹恹""憔悴"等的根本原因。而在手法上，表面上采用了伤春惜时的传统写法，实则暗寓了作者对时事身世的深沉感慨；且用笔细腻，描写委婉深挚，这样一种来自"花间"的传统，其实是当时所流行的，像寇准、范仲淹、司马光那样的"正人直士"，也都写过此类婉柔妩媚的小词，韩琦当然也不能免俗。

苏轼有六首《点绛唇》存世，其中大多词风爽朗，但也颇有婉柔者：

> 红杏飘香，柳含烟翠拖轻缕。水边朱户，尽卷黄昏雨。

烛影摇风，一枕伤春绪。归不去。凤楼何处，芳草迷归路。

此词曾误作贺铸词、李清照词，可见其婉约之名不虚。红杏香，柳烟翠，朱户临水，珠帘卷雨……这样的景物与情境描写，往往是美丽的相思女子“出场”的“前奏”，而女子伤春念远，则是婉约词永恒的题材，东坡虽以豪放词人的面目示人，但其所作实多婉约，无他，盖因词源出花间，而花间的传统之一，就是女子相思、伤春伤别。北宋时，虽不断有人（包括王禹偁、潘阆、张先、范仲淹、苏轼等等）力图突破此一传统，但在富足安逸的背景下，刻红剪翠、宴饮歌舞的内容仍是主流，这一状况要等到靖康巨变后南宋辛派词人的崛起，才得到根本的改变。

下引秦观的《点绛唇·桃源》，则是一首悲苦缠绵的词作。此词亦被认作东坡词，足见二人风格有相近处：

醉漾轻舟，信流引到花深处。尘缘相误，无计花间住。
烟水茫茫，千里斜阳暮。山无数。乱红如雨。不记来时路。

秦观此词，与他的《踏莎行·郴州旅舍》情韵俱同，想来也是流放郴州时所作。二词中的意象颇有相似之处，如“烟水茫茫”与“雾失楼台，月迷津渡”，“千里斜阳暮”与“杜鹃声里斜阳暮”，等等，而执意寻找困厄人生中的“世外桃源”，则是这两首词共同的主题，从这一点看，我倾向于此词为秦观所作。

被尊为婉约派“正宗”和“集大成者”的周邦彦今存四首《点绛唇》，美成的《点绛唇》多写羁旅情怀，称得上首首都是精品：

台上披襟，快风一瞬收残雨。柳丝轻举，蛛网黏飞絮。
极目平芜，应是春归处。愁凝伫。楚歌声苦，村落黄昏鼓。

此词兼有爽利与凝重之妙，无论是“台上披襟”的豪迈，“快风一瞬”的爽朗，“柳丝轻举”的飘逸，还是“极目平芜”的苍茫阔大，“愁凝伫”的深沉凝重，都能体现出抒情主人公辗转逆旅的心灵轨迹。短短的一首小令竟能包容那么多的抒情意象，不是大家手笔，殊难为之，由此亦可见美成“词中老杜”之手段。

周邦彦的另一首本调作品或记录了他与歌伎的一段感情：

> 辽鹤归来，故乡多少伤心地。寸书不寄，鱼浪空千里。
>
> 凭仗桃根，说与凄凉意。愁无际。旧时衣袂，犹有东门泪。

此词的本事见于南宋洪迈（1123–1202）的《夷坚三志》壬集卷七：

> 周美成顷在姑苏，其营妓岳七楚云者，追游甚久。后从京师归，过苏省访之，则已从人数年矣。明日，饮于太守蔡峦子高坐上，因见其妹，作《点绛唇》词寄之云：（略）。楚云览之，为之累日感泣。

比洪迈稍早的王灼的《碧鸡漫志》也有相同的记载，只是文字稍简略，估计洪迈所记乃出自王书。据此本事，又可见宋代士人狎妓之风习。岳楚云是营妓，营妓也是一种官妓，按宋律，官员在宴游活动中可召官妓陪侍，以歌舞助兴，但不得有枕席之欢，如有违反，双方都要受到处罚。因此，有学者认为，宋代官妓大抵是一种“卖艺不卖身”的艺妓，颇类今日之“文工团”或“歌舞团”演员。岳楚云对周邦彦“追游甚久”，或仅限于精神活动为主的交流，应该是没有性的关系的，因为法律不允许。朱熹控台州太守唐仲友与营妓严蕊有私情一案，可证宋代是有相关法律的。但美成此词，把他与岳楚云的感情写得相当缠绵暧昧，“伤心地”“凄凉意”“愁无际”“东门泪”云云，如此悲切，使人觉得二人的关系又不似仅限于一般的精神爱慕或吸引。或许，词中的描写有文学夸张的成分，或径直就是美成的文学创作，写的只是一般的男女恋情，而不必与某个具体的人挂上钩？须知，《碧鸡漫志》与《夷坚志》都属笔记小说，小说家言，也不必太过当真！？就像美成的《少年游·感旧》，一定要说它是作者在名妓李师师家，恰遇风流皇帝宋徽宗来“幸”，急忙中躲到床底下，听到李师师与宋徽宗的“谑语”而写成（见南宋张端义《贵耳集》卷下），这未免过于附会。其实美成所写，或只是一次寻常的狎妓过程，这妓女可能是李师师，也可能是张师师，至于狎客，则多半是美成自身。由此亦可见，美成当系狎妓老手，当然，他此时所狎的妓女应该是私妓，而不是官妓，而李师师，正是一个著名的私妓啊！

宋徽宗在人们的心目中是一个类似李后主那样的在艺术上极具天分但在政治上却极其昏庸的皇帝，这样的皇帝给人的印象通常是懦弱的、文质彬彬的，也许还是个手无缚鸡之力的孱弱之人，但北宋词人曹组笔下的宋徽宗却不是这样的形象：

秋劲风高，暗知手力添弓面。靶分筠干，月到天心满。
白羽流星，飞上黄金碗。胡沙雁。云边惊散，压尽天山箭。

曹组的这首《点绛唇·咏御射》见载于胡仔《苕溪渔隐丛话》前集卷五十四引佚名《桐江诗话》：

《桐江诗话》云：颍昌曹纬彦文，弟组彦章，俱有俊才，彦文释褐即物故，彦章多依栖中贵人门下。一日，徽庙苑中射弓，左右荐至对御作射弓词《点绛唇》一阕云：（略）。今人但知彦章善谑，不知其才，良可惜也……

周紫芝《太仓稊米集》卷六十七《书曾处州〈雅词〉后》则更详细地记录了曹氏此词的本事：

宣和间，四海清平，朝廷无事。上皇一日置金碗于便殿，命群臣皆射，中者得之。矢数十发，不能中。固陵一矢，辄贯其足。群臣欢呼，咸谓天纵之圣，又多能。已而又命赋词，词先成者赐之。曹祖先进，乃得碗。当时盛传此曲。今二十年，复见于是集，感叹久之。其词云：（略）。

曹组其人，据《宋史·曹勋传》云，勋父组，为阁门宣赞舍人，充睿思殿应制，以占对开敏得幸。从以上两则本事也能看出，曹组差不多就是宋徽宗的御用词人，以擅写应制词而受到宠幸。上引之词应该就是一首典型的应制之作，把宋徽宗塑造成一个“再世李广”的形象，说他手劲大，把弓拉成满月状；说他射得好射得准，箭如流星，“飞上黄金碗”；末句“压尽天山箭”，表面上是说皇帝神勇异常，将会荡平北方强虏，其实是隐晦地吹捧了宋徽宗当时正在秘密实行的“联金灭辽”计划。

结合曹组的词和本事，可隐约看出“靖康之难”前的宋徽宗骄奢淫逸的生活状况和北宋败亡的先兆。“四海清平，朝廷无事”只是个假象，从“宣和间”到靖康，仅距数年而已；而“群臣欢呼，咸谓天纵之圣”，则与亡国后被掳至北方受尽凌辱最后死在五国城（在今黑龙江）的结局构成了极富讽刺意味的反差。我想，那些在赵佶身边“围观”的臣子大多是弄臣吧，“矢数十发，不能中”当然是故意的，只等待“赵家”的那一箭“辄贯其足”，便可称颂欢呼英明神武、万岁万万岁。赵佶那厮肯定不是个弱不禁风的书生，他是“家天下”帝王专制文化培养出来的“顽主”，据说主持修《宋史》的元朝丞相脱脱在撰写《徽宗纪》时曾掷笔叹曰：宋徽宗诸事皆能，独不能为君耳！赵佶的确是多才多艺，书法、绘画、诗词都能达到“家”的水平；而骑马、射箭、蹴鞠、品茶、赏奇石、玩花鸟……也样样皆精，要搁现在，就是一个文艺、文博、体育等领域的“跨界”全才，但可惜他是个皇帝。据《宋史·徽宗本纪·赞》，哲宗死后，宰相章惇反对立赵佶为新君，“谓其轻佻不可以君天下”，作者认为北宋立徽宗是亡国的原因之一。有历史学家认为，宋徽宗选择的“联金灭辽”国策直接导致了北宋的灭亡，这与后来南宋选择“联蒙灭金”的策略导致灭亡简直就是如出一辙！历史没有假设，两宋皆亡于“夷狄”自有其政治制度、军事战略、民族性格以及国家整体实力诸方面的因素，但作为最高统治者皇帝的昏庸与腐败，应该是最主要的原因，北宋之亡，宋徽宗当然罪责难逃！

李清照的青少年时代生活在宋徽宗朝，作为出身于文人士大夫家庭的少女，她的生活自然是安逸快乐、无忧无虑的，这在她的《点绛唇》中也能看得出来：

> 蹴罢秋千，起来慵整纤纤手。露浓花瘦，薄汗轻衣透。
>
> 见客入来，袜刬金钗溜。和羞走。倚门回首，却把青梅嗅。

此词写贵族阶层少女的形神举止，极生动，极逼真，极恰切，在唐宋词中似未见其匹。东坡《蝶恋花》“墙里秋千墙外道，墙外行人，墙里佳人笑”也写了少女荡秋千，但那是“墙外”的男性写“墙里”的少女，显得有些隔、有些远，不够真切。而易安词的那个“蹴罢秋千”的女孩，应该就是作者自己吧，自己写自己当然不隔，所以易安笔下的少女，当然要远胜于东坡笔下的秋千女孩：“慵整纤纤手”的娇柔，“袜刬金钗溜”的惶急，“倚门回首”的犹疑好奇，“却把青梅嗅”的娇羞狡黠，都在指向一个天真烂漫未涉情事的上层阶级少女，而与那些侍女丫环甚或青楼女子扞格不入；而像“薄汗轻衣透”“和羞走”那样的描写，精准而灵动，写出了青春少女通透清澈的神韵，非易安妙笔不能为此。

《词谱》说“王十朋词名《十八香》”，意即本调在南宋词人王十朋的词中称作《一八香》，实际上，是王十朋用《点绛唇》调咏十八种花卉，因此，在词谱中，《点绛唇》又叫《十八香》。

王十朋是宋高宗绍兴二十七年（1157）的科考状元，当过饶州、夔州、湖州、泉州等的知州，立朝刚直，为官清正，又力主抗金复国，为南宋主战派大臣。王虽是状元，但文名不彰，作诗两千余首，竟然没几首能流传于人口；而今人所撰的各个版本的《中国文学史》及《中国诗史》等史著，也没有片言只语涉及王十朋的创作。

王十朋的词存世不多，据《全宋词》，王氏共有二十首词作，除了以“咏十八香”为题的十八首《点绛唇》外，另有一首《点绛唇·酴醾》、一首《二郎神》。王氏的“咏十八香”所咏的十八种花卉分别是：异香牡丹、温香芍药、国香兰、天香桂、暗香梅、冷香菊、韵香荼蘼、妙香薝萄、雪香梨、细香竹、嘉香海棠、清香莲、艳香茉莉、南香含笑、奇香蜡梅、寒香水仙、素香丁香、瑞香。就王氏所存的词看，应该说其词才相当平庸，可能比他的诗才还要糟糕。请看他的《点绛唇·异香牡丹》：

庭院深深，异香一片来天上。傲春迟放，百卉皆推让。
忆昔西都，姚魏声名旺。堪惆怅。醉翁何往，谁与花标榜。

牡丹有“国色天香”之美誉，又被称为花中之王者，但此词泛泛写来，并没有写出牡丹“花王”的精气神，文字直白浅显，写法上也是平铺直叙，因而整首词显得干巴巴的，无血肉，也无神采。而其他十七首也大抵差不多。

之所以在此收录分析王十朋的作品，一是因为其“状元”身份引起的兴趣，二是想介绍作为本调别名的“十八香”。看来，状元的文学才能不见得就一定好。状元又能被称作诗（词）人的其实不多，南宋较著名的有张孝祥、吴潜、文天祥等，张孝祥当然是大词人，吴潜的词也写得很不错，文天祥更以《正气歌》《过零丁洋》等大气磅礴的诗歌为人敬仰和熟悉，但是，大多数状元并不为人所知，除了当官，他们似乎没留下什么东西，像王十朋那样的能留下大量的诗和少量的词，也算是状元中的佼佼者了。

姜夔屡试不第，布衣终身，是科场考试的失败者，离“状元”这名头十万八千里，但他留下的作品却能光耀千古！姜夔是个文艺全才，词、诗、文、书法、音乐无一不精，尤其是他的词，可进入词史中第一列的位置，他的《点绛唇·丁未冬过吴松作》就是这样的作品：

燕雁无心，太湖西畔随云去。数峰清苦，商略黄昏雨。
第四桥边，拟共天随住。今何许。凭栏怀古，残柳参差舞。

词题中的“丁未”，系南宋孝宗淳熙十四年（1187），姜氏此词当作于是年。丁未春，姜夔得杨万里介绍往苏州见范成大，此词或系该年冬天再往时途经松江时作。

姜夔一生依附于他人，所谓依附也就是在有权有势有钱的人家中当清客，这样的生存状态很难说是舒畅的、美好的，我们从姜夔身上或能看出科举和仕途对于古代知识分子的重要性。因为科举不第，姜夔失去了通过官俸养家糊口的可能，而他又没有别的营生本事，于是，依附他人生活似乎便成了他的唯一选择。他早年依附大诗人萧德藻，通过萧结识同样是大诗人的杨万里、范成大，后来又依附南宋大将张俊的后代张鉴、张镃。

一个才华绝世的人被迫要过一种寄人篱下的生活，他的内心想必是孤苦寂寥的。此词表面似写向往顺任自然的生活，实则暗含人生漂泊流落江湖的况味，“天随子”是晚唐诗人陆龟蒙的号，而吴松正是陆的隐居之地，“数峰清苦，商略黄昏雨”是词中最吸引人的句子，在姜夔眼中，那些清新可爱的江南峰峦，也都带着悲苦的“色彩”……

阮郎归

据南朝宋刘义庆《幽明录》所载，东汉刘晨、阮肇入天台山采药遇仙女，留居半年，出山后回到家乡，发现亲旧故去，田园屋舍已经不是原来的样子，子孙也已经繁衍了七代。这一故事，被认为是词牌《阮郎归》的来源；而南唐后主李煜的《阮郎归》词，也有人认为是用天台仙女想望阮郎之典，寄托其对在宋朝做人质的十二弟郑王李从善的思念：

东风吹水日衔山。春来长是闲。落花狼藉酒阑珊。笙歌醉梦间。

佩声悄，晚妆残。凭谁整翠鬟。留连光景惜朱颜。黄昏独倚阑。

明代李攀龙评曰："上写其如醉如梦，下有黄昏独坐之寂寞……似天台仙女，伫望归期，神思为阮郎飘荡。"（唐圭璋《南唐二主词汇笺》引）而近人俞陛云亦云："词为十二弟郑王作。开宝四年，命郑王从善入朝，太祖拘留之。后主疏请放归，不允。每凭高北望，泣下沾襟。此词暮春怀人，倚阑极目，黯然有鸰原之思。煜虽孱主，亦性情中人也。"（《唐五代两宋词选释》）又据明吴讷《百家词》之各种抄本《南唐二主词》，此词调名下注"呈郑王十二弟"，这或是诸人认为此词为思念李从善而作的原因。然细玩词意，只觉满纸皆是女子伤春及闺怨的百无聊赖，实在看不出半点兄弟之思，即便从"微言大义"的角度深挖，也难以确证，前人论诗评词，多有附会，此亦一例。

不过，思妇伤春念远盼归，总是切"阮郎归"之旨意，《词谱》将李煜词列为例词，总有其道理，或因其最早，或因其格律可为后人效法，也就是所谓正体；最早而切题，这应该是初创词的特点，从这一角度看，李煜词对本调的意义，不言自明。

《词谱》“阮郎归”条曰：“宋丁持正词有‘碧桃春昼长’句，名《碧桃春》。李祁词名《醉桃源》。曹冠词名《宴桃源》。韩淲词有‘濯缨一曲可流行’句，名《濯缨曲》。”《词谱》说“李祁词名《醉桃源》”或有误，因为李祁主要生活在北宋徽宗朝（1100—1126），而早在仁宗皇祐年间，张先就创作了调名为《醉桃源》的词作：

双花连袂近香猊。歌随镂板齐。分明珠索漱烟溪。凝云定不飞。

唇破点，齿编犀。春莺莫乱啼。阳关更在碧峰西。相看翠黛低。

此词题作《渭州作》，当系张先在皇祐二年至五年（1050—1053）通判永兴军（治今陕西西安）时游渭州之作，从时间上看，要比李祁之作早好几十年呢。

张先是个长寿且精力特别旺盛的风流词人，他不仅活到了八十九岁的高龄，而且在八十多岁时还纳了一个小妾，据说苏轼尝有诗戏说此事：“十八新娘八十郎，苍苍白发对红妆。鸳鸯被里成双夜，一树梨花压海棠。”哈哈，用“一树梨花压海棠”形容白发老张先与红妆小妾的床笫之事，妙极！

此词所写无非歌伎舞女，是张先所擅长的题材，然此词泛泛写来，无甚特色，“歌随镂板齐”“凝云定不飞”，是说歌伎唱得好，歌声合拍婉转，响遏行云；“唇破点”二句，形容歌伎樱桃小口和洁白整齐的牙齿（犀指瓠犀，葫芦的子），歌伎轻启朱唇，连春莺也噤声停啼了；“翠黛”所指也是歌伎。

如果说在文人的创作实践中“阮郎归”已经从游仙修道演化为女子相思念远盼归的内容，那欧阳修的数首《阮郎归》倒是颇为切题的：

浓香搓粉细腰肢。青螺深画眉。玉钗撩乱挽人衣。娇多常睡迟。

绣帘角，月痕低。仙郎东路归。泪红满面湿胭脂。兰房怨别离。

去年今日落花时。依前又见伊。淡匀双脸浅匀眉。青衫透玉肌。

才会面，便相思。相思无尽期。这回相见好相知。相知已是迟。

玉肌花脸柳腰肢。红妆浅黛眉。翠鬟斜亸语声低。娇羞云雨时。

伊怜我，我怜伊。心儿与眼儿。绣屏深处说深期。幽情谁得知。

欧公多艳词，从这几首《阮郎归》中亦可见一斑。欧公喜用艳语描写思妇，像“浓香搓粉细腰肢”“玉钗撩乱挽人衣”“青衫透玉肌”“娇羞云雨时”“伊怜我，我怜伊”等，掺入《花间集》中，是一点儿也不“逊色”的。关键还在于词中所营造的暧昧和色情的氛围，使人觉得词中的欧公与诗文中的欧公有着巨大的反差，这就是由于诗词功能之不同所造成的差异了。在欧阳修那个时代，诗文是用以“载道”的，而词是用来娱乐甚至是从事色情活动的，文人士大夫狎妓，挑逗歌姬舞女，吟咏女子体态容貌和男欢女爱的场景，词是最称手的“工具”；诗庄词媚，诗（文）是庄重的、严肃的、高雅的，是“经国之大业，不朽之盛事”（曹丕《典论·论文》），文人往往通过它来博取文名甚或政声，而词则是轻艳的、绮靡的、浅俗的，登不了大雅之堂，只能在欢愉逸乐宴饮歌舞的场合中低吟浅唱，获得感官上的刺激。明乎此，我们就可以知道，欧公的艳词，是他作为生物人的七情六欲的表露，与道貌岸然的诗文一起，构成了一个立体的形象。

形象保守的司马光的《阮郎归》也是相当扣题的作品，他是王安石的对手和政敌，是反对变法的旧党领袖，但他的词，却也并不是一味“端着”的：

渔舟容易入春山。仙家日月闲。绮窗纱幌映朱颜。相逢醉梦间。

松露冷，海霞殷。匆匆整棹还。落花寂寂水潺潺。重寻此路难。

从“渔舟入春山”“仙家日月闲”“重寻此路难”等句看，此词当为写寻仙访道本意之作，最切“阮郎归”之题旨，只是这位求仙之人俗世之心未泯，既留恋于“绮窗纱幌”中的“朱颜”，亦不能忘情于尘世中的老婆孩子热炕头，只好“匆匆整棹还”，但“落花寂寂”“流水潺潺”，待要重寻遇仙之路，也就难了。

据北宋吴处厚《青箱杂记》卷八：“文章纯古，不害其为邪；文章艳丽，亦不害其为正。然世或见文章铺陈仁义道德，便谓之正人君子，若言及花草月露，便谓之邪人，兹亦不尽也……然余观近世所谓正人端士者，亦皆有艳丽之词，如前世宋璟之比……司马温公亦尝作《阮郎归》小词，曰：‘渔舟容易入春山……’。”吴氏的为人不怎么样（他是宋代另一个文字狱“车盖亭诗案”的制造者，通过对蔡确《夏日游车盖亭》诗的穿凿歪曲来诬陷作者，是舒亶一类的人物），但他的这些话说得倒是颇在理，文坛上虽然一向有“文如其人”说法，但文艺创作与人品并不能完全画等号，比如说，欧阳修写了那么多的艳词，但不能据此认定他是一个狎邪之人，而司马光的情况也是如此，上引《阮郎归》虽然够不上艳词的“级别”，但与司马温公“正人端士”的形象肯定是有差距的，况且他还有一首《西江月》（宝髻松松挽就）写歌伎，虽说比欧公的艳词有所节制，然也是一首欢场之作。由此我们或可了解，宋代文人士大夫宴饮狎妓、流连歌舞是一种普遍现象，吴处厚所说“近世所谓正人端士者，皆有艳丽之词”，并不是虚言。

《阮郎归》的作品较多，是一个常用词牌，除上引诸名家外，晏几道、苏轼、黄庭坚、秦观等大家皆填过此调，而且都有好几首；但《阮郎归》的好作品却并不多，即便才如苏轼，他的本调作品也没有太出色的表现：

绿槐高柳咽新蝉。熏风初入弦。碧纱窗下水沉烟。棋声惊昼眠。

微雨过，小荷翻。榴花开欲然。玉盆纤手弄清泉。琼珠碎却圆。

这首题作《初夏》的词作应该是东坡四首《阮郎归》中的佳者。此词写初夏景色与女子闺中活动，绿槐、高柳、新蝉、熏风、微雨、小荷、榴花等皆是初夏景物，碧纱窗、水沉烟、玉盆、纤手等都涉女子；初夏时节，吹点熏风，下点小雨，清凉天气，女子正好昼眠，是棋子的落棋声惊醒了女子的好觉，于是便起来“纤手弄清泉”，夏日玩水，亦是一件十分惬意的事……此词胜在清新自然，写景摹人亦算妥帖，但在名作众多的苏词中特色并不明显，只能算是一般的作品。

北宋米芾以书画名世，尤以书法著名，与苏轼、黄庭坚、蔡襄同列北宋四大家，其书豪迈骏快、飘逸飞动，苏轼尝评曰：“米书超逸入神”，“平生篆、隶、真、行、草书，风樯阵马，沉着痛快，当与钟、王并行，非但不愧而已。”传世作品有《研山铭》《蜀素帖》《虹县诗卷》《苕溪诗卷》《多景楼诗册》等。米芾与苏轼一样，是文人山水画的开山巨擘，他所创的以水墨点染山水的技法，画出了烟云雨雾中山峦的润泽空蒙，被称为“米点山水”，对后世产生了重大的影响。米氏个性奇特怪异，举止癫狂，被称为“米颠”（颠，古同“癫”）；他酷爱奇石名砚，后世流传他遇石膜拜称兄和强索宋徽宗名砚等的“癫狂”故事。又有嗜古书画之癖，南宋曾敏行《独醒杂志》卷二载有他的一则逸事：

米元章有嗜古书画之癖，每见他人所藏，临写逼真。尝与蔡攸在舟中共观王衍字，元章即卷轴入怀，起欲赴水。攸惊问何为，元章曰：“生平所蓄，未尝有此，故宁死耳。”攸不得已，遂以赠之。

这其实也是一种“强索”了。在宋人笔记中，米芾此类“癫狂”的故事颇多。

米芾比苏轼小十四岁，二人过往密切。元丰五年（1082），米芾往黄州访苏轼，听从苏轼之说，学习晋人书法；元丰初，苏轼等十六人在驸马王诜的西园雅集，米芾亦在座，作《西园雅集图记》；苏轼集中也有不少诗文记录了与米芾的交往，因此米氏对苏轼应该是一种亦师亦友的关系，但以米芾怪诞自负的性格，似乎并不以师事大文豪苏轼为荣，他曾对许冲元言："元丰中，至金陵，识王介甫；过黄州，识苏子瞻，皆不执弟子礼，特敬前辈而已。"（《独醒杂志》卷五）北宋赵令畤的《侯鲭录》亦记载有二人交往事：

东坡在维扬，设客十余人，皆一时名士，米元章在焉。酒半，元章忽起立，云："少事白吾丈，世人皆以芾为颠，愿质之。"坡云："吾从众。"坐客皆大笑。

这则故事极生动，写出了米芾的放诞不羁与东坡的诙谐风趣。

与同时代的众多文人士大夫一样，书画家米芾同时也是一个诗人、词人，《全宋词》录其词十七首，写得较好的有《水调歌头·中秋》《满庭芳·咏茶》（又作秦观词）、《蝶恋花·海岱楼玩月作》《浣溪沙·野眺》等，风格旷逸萧散，颇类其书风：

砧声送风急，蟋蟀思高秋。我来对景，不学宋玉解悲愁。收拾凄凉兴况，分付尊中醽醁，倍觉不胜幽。自有多情处，明月挂南楼。

怅襟怀，横玉笛，韵悠悠。清时良夜，借我此时倒金瓯。可爱一天风物，遍倚阑干十二，宇宙若浮萍。醉困不知醒，欹枕卧江流。

米芾的这首《水调歌头·中秋》应该算是他的代表作了，此词虽然没有东坡的中秋词那么有名，也没有东坡词中高远清空的意境，但也能别出机杼、另具怀抱，有一种米芾独有的气韵在。

米芾的《阮郎归·海岱楼与客酌别作》大概与《蝶恋花·海岱楼玩月作》作于同时，是他于宋哲宗绍圣四年（1097）知涟水军（今江苏涟水）时所作：

双双鸳鸯戏蘋州。几行烟柳柔。一声长笛咽清秋。碧云生暮愁。

钩月挂，绮霞收。浦南人泛舟。娟娟何处烛明眸。相望徒倚楼。

海岱楼为当地名胜，米芾多次登临，留下三首登楼词作。此词写海岱楼饯别友人之所见所感，格调凄清，意绪凄迷，几行烟柳，一声长笛，都是离别的场景，此情此景，真令碧云也能生出暮愁！月挂霞收，暮色渐浓，远处有人泛舟；与客酌别，娟娟何处，倚楼相望，徒生离情。同为倚栏远眺之作，此词气场稍弱，少了“欹枕卧江流”的豪迈。

米芾与其子米友仁世称“大小米”，友仁秉承家学，亦以书画名家，书虽不逮其父，但亦自成一格；画则有所继承和发展，最终奠定了“米氏云山”的独特画风。米芾没有画作流传于世，“米家山水”唯靠友仁之画为世所知，从这一角度看，米芾是“米家山水”画风的开创者，而米友仁则是发扬光大者。

米友仁亦能诗词，惜大多未能流传下来，《全宋诗》卷一三一七自南宋刘昌诗《芦浦笔记》诸书辑得古近体诗十二首；南宋岳珂《宝真斋法书赞》卷二十四载其绍兴八年（1138）手书词十八首，清鲍廷博《知不足斋丛书》第二十三集辑为《阳春集》一卷，《全宋词》据此收录，再据明朱存理《铁网珊瑚画品》卷一辑得一首，则友仁词共十九首。小米的十八首手书词，原本是作为书法作品赠人的（据《宝真斋法书赞》，是“为其女甥所写”），后来却成了他流传于世的词作，他因此而进入了词人之列，这或许是他没有想到的吧。

友仁其实颇具词才，就他的《念奴娇·裁成渊明归去来辞》看，起码是可以比肩其父米芾的：

阑干倚处。戏裁成、彭泽当年奇语。三径荒凉怀旧里，我欲扁舟归去。鸟倦知还，寓形宇内，今已年如许。小窗容膝，要寻情话亲侣。

郭外粗有西畴，故园松菊，日涉方成趣。流水涓涓千涧上，云绕奇峰无数。窈窕经丘，风清月瞭，时看烟中雨。萧然巾岸，引觞寄傲衡宇。

好一个“引觞寄傲衡宇”，其襟抱，其实是指向豪迈洒脱一路的，这一点也与米芾略同；而如“鸟倦”三句、“流水”二句等，心胸博大，视野宏阔，并不输于其他词家，只可惜其词名为画名所掩，一直未能引起人们的重视。

友仁词中有两首《阮郎归》，其一如下：

碧溪风动满文漪。雨余山更奇。淡烟横处柳行低。鸳鸯来去飞。

人似玉，醉如泥。一枝随鬓欹。夷犹双桨月平西。幽寻归路迷。

词写一次“碧溪”泛舟的过程，雨后溪山清奇，烟笼行柳，鸳鸯来去，美人如玉，人醉如泥，再加上“月平西”“归路迷”，这就颇有易安《如梦令》“常记溪亭日暮，沉醉不知归路”的意境了。友仁此词倒是写得清新明净，与上引《念奴娇》比则是另一副笔墨。

宋朝是一个重文抑武的朝代，重视文臣、抑制武将是宋朝的基本国策，在最高统治者的倡导下，通过读书科举获取功名利禄、实现个人人生价值蔚成风气，因此，有宋一代文风炽盛，文化高度发达：思想哲学方面出现融合儒、释、道的集大成式的理学；文学艺术方面，词、诗、散文、绘画、书法等领域名家辈出，争奇斗艳；科学技术方面，火药、罗盘、活字印刷术、纸币等的发明，使得宋代的科技水平处于世界领先地位。在整个社会都处于一个较高的文化水平的背景下，作为统治阶级的最高层，宋代的帝王都受过良好的教育，具有较高的文化水准，不少皇帝喜欢舞文弄墨，像宋徽宗赵佶，可以说是一个艺术全才，书法、绘画、诗词样样皆能、皆精，具有很高的专业水平。就词这一领域而言，据《全宋词》所录，两宋共有仁宗、神宗、徽宗、钦宗、高宗、孝宗、宁宗等七个皇帝留下三十四首作品。在这些作品中，徽宗赵佶的《眼儿媚》《燕山亭》等，钦宗赵桓的《眼儿媚》等，因寄寓了作者国破家亡的悲苦而具有较强的艺术感染力，而高宗赵构的《渔父词》则是和唐张志和之作，内容上多写江湖隐逸之事，风格上也显得清新淡远（就创作本身来说犹可，但词写于绍兴元年，距靖康之变仅四年，联系北宋亡国与南宋初立所面临的严峻局面，总觉得赵构所写颇有矫情和冷酷之嫌），其余诸帝所作，或多为应酬之作，因而略显平庸。如宋孝宗赵昚的《阮郎归》：

留连春意晚花稠。云疏雨未收。新荷池面叶齐抽。凉天醉碧楼。

能达理，有何愁。心宽万事休。人生还似水中沤。金樽尽更酬。

此为赵昚唯一的一首词作，据词题《选德殿作和赵志忠》，此词当是一首和作。词写暮春景色与“留连春意”的意绪，“晚花稠”“雨未收”“新荷池面”的描写，颇切暮春初夏之季候，而“心宽万事休”“金樽尽更酬”，则有一种看淡世事、把酒尽欢、及时行乐的意味。宋孝宗被誉为南宋最有作为的皇帝，在位期间平反岳飞冤狱，发动隆兴北伐，意图收复中原，虽以失败告终，但这份胆略与勇气，还是值得嘉许；北伐失败后，转而大力发展经济，重视农桑，兴修水利，轻徭薄赋，与民休养生息，开创“乾淳之治”，《宋史》赞其“卓然为南渡诸帝之称首”。这样一位有为之君，竟然也写出如此“无为”之作，可见人性之复杂，有时真不能以简单与直线的思维来度量。

两宋享国三百一十九年，共历十八个皇帝，北宋立国一百六十八年，历九帝，南宋立国一百五十二年，历九帝，南北宋的国祚在时间上相差不大，而皇帝也都是九个，这一现象颇有趣。而更为有趣的是，宋朝这十八位皇帝，九位是太祖赵匡胤一脉，九位是太宗赵光义一脉，具体而言，则是北宋除了开国皇帝赵匡胤外，其余八帝是赵光义及其子孙；南宋的情况恰恰相反，即除了开国皇帝赵构外，其余八帝都是赵匡胤的后代。此种情况，揆诸历史，不说绝无仅有，恐怕也是极为罕见的。

宋孝宗是南宋的第二位皇帝，是宋太祖的七世孙，他之所以能登上帝位，首先在于南宋的开国之君宋高宗没有儿子（原有一子赵旉，但不到三岁便死掉了，而高宗在南渡逃亡的过程中又因受到惊吓而失去生育能力）。本来，宋太祖赵匡胤是北宋的开国皇帝，按照父终子替的中国皇帝继承传统，应该没赵光义及其子孙什么事，但是，就在赵匡胤猝死之后，偏偏却是赵光义继承了其兄的帝位，这种兄终弟继的传位模式颇不合常理，疑点很多，后来，太祖之子德昭和德芳又都莫名其妙地死去，这就更增加了宋太宗篡位的可疑性，然终究没有确凿的证据，此事遂成千古疑案。太宗死后，恢复父终子继的传位模式，故北宋一朝，太宗以下，历七帝，俱是光义后人，打下江山的赵匡胤，其子孙如同庶人。

靖康之变改变了一切。北宋亡国，除徽宗九子康王赵构等极少数人外，皇室成员尽数被掳北去，太宗一脉的皇子皇孙几被一网打尽。说起来，天地间万事万物或许自有一种运数在，这不是迷信，而应该是一种规律。赵光义以弟继兄（不管是不是篡位），他的这一支子孙得享大位已历百多年，如今弄得国破家亡，也该将国柄交还给太祖一脉试一试了。想来，在两宋之交，有这样想法的人当不在少数，恰巧又遇上高宗无后，皇室凋零，以太祖后人继承大统就变得顺理成章起来。宋孝宗赵昚就是在这样的背景下登上历史舞台的。

宋孝宗虽有作为，却也无力回天，他未能改变南宋偏安一隅的局面，也未能改变对金纳贡称侄的屈辱状况，他的主要历史贡献，应该是发展经济、开创乾淳治世方面。其实，一个统治者如果在其任内能够使人民安居乐业，过几天和平安逸的日子，也就算是成功了；况且，乾淳之治增强了南宋的国力，为日后的宋金百年对峙奠定了经济基础，这也是不世之功。在宋金彼此都不能吃掉对方的前提下，长期对峙本质上是一场综合国力的持久战和消耗战，经济实力的重要性不言而喻，由此，则更能见出乾淳之治对于南宋立国的意义。

岳珂《宝真斋法书赞》卷三载云："右孝宗皇帝御书御制春词真迹一卷……赵氏之孙不能保，臣以嘉定乙亥八月得之都下。赞曰：春赋之作，八荒是同。掞词寄情，则其余功。德异玩人，理存观妙。臣藏其真，以见电笑。"据此可知此词也是一幅书法作品。岳珂是岳飞的孙子，他于宁宗嘉定乙亥得到孝宗的手书词。赵昚在位二十七年，一一九四年去世，嘉定是其孙子赵扩的年号，乙亥年为一二一五年；仅仅过了二十余年，其手迹便流落民间，为他人所得，“赵氏之孙不能保”，岳珂此语，或有所讽焉！

“永嘉四灵”之一的徐照主要兴趣在诗歌创作，填词只是偶尔为之，《全宋词》录其词仅五首，下引《阮郎归》或可见出其词风：

绿杨庭户静沉沉。杨花吹满襟。晚来闲向水边寻。惊飞双浴禽。

分别后，忍登临。暮寒天气阴。妾心移得在君心。方知人恨深。

“永嘉四灵”是南宋后期的诗歌流派，也是四位生长于永嘉（今浙江温州）的诗人徐照（字灵晖）、徐玑（号灵渊）、翁卷（字灵舒）、赵师秀（号灵秀）的并称，“四灵”多为苦吟诗人，宗晚唐姚合、贾岛，提倡清瘦秀逸的诗风，其诗忌用典、尚白描，又喜锤字炼句，刻意求工，如徐照的《宿翁灵舒幽居期赵紫芝不至》：

江城过一宿，秋气入宵浓。
蛩响移砧石，萤光出瓦松。
月迟将近晓，角尽即闻钟。
人起行庭际，思君恨几重。

颔、颈两联经刻意锤炼，对仗极工，颇类晚唐贾岛诗的风格，四灵诗风，大抵如此。但徐照的词却写得浅俗平易，颇用口语，并无苦吟的痕迹，与其诗风的刻意与用力迥异，“妾心”两句袭用五代顾敻《诉衷情》“换我心，为你心，始知相忆深”句，与忌用典的诗风也颇不相同。

阮郎归，归何处。山中方七日，世上已千年。不管神仙世界如何令人向往，但卑微俗世永远是人类念想的家园，念远盼归的主题，因而也就具有永恒的冲击力。

醉花阴

如同《声声慢》一样，我之所以记住《醉花阴》，完全是因为李清照的词。

查《全宋词》，包括无名氏的作品在内，调名作《醉花阴》者仅得三十一首（数量为三十三，但有二首是重复的），这种调名很响亮但作品不多的情况，在不少词牌中出现过，如《雨霖铃》，如《望海潮》，如《声声慢》，等等。而读完这三十一首《醉花阴》，又发现一个问题，即除了易安的这首名作外，其他作品似乎都显得平庸，也就是说，这个词牌的好作品太少了！

《词谱》“醉花阴”条下注云：“双调，五十二字。前后段各五句，三仄韵。”下引毛滂“檀板一声莺起速”词做谱，词下注曰：“此调只有此体，诸家所填多与之合，但平仄不同，句法间有小异耳。”《词谱》多以编纂者所认为的最早的文人作品为该词牌之正体，按此，则毛氏此作，或系此谱所认定的最早者。有论者也认为此词牌最早见于毛滂的《东堂词》，词牌义取自毛词“人在翠阴中，欲觅残春，春在屏风曲。劝君对客杯须覆”句。

词牌的出处是个不容易说清楚的问题，哪篇作品是初创或最早也难以说得清。如果按《全宋词》的排序，则最早出现的《醉花阴》是舒亶的作品。当然，这也不能说明舒亶就是最早使用本词牌的词家，舒词就是本调的最早词作，尽管舒亶比毛滂年长近二十岁，但凭这二十年的差距也不能说明问题。

因为舒亶是“乌台诗案”的制造者之一，因此，对于喜爱甚至崇拜苏东坡的中国人（几乎没有不喜爱的）来说，舒亶的形象差不多等同于奸臣。其实，“乌台诗案”产生的背景是因“变法”而引起的党争，当时的文人士大夫，差不多都要在这个由宋神宗支持、王安石发动的“熙宁变法”中选边站队，或支持，或反对，当然也大有投机取巧者在，能完全置身事外的，恐怕没有。每个人都根据自己的切身利益作出选择，说实在话，面对如此大的变革，个人选择能完全出于公心，真正为国家或朝廷着想的，不能说没有，但有亦不多，舒亶当然就是这大多数人中的一个。

舒亶是英宗治平二年（1065）礼部考试的第一名，初任临海县尉，王安石执政，任审官院主簿、秦凤路提刑、提举两浙常平、奉礼郎等职，后任权监察御史里行，与同官何正臣、御史中丞李定等一起，搜罗苏轼诗文中对变法不满的牢骚怪话，罗织罪名，将苏轼逮捕，制造了轰动一时的“乌台诗案”，为宋代著名的文字狱。当时，支持变法的新党与反对变法的旧党相互攻讦、势成水火，宋神宗与王安石为了推行新法，对反对新法者进行坚决打击，旧党人士多被罢官或贬逐出朝廷，“乌台诗案”就是在这样的背景下被“成功”制造出来的。苏轼诗文固然有对变法嬉笑怒骂之语，但要说他反对皇帝、反对朝廷，甚至有不臣之想，就必须要深文周纳、上纲上线，舒亶就做了这样的事：他花了数月时间从苏轼的诗集中寻找证据，不惜断章取义、歪曲原意、无限上纲，为御史台攻击东坡提供了“子弹”。一些舒亶的研究者为了使自己的研究显得有价值，往往抬高舒氏的地位，甚至不惜替他的不光彩行为开脱，如说苏轼的确反对变法、讥讽朝政，因此，舒亶等人对他的指控并没有错，言下之意是说，在当时的历史背景下，“乌台诗案”并不算冤案，对苏轼的处置并不冤枉，这种观点，貌似理解与宽容，其实是对皇权专制时代所兴的文字狱的一种变相肯定，令人难以接受。

说到底，舒亶、李定等人在苏轼的诗文中寻章摘句、罗织罪名，要置苏轼于死地，与其说是出于“忠君爱国”，毋宁说是一种政治投机。他们要扳倒苏轼，一是出于妒忌。苏轼以诗文名动天下，他的才华得到上至皇帝下至同僚乃至民间的赞赏，但也招致一些人的忌恨，苏辙尝言：东坡何罪，独以名太高，所说应该是符合事实的。二是报复。御史台的主事者李定不服母丧，苏轼曾在为赞美孝子朱寿昌的诗集所撰序中讽刺有母不养的不孝之人，李定认为是在影射自己，故逮住机会，加以报复。三是打击持不同政见者，以巩固自己的政治地位。当时王安石虽已罢退，但朝中执政者仍为新党人士，此时对苏轼痛下杀手，是阻止皇帝起用旧党的高招。四是迎合当时政治的需要，借此立功上位，谋取更高的位置。可以说，是个人的私心促使他们炮制了“乌台诗案”，而从舒亶的个人历史看，他便是一个私德有问题的人。

舒亶之所以为历代士人所不齿，就在于他为达至个人目的而不择手段的行径。他构陷属于旧党的苏轼，尚且可用政见不同、党争残酷来解释，但他出卖曾经提拔他上要职的新党领袖张商英，就只能说是人品的问题了。史载张商英将女婿的文章交给舒亶，并写信让他指点指点，舒亶不指点也就罢了，竟将信与文章送到皇帝那里，结果张商英因此遭到惩处。当然，宋人笔记中也有不同的记载，说是张商英为了让其女婿在科考中顺利中举而写信和递文章，而舒则“坚持原则”，将此事奏报皇帝，使张受到贬职处理。据以上史料（不管哪一种），张商英有私心当是事实，但舒亶的所为仍然是一种出卖，而与“秉公办事”“坚持原则”相距十万八千里，因为，舒亶上奏皇帝告发恩师，目的很明确，就是要向皇帝表忠，最终是为了升官。

舒亶最终因贪赃枉法（“受厨钱越法”）遭到弹劾，宋神宗“命追两秩勒停”，于是，他就在御史中丞的要职上戛然而止，被一撸到底，废为庶人，此后闲居四明近二十年。那一年，他才四十二岁。舒氏以弹劾起，亦以弹劾终，只不过，以前总是他弹劾别人，这次是遭到了别人（王安礼）的弹劾，从此一蹶不振，再也没能回到权力中心。宋史云：“亶比岁起狱，好以疑似排诋士大夫，虽坐微罪废斥，然远近称快。”可见，他树敌太众，得罪的人太多，一旦倒霉，人人拍手称快。

舒亶虽人品恶劣，但才华还是有的，史书说他“博闻强识，为文不立稿”，当是事实。他亦能诗词，有的写得还不错，当然，与苏轼比，他的文才只能说是平庸。舒词今存五十首，以小令为工，有《菩萨蛮》二十一首，占他的存词几近一半。其词多写失官后的苦闷怨恨、离愁别绪以及谪居生活的落寞，他的《醉花阴·试茶》并不是他最好的作品，但也可从中一窥其词之概貌：

露芽初破云腴细。玉纤纤亲试。香雪透金瓶，无限仙风，月下人微醉。

相如消渴无佳思。了知君此意。不信老卢郎，花底春寒，赢得空无睡。

词写一次试茶的过程，描写了茶叶的形状、茶汤的颜色、饮茶者的状态，等等，还用了汉代司马相如“消渴”的典故，借以表达罢退闲居后的郁闷。史载司马相如患有“消渴疾”，“其进仕宦，未尝肯与公卿国家之事，称病闲居，不慕官爵”（《史记·司马相如列传》），本词用此，其旨便在“闲居”与“无佳思”也。

舒氏共有两首《醉花阴》，另一首题作《越州席上官妓献梅花》，见下：

月幌风帘香一阵。正千山雪尽。冷对酒尊傍，无语含情，别是江南信。

寿阳妆罢人微困。更玉钗斜衬。拟插一枝归，只恐风流，羞上潘郎鬓。

本词所写，着重点在梅花，“千山雪尽”“江南信”“寿阳妆”等，或比拟，或用典，都是形容梅花的雪白皎洁和娇美，寄寓梅花报春的象征意义，南北朝诗人陆凯《赠范晔》诗“折花逢驿使，寄与陇头人。江南无所有，聊赠一枝春”，本词“江南信”典出于此，而“潘郎鬓”云云，则或系作者之自况？

仲殊是一位诗僧，俗姓张，名挥，与苏轼相交，东坡尝称赏其作：“苏州仲殊师利和尚，能文，善诗及歌词，皆操笔立就，不点窜一字。予曰：‘此僧胸中无一毫发事。’故与之游。”（《东坡志林》卷十一）能得到东坡如此评价，可见仲殊是一个相当有才华的僧人。而南宋黄昇的《花庵词选》所记其事甚详：

仲殊初出游，其妻与人私，比其归，惧为所觉，潜置鸩焉。仲殊悟，遂去其妻。既为僧，时食蜜为解其毒。苏轼守杭州，引为方外友，称之曰蜜殊。有词七卷，沈注为之序。

据黄昇所记，这“蜜殊”的外号是东坡给起的。又据陆游《老学庵笔记》，仲殊于宋徽宗崇宁（1102—1106）中，忽上堂辞众，是夕，闭方丈门自缢而死。不知是否与毒发有关，抑或仍然参不透、放不下？

黄昇盛赞仲殊之词“篇篇奇丽，字字清婉，高处不减唐人风致”（《花庵词选》），如下引的这首《诉衷情·寒食》：

涌金门外小瀛洲。寒食更风流。红船满湖歌吹，花外有高楼。

晴日暖，淡烟浮。恣嬉游。三千粉黛，十二阑干，一片云头。

其登临怀古之作，也颇有豪迈之气概，从中或可看出东坡词的影响，如《金蕉叶》：

从霄逸韵祥烟渺。摇金翠、玲珑三岛。地控全吴，山横旧楚春来早。千里断云芳草。

六朝遗恨连江表。都分付、倚楼吟啸。铁瓮城头，一声画角吹残照。带夜潮来到。

仲殊今存两首《醉花阴》，其中一首缺字不全，而另一首则为吟咏花草或闺思之作：

轻红蔓引丝多少，剪青兰叶巧。人向月中归，留下星钿，弹破真珠小。

等闲不管春知道，多着绣帘围绕。只恐被东风，偷得余香，分付闲花草。

此词无甚特色，是仲殊词中较平庸的作品，之所以在此引用，盖因其为《醉花阴》的早期词作，从中或可一窥本调的发展演变过程。

在《全宋词》中，毛滂的作品排在舒亶和仲殊的词作之后。毛氏存世的《醉花阴》也只有两首，其一题作《孙守席上次会宗韵》，据题，此词当系一首宴席上的次韵之作：

檀板一声莺起速。山影穿疏木。人在翠阴中，欲觅残春，春在屏风曲。

劝君对客杯须覆。灯照瀛洲绿。西去玉堂深，魄冷魂清，独引金莲烛。

词写一次宴饮的过程，宴席上有歌伎唱歌佐酒，檀板轻敲，歌声如莺啼清脆婉转；有饮酒作乐的文人士大夫如孙守（衢州太守孙贲，字公素）、会宗（即沈蔚，字会宗，词人）等等，当然还有作者本人，他们相互劝酒，频频干杯，喝得很豪放；宴饮的场所当然是很豪华的，有画着翠阴春景的屏风，有做成海外仙山瀛洲形状的假山；散席之后，侍女擎着华丽的金莲状蜡烛，引领客人穿越清冷幽深的华堂……此词泛泛写来，无论在内容或艺术上都无可称道处，但我们仍能通过词中的描写，略知北宋文人士大夫宴饮应酬生活的具体情况。

毛滂的另一首《醉花阴》所写也是近似的内容：

金叶犹温香未歇。尘定歌初彻。暖透薄罗衣，一霎清风，人映团团月。

持杯试听留春阕。此个情肠别。分付与莺莺，劝取东君，停待芳菲节。

饮酒听歌，即便歌曲内容有伤春惜别的内容，也不减欢愉之情。

毛滂早年受知于苏轼，早在元丰五年（1082）苏轼贬居黄州时，毛滂就自筠州来谒，苏轼作有《次韵毛滂法曹感雨》诗；元祐元年（1086），苏轼任翰林知制诰兼侍读，毛滂亦至京师拜谒，并呈《上苏内翰书》；元祐二年（1087），苏轼知杭州，毛滂任杭州法曹参军，为东坡之下属，黄昇《唐宋诸贤绝妙词选》卷六尝记毛词《惜分飞》得到东坡之称赏，毛氏因而得名云云；另据东坡尺牍集，有七通与毛氏的信札。因此，不少学者都将毛滂列入苏轼门下，或称其与苏门有密切关系。

毛词以潇洒婉约为特色，但也时有豪放之作。那首使他成名的《惜分飞》，应该就是他的代表作：

泪湿阑干花泣露。愁到眉峰碧聚。此恨平分取。更无言语、空相觑。

短雨残云无意绪。寂寞朝朝暮暮。今夜山深处。断魂分付、潮回去。

黄昇《唐宋诸贤绝妙词选》记录此词本事如下：

元祐中，东坡守钱塘，泽民为法曹掾，秩满辞去。是夕宴客，有妓歌此词，坡问谁所作，妓以毛法曹对。坡语坐客曰："郡寮有词人不及知，某之罪也。"翌日，折简追还，留连数月，泽民因此得名。

当然，也有学者考证，元丰五年（1082）时毛氏就已经"受知"于东坡了，这有《次韵毛滂法曹感雨》诗为证，因此黄昇的此则记载有误。不过，鉴于毛氏多次往谒东坡，并寄诗文请益，东坡亦对其多有称赏之语，说毛滂受知于当时的文坛领袖苏轼，并因此而提高知名度，从而得到时人认可，当是可信的。

毛滂晚年依附曾布和蔡京，并向蔡京献祝寿词、谀颂词，以求得提携，这成为他人生的一大污点，为后人所诟病。《四库全书·东堂集提要》评曰："滂虽由轼得名，实附京以得官。"这即是后人对他的一种评价。不过，作为一介文人，在北宋党争激烈的背景下，如想在仕途上有所作为，不投靠权门，看来也难。我们也不能过于苛求古人。

毛滂之后，有沈蔚（即沈会宗）、葛胜仲、曹组各存一首《醉花阴》。沈词题作《和江宣德醉红妆词》，也是吟咏"红妆"之作：

微含清露真珠滴，怯晓寒脉脉。秉烛倚雕栏，今日尊前，尽是多情客。

从来应与春相得，有动人标格。半笑倚春风，醉脸生红，不是胭脂色。

从内容上看，曹组词也大同小异：

九陌轻寒春尚早。灯火都门道。月下步莲人，薄薄香罗，峭窄春衫小。

梅妆浅淡风蛾袅。随路听嬉笑。无限面皮儿，虽则不同，各是一般好。

而王庭珪的本调词倒是与他的刚直性格相吻合，少见脂粉味与儿女态：

红尘紫陌春来早。晚市烟光好。灯发万枝莲，华月光中，天净开蓬岛。

老人旧日曾年少。年少还须老。今夕在天涯，烛影星桥，也似长安道。

爽朗豁达，豪迈率直，使人想起他独以诗送胡铨的直行义举。庭珪共存三首《醉花阴》，其二题作《梅》，是一首供宴会演唱用的鼓子词（并鼓子词）：

人在花阴醉未归。玉楼丝管咽春辉。请君暂听花阴曲，为惜梅花笛里吹。

玉妃谪堕烟村远。犹似瑶池见。缺月挂寒梢，时有幽香，飞到朱帘畔。

春风岭上淮南岸。曾为谁魂断。依旧瘦棱棱，天若有情，天也应须管。

幽冷瘦寒，把梅的风姿写出来了。

默默无闻的《醉花阴》终于等来了一个人，一个让它焕发出夺目光彩的人，这个人就是李清照。在易安之前，还没有哪个一流的词人垂青过这个词牌，舒亶、仲殊、毛滂、王庭珪等，严格说来，都算不上第一流的词家；因而，在易安的这首惊艳词坛的名作出来之前，《醉花阴》也没有一流的作品。是李清照以她绝世超逸的才华，“激活”了这个词牌，让它为世人所知，可见好作品对于一个词牌的重要性：

> 薄雾浓云愁永昼，瑞脑消金兽。佳节又重阳，玉枕纱厨，半夜凉初透。
>
> 东篱把酒黄昏后，有暗香盈袖。莫道不消魂，帘卷西风，人比黄花瘦。

李清照的生活范围其实很狭窄，易安词的题材和视野也很受局限，但易安却屡有惊艳之作，无他，唯才华耳。因为才华过人，所以传统的题材，那些老掉牙的闺怨，那些令人腻烦的闲愁与伤感，都在易安笔下得到新颖灵动的展示。譬如这首《醉花阴》，所说无非是闺中的那点事：那人不在，时逢佳节，天色阴沉，秋凉袭人，无计排遣，借酒消愁，然而愁绪绵长难消，于是便黯然神伤，形销骨立……易安的过人之处，在于能推陈出新，于平庸熟俗的套路中翻出新的意象，“半夜凉初透”，一个透字，既点出秋凉，也点出人之娇柔羸弱；“暗香盈袖”，意象美而新；当然，最值得称道的是末尾三句，“帘卷西风”，表明人是在室内，身处“瑞脑金兽”“玉枕纱厨”的华堂美屋之中，居然能因“卷帘西风”而“消魂”，可见作者之感受，并不完全因外界物候变化而引发，而主要由内心的愁苦所导致。李清照与赵明诚的结合，向来被视为文人美满婚姻的典范，门当户对，情投意合，安逸富足，这样的婚姻生活，当然是幸福美满的，是波澜不惊的，但有时也会因小小的离别而生出小小的涟漪，引发淡淡的闲愁，这首《醉花阴》表达的正是这样一种闲愁，只不过，易安的表现力太好，把这种闲愁表达得很深刻，所以就特别能感染人。

关于此词其实有一个流传很广的故事，即赵明诚将易安此词与自己苦吟三天的五十首词混杂在一起给友人陆德夫看，陆说只有“莫道不消魂”三句最佳的故事，但论者多以为不足为据，况且本书其他篇章也引用过了，此不赘述。

由易安此词而想到，《醉花阴》这一词牌或许更适合女性创作，男性词家写闺怨、伤春的题材，终是有些隔。如后面李弥逊、张元幹、杨无咎等人的作品即是。

李弥逊是高宗朝主战派大臣，曾任多州知州、户部侍郎等职，时秦桧当国，他力陈不可向金行君臣之礼，为此得罪秦桧，贬放外任；他与李纲是好朋友，政治主张相同，相互酬答也多。《四库全书总目提要》评其词曰：“其长调多学苏轼，与柳、周纤秾别为一派，而力稍不足以举之，不及轼之操纵自如。短调则不乏秀韵矣。中多与李纲、富直柔、叶梦得、张元幹唱和之作。”与他唱和的多属主战一派，故其词也偏向豪迈高举一路，如他的《水调歌头·横山阁对月》：

清夜月当午，轩户踏层冰。楼高百尺，缥缈天阙敞云扃。万里风摇玉树，吹我衣裾零乱，寒入骨毛轻。径欲乘之去，高兴送青冥。

神仙说，功名事，两难成。苇汀筠岫深处，端可寄余龄。身外营营姑置，对景掀髯一笑，引手接飞萤。且尽杯中物，日出事还生。

的确有东坡词的影子。但他的《醉花阴》却是另一副面目：

翠箔阴阴笼画阁。昨夜东风恶。香径漫春泥，南陌东郊，惆怅妨行乐。

伤春比似年时觉。潘鬓新来薄。何处不禁愁，雨滴花腮，和泪胭脂落。

此词《全宋词》也作张元幹词（《全宋词》收李弥逊《醉花阴》四首，其中两首与张词略同）。词写女子伤春，但泛泛写来，并无新意，与易安词不可同日而语。

杨无咎今存五首《醉花阴》，是宋人中存此调最多者。无咎善书画，尤以画墨梅名，其词多题画之作。宋高宗时秦桧擅权，无咎耻于依附，屡征不起（《四库全书总目提要》卷一九八），可见是一个有气节的人。他的本调作品，或以写宴会中歌女的这一首为佳：

捧杯不管余酲恶。玉腕宽金约。宛转一声清，戛玉敲冰，浑胜鸣弦索。

朱唇浅破桃花萼。重注鸬鹚杓。夜永醉归来，细想罗襟，犹有梁尘落。

这位玉腕带着金约（略似金手镯）的歌伎其实也是蛮拼的，她不管宿醉未消，捧杯劝酒，而且歌喉宛转，歌声清脆似“戛玉敲冰”；喝酒唱歌，直至深夜，又是“醉归来”……由此可见歌伎这碗饭也真的不好吃。用“浅破桃花萼”形容朱唇轻启，甚为新巧，而“梁尘落”则使人想起“绕梁三日”的成语。

赵长卿、辛弃疾、陈亮三人的《醉花阴》都是以重阳或黄花为题材，大抵因李清照词中有“佳节又重阳”“人比黄花瘦”句，名作佳句，影响深远，故后人因之，也属自然。

赵长卿词即题作《建康重九》：

老去悲秋人转瘦。更异乡重九。人意自凄凉，只有茱萸，岁岁香依旧。

登高无奈空搔首。落照归鸦后。六代旧江山，满眼兴亡，一洗黄花酒。

此词的兴亡之感，与作者所吟咏的这座城市有关，作为六朝旧都的建康（今南京），是很容易使人产生“其兴也勃焉，其亡也忽焉”的感觉的，金陵怀古差不多成了一个永恒的题材，历代诗人留下了难以计数的作品，其原因就在于，曾经有六个朝代（吴、东晋、宋、齐、梁、陈）如走马灯似的在此地更替，六朝金粉地，六代旧江山，这些令人伤感的意象，都指向这座屡兴屡废的城市。当然，作者的感受，又或与“异乡重九”“老去悲秋”有关，与北宋的灭亡有关，甚至与作者的家世有关。赵长卿是宋朝宗室，生活在两宋之交，亲眼目睹了北宋王朝的灭亡，作为赵氏子孙，在一座悲恨相续的城市，重九登高，看“落照归鸦”，听寂寞打孤城，心中的凄凉感真的是无以复加。

陈亮留下两首《醉花阴》，都是赋重九登高意，词前并有小序：“重九，诸公招饮于兹者十有六人，偶掇《醉花阴》腔，折壂书之壁间，聊以志时耳。”词曰：

峻极云端潇洒寺，赋我登高意。好景属清游，玉友黄花，谩续龙山事。

秋风满座芝兰媚，杯酒随宜醉。行乐任天真，一笑和同，休问无携妓。

据序文，可知此词是陈亮与友人登高宴饮时，即时赋就并题于寺壁的，好景清游，玉友黄花，续东晋孟嘉龙山登高的快事，的确应该赋词志之；“休问无携妓”，可见当时此类宴集多携妓，此次无携妓，就令人奇怪了。

陈亮的另一首《醉花阴》题曰“再用前韵”，可见是意犹未尽之作：

姓名未勒慈恩寺，谁作山林意。杯酒且同欢，不许时人，轻料吾曹事。

可怜风月于人媚，那对花前醉。珍重主人情，闻说当年，宴出红妆妓。

此处“慈恩寺”应该就是前词“潇洒寺”的正式名称吧，登高“诸公”，杯酒同欢，喝得痛快，也就大言炎炎，“不许时人，轻料吾曹事”，颇切陈同甫的性格。风月媚人，花前易醉，当年的宴饮，听说是有“红妆妓”歌舞佐酒的，只是今日“吾曹”纵论天下，儿女情长之事，也就罢了。

在《全宋词》所收录的《醉花阴》中，陈亮是最后的作者，在陈亮之后至南宋亡的八十多年中，再也没有词家留下本调作品，由此亦可见出，《醉花阴》的确不是一个词人喜欢使用的词牌，尽管李清照的作品令人耳目一新，但也不能改变它受到冷遇的状况。

青玉案

对《青玉案》这一词牌感兴趣，完全是因了贺铸的“凌波不过横塘路”和辛弃疾的“东风夜放花千树”，就此调的创作情况来看，也就贺辛二人的作品最出色，其余作品，都未能给人留下深的印象。

《青玉案》此一调名，据明代杨慎的《词品》，认为是出自汉代张衡《四愁诗》中的“美人赠我锦绣段，何以报之青玉案”。青玉案为古代贵重食器，是用青玉制作的用以承杯箸的盘。但从目前所能读到的早期作品看，其内容和“青玉案”已无关联。

欧阳修的《青玉案》很可能是本调最早的作品：

一年春事都来几。早过了、三之二。绿暗红嫣浑可事。绿杨庭院，暖风帘幕，有个人憔悴。

买花载酒长安市。又争似、家山见桃李。不枉东风吹客泪。相思难表，梦魂无据，惟有归来是。

这里只能说“很可能”，因为在《全宋词》中，此词没有正式归入欧阳修的作品，而只是收入“存目词”中，其下注云：“无名氏词，见《草堂诗余》前集卷上。”可见《全宋词》对此词系于欧阳修名下持谨慎态度。但不管怎样说，此词作为《青玉案》的早期作品，当是无疑义的。从内容和风格来说，此词走的仍是伤春思归的花间旧套路，与作为器物的“青玉案”固然没什么关系，而在格律体式上又与本调的成熟作品如贺铸词等有异，显示出初创作品的随意和不确定性。

在贺铸那首引起轰动的《青玉案》出来之前，实际上没有多少人用这个词牌进行创作。当贺词以令人惊艳的姿容登上词坛，马上赢得了一片喝彩声，那些名人、大咖、高手们纷纷步韵唱和，使得这个略显“偏门”的词牌顿时“火”了起来，贺铸也因此词赢得了“贺梅子”的名头：

凌波不过横塘路。但目送、芳尘去。锦瑟年华谁与度。月台花榭，琐窗朱户，只有春知处。

碧云冉冉蘅皋暮，彩笔新题断肠句。试问闲愁都几许。一川烟草，满城风絮，梅子黄时雨。

据统计，在收入《全宋词》中的一百来首《青玉案》中，和贺词韵的作品就不下二十首，像苏轼、李之仪、黄庭坚、惠洪、周紫芝、李清照、陈亮、张元幹、张孝祥、吴潜等人的《青玉案》，都是步贺词之韵而创作的。

黄庭坚对贺铸此词更是极力推崇，尝作《寄贺方回》诗：

少游醉卧古藤下，谁与愁眉唱一杯。
解道江南断肠句，只今惟有贺方回。

黄庭坚的诗将贺铸和秦观并列，认为秦观死后，只有贺铸能写出“江南断肠句”。以黄庭坚文豪与前辈的身份，又以秦少游的大名气，这样的评价是很高的了。

历代论者多指出，贺词中最出彩的地方是最后的四句，以三种具有典型江南地域和物候特征的事物“烟草”“风絮”“梅雨”来比拟“闲愁”，让无形无感不可捉摸的“闲愁”变得具体而形象，变得可感知、可触摸，这样的句子，堪称“断肠”，说是绝唱，也不为过！

诗人写愁，以有形之物（如山水）比拟之，本不为奇，但像贺铸那样密集地使用三种易使人“断肠”的意象来反复强调、反复刺激，则“尤为新奇”。南宋罗大经的《鹤林玉露》卷七“诗家喻愁”条云：

诗家有以山喻愁者，杜少陵云“忧端如山来，澒洞不可掇”，赵嘏云“夕阳楼上山重叠，未抵闲愁一倍多”是也。有以水喻愁的，李颀云“请量东海水，看取浅深愁”，李后主云“问君能有几多愁，恰似一江春水向东流”，秦少游云“落红万点愁如海”是也。贺方回云“试问闲愁多几许，一川烟草，满城风絮，梅子黄时雨”，盖以三者比愁之多也，尤为新奇，兼兴中有比，意味更长。

愁如山，愁如海，愁如一江春水，类似的比喻，都是单纯的一对一的比喻；当然，单纯不见得就不好，像李后主的“问君能有几多愁，恰似一江春水向东流”，以连绵不绝而又浩荡东去的江水比喻愁之绵长与浩大，简单而直线的类比，能直接作用于人的感性，引起极大的共鸣。而贺铸式的博喻，显示的却是一种繁复与曲折，追求的是深致和隐约，这可能是婉约词所希望达到的境界吧，宋人多宗婉约，难怪有那么多的大家对“贺梅子”如此推崇。

前面说了，在有宋一代，步贺词原韵进行创作似已成为一种“现象”，而这种创作现象，或许是黄庭坚兄弟俩首先开的头：

千峰百嶂宜州路。天黯淡、知人去。晓别吾家黄叔度。弟兄华发，远山修水，异日同归处。

樽罍饮散长亭暮，别语缠绵不成句。已断离肠能几许。水村山馆，夜阑无寐，听尽空阶雨。

上引的这首《青玉案》题为《和贺方回韵，送山谷弟贬宜州》，是黄庭坚的兄长黄大临创作的。南宋吴曾的《能改斋漫录》卷十六载有关于此词的本事：

贺方回为《青玉案》词，山谷尤爱之，故作小诗以纪其事。及谪宜州，山谷兄元明和以送之云：“千峰百嶂宜州路（略）。”

据词题和本事，可知黄大临（字元明）词的创作情况，一是和贺韵创作，二是为送弟弟黄庭坚贬宜州而作。

因为党争（北宋党争激烈）的原因，黄庭坚像其师苏轼那样，终其一生命运多舛，宦途坎坷，屡被贬谪。在被贬宜州之前，黄庭坚就因政敌攻击他编写的《神宗实录》多有不实之词被贬黔州（治今重庆彭水）、戎州（治今四川宜宾），而此次又因所写的《荆南承天院塔记》被当政者诬为“幸灾谤国”，被贬往更偏更远的宜州。宜州即今广西宜州市，即便是在一千年后的今天，这个地方仍属“老少边山穷”的范畴，在宋代，当然是被视作未曾开化的蛮荒之地、病毒横行的瘴疠之乡。黄庭坚从四川贬所被放还后曾写了两首《雨中登岳阳楼望君山》诗，其中有“投荒万死鬓毛斑，生出瞿塘滟滪关”的诗句，贬谪四川就说“投荒万死”了，那远谪宜州，又该叫什么呢？况且，黄庭坚被贬宜州时已经五十八岁了，他最终未能“生出”岭南瘴疠地，两年后，他就客死异乡，在宜州贬所溘然长逝。

黄大临的这首送别词写得极沉痛悲戚，究其原因，当与上述背景有关。远谪岭南，除名羁管，应该是宋代对士人的最重处罚了，以当时岭南气候环境之凶险恶劣，北方士人身入此地，多有不作生还之打算。苏轼被贬海南，与长子苏迈诀别，并提前安排了后事，做棺木墓室，就是料定自己要死葬海外、生还无望了。而他的学生秦观与黄庭坚，一个殁于藤州（今广西藤县），一个逝于宜州，都是埋骨岭南之地，可见，这样的贬谪，其实就是一种最残酷的迫害，是要将他们置于死地。

黄庭坚到了宜州后，看到其兄的词，自然是百感交集，随即也用贺词原韵和词一首，题目便叫《至宜州次韵上酬七兄》：

烟中一线来时路。极目送、归鸿去。第四阳关云不度。山胡新啭，子规言语，正在人愁处。

忧能损性休朝暮。忆我当年醉时句。渡水穿云心已许。暮年光景，小轩南浦，同卷西山雨。

山谷此词也见于吴曾的《能改斋漫录》。相比于其兄之词的悲苦，此词稍显豁朗与温馨，其中或有山谷宽解兄长之意。然而，不管黄庭坚如何乐观豁达，恶劣环境和残酷政治现实的夹击，还是使他很快就走向了生命的终点，他所期待的兄弟俩在“小轩南浦”共同生活、同迎西山风雨的“暮年光景”，并没能够实现。

黄庭坚的忘年交惠洪和尚也是贺铸《青玉案》的崇拜者，他的和韵之作也出现于吴曾的《能改斋漫录》，与黄庭坚兄弟的《青玉案》来自同一个本事：

> 绿槐烟柳长亭路。恨取次、分离去。日永如年愁难度。高城回首，暮云遮尽，目断人何处。
>
> 解鞍旅舍天将暮，暗忆丁宁千万句。一寸柔肠情几许。薄衾孤枕，梦回人静，彻晓潇潇雨。

惠洪此词写离别、写怀人、写闺情，暗忆丁宁，柔肠寸断，一副俗世文人的做派，而不类出家人所为，可见其凡心未尽，并不是一个“合格”的和尚。但联想到宋代乃是一个风流的时代，宋代和尚自然也是风流倜傥的，所以也不必大惊小怪。

惠洪是北宋诗僧，能诗词，又著有诗话笔记《冷斋夜话》；其诗颇得黄庭坚推重，黄尝有《赠惠洪》诗：“吾年六十子方半，槁项顶螺忘岁年。韵胜不减秦少觌，气爽绝类徐师川。不肯低头拾卿相，又能落笔生云烟。脱却衲衫著蓑笠，来佐涪翁刺钓船。”当然也有人认为此诗是伪作。不过，且不论黄诗真实与否，惠洪能诗词却是事实，看看上引的《青玉案》，就能知道这位北宋诗僧的才华与水平了。

提倡“词别是一家”的李清照虽然在她的《词论》中批评贺铸的词“少典重”，但她对贺的《青玉案》似乎还是“服气”的，因为她的本调作品用的也是贺词原韵：

> 征鞍不见邯郸路。莫便匆匆归去。秋风萧条何以度。明窗小酌，暗灯清话，最好留连处。
>
> 相逢各自伤迟暮。独把新词诵奇句。盐絮家风人所许。如今憔悴，但余双泪，一似黄梅雨。

明窗小酌，暗灯清话，即便是才华绝世不让须眉的女词人，也是喜欢和留恋这样的从容温馨。李清照早年的幸福和她中年的困顿、晚年的凄苦形成了强烈的反差，读读她的《如梦令》，再读读她的《声声慢》，就能感受到时代风云和个人遭际的剧变在诗人心中所引起的震荡。她的咏絮才，她的“独把新词诵奇句”的骄傲与自信，都在萧条秋风中日渐憔悴，双泪一似黄梅雨，这样的描写虽然夸张，但也的确反映了她南渡后心境的悲苦。此词或系李清照中年时的作品，细玩词意，似为送别劝留之作，有人说是写给她的丈夫赵明诚的，也有人认为是写给她的弟弟李迒的，恐怕也只能见仁见智，但我个人倾向于是写给赵明诚的，因为像“明窗小酌，暗灯清话”这样的场景，行为的对象应该是夫妻才和谐，换了姐弟，总觉得有些别扭。

从豪放词人张元幹的《青玉案》小序中也可看出宋人对贺铸词的推崇：

贺方回所作，世间和韵者多矣。余经行松江，何啻百回，念欲下一转语，了无好怀。此来偶有得，当与吾宗椿老子载酒浩歌西湖南山间，写我滞思，二公不可不入社也。

此词应该是张元幹的晚年之作，今人王兆鹏所撰的张氏年谱系此词作于绍兴二十九年（1159），两年后，张氏就去世了。张元幹因作《贺新郎》词送胡铨而激怒秦桧，其后竟被逮捕入狱，削除名籍。出狱后，他漫游江浙一带，多次游历吴江（松江），登上垂虹桥，放眼太湖风光。这首《青玉案》应该就是当时的纪游之作：

平生百绕垂虹路。看万顷、翻云去。山澹夕晖帆影度。菱歌风断，袜罗尘微，总是关情处。

少年陈迹今迟暮。走笔犹能醉时句。花底目成心暗许。旧家春事，觉来客恨，分付疏篷雨。

垂虹桥是吴江名胜，始建于北宋庆历八年（1048），此后屡废屡建。历代文人多有登临，留下无数诗篇，像张先、王安石、米芾、姜夔、戴复古、吴文英、萨都剌、张可久、唐寅、文徵明、祝允明、王世贞、厉鹗、朱彝尊、苏曼殊、陈去病、柳亚子等等，都曾创作过关于垂虹的作品。而张氏此词，正如小序和词中所言，是他“经行松江”“百绕垂虹”而后“偶有得”之作。古时的垂虹桥，环如半月，长若垂虹，三起三伏，蜿蜒如龙，规模宏大，气势雄伟，因有“江南第一长桥”之美称。想当年，壮志未酬而又漂泊无定的张元幹站在长桥之上，看万顷碧波似云涛翻滚，远山澹然，夕阳斜晖，帆影暗度，菱歌缥缈，凌波微步，罗袜生尘……万千气象景色，都在胸中荡起波澜。

靖康之变，宋室南渡，主战主和，纷争百年。南宋前期赵鼎为相，主战；秦桧为相，主和，二人在战与和的根本问题上严重对立却又同朝为相，产生矛盾那是必然，但下面的僚属就相当难做了。黄公度的《青玉案》就反映了这一事实：

邻鸡不管离怀苦。又还是、催人去。回首高城音信阻。霜桥月馆，水村烟市，总是思君处。

裛残别袖燕支雨。谩留得、愁千缕。欲倩归鸿分付与。鸿飞不住，倚栏无语，独立长天暮。

乍一看此词似乎是写离情，但据黄公度之子黄沃在《知稼翁词》（公度号知稼翁）所注，则知词中所写的闺怨别情，其实只是一种比兴：

公之初登第也，赵丞相鼎延见款密，别后以书来往。秦益公闻而憾之。及泉幕任满，始以故事召赴行在，公虽知非当路意，而迫于君命，不敢俟驾，故寓意此词。道过分水岭，复题诗云：“谁知不作多时别。”又题崇安驿诗云：“睡美生憎晓色催。”皆此意也。既而罢归，离临安有词云：“湖上送残春，已负别时归约。”则公之去就，盖蚤定矣。

黄公度是宋高宗绍兴八年（1138）的科举状元，他登第之初，或许因为状元的缘故，战和双方都对他表现出延揽的热情，先是赵鼎对他“延见款密”，且“别后以书来往”；而秦桧则“闻而憾之”，乃至于待公度泉州幕府职任满，要将他“召赴行在（临安）”。此词的创作，就是在这样的背景下展开，因此，词中所说的“邻鸡”“高城”“思君”“裛残别袖”“燕支雨”等等，其实都别有所指，都是指向当时的政治现实。黄公度因受赵鼎赏识而遭到秦桧的忌恨，仕途不顺，屡被贬官外放；秦桧死后才被朝廷召回，做了个考功员外郎的京官，但第二年就去世了，死时仅四十八岁，殊为可惜。

值得拈出一说的还有周邦彦的《青玉案》，这首体现了“花间”本色的艳词，其“香艳”程度，恐怕也只有花间词人欧阳炯号称“极艳”的《浣溪沙》差可比拟：

> 良夜灯光簇如豆。占好事、今宵有。酒罢歌阑人散后。琵琶轻放，语声低颤，灭烛来相就。
>
> 玉体偎人情何厚。轻惜轻怜转唧嚁。雨散云收眉儿皱。只愁彰露，那人知后，把我来僝僽。

此词写了一个歌伎“酒罢歌阑人散后”的一次“云雨”过程，写得十分生动，也十分露骨，像“语声低颤，灭烛来相就”“玉体偎人情何厚，轻惜轻怜转唧嚁，雨散云收眉儿皱”这样的描写，有动作，有声音，有表情，有感受，极具刺激性与冲击力，确实已达到中国古典诗词所能容忍的极限，可与欧阳炯的“兰麝细香闻喘息，绮罗纤缕见肌肤，此时还恨薄情无”（《浣溪沙》）同入“极艳”之列了。

周邦彦被称为婉约词的集大成者、婉约派的“正宗”，他的代表作，当然是凄艳深婉典丽精工的《兰陵王·柳》和《六丑·蔷薇谢后作》等，他的一些小词，如《苏幕遮》（燎沉香）《少年游》（并刀如水），也都十分清新明净，但他集中的艳词，也还真不少，这大概就是花间的流风余韵在宋代词人身上的积淀了，时代的风气如此，连欧阳修这样的人物都未能免俗，不独周邦彦有之。

“青玉案”调创作史上最为出色、流传最广的作品当然是南宋大词人辛弃疾的《元夕》。此词之所以出色，全在于别具一格，以极璀璨极热烈的场景来反衬极孤独极冷寂的“美人”，这样的美人，极独特，极罕有，也最令人难以忘怀：

东风夜放花千树。更吹落、星如雨。宝马雕车香满路。凤箫声动，玉壶光转，一夜鱼龙舞。

蛾儿雪柳黄金缕。笑语盈盈暗香去。众里寻他千百度。蓦然回首，那人却在，灯火阑珊处。

按自屈原以来中国古典诗歌“美人芳草”的修辞传统，则此词中的“美人”，完全可以理解为作者的“自怜”。梁启超尝评此词曰：“自怜幽独，伤心人别有怀抱。”正是看出了这一层意思。按这样的思路，则“灯火阑珊处”，也完全可以理解为作者被贬闲居的孤寂处境了。“众里寻他千百度”，辛弃疾苦苦寻觅的“那人”，到底是一种什么样的人呢，如果这是他的一种自怜，那他希望自己或与自己志趣相投的人，应该具备什么样的境界呢？

我们都知道，辛弃疾是南宋主战派，在主和派长期把持朝政的南宋朝廷，他和他的主战派同事受到排挤、受到冷遇乃至于受到贬斥，都是很正常的事。辛弃疾在四十一岁盛年时遭到弹劾，此后长期退隐乡居，胸怀大志却又报效无门，心情的郁闷是可以想见的。有论者认为辛氏创作此词有可能是在闲居江西上饶期间。在上饶，辛弃疾无奈地过着优游闲适的乡村生活，游山玩水，饮酒赋诗，养鸡养鸭，种瓜种菜，“稻花香里说丰年，听取蛙声一片”；他将他的带湖庄园命名为“稼轩”，并自号“稼轩居士”，这分明是向世人表明，他要专注于稼穑之事，从此终老田园，心系桑麻，而不管“君王天下事”了。

事实上，世人也都知道，“稼轩”并不是辛弃疾真正想要的归宿，退守田园也只是他的无奈的选择，在远离政治喧嚣和权力角逐的“灯火阑珊处”，辛弃疾仍然不能忘怀世事，抗战与恢复仍然是他脑海里挥之不去的“情结”。南宋孝宗淳熙十五年（1188），辛弃疾和他志同道合的好友陈亮在江西上饶铅山的鹅湖相会，“长歌相答，极论世事”（辛弃疾《祭陈同父文》），这表明，即便是在退隐闲居期间，辛弃疾的抗战热情也并没有泯灭！他们在“灯火阑珊”的鹅湖指点江山，纵论时局，讨论恢复大计，慷慨激昂，硬语盘空，高歌豪饮，“惊散楼头飞雪”（辛弃疾《贺新郎》）。但是，他们所有的擘画经营都只不过是纸上谈兵罢了，他们的一腔热血万丈豪情无人喝彩，因此，他们所能做的，也只有自伤和自怜！那些辉煌的灯光焰火，那些华美的宝马雕车，那些满身珠光宝气的美眉佳丽，那些热热闹闹的场面和风景，都不属于他们。他们是被俗世冷落的孤独者，当然，他们也是不合时宜的独行者，所以，当他们“蓦然回首”，看到腥膻遍地而犬儒横行，而孤独地站在“灯火阑珊处”的“那人”，其实是他们自己理想与高尚人格的象征，他们的伤感或自傲，或许都基于一种“世人皆醉我独醒”的沉痛。

在南宋那种偏安日久、无力也无心再战的氛围中，主战其实不招人待见，不但皇帝不高兴，老百姓也不见得就支持吧，毕竟战争对人力物力的巨大损耗和破坏最终是要落在老百姓的身上！因此，辛弃疾陈亮们的孤独，是时代因素使然，但那样的时代，令人忧伤！所以，辛弃疾的自伤自怜，更具有悲剧性！

王国维在《人间词话》中说：“古今之成大事业、大学问者，必经过三种之境界。‘昨夜西风凋碧树，独上高楼，望尽天涯路’，此第一境也；‘衣带渐宽终不悔，为伊消得人憔悴’，此第二境也；‘众里寻他千百度，蓦然回首，那人却在，灯火阑珊处’，此第三境也。”王国维的“三种境界说”十分有名，在这里，王氏将辛弃疾《青玉案》中的句子拈出，认为句意表达了“古今之成大事业、大学问者”所必须经过的三种境界中的“第三境”，也即最高境界。王国维的这些比拟，当然与词的原意并不契合，但是，就境界来说，王氏的识见的确不凡。

辛词所表达的，正是一种于清冷寂寞中所显示出来的孤高，这样的孤高，须“众里寻他千百度”才能遇见，当你蓦然回首，惊鸿一瞥，你苦苦追寻的“那人”就在那里，灯火阑珊，云水苍茫，事业或人生的大境界，都在这惊艳的回眸中豁然开朗。

其实，豪迈激越的辛弃疾，其内心却是很无奈的！

念奴娇

一个柔媚娇艳的小女子从历史深处走来，那是一个风流而绚丽的世界。小女子的歌声高亢明亮，每一发声，则高入云端，响彻九霄，即所谓“声出于朝霞之上，虽钟鼓笙竽嘈杂而莫能遏”（五代王仁裕《开元天宝遗事·眼色媚人》）是也。她的名字叫念奴，是唐玄宗天宝年间的歌伎。

很多年以后，歌伎念奴的意象转化为曲调《念奴娇》，从而完成了一次文化上的迁移与飞跃。这样的迁移飞跃在文化发展史上其实并不鲜见，然而由于“念奴”二字所蕴含的特殊魅力，能够激发后人足够的想象力，因此我们对“念奴”或“念奴娇”充满了种种浪漫的遐想。

关于念奴其人其事，距她生活年代最近的唐代诗人元稹曾在其名作《连昌宫词》中有过这样的描述：

力士传呼觅念奴，念奴潜伴诸郎宿。
须臾觅得又连催，特敕街中许燃烛。
春娇满眼睡红绡，掠削云鬟旋装束。
飞上九天歌一声，二十五郎吹管笛。

并自注云：

念奴，天宝中名倡，善歌。每岁楼下酺宴，累日之后，万众喧隘。严安之、韦黄裳辈辟易而不能禁。众乐为之罢奏。玄宗遣高力士大呼于楼上曰：“欲遣念奴唱歌，邠二十五郎吹小管逐，看人能听否？”未尝不悄然奉诏。其为当时所重也如此！然而玄宗不欲夺侠游之盛，未尝置在宫禁；或岁幸汤泉，时巡东洛，有司潜遣从行而已。

据元稹的诗及注，可知念奴是天宝年间大名鼎鼎的歌伎，她不但以才艺为世所闻，而且还受到皇帝的专宠，时常下旨命高力士召其进宫歌唱。念奴唱歌时，邠王李承宁（二十五郎）吹管笛相和，音声“飞上九天”。元氏对念奴的描述，应该是真实可信的。因为元稹写这首诗时是在元和十三年（818），距天宝年间（742—756）不过数十年的光景。

而五代王仁裕在《开元天宝遗事》中则对念奴有更具体生动的描写：

> 念奴者，有姿色，善歌唱，未尝一日离帝左右。每执板当席顾眄，帝谓妃子曰：“此女妖丽，眼色媚人。”每啭声歌喉，则声出于朝霞之上，虽钟鼓笙竽嘈杂而莫能遏。宫妓中帝之钟爱也。（见“眼色媚人”条）

除了生动的细节描写外，王仁裕笔下的念奴更成了“未尝一日离帝左右”的“宫妓”，并且是“宫妓中帝之钟爱也”。这与元稹所写大有不同。王仁裕生于公元八八〇年，卒于公元九五六年，他的卒年距天宝末年正好是两百年。从时间上说，元稹生活的年代更贴近念奴，因此，他所述故事的可信度当然要更大一些。

“念奴”在唐五代及北宋早期都没有受到词家的注目，在这一漫长的历史时段中我们找不到名为“念奴”的词作品。北宋的柳永是最早开始大量创制长调的词人，也是创制词调最多的词人，在他的全集中我们看到了像《满江红》《永遇乐》《望海潮》这样的后世词人所常用的长调词牌作品，但就是找不到《念奴娇》。

“念奴”在等待一个人，一个能够使它焕发万丈光芒的人。

“念奴”在等待一个历史契机，一个能够使它脱颖而出的历史契机。

这个人终于来了，带着他的苦难、他的坎坷、他的豁达洒脱、他的高亢激越。

这个人就是苏轼。

绵软轻艳的词发展到苏轼时代，已经不能完全满足北宋人抒情言志或娱乐享受的需要，“杨柳岸、晓风残月”的婉柔对于好发议论、刚健豪迈的苏轼们是太不解渴了，他们需要“大江东去”的快意，他们需要“乱石穿空、惊涛拍岸”的酣畅淋漓！新的时代在寻找一种有别于“柳七郎风味”的新的美学风范，苏轼们以及他们的听众在寻找一种新的载体——一种能够突破词的婉约传统的载体。于是，高亢嘹亮的“念奴”被发现了！

谁是第一个用“念奴娇”作词牌进行创作的人至今已不可考。查《全宋词》，在苏轼的名字之前，仅有一个叫沈唐的名下有一首调名为《念奴娇》的词，词风一仍婉约传统，略似柳永之风，与高亢嘹亮的“念奴”毫不相干：

> 杏花过雨，渐残红零落，胭脂颜色。流水飘香人渐远，难托春心脉脉。恨别王孙，墙阴目断，手把青梅摘。金鞍何处，绿杨依旧南陌。
>
> 消散云雨须臾，多情因甚，有轻离轻折。燕语千般，争解说、些子伊家消息。厚约深盟，除非重见，见了方端的。而今无奈，寸肠千恨堆积。

这可能是我们目前所能见到的最早的一首《念奴娇》。在这里只能说“可能”，因为作者沈唐生卒年不详，我们只知道他是北宋名臣韩琦的门客，而韩琦生于一〇〇八年，比生于一〇三七年的苏轼年长仅二十九岁，即使沈唐与韩琦年龄相当，仅凭这二三十年的距离，也很难断定沈唐就一定比苏轼早创作《念奴娇》，况且沈唐完全有可能比韩琦年轻，甚至比苏轼年轻。因此苏轼仍有可能是《念奴娇》调的创制者。

不过，寻找第一个填写此调的人既不可能，也并不重要，事实上，从文化的角度看，苏轼理所当然地是“念奴娇”这一艺术意象真正的创造者。

宋神宗元丰五年（1082）七月十六日，因“乌台诗案”而被贬黄州的苏轼与同乡道人杨世昌泛舟夜游当地的赤鼻矶。“赤鼻”与“赤壁”谐音。当晚的苏轼面对江上的清风与山间之明月，一定想到了很多很多。他一定想到了赤壁，想到了发生在一千年前的那场大战，想到了那些三国时代的英气勃发的风流人物：曹操、刘备、孙权、周瑜、诸葛亮……尽管他一定知道，他当下游的这个“赤鼻”并不是三国时的那个“樯橹灰飞烟灭”的“赤壁”，但是，他仍然以万丈豪情与纵横才气，借“赤鼻”之酒杯，浇胸中“赤壁”之块垒，写下这一首痛快淋漓横放杰出独步千古的豪放词：

大江东去，浪淘尽、千古风流人物。故垒西边，人道是：三国周郎赤壁。乱石穿空，惊涛拍岸，卷起千堆雪。江山如画，一时多少豪杰。

遥想公瑾当年，小乔初嫁了，雄姿英发。羽扇纶巾，谈笑间、樯橹灰飞烟灭。故国神游，多情应笑我，早生华发。人间如梦，一尊还酹江月。

这是千年词史上第一首有着如此豪迈气概、壮丽画面和鲜明人物形象的作品！

自宋神宗熙宁八年（1075）写《江城子·密州出猎》起，苏轼开始有意识地创作豪放词。苏轼写豪放词是词发展史上的一场划时代的革命，从此，词便从“艳科”与婉媚的格局中挣脱出来，进入一个自由而广阔的大境界。“豪放”与“婉约”构成了宋词创作的两大美学范畴与基本格局，此后近千年词的发展，基本上都是在这两大范畴中腾挪，由此可见苏轼的开拓之功，说他开创了历史，是一点也不为过的。

《江城子·密州出猎》是豪放词的发端之作，而《念奴娇·赤壁怀古》则是豪放词的奠基性和标志性作品。在词的领域中，“婉约”一派势力强大，不但一向被誉为“正宗”，而且无论从词家或作品的数量来说都要比豪放词派多得多，即便是以开创豪放词派著称的苏轼，其创作也大多走婉约一路。然而，《念奴娇·赤壁怀古》的出现，从根本上奠定了豪放词在词坛上的地位，它带着磅礴的气势与宏阔的意境登上文学史舞台，“一洗绮罗香泽之态，摆脱绸缪宛转之度，使人登高望远，举首高歌，而逸怀浩气超然乎尘垢之外，于是《花间》为皂隶，而柳氏为舆台矣。”（宋胡寅《题酒边词》）胡寅的这一段话说得很有气势，也说得很到位，颇切合文学史的实际情况。可以说，苏轼的这首赤壁词确立了豪放词“关西大汉执铜琵琶铁绰板唱‘大江东去’”的美学内涵，对婉约派“十七八女郎”的低吟浅唱形成了强有力的冲击，豪放词也因为有了这首伟大的作品，才能够站立在美学的高地上，跟传统“正宗”的婉约词分庭抗礼。

从词调的角度看，《念奴娇·赤壁怀古》也是本调最具代表性和标志性的作品。自元丰五年（1082）苏轼写作此词以来，八百多年过去了，历代词客创作的《念奴娇》已不计其数，但至今仍找不出一首能够超越苏词的作品。苏氏用《念奴娇》描写了三国英雄人物，于是，《念奴娇》便成了英雄豪杰之士喜用的词调。宋代的豪放词人不但多喜用此调抒情言志，而且还常常步苏词原韵进行创作，这构成了词坛上的一道颇为独特的风景。叶梦得、胡世将、辛弃疾、章谦亨、刘辰翁、文天祥等都写过步苏词原韵的《念奴娇》，他们大多是豪放词人，辛弃疾、文天祥等还是极具英雄气概的人物。

很难将“念奴娇”三字所构成的柔媚与“大江东去”的高亢激越联系起来。而事实上，自苏轼此词一出，“念奴娇”便成了雄健豪放之词的一个象征符号，而少见柔媚之作。“苏门四学士”之首黄庭坚在文学史上以创“江西诗派”见称，但他的词也写得很出色，尤其是那首《念奴娇》，豪迈洒脱，直追苏轼：

断虹霁雨，净秋空，山染修眉新绿。桂影扶疏，谁便道，今夕清辉不足。万里青天，姮娥何处，驾此一轮玉。寒光零乱，为谁偏照醽醁。

年少从我追游，晚凉幽径，绕张园森木。共倒金荷家万里，难得尊前相属。老子平生，江南江北，最爱临风笛。孙郎微笑，坐来声喷霜竹。

此词原有一小序，记叙了词创作的经过：

八月十七日，同诸生步自永安城楼，过张宽夫园待月。偶有名酒，因以金荷酌众客。客有孙彦立，善吹笛。援笔作乐府长短句，文不加点。

据考，此处的“八月十七日”当系指宋哲宗元符元年（1098）八月十七日，时黄庭坚因受党争株连而被贬在戎州（今四川宜宾）。黄庭坚一生服膺苏轼，他的命运也与苏轼相类似，也是仕途坎坷，屡遭贬谪，但他始终达观洒脱，《宋史》本传说他“泊然不以迁谪介意”，而这又与其师苏轼同矣！“老子平生，江南江北，最爱临风笛。”这是山谷的自况，豪气干云，表达出一种身处逆境仍豪迈如昔的大度与潇洒。黄庭坚写作此词也表现出才气纵横的特点，援笔立就，文不加点，豪迈放旷之情态跃然纸上；又颇为得意，“或以为可继东坡赤壁之歌云”（胡仔《苕溪渔隐丛话后集》卷三十一），由此可见苏轼赤壁词在当时的巨大影响。

继苏轼之后的另一豪放词巨擘辛弃疾也钟情于“念奴娇”，他集中的《念奴娇》词共有二十二首之多。辛弃疾同样仰慕苏东坡的赤壁词，他用苏词原韵创作了四首《念奴娇》，但这四首和作皆远逊于苏轼原作。辛疾弃的《念奴娇》最出色的要算下面的这一首：

野棠花落，又匆匆过了，清明时节。刬地东风欺客梦，一枕云屏寒怯。曲岸持觞，垂杨系马，此地曾轻别。楼空人去，旧游飞燕能说。

闻道绮陌东头，行人曾见，帘底纤纤月。旧恨春江流不尽，新恨云山千叠。料得明朝，尊前重见，镜里花难折。也应惊问：近来多少华发。

这首题为《书东流村壁》的词作并不是当行的“豪放”作品，而是于雄深雅健之中极尽婉转蕴藉之妙。据邓广铭《稼轩词编年笺注》，此词或系宋孝宗淳熙五年（1178）稼轩自江西帅台为大理寺卿时作。细玩词意，当系稼轩故地重游，寻访旧时相识的女子不遇，有感而作。写的虽是儿女情，但同时又隐约融进了英雄老去、报国无门的憾恨。“大踏步出来”的笔法，使这首情词有别于婉约词的轻艳与纤巧，而“与眉山

异曲同工”（谭献《谭评词辨》卷二），“矫首高歌，淋漓悲壮。”（陈廷焯《白雨斋词话》卷六）

辛弃疾二十二岁时率部起义抗金，曾突袭金营，手擒叛将张安国归宋。他一生力主抗战，曾向朝廷献《美芹十论》《九议》，但都被废弃不用。其后更被闲置二十多年，最终带着壮志未酬的悲愤，含恨而逝。他晚年闲居江西铅山时所作的《鹧鸪天》，基本上可以概括他一生的光荣与梦想、憾恨与无奈：

壮岁旌旗拥万夫，锦襜突骑渡江初。燕兵夜娖银胡䩮，汉箭朝飞金仆姑。

追往事，叹今吾，春风不染白髭须。却将万字平戎策，换得东家种树书。

“却将万字平戎策，换得东家种树书”，这真是英雄的无奈与悲剧！壮怀激烈的襟抱与郁郁不得志的生命历程成就了辛词雄奇奔放而又含蓄委婉的风格，这在辛弃疾的代表作品中都有不同程度的体现，以上的这一首《念奴娇》自然也不例外。

自苏轼用“念奴娇”开拓了词的新境以后，该调便成为后世词人最喜用的词调，无数词人留下了无数脍炙人口的佳作，其中，张孝祥的《过洞庭》以“肝胆皆冰雪”的纯净和“表里俱澄澈”的晶莹，为我们拓展出一个物我交融天人合一通透明洁浑融无碍的美学新境界：

洞庭青草，近中秋、更无一点风色。玉鉴琼田三万顷，着我扁舟一叶。素月分辉，明河共影，表里俱澄澈。悠然心会，妙处难与君说。

应念岭表经年，孤光自照，肝胆皆冰雪。短发萧骚襟袖冷，稳泛沧溟空阔。尽挹西江，细斟北斗，万象为宾客。扣舷独啸，不知今夕何夕。

宋神宗元丰五年（1082）七月十六日，苏东坡在黄州游赤壁，写下了思考物质与宇宙关系的极富哲理的《前赤壁赋》；八十多年后，也就是宋孝宗乾道二年（1166）八月十五中秋之夜，张孝祥游洞庭，写下了同样充满人生与宇宙哲思的《过洞庭》，词中所展现的画面、形象与意境，使我们隐隐约约地看到了苏轼《前赤壁赋》的影子：明月清辉，清风舒徐，碧波万顷，扁舟凌渡，扣舷放歌，思接天外……

张孝祥是宋高宗绍兴二十四年（1154）的状元，据说该科本已由主考官秦桧党羽汤思退内定秦桧之孙秦埙为第一名，而张孝祥则列为第二，然宋高宗在看卷时，发现秦埙的卷子水平一般，而张孝祥的文章文采斐然，才气纵横，遂御笔亲点张孝祥为状元，而把秦埙降至第三。此事当然得罪了奸臣权相秦桧。此外，张孝祥中了状元后，曾上疏皇帝为岳飞申冤，这更引起了秦桧的忌恨。后来，秦桧一党诬告张孝祥父亲张祁谋反，将他逮捕入狱，以对张孝祥进行打击报复。

张孝祥的人品、胸襟、才情都与苏轼颇为相似，在创作上他也以苏轼为师，再加上南渡后国家危亡的形势，因此，他的词多发慷慨激昂悲壮苍凉之音，呈现出典型的豪放派特色。在词史上，豪放派又被称作苏辛词派，在苏轼与辛弃疾之间，张孝祥被看作是承前启后的人物，从上面这首《念奴娇》来看，他是当之无愧的。

姜夔在传统上被看作是婉约派词人，然而，他词中所透出的清空雅洁又岂是“婉约”二字所能概括。他擅以瘦硬劲健之笔写柔情，代表作如《暗香》《疏影》等，清气飞动，冷香袭人，张炎誉之为“前无古人，后无来者，自立新意，真为绝唱”（《词源·杂论》）。他的《念奴娇》也呈现出与众不同的风格，既不是豪放的，也不是婉约的，而只能是姜夔的：

闹红一舸，记来时、尝与鸳鸯为侣。三十六陂人未到，水佩风裳无数。翠叶吹凉，玉容销酒，更洒菰蒲雨。嫣然摇动，冷香飞上诗句。

日暮，青盖亭亭，情人不见，争忍凌波去。只恐舞衣寒易落，愁入西风南浦。高柳垂阴，老鱼吹浪，留我花间住。田田多少，几回沙际归路。

此词之前有一篇小序，叙述了作者创作此词的动因，文字秀逸，意象优美，径直就是一篇极佳的散文：

> 余客武陵，湖北宪治在焉。古城野水，乔木参天。余与二三友，日荡舟其间，薄荷花而饮。意象幽闲，不类人境。秋水且涸，荷叶出地寻丈。因列坐其下。上不见日，清风徐来，绿云自动。间于疏处，窥见游人画船，亦一乐也。朅来吴兴，数得相羊荷花中。又夜泛西湖，光景奇绝，故以此句写之。

姜氏颇喜在词前作序，而且大多写得很美，与词作构成一种相互呼应的关系，为词作增色不少。像“意象幽闲，不类人境”“清风徐来，绿云自动”等句子，使人会产生一种很舒服很熨帖的感觉。这也是姜词的一个鲜明特色。

姜夔是个极具艺术天分的人，他当然是个词人、诗人，也是个音乐家，又工书法、精鉴赏，文章也写得呱呱叫，真正称得上是多才多艺。他的词作艺术性极高，几乎每一首都是精品，并能自创曲调，像《疏影》《暗香》《扬州慢》《淡黄柳》等，都是他首创的“自度曲”。他是个纯粹的艺术家，一辈子没当过官，也不会干别的营生，只会填词作曲，因此，他一生可用“穷困潦倒，寄人篱下”八个字来概括。他曾长期依附亲友过日子。因父亲早逝，他十四岁便寄居在其姐姐家。三十来岁时结识著名诗人萧德藻，萧爱其才，尝叹曰：“四十年作诗始得此友。”遂结为忘年交，并以兄女妻之。此后，姜便依附萧德藻，与萧及友人大诗人杨万里、范成大等饮酒谈诗、制谱填词，过着“自作新词韵最娇，小红低唱我吹箫”的诗酒风流的生活。后萧德藻老病，姜夔不得已，只好投奔友人张鉴、张镃。数年后张鉴去世，姜夔顿失所依。其后，虽仍时有友人接济，但他的生活已日渐困顿，死时竟穷得无钱下葬，也是得好友吴潜帮助，才得以葬在杭州钱塘门外的西马塍。这样一位中国文化史上不世出的天才竟然窘迫可怜如斯，不能不让人感到悲从中来。这当然是姜夔个人的悲剧，但又何尝不是时代的悲剧！当一个时代不能爱惜保护它的精英，以至于使他如此的凄凉困厄，这个时代一定是出了大问题！

《念奴娇》的名作很多很多，不能一一尽述，但这里不能不提民族英雄文天祥其人其作。文天祥存词仅八首，其中《酹江月》（《念奴娇》的别名）就占了三首之多，而且全都是和苏轼词韵而作。

文天祥是赵宋王朝最后一抹绚丽的晚霞。

宋理宗宝祐四年（1256），二十刚出头的文天祥状元及第。此时距南宋覆亡、陆秀夫背着帝昺赴海那一幕尚有二十余年光景。孱弱的南宋走到文天祥跟前已是气息奄奄。天可怜见，上苍给岌岌可危的南宋朝廷送来了一个“世间英物”。文天祥曾将自己的字改为“宋瑞”，无论是“天祥”或“宋瑞”，似乎都强烈地表达出历史积淀在文天祥身上的那种中国知识分子传统的忧患意识，那种欲凭自己的力量“扶大厦之将倾，挽狂澜于既倒”的充沛的使命感。然而大厦将倾，又岂是独木所能支撑得住！文天祥终究没能给宋朝带来多少“瑞祥”。公元一二七九年（宋帝昺祥兴二年，元世祖至元十六年），兵败被俘的文天祥被元军押往崖山海面，亲眼目睹了南宋水军灰飞烟灭、南宋小朝廷最终覆灭的惨状。此后，文天祥被押往元大都，经历了包括南宋降帝赵㬎和元世祖忽必烈等在内的多次劝降，忽必烈甚至许以丞相之职，但文天祥始终不为所动。公元一二八二年，文天祥被杀害于柴市，从而完成了他作为一个民族英雄悲苦而壮烈的历史使命。他最终未能保住他最想保存的赵宋王朝，却给后人留下了一段可歌可泣的悲壮，留下了正气凛然大气磅礴足以传诵千古的壮丽诗篇：

辛苦遭逢起一经，干戈寥落四周星。
山河破碎风飘絮，身世浮沉雨打萍。
惶恐滩头说惶恐，零丁洋里叹零丁。
人生自古谁无死，留取丹心照汗青。

这首《过零丁洋》大概是中国人最耳熟能详的诗篇之一，尤其是最后两句，简直就是中国历史上层出不穷的为了国家和民族不惜牺牲性命的英雄豪杰的人生宣言。当然还有《正气歌》，那已经不光是诗，而是积聚了中国知识分子数千年道德理想与价值理念的经典文献。

孔曰成仁，孟曰取义。惟其义尽，所以仁至。

读圣贤书，所学何事？而今而后，庶几无愧！

文天祥系于衣带上的临终绝笔，常常会勾起我们对仁人志士视死如归杀身成仁壮烈风采的向往和倾慕。文天祥以他高贵的生命完成了对中国儒家传统道德价值的诠释，他也由此成为一个东方式殉道者的象征：他所效忠的朝廷与皇帝已经投降了，而他却仍然在坚持着，而且不惜为此付出生命！这时他坚守的已经不是一朝一姓的兴亡与荣辱，而是儒家的整个伦理道德价值体系。“读圣贤书，所学何事？”他一生之所学，正在于此。于是，这种文天祥式的坚守也就成为一千年来中华民族一个特殊的文化符号—— 一个贯注了浩然正气和高尚气节的文化符号。

文天祥的三首《酹江月》大概都作于祥兴二年（1279），也就是南宋彻底覆亡的那一年。国破家亡的悲苦憾恨，英雄末路的孤独凄凉，以及内心残存的那一丁点儿复兴的希望，在这些作品中都有所表达：

> 水天空阔，恨东风、不借世间英物。蜀鸟吴花残照里，忍见荒城颓壁。铜雀春情，金人秋泪，此恨凭谁雪。堂堂剑气，斗牛空认奇杰。
>
> 那信江海余生，南行万里，属扁舟齐发。正为鸥盟留醉眼，细看涛生云灭。睨柱吞嬴，回旗走懿，千古冲冠发。伴人无寐，秦淮应是孤月。

这一首题为《驿中言别友人》的作品当系写于被押往大都的途中。此时的文天祥虽身陷敌手，仍“气冲斗牛，无一毫委靡之色”（明末陈子龙语）。全词俱用东坡赤壁词韵，大抵不用此韵，则无以表达充盈于内心的忠愤之气。

从苏轼的《念奴娇》到文天祥的《酹江月》，“念奴”的高亢激越穿越了近两百年的时空。

公元一〇八二年，当苏东坡在黄州写下那首光芒万丈的《念奴娇》时，他可曾想得到，一百九十七年后，一个叫文天祥的宋朝状元用他创制的词调并步他的原韵来创作“吊唁”赵宋王朝的作品。

豪迈洒脱的苏轼啊，你听到你的后辈的沉重回声了吗？

满江红

一段令人血脉贲张痛彻心肺的记忆。

鲜血与熊熊火光将大江染成一片充满血腥的红，水面浮尸无数，空气中弥漫着屠戮的惨烈，锋镝破空，金鼓急骤激昂，杀伐之声呼啸而至，风卷战旗猎猎作响……

是黄天荡——韩世忠梁红玉夫妇击鼓大战金兀术的那一幕吗？

是崖山——陆秀夫背着帝昺投海赴死南宋小朝廷灰飞烟灭的那一幕吗？

对于很多中国人来说，“满江红”是跟民族英雄岳飞连在一起的，“怒发冲冠”一词已经成了《满江红》调中最具象征意义的作品。而岳飞又总是和抗金、收复失地、还我河山、悲情英雄等概念联系在一起。“满江红”三个字本身所呈现出来的张力，正好与这些概念至为契合。于是，上面那些激越而悲壮的画面，就常常被叠印在“满江红”的艺术意象中，并最终成为它的有机组成部分。我们时常被“怒发冲冠”的悲愤所震撼，因为在我们的心底永远流淌着那条燃烧的大江：

怒发冲冠，凭栏处、潇潇雨歇。抬望眼、仰天长啸，壮怀激烈。三十功名尘与土，八千里路云和月。莫等闲、白了少年头，空悲切。

靖康耻，犹未雪。臣子恨，何时灭。驾长车踏破，贺兰山缺。壮志饥餐胡虏肉，笑谈渴饮匈奴血。待从头、收拾旧山河，朝天阙。

说实在话，此词在艺术上稍嫌直白与粗疏，有人作出“字字剑拔弩张”（卓人月《古今词统》）的评价，这既可说明此词直抒胸臆一吐为快的痛快淋漓，从另一角度说，也可说明此词在艺术上未臻精致与圆融，未能达到中国古典诗歌所推崇的含蓄蕴藉、不着一字尽得风流的高境界。然而，此词之所以千百年来能够激励无数中国人为国家民族慷慨赴死，究其原因，就在于作品所表露的内容情感与岳飞其人其事至为吻合。

精忠报国，“撼山易，撼岳家军难”，襄阳大捷，朱仙镇大捷，痛心疾首“莫须有”，千古奇冤风波亭……岳飞的事迹在中国可谓妇孺皆知。岳飞的这首《满江红》，直可当作他的小传来读。他的行迹，他的忠勇，他的雄心壮志，他的耿耿丹心，都在词中有着充分的体现。令后代无数人扼腕痛惜的是，如此一位智勇双全、忠肝义胆的千古良将，就在他准备率军指日渡河、直捣黄龙之时，竟然被昏君赵构奸相秦桧连下十二道金牌召回，并以“莫须有”的罪名，杀害于风波亭。痛哉！唐代大诗人杜甫痛惜三国蜀相诸葛亮之死，有《蜀相》诗云：“出师未捷身先死，长使英雄泪满襟。”然诸葛亮是因病而死于军中，虽有憾恨，却是无可奈何的事；而岳飞之死是千古奇冤，是被他所保卫的朝廷和所效忠的皇帝所诬杀，这才真是令人切齿痛恨，令千百年来无数英雄“泪满襟”啊！在岳飞被害的数十年后，大诗人陆游写下了这样的诗句：“公卿有党排宗泽，帷幄无人用岳飞。”（《夜读有感》）呜呼！忠臣良将，或排斥，或冤杀，如此朝廷，焉能不亡！公元一二七九年，也就是岳飞死后的一百三十七年，大臣陆秀夫背着小皇帝赵昺在广东新会崖山投海，南宋亡。

在杭州西湖畔岳飞墓的墓门上有一副著名对联：“青山有幸埋忠骨；白铁无辜铸佞臣。”陷害岳飞的秦桧、王氏（秦桧妻）、张俊、万俟卨被铸成铁像，永远跪在岳飞墓前。其实，最应该跪在这里的是宋高宗赵构，他才是杀害岳飞的主凶，秦桧等只不过是他的帮凶而已。岳飞太忠直，也太天真，他终日耿耿于“靖康耻，犹未雪”，一心要恢复中原故土、迎还徽钦二帝，而这正犯了赵构的大忌。后代已有人指出了岳飞被杀的真正原因：

拂拭残碑，敕飞字、依稀堪读。慨当初、倚飞何重，后来何酷。果是功成身合死，可怜事去言难赎。最无辜、堪恨更堪悲，风波狱。

岂不念，中原蹙。岂不念，徽钦辱。但徽钦既返，此身何属。千载休谈南渡错，当时自怕中原复。笑区区、一桧亦何能，逢其欲。

明代才子文征明的这首《满江红》，所揭示的正是岳飞这一千古冤案的深层次原因："但徽钦既返，此身何属。"——如果真的收复汴京、迎还二帝，那宋高宗赵构该往哪里摆？"千载休谈南渡错，当时自怕中原复"，南宋朝廷为何大多是投降派当道，秦桧这样的奸佞小人为什么总是得势，其根本原因也就在这里了。

近人颇有怀疑此词非岳飞所作者，但都拿不出确凿的证据。就大多数时候的大多数人来说，还是认为此词为岳飞所作。千百年来，人们都一直将岳飞与这首《满江红》连在一起，认定他们心目中的岳飞就应该有这样一首《满江红》，而这首《满江红》的作者也一定是岳飞。如果没有过硬的证据，还是不要轻易否定为好。其实也否定不了！

《满江红》多用以表达激越悲壮的内容和昂扬急切的情感，尤以岳飞此词为最。但是，《满江红》最初的作品，并不是以此见长的。下面所引柳永的词作，大概是目前所能见到的最早的本调作品：

暮雨初收，长川静、征帆夜落。临岛屿、蓼烟疏淡，苇风萧索。几许渔人飞短艇，尽载灯火归村落。遣行客、当此念回程，伤漂泊。

桐江好，烟漠漠。波似染，山如削。绕严陵滩畔，鹭飞鱼跃。游宦区区成底事，平生况有林泉约。归去来、一曲仲宣吟，从军乐。

柳永这首充满田园山川的恬静与优美的词作大概作于宋仁宗景祐元年（1034）他任睦州团练推官任上，在创作时间上大约要比岳飞词早一百年，无论从作品的内容或风格上看，柳词一点也不激烈，所表现出的舒徐宁静与岳词的“剑拔弩张”形成了强烈的反差。

柳永（987？—1055后）基本上生活在仁宗一朝（1022—1063）。宋仁宗赵祯在位的四十余年可说是北宋的太平盛世，柳永用他的词作艺术地反映了这一历史时期的繁盛富足与歌舞升平的景象。与柳永同时的范镇曾说：“仁宗四十二年太平，镇在翰苑十余载，不能出一语歌咏，乃于耆卿词见之。”（祝穆《方舆胜览》卷一一引）可见柳永的创作是与时代同步的，他的词作是对时代的真实描摹与记录。我们从他的《迎新春》《瑞鹧鸪》《一寸金》和《望海潮》等作品中即可看出当时汴京、苏州、成都、杭州等都会的繁华富庶。上引《满江红》虽然没有直接描写繁华景象，但它透过对桐江两岸优美自然风光的描绘，营造出一种太平时世所独有的从容平和宁静澹泊的韵味，这种韵味并不因游宦漂泊的伤感而有所减损。

大抵说来，北宋的《满江红》大多并不激烈，甚至如苏轼这样的豪放派词家，其所作的《满江红》也并不剑拔弩张、气冲斗牛：

江汉西来，高楼下、蒲萄深碧。犹自带、岷峨云浪，锦江春色。君是南山遗爱守，我为剑外思归客。对此间、风物岂无情，殷勤说。

江表传，君休读。狂处士，真堪惜。空洲对鹦鹉，苇花萧瑟。不独笑书生争底事，曹公黄祖俱飘忽。愿使君、还赋谪仙诗，追黄鹤。

此词题为《寄鄂州朱使君寿昌》，是苏轼写给友人鄂州太守朱寿昌的作品，时苏轼因“乌台诗案”被贬在黄州。词作在总体风格上一仍苏词雄浑豪放、气魄宏大的特点，下阕用三国祢衡的典故，表达了对当权者戕害文人的痛惜与不满，实则暗寓着对自身遭际的悲愤与不平。

而周邦彦的《满江红》径直就是一首本色的婉约之作，充满了花间的脂粉气：

昼日移阴，揽衣起、春帷睡足。临宝鉴、绿云撩乱，未忺妆束。蝶粉蜂黄都褪了，枕痕一线红生肉。背画栏、脉脉悄无言，寻棋局。

重会面，犹未卜。无限事，萦心曲。想秦筝依旧，尚鸣金屋。芳草连天迷远望，宝香薰被成孤宿。最苦是、蝴蝶满园飞，无心扑。

就艺术而言，周氏此词可谓精巧，然就内容来说，则毫无新鲜感可言，与晚唐五代众多描写女子相思的作品并无什么不同。

值得一提的还有吕本中的《满江红》：

东里先生，家何在、山阴溪曲。对一川平野，数间茅屋。昨夜冈头新雨过，门前流水清如玉。抱小桥、回合柳参天，摇新绿。

疏篱下，丛丛菊。虚檐外，萧萧竹。叹古今得失，是非荣辱。须信人生归去好，世间万事何时足。问此春、春酝酒何如，今朝熟。

吕本中是个道学家，早年曾师从大儒杨时、游酢等，晚年深居讲学，著有《春秋集解》《童蒙训》等，世称东莱先生。但他同时又是个诗人，工诗擅词，且词作大多写得清新可喜，如上引的这一首《满江红》，写村野风光与村居乐趣，极是明净秀洁，与我们所熟悉的激越悲壮相去甚远。宋代道学家大多能词，像邵伯温、朱熹、魏了翁、真德秀等，皆有词作传世，可见词这一创作形式在当时已经被文人士大夫普遍掌握、熟练运用。

“靖康之变”是一个重大的历史事件，它不仅改变了宋朝的历史，同时也使整个宋词的创作发生了根本性的变化。时代剧变所带来的灾难和屈辱激发了南宋士人知识分子的使命感与爱国心，使他们挣脱“花间”“尊前”的流连与念顾，直面社会人生和家国之恨。宋室南渡后的宋词不再以柔媚婉转的吟唱为主调，而多慷慨悲愤之音，这在《满江红》的创作中尤为如此：

惨结秋阴，西风送、霏霏雨湿。凄望眼、征鸿几字，暮投沙碛。试问乡关何处是，水云浩荡迷南北。但一抹、寒青有无中，遥山色。

天涯路，江上客。肠欲断，头应白。空搔首兴叹，暮年离折。须信道消忧除是酒，奈酒行有尽情无极。便挽取、长江入尊罍，浇胸臆。

南宋宰相赵鼎的这一首《满江红》作于宋室南渡前夕，此词前有一小段文字："丁未九月南渡，泊舟仪真江口作"，可证。丁未是公元一一二七年，即宋钦宗靖康二年，也是宋高宗建炎元年。靖康元年十一月，金兵攻陷汴京开封，宋钦宗请降；二年四月，金人掳钦宗与其父徽宗北去，北宋亡。史称靖康之变。同年五月，徽宗第九子康王赵构即位于南京（今河南商丘），改元建炎，开启了南宋偏安屈辱的一百五十多年历史。

赵鼎此词写得沉痛苍凉，在凄凉秋景的描摹中融进了对国事的忧虑和国破家亡的憾恨，开了南宋爱国词的先河。在此后岳飞、张元幹、张孝祥、陆游、辛弃疾、文天祥等人的创作中，我们都可以感受到这种"慷慨激烈，发欲上指"（陈廷焯《白雨斋词话》卷六）的力度：

过眼溪山，怪都似、旧时曾识。是梦里、寻常行遍，江南江北。佳处径须携杖去，能消几緉平生屐。笑尘劳、三十九年非，长为客。

吴楚地，东南坼。英雄事，曹刘敌。被西风吹尽，了无陈迹。楼观才成人已去，旌旗未卷头先白。叹人间、哀乐转相寻，今犹昔。

辛弃疾这首题为"江行，简杨济翁、周显先"的《满江红》作于宋孝宗淳熙五年（1178），这一年他三十九岁，由大理少卿出任湖北转运副使。所谓“江行”即系“溯江而行”，作者从临安出发，由运河至京口、扬州，然后溯江而上至鄂州赴任。词作抒发年华逝去、壮志未酬的感慨，是稼轩词一以贯之的主题；由对现实的不满而生发出对三国英雄尤其是孙权的追慕怀想，也在稼轩词中屡见不鲜。清人陈廷焯评论此词：“起数语便超绝。回头一击，鱼龙飞舞，淋漓痛快，悲壮苍凉，敲碎玉唾壶。”（《云韶集》卷五）“淋漓痛快，悲壮苍凉”可说是南宋爱国词的鲜明特点。辛疾弃颇喜用《满江红》调来进行创作，现存《满江红》词三十四首，仅次于《鹧鸪天》（六十三首）和《水调歌头》（三十八首），由此可见，声韵繁促急切的《满江红》受到辛弃疾一类词家的重视与喜爱。

可是，壮怀激烈并喜欢《满江红》的辛弃疾们挽救不了一心只想苟且偷安的南宋朝廷，《满江红》的激昂唤不醒麻木昏聩的掌权者，当热血男儿的仰天长啸随风远去，一个小女子的沉痛泣诉便具有了象征的意义：

太液芙蓉，浑不似、旧时颜色。曾记得、春风雨露，玉楼金阙。名播兰馨妃后里，晕潮莲脸君王侧。忽一声、鼙鼓揭天来，繁华歇。

龙虎散，风云灭。千古恨，凭谁说。对山河百二，泪盈襟血。客馆夜惊尘土梦，宫车晓碾关山月。问嫦娥、于我肯从容，同圆缺。

从某种意义上说，南宋度宗昭仪王清惠的这首《满江红》是南宋覆亡的形象记录。据南宋周密《浩然斋雅谈》和元陶宗仪《南村辍耕录》等文献所载，南宋德祐二年（元至元十三年，公元1276年）正月，元丞相伯颜统兵进入南宋京城临安，太皇太后谢道清奉表乞降。三月，元兵将南宋太后全氏（度宗皇后）和年仅五岁的小皇帝恭帝赵㬎以及后宫宫人、内侍、乐官等押往大都，王清惠也身列其中。路经汴京夷山驿站时，王清惠在驿站的墙上题了上面的这首《满江红》。南宋此时实际上已经灭亡。虽然南宋大臣此后在南方先后拥立赵昰、赵昺为皇帝，勉强又撑了三年，但赵宋王朝实在是气数已尽，油尽灯枯，任凭文天祥们再努力，也已无力回天！

王清惠从一个后宫嫔妃的角度写出了她所亲历的亡国过程，南宋的覆灭就在她眼前发生，因此，她的描写是真实的，她的感受是真切的。像“客馆夜惊尘土梦，宫车晓碾关山月”这样的描述，使人在千载之下，仍然能触摸到南宋亡国君臣孤儿寡母那种辗转困顿、恓恓惶惶的凄惨与悲戚。此词在当时就流传甚广、影响很大，文天祥、邓剡、汪元量等都有和作。据载，文天祥兵败被俘北上途中读到此词，至末两句，不禁喟然叹道：“惜哉，夫人于此少商量矣！”他大概是有感于王词末两句所表露的出尘心态而发此感慨，因而有和作《代王夫人作》《和王夫人〈满江红〉韵，以庶几后山〈妾薄命〉之意》：

试问琵琶，胡沙外、怎生风色。最苦是、姚黄一朵，移根仙阙。王母欢阑琼宴罢，仙人泪满金盘侧。听行宫、半夜雨淋铃，声声歇。

彩云散，香尘灭。铜驼恨，那堪说。想男儿慷慨，嚼穿龈血。回首昭阳离落日，伤心铜雀迎秋月。算妾身、不愿似天家，金瓯缺。

文天祥的这首《代王夫人作》用的是王清惠的身份和语气，实则表达自己国破家亡的悲痛以及坚守儒家伦理不惜杀身成仁的决心。在文天祥的心目中，王清惠词中所表露的欲与“嫦娥”同圆缺的想法是一种逃避现实的消极，甚至他对当时南宋朝廷的主政者太皇太后谢道清的乞降行为也是不以为然的，所以才有“算妾身、不愿似天家，金瓯缺”的结尾。据陶宗仪《南村辍耕录》卷三“贞烈”条，南宋帝后及后宫诸人抵大都后，“宫人安定夫人陈氏、安康夫人朱氏与二小姬，沐浴整衣焚香，自缢死”，朱夫人并留下遗言一篇：“既不辱国，幸免辱身。世食宋禄，羞为北臣。妾辈之死，守于一贞。忠臣孝子，期以自新。丙子五月吉日，泣血书。”文天祥对这些“贞烈”行为不可能不知道，他应该是认同这样的行为，并且他自己也是这样做的。最终，他以杀身成仁的悲壮完成了他的“贞烈”，实践了他“不愿似天家”——不愿像赵宋帝后那样投降——的承诺。

任何朝代的更替总是以悲剧的形式完成的，那些充满血腥与火光的悲恨相续的历史总是在《满江红》中一再出现，或已使《满江红》成为了一个悲剧符号。南宋亡后八十九年，也即是公元一三六八年，曾经强悍一时的元朝为朱明所灭。历史就是这样残酷地在生死与兴亡之间循环往复。元代诗人萨都剌的《满江红》或许道出了这种历史宿命的悲凉与无奈：

> 六代豪华，春去也、更无消息。空怅望、山川形胜，已非畴昔。王谢堂前双燕子，乌衣巷口曾相识。听夜深、寂寞打孤城，春潮急。
>
> 思往事，愁如织。怀故国，空陈迹。但寒烟衰草，乱鸦斜日。玉树歌残秋露冷，胭脂井坏寒螀泣。到如今、唯有蒋山青，秦淮碧。

水调歌头

“水调”一定是唐宋时期极为流行的曲调。从以下的诗句便可以得知，“水调”是怎样频密地介入了喜欢宴饮歌舞的唐宋人的诗酒风流生活：

谁家唱水调，明月满扬州。（唐杜牧《扬州》）

水调数声持酒听，午醉醒来愁未醒。送春春去几时回。
（宋张先《天仙子》）

谁家水调声声怨，黄叶秋风。（宋贺铸《采桑子》）

“水调”的历史还可以追溯到更远的年代。北宋王灼《碧鸡漫志》引唐刘悚《隋唐嘉话》云，炀帝凿汴河，自制水调歌。杜牧《扬州》诗也有自注云：炀帝开汴渠成，自作水调。据此，可知隋时已有此调。至唐，演为大曲，有散序、中序、入破三部分，歌头为中序的第一章。《词谱》亦云：“水调乃唐人大曲，凡大曲有歌头，此必裁截其歌头另倚新声也。”这大概就是“水调歌头”的由来了。

据《碧鸡漫志》，王灼认为“水调”并不是曲名，“乃俗呼音调之异名”，隋炀帝自制之水调歌，“即是水调中制歌也”。也就是说，隋炀帝创制的歌其实并不叫《水调》，而是用“水调”这一音调所制作的歌。并引《脞说》云：“水调《河传》，炀帝将幸江都时所制，声韵悲切，帝喜之。”在这里，“水调”是音调，而《河传》才是曲名。

早期的水调歌或许多是悲切的，如上面提到的隋炀帝的《河传》。

又据唐郑处诲《明皇杂录》：

> 禄山犯顺，乘遽以闻，议欲迁幸。帝置酒楼上，命作乐。有进《水调歌》者，曰："山川满目泪沾衣，富贵荣华能几时。不见只今汾水上，惟有年年秋雁飞。"上问谁为此曲，曰："李峤。"上曰："真才子也。"遂不终饮而去。

上引李峤的《水调歌》，能够使唐玄宗"不终饮而去"，当然也是悲切的。白居易也有《听水调诗》云："五言一遍最殷勤。调少情多似有因。不会当时翻曲意，此声肠断为何人。"白居易所听为水调之五言调，据《碧鸡漫志》引《脞说》："'水调'第五遍，五言调，声最愁苦"，难怪白氏要觉得"此声肠断"了。

"水调"虽然出现得很早，但作为词调，《水调歌头》的出现应该是北宋时期的事。在整个唐至五代，我们未能发现《水调歌头》的踪影。到北宋前期，最早开始创制慢词的柳永和张先的全集中也找不到此调作品。查《全宋词》，最早的《水调歌头》出现在刘潜的名下。刘氏字仲方，生卒年不详，做过蓬莱县知县，与石延年、李冠为友。然而这首最早的《水调歌头》只有第三句"六郡酒泉"四个字留存下来。词见北宋龚鼎臣《东原录》：

> 刘仲方上曹玮《水调歌头》第三句云："六郡酒泉。"

曹玮乃北宋开国元勋曹彬之子。据近人吴廷燮《北宋经抚年表》卷三，曹尝于宋真宗大中祥符八年（1015）闰四月知秦州，九年七月，丁内艰起复。因此，有论者认为此词当系刘潜在秦州上曹玮作。如果这个判断可以成立的话，则词史上有据可查的最早的《水调歌头》当作于公元一〇一五年至一〇一六年之间。

在苏轼那首光芒万丈的《水调歌头》出现之前，诗人苏舜钦与古文家尹洙都用这一词调写过作品，苏作题为《沧浪亭》：

潇洒太湖岸，淡伫洞庭山。鱼龙隐处，烟雾深锁渺弥间。方念陶朱张翰，忽有扁舟急桨，撇浪载鲈还。落日暴风雨，归路绕汀湾。

丈夫志，当景盛，耻疏闲。壮年何事憔悴，华发改朱颜。拟借寒潭垂钓，又恐鸥鸟相猜，不肯傍青纶。刺棹穿芦荻，无语看波澜。

此词作于宋仁宗庆历五年（1045），时苏舜钦坐事谪居苏州，因置地筑园，号为“沧浪”。并作《沧浪亭记》记其事：

构亭北碕，号“沧浪”焉。前竹后水，水之阳又竹，无穷极，澄川翠干，光影会合于轩户之间，尤与风月为相宜。予时榜小舟，幅巾以往，至则洒然忘其归，觞而浩歌，踞而仰啸，野老不至，鱼鸟共乐。

“觞而浩歌，踞而仰啸”，《沧浪亭记》写出了苏氏归隐闲居生活的放旷洒脱与自得其乐，他的词在意蕴上与此记大抵相近，但似多了一份“壮年疏闲”的无奈。然词还是写得相当有气势，字里行间可隐约看到苏轼词的影子。

而尹洙所作题为《和苏子美》，是苏舜钦词的和作：

万顷太湖上，朝暮浸寒光。吴王去后，台榭千古锁悲凉。谁信蓬山仙子，天与经纶才器，等闲厌名缰。敛翼下霄汉，雅意在沧浪。

晚秋里，烟寂静，雨微凉。危亭好景，佳树修竹绕回塘。不用移舟酌酒，自有青山绿水，掩映似潇湘。莫问平生意，别有好思量。

尹、苏二人的《水调歌头》同时也是他们唯一流传下来的词作。据《全宋词》，在苏轼之前，只有刘潜、尹洙、苏舜钦三人用《水调歌头》词调创作过作品，词作仅存四首，其中刘潜的两首中又有一首仅剩残句。当然，作品在历史长河中大量散佚的可能性是存在的，但是，从概率上看，此调这一时段留存于世的作品还是偏少了，据此或可推断，《水调歌头》在北宋中前期应该是一个并不“热门”的词调。

尹洙此词同样也作于庆历五年。三十一年后，即宋神宗熙宁九年，公元一〇七六年，苏轼在密州创作了那首伟大的《水调歌头》，从而使该调告别了早期的寂寞，一跃而成为中华文化史上灿烂耀眼的文化符号：

明月几时有，把酒问青天。不知天上宫阙，今夕是何年。我欲乘风归去，又恐琼楼玉宇，高处不胜寒。起舞弄清影，何似在人间。

转朱阁，低绮户，照无眠。不应有恨，何事长向别时圆。人有悲欢离合，月有阴晴圆缺，此事古难全。但愿人长久，千里共婵娟。

这是中华千年词史上最光辉夺目的一首作品。宋人胡仔尝云：“中秋词自东坡《水调歌头》一出，余词尽废。”（《苕溪渔隐丛话》后集卷三十九）这当然是一种夸张的说法。但苏轼以他奇拔的想象和灵动飞腾的笔势，给后人留下了一种清空旷远的不朽意象，这种意象的美学穿透力又岂止局限于“中秋词”!？或可以说，自苏氏此词一出，一种新的美学原则便被确立了。人们常常用“豪放”二字来规范苏词，其实苏词又岂是“豪放”所能规范得住！

苏氏此词在当时便已流布天下，广为传唱。宋陈元靓《岁时广记》卷三十一引《复雅歌词》载：

是词乃东坡居士以丙辰（1076）中秋，欢饮达旦，大醉，作《水调歌头》兼怀子由。时丙辰，熙宁九年也。元丰七年（1084），都下传唱此词。神宗问内侍外面新行小词，内侍录此进呈。读至“又恐琼楼玉宇，高处不胜寒”，上曰：“苏轼终是爱君。”乃命量移汝州。

苏轼在写此词三年后的元丰二年（1079）因“乌台诗案”贬黄州团练副使，元丰七年，移汝州团练副使。这段文字起码可以说明几个问题：一是当时唱曲听歌之风极盛，连神宗皇帝亦好此道；二是苏轼的《水调歌头》在当时便已风靡天下，“都下传唱”；三是宋神宗爱惜苏轼之才，认为他“终是爱君”。说“琼楼玉宇”两句表达了苏轼的“忠君”思想似有点勉强，但宋神宗要这样认为也无不可。尽管苏轼在神宗朝屡遭打击，甚至差点儿被置于死地，但宋神宗还是守住了底线，因为他知道苏轼的才能，也知道苏轼的品质。我相信宋神宗为了推行他的改革，势必要排除一些干扰，打击那些反对的势力。苏轼反对变法，而且以他在当时的名气，对宋神宗的干扰应该是颇大的，因此，苏轼的倒霉似势难避免，或可以说，新党对苏轼的打击，是得到神宗的首肯或支持的。然而，当气势汹汹的御史李定、舒亶之流要把苏轼往死里整时，宋神宗还是清醒的，他只将苏轼贬到黄州去任团练副使，以当时罗织的罪名，这样的处罚应该是比较轻的。据说神宗每读苏轼的诗文，都赞叹他为“奇才”，他一直想起用苏轼，但总受到新党的阻挠，没能如愿就死去了。神宗死后，哲宗年幼登基，祖母高太后执政。高太后执行神宗的遗愿，大力拔擢苏轼，一下子将苏轼从一个边远地区的贬官罪臣接连提拔至翰林学士的高位，官居三品，职责是专给皇帝草拟圣旨，地位仅次于宰相（二品）。由此可见，宋神宗是很欣赏苏轼的，对苏的贬谪只是形势与政治的需要，如果不是在三十多岁便英年早逝，他早晚也会重用苏轼的。

苏轼一生仕途坎坷，屡遭贬谪，颠沛流离，然而他始终以超然旷达的态度面对苦难。这首词是熙宁九年（1076）中秋他在密州超然台宴饮达旦醉后所作。尽管真正的苦难要到三年后才向他持续袭来，但我们在此词中已经看到了一种苏东坡式的对宇宙人生的哲理思考，这种思考便是他日后超越苦难的精神源泉。

儒道互补是中国思想史上的永恒话题。中国知识分子总是很难超脱入世与出世、儒家与道家的心灵纠缠。苏轼也不例外，他辉煌而困厄的一生同样浸透了这种中国知识分子心灵纠缠的困惑与辛酸。苏轼当然不是一个隐世者，但他用道家的超然物外在心灵深处筑起了一道抵御世俗洪水的堤防。人们常说“大隐隐于市”，对于苏轼来说，或许“大隐隐于心”更能切中他的实际。在不断袭来的苦难中，他总是不断追求内心的宁静，此时，他的心灵便是他隐遁避世的居所。

像苏轼这样遭受那么多苦难而又能够超然面对的人在历史上并不多见，他的超然和他的绝世才华一样，令千百年来无数后人仰慕不已。宋蔡絛《铁围山丛谈》卷三载：

> 歌者袁绹，乃天宝之李龟年也。宣和间，供奉九重，尝为吾言：“东坡公昔与客游金山，适中秋夕，天宇四垂，一碧无际，加江流澒涌，俄月色如昼，遂共登金山山顶之妙高台，命绹歌其《水调歌头》曰：‘明月几时有，把酒问青天。’歌罢，坡为起舞，而顾问曰：‘此便是神仙矣。’”吾谓文章人物，诚千载一时，后世安所得乎？

在后世许多人的心目中，苏轼是一个具有飘然出世神仙风姿的传奇人物，人们称他为髯翁、坡公、坡老、坡仙、苏仙、眉山公等。这一方面是因为他的作品具有“神仙出世之姿”（刘熙载《艺概·词概》），另一方面也与他的人生经历和人生态度很有关系。在民间，关于他的故事也特别多，他的机智幽默、潇洒豁达、多才多艺的形象深受老百姓的喜爱，他发明的“东坡肉”现在还是饭馆里的一道佳肴，人们不一定知道他的弟弟叫苏辙，但可能会听说过他和他的“妹妹”苏小妹的故事……苏轼不但活在自己的作品里，而且还活在后人众多的传说中，他已经从一介文人转化为一个历史文化名人，甚至转化为一个传说中的人物。

苏轼留存于世的《水调歌头》也只有四首。苏轼之后，《水调歌头》开始大放异彩，很多著名的文人都用此词调来进行创作。然而，苏轼以他的天才创作将《水调歌头》提升到了一个难以企及的高度，后人创作的《水调歌头》，一是难以超越苏轼词的水平，二是或多或少地要受到苏词的影响：

瑶草一何碧，春入武陵溪。溪上桃花无数，花上有黄鹂。我欲穿花寻路，直入白云深处，浩气展虹霓。只恐花深里，红露湿人衣。

坐玉石，欹玉枕，拂金徽。谪仙何处，无人伴我白螺杯。我为灵芝仙草，不为朱唇丹脸，长啸亦何为。醉舞下山去，明月逐人归。

这首《水调歌头·游览》是苏轼的学生黄庭坚所作，从中可明显看出其师影响的痕迹。据元李冶《敬斋古今注》卷八所载：

东坡《水调歌头》："我欲乘风归去，只恐琼楼玉宇，高处不胜寒。起舞弄清影，何似在人间。"一时词手，多用此格。如鲁直云："我欲穿花寻路，直入白云深处，浩气展虹霓。只恐花深里，红露湿人衣。"盖效坡语也。近世闲闲老人亦云："我欲骑鲸归去，只恐神仙官府，嫌我醉时真。笑拍群仙手，几度梦中身。"

其实何止格式，从情感意蕴或格调意境上，都能找出苏轼的影子。

就《水调歌头》的创作实践看，豪放词人尤喜用此调，就存世作品而言，叶梦得有七首，张元幹有十四首，张孝祥有十六首，刘克庄有十一首，刘辰翁有二十五首，陈亮有四首，而辛弃疾竟有三十八首之多。这些词作大多写得豪迈激越，是宋代豪放派作品的重要组成部分。如陈亮的《送章德茂大卿使虏》，就是此调中最典型的豪迈激越之作：

不见南师久，谩说北群空。当场只手，毕竟还我万夫雄。自笑堂堂汉使，得似洋洋河水，依旧只流东。且复穹庐拜，会向藁街逢。

尧之都，舜之壤，禹之封。于中应有，一个半个耻臣戎。

万里腥膻如许，千古英灵安在，磅礴几时通。胡运何须问，赫日自当中。

此词写于宋孝宗淳熙十二年（1185），是为送其友章森出使金国贺金世宗完颜雍生辰而作。时南宋偏安已久，为维持苟安局面，南宋与金国签订“隆兴和约”，宋帝竟尊金主为叔父，而自称“侄皇帝”。在这样的背景下，章森使金必然是屈辱之旅。陈亮这首送别词可谓豪气干云，悲愤填膺，他摒弃含蓄，不避直露，快意恩仇，直抒胸臆，将满腔的悲愤与炽热痛快淋漓地挥洒。

陈亮和辛弃疾是好朋友，两人志同道合，同为力主抗金的主战派。辛弃疾有一首极著名的《破阵子》就是写给陈亮的：

醉里挑灯看剑，梦回吹角连营。八百里分麾下炙，五十弦翻塞外声。沙场秋点兵。

马作的卢飞快，弓如霹雳弦惊。了却君王天下事，赢得生前身后名。可怜白发生。

可怜这两位才情超迈意气纵横的热血男儿，不能见容于一心只想苟且偷安的朝廷，一腔杀敌报国的热血无处泼洒，只能倾注于艺术想象的虚幻中——词中描写的一切大快人心激烈酣畅的战斗场面并没有在现实中发生，全都是诗人一厢情愿的美丽想象，他把这些写下来，题为“为陈同甫赋壮词以寄”，寄给与他有着同样抱负并同样郁郁不得志的陈亮，借以抒发心中共有的愤懑与抑郁。陈亮与辛弃疾一样，也是一位英雄豪杰式的人物，他“生而目光有芒，为人才气超迈，喜谈兵，议论风生，下笔数千言立就”（明李贽《陈亮传》），曾写《中兴五论》和《上孝宗皇帝书》，极力主张抗战，尝称：“南师之不出，于今几年矣！河洛腥膻，而天地之正气抑郁而不得泄，岂以堂堂中国，而五十年之间无一豪杰之能自奋哉！”（《上孝宗皇帝第一书》）他的《水调歌头》，表达的正是同一意思。然而，他的命运也与辛弃疾一样，炽热的感情换来的却是长期的“冷板凳”，辛弃疾被闲置二十年，而陈亮也一直被弃置不用，并曾三次蒙冤入狱，临终前一年，却被擢为进士第一（状元），授签书建康府判官公事，结果未行而卒。这真是岂有此理，命运仿佛在给陈亮开了一个残酷的“玩笑”！

其实，在历史上的很多时候，陈亮式的人物大多是悲剧性的，“君王天下事”不需要他们去“了却”，他们的“生前身后名”也不是在沙场上“赢得”的。在漫长岁月的困守等待中，英雄渐老，白发陡生，报国无门，壮志难伸，这往往便是一代英雄的宿命！陈亮的乐观与豪迈令人肃然起敬，然而他的期待却没能实现，宋朝的国运并没有像“赫日自当中”那样的强盛兴旺，而是日渐衰弱。九十多年后，南宋为同样被汉人称作“胡”的元朝灭亡，“胡运”大盛，“赫日”西坠，这当然是陈亮们意料不到或不愿看到的。

《水调歌头》佳作颇多，如苏轼的《黄州快哉亭赠张偓佺》，张元幹的《追和》，陆游的《多景楼》，范成大的《燕山九日作》，张孝祥的《闻采石战胜》《过岳阳楼》，辛弃疾的《鸥盟》《舟次扬州，和杨济翁、周显先韵》《壬子被召，端仁相饯席上作》，等等，不胜枚举。在这里要提一下朱熹的《水调歌头·隐括杜牧之齐山诗》。我在《满江红》一文中曾引吕本中写《满江红》的例子，说明宋代道学家大多能词，词这一创作形式已普遍为文人士大夫所掌握。朱熹的《水调歌头》又是一例：

江水浸云影，鸿雁欲南飞。携壶结客何处，空翠渺烟霏。尘世难逢一笑，况有紫萸黄菊，堪插满头归。风景今朝是，身世昔人非。

酬佳节，须酩酊，莫相违。人生如寄，何事辛苦怨斜晖。无尽今来古往，多少春花秋月，那更有危机。与问牛山客，何必独沾衣。

朱熹在中国思想文化史上占有十分重要的地位，他集宋代理学之大成，是继孔孟之后最重要的哲学家和思想家。儒学到了宋代已演变为理学，朱熹整合发展了周敦颐、张载和程颢、程颐等人的学说，完成了程朱理学的构建。由于此后的元明清三代统治者的推崇，程朱理学成了六七百年间的官方哲学，极大地影响了中国人的思想意识、行为规范。这种影响直到今天依然存在。

我们都知道文学创作和理论（尤其是哲学类）写作并不是一回事，各自需要不同的思维方式。一般说来，作家诗人很少从事抽象思辨类著述的写作，而哲学家理论家也很难创作出优秀的文艺作品。宋代理学家大多轻视文艺创作。周敦颐首先提出“文以载道”说，把文章仅仅看作是“载道”的工具。而二程则更为极端，竟把作家的创作看作“玩物丧志”，称宋人尊崇的诗圣杜甫的诗为“闲言语”，甚至将作家比作供人娱乐的“俳优”（《二程语录》）。朱熹也有严重的重道轻文的倾向，认为“文只如吃饭时下饭耳”，学者一旦陷入“文”中即会“坏人材，败风俗”（《答吕伯恭》）；并主张崇道抑诗，认为“诗不必作”“作诗无益”（《晦庵诗说》）。有趣的是，尽管理学家们鄙薄创作，但他们当中很多人却工诗能文，即如周敦颐，也为后人留下了脍炙人口的《爱莲说》，朱熹更是在诗词和古文的创作上都颇有成就。只是他的诗，总觉得学究味说教味太重，如那首著名的《观书有感》：半亩方塘一鉴开，天光云影共徘徊。问渠那得清如许，为有源头活水来。哲理是有了，但似缺乏诗味，缺少优秀诗作所应具备的肌理与风神（其实这也是宋诗的通病或特点，苏轼诗《题西林壁》最为典型。）。而他的词作情况要好一些，这或许是因为词于宋人已经成为抒发感情的主要载体，而诗则往往可用于说教。这大概也是宋代理学家大多能词的原因所在。

据《全宋词》，朱熹存词仅十九首，其中《水调歌头》就占了五首。上引的这首词作，顾名思义，是剪裁概括唐诗人杜牧的《九日齐山登高》诗的内容创作而成。杜牧原诗如下：

江涵秋影雁初飞，与客携壶上翠微。
尘世难逢开口笑，菊花须插满头归。
但将酩酊酬佳节，不须登临恨落晖。
古往今来只如此，牛山何必独沾衣。

尽管朱词是隐括杜诗之作，但朱子能够巧妙地整合杜诗之意象，超越杜氏的悲戚伤感，而以儒家哲人的大胸襟与大智慧，穷古今往来之变化，通天地化育之玄机，营造出一种蕴含人生宇宙本质规律的深远意境。这种意境虽贯注哲理，但又充溢着丰沛的感情与灵动的意象。清王奕清《历代词话》卷七引《读书续录》论此词："气骨豪迈，则俯视苏、辛；音韵谐和，则仆命秦、柳。洗尽千古头巾俗态。"给予了很高的评价。

高敞的天空明净而晶莹，朗月如霜，清劲的风漫过绵远的山冈，超然的亭台酒香飘溢，思念发出悠长的呼唤，剑气纵横，琴韵轻轻叩击心扉，歌声穿透时空的盔甲，轻盈的诗心迎风飞翔，苍茫的古调在怀念一个永远年轻的灵魂……

贺新郎

据明末清初毛先舒的《填词名解》所记，《贺新郎》一调为苏轼所创制，因其词中有“桐阴转午，晚凉新浴”句，因名《贺新凉》，后误为《贺新郎》。康熙时编的《词谱》大抵沿用了这一说法，说“此调始自苏轼”，因“苏轼词有‘乳燕飞华屋’句，名《乳燕飞》；有‘晚凉新浴’句，名《贺新凉》；有‘风敲竹’句，名《风敲竹》”。又说，因苏词后段“花前对酒”句少一字，且格调未谐，故以叶梦得词作谱。

苏轼首创的这一首《贺新郎》，也是他全集中唯一的一首本调作品：

乳燕飞华屋。悄无人、桐阴转午，晚凉新浴。手弄生绡白团扇，扇手一时似玉。渐困倚、孤眠清熟。帘外谁来推绣户，枉教人、梦断瑶台曲。又却是，风敲竹。

石榴半吐红巾蹙。待浮花、浪蕊都尽，伴君幽独。秾艳一枝细看取，芳心千重似束。又恐被、秋风惊绿。若待得君来向此，花前对酒不忍触。共粉泪，两簌簌。

苏轼此词，论者或有以美人芳草寄身世之慨的说法，这当然也是可以的；但如果看得不那么复杂，而只把此词单纯看作代美人立言的闺怨词，或描摹人、物的咏物词，似乎也不能说是错的。华屋美人，晚凉新浴；榴花秾艳，芳心千重……词的上阕专写美人，下阕则转写榴花，但全词的重点乃在美人身上，尤其是美人之新浴，因此调名《贺新凉》，也真的是实至名归，十分贴切。

宋人杨湜的《古今词话》载有此词创作的本事：苏轼任杭州知州时，某次宴集，官妓秀兰浴后倦睡，姗姗来迟，引起属官不快，时榴花盛开，秀兰便折一枝请罪，东坡为转圜此事，于是创作了这首词，令秀兰歌之以侑觞。

南宋曾季狸的《艇斋诗话》也说：

> 东坡《贺新郎》在杭州万顷寺作。寺有榴花树，故词中云石榴。又是日有歌者昼寝，故词中云："渐困倚、孤眠清熟。"

而同为南宋人的陈鹄所撰的《耆旧续闻》则说，有人在晁以道家见到东坡此词真迹，问知为侍妾榴花而作。

以上数则故事尽管具体细节有异，但总的看来，都是说东坡词是为某人（妓或妾）所作，这倒也切合词中对人物的某些描写，但我颇怀疑这些故事或是后人的附会。宋代学者胡仔在他的《苕溪渔隐丛话》中说："东坡此词，冠绝古今，托意高远，宁为一娼而发耶！"是否"冠绝古今，托意高远"，大可见仁见智，但"宁为一娼而发"我是认同的。要说词中的美人是秀兰、榴花或某歌伎，这很难坐实，因为词人写的，可能是一种现象、一个类型，比如说闺怨现象，或思妇类型，你总不能说温庭筠《望江南》中的"梳洗罢，独倚望江楼"中的女子就是某一个具体的人，这样的指认并无必要，也没有多大意思。就算作品中的主人公有某人的影子，但也会经过艺术化或曰典型化的处理，因为文学的本质乃是反映社会生活，塑造艺术形象。

尽管《词谱》说"此调始自苏轼"，但却没有收苏轼此词入谱，《词谱》中为此调作谱是叶梦得的词，这固然是因为苏词"格调未谐"，而叶词则在声韵调等各方面都合乎词谱的需要：

> 睡起流莺语。掩青苔、房栊向晚，乱红无数。吹尽残花无人见，惟有垂杨自舞。渐暖霭、初回轻暑。宝扇重寻明月影，暗尘侵、尚有乘鸾女。惊旧恨，遽如许。
>
> 江南梦断横江渚。浪粘天、葡萄涨绿，半空烟雨。无限楼前沧波意，谁采蘋花寄取。但怅望、兰舟容与。万里云帆何时到，送孤鸿、目断千山阻。谁为我，唱金缕。

叶梦得是身处两宋之间的重要词人，早期词风婉柔，后期则转向雄放杰出一路。这首《贺新郎》是他的早期作品，从中可感觉到花间的底色和宋初词坛的遗风余响，这一点和苏轼的《贺新郎》有相似之处。

叶梦得的《贺新郎》也是他唯一的一首本调作品。南宋洪迈的笔记小说《夷坚志》丁志卷十二载有关于这首词的本事：

> 叶少蕴左丞初登第，调润州丹徒尉。郡守器重之，俾检察征税之出入。务亭在西津上，叶尝以休日往，与监官并栏杆立，望江中有彩舫，傣亭而南，满载皆妇女，嬉笑自若。谓为富贵家人。方趋避之，舫已泊岸。十许辈袨服而登，径诣亭上，问小吏曰："叶学士安在，幸为入白。"叶不得已出而见之。皆再拜，致词曰："学士俊声满江表，妾辈乃真州妓也，常愿一侍尊俎，惬平生心。而身隶乐籍，仪真过客如云，无时不开宴，望顷刻之适不可得。今日太守私忌，郡官皆不会集，故相约绝江此来，殆天与其幸也。"叶慰谢，命之坐。同官谋取酒与饮，则又起言："不度鄙贱，辄草具肴酝自随，敢以一杯为公寿。愿得公妙语持归，夸示淮人，为无穷光荣，志愿足矣。"顾从奴挈榼而上，馔品皆精洁，迭起歌舞。酒数行，其魁捧花笺以请，叶命笔立成，不加点窜，即今所传《贺新郎》词也。其词曰（略）。卒章盖纪实也。此词脍炙人口，配坡公"乳燕华屋"之作，而叶公自以为非其绝唱，人亦罕知其事云。

据上引本事，则叶氏此词系应真州妓之邀而作。其时叶虽"初登第"，只是个位卑职微的丹徒尉（丹徒县公安局长），但已"俊声满江表"，妓女都愿陪侍宴饮，以传唱他的歌词"为无穷光荣"；而这首《贺新郎》便是此次宴会上的"急就章"，"命笔立成，不加点窜"，可见叶梦得的"俊声"并不是浪得虚名。这则故事细节颇生动，从中可看出宋代宴饮活动的具体情况及文人与妓女的互动，而词的创作，与这样的活动和互动密不可分。

当然也有人说以上本事并不真实。据南宋刘昌诗《芦浦笔记》卷十所载："庆元庚申，石林之孙筠守临安，尝从容语及，谓赋此词时年方十八，而传者乃云为仪真妓女作。详味句意皆不相干。或是书此以遗之尔。"按叶筠的辩解甚无力。庆元是南宋宁宗赵扩的年号，庆元庚申年为公元一二〇〇年，此时距叶梦得（号石林居士）创作《贺新郎》的时间已经过去一百多年了，因此叶筠要否认其祖之词"为仪真妓女作"，其实是难以做到的。而《夷坚志》的作者洪迈虽然也是南宋时人，但其生活年代（1123-1202）比叶筠要早，且洪迈本人及父洪皓、兄洪适、洪遵皆为宋朝高官重臣（官至宰相、副宰相）和著名文人学者，父子三人（皓、适、迈）并称"三洪"，故洪迈称得上家学渊源，况又才华出众、见多识广，所以他对于有宋一代朝野间奇闻逸事人物掌故典章制度等的记录应该有一定的可信度（其另一著作《容斋随笔》也是一部著名的笔记小说，被《四库全书总目提要》推誉为"南宋笔记小说之冠"），有关叶梦得的本事，也应作如是看。叶筠之辩，或可看作叶氏后人为尊长者讳的说辞。

说到《贺新郎》就不能不提南宋豪放派词人张元幹，可以说，张氏是《贺新郎》创作史上极为关键的人物，他的创作，使《贺新郎》从华屋美人的闺怨和莺莺燕燕的私语突围而出，从而汇入声情激越气象雄浑的豪放词的吟唱中：

曳杖危楼去。斗垂天、沧波万顷，月流烟渚。扫尽浮云风不定，未放扁舟夜渡。宿雁落、寒芦深处。怅望关河空吊影，正人间、鼻息鸣鼍鼓。谁伴我，醉中舞。

十年一梦扬州路。倚高寒、愁生故国，气吞骄虏。要斩楼兰三尺剑，遗恨琵琶旧语。谩暗涩、铜华尘土。唤取谪仙平章看，过苕溪、尚许垂纶否。风浩荡，欲飞举。

张元幹的这首《贺新郎》有一个副题叫《寄李伯纪丞相》，说明此词是为南宋初主战派大臣李纲（字伯纪）而作的。

李纲在靖康元年（1126）金兵围攻北宋都城汴京时被任命为亲征行

营使，组织军民击退金兵的进攻。宋室南渡后，李纲一度为宰相，力主抗金，但遭到主和派汪伯彦、黄潜善等的抵制，任上仅七十五天便遭罢免。南宋高宗绍兴八年（1138），李纲因上书反对宋金议和，罢归福建长乐。这首《贺新郎》即写于此时。张元幹曾是李纲的僚属，随李纲参加过靖康元年（1126）的京城保卫战，对李纲反对议和坚决抗金的主张是大力支持的，他的词，其实就是对遭到秦桧等主和派打击压制的李纲的声援和致敬！

此词在用语、意境和气势上与前引苏、叶之作截然不同，显示出豪放一派的鲜明特色，张元幹们开始直面政治现实和社会生活，发出慷慨激昂的声音，像“气吞骄虏”“斩楼兰”“风浩荡，欲飞举”这样的用语与意象，开始频繁出现在词这一艺术形式上，折射出时代风云变幻历史沧桑巨变给艺术创作所带来的巨大影响！

张元幹的另一首《贺新郎》更为有名，也更为悲壮：

梦绕神州路。怅秋风、连营画角，故宫离黍。底事昆仑倾砥柱，九地黄流乱注。聚万落、千村狐兔。天意从来高难问，况人情、老易悲难诉。更南浦，送君去。

凉生岸柳催残暑。耿斜河、疏星淡月，断云微度。万里江山知何处，回首对床夜语。雁不到、书成谁与。目尽青天怀今古，肯儿曹、恩怨相尔汝。举大白，听金缕。

张氏此词也是赠别之作，是他为送别因反对和议、请斩秦桧等人之头而被除名编管新州（今广东新兴）的胡铨而作的词，此词的副题就叫《送胡邦衡待制》。

关于此词创作的本事，南宋学者王明清的《挥麈后录》卷十有所记载：

绍兴戊午，秦会之再入相，遣王正道为计议使，以修和盟。十一月，枢密院编修官胡铨上书曰：（略）。疏入，责为昭州盐仓，而改送吏部，与合入差遣，注福州签判，盖上初无深怒之意也。至壬戌岁，慈宁归养，秦讽台臣论其前言弗效，诏除名勒停，送新州编管。张仲宗元幹寓居三山，以长短句送其行云：“梦绕神州路（略）”……又数年，秦始闻仲宗之词。仲宗挂冠已久，以他事追赴大理，削籍焉……

这位斗胆上书请斩秦桧（字会之）之头的胡铨与南渡名相李纲一样，是个力主抗金的主战派。上引文字中被略掉的“疏”文，其实写得颇为激烈，疏文直斥宋高宗“尚不觉悟，竭民膏血而不恤，忘国大仇而不报，贪垢忍耻，举天下而臣之甘心焉”；又痛斥秦桧“不能致陛下唐、虞，而欲导陛下为石晋”，表示自己“义不与桧等共戴天”，“愿斩三人头，竿之槁街，然后羁留虏使，责以无礼，徐兴问罪之师，则三军之士，不战而气自倍。不然，臣有赴东海而死耳，宁能处小朝廷求活耶！”

胡铨的激烈言辞当然激怒了宋高宗与秦桧，于是被一贬再贬，数年后，再由福州被贬往新州。当其时，秦桧权势正炽、气焰熏天，“平生亲党，避嫌畏祸，唯恐去之不速”（南宋蔡戡《芦川居士词序》），而张元幹却不惜以身犯险，不怕触怒权奸，作词为胡铨壮行，如此壮举，称得上忠肝义胆，是侠之大者、勇之大者！可与胡铨上书并悬青史！

此词气势更酣畅，文词更激越，感慨更深沉，境界更阔大：悲故宫离黍，叹昆仑折柱，看九地黄流，过万落千村，念万里江山，哀神州陆沉，而一句“天意从来高难问”，竟是直指南宋官家……真是痛快淋漓、豪气干云，令人听罢此调，顿生慷慨悲愤之气，不禁要浮一大白了！

文学史家一般认为张元幹是苏轼与辛弃疾之间的过渡人物，他的《贺新郎》更是开了本调慷慨悲歌的先河。此后的辛弃疾，颇喜用此调进行创作，他的词全集显示，辛氏共留下二十四首《贺新郎》，在数量上仅少于《鹧鸪天》（六十三首）、《水调歌头》（三十八首）和《满江红》（三十四首），与《临江仙》并列第四，可见《贺新郎》也是辛弃疾所习用的词牌。辛弃疾以他丰茂的创作丰富了《贺新郎》的题材和风格，并奠定了此调雄放跌宕的美学品格：

把酒长亭说。看渊明、风流酷似，卧龙诸葛。何处飞来林间鹊，蹙踏松梢微雪。要破帽、多添华发。剩水残山无态度，被疏梅、料理成风月。两三雁，也萧瑟。

佳人重约还轻别。怅清江、天寒不渡，水深冰合。路断车轮生四角，此地行人销骨。问谁使、君来愁绝。铸就而今相思错，料当初、费尽人间铁。长夜笛，莫吹裂。

辛氏此词是追念他与好友陈亮的“鹅湖之会”，此后彼此步韵唱和五首（辛二陈三）的“首发”之作。此词之前有个较长的小序，记叙了二人鹅湖相聚而后惜别的情形：

陈同父自东阳来过余，留十日。与之同游鹅湖，且会朱晦庵于紫溪，不至，飘然东归。既别之明日，余意中殊恋恋，复欲追。路至鹭鸶林，则雪深泥滑，不得前矣。独饮方村，怅然久之，颇恨挽留之不遂也。夜半投宿吴氏泉湖四望楼，闻邻笛悲甚，为赋《乳燕飞》以见意。又五日，同父书来索词，心所同然者如此，可发千里一笑。

此序写得颇生动，将他和陈亮（字同父）因意气相投、肝胆相照而凝聚的友谊描画得很感人。辛陈二人同为力主抗金、恢复中原的主战派志士，志同道合，惺惺相惜，他们一起在鹅湖畅游了十日，“憩鹅湖之清阴，酌瓢泉而共饮，长歌相答，极论世事”（辛弃疾《祭陈同父文》），然后到紫溪去迎候朱熹（号晦庵），但朱熹因事未至，于是陈亮与辛弃疾握别，“飘然东归”；别后的第二天，辛弃疾“意中殊恋恋”，心中十分想念陈亮，便又上路追赶，打算把陈亮追回来……此词就是在这样的背景下创作的。在词中，辛弃疾把陈亮比作陶渊明、诸葛亮那样的人物，抒发了英雄老去、壮志难酬的感慨，同时对南宋的国势和前途表示深重的忧虑。

陈亮读了辛弃疾的词，感慨万端，便步辛词原韵和了一首，题为

《寄辛幼安，和见怀韵》：

老去凭谁说。看几番、神奇臭腐，夏裘冬葛。父老长安今余几，后死无仇可雪。犹未燥、当时生发。二十五弦多少恨，算世间、那有平分月。胡妇弄，汉宫琴。

树犹如此堪重别。只使君、从来与我，话头多合。行矣置之无足问，谁换妍皮痴骨。但莫使、伯牙弦绝。九转丹砂牢拾取，管精金、只是寻常铁。龙共虎，应声裂。

陈亮的这首《贺新郎》呼应了辛词的主题，对南宋长期偏安、世事沧桑幻变所造成恢复无望、“无仇可雪”的状况表达了深切的愤恨，抒写了他们建立在抗金复国理想基础上的深挚友谊，并对最终取得恢复大业的胜利进行了“浪漫主义”的遐想。

辛陈二人彼此唱和写下这些慷慨激越的《贺新郎》的时间应该在南宋孝宗淳熙十五年（1188），此时距北宋覆亡的靖康二年（1127）已经过去了六十余年。六十年是三代人的时间，那些经历了“靖康之耻”的父老已所剩无几，而当年“生发未燥”（胎发未干）的孩童又不知屈辱惨酷的历史，他们在金人统治的现实中长大成人，报仇雪恨对他们来说似乎是并不相干的事。这样的情形，怎能不令终身以恢复中原、收复失地为己任的辛弃疾陈亮们忧心如焚、痛心疾首呢！这样的情绪和心态，在辛弃疾的和作《同父见和，再用韵答之》中表现得更为强烈：

老大那堪说。似而今、元龙臭味，孟公瓜葛。我病君来高歌饮，惊散楼头飞雪。笑富贵、千钧如发。硬语盘空谁来听，记当时、只有西窗月。重进酒，换鸣瑟。

事无两样人心别。问渠侬、神州毕竟，几番离合。汗血盐车无人顾，千里空收骏骨。正目断、关河路绝。我最怜君中宵舞，道男儿、到死心如铁。看试手，补天裂。

应该说，辛氏此词在二人的五首唱和之作中水平最高：气韵最流畅，笔力最矫健，情绪最昂扬，意象最奇特，用典虽多，但都能化合无痕，不现斧凿之迹。词中继续追忆二人“鹅湖之会”的情景，极写他们指点江山、纵论天下的豪迈，神情飞动，意气风发，声情饱满而铿锵。此词最强烈地表达了辛弃疾对南宋朝廷苟安畏战的愤懑，“男儿到死心如铁”，是主战派不屈不挠矢志不移的抗战誓言，驱逐胡虏、收复中原故土的决心，如钢铁般坚不可摧，可惜，南宋朝廷的“主旋律”是议和，当政者并不需要辛、陈那样的“试手”，他们想效法女娲，为赵宋王朝“补天裂”，那只不过是一厢情愿、自作多情罢了！

历史的荒谬与吊诡在宋金绵延百年的战争过程中表现得至为充分。北宋在“靖康之变”中为金所灭，宋徽宗第九子康王赵构逃至河南商丘，建立南宋，后定都临安（今杭州）。南宋偏安江南，除了在建国初期的被迫抵抗和后来的两次北伐（皆失败）外，一直持与金议和的国策。南宋主议和，固然与国力有关，但也与统治者腐朽昏庸软弱无能不思进取甚至各怀鬼胎有关。在这样的大背景下，主战派注定是不得志的，这也就是辛弃疾、陈亮们被贬抑被闲置的根本原因。我们今天称他们为爱国词人豪放词人，读他们豪迈铿锵的作品，为他们的事迹和作品热血沸腾、激动不已，但实际上，他们并不是当时历史的主角，他们所有的吟唱，都含有一种深深的无奈与悲凉！

不管现今的人们如何评价有宋一代，或说她经济繁荣，或说她文化发达，或说她文明先进，但是，武备衰弱不振却是不争的事实。北宋与辽打了几十年，最后要联金才能灭辽，南宋与金对峙一百多年，最后也要联蒙才能灭金，两宋借外力虽然报了仇、雪了恨，但最终却是引狼入室，分别被金、蒙亡了国，亡国的途径与模式如出一辙！如此孱弱的武功，那也只有议和议和再议和直至亡国一途了。因此，有宋一代的英雄豪杰，如辛弃疾、陈亮等，或都有一种生不逢时的悲哀！

辛弃疾之后，辛派词人颇喜用《贺新郎》调进行创作，据他们的词全集，陈亮共有六首《贺新郎》，而刘过有八首，刘辰翁有二十七首，刘克庄用得最多，其集中所录竟有四十三首之多。可见，《贺新郎》已经成为豪放词人抒发炽热感情、反映广阔现实生活和时代风云变幻的重要载体。

然而，正如主战派不是时代的主角一样，豪放词也并非宋词的主流。尽管内忧外患贯穿整个南北宋，但是，风流奢靡的主题也一以贯之。宋代的确是一个经济繁荣、文化发达的时代，一个重要的标志就是：词这种供宴集歌舞使用的艺术形式创作的极度兴盛。这种自唐、五代发展而来的艺术样式，本来是供歌伎在宴会上演唱的歌词，文人按乐曲填写创作，歌伎演唱以侑觞助兴，这样的艺术形式，与此前的文人创作（如写诗）的根本不同，就是诗歌创作可以“穷而后工”，可以“愤怒出诗人”，但词却是富贵风流的产物，词的创作，是在深深庭院的轻歌曼舞中完成的，是享乐的需要，才出现词的艺术，因此，一个以词作为其主要艺术形式的时代，当然是一个富裕繁华的时代，也是一个风流的时代。

文人与歌伎共同创造了两宋的风流岁月。宋代妓女多才多艺，并不仅仅只会歌舞，不少妓女能写诗作词，显示出较高的文化水平和创作才能，这也可看作宋代文化发达的一个重要指标吧。笔者在本书的不少篇目中都列举过妓女词，这当然是因为妓女与风流奢靡关系密切，也因为妓女能词颇为难得，值得专门拈出，大力揄扬。下面所引的这首《贺新郎》，就是一个叫“平江妓”的妓女创作的：

春色元无主。荷东君、着意看承，等闲分付。多少无情风与浪，又那更、蜂欺蝶妒。算燕雀、眼前无数。纵使帘栊能爱护，到如今、已是成迟暮。芳草碧，遮归路。

看看做到难言处。怕宣郎、旌旗轻转，易歌襦袴。月满西楼弦索静，云蔽昆城阆府。便恁地、一帆轻举。独倚阑干愁拍碎，惨玉容、泪眼如红雨。去与住，两难诉。

此词见载于南宋周遵道的笔记《豹隐纪谈》，但所记极简略，除了词作本身的文字外只有寥寥数语：“嘉定间，平江妓送太守词曰（略）。或云是蒲江卢申之作。”

据上引本事，此词为嘉定间平江妓赠别当地太守之作。按嘉定是南宋宁宗赵扩年号，时在一二〇八至一二二四年；平江指平江府，治所在今苏州市。有学者据《吴郡志》，考证出嘉定年间曾知平江府者，有李大异、赵希怿、陈芾、沈皞、赵彦棣、李大性、綦奎、赵汝述等，平江妓所赠，当为其中一人。

这首妓女词就内容来说并无新意，无非是感谢太守"着意看承"，感慨"风浪无情""蜂欺蝶妒"，并想象太守别后，自己会如何如何地孤独寂寞、悲伤哀愁，但就比兴运用、形象描写和感情抒发等方面，还是有相当的水平的。妓女与太守的关系，也是老话题了，并不新鲜，但据词意，此妓颇得太守的关照和"爱护"，爱护是真诚的，因此，词中的感念也是真诚的，妓女与太守之间的这种真诚，也颇为难得，因为二人地位毕竟悬殊。我想，以妓女之卑而太守之尊，维系二人关系的大概并不仅仅是情色与金钱吧，当有精神文化层面的因素在。一个连名字都没能留下的妓女，居然就大大咧咧地写了词去送太守，这事换了在今天，只能当笑话来听。可见，说宋代文化发达，真不是信口开河，看看宋代妓女的精神文化气质，就可看出端倪。

然而，有文化的南宋终究打不过强悍的蒙元铁骑，"西湖歌舞"转眼就要休歇，在轰隆隆滚动的战争巨轮面前，那些笙歌院落和灯火楼台，那些莺歌燕舞和低吟浅唱，都显得极其荒诞和可笑。但是，在覆亡的阴影下，一介文人书生又能做什么呢！？文天祥陆秀夫们选择了抵抗，他们要以自己的血肉之躯，挡住那只明知挡不住的巨大轮子，与一个孱弱的王朝共存亡。更多的文人选择了逃避，他们避往山野田园，避往湖山风月，实际上是躲入自己的内心深处，这其中，就有周密：

波影摇涟甃。趁熏风、一舸来时，翠阴清昼。去郭轩楹才数里，藓磴松关云岫。快屐齿、筇枝先后。空半危亭堪聚远，看洞庭、缥缈争奇秀。人自老，景如旧。

来帆去棹还知否。问古今、几度斜阳，几番回首。晚色一川谁管领，都付雨荷烟柳。知我者、燕朋鸥友。笑拍阑干呼范蠡，甚平吴、却倩垂纶手。吁万古，付卮酒。

周密的这首《乳燕飞》（《贺新郎》的别名）作于宋度宗咸淳七年（1271），此时距南宋都城临安被攻陷只有五年时间，距陆秀夫背负末帝赵昺投海、南宋彻底覆灭也只有八年时间了，但时局形势的风雨飘摇，显然没有进入周密的视野，词中所描写的波影翠阴、来帆去棹、雨荷烟柳、燕朋鸥友……很美，很恬静，完全看不出国之将亡的悲苦与哀愁。联系词前的长篇序文，则更能见出作者当时的心态：

辛未首夏，以书舫载客游苏湾。徙倚危亭，极登览之趣。所谓浮玉山、碧浪湖者，皆横陈于前，特吾几席中一物耳。遥望具区，渺如烟云，洞庭、缥缈诸峰，矗矗献状，盖王右丞、李将军着色画也。松风怒号，暝色四起，使人浩然忘归。慨然怀古，高歌举白，不知身世为何如也。溪山不老，临赏无穷，后之视今，当有契余言者。因大书山楹，以纪来游。

读罢此序，不禁默然良久。南宋士人面对危局时的超脱与放弃，可说是深深地刺痛了我。“浩然忘归”，“不知身世为何如”，是麻木，是冷漠，或是无奈？尽管理智告诉我，面对大厦将倾，不放弃又能如何？但从感情上说，我还是喜欢文天祥、陆秀夫式的投入，那种“明知不可而为之”的投入。我想，这或许也就是文天祥们之能为人敬仰，而周密，则只能品赏。然而能品赏也是好的。南宋的覆亡自有其深层的原因，或许不能过于苛求像周密那样的文人书生。南北宋皆亡于北方少数民族，看来不是巧合或偶然：偃武修文的顶层设计，统治集团的昏聩腐朽，激烈的党争，风流奢靡的社会风气，等等，或都是原因，或都要担负相应的责任？

其实，南宋末士人文及翁的《贺新郎·西湖》已经把亡国的原因说出来了，或许不够全面，也不够深刻，但却是形象的、感性的：

一勺西湖水。渡江来、百年歌舞，百年酣醉。回首洛阳花石尽，烟渺黍离之地。更不复、新亭堕泪。簇乐红妆摇画舫，问中流、击楫何人是。千古恨，几时洗。

余生自负澄清志。更有谁、磻溪未遇，傅岩未起。国事如今谁倚仗，衣带一江而已。便都道、江神堪恃。借问孤山林处士，但掉头、笑指梅花蕊。天下事，可知矣。

文及翁仅留下词一首，但此词堪称南宋亡国的“总结”，故值得珍视。南渡以来，“百年歌舞，百年酣醉”，要想不亡国，难！南宋君臣畏敌如虎，全无“击楫中流”的血气和勇武，要想不亡国，难！南宋朝廷君昏臣暗，多信用奸佞小人，贤人干才，又往往被贬斥，要想不亡国，难！如此“多难”的王朝，又面对虎狼之邦，灭亡的结果，则早已注定！“天下事，可知矣”——文氏之词其实是预测了南宋灭国的命运，千年之后，当我们读着这些悲辛的文字，回眸这段惨烈的历史，心中不由得生出无限的感慨。号称有着先进文明的上邦大国屡屡被视作落后野蛮的“夷狄”摧残蹂躏，那么这种文明肯定是出了问题。宋代固然是中国古代文化的高峰，但是，宋代也是一个屈辱的被动挨打的朝代。中国历史上非汉族入主中原统治全国的现象，就是从南宋灭亡开始的。

“白发书生神州泪，尽凄凉、不向牛山滴。追往事，去无迹。”（刘克庄《贺新郎》）南宋词人众多的慷慨悲愤之作，又何尝不是为那个“怒其不争，哀其不幸”的朝廷吟唱的挽歌呢！

水龙吟

“水龙吟”这一词牌名，据说出自李白《宫中行乐词》中的“笛奏龙吟水”句。

龙吟，是一种怎样的声音?龙的吟啸，深沉、明亮，抑或清越，穿透悠长时空的遮蔽，带着永不休止的磅礴进入我们的想象空间。

是什么样的歌吟能当得起这样的气势?李白的诗，苏轼、辛弃疾的词，当然，还有许许多多天才诗人的吟咏，都是可以用“龙吟”或“凤鸣”来比拟和誉扬的。

事实上，“水龙吟”给人的感觉，是浩大的气象和悠远的意境，是雄浑壮阔，龙吟出水，凤鸣破空，惊风雨而泣鬼神，我们有理由对“水龙吟”充满惊艳的期待，而在所有《水龙吟》的优秀作品中，也都能感受到才思勃发和激情的飞溅!

查《全宋词》,《水龙吟》的第一首作品是一个叫章楶的北宋官员创作的：

燕忙莺懒芳残，正堤上、柳花飘坠。轻飞乱舞，点画青林，全无才思。闲趁游丝，静临深院，日长门闭。傍珠帘散漫，垂垂欲下，依前被、风扶起。

兰帐玉人睡觉，怪春衣、雪沾琼缀。绣床旋满，香球无数，才圆却碎。时见蜂儿，仰粘轻粉，鱼吞池水。望章台路杳，金鞍游荡，有盈盈泪。

章楶此词虽是本调目前所能见到的第一首作品，但却出手不凡，状物抒情，细腻而能出新意。词咏柳花，通过拟人化的描写，把柳花轻盈、飘荡的形象刻绘得极生动。苏东坡对此词极为赞赏，在给章氏的信中称“柳花词妙绝，使来者何以措词”（《与章质夫》），认为章词把柳花写绝了，后写者难以超越。当然，苏轼后来的和作是大大超越了章氏原作，但也不能据此认为苏轼信中所说的是客气话，言不由衷，而只能说，苏氏的确才华横溢，是第一流的诗人，何况还有个后出转精的因素。

这首《水龙吟》也是章楶留存下来的唯一的一首词作（《全宋词》于章楶名下还录有一首《声声令》，但并不能完全确定是章的作品）。光看这一首《水龙吟》，会认为作者只是一个吟咏花草闺情的“花间”类的文人，其实不然，章氏虽是一介文人，但同时又是运筹帷幄、决胜千里的名将。据《宋史》卷三二八本传所载，章楶打仗很厉害，他在北宋对西夏的战争中曾多次击败西夏军的进犯，并主动出击，多次重创西夏军。平夏一役最能体现章楶的运筹指挥之功：

> 夏主遂奉其母合将数十万兵围平夏，疾攻十余日，建高车临城，填堑而进，不能克，一夕遁去。夏统军嵬名阿埋、西寿监军妹勒都逋皆勇悍善战，楶谍其弛备，遣折可适、郭成轻骑夜袭，直入其帐执之，尽俘其家，虏馘三千余、牛羊十万，夏主震骇。

《宋史》本传中的这一段文字虽极简略，但已将战事的紧张惨烈及主帅章楶的风采生动传神地写出来了。元朝人脱脱等所撰的《宋史》对章楶评价甚高，卷三二八中的列传八十七结尾处有一段评论：“神宗奋英特之资，乘财力之富，锐然欲复河、湟，平灵、夏，而蔡挺、王韶、章楶辈起诸生，委褒衣，树勋戎马间。世非无材，顾上所趣尚磨厉奚如耳。观挺之治兵，韶之策敌，楶之制胜，亦一时良将。”能得史书如此评价，谁敢说章楶不是一代名将！然而，当我读罢《宋史》中章楶等人的传记，心中不由得生出一丝疑惑：宋代既然有如此多的名将儒将（从范仲淹、章楶到韩世忠、岳飞等），为何武备竟如此不振，屡屡受制于异族，最后竟然亡于女真蒙古?这真叫人百思不得其解！

回归正题。章氏此词作于宋神宗元丰四年（1081），其时他正在荆湖北路提点刑狱任上。而这一年也是苏轼因“乌台诗案”谪居黄州的第二年。据苏轼在黄州时给章楶的信《与章质夫》：“承喻慎静以处忧患，非心爱我之深，何以及此，谨置之座右也。柳花词妙绝，使来者何以措词！本不敢继作，又思公正柳花飞时出巡按，坐想四子，闭门愁断，故写其意，次韵一首寄去……”大抵可知章楶曾去信劝慰落难黄州的苏轼，并附寄所作的“柳花词”（即《水龙吟》），而苏轼的“次韵”之作，则是从章楶的“四子”（或系章氏姬妾）思念章的角度来下笔的，因此苏轼的和作，带有思妇词的情味：

似花还似非花，也无人惜从教坠。抛家傍路，思量却是，无情有思。萦损柔肠，困酣娇眼，欲开还闭。梦随风万里，寻郎去处，又还被，莺呼起。

不恨此花飞尽，恨西园、落红难缀。晓来雨过，遗踪何在，一池萍碎。春色三分，二分尘土，一分流水。细看来，不是杨花，点点是离人泪。

苏轼的这首题为《次韵章质夫杨花词》的和作，大多数论者都认为要胜过章楶的原作。北宋晁冲之就认为“质夫岂可比耶?”南宋朱弁也认为与东坡词相比，“便觉质夫词有织绣工夫。”（皆见朱弁《曲洧旧闻》卷五）而近人王国维则说得更直白：“东坡《水龙吟》咏杨花，和韵而似原唱；章质夫词，原唱而似和韵。才之不可强也如是。”又说：“咏物之词，自以东坡《水龙吟》为最工。”（王国维《人间词话》）当然，也有人认为章词“曲尽杨花妙处，东坡所和虽高，恐未能及”（魏庆之《诗人玉屑》卷二一），为章氏打抱不平。

平心而论，章词咏杨花，固然能曲尽妙处，诚如南宋黄昇、魏庆之等极力称道的“傍珠帘散漫，垂垂欲下，依前被、风扶起”诸句，的确将柳絮随风飘舞的曼妙形象勾画出来了。然而，章词尽管细节描写生动细腻，好句迭出，但毕竟并无艺术上的开拓创新；苏词虽是和作，在题材和用韵等方面受到约束，但却能够另辟蹊径，虚实结合，抓住杨花

“似花还似非花”的特质，并在咏物的同时融入了强烈的主观感情色彩，使得杨花的形象与思妇的形象勾连起来，从而超越了章楶原作，达到感人的效果。

苏词最成功出色处乃在拟人手法的娴熟运用，而且所拟之人，是与杨花某些特质有一致性的思妇。章词当然也拟人，如前面提到的“傍珠帘”数句，还有“闲趁游丝”数句，都运用了拟人的手法，但苏词的拟人看来更贴近、更传神、更形神兼备，“抛家傍路”者，是花也是人；“萦损柔肠，困酣娇眼”者，是花更是人；而“梦随风万里”的“寻郎”者，固然是思妇，但何尝又不可以看作漫天飞舞随风飘飏的柳花呢?人与花的浑融无碍使得苏词呈现出新颖奇妙的意境，此种意境是章词所没有的，这就是才力的差异所造成的高下之别，王国维说“才之不可强也如是”，说的也就是这个意思。

早期的《水龙吟》多婉媚之作，如下引的这首秦观作品，论者多以为是赠妓词：

小楼连苑横空，下窥绣毂雕鞍骤。朱帘半卷，单衣初试，清明时候。破暖轻风，弄晴微雨，欲无还有。卖花声过尽，斜阳院落，红成阵，飞鸳甃。

玉佩丁东别后。怅佳期、参差难又。名缰利锁，天还知道，和天也瘦。花下重门，柳边深巷，不堪回首。念多情、但有当时皓月，向人依旧。

据南宋胡仔《苕溪渔隐丛话》前集卷五十引曾慥《高斋诗话》云：“少游在蔡州，与营妓娄琬字东玉者甚密，赠之词云‘小楼连苑横空’，又云‘玉佩丁东别后’者是也。”同为南宋人曾季狸的《艇斋诗话》也说：“少游词‘小楼连苑横空’，为都下一妓，姓楼，名婉，字东玉。词中欲藏‘楼婉’二字。”可见“赠妓”之说，早在南宋时就流行了。明清词话，大多因之，遂成定案。若以宋代社会风气推论之，文人士大夫狎妓当系风流雅事，故少游作词赠妓，也是很正常的事。但如上引诗话所言，一定坐实为“营妓娄琬字东玉者”，恐怕也未必；至于说“小楼连苑横空”句嵌入“娄琬”，“玉佩丁东别后”句嵌入“东玉”，也难脱附会之嫌。倒是其师苏轼对秦词学柳及“小楼”二句的“讥评”，或有点靠谱：

> 秦少游自会稽入京，见东坡，坡曰：“久别当作文甚胜，都下盛唱公‘山抹微云’之词。”秦逊谢。坡遽云：“不意别后，公却学柳七作词。”秦答曰：“某虽无识，亦不至是。先生之言，无乃过乎?”坡云：“‘销魂当此际’，非柳词句法乎?”秦惭服。然已流传，不复可改矣。又问别作何词。秦举“小楼连苑横空，下窥绣毂雕鞍骤”。坡云：“十三字只说得一个人骑马楼前过。”

这段文字见载于南宋黄昇《花庵词选》卷二，南宋不少诗话词话，如曾慥《高斋诗话》、杨万里《诚斋诗话》、俞文豹《吹剑录》等，也都有类似的记载。这则词话内容丰富而生动，信息量大，集中反映了苏轼对柳永铺叙与俚俗词风的不满，他批评秦观“却学柳七作词”，讥其“销魂当此际”句，当是指其涉“俗”，而说“十三字只说得一个人骑马楼前过”，则是不满其过于铺陈，不符合当时以苏轼为代表的文人士大夫对词创作“雅正”“韵胜”“寓以诗人之句法，清壮顿挫，能动摇人心”（黄庭坚《小山词序》）的要求。

其实，少游这首赠妓词写得深情绵邈，算是他的代表作，不能因为苏轼的讥评就简单否定。词的上阕写女子的感受：情人骑马走了，心里空落落的，于是，乍暖还寒时节的物候变化，“破暖轻风”“弄晴微雨”，还有卖花声、斜阳、落红等等，都会激起她感情的微澜；下阕写男子别后感怀，慨叹佳期难再，抱怨“名缰利锁”束缚，回首昔日“花下”“柳边”的欢情，感念多情皓月依旧照人……无论从题材、人物或手法来看，秦观此词都是一首典型的婉约词，感情深挚、描摹细腻是此类词作的特点，这也就是这首《水龙吟》虽无新意但却能够感人的主要原因。

前面所举之词例都是婉约风。然而，龙吟之声终究要唱出大风歌，北宋的灭亡和宋室南渡的悲情，是一部痛史，时代悲剧所酿造的家国之恨，足以使所有的歌吟发出金属的铿锵，于是，南宋的悲歌与壮词，与金戈铁马的血与火交织在一起，构成了那个悲情时代最为嘹亮激越的旋律：

渡江天马南来，几人真是经纶手。长安父老，新亭风景，可怜依旧。夷甫诸人，神州陆沉，几曾回首。算平戎万里，功名本是，真儒事、君知否。

况有文章山斗。对桐阴、满庭清昼。当年堕地，而今试看，风云奔走。绿野风烟，平泉草木，东山歌酒。待他年，整顿乾坤事了，为先生寿。

豪放词人辛弃疾创作的这首《水龙吟》，无论内容抑或风格，都呈现出与本调早期作品截然不同的面貌。据词的副题《甲辰岁寿韩南涧尚书》，可知此词是辛弃疾为贺韩元吉寿辰而作的。

此词作于南宋孝宗淳熙十一年（甲辰年，1184）。辛弃疾自淳熙八年（1181）遭受弹劾后便退隐上饶带湖庄园，与退休后居上饶南涧的前吏部尚书、文坛前辈韩元吉同处一地。辛韩二人同为主战派，政见相合，意气相投，此时同居上饶，自是往来密切；他们时常在一起宴饮游乐，诗词唱和，这首贺寿词，也是他们当时密切过从的一个例证。

应该说，对辛弃疾而言，无论政坛或是文坛，韩元吉都是他的前辈（韩年长辛二十余载），再加上在抗金复国方面彼此政见一致，因此，辛弃疾对韩元吉是尊重、推崇的，在词中，辛弃疾称誉韩元吉为“经纶手”“文章山斗”，把他比作东晋谢安、唐代裴度和李德裕，也不完全是客气话，毕竟，韩元吉任过朝廷高官，诗词文章也写得不错。

这首贺寿词写得大气磅礴而又别开生面，全词几无一般寿词多见的那些套话俗语，而是借祝寿之名，称扬韩元吉的能力才干、道德文章，实则抒发了郁结于二人心中的屡遭贬抑而不能一展长才的憾恨。词作一仍辛氏爱用典的风格，整首词差不多都是典故，如“渡江天马”“长安父老”“新亭风景”“神州陆沉”“文章山斗”“绿野风烟”

“平泉草木”“东山歌酒”，等等，这些东晋或唐人的典故，被作者信手拈来，化合无痕地嵌入词作中，自然妥帖，使人看不出刻意的痕迹，殊为不易！

韩元吉的和作也写得颇有气势，从中可以见出被称为“文章山斗”的韩氏并不是浪得虚名，也可以感受到韩辛二人的彼此推重，他们的忘年友谊的确建立在惺惺相惜、意气相投的基础上：

南风五月江波，使君莫袖平戎手。燕然未勒，渡泸声在，宸衷怀旧。卧占湖山，楼横百尺，诗成千首。正菖蒲叶老，芙蕖香嫩，高门瑞、人知否。

凉夜光躔牛斗。梦初回、长庚如昼。明年看取，锋旗南下，六骡西走。功画凌烟，万钉宝带，百壶清酒。便留公剩馥，蟠桃分我，作归来寿。（原注：仆贱生后一日也，故有分我蟠桃之戏）

在韩元吉的心目中，辛弃疾既是能够承担抗金复国大业的“平戎手”，也是隐卧湖山“诗成千首”的大才子，这和辛弃疾对他的评价是一样的。他们有着共同的理想，就是驱除胡虏，收复中原故土，所谓“功画凌烟，万钉宝带”，指的就是实现这个理想后朝廷赏赐的富贵荣华，“了却君王天下事，赢得生前身后名”（辛弃疾《破阵子》），说的也是这层意思。韩元吉已致仕退休，尽管“燕然未勒”，未能实现抱负，心仍有所不甘，但毕竟年事已高，心有余而力不足，所以他对辛弃疾是有期许的，“明年看取，锋旗南下，六骡西走”，他将驱逐女真、恢复中原的希望寄托在比他年轻得多的辛弃疾身上。

能代表本调最高水平的应该是辛弃疾的名作《水龙吟·登建康赏心亭》了。稼轩此词，意境高远，气象阔大，形象鲜明，描摹生动，兼具豪迈英挺与婉转深致之长，是辛词最重要的作品：

楚天千里清秋，水随天去秋无际。遥岑远目，献愁供恨，玉簪螺髻。落日楼头，断鸿声里，江南游子。把吴钩看了，栏干拍遍，无人会、登临意。

休说鲈鱼堪脍。尽西风、季鹰归未。求田问舍，怕应羞见，刘郎才气。可惜流年，忧愁风雨，树犹如此。倩何人，唤取红巾翠袖，揾英雄泪。

年轻时读这首《水龙吟》，读到“把吴钩看了，栏干拍遍”数句，总觉得血液噌噌噌地往脑门上冲，热血沸腾，发上指冠，而“倩何人”数句，又使人柔肠寸断、悲从中来。拍遍栏干的失路英雄是孤独的，“无人会，登临意”，他的呐喊无人理会，他的豪情壮志无人喝彩；“忧愁风雨”的悲情英雄是脆弱的，“红巾翠袖”揾的不光是“英雄泪”，还有英雄迟暮的憾恨。“遥岑远目，献愁供恨”，那些一千年前的愁与恨、悲与泪，早已积淀在民族的血液里，因此，我们每读辛弃疾词、岳飞词、陆游诗，都要引发大的共鸣，生出慷慨生哀的悲恸与激愤。

据邓广铭《稼轩词编年笺注》，此词作于南宋孝宗淳熙元年（1174），时辛弃疾在江东安抚使参议官任上，距他于绍兴三十二年（1162）渡江南归已有十二年了。辛弃疾南归的过程也算轰轰烈烈，但他在宋朝却不怎么得志，虽然也曾任过转运使、安抚使一类的官职，但时间都不长，倒是长期遭到冷遇，投闲置散近二十年。辛弃疾不受南宋待见是必然的，一个一心只想议和的朝廷怎么会喜欢整天把“抗金”“恢复”挂在口头的主战人士?何况，辛弃疾又是从金国南归的，身份有些尴尬，也免不了会受到猜忌。因此，辛弃疾的许多作品所抒发的，就是这样一种受冷遇不得志的情绪，如上引的这首《水龙吟》。

当三十五岁的辛弃疾登上建康（南京）名胜赏心亭，他把吴钩抽出来，凝视着剑锋上闪烁的寒光，仿佛就看到了怒马奔腾、剑气纵横、锋矢破空的场景；他拍了拍栏干，发出一声长啸，声音消散在苍茫的水面，没有引发任何回响……他知道，没有人关注他的焦虑，这个建立在西湖边上的国家沉溺于歌舞宴乐，不需要金戈铁马的肃杀。

淳熙元年，辛弃疾正值壮年，但他已经感受到“树犹如此”的人生悲凉，数年以后，他就退隐田园，成为一个“袖手旁观”的闲人，在宴饮游乐中“唤取红巾翠袖，揾英雄泪”了。

北宋在靖康二年（1127）被金人灭亡后，宋徽宗赵佶第九子康王赵构在南方建立南宋政权，定都临安（今杭州），开始了宋金南北对峙南宋屈辱求和的历史。南宋向金割地赔款，称臣纳贡，两国关系后来又定为叔侄关系、伯侄关系，即宋帝尊金帝为叔、为伯，地位极不平等。每年的正旦、金主生辰等节庆，南宋都要派使臣赴金祝贺。可以想象，这些赴金使臣到曾经灭亡自己父母之邦的敌国去祝寿贺节，而且还要按侄辈对叔伯辈的礼仪，这该得忍受多大的屈辱！带着屈辱、悲愤甚至伤痛的心态，他们所看到的故国景象，也必然会蒙上一层悲伤、愁苦的“色彩”，这与他们“少年闻说”的繁华，形成了巨大的反差：

少年闻说京华，上元景色烘晴昼。朱轮画毂，雕鞍玉勒，九衢争骤。春满鳌山，夜沉陆海，一天星斗。正红毬过了，鸣鞘声断，回鸾驭、钧天奏。

谁料此生亲到，五十年、都城如旧。而今但有，伤心烟雾，萦愁杨柳。宝箓宫前，绛霄楼下，不堪回首。愿皇图早复，端门灯火，照人还又。

这首《水龙吟》所反映的就是南宋使臣一次使金的过程。南宋刘昌诗《芦蒲笔记》卷十载：“蜀人阎侍郎苍舒使北，过汴京赋《水龙吟》：‘少年闻说京华（略）。’”据考，阎苍舒于淳熙三年（1176）十月至淳熙四年（1177）正月间以试吏部尚书身份赴金贺正旦，此词或作于阎氏使金期间。他在上元节期间经过北宋都城汴京，有感于故都的凋败冷落，不禁想起了少年时听父辈说过的旧京上元景色。北宋时汴京上元节极度繁华，这是有宋人孟元老的《东京梦华录》为证的。此词极力渲染汴京上元节昔日的繁盛热闹，再将此种繁盛与今日的萧条冷落作对比，强烈地表达出作者的故国之思和黍离之悲。作者写昔日繁盛，用了差不多整整一个上阕，而写今日之萧条，仅用了“伤心烟雾，萦愁杨柳”两句，“烟雾”而“伤心”，“杨柳”而“萦愁”，无疑是注入了作者强烈的主观感情色彩，这样一种悲愁的情绪，在南宋赴金使臣中当普遍存在，我们从阎苍舒的这首《水龙吟》中或可略见一斑。

宋室南渡，最终在临安建立了苟安政权。虽说将首都名为“临安”，有只是“临时安置”“临时住住”，日后要收复中原，还都汴京之意，但赵构其实并不是这样想的，从他后来的所作所为看，“恢复中原，迎还二圣”也只是说说而已，能够偏安江南、坐稳江山、保住既得利益才是他真正想要的，所以他罢宗泽、李纲、赵鼎，杀岳飞，重用秦桧，一生坚持和议，也就不难理解了。偏安江南可以说是赵构的既定国策，这一国策对赵构本人及其统治集团最有利，使他们得以利用江南的富庶，耽于逸乐，尽享荣华富贵，“直把杭州当汴州”。

南宋官员吴琚的《水龙吟》是一首应制作品，应该是为取悦于宋高宗而作的，并无多少艺术性，但对于了解南宋“官家”的宫廷生活，还是有一定的价值的：

紫皇高宴萧台，双成戏击琼包碎。何人为把，银河水翦，甲兵都洗。玉样乾坤，八荒同色，了无尘翳。喜冰销太液，暖融鳷鹊，端门晓、班初退。

圣主忧民深意。转鸿钧、满天和气。太平有象，三宫二圣，万年千岁。双玉杯深，五云楼迥，不妨频醉。细看来，不是飞花，片片是、丰年瑞。

此词写宋高宗等“三宫二圣”皇宫赏雪，除了极力渲染雪景外，还不忘“擦”太上皇、皇上的“鞋”（粤语“擦鞋”即官话的“拍马屁”），“圣主忧民深意”“太平有象”“万年千岁”云云，这类歌功颂德和奉承之语，都是应制作品的“规定动作”，至于末四句，则是借用了苏轼“细看来，不是杨花，点点是、离人泪”的句式，点出“咏雪”的题旨。

吴琚词的本事见于周密《武林旧事》卷七，通过这则本事，则更能清晰地了解到南宋皇室新年礼俗和赵构们的宫中生活情状：

淳熙八年正月旦，上坐紫宸殿，引见人使讫，即率皇后、皇太子、太子妃至德寿宫行朝贺礼，并进呈画本人使面貌姓名

> 及馆伴问答。是岁太上圣寿七十有五，旧岁欲再行庆寿礼，太上不许，至是乃密进黄金酒器二千两。上侍太上于椤木堂香阁内说话，宣押棋待诏并小说人孙奇等十四人下棋两局，各赐银绢。供泛索讫，官家恭请太上、太后来日就南内排当。初二日进早膳讫，遣皇太子到宫恭请两殿，并只用轿儿，禁卫簇拥入内。官家亲至殿门恭迎，亲扶太上降辇，至损斋进茶，次至清燕殿，闲看书画玩器。约午时初，后苑恭进酥酒，十色熬煮。午正三刻，就灵虚排当三盏，至萼绿华堂看梅。上进银三万两、会子十万贯。太上云："宫中无用钱处，不须得。"上再三奏请，止受三分之一。未初，雪大下，正是腊前，太上甚喜。官家云："今年正欠些雪，可谓及时。"太上云："雪却甚好，但恐长安有贫者。"上奏云："已令有司比去年倍数支散矣。"太上亦命提举官于本宫支拨官会，照朝廷数目发下临安府，支散贫民一次。又移至明远楼，张灯进酒。节使吴琚进喜雪《水龙吟》词云云（略）。太上大喜，赐镀金酒器二百两、细色缎匹、复古殿香羔儿酒等。太后本宫歌板色歌此曲进酒，太上尽醉。至更后，宣轿儿入便门，上亲扶太上上辇还宫。

淳熙是宋孝宗赵昚年号，淳熙八年（1181）时，赵构早已让位于其养子赵昚，做了十九年的太上皇了。从这则本事看，南宋皇家的生活还是相当奢靡的，正月初一日皇帝才给太上皇黄金酒器二千两，到了初二日又进银三万两、会子钱十万贯，而这仅仅是年节的“利市”，太上皇平日的用度，肯定少不了。赵昚虽然不是赵构亲生（赵构是宋太宗赵匡义的后代，他生有一子叫赵旉，但三岁就夭折了；据说他在南渡后被金兵一路追杀，吓得失去了生育能力，只好立宋太祖赵匡胤的后代为太子，即赵昚），但对赵构似乎挺孝顺的，当皇帝已经十九年，对太上皇还是很恭敬、尊重，陪侍说话，亲至恭迎，亲扶降辇、上辇，等等，通过这些细节，可以看出他的孝顺与尊敬是出自真心的，不愧“孝宗”之名，试想，十九年都能这样做，不容易，如果不是出自天性，恐怕就难以做到。

在南宋一百五十二年的历史中，孝宗赵昚应该是最有作为的皇帝了，他在位期间为岳飞平反，起用主战派人士，发动北伐，意图收复中原，并整顿吏治，裁汰冗官，惩治贪腐，重视农桑，发展经济，使国家出现中兴气象，史称“乾淳之治”。但是，孝宗的“隆兴北伐”以失败告终，“乾淳之治”也未能使南宋达至强盛，终南宋一朝，始终都不能摆脱被动挨打的局面，最终还是逃不掉为外族所灭的命运！究其原因，宋朝为防止武人篡权而采取的“偃武修文”的政治设计当然是最根本的，这样的政治设计从北宋一直延续到南宋，皇帝害怕武将坐大，甚于外敌，因为“堡垒最易从内部攻破”，杀岳飞，收回韩世忠、张俊等人的兵权就是出于这样的心理。这样的“顶层设计”当然会导致国家军事力量的极度弱化，这也就是为什么宋朝虽然拥有先进的科技文化、繁荣富庶的经济以及多得多的人口但却屡屡被落后的游牧民族打败的根本原因。

赵昚在位二十七年，而赵构也做了二十五年的太上皇，一心主和的太上皇对主战的皇帝不可能不产生影响。据说赵构曾对赵昚说：待我百年以后，你再提恢复之事吧。以“孝宗”之孝，当然不能对太上皇的话无动于衷。就恢复一事而言，赵昚生不逢时，后人有评价说，赵构是主和之君，却有能战之臣，而赵昚是主战之君，偏偏就没有能战之将，隆兴北伐的主帅张浚志大才疏，和岳飞、韩世忠这些中兴名将比差得太远。再加上孝宗的对手金世宗也是个被称为“小尧舜”的英主，励精图治，开创了“大定盛世”。综合各种因素看，南宋要在短期内恢复中原胜算不大，所以，在隆兴北伐后，孝宗就停止了对金的大规模战事，把精力集中在国内的民生和经济上，让老百姓休养生息、安居乐业，这就是所谓的“乾淳之治”。只可惜，孝宗之后的继任者，大多昏聩无能，朝政混乱，奸佞频出，忠良见弃，南宋的政治与国势，遂坠入不可逆的厄运中，直至覆灭。

宋恭帝德祐二年（元至元十三年，公元1276年）正月，元军逼近都城临安，太皇太后谢道清奉表乞降，南宋亡（此后虽有陈宜中、陆秀夫等在南方先后拥立赵昰、赵昺为帝，勉强支撑了三年，但已无力回天）。三月，小皇帝赵㬎与后妃、宫女、侍臣等三千余人被押解北上，宫廷琴师、诗人汪元量也在其中。某夜过淮河，有宫女弹琴，其声凄凉哀怨，汪元量有感而发，遂写下这首抒发亡国惨痛的《水龙吟·淮河舟中夜闻宫人琴声》：

鼓鼙惊破霓裳，海棠亭北多风雨。歌阑酒罢，玉啼金泣，此行良苦。驼背模糊，马头匼匝，朝朝暮暮。自都门燕别，龙艘锦缆，空载得、春归去。

目断东南半壁，怅长淮、已非吾土。受降城下，草如霜白，凄凉酸楚。粉阵红围，夜深人静，谁宾谁主。对渔灯一点，羁愁一搦，谱琴中语。

汪元量的这首《水龙吟》和南宋度宗昭仪王清惠的《满江红》一样，都是以亲历者的身份描写亡国经历的作品。此词由“夜闻宫人琴声”引发，沉痛回顾亡国过程，“鼓鼙惊破”两句写国破，“都门燕别”数句写辞国北行，都是艺术化的描写，语虽婉转，实则表达了巨大的怆痛。“粉阵红围”三句更是眼前实录，北行舟中，君臣杂处，主奴混杂，完全没有了皇家的秩序和尊严，此种情形，在汪元量这样的宋臣看来，当然要“凄凉酸楚”了。

南宋政权到了最后那几年，只剩下些孤儿寡妇在苦苦撑持，恭帝赵㬎、端宗赵昰、末帝赵昺，都是些几岁的孩子；他们的母亲、祖母，都是些久居深宫的妇女；大臣们也是各怀心事，各有盘算，整个朝廷已是败象尽露，一派气数将尽的凄惨。公元九六〇年，宋太祖赵匡胤从孤儿寡母的手中夺取了后周政权，建立宋朝，三百一十九年后，他创立的王朝又在孤儿寡妇的悲泣中被别人劫夺，说起来，历史的确是有许多惊人的相似之处，我们所不知道的是，冥冥中难道真的有一个报应的机制？

盛衰兴亡，循环往复，历史就是以这样的节律悠悠地往前走着，没有意外，也没有特殊。这就是所谓的历史周期律了。只是，那些循环往复的故事，充满了血腥……

摸鱼儿

据《词谱》，"摸鱼儿"原为唐教坊曲名，后来才被用作词牌，这样一种情况，和词史上许多词牌的演变过程是一样的。但"摸鱼儿"却似乎一直没有得到词人的重视，在晚唐五代至北宋前期两百多年的时光中，都没能发现用这一词牌创作的作品。

查《全宋词》，最早出现的《摸鱼儿》系在欧阳修名下，但欧阳修的作品并非《摸鱼儿》的正体，字数和句读都与《词谱》中所标列的格式不一样，这或许是草创时期作品的样貌，又或是在流传过程中产生了讹误，难以考证。又有人认为苏门学士晁补之的《摸鱼儿·东皋寓居》是本调最早的作品，《词谱》就将晁氏所作列为正体，并列在第一位。这里且不论孰先孰后，欧晁二人所作都是本调的早期作品，这当是无疑的，在此二人之前，还没有本调的创作实例。当然，也不能排除有作品被历史和时间湮灭埋没的因素，但是，在如此长的历史时段内竟然找不到此调的任何创作痕迹，还是不可想象的，从概率的角度看，似乎也能够说明"摸鱼儿"在当时的确是遭到了冷遇。

欧阳修的《摸鱼儿》与本调的"正体"的确不一样：

卷绣帘、梧桐秋院落，一霎雨添新绿。对小池闲立残妆浅，向晚水纹如縠。凝远目。恨人去寂寂，凤枕孤难宿。倚阑不足。看燕拂风帘，蝶翻露草，两两长相逐。

双眉促。可惜年华婉娩，西风初弄庭菊。况伊家年少，多情未已难拘束。那堪更趁凉景，追寻甚处垂杨曲。佳期过尽，但不说归来，多应忘了，云屏去时祝。

《词谱》说欧公此词“自成一体”，并在此词谱下注明：“此词前段起句及第三句多一衬字，又后段第四五句句读不同，疑有讹误。因相传已久，采入以备参考。”很显然，《词谱》对欧阳修的这首《摸鱼儿》是有所怀疑的，因为它与后来习用的体式相差比较大。但是《词谱》也只是说“疑有讹误”，并没有说欧词不是《摸鱼儿》，更没有否定欧公对此词的创作权，因此，欧阳修作为该调最早创作者的地位，还是毋庸置疑的。

此词写闺怨，代妇人立言，自是花间题材，并无新意，唯写情写景颇生动，思妇的形象也描摹得清新可喜，细细玩味词语句法，则颇类柳七郎风味，欧公当年或许也是一个柳词的追慕者？

晁补之的《摸鱼儿》已经是一首成熟之作：

买陂塘、旋栽杨柳，依稀淮岸江浦。东皋嘉雨新痕涨，沙觜鹭来鸥聚。堪爱处。最好是、一川夜月光流渚。无人独舞。任翠幄张天，柔茵藉地，酒尽未能去。

青绫被，莫忆金闺故步。儒冠曾把身误。弓刀千骑成何事，荒了邵平瓜圃。君试觑。满青镜、星星鬓影今如许。功名浪语。便似得班超，封侯万里，归计恐迟暮。

《词谱》云：“《摸鱼儿》一名《摸鱼子》，唐教坊曲名。晁补之词有‘买陂塘、旋栽杨柳’句，更名《买陂塘》，又名《陂塘柳》，或名《迈陂塘》。辛弃疾赋怪石词，名《山鬼谣》。李治赋并蒂荷词，有‘请君试听双蕖怨’句，名《双蕖怨》。”

从以上这些文字就可以看出晁词在本调创作史上的地位。而《词谱》亦首先以晁词为本调打谱，所记录的《摸鱼儿》的格式为：“双调，一百六十字。前段十句，六仄韵；后段十一句，七仄韵。”晁词所呈现的此种体式，被《词谱》定为正体，故《词谱》又云：“此调当以晁、辛、张三词为正体，余多变格。”在这三个正体中，晁词是排在首位的，而辛弃疾词与张炎词则排其后，其体式也与晁词稍异。

晁补之的这首作品或作于北宋徽宗崇宁二年（1103）作者罢归金乡

之后。词作描写作者的寓居生活和居所景色，抒发了厌弃官场向往田园的情怀。他买陂塘、栽杨柳、赏嘉雨、亲鸥鹭、赏月光，“独舞”于“翠幄”与“柔茵”之间，如此“诗意地栖居”，难怪他要感慨“儒冠误身”，感叹“弓刀千骑成何事”，认为即使如班超那样“封侯万里”、建功立业，也不值得留恋了。

此词的本事载南宋陈鹄《耆旧续闻》卷三：

> 晁无咎闲居济州金乡，葺东皋归去来园。楼观亭堂，位置极潇洒，尽用陶语名目之。自画为大图，书记其上，书尤妙。始无咎请开封解，蔡儋州以魁送；又叶梦得舅也，故比诸人独获安便。尝以长短句曰《摸鱼儿》者寄蔡。蔡赞叹，每自歌，其群从之。道语余：“梦无咎监泗州税，何祥也？”已而吏部调知达州，张无尽改泗州，言者论罢，令赴通州。无咎不乐，舣舟收税亭下，以疾不起。果有数乎？

据以上文字，则晁氏寓居之所为东皋归去来园，此词当系其寓居此园时作，他曾经将词作寄给当时的权相蔡京（蔡儋州），并得到蔡的“赞叹”，“每自歌，其群从之”。此段文字使我颇感诧异。按理说，晁补之与其师苏轼等皆属“元祐党人”，是蔡京打击的对象，蔡京所刻的“元祐党人碑”，晁补之的名字赫然列其上，所以，晁与蔡应该是政敌的关系，不说水火不容，起码也应该是关系冷淡不相往来才是，但这里所揭示的，却是另一番景象：晁与蔡的关系似乎还不错！这或也是晁氏“比诸人独获安便”的原因之一吧。两宋时期党争激烈，文人士大夫多以新旧划线，相互攻讦，似势成水火。但是，人与人（尤其是文人）之间的关系却也是最复杂、最微妙的，我们或可从上引的文字中看出了这种复杂而微妙的关系。

虽说“比诸人独获安便”，但晁氏还是躲不过党争给他带来的灾祸，他被一再贬谪，从京官、州官（曾知济州）被贬至监信州盐酒税之职，此后又几经起伏，最后更将他贬回家中。于是，他修筑归来园，自号归来子，仿效陶渊明而忘情于山水田园，过起了潇洒散漫的闲居生活，直至宋徽宗大观四年（1110），他才得以“出党籍”，脱掉“元祐党人”的帽子，出任泗州知州，但不久（当年）就死去了，年仅五十八岁。

在晁补之写下这首杰出的《摸鱼儿》之后，时间又过了七十多年，才有人向千年词史奉献出一首伟大的作品，这个人叫辛弃疾。据《全宋词》，在晁补之和辛弃疾之间，在这漫长的七十多年间，只有一个叫张继先的人用此调进行了创作。这一事实又一次证明了《摸鱼儿》这个词牌在当时并不受到文人的青睐。

辛弃疾的《摸鱼儿》不仅是本调最伟大的作品，也称得上是词史上最优秀的作品。可以说，是辛弃疾的天才创作赋予此调永恒的生命，自辛弃疾之后，《摸鱼儿》的创作蔚为大观，佳作迭出，从而跻身于最受文人习用的数十个词牌中。由此可见，一个词牌知不知名，受不受欢迎，有无代表作至为关键，而《摸鱼儿》的代表作，就是辛弃疾的这首婉转深挚而又沉痛苍凉的作品：

> 更能消、几番风雨，匆匆春又归去。惜春长怕花开早，何况落红无数。春且住。见说道、天涯芳草迷归路。怨春不语。算只有殷勤，画檐蛛网，尽日惹飞絮。
>
> 长门事，准拟佳期又误。蛾眉曾有人妒。千金纵买相如赋，脉脉此情谁诉。君莫舞。君不见、玉环飞燕皆尘土。闲愁最苦。休去倚危楼，斜阳正在，烟柳断肠处。

在《全宋词》中，此词为辛弃疾作品的压卷之作，唐圭璋先生将此词排在辛词所有作品的第一篇，应该不是随意或偶然的吧。关于辛弃疾其人其词本书不少篇目已经谈过很多了，总起来说就是：他力主抗金，因而受到主和的朝廷的冷落，一生郁郁不得志，他将这种不得志的情绪反映在作品中，就构成了他的许多“爱国词”的“主旋律”，这首词所抒写的，也就是他郁郁不得志的情绪和心态。

此词之前有一小序不能被忽略：“淳熙己亥，自湖北漕移湖南，同官王正之置酒小山亭，为赋。”正因为有此序文，人们才得知辛氏此词作于宋孝宗淳熙六年（1179），该年，辛弃疾由荆湖北路转运副使改任荆湖南路转运副使，调任时，他的同僚王正之置酒为他饯行，此词当系其在席间赋就。

淳熙六年，辛弃疾三十九岁。对于一个男人来说，三十九岁是建功立业做大事的年龄。辛弃疾自二十来岁归宋，念兹在兹的便是抗金复国，但是，南宋朝廷有自己的盘算，并没有给他那样的机会，像转运副使那样的掌管一路财赋的官员，显然与统兵打仗疆场杀敌无直接关系，因此，当三十九岁的辛弃疾从一地的转运副使调任另一地的转运副使时，他对南宋朝廷的失望和愤懑是可以想见的。

此词妙在全用曲笔写意抒情，比兴手法与典故的运用，使词作显得深婉沉郁、跌宕多姿，那些暮春意象，如风雨、落红、芳草、飞絮、烟柳等等，无一不指向现实政治、国运国势，但却又处处显得妥帖自然，无丝毫的突兀和生硬。其实，明眼人都看得出作者在此词中所表露出来的那种深深的忧愁和怨愤。

辛氏此词似乎在当时就引起朝廷的"反应"。据比辛弃疾晚出五十多年的罗大经在《鹤林玉露》中所载：

> 辛幼安晚春词云："更能消、几番风雨……"词意殊怨。"斜阳""烟柳"之句，其与"未须愁日暮，天际乍轻阴"者异矣。使在汉唐时，宁不贾种豆种桃之祸哉！愚闻寿皇见此词，颇不悦。然终不加罪，可谓盛德也已。

说此词"词意殊怨"，说"斜阳"等句与明道先生程颢修禊诗中的"未须"两句不一样，这说明作为同时代人的罗大经已经深刻地理解了辛弃疾的忧愁与怨愤。而说宋孝宗看了此词，"颇不悦"，则说明南宋朝廷也看出了辛弃疾的不满，这种不满当然是对当政者主和国策的批评与否定，因此他们才"不悦"。辛弃疾将南宋的国势说得如此凄凄惨惨戚戚：又是"风雨"，又是"斜阳"，又是"落红无数"，又是"烟柳断肠"，换了任何"领导"也会不高兴的，"终不加罪"，的确是有"盛德"了。宋孝宗据说是南宋一百五十二年中最好的皇帝，他容忍了辛弃疾的批评和怨气，当然，他也没有接受辛的抗金主张，于是，辛弃疾只好继续做那些闲官和地方官，直到两年后的淳熙八年（1181），他因擅拔粮舟救荒的罪名，被言官弹劾，退隐上饶带湖。那一年，他才四十一岁！

历代论者对此词评价极高。清代陈廷焯《白雨斋词话》云："'更能消几番风雨'一章，词意殊怨，然姿态飞动，极沉郁顿挫之致。起句'更能消'三字，是从千回万转后倒折出来，真是有力如虎。"又云："怨而怒矣！然沉郁顿宕，笔势飞舞，千古所无。"近人梁启超也有过类似的评价："回肠荡气，至于此极。前无古人，后无来者。"（梁令娴《艺蘅馆词选》丙卷引）这些赞美之词，辛弃疾的这首《摸鱼儿》是当之无愧的。

辛词全集中共有三首《摸鱼儿》，当然，最出色、最为人所熟悉的是上引的这一首。但辛氏另有一首咏怪石的同调作品，又名《山鬼谣》。据此词之前的小序："雨岩有石，状怪甚，取《离骚》《九歌》，名曰'山鬼'，因赋《摸鱼儿》，改今名。"可知词牌改名的原因，或是词作借取了屈原《离骚》《九歌》（《九歌》有《山鬼》篇）的意象：

问何年、此山来此，西风落日无语。看君似是羲皇上，直作太初名汝。溪上路。算只有、红尘不到今犹古。一杯谁举。笑我醉呼君，崔嵬未起，山鸟覆杯去。

须记取。昨夜龙湫风雨，门前石浪掀舞。四更山鬼吹灯啸，惊倒世间儿女。依约处。还问我、清游杖履公良苦。神交心许。待万里携君，鞭笞鸾凤，诵我远游赋。

此词写得跌宕起伏、诡谲奇异，拟人的笔法，将怪石的崔嵬突兀、森然可怖描摹得形象生动，"石浪掀舞"，"山鬼吹灯"，的确是要"惊倒世间儿女"的。这与屈原《山鬼》的离奇瑰丽一脉相承。明代的卓人月在《古今词统》中如此评价《山鬼谣》："屈子《山鬼》篇不可无二。"正是看出了二者之间的传承关系。

前面说了，《摸鱼儿》的创作自辛弃疾后蔚为大观，而宋朝宗室赵善括的"和辛幼安韵"之作，或可看作是南宋词人对辛氏的创作做出的热情呼应：

喜连宵、四效春雨，纷纷一时红去。东君不爱闲桃李，春色尚余分数。云影住。任绣勒香轮，且阴寻芳路。农家相语。渐南亩浮青，西江涨绿，芳沼点萍絮。

西成事，端的今年不误。从他蝶恨蜂妒。莺啼也怨春多雨，不解与春分诉。新燕舞。犹记得、雕梁旧日空巢土。天涯劳苦。望故国江山，东风吹泪，渺渺在何处。

赵善括和辛弃疾是同时代的人，从赵的这首《摸鱼儿》和《沁园春·和辛帅》等作品看，他们应该是同僚和朋友的关系。此词是辛词的和作，无论从内容或创作手法看，都颇有模仿辛词的“嫌疑”：所咏也是晚春景物，也运用了比兴手法，力图将对国事的关切和惜春情怀通融起来。但赵氏看来缺乏辛弃疾的深刻与磅礴才气，因此他的“通融”显得勉强，前面的“怨春多雨”和最后的“故国江山”明显是脱节的，景物描写与感情抒发也是不到位的，这或许就是赵词与辛词的差距所在了。

姜夔的《摸鱼儿》一仍他的清朗雅健之风：

向秋来、渐疏班扇，雨声时过金井。堂虚已放新凉入，湘竹最宜欹枕。闲记省。又还是、斜河旧约今再整。天风夜冷。自织绵人归，乘槎客去，此意有谁领。

空赢得，今古三星炯炯。银波相望千顷。柳州老矣犹儿戏，瓜果为伊三请。云路迥。漫说道、年年野鹊曾并影。无人与问。但浊酒相呼，疏帘自卷，微月照清饮。

此词写秋日物事，用了班婕妤纨扇诗、牛郎织女银河会、天河乘槎、七夕乞巧等典故，但这些关于秋的典故都只是铺垫，词作的主旨最终还是落到“浊酒相呼，疏帘自卷，微月照清饮”上。“微月照清饮”句极有姜词特色，布衣姜夔一生以诗酒自娱自傲，月光下的清饮，既符合姜氏的身份，也显示了一种清空骚雅的意境，而这样的意境正是姜词特有的。

在词作前写上文辞优美的序，是姜夔词的特点，此词也不例外。序云：

> 辛亥秋期，予寓合肥。小雨初霁，偃卧窗下，心事悠然。起与赵君猷露坐月饮，戏吟此曲，盖欲一洗钿合金钗之尘。他日野处见之，甚为予击节也。

这篇小序除了文字简洁明净外，还透露出不少相关的信息。据考，辛亥年为南宋光宗绍熙二年（1191），则姜氏此词作于是年秋天无疑。合肥是姜夔的恋爱之地，据说他年轻时在合肥的歌楼恋上一对歌伎姊妹莺莺、燕燕，此后二十多年未尝忘怀，曾多次到合肥去与她们相会，并为这段恋情写下了大量的作品。此时姜氏寓居合肥，当然是要跟那对歌伎姊妹欢聚，“莺莺”“燕燕”一番的。“小雨初霁，偃卧窗下，心事悠然”，看上去心情挺愉悦轻松的，如果说是因爱而至、而生，也是说得通的；而“钿合金钗”是唐明皇杨贵妃的定情信物，借指男女情事，指向就更明晰了。总起来说，此时的姜夔，寓居合肥的姜夔，由于得到爱情的滋润，心境大佳，那也是理所当然的事，因而“露坐月饮，戏吟此曲”：狎妓饮酒赋诗，自是文人风流本色。而序中所说的“野处”，则是写了《容斋随笔》《夷坚志》的洪迈，姜洪二人既是朋友，又是江西鄱阳老乡，因此姜夔说洪迈欣赏他的词，“他日野处见之，甚为予击节”，虽是想象之辞，但也不是毫无根据，信口开河。

姜夔是个艺术全才，天分极高，诗词文赋书法音乐无一不精，但却因科举应试能力差，屡试不第，无法走当时的知识分子读书做官的“正道”，因而布衣终身；为生活计，他不得不依附他人，长年在亲友家中做清客。好在他的艺术才华得到公认，大诗人萧德藻、杨万里、范成大，大词人辛弃疾，理学大家朱熹，还有当过宰相的词人吴潜等等，都曾高度评价他的诗词创作，洪迈当然也是他众多的赏识者之一。平心而论，上引的这首《摸鱼儿》写得并不算太出色，与他的代表作《暗香》

《疏影》《扬州慢》等相比尚有一段距离，但竟然也能引起时人的“击节”，由此可见，他的创作在当时应该是颇受推重的。

应该说，辛派词人是本调创作积极而重要的参与者，刘辰翁创作了大量的《摸鱼儿》（其全集中载有二十一首），刘克庄创作的数量虽然不算多（三首），但在内容和风格上是最贴近辛弃疾的：

怪新年、倚楼看镜，清狂浑不如旧。暮云千里伤心处，那更乱蝉疏柳。凝望久。怆故国，百年陵阙谁回首。功名大谬。叹采药名山，读书精舍，此计几时就。

封侯事，久矣输人妙手。沧洲聊作渔叟。高冠长剑浑闲物，世上切身唯酒。千载后。君试看，拔山扛鼎俱乌有。英雄骨朽。问顾曲周郎，而今还解，来听小词否。

那种因对时势极度失望而生出的透骨悲凉，比辛弃疾更甚了。当然，刘克庄所处的时代，也要比辛弃疾那时更为不堪。辛弃疾还会“惜春”“怨春”，为“风雨”“落红”“斜阳”“烟柳”而悲伤而“断肠”，但刘克庄已经没有了这样的感觉，“高冠长剑浑闲物”，“拔山扛鼎俱乌有”，说什么金戈铁马、抗金复国，都是“闲物”，都是“乌有”，还不如效“顾曲周郎”，听听小词算了。难怪《古今词统》如此评论：“读此等词数过，自觉万念灰冷。”刘克庄时的南宋已是末世，刘氏去世后十年，南宋就灭亡了。了解了这一时代背景，就能明白刘氏此词为何能让人“万念灰冷”了。

然而辛派词人的创作大多粗疏，像刘辰翁的二十一首《摸鱼儿》，细看来，竟然没有几首能拿得出来。倒是那些婉约派词人的作品，或有可观处：

玉帘寒、翠痕微断，浮空清影零碎。碧芽也抱春洲怨，又卷小缄芳字。还又似，系罗带、相思几点青钿缀。吴中旧事。怅酪乳争奇，鲈鱼谩好，谁与共秋醉。

江湖兴，昨夜西风又喜，年年轻误归计。如今不怕归无准，却怕故人千里。何况是，正落日垂虹，怎赋登临意。沧浪梦里。纵一舸重游，孤怀暗老，余恨渺烟水。

上引之词为宋末词人王沂孙的《摸鱼儿·莼》，据题，可知是一首咏莼的作品。王沂孙以咏物词著称，据学者考证，王氏存词六十四首，其中有三十四首是咏物词，占其全部词作的一半多。莼是一种水生植物，为江南名菜，因晋朝文人张翰的典故“莼鲈之思”而闻名天下。据《世说新语》：“张季鹰辟齐王东曹掾，在洛，见秋风起，因思吴中莼菜羹、鲈鱼脍，曰：‘人生贵得适意尔，何能羁宦数千里以要名爵！’遂命驾便归。俄而齐王败，时人皆谓为见机。”区区一菜蔬竟然能有如此魅力，令人不惜为此辞官归故里，虽然只是个借口（按《世说新语》的说法，张翰（字季鹰）是看到了齐王司马冏有可能败亡，为避免祸及自身才辞官的，“莼鲈之思”只不过是借口），但也足以令后人产生无限的遐想了。因此，在此后的一千多年中，“莼”便成为了一个文化符号，无数文人吟咏过它，把它作为思乡的象征物。王氏作此词时南宋实已覆亡，因此，咏莼所寄托的乡思，便隐约地包含了一种故国之思。故乡（故国）在梦里，“纵一舸重游”，也只能在梦中“实现”，因此，浩渺烟水带给人的或只有憾恨！

有人认为王沂孙此词与南宋帝陵被盗掘事有关。元世祖至元十五年（1278），元僧杨琏真伽率众挖掘南宋诸帝的陵墓，盗掠陵中殉葬珍宝，将皇帝后妃的尸骨遗弃于荒野，并在临安故宫中筑白塔，以此来“镇压”江南之地南宋故土，使其永世不得翻身。此一暴行当系得到元朝廷的授意或纵容，目的或在于恐吓南宋臣民，以摧毁他们的斗志。而这一恶行自然也会引发南宋遗民的强烈愤慨，据说，王沂孙与李彭老、仇远、周密、张炎、陈恕可、唐珏、王易简、吕同老等十四人为此而结社赋词，以词作来寄托满腔悲愤痛悼之情。他们规定了以五个词牌咏五种事物：《天香》咏龙涎香，《水龙吟》咏白莲，《摸鱼儿》咏莼，《齐天乐》咏蝉，《桂枝香》咏蟹。此次结社之作后来被编成一部叫《乐府补题》的书，流传了下来。有学者考证，说词中所咏的龙涎香、莼、蟹暗指宋帝，而蝉、白莲则喻指后妃。

以上说法当然也只是推测而已，很难能找出确凿的证据来证实王沂孙他们的作品就是因宋陵被掘而作。学者们的考证，也难脱捕风捉影之嫌。而就王氏此词而言，隐括家国之思或是有的，但要说暗喻宋帝，似乎有点牵强了。王沂孙入元后曾任过庆元路学正之职，这是一个低级的学官（八品或九品?），而且有可能是被迫出任的，所以也不能以此来批评他没有民族气节。但与为抗拒征召绝食而死的谢枋得、终身不与异族人说话的郑思肖等人比，王沂孙显然要圆通和融得多。所以他的作品，多以隐晦曲折的笔法咏物抒情，那些所谓的故国旧君之思，也都是后人挖空心思连蒙带猜的结果。

张炎的《摸鱼子·高爱山隐居》也是一首寓意深沉的本调佳作：

爱吾庐、傍湖千顷，苍茫一片清润。晴岚暖翠融融处，花影倒窥天镜。沙浦迥。看野水涵波，隔柳横孤艇。眠鸥未醒。甚占得莼乡，都无人见，斜照起春暝。

还重省。岂料山中秦晋，桃源今度难认。林间即是长生路，一笑元非捷径。深更静。待散发吹箫，跨鹤天风冷。凭高露饮。正碧落尘空，光摇半壁，月在万松顶。

此词所写的隐居生活，差不多应该是张炎他们那一代人，也就是南宋末过渡到元初的那些遗民知识分子共同经历的生存状态。赵宋的灭亡给他们带来椎心之痛。因为南宋亡于“夷狄”，因此这种痛还不同于一般的改朝换代之痛，而带有强烈的民族仇恨和文化悲情。面对异族统治者，他们会感到更加屈辱，也更加自尊，因而隐遁避世也就是他们中的许多人的必然选择。但是，生活还得要继续，民族气节当不了饭吃，在没有经济来源的前提下，如何解决庸常每一天的吃饭穿衣才是最迫切的。况且，对知识分子来说还有一个如何体现自身价值的问题，以一个人的整个生命时光来殉一个已经灭亡的朝代究竟值不值得，这一问题，相信一定会在张炎、王沂孙乃至于赵孟頫他们心中时时回荡。从这一角度来思考，我们或许就能理解赵宋皇族后裔赵孟頫仕元任高官，王沂孙出任学正，而张炎也要北上大都为元朝廷书写金字藏经了。

张炎其实跟元朝有着国恨家仇。他是南宋初抗金名将张俊之后，其祖父张濡也是南宋将领，因斩杀元使而在元兵攻陷临安后被磔杀，张家财产也遭到籍没，这一剧变，使他从钟鸣鼎食的贵公子一下子变成一个贫困无依的人，因此，为了生存，即便是国恨家仇也得放一边去，毕竟个人的力量太渺小，挡不住时代的洪流。张炎北上大都，求仕的意图很明显，大概事不顺遂，不久便南归，从此浪迹江南，据说曾以卖卜为生，穷愁潦倒，落拓以终。上引此词将他的隐居生活与环境都写得很美，晴岚暖翠，花影倒窥，野水涵波，眠鸥未醒，散发吹箫，凭高露饮，碧落尘空，光摇半壁……如此美好景色与潇洒人生，固然是他的浪漫想象，但又何尝不是他对黑暗现实所做的一种无奈的反讽呢？

元好问的《摸鱼儿·雁丘词》因为金庸小说《神雕侠侣》的引用而大大有名，当然元氏此词本身也是一首名作，只不过，现代武侠小说和影视作品的广泛传播让它成为了家喻户晓的作品：

问世间、情为何物，直教生死相许。天南地北双飞客，老翅几回寒暑。欢乐趣，离别苦，就中更有痴儿女。君应有语。渺万里层云，千山暮雪，只影向谁去。

横汾路。寂寞当年箫鼓，荒烟依旧平楚。招魂楚些何嗟及，山鬼暗啼风雨。天也妒。未信与、莺儿燕子俱黄土。千秋万古。为留待骚人，狂歌痛饮，来访雁丘处。

此词写“生死相许”之至情。词前小序已经把创作的缘起和经过交代清楚了：

泰和五年乙丑岁，赴试并州，道逢捕雁者云：“今旦获一雁，杀之矣。其脱网者悲鸣不能去，竟自投于地而死。”予因买得之，葬之汾水之上，累石为识，号曰“雁丘”。时同行者多为赋诗，予亦有《雁丘词》。

大雁的殉情之举激起了作者强烈的感情波澜，他累石葬雁，并赋此词，极力讴歌大雁这种悲壮决绝的爱情。词作采用的是典型的拟人化手法，但说到底，作者写雁，其实就是写人，借用了雁的形象，抒写的是人世间的至情至性，那种“痴儿女”“生死相许”的爱情，那种为了所爱的人勇于献身的忠贞与大爱，才是作者真正要极力歌吟的！

元好问是金代文学的代表人物，诗、文、词、曲都堪称大家。元氏在金朝亡国后入元，也经历了和两宋文人一样的国破家亡之痛，但他在元朝并没有再出仕任职，就这一点来说，他对他的故国金朝颇有点“从一而终”的感情，颇切合他在《雁丘词》中所推许的“生死相许”了。对比一下同样是大文豪的宋宗室赵孟頫，不免令人生出感慨。当然，每个人的具体情况不一，所处的地位和身份不同，要做这样的对比似乎不太厚道，也没必要，况且，前面说了，以个人的生命或前程去殉一个灭亡的朝代不可取，所以，赵孟頫们在道义上是没有什么亏欠的。但是，当一个站在道德高地上的人向你挥手时，你还是会觉得心情舒畅，从而心生敬意的。

当然，这个人不一定是元好问。

雨霖铃

《雨霖铃》无疑是宋词中最著名的词牌，它的来历，它的爱情典故，它的神秘感和悲戚凄惶的意蕴，都给人以一种柔软而坚韧的冲击。然而，吾人对此一词牌的印象，或完全来自浪子词人柳永的那一首脍炙人口的《雨霖铃》，而于柳词之外，可说是一无所知。由于柳永《雨霖铃》的显赫名声，人们就想当然地认为此词牌是一个为宋代词人所习用的词牌，宋词中应该有很多《雨霖铃》作品。说出来不怕笑话，作为一个对唐宋词也算是有所涉猎的写作者，我一向都是这样认为的，直到我为写作本文而查阅相关资料，才知道远不是那么回事。

《雨霖铃》词最早见于柳永的《乐章集》，因此，一般都认为柳永是本词牌的创制者，而在柳永之前，也的确没发现有人用《雨霖铃》来创作过词作品。据《词谱》，《雨霖铃》出自唐玄宗创制的唐教坊曲名：

> 《雨霖铃》一名《雨霖铃慢》，唐教坊曲名。《明皇杂录》："帝幸蜀，初入斜谷，霖雨弥日。栈道中闻铃声，采其声为《雨霖铃》曲。"宋词盖借旧曲名，另倚新声也。调见柳永《乐章集》，属双调。

而据宋人王灼的《碧鸡漫志》引《明皇杂录》及《杨妃外传》，所记则更为详细生动：

> 帝幸蜀，初入斜谷，霖雨弥旬。栈道中闻铃声，帝方悼念贵妃，采其声为《雨淋铃》曲以寄恨。时梨园弟子惟张野狐一人，善筚篥，因吹之，遂传于世。

由上引文字可知，曲名《雨霖铃》缘自唐玄宗的一段伤心史。所谓“帝幸蜀”云云，说的是风流皇帝唐玄宗李隆基因安史之乱而逃往四川，行经陕西兴平的马嵬驿时，护驾军队发生兵变，乱兵诛杀奸相杨国忠，又逼玄宗缢杀宠妃杨玉环，史称“马嵬驿兵变”。兵变后，唐玄宗逃至成都，太子李亨在宁夏灵武即皇帝位。玄宗作曲，当在由陕入川的途中，时杨妃新死，又值“霖雨弥旬”，一路上苦雨凄风的吹打，使得车驾上的铃铛发出的声音，显得悲戚凄切，老皇帝闻声生哀，触景生情，不禁想起替他受过而冤死的杨贵妃，遂谱此曲“以寄恨”。这大概就是这首唐教坊曲诞生的背景吧。而柳永所作，正如《词谱》所言，是借旧曲名另创新调。据此，大抵可以肯定，曲牌《雨霖铃》是唐玄宗创制的，而词牌《雨霖铃》，则是柳永的创造。

柳永的《雨霖铃》，流传至今的虽然只有一首，但就是这一首作品，已足以使此调流芳千古、传之不朽了：

寒蝉凄切。对长亭晚，骤雨初歇。都门帐饮无绪，留恋处、兰舟催发。执手相看泪眼，竟无语凝噎。念去去、千里烟波，暮霭沉沉楚天阔。

多情自古伤离别。更那堪、冷落清秋节。今宵酒醒何处，杨柳岸、晓风残月。此去经年，应是良辰好景虚设。便纵有、千种风情，更与何人说。

此词也是柳词中感情最深挚艺术最丰赡秀美的作品，名句与经典意象俯拾皆是. 如“兰舟催发”“执手相看泪眼，竟无语凝噎”“念去去、千里烟波”“杨柳岸、晓风残月”，等等，将千古恋人离别的场景与意绪，刻画得极其生动而富于张力。

考虑到柳永的浪子身份以及他与妓女的密切关系，人们有理由认为那个在杨柳岸边与他泪眼相看执手握别无语凝噎的女子就是一个妓女，在凄切蝉声与晓风残月的衬托下，这一依依惜别的场景有了极其动人的凄清与美丽。

关于柳永此词，流传最广的是南宋俞文豹《吹剑录》中的那一段话：

> 东坡在玉堂日，有幕士善歌，因问："我词何如柳七？"对曰："柳郎中词，只合十七八女郎，执红牙板，歌'杨柳岸晓风残月'。学士词，须关西大汉，（执）铜琵琶，铁绰板，唱'大江东去'。"

在这里，柳永的词风被"杨柳岸晓风残月"一言以蔽之，"只合十七八女郎，执红牙板"唱的当然是那种轻柔婉媚的曲子；而东坡的豪迈雄放，则由一声"大江东去"唱出，可以想象，"关西大汉"的引吭高歌，当能穿云裂石，涤荡胸襟的。

婉约与豪放的美学分野，就是由柳永的《雨霖铃》和苏轼的《念奴娇》奠定的。具体而言，"杨柳岸晓风残月"承袭与凝缩了唐五代以来的美学传统，"大江东去"则正式开启并建立了新的美学风范。这样的美学分野，在曲子词盛行的有宋一代，不说营垒分明，但也是有迹可循的。由此可见，柳永的《雨霖铃》在词史与美学上的重要性。

历代词评家大多对柳氏的"杨柳岸"给予了点赞。南宋陈善《扪虱新话》中说："近柳屯田云：'杨柳岸晓风残月'，最是得意句，而议者鄙之曰：'此梢子野溷时节也。'尤为可笑。"既赞赏了"杨柳岸"句"最是得意"，又批评了鄙视柳词为"梢子野溷时节"（船夫野外如厕的时间）的文人"尤为可笑"。明代王世贞在《艺苑卮言》中也说："'今宵酒醒何处，杨柳岸、晓风残月'，与秦少游'酒醒处，残阳乱鸦'同一景事，而柳尤胜。"认为柳与秦描写的是"同一景事"，但柳词"尤胜"于秦词。

柳永以他的天才创作为《雨霖铃》调开了一个好头，人们有理由认为此调必为后人所喜所重，但当我翻遍了《全宋词》之后，结果却令我相当愕然：在宋人所作的近两万首词作中，调寄《雨霖铃》的作品只有区区七首；也就是说，在有宋一代一千三百三十多位词人中，仅有柳永、王安石、黄裳、晁端礼、王庭珪、李纲、杜龙沙七人用词牌《雨霖铃》创作过作品，而且每个人只写了一首。

更令人失望的是，这七首《雨霖铃》，除了柳永的开篇之作外，其余六首都不大为人所知。王安石的词作本来就不多，只得二十九首；王氏最著名的作品当然是《桂枝香》，他的其他词作，如《菩萨蛮》（数家茅屋闲临水）、《渔家傲》（平岸小桥千嶂抱）、《千秋岁引·秋景》等，写得也很不错，或清新明净，或苍凉凄切，而偏偏这一首《雨霖铃》，却显得干且硬，说教味十足，了无诗意：

孜孜矻矻。向无明里，强作窠窟。浮名浮利何济，堪留恋处、轮回仓猝。幸有明空妙觉，可弹指超出。缘底事、抛了全潮，认一浮沤作瀛渤。

本源自性天真佛。只些些、妄想中埋没。贪他眼花阳艳，谁信道、本来无物。一旦茫然，终被阎罗老子相屈。便纵有、千种机筹，怎免伊唐突。

王安石一生与佛教颇有渊源，晚年罢退，更是归心向佛，出入寺院，与僧人隐士来往密切，所作诗词有不少也颇有佛禅味，如他的《望江南·归依三宝赞》四首：

归依众，梵行四威仪。愿我遍游诸佛土，十方贤圣不相离。永灭世间痴。

归依法，法法不思议。愿我六根常寂静，心如宝月映琉璃。了法更无疑。

归依佛，弹指越三祇。愿我速登无上觉，还如佛坐道场时。能智又能悲。

三界里，有取总灾危。普愿众生同我愿，能于空有善思惟。三宝共住持。

如此直白地宣扬教义，使人感觉这已经不是以抒情和形象性为基本特征的诗词作品，而只是一种借用了词调形式的佛家偈语。上引的《雨霖铃》也给人这样的感觉。此词应该是王安石辞官后隐居江宁半山园时的作品，内中表现出来的对“强作窠窟（事业）”“浮名浮利”的反思与彻悟，是符合一个皈依佛教者的思想特征的；而词中堆叠的大量佛禅语，如“无明”“轮回”“明空妙觉”“一浮沤”“本源自性天真佛”“妄想”“本来无物”“阎罗”，等等，也可以看出此词的思想倾向和浓重的说教意味。

黄裳为宋神宗元丰五年（1082）的状元。作为科举应试教育制度的佼佼者，黄裳一生仕途还算顺利，在外当过青州、福州等的州官，在朝任过侍郎、尚书等要职，并进端明殿学士，赠少傅，也算是高官显宦了。当然，黄裳的状元身份得来有点意外。据清人陆心源《宋史翼》、南宋李焘《续资治通鉴长编》等文献，元丰五年的殿试，黄裳本来仅名列五甲，跟状元差了好几条街，是宋神宗的“打捞”才把他拔擢上状元位置的：

> （黄裳）未第时尝作《游仙记》，传于京师，神宗览而爱之。元丰五年，礼部奏进士，有裳名。及进，读廷试策，凡在前列者皆不称旨，令求裳卷。至第五甲始见。神宗曰：“此乃状元也。”擢为第一。考官以高下失实，皆罚铜。
>
> （《宋史翼》卷二十六）

从这段文字可看出，考试官对黄裳文章的评价是不高的，将其置于第五甲，也差不多就是评为最差了。而宋神宗将黄“擢为第一”，似乎有先入为主之嫌，须知《游仙记》写得再好，也不能说明他的策论写得好，那是两个不同的范畴，需要的是不同的才能，所以宋神宗的越俎代庖，实在有点随心所欲。据李焘的《续资治通鉴长编》，那次考试的主官是文学家曾巩，他当时的官职是知制诰，因为此事，他受到处罚，被罚铜三十斤。

黄裳在《宋史》中无传，这颇令人费解，或许是撰《宋史》的元人脱脱等认为他的功业或文才还没有达到能够进入史传的资格和水平。他尽管当过青州知州和礼部尚书那样的高官，但显然并不是所有的州官或尚书都能够进入史书的。他为官的政绩如何，史籍中并无具体介绍。据《宋史翼》，他在徽宗朝任礼部尚书时，曾反对朝廷推行的太学三舍法（属王安石新法），认为宜尊祖宗科举之制。又建议“天下无事而为有事之备”，提出“雄州弓箭矫捷勇健，北敌畏惮”，应多招募以加强边防；并表达了对“东南城池颓毁，无战守具”的忧虑，这些都可看作他对金人入侵、方腊作乱的预警，由此推想，他或是个有点守旧但颇有忧患意识和远见的官员。他的文才如何，则有他存世的诗文可证。他是苏轼的同时代人（比苏轼小七岁），曾与苏轼、苏辙、黄庭坚、陈师道等同朝为官，也时有唱和，但他的诗名显然远不及诸人，尽管他是皇帝钦定的状元，也很努力作诗（存诗五百七十多首），然而并没有几首作品能流传于人口，各家文学史也难觅这位状元的芳名，可见，皇帝的眼光，有时也并不靠谱，而曾巩们的判断大抵是对的。退一步说，即便真的考试考得好，并不见得诗文就写得好，这样的情况古今中外所在多有，一点儿也不稀罕。

黄裳存世的词作不算少，有五十三首，比王安石多了不少。他的词，最著名的当推《减字木兰花·竞渡》：

红旗高举，飞出深深杨柳渚。鼓击春雷，直破烟波远远回。

欢声震地，惊退万人争战气。金碧楼西，衔得锦标第一归。

写龙舟竞赛的热闹场面，颇有气势。另多有咏月词，竟有十七首之多，但写得好的似乎不多。他的《雨霖铃》写得也较平庸：

天南游客。甚而今、却送君南国。薰风万里无限，吟蝉暗续，离情如织。秣马脂车，去即去、多少人惜。为惠爱、烟惨云山，送两城愁作行色。

飞帆过、浙西封域。到秋深、且舣荷花泽。就船买得鲈鳜，新谷破、雪堆香粒。此兴谁同，须记东秦，有客相忆。愿听了、一阕歌声，醉倒拼今日。

这是一首送别词，词题便叫《送客还浙东》，应该是作者送友人回浙东而作。此词写得颇用力，上阕纪实，“送君南国”道出送别，“薰风”与“吟蝉”点出夏日时令，“烟惨云山”云云渲染了离别时的氛围；下阕遥想，想象友人返乡后秋日舣舟赏荷、买鲈鳜、尝新谷的逸兴，末了叮嘱友人别忘了“有客相忆”，并表达今日要一醉方休之意。

总体上看，这首词写得并不出色，但如“新谷破、雪堆香粒”等句，也令人印象深刻，比起上引王安石的词，从形象性来说要好得多。

黄裳是个历史人物，由于金庸在他的武侠小说《射雕英雄传》中将这个真实存在的历史人物写进小说中，故事与历史搅在一起，真中有假，假中有真，因而使得其人其事蒙上了神秘的色彩。在小说中，黄裳奉宋徽宗之命刊刻《万寿道藏》，由于是为皇帝刻书，弄错了有可能是死罪，因此他只能逐字逐句细心校读，历经四年，才将这五千四百八十一卷道家著作校读完毕。不料四年阅读下来，黄裳竟然精通了天下道学，参悟出绝世武功，于不知不觉间成了顶尖武功高手，后来又精研武学，撰成被称为武林至宝的武学秘籍《九阴真经》。据学者考证，黄裳监刻《万寿道藏》实有其事，但说他因之而成为绝世武林高手，并撰写出武学宝典《九阴真经》事，则为小说家言。

如果纯粹从艺术的角度考量，晁端礼的《雨霖铃》是写得不错的，尽管它是一首花间风味的作品：

槐阴添绿。雨余花落，酒病相续。闲寻双杏凝伫，池塘暖、鸳鸯浴。却向窗昼卧，正春睡难足。叹好梦、一一无凭，帐掩金花坐凝目。

当时共赏移红烛。向花间、小饮杯盘促。蔷薇花下曾记，双凤带、索题诗曲。别后厌厌，应是香肌，瘦减罗幅。问燕子、不肯传情，甚入华堂宿。

从内容上看，此词应该是一首描写男欢女爱的作品，说它是狎妓词，大抵也错不了，但艺术上的婉曲与细腻却颇可称道，当然这也是此类题材作品的鲜明特点：内容上并无新的拓展，艺术上则有可圈可点之处。

晁氏存世之词有一百四十二首之多，像《雨霖铃》那样承袭花间余绪描写男女恋情的作品占了相当大的比例，构成了晁氏词作的主要内容。当然，晁氏还有一些抒写怀抱、酬答唱和、状物写意的作品，构成他的另一副笔墨，如《绿头鸭·咏月》，状写中秋月色，抒发个人情怀，是他的代表作：

> 晚云收，淡天一片琉璃。烂银盘、来从海底，皓色千里澄辉。莹无尘、素娥澹伫；静可数、丹桂参差。玉露初零，金风未凛，一年无似此佳时。露坐久，疏萤时度，乌鹊正南飞。瑶台冷，栏干凭暖，欲下迟迟。
>
> 念佳人、音尘别后，对此应解情思。最关情、漏声正永，暗断肠、花影偷移。料得来宵，清光未减，阴晴天气又争知。共凝恋、如今别后，还是隔年期。人强健，清尊素影，长愿相随。

写得清朗澄静，是一首咏月的佳作，南宋胡仔对此词评价颇高：“中秋词，自东坡《水调歌头》一出，余词尽废；然其后亦岂无佳词？如晁次膺《鸭头绿》一词，殊清婉。但樽俎间歌喉，以其篇长惮唱，故湮没无闻焉。”（《苕溪渔隐丛话》后集卷三十九）将此词与东坡那首著名的中秋词相提并论，评价不可谓不高。

晁氏还写有一些歌功颂德的作品，即所谓的谀颂词，代表作如《并蒂芙蓉》。据吴曾《能改斋漫录》，晁氏晚年得蔡京推荐入宫见徽宗，“会禁中嘉莲生”，他便献了这首谀颂词，中有“天心眷临圣日”“愿君王，寿与南山齐比”等句，于是大得皇帝的欢心，赏他一个“大晟府协律郎”的官职，也就是“按月律进词”的御用词人，这对于只当过两任县令却又闲居三十年的词人来说当然是渴望已久的任用，只可惜乐极生悲，还没来得及任职，便去世了。晁氏此举颇受人诟病，与晁氏家族沾亲带故的南宋诗人陆游（其外祖母是晁冲之的姐姐）尝言："有疏族，居济州，以京荐为大晟府协律郎，举族耻之。"（《家世旧闻》）卷下）这个"疏族"，说的就是晁端礼。

说起来，宋代澶州晁氏是个显赫的文人士大夫家族，从真宗时的晁迥起，直到南宋的晁公武，历七代而仕宦与文采风流不绝，实属罕见。著名者有知制诰、礼部尚书晁迥，参知政事晁宗悫，词人晁端礼，文学家晁补之、晁说之、晁冲之、晁载之、晁公遡，藏书家、目录学家晁公武，等等。其实还有更多的晁氏子弟曾经著书立说，只可惜他们的著述被漫漫的时间长河湮没了，不然这个名单还可以排得更长更长。

王庭珪是大诗人杨万里的老师，一生作诗近八百首，内容丰富，风格遒劲雄健，所以王氏本质上是个诗人，作词对他来说只是"余事"，用力不多；据《全宋词》，王庭珪存词四十三首，相比于他的诗，那是少多了。

王庭珪最为人称道的事，就是以诗送胡铨赴贬所。宋高宗绍兴十二年（1142），胡铨上疏请斩秦桧，被贬岭南，王氏独以诗送，诗云：

囊封初上九重关，是日清都虎豹闲。
百辟动容观奏牍，几人回首愧朝班。
名高北斗星辰上，身堕南州瘴海间。
岂待他年公议出，汉廷行召贾生还。

大厦原非一木支，欲将独力拄倾危。
痴儿不了官中事，男子要为天下奇。
当日奸谀皆胆落，平生忠义只心知。
端能饱吃新州饭，在处江山足护持。

王氏此举自然触怒了秦桧，据岳珂《桯史》卷十二："于是有以闻于朝者，桧益怒，坐以讪谤，流夜郎，时年七十。”也有说他因此于绍兴十九年（1149）除名编管辰州（今属湖南）的，总之是遭到了贬谪。

顾名思义，王庭珪的《雨霖铃·雪》当然是一首咏雪词：

琼楼玉宇。满人寰似、海边洲渚。蓬莱又还水浅，鲸涛静见，银宫如许。紫极鸣箫声断，望霓舟何处。待夜深、重倚层霄，认得瑶池广寒路。

郢中旧曲谁能度。恨歌声、响入青云去。西湖近时绝唱，总不道、月梅盐絮。暗想当年宾从，毫端有惊人句。谩说枚叟邹生，共作梁园赋。

“琼楼玉宇”“银宫”“瑶池广寒路”等应该是描写南宋都城临安雪中的殿堂宫室；“郢中旧曲”句用宋玉答楚襄王问之典，暗喻“曲高和寡”、自己的政见主张不被理解，而下面的“恨歌声”“西湖近时绝唱”等句，则似乎又增强了“旧曲谁能度”的憾恨；“月梅盐絮”当然也是指向“雪”的，而“毫端有惊人句”则透露出作者的自负；末了再用西汉枚乘、邹阳在梁园咏雪的典故（出自南朝宋谢惠连《雪赋》），回到“雪”的主题上。

王氏词风近东坡，此词写得颇豪壮，但艺术上稍嫌粗糙，典故的运用，或可使词意曲折，然同时也会令人觉得有些“隔”。

南北宋之交的抗金宰相李纲其实是个诗人，但是他诗人的身份往往被他名臣或民族英雄的光芒所遮蔽。李纲存世之诗有一千五百多首，存词虽然少得多，但也有五十四首，光凭这数量，就能说明他的创作能力是丰沛的，何况他的诗词，也多有佳作。如他的《幔亭峰》诗：

燕罢虹桥绝世氛，曾孙谁见武夷君。
更无袖幕空中举，时有笙竽近处闻。
猿鸟夜啼千嶂月，松篁寒锁一溪云。
洞天杳杳知何处，翠石苍崖日欲曛。

借武夷君“幔亭招宴”的神话传说，渲染出武夷山的绝美风光，联想丰富，想象奇特，是可以进入宋诗中的好诗行列的。又如《天柱峰》一诗：

巉巉千丈插烟空，始见天南一柱峰。
绝顶雾开擎日月，半岩云暝噫风雷。
府临万壑林莜秀，高压群山气象雄。
谁道共工曾触折，断鳌端是女娲功。

说得上是雄放杰出的。再如《遣兴》之二：

冲涉修途仆已疲，今宵聊复宿沙溪。
心怀浙右家无耗，身在江南路欲迷。
孤鹜断霞情杳杳，暝烟荒草晚凄凄。
登临谁会悠然意，寒日无言又向西。

苍凉沉郁，道尽诗人心中的疲惫与凄惘。

李纲有好诗，也有好词。作为一个有着正统儒家思想的文人士大夫，李纲的词也显示出忠臣直臣的气度。他以诗为词，词风豪放，颇类苏轼，而唐圭璋先生则称他是陆游、辛弃疾的前辈，影响了陆、辛和南宋其他爱国词人。他爱以史事入词，集中多咏史词，在他全部的五十四首词作中，咏史词就有八首之多，如《念奴娇·汉武巡朔方》《念奴娇·宪宗平淮西》《水龙吟·汉高□鸿门》（残句）、《水龙吟·光武战昆阳》《水龙吟·太宗临渭上》《喜迁莺·晋师胜淝上》《喜迁莺·真宗幸澶渊》，等等，而他的《雨霖铃》也是一首咏史词，词的题目为《明皇幸西蜀》：

蛾眉修绿。正君王恩宠，曼舞丝竹。华清赐浴瑶甃，五家会处，花盈山谷。百里遗簪堕珥，尽宝钿珠玉。听突骑、鼙鼓声喧，寂寞霓裳羽衣曲。

金舆远幸匆匆速。奈六军不发人争目。明眸皓齿难恋，肠断处、绣囊犹馥。剑阁峥嵘，何况铃声，带雨相续。谩留与、千古伤神，尽入生绡幅。

这也是本调中唯一一首以词牌本事“明皇幸蜀”“马嵬驿兵变”“雨中闻铃”等为内容的宋词作品。在作者的数首咏史词中，此词也是写得较好的一首。词中化用了不少白居易《长恨歌》的诗句，也可以说是将白氏《长恨歌》浓缩进词中了。“君王恩宠”，“华清赐浴”，一时恩宠无限，然而转眼间“听突骑、鼙鼓声喧”，于是“霓裳羽衣曲”就只好“寂寞”了；奈何“六军不发”，“明眸皓齿”也不能留恋，因此，便有了令人“千古伤神”的故事……写的虽然是人所熟知的旧事，用的也是白氏的意象，但极紧凑、极概括，也不容易。

其实李纲咏史，无论是“明皇幸西蜀”，还是“汉武巡朔方”“光武战昆阳”“宪宗平淮西”“真宗幸澶渊”，等等，都是用心良苦，无非是想用这些或悲或壮的历史故事，“上达天听”，劝诫当时的最高统治者宋高宗以史为鉴，励精图治，抗金复国，中兴宋室。只可惜，他的一番苦心没起到什么作用。

宋词中最后一首《雨霖铃》是杜龙沙所作。这杜龙沙不知何许人，《全宋词》中录了他的四首词，均辑自南宋人赵闻礼所编的词集《阳春白雪》。因《阳春白雪》所选大多为南宋词家作品，故推断杜氏应为南宋人。杜氏的《雨霖铃》如下：

窗影珑璁，画楼平晓，翳柳啼鸦。门巷渐有新烟，东风定、人扫桐花。峭寒斗减，看旅雁、争起蒹葭。溯断云，多少悲鸣，数行又下远汀沙。

应是故园桃李谢。送清江、一曲阑干下。染翰为赋春羁，嗟双鬓、客舍成华。绣鞭绮陌，强携酒、来觅吴娃。听扇底、凄惋新声，醉里翻念家。

细玩词意，此词前面所写应是南宋寒食清明时节的景象。“珑璁”

“翳柳”正是清明前后的暮春景色。“新烟”是指寒食禁火后清明重新生火的习俗，也称“新火”，唐宋诗人多有描写，如杜甫《清明》诗“朝来新火起新烟，湖色春光净客船”；刘长卿《清明后登城眺望》诗“百花如旧日，万井出新烟”；苏轼《徐使君分新火》诗“临皋亭中一危坐，三见清明改新火”，这些诗句皆可证唐宋时盛行此俗。“桐花”也是清明节令之花，频见于唐宋人的寒食清明诗词中，如白居易《寒食江畔》诗“忽见紫桐花怅望，下邽明日是清明”；权德舆《清明日次弋阳》诗“自叹清明在远乡，桐花覆水葛溪长”；柳永《木兰花慢》“拆桐花烂漫，乍疏雨、洗清明”，等等，“人扫桐花”，时值清明，春天马上就要过去了。

客观地说，杜龙沙虽然名不见经传，但是他写的这首词却颇可称道。尽管他渲染清明暮春景色是为了抒发伤春情怀，“染翰为赋春羁”，而更进一层的意思则是感叹年华老去，不管是“看旅雁起蒹葭、下远汀”，或是念想中的“故园桃李谢”；不管是“携酒觅吴娃”，或是“醉里翻念家”，其实都是指向一种因物候和时序的变化而引发的生命感慨。

杜氏的其他三首词都写得不怎么样，或未脱花间窠臼，或艺术上尚嫌粗疏，然而他的《雨霖铃》是可以立得住的，尽管因意象上的创新仍嫌不够，算不上一流的作品，但其气韵生动流转，文辞亦舒展流丽，评为一首好作品，想来是适宜的，杜氏凭这一首作品，可以进入词人之列了。

声声慢

语言的力量最是神奇。普普通通的字词简单堆叠，就能构成一种紧迫或急骤的张力，从你的眉宇间拂掠而过，于是你马上会感觉到那种凌厉或肃杀的气势，西风落叶，朔气摧花，直教人心中忐忑，抑郁难伸；老杜咏公孙大娘舞剑器："昔有佳人公孙氏，一舞剑气动四方。观者如山色沮丧，天地为之久低昂。㸌如羿射九日落，矫如群帝骖龙翔。来如雷霆收震怒，罢如江海凝清光。"这样的描述，说是惊心动魄，也不为过，语言的力量竟一至如斯。

如果按望文生义的解释，"声声慢"也可以理解为"用有声韵的言语慢慢叙说"，然而，我所熟悉的《声声慢》却不是这样，它是急促的、紧逼的、压迫的，正像上面所描写的那样，一点儿也没有"慢慢叙述"那种从容不迫的感觉。我知道，这是李清照的《声声慢》给我留下的印象。其实，"声声慢"的"慢"，说的是慢词，是指那种依慢曲填写的调长拍缓的词。易安的《声声慢》，调是够长了，但并没有给人"拍缓"的感觉，这当然是因为作品的语言与声韵所营造的紧张，改变了慢词应有的"舒缓"：

寻寻觅觅，冷冷清清，凄凄惨惨戚戚。乍暖还寒时候，最难将息。三杯两盏淡酒，怎敌他、晚来风急。雁过也，正伤心，却是旧时相识。

满地黄花堆积，憔悴损，如今有谁堪摘。守着窗儿，独自怎生得黑。梧桐更兼细雨，到黄昏、点点滴滴。这次第，怎一个、愁字了得。

关于此词的语言艺术，历代论者都高度评价、赞赏有加，很多词评家都不约而同地注意到了开头三句连用七对叠字，以及双声叠韵的运用、齿舌音的运用，等等，誉之为“公孙大娘舞剑手”（南宋张端义《贵耳集》卷上），赞之为“大珠小珠落玉盘”（清徐釚《词苑丛谈》卷三），这确实是抓住了本词在艺术上的关键所在，即语言和声韵的出色表现。用“大珠小珠落玉盘”来形容，指的当然是本词声调音韵的铿锵悦耳和急骤；而“公孙大娘舞剑手”，也一定会使人联想到老杜的诗，联想到“天地低昂”“雷霆震怒”这样的“大动静”，用这样的“动静”来比拟李词似乎夸张，但也的确抓住了此词语言直抵心灵震撼人心的本质。全词使用短促急收的入声字押韵，更好地表达了词作孤独悲苦的主题内容，也与作者抑郁激切的情绪意蕴十分合拍。此外，多用白话口语来描绘景物刻画心理，也是本词突出的特点，全词基本不用典雅工丽之语，却依然能显示出沉郁苍凉的意境和深沉痛切的家国情怀。像李清照这种经过千锤百炼而达至自然冲淡、惨淡经营而又不见雕琢痕迹的语言艺术，是这位天才词人向汉语世界贡献的美学范式。

关于李清照的生活经历，本书不少篇目已经谈及，此处不详述。总而言之，易安的一生以宋室南渡划界，分为两截：南渡前她是官宦贵族人家的小姐和妻子，南渡后她是流离失所孤苦无依的嫠妇和老人，就生存景况而言，不说天壤之别，也是反差极大的。她的《声声慢》，反映的正是她一生中的后一截，是她后半生生存状态高度凝炼的艺术概括，可作为她的心灵史来读，也可看作她南渡后孤独凄苦的生存状态的缩写。她的“寻寻觅觅”，是回忆，是沉湎，那些青春少女的天真烂漫和美满婚姻所带来的幸福与和谐，是再也寻不回来了，“冷冷清清”是她现实的眼前的境况，“凄凄惨惨戚戚”则是她实时的当下的心境，而天气、酒、晚风、过雁、黄花、梧桐、细雨、黄昏，等等，这些密集堆积的意象，其实都是形象化的符号，这些符号所具有的象征意义，全都指向她暮年的孤苦无依。

关于词牌《声声慢》，《词谱》是这样说的：

> 蒋氏《九宫谱》注“仙吕调”。晁补之词名《胜胜慢》。吴文英词有“人在小楼”句，名《人在楼上》。此调有平韵、仄

韵两体，平韵者以晁补之、吴文英、王沂孙词为正体，仄韵者以高观国词为正体。

这是说此调原名《胜胜慢》，又名《人在楼上》，有平韵与仄韵两体，但它是如何变为《声声慢》的，《词谱》没有说。据清初毛先舒《填词名解》的说法，是因宋人蒋捷用此调赋《秋声》词，其韵全用“声”字，故名。按照这个说法，则李清照的《声声慢》，也应该叫《胜胜慢》才对，因为两宋之际的易安居士比南宋末的蒋捷要早出一百多年。不过，毛氏的说法看来也只是揣测而已，他没有给出任何证据，这样的说法很难令人采信，而将李清照的《声声慢》称为《胜胜慢》，听起来也觉得别扭。

据学者考证，《声声慢》(《胜胜慢》)调目前所能见到的最早作品是北宋词人晁补之创作的，这恐怕也是《词谱》将晁词列为此调首谱的原因。晁氏此词用的是平韵，因此《词谱》也将晁词列为平韵体正体之首位。晁词如下：

朱门深掩，摆荡春风，无情镇欲轻飞。断肠如雪，撩乱去点人衣。朝来半和细雨，向谁家、东馆西池。算未肯、似桃含红蕊，留待郎归。

还记章台往事，别后纵青青，似旧时垂。灞岸行人多少，竟折柔枝。而今恨啼露叶，镇香街、抛掷因谁。又争可、妒郎夸春草，步步相随。

关于此词的内容，据词题《家妓荣奴既出有感》可知，晁氏所写，乃感慨他的一个叫荣奴的家妓离他而去。宋代文人士大夫蓄养家妓是普遍现象，像韩琦、欧阳修、苏轼、辛弃疾这些名臣或著名文人，家中都蓄有不少家妓，诗人梅尧臣就曾作诗揶揄欧阳修：“公家八九姝，鬒发如盘鸦。朱唇白玉肤，参年始破瓜。”(《次韵和酬永叔》)欧公家中的“八九姝”，就是他蓄养的家妓。据吴自牧《梦粱录》，宋时官员或富贵人家欲买宠妾、歌童、舞女等，可通过官私牙嫂、引置人一类的中介，由此可知，家妓也有从市场上买来的。而这些买来的家妓往往是有年限的（买卖成交后，需到官府立市券，写明年限），年限到了，家妓要离开，主家是不能阻拦的。

宋代的家妓，一般的介绍多谓介于婢与妾之间，这或许是不错的，但我觉得家妓在主家的作用主要还是充任歌舞演员，以应宋时文人士大夫频繁的宴饮游乐之需。当然，家妓和主人产生感情，也是有可能的，而双方有了感情，家妓也有“升格”为妾的可能，这恐怕也是不少家妓所梦寐以求的，但这很难，要取决于诸多因素，比如说主人是否有意，主母能否容纳，等等。其实更常见的情况可能是，家妓与主人除了“工作”关系什么事都没有，工作期满，家妓“既出”，或找下一个主家，或择人出嫁，因为对家妓来说，既然是一个职业，她找下家就是找工作，而择人出嫁，也是任何年代大多数女子的归宿。

晁氏与家妓荣奴或许是这样的情况：双方是有感情上的纠葛的，尤其是晁氏对荣奴是动了感情的，但还没到“升格”的程度，既然如此，年限一到，荣奴要走，那也是理所当然。所谓“既出”，应该就是到了年限要离开，“既”本身就有“完了”“终了”的意思，而“出”的意思即是“离开”；晁氏之“有感”，或有不舍、惋惜之意。

细玩词意，“无情”似意指家妓之决然离去，“断肠”或指恋恋不舍之伤痛，“向谁家”则分明是一种含有妒意的猜测：她会去到哪一个大户人家的池阁楼馆呢？“章台往事”等句，是借唐韩翃与柳氏“章台柳”的典故，表达出对荣奴离去的不舍与担扰：韩翃与柳氏在战乱中失散，韩因写《章台柳》：“章台柳，章台柳，昔日青青今在否。纵使长条似旧垂，也应攀折他人手。”表达了对柳氏的思念和不知能否旧缘相续破镜重圆的疑问。看来作者对荣奴是动了点真感情，不忍她离去，又担心她跟了别人可能会过得不好，“抛掷因谁”，不可预测的命运要把荣奴抛掷到何方？

说晁氏对荣奴动了感情的另一佐证，是他用同样的题目写的《点绛唇》：

檀口星眸，艳如桃李情柔惠。据我心里，不肯相抛弃。
哭怕人猜，笑又无滋味。忡忡地，系人心里，一句临歧誓。

此词是如此直白地描写了荣奴的容貌与性情，又是如此直白地表达了他对荣奴“既出”的不舍：在我心里，是不肯让你走的啊！但是，尽管又哭又笑，还发呆发怔的，毕竟还是留不住！而临别时的一句誓言，虽“系人心里”，但既然已“临歧”，恐怕也不能太当真了。

晁补之也是宋代澶州晁氏家族的成员，如果就文学成就论，应该说，在整个晁氏家族中，当以补之为最高。晁补之能列苏轼门下，为苏门四学士之一，当然也不是浪得虚名的。历代词评家多谓晁词风格近东坡。如宋王灼《碧鸡漫志》云：“晁无咎、黄鲁直皆学东坡，韵制得七八。”清刘熙载《艺概》云：“东坡词在当时鲜与同调，不独秦七、黄九别成两派也。晁无咎坦易之怀，磊落之气，差堪骖靳。然悬崖撒手处，无咎莫能追蹑矣。”清胡薇元《岁寒居词话》亦云：“无咎为苏门四学士之一，其词神姿高秀，可与坡老肩随。”纵览晁词全集，信然！其词多俊朗放旷之作，唯部分赠妓或涉情事之作，犹闻花间余响，多有脂粉味和儿女态，如上引二词即是。

作为豪放词人，辛弃疾的《声声慢》呈现出与晁、李二人词作截然不同的风格：

> 征埃成阵，行客相逢，都道幻出层楼。指点檐牙高处，浪拥云浮。今年太平万里，罢长淮、千骑临秋。凭栏望，有东南佳气，西北神州。
>
> 千古怀嵩人去，还笑我、身在楚尾吴头。看取弓刀，陌上车马如流。从今赏心乐事，剩安排、酒令诗筹。华胥梦，愿年年、人似旧游。

按词前之小序“滁州旅次登奠枕楼作，和李清宇韵”，可知辛氏此词当系登滁州奠枕楼而作。奠枕楼是辛弃疾于南宋乾道八年（1172）任滁州州官时兴建的名胜，今已不存。据《宋史·辛弃疾传》：“……迁司农寺主簿，出知滁州。州罹兵烬，井邑凋残，弃疾宽征薄赋，招流散，教民兵，议屯田，乃创奠枕楼、繁雄馆。”这段文字记载了辛弃疾出知滁州后所采取的安抚百姓、恢复经济的种种措施，兴建繁雄馆、奠枕楼也是措施之一。又据辛弃疾朋友严焕（字子文）的旧属（幕僚）崔敦礼

《代严子文滁州奠枕楼记》所记：“（辛弃疾）至之日，周视郛郭，荡然成墟，其民编茅藉苇，侨寄于瓦砾之场，庐宿不修，行者露盖，市无鸡豚，晨夕之须无得。”而辛氏的同乡好友兼幕僚周孚在《滁州奠枕楼记》也写道：“乾道八年春，济南辛侯自司农寺簿来守滁，时滁人方苦于饥，商旅不行，市物翔贵，民之居茅竹相比，每大风作，惴惴然不自安。”可见当时的滁州在经历了金人多次侵扰和连续四年的灾荒后，已经穷困至极、破败不堪，因此辛弃疾治滁，恢复生产、商贸等经济活动乃第一要务。而据这两篇“楼记”所云，可知繁雄馆是一“客邸”（旅馆），建于街市，可招待四方来滁旅游或做生意的行旅商人；奠枕楼则建于繁雄馆之上，“使民以岁时登临之”，或凭栏远眺，尽览湖山之胜，或聚饮歌舞，安享宴游之乐。由此可知，这两项工程，都与恢复与发展经济有关，辛弃疾作为一州之宰，还是很有经济头脑和远见卓识的，他十分明白商贸与游乐消费活动对于发展经济的杠杆作用；还有《宋史》中提到的“宽征薄赋，招流散，教民兵，议屯田”等措施，对于凋敝的滁州来说都是十分“对症”的“良药”。就凭《宋史》所介绍的治滁措施，便可知辛弃疾的政治才能与行政管理能力之不凡，他当然是一个好官或曰能员干吏，而不仅仅只是杰出的词人而已。

辛氏此词固然不是他的代表作，但也写得豁朗劲健，显示出豪放词的显著特色。词写奠枕楼的高峻雄伟和登楼的所见所感，“浪拥云浮”极写楼高，气势不凡；“东南佳气”当喻指南宋朝廷，而“西北神州”自然是指沦陷的中原故国；“千古怀嵩人”则用唐李德裕贬滁建怀嵩楼之典，曲折地表达了对“嵩洛”也就是中原故土的怀念以及收复失地的愿望；结尾数句回到现实，写出自己创建奠枕楼的初衷，就是要让滁州经济发展，人民生活好转，百姓有个能够释放“赏心乐事”、安排“酒令诗筹”的地方，如今这个目的看来是达到了，因为“陌上车马如流”，路通车通财就通，这个道理，千古不易！“华胥梦”是说黄帝梦华胥氏之国，“其国无帅长，自然而已；其民无嗜欲，自然而已”，简单说来，就是顺其自然，让人民能安居乐业，过上好日子，年年岁岁都能来此登临，旧地重游；但是，这不就是为政者所应该要做的吗?政治的本质，不就是让老百姓过得好吗？此“梦”虽然简单朴实，但要做到也不容易啊！

刘辰翁在风格上属辛派词人，但他的《声声慢》却颇有婉约词的特点：

西风坠绿，唤起春娇，嫣然困倚修竹。落帽人来，花艳乍惊郎目。相思尚带旧子，甚凄凉、未忺妆束。吟鬓底，伴寒香一朵，并簪黄菊。

却待金盘华屋，园林静、多情怎禁幽独。蛱蝶应愁，明日落红难触。那堪雁霜渐重，怕黄昏，欲睡未足。翠袖冷，且莫辞、花下秉烛。

刘氏此词有一小序云："九日泛湖游寿乐园赏菊，时海棠花开，即席命赋。"据序文可知，此词当系咏海棠之作，但细玩词意，却能感觉到隐藏于其中的对于南宋国事的深深忧虑与感伤。

南宋末，贾似道专权误国。理宗景定三年（1262）刘辰翁应进士举，因廷试对策触忤贾似道而被置于丙等。此时距南宋最终覆亡（1279）只有十多年的时间，因此，刘辰翁所处的时代，是名副其实的末世。联系这个背景来读词，就能读出"西风坠绿""甚凄凉""幽独""落红""雁霜渐重"等词句中隐含的"微言大义"。

刘辰翁一生之进退与其师江万里联系紧密。度宗咸淳元年（1265），江万里入相，刘辰翁任临安府学教授，但任职仅半年，就因江万里罢相而被劾去。上引《声声慢》或作于其时。九日泛湖游园，本为赏菊，却遇海棠花开；海棠本系春花（春娇），但却在秋日绽放，这种反常的物候现象，引发了作者的感想。"落帽"用的自然是东晋孟嘉重九日龙山落帽的典故，虽然海棠花娇艳得"乍惊郎目"，但时当秋令，来的都是"落帽人"，在萧瑟"西风"中看"春娇"，不由得会产生一种"甚凄凉"的感觉。其实，南宋的国势何尝不像秋风中的海棠？时近黄昏，"雁霜渐重"，"怎禁幽独"，如此形势，真是令蛱蝶也生愁啊。此处及以下几句似化用苏轼"明日黄花蝶也愁"（《九日次韵王巩》）和"只恐夜深花睡去，故烧高烛照红妆"（《海棠》）等句意，婉转地表达出对南宋末世不堪国事的不忍和惋惜之情！

刘辰翁的这首《声声慢》还有一个特点，就是使用了入声韵，这也是刘氏对易安《声声慢》词用入声韵的继承。入声具有急切短促的声音效果，用入声字押韵，适宜表达作品所要传递的孤愤、抑郁、悲切的思想感情。《声声慢》虽以李清照词最为著名，但是，此调还是以音调舒缓的平声韵为主流，查《全宋词》中的七十多首《声声慢》，押平声韵的就有六十多首，可见“调长拍缓”的慢词传统仍然受到绝大多数词家的遵循，李清照、刘辰翁一类“标新立异”的词家毕竟是少数。

在两宋词人中，喜用《声声慢》调的并不多（据《全宋词》，有名有姓的词家仅三十八人），所遗下的作品也偏少（《全宋词》收录了七十六首），而吴文英则以创作数量多（十首）、质量高名列前茅，请看他的《赠藕花洲尼》：

六铢衣细，一叶舟轻，黄芦堪笑浮槎。何处汀洲，云澜锦浪无涯。秋姿澹凝水色，艳真香、不染春华。笑归去，傍金波开户，翠屋为家。

回施红妆青镜，与一川平绿，五月晴霞。赪玉杯中，西风不到窗纱。端的旧莲深薏，料采菱、新曲羞夸。秋潋滟，对年年、人胜似花。

此词细致地描画了藕花洲女尼的容貌身姿，并通过对女尼所处环境的渲染，衬托出女尼的出尘风姿。“六铢”极言衣轻，古代以二十四铢为一两，轻仅六铢的衣服想必是仙女穿的吧；“六铢衣”与“一叶舟”相对，更能衬托出女尼方外人的神态仙姿。再加上“云澜锦浪”环绕、“金波翠屋”为家，复与“一川平绿”“五月晴霞”为伴，女尼生活在藕花洲的“仙境”中，其姿容明艳美丽，身体散发出幽香，恰如“秋姿澹凝水色”。

吴氏如此不惜笔墨盛赞一位女尼，把她写得这样美好，使人不禁要怀疑他的动机，怀疑他与女尼之间是否存在着特殊关系。梦窗另有一首同样题咏藕花洲女尼的《醉落魄》，或者能透露出些许信息：

春温红玉。纤衣学剪娇鸦绿。夜香烧短银屏烛。偷掷金钱，重把寸心卜。

翠深不碍鸳鸯宿。采菱谁记当时曲。青山南畔红云北。一叶波心，明灭淡妆束。

这首题为《题藕花洲尼扇》的词作，清代叶申芗的《本事词》认为是一首艳词，而从“春温红玉”“翠深不碍鸳鸯宿”等词句看，的确语涉香艳，由此可见吴氏与这个藕花洲女尼的关系非同一般，其中颇有暧昧处。联系上引之《声声慢》，或可得出梦窗与女尼“有一手”的结论。其实梦窗与不少女道士关系暧昧，或涉情事，如他的集中另有《蝶恋花·题华山道女扇》《朝中措·题兰室道女扇》，里面的描写，都能使人产生这样的联想。清人厉鹗在《南宋杂事诗》中也有藕花洲女尼的内容：“清修尼寺静焚香，传是中宫赐宝坊。还有藕花洲畔女，翠深不碍宿鸳鸯。”其注引《咸淳临安志》：“清修尼寺在崇新门外右军寨前。绍兴间，显肃皇后建。仍赐额。”又：“临平山下有藕花洲，即鼎湖也。”可知藕花洲确有尼姑庵，乃皇家所建，但以“清修”名之，恐怕名不副实！

吴文英是南宋末婉约词的代表人物，其词以密丽深幽为特色，有“词中李商隐”（《四库全书总目提要》：“词家之有文英，亦如诗家之有李商隐。”）之称。所谓“密丽”者，即用语工丽、意象繁密；“深幽”者，即用笔曲折、意蕴隐晦。上引《声声慢》虽不是他的代表作品，但也可以看出这样的特色。《词谱》谓此调平韵者以晁补之、吴文英、王沂孙词为正体，所引的吴词或更能体现梦窗之繁丽曲折：

檀栾金碧，婀娜蓬莱，游云不蘸芳洲。露柳霜莲，十分点缀成秋。新弯画眉未稳，似含羞、低护墙头。愁送远，驻西台车马，共惜临流。

知道池亭多宴，掩庭花、长是惊落秦讴。腻粉阑干，犹闻凭袖香留。输他翠涟拍甃，瞰新妆、时浸明眸。帘半卷，带黄花、人在小楼。

此词看来颇有影响，因为此调的又名《人在楼上》就出自词中的句子“人在小楼”。据词前小序“陪幕中饯孙无怀于郭希道池亭，闰重九前一日”，可知此词是饯别友人并描写秋日池亭风光之作。开头数句，就把人绕得云里雾里的，故张炎劈头就说：“前八字恐亦太涩。”（《词源》卷下）的确，此词的前八字无非说的是“修竹楼台，杨柳池塘”，但梦窗偏要以曲笔出之，将常用的简单的名称复杂化雕饰化：檀栾，秀美貌，出自汉枚乘《菟园赋》“修竹檀栾”，是修饰“修竹”的形容词，此处用以代修竹；婀娜，轻盈柔美貌，见于魏曹丕《柳赋》“柔条婀娜而蛇伸”，是修饰“杨柳”的形容词，此处用以代杨柳；金碧，指楼台之漆彩绘色，此处代指楼台；蓬莱，本是海上仙山，此用以指园中池沼。而后面的“游云”句，说白了就是“天气晴朗没有风雨”的意思吧；再如“腻粉阑干”“翠涟拍甃”等，写的也无非是歌宴之盛与歌姬之美，但饰之以绮丽语，再加上语序上的无理或随意组合，形成一种奇异而晦涩的美学效果，这或许是吴文英所极力追求的吧。

与吴文英并称为“二窗”的周密（号草窗）共有五首《声声慢》，他与吴氏交往密切，故词风也受到影响，下引的《声声慢·柳花咏》能看到梦窗词的影子，但又偏向清丽秀雅一路，具有自己的特色：

> 燕泥沾粉，鱼浪吹香，芳堤十里新晴。静惹游丝，花边袅袅扶春。多情最怜漂泊，记章台、曾绾青青。堪爱处，是扑帘娇软，随马轻盈。
>
> 长是河桥三月，做一番晴雪，恼乱诗魂。带雨沾衣，罗襟点点离痕。休缀潘郎鬓影，怕绿窗、年少人惊。卷春去，剪东风、千缕碎云。

此词如题咏柳花，虽亦多绵丽语，但少了吴氏的繁密隐曲，起首二句状写十里柳堤之明媚，颇收新颖奇特之效；而以“扑帘娇软，随马轻盈”拟柳花之轻软，亦生动曼妙之至；又如“做一番晴雪，恼乱诗魂”“剪东风、千缕碎云”等句，都极精警、极新奇，说是绝妙好辞，也不算夸张。草窗词还有一个特点，就是新奇而不晦涩，典丽而不繁密，这是他不同于梦窗的地方。

王沂孙以咏物词著称，后人评价甚高，如清人周济评曰："咏物最争托意隶事处以意贯串，浑化无痕，碧山胜场也。"（《宋四家词选目录序论》）清人陈廷焯尤对其推崇备至："王碧山词，品最高，味最厚，意境最深，力量最重。"并将王氏与诗中之曹植、杜甫相比。（《白雨斋词话》卷二）王氏代表作有《天香·龙涎香》《眉妩·新月》《齐天乐·蝉》《高阳台·和周草窗寄越中诸友韵》等，下引的这首《声声慢》并不是他最有名的作品，但也写得境深味厚，具有相当高的艺术品格：

啼螿门静，落叶阶深，秋声又入吾庐。一枕新凉，西窗晚雨疏疏。旧香旧色换却，但满川、残柳荒蒲。茂陵远，任岁华苒苒，老尽相如。

昨夜西风初起，想莼边呼棹，橘后思书。短景凄然，残歌空叩铜壶。当时送行共约，雁归时、人赋归欤。雁归也，问人归、如雁也无。

此词写秋景。啼螿、落叶、秋声、疏雨、残柳、荒蒲、西风、归雁，一片苍凉弥漫；"莼边呼棹，橘后思书"二句，用典写秋而妥帖自然，当得起"浑化无痕"四字；"茂陵远"三句，则充分展现了词人的想象力。而像"残歌空叩铜壶"这样的用语，看似无理而实有突兀峭拔之奇。此词亦被《词谱》列为平韵之正体，或有其示范的作用。

如果将王词与蒋捷的《声声慢·秋声》联系起来看，或更能看出二者的异同：

黄花深巷，红叶低窗，凄凉一片秋声。豆雨声来，中间夹带风声。疏疏二十五点，丽谯门、不锁更声。故人远，问谁摇玉佩，檐底铃声。

彩角声吹月堕，渐连营马动，四起笳声。闪烁邻灯，灯前尚有砧声。知他诉愁到晓，碎哝哝、多少蛩声。诉未了，把一半、分与雁声。

同样是写秋，王词深雅转折，蒋词明白通畅。蒋词紧扣“秋声”二字，全词俱用“声”字押韵，这应该也是一种标新立异、别出心裁之举，以至于有人认为，因了蒋氏此词，调名《胜胜慢》才改为《声声慢》的。词以“凄凉一片秋声”总括，以下依次写了豆雨声、风声、更声、铃声、彩角声、笳声、砧声、蛩声、雁声等九种声音，我们知道，这些全都是令人感觉凄凉的“秋天的声音”！蒋氏的此种构思，看似巧妙，实则简单，是一种比较直线的思维：只要把那些个有着秋天季候特征的声音串在一起，“秋声”就出来了。因此，蒋词病在缺少变化、缺少转折，虽然也堆砌了众多凄凉萧瑟的意象，但未必能真正打动人。我们或可通过蒋氏另一首名作《虞美人·听雨》，再看蒋词的风格：

少年听雨歌楼上，红烛昏罗帐。壮年听雨客舟中，江阔云低断雁叫西风。

而今听雨僧庐下，鬓已星星也。悲欢离合总无情，一任阶前点滴到天明。

一样的直线思维，一样的直白流畅。年轻时读蒋氏此词，很受打动，但稍有阅历，就感觉简单了些，刻意了些，转而喜欢那些奇倔的、诡异的、深幽的作品。

最后要说说张炎了。《全宋词》中张炎共有十二首《声声慢》，在所有宋人同调作品中占了差不多六分之一，就数量而言排在第一（吴文英十首第二），就作品的艺术质量说，无疑也可以列入水平最高的行列：

烟堤小舫，雨屋深灯，春衫惯染京尘。舞柳歌桃，心事暗恼东邻。浑疑夜窗梦蝶，到如今、犹宿花阴。待唤起，甚江篱摇落，化作秋声。

回首曲终人远，黯消魂、忍看朵朵芳云。润墨空题，惆怅醉魄难醒。独怜水楼赋笔，有斜阳、还怕登临。愁未了，听残莺、啼过柳阴。

此词词题叫《题吴梦窗遗笔》，据题可知，这是一首缅怀吴文英其人其词的作品。在词学理论上，张炎推崇姜夔，贬抑吴文英，说吴词“如七宝楼台，眩人眼目，拆碎下来，不成片段”（《词源》卷下），这其实是很重的批评了，但从这首词看，似乎又不是这样。

此词颇能体现张炎清空雅丽的词风。“烟堤”三句，把吴氏生前之游踪写得很美，概括力强，颇有巧思；“浑疑”句用“庄周梦蝶”之典，且巧妙地嵌进“梦窗”二字，而“舞柳歌桃”“犹宿花阴”等，其实是隐括了梦窗流连欢场的经历，但笔法轻灵秀洁，不以此类描写多有的俗艳。过片“曲终人远”，化用钱起“曲终人不见，江上数峰青”（《省试湘灵鼓瑟》）之诗意，喻梦窗词艺高妙，流风余韵，悠远深长，不会随着斯人之逝而消亡；而“朵朵芳云”则是说梦窗词色彩斑斓，其意与“七宝楼台”差近，这也是对梦窗词的高度评价。

张炎的十二首《声声慢》都很出色，然题为《赋渔隐》的一首似更能体现他的清丽词风：

门当竹径，鹭管苔矶，烟波自有闲人。棹入孤村，落照正满寒汀。桃花远迷洞口，想如今、方信无秦。醉梦醒，向沧浪容与，净濯兰缨。

欸乃一声归去，对笔床茶灶，寄傲幽情。雨笠风蓑，古意谩说玄真。知鱼淡然自乐，钓清名、空在丝纶。笑未已，笑严陵、还笑渭滨。

清词丽句，与吴文英的密丽深幽是完全不同的路数。张炎作为南宋遗民，已经不可能在新朝取得荣华富贵，他的前程摆在那里：归隐，当个闲人。词中描写的，应该是他理想化的生活内容，如桃花源的不知有秦汉，如严子陵的沧浪之水可以濯吾缨，当然还有玄真子张志和的斜风细雨不须归，等等，全词化用历代著名渔隐的典故，表达了南宋遗民对现实的无奈和对渔隐生活的向往。

我想，像张炎、蒋捷、周密、王沂孙、刘辰翁等南宋遗民一定是当时最痛苦的一群，他们没有祖国，但身上却背着家国之痛和沉重的文化……

永遇乐

关于《永遇乐》，明末清初毛先舒的《填词名解》有这样一段故事：

《永遇乐》歇拍调也。唐杜秘书工小词，邻家有小女名酥香，凡才人歌曲，悉能吟讽，尤喜杜词，遂成逾墙之好。后为仆所诉，杜竟流河朔。临行，述《永遇乐》词诀别，女持纸三唱而死。第未知此调创自杜与否。

毛氏所记故事不可考，也不大可靠。盖因唐代并无慢词的记录，所见作品全系令词，说当时已有书生作《永遇乐》赠与邻女，不大符合曲子词的产生、发展和演变的规律。

目前所能见到的最早的《永遇乐》出自柳永的《乐章集》，因此《词谱》说："此调有平韵、仄韵两体，仄韵者始自北宋，《乐章集》注'林钟商'，晁补之词名《消息》，自注'越调'。平韵者始自南宋，陈允平创为之。"虽然没有明说柳永是此调的创制者，但在说"始自北宋"之后便提到了《乐章集》，意思已不言自明了。

查柳词全集，共有两首《永遇乐》，下面所引的是一首祝寿作品，祝寿的对象是当朝的太平天子宋仁宗：

薰风解愠，昼景清和，新霁时候。火德流光，萝图荐祉，累庆金枝秀。璇枢绕电，华渚流虹，是日挺生元后。缵唐虞垂拱，千载应期，万灵敷祐。

殊方异域，争贡琛赆，架巘航波奔凑。三殿称觞，九仪就列，韶頀锵金奏。藩侯瞻望彤庭，亲携僚吏，竞歌元首。祝尧龄、北极齐尊，南山共久。

柳永（987？—1055后）与宋朝第四个皇帝宋仁宗赵祯（1010—1063）差不多是同时代人，赵祯十三岁登基，在位四十二年（1022—1063），是宋朝在位时间最长的皇帝。赵祯在位期间，经济繁荣，科技、文化发达，社会安定富足，史称“仁宗盛治”。生当这样的盛世，柳永尽管没能仕途通达、大富大贵，反而因屡试不第而郁郁不得志，一生落拓放浪，但他的创作仍然反映了整个仁宗朝的繁盛和富足，以至于北宋名臣、史学家范镇尝叹曰：“仁庙四十二年太平，吾身为史官二十年，不能赞述，而耆卿能尽形容之。”（南宋谢维新《古今合璧事类备要·后集》卷四十二）我们能从他的词中看到“谯门画戟，下临万井，金碧楼台相倚”的“故都风景繁华地”（《早梅芳》）；看到“元宵三五，银蟾光满”“会乐府两籍神仙，梨园四部弦管”的汴京节日歌舞升平的景象（《倾杯乐》）；看到“兰堂夜烛，百万呼卢，画阁春风，十千沽酒”的“帝城当日”风光（《笛家弄》）；看到“蚕市繁华，簇簇歌台舞榭。雅俗多游赏，轻裘俊、靓妆艳冶”的成都“锦里风流”（《一寸金》）；看到“绕金堤、曼衍鱼龙戏，簇娇春罗绮，喧天丝管”的京都三月游乐盛况（《破阵乐》），看到“烟柳画桥，风帘翠幕，参差十万人家”“市列珠玑，户盈罗绮竞豪奢”的钱塘繁华（《望海潮》）……

据说柳永在某次落第后曾填《鹤冲天》词，末有“忍把浮名，换了浅斟低唱”句；后再次科考，本已上榜，但因宋仁宗放话：“且去浅斟低唱，何要浮名？”又遭黜落。这柳永也是个有脾气的人，此后干脆打出“奉旨填词柳三变”的招牌，出入秦楼楚馆……我一向怀疑此类故事的真实性，柳永其实不是一个淡薄名利轻视功名的人，从上面的这首寿词就可以看出，他还是很愿意拍宋仁宗的马屁的。

此词一开始便铺陈了圣人出生时“常见”的特殊瑞祥天气物候景象：解愠薰风、清和昼景，等等，再加上电光绕北斗、长虹贯华渚的奇异现象，圣主仁宗就在这样的日子降生。然后奉承仁宗继承“唐虞”的无为而治，是顺应运期，受到神灵的护佑。下阕则主要渲染万邦来朝、臣民共庆“竞歌元首”的祝寿场面，用了“祝尧龄、北极齐尊，南山共久”等套语，“颂圣祝寿”的主题表露无遗。

柳永此类祝颂宋仁宗“圣寿”的词作还不少，如《送征衣》：

过韶阳。璇枢电绕，华渚流虹，运应千载会昌。罄寰宇、荐殊祥。吾皇。诞弥月，瑶图缵庆，玉叶腾芳。并景贶、三灵眷祐，挺英哲、掩前王。遇年年、嘉节清和，颁率土称觞。

无间要荒华夏，尽万里、走梯航。彤庭舜张大乐，禹会群方。鹓行。望上国，山呼鳌抃，遥爇炉香。竟就日、瞻云献寿，指南山、等无疆。愿巍巍、宝历鸿基，齐天地遥长。

此词与上引《永遇乐》，不光主题雷同，甚至连词语和句子都有不少重复处。又如《醉蓬莱》，也是一首拍仁宗马屁的“力作”，只可惜没拍对地方，拍在马腿上了：

渐亭皋叶下，陇首云飞，素秋新霁。华阙中天，锁葱葱佳气。嫩菊黄深，拒霜红浅，近宝阶香砌。玉宇无尘，金茎有露，碧天如水。

正值升平，万几多暇，夜色澄鲜，漏声迢递。南极星中，有老人呈瑞。此际宸游，凤辇何处，度管弦清脆。太液波翻，披香帘卷，月明风细。

此词的本事见载于北宋王辟之《渑水燕谈录》卷八：

柳三变，景祐末登进士第。少有俊才，尤精乐章。后以疾，更名永，字耆卿。皇祐中，久困选调，入内都知史某，爱其才而怜其潦倒。会教坊进新曲《醉蓬莱》，时司天台奏老人星现，史乘仁宗之悦，以耆卿应制。耆卿方冀进用，欣然走笔，甚自得意，词名《醉蓬莱慢》。比进呈，上见首有“渐”字，色若不悦。读至“宸游凤辇何处”，乃与御制真宗挽词暗合，上惨然。又读至“太液波翻”，曰“何不言‘波澄’?”乃掷于地。永自此不复进用。

这则本事生动地记载了柳永为了能得到“进用”而“走后门”，托一个叫“入内都知”的内官帮忙，在司天台奏报天上出现老人星的祥瑞时，趁着仁宗高兴，使其得以填词“应制”，作《醉蓬莱》以进呈，“欣然走笔，甚自得意”等描写，将柳永“奉旨填词”的所谓叛逆形象彻底改变了。其实，柳永虽然放荡不羁，但他也超越不了中国文人“学而优则仕”的传统思维模式，入仕当官仍然是他念兹在兹的第一选择，“浅斟低唱”只是他得不到“浮名”后的无奈之举或偏激反应。事实上，柳永还是走了大多数文人都走的科举仕进的老路，他于仁宗景祐元年（1034）考中进士，虽然“久困选调”（旧时候补官员等待迁调谓“选调”），但后来还是当了睦州推官、余杭县令、定海晓峰盐场监官、泗州判官等小官，最后官至屯田员外郎，他的“柳屯田”的称谓就是这么来的。

柳永的另一首《永遇乐》是送友人仕吴之作，他的这两首本调作品都写得不怎么好，与他的代表作相距甚远。柳氏擅写歌伎生活、城市风光、羁旅行役及由此引发的离情别绪等，像颂圣祝寿一类的题材，应该是非其所长，写得不好，也是情有可原。而名不见经传的北宋苏州士人解昉所作的《永遇乐·春情》，写春日风光和男女相思之情，虽不出花间藩篱，但也自有一种生动感人的风致：

风暖莺娇，露浓花重，天气和煦。院落烟收，垂杨舞困，无奈堆金缕。谁家巧纵，青楼弦管，惹起梦云情绪。忆当时、纹衾粲枕，未尝暂孤鸳侣。

芳菲易老，故人难聚，到此翻成轻误。阆苑仙遥，蛮笺纵写，何计传深诉。青山绿水，古今长在，惟有旧欢何处。空赢得、斜阳暮草，淡烟细雨。

苏轼是词史上不世出的人物，他不光开拓了词境，扭转了词风，而且大大加强了词的表现力，很多词牌到了他的手上，才得以成熟、定型乃至于发扬光大、传之久远，如《念奴娇》，如《水调歌头》，如

《永遇乐》：

明月如霜，好风如水，清景无限。曲港跳鱼，圆荷泻露，寂寞无人见。紞如三鼓，铿然一叶，黯黯梦云惊断。夜茫茫，重寻无处，觉来小园行遍。

天涯倦客，山中归路，望断故园心眼。燕子楼空，佳人何在，空锁楼中燕。古今如梦，何曾梦觉，但有旧欢新怨。异时对、黄楼夜景，为余浩叹。

《词谱》以东坡此词为本调首谱，并在其下注曰："此调押仄韵者以此词为正体，宋词俱如此填。"据此，则可知此词在本调创作史上的规范作用。

此词前有小序："彭城夜宿燕子楼，梦盼盼，因作此词。"彭城是徐州的古称，燕子楼是彭城的古迹，据说是唐尚书张建封（一说是其子张愔）为爱妓关盼盼所建。盼盼能歌善舞，雅多风姿，张氏死后，"盼盼念旧爱而不嫁，居是楼十余年"（白居易《燕子楼》诗序），后人有感于此，多有吟咏。东坡尝知徐州，此词当系其借燕子楼及盼盼事，抒写他对现实人生和时空宇宙的深沉思考与感慨。词作不仅立意高远、思想深邃、感情饱满、描写生动、议论风发，而且妙语如珠、佳句迭出，如"明月如霜"二句，从大的范围写"无限清景"；"曲港跳鱼"二句，则从小的角度写具体景物，前者清空疏朗，后者细腻传神。又如"紞如三鼓"二句，以声响反衬夜静，自是极佳；而"燕子楼空"三句，则极具概括力和苍茫的历史感，那些曾经在此楼中演绎的凄美爱情故事与积淀的岁月沧桑，东坡仅用十三个字便概括尽了，正如苏门弟子晁补之尝言：只三句，便说尽张建封事（清王奕清等《历代词话》卷五引曾慥《高斋词话》），"张建封事"，就是一段爱憾交织有血有肉有温度的历史啊！

南宋曾敏行《独醒杂志》卷三载有此词创作的一则本事：

东坡守徐州，作燕子楼乐章，方具稿，人未知之。一日，忽闻传于城中，东坡讶焉。诘其所从来，乃谓发端于逻卒。东坡召而问之，对曰："某稍知音律，尝夜宿张建封庙，闻有歌声，细听，乃此词也，记而传之，初不知何谓。"东坡笑而遣之。

这则故事记录了东坡创作此词的一些细节：刚写完，还没有示之于人，就已"传于城中"，原来是一个"稍知音律"的巡逻士兵在庙里夜宿值班时，听到了苏太守吟哦的歌声，遂"记而传之"。据此可知东坡在创作时，是依此调曲谱而填写的，也就是说此调是可唱的；而区区一逻卒也竟然知音律，能听得懂、记得下，可以想见宋代一般民众已具有相当高的音乐文学水平。

东坡现存两首《永遇乐》，另一首题作"寄孙巨源"，是寄赠友人孙洙（字巨源）的作品，也写得情意深挚、格调旷远，限于篇幅，此不赘述。如就两宋词人所创作的《永遇乐》而言，笔者最推许的，当为东坡的"燕子楼"、易安的元宵词和稼轩的"京口北固亭怀古"。易安咏元宵之作，彩笔与白描并用，工致与平淡同辉，将国破家亡的沉痛隐入对节日往事的回忆和今昔对比中，是为"易安体"中之最佳者：

落日镕金，暮云合璧，人在何处。染柳烟浓，吹梅笛怨，春意知几许。元宵佳节，融和天气，次第岂无风雨。来相召、香车宝马，谢他酒朋诗侣。

中州盛日，闺门多暇，记得偏重三五。铺翠冠儿，捻金雪柳，簇带争济楚。如今憔悴，风鬟霜鬓，怕见夜间出去。不如向、帘儿底下，听人笑语。

历代词论家对易安此词的评价，以南宋张端义所论最为恰切，影响也大：

易安居士李氏，赵明诚之妻。《金石录》亦笔削其间。南渡以来，常怀京洛旧事。晚年赋元宵《永遇乐》词云："落日镕金，暮云合璧"，已自工致。至于"染柳烟轻，吹梅笛怨，春意知几许"，气象更好。后段云："于今憔悴，风鬟霜鬓，怕

见夜间出去”，皆以寻常语度入音律。炼句精巧则易，平淡入调者难。（《贵耳集》卷上）

说“工致”，说“气象更好”，自是目光如炬，指出了此词“雅”的一面；而说“以寻常语度入音律”，更是点出了易安体的最大特色。至于“炼句精巧则易，平淡入调者难”两句，确是深得文学创作之“三昧”，可谓不刊之论。

此则文字中也有一些细节颇值得注意，如说易安“南渡以来，常怀京洛旧事”，这的确是写出了李清照晚年生活的一种常态。“落日镕金，暮云合璧”，尽管只有半壁河山，但南宋临安城的元宵节仍然绚丽繁华，初春时节，天气融和，何况还有“酒朋诗侣”乘着“香车宝马”“来相召”，诗人正好放下心事、抛却烦恼，前去热闹一番。然而且慢，易安却辞谢了这些热闹的人和热闹的事，回忆就像一个魔咒，让她自觉或不自觉地拒绝今日的喧闹与繁华，尽管临安元宵佳节的盛况一定不比汴京差，但她还是愿意“常怀京洛旧事”，沉湎于旧时“中州盛日”的节日情境中。煞尾两句，是寻常语，更是凄凉语，然而这种入骨的凄凉，却在不动声色的纯口语叙述中呈现，也就更能打动人。

如果要评最负盛名、最有影响、最具英雄气概和历史沉重感的本调作品，自然非稼轩的《永遇乐·京口北固亭怀古》莫属：

千古江山，英雄无觅，孙仲谋处。舞榭歌台，风流总被，雨打风吹去。斜阳草树，寻常巷陌，人道寄奴曾住。想当年，金戈铁马，气吞万里如虎。

元嘉草草，封狼居胥，赢得仓皇北顾。四十三年，望中犹记，烽火扬州路。可堪回首，佛狸祠下，一片神鸦社鼓。凭谁问，廉颇老矣，尚能饭否。

从作品的内容、风格与艺术特色看，这首《永遇乐》同时也是辛弃疾最重要的一首词，当然也是最出色的一首词，抗金主题、英雄情结、豪迈性情、雄浑气概、恢弘视野、超拔气度、沉郁风格，再加上频繁用典、多发议论等等，这些辛词中最典型的风格特征，全都在这首怀古词中得到集中的呈现，因此，说它是辛词最具代表性的作品，应该是没有疑问的。明才子杨慎评曰：“辛词当以‘京口北固亭怀古’《永遇乐》为第一。”（《词品》卷四）可见，此词的艺术水平和历史地位，早就得到了承认。

据邓广铭《稼轩词编年笺注》，此词创作于宋宁宗开禧元年(1205)。学界一般都认为此词的创作背景是韩侂胄发动的“开禧北伐”。由于开禧北伐以失败告终，导致南宋与金签订更加屈辱的《嘉定和议》，因此后人对此多有否定，认为是韩氏为捞取个人政治资本而轻启战端，没有进行充分的军事准备便仓促发兵，最终导致失败。开禧北伐的主事者虽然是宰相韩侂胄和宋宁宗赵扩，但在促成其事上，主战派老臣辛弃疾等也是有责任的。

宁宗嘉泰三年（1203），主张北伐的韩侂胄起用已闲置近二十年的辛弃疾，六十四岁的稼轩被任命为浙东安抚使、绍兴知府；次年，又被任命为镇江知府，直接坐镇江防要地京口（今江苏镇江）。据史载，该年宋宁宗召见辛弃疾：“辛弃疾入见，言敌国必乱必亡，愿属元老大臣预为应变计。”（《宋史·韩侂胄传》）据此可知，在北伐这件事上，辛弃疾是支持的，并且起了鼓舞的作用（有学者甚至认为，韩侂胄北伐，实由稼轩鼓舞)。但是，韩侂胄起用主战派，恐怕更多的是为了压制朝廷上的主和力量，以取得朝野的一致支持；而主战派对北伐与韩侂胄，虽然总的来说是支持的，却也不是毫无保留。如大臣叶适向来力主抗金，反对和议，但他对韩侂胄的北伐就提出异议，上书宁宗，提出“备成而后动，守定而后战”的策略；然而韩侂胄一意孤行，执意开战，命叶适起草诏书，遭到叶适的拒绝。年迈的大诗人陆游一生鼓吹抗金，他对韩侂胄的北伐自然是大喜过望、全力支持的，但他在辛弃疾来访时所写赠的《送辛幼安殿撰造朝》一诗中也告诫这位即将赴京晋见的友人“古来立事戒轻发，往往谗夫出乘罅”，由此或可见出，陆游对韩侂胄的轻率冒进还是有所担心和警惕的。而辛弃疾对韩侂胄利用北伐达到个人政治目的的私心，应该是看得出来的，他在入见宁宗时说“愿属元老大臣预为应变计”，可以视作对韩的不放心；这首写于开禧元年的词作，则更清楚地表达了他对韩侂胄“草草”用兵的担心，甚至可以看作是对发生于次年的开禧北伐所敲响的警钟。

词的上阕用浓墨重彩大力誉扬三国吴大帝孙权、南朝宋武帝刘裕等英雄豪杰，于此尤显出稼轩的良苦用心：江南从来就不缺“坐断东南战未休”的大英雄，孙、刘等虽据于一隅，但或力拒曹魏、鼎足而三，或挥戈北伐、收复旧土，他们的赫赫功业，是用“金戈铁马”打下来的，“气吞万里如虎”，是他们勇武和强悍的形象写照。但是，“风流总被，雨打风吹去”，现如今的南宋朝廷，畏敌如虎，屈辱求和，“千古江山”，再也找不到孙仲谋、刘寄奴那样的英雄人物了。这一层意思，虽然作者没有明白地说出来，但读者是能读出来的。下阕则用南朝宋文帝刘义隆（刘裕子）元嘉二十七年（450）草率用兵贸然北伐而导致失败事，以古讽今，规劝韩侂胄不要草率从事，轻启战端，否则非但不能“封狼居胥”，建功立业，反而会像刘义隆那样落得个“仓皇北顾”的下场：宋文帝的北伐引来了北魏南侵，魏军逼近宋都建康，朝廷震动，上下一片恐慌，刘义隆登上石头城，北望隔江的魏军，对吏部尚书江湛说：“檀道济若在，岂使胡至此。”（见《资治通鉴·宋纪》元嘉二十七年）后来的历史证明了，辛弃疾的警告是有先见之明的，开禧北伐与元嘉北伐的战前情形和战后结果几如出一辙，都是听不进不同的意见仓促用兵，结果也都是以惨败而告终，开禧北伐的主事者韩侂胄更是被主和派诛杀，首级被送往金廷以乞和，可叹可悲，莫此为甚！

韩侂胄是个有争议的人物，在《宋史》中，他被列入奸臣传，与臭名昭著的秦桧为伍，但也有史学家认为，因为韩氏在当政时实行“庆元党禁”，斥理学为“伪学”，贬黜朱熹及其同党与门徒，称他们为“逆党”，因此元代修宋史的理学人士称韩为奸臣，除了门户之见外，恐亦有报复之嫌。韩侂胄死后，开禧北伐自然遭到否定，支持北伐的主战派人士也受到质疑，如说陆游、辛弃疾为韩氏写文作词（陆尝为韩撰《南园记》《阅古泉记》两文，辛也写有《六州歌头》一词，赞誉韩氏曾祖韩琦及韩氏本人），趋附韩氏以求富贵。面对时人的议论或攻讦，辛弃疾临终前说了一句语带悲凉但又很有力量的话：“侂胄岂能用稼轩以立功名者乎，稼轩岂肯以侂胄以求富贵者乎？”（见南宋谢枋得《祭辛稼轩先生墓记》）我想，稼轩此语足以自洗其冤，亦可使后世之污名者闭嘴了。

姜夔一介布衣，他的词多为咏物、记游、抒写个人身世情怀和男女恋情之作，抗金北伐等高亢激越的时代主题离他仿佛很遥远，但是他的《永遇乐·次稼轩北固楼词韵》却令人“刮目相看”，表现出对现实政治的热情：

云隔迷楼，苔封很石，人向何处。数骑秋烟，一篙寒汐，千古空来去。使君心在，苍崖绿嶂，苦被北门留住。有尊中酒差可饮，大旗尽绣熊虎。

前身诸葛，来游此地，数语便酬三顾。楼外冥冥，江皋隐隐，认得征西路。中原生聚，神京耆老，南望长淮金鼓。问当时、依依种柳，至今在否。

据词题，此词是姜夔对辛弃疾《京口北固亭怀古》的“次韵”之作，辛词作于开禧元年（1205），则姜词亦当作于是年。开禧年间最大的政治当然就是北伐，此词虽然没有正面描写与北伐直接相关的军事政治事件，但却通过描写辛弃疾（时知镇江府）所镇守的京口周围的地理环境和英雄遗迹（很石在北固山，相传刘备和孙权在此共商抗曹大计），通过抒写辛弃疾的襟抱、风度和英姿，赞扬辛弃疾的才能堪比诸葛亮、桓温（二者皆曾北伐），曲折地表达了姜夔对北伐的态度，显示出姜夔作为一个游离于官场之外的布衣知识分子，对于抗金北伐这样的关系国家存亡祸福的大事，还是有他带有血性的立场和鲜明倾向的：他和辛弃疾、陆游一样，都是支持北伐的抗战派。白石此词虽是次韵之作，有辛词影响之痕迹，但仍保有自己独有的清空骚雅，这是白石作为一个大词人最可宝贵的地方。

作为辛派豪放词人，刘辰翁的《永遇乐》却是一首效“易安体”之作：

璧月初晴，黛云远澹，春事谁主。禁苑娇寒，湖堤倦暖，前度遽如许。香尘暗陌，花灯明昼，长是懒携手去。谁知道、断烟禁夜，满城似愁风雨。

宣和旧日，临安南渡，芳景犹自如故。缃帙流离，风鬟三五，能赋词最苦。江南无路，鄜州今夜，此苦又谁知否。空相对、残釭无寐，满村社鼓。

其词前有小序云："余自乙亥上元诵李易安《永遇乐》，为之涕下，今三年矣。每闻此词，辄不自堪，遂依其声，又托之易安自谕。虽辞情不及，而悲苦过之。"刘辰翁颇有自知之明，和易安原作相比，他承认自己"辞情不及"，这是说了大实话。刘词尽管也写得不错，炼字考究，用语驯雅，属对亦工，但比起原作，还是有相当的距离。所谓"托之易安自谕"，即是以易安为主人公，用易安的眼光，看今昔临安元宵景物，又用易安之声口，作今昔对比，以抒发亡国之苦恨。所谓"悲苦过之"，其实可以想见：易安当年犹存江山半壁，而今国亡家破，纵想偷安一隅，亦不可能矣！作为亡国奴，听着深夜中传来的"满村社鼓"，"此苦又谁知否"？

据《词谱》，《永遇乐》晁补之词名作《消息》，词题作《端午》，前有小序"自过腔，即越调《永遇乐》"，所谓"过腔"，顾名思义，即是从此一腔调过入另一腔调（或可理解为一种变调。柳永词为林钟商调，晁补之词为越调），它仅指音律上的改变，并不影响歌词句格，因此晁词的《消息》，从词句格式来说，其实仍然是《永遇乐》：

红日葵开，映墙遮牖，小斋端午。杯展荷金，簪抽笋玉，幽事还数。绿窗纤手，朱奁轻缕，争斗彩丝艾虎。想沉江怨魄归来，空惆怅、对菰黍。

朱颜老去，清风好在，未减佳辰欢聚。趣蜡酒深斟，菖菹细糁，围坐从儿女。还同子美，江村长夏，闲对燕飞鸥舞。算何须、楚王雄风，方消畏暑。

晁氏词全集共有两首《永遇乐》，都是"东皋寓居"时的作品，具体而言，此词所写当系乡居时端午节令风俗和生活场景，清新秀雅，极富时令特色和生活气息，"朱颜老去，清风好在"，自然是退隐闲居的心情；“还同子美，江村长夏，闲对燕飞鸥舞”，化用杜甫《江村》诗句“清江一曲抱村流，长夏江村事事幽。自去自来梁上燕，相亲相近水中鸥”，是说自己如同杜甫在诗中描写的那样，享受“围坐从儿女”的天伦之乐和亲近大自然的悠然自得，也是一派闲适自在的“寓居”心态。当然，端午时节不免想到“沉江”的屈子，因而闲适的外表下其实也有“空惆怅”的遗憾在，从而曲折地表达出晁氏于寓居或心有不甘。

叶梦得是宋朝的封疆大吏，其词学苏轼，因此他的词“能于简淡时出雄杰”（关注《石林词跋》），如他的《永遇乐》，就自有一种豪迈宕落之气：

天末山横，半空箫鼓，楼观高起。指点栽成，东风满院，总是新桃李。纶巾羽扇，一尊饮罢，目送断鸿千里。揽清歌、余音不断，缥缈尚萦流水。

年来自笑无情，何事犹有，多情遗思。绿鬓朱颜，匆匆拼了，却记花前醉。明年春到，重寻幽梦，应在乱莺声里。拍阑干、斜阳转处，有谁共倚。

此词前有小序曰：“蔡州移知颍昌，与客会别临芳观席上。”据此可知词作于北宋徽宗政和七年（1117），时叶梦得由蔡州知府移知颍昌，临行时“与客会别”，遂作此词。论者多认为叶氏词风近苏轼，如南宋王灼说他学东坡“亦得六七”（《碧鸡漫志》），清末冯煦也认为他的词“挹苏氏之余波”（《宋六十一家词选例言》），因此有学者认为他是南宋辛派词人的先导，这应该是符合事实的，从这首词大抵也能看出叶氏豪放清雄的风格特征。如“天末山横”数句，视野、胸襟俱开阔，颇有苏、辛之韵味；“纶巾羽扇”三句，也能使人联想到苏轼、张孝祥、辛弃疾等人的作品。

张元幹词存有两首《永遇乐》，其一题作《宿鸥盟轩》，当系张氏寓居其福州新居鸥盟轩时所作，或可一赏：

月仄金盆，江萦罗带，凉飙天际。摩诘丹青，营丘平远，一望穷千里。白鸥盟在，黄粱梦破，投老此心如水。耿无眠、披衣顾影，乍闻绕阶络纬。

百年倦客，三生习气，今古到头谁是。夜色苍茫，浮云灭没，举世方熟寐。谁人着眼，放神八极，逸想寄尘寰外。独凭栏、鸡鸣日上，海山雾起。

张元幹虽是一介文人，但也是那种慷慨悲歌的豪侠之士，看他的代表作《贺新郎》二首即可知。此词写其在鸥盟轩居所深夜“独凭栏”，看眼前月色、远处江山，“一望穷千里”，如唐代王维、宋时李成之山水丹青，不免浮想联翩，引发对人生、宇宙的深沉思考。“夜色苍茫，浮云灭没，举世方熟寐”，这是作者对他所处时代的形象概括，在这样一个举世昏睡的时代，谁是清醒者？这样的清醒者注定是痛苦的。

“举世方熟寐”的南宋最终还是灭亡了，残存的清醒者要么归顺新朝，要么选择当遗民。笔者曾多次说过，南宋遗民其实是最痛苦的一群。他们的痛苦不光系于王朝政权的更替，还系于这个新的政权是“夷狄”，他们既要承受“亡国”之痛，更要承受“亡天下”的更大痛苦。危复之是南宋众多遗民中的一员，他只是个太学生，并不是遗民中的著名者（当时或许著名），但他极有气节，宋亡后屡征不仕，隐居山中，对新朝采取拒不合作的态度。下引的《永遇乐》是他唯一的作品：

早叶初莺，晚风孤蝶，幽思何限。檐角萦云，阶痕积雨，一夜苔生遍。玉窗闲掩，瑶琴慵理，寂寞水沉烟断。悄无言、春归无觅处，卷帘见双飞燕。

风亭泉石，烟林薇蕨，梦绕旧时曾见。江上闲鸥，心盟犹在，分得眠沙半。引觞浮月，飞谈卷雾，莫管愁深欢浅。起来倚阑干，拾得残红一片。

虽是“早叶初莺”的早春时节，但处处流露出孤凄寂寞的伤春情绪。伤春，其实就是伤国啊！

满庭芳

词史中有这样一种现象：某些词牌会和某个词家特别有缘，或者说，某个词家特别擅用某些词牌，某词牌经某词家使用，创造出伟大作品，别人再用该词牌创作，竟不能超越，这样的例子实多，如《忆秦娥》之于李白，《虞美人》之于李煜，《雨霖铃》之于柳永，《水调歌头》《念奴娇》之于苏轼，《声声慢》之于李清照，而《满庭芳》的情况也是这样，它是跟一个叫秦观的名字连在一起的。

秦观共存五首《满庭芳》，可说每一首都是佳作，但在文学史中最为赫赫有名的是下引的这一首：

山抹微云，天粘衰草，画角声断谯门。暂停征棹，聊共引离尊。多少蓬莱旧事，空回首、烟霭纷纷。斜阳外，寒鸦万点，流水绕孤村。

销魂。当此际，香囊暗解，罗带轻分。谩赢得、青楼薄幸名存。此去何时见也，襟袖上、空惹啼痕。伤情处，高城望断，灯火已黄昏。

少游此词为他赢得了极大的声誉，不光是师友盛赞，文人士大夫圈内盛传，就连歌伎也都纷纷传唱此曲。宋人有不少笔记记录了关于此词的故事。

南宋胡仔《苕溪渔隐丛话》后集卷三十三引《艺苑雌黄》：

程公辟守会稽，少游客焉，馆之蓬莱阁。一日，席上有所悦，自尔眷眷不能忘情，因赋长短句，所谓“多少蓬莱旧事，空回首、烟霭纷纷”也。其词极为东坡所称道，取其首句，呼之为“山抹微云君”。中间有“寒鸦万点，流水绕孤村”之句，人皆以为少游自造此语，殊不知亦有所本；予在临安，见平江梅知录云：“隋炀帝诗云：‘寒鸦千万点，流水绕孤村。’少游用此语也。”

此则本事提供了丰富的信息：一是说少游此词为赠妓之作，“席上有所悦”而“眷眷不能忘情”者，妓女也；二说其师东坡对此词尤其是首句十分赞赏，称其为“山抹微云君”；三说此词“寒鸦万点”二佳句并非少游“自造”，而是本于隋炀帝诗。

宋蔡絛《铁围山丛谈》卷四所载的故事极具“喜感”：

又温（指范温）尝预贵人家会，贵人有侍儿，善歌秦少游长短句，坐间略不顾温，温亦谨不敢吐一语。及酒酣欢洽，侍儿者始问：“此郎何人耶？”温遽起，叉手而对曰：“某乃‘山抹微云’女婿也。”闻者多绝倒。

上引故事的作者和主人公都不是等闲之辈，蔡絛是权相蔡京之子，而范温除了是秦观的女婿外，还是名臣和史学家范祖禹之子，诗人与道学家吕本中的表叔，像范温这样的人物都要借助“山抹微云”才能“扬眉吐气”，可见秦观此词在当时所造成的轰动。故事中的人物和细节写得也生动，“略不顾温”写出了“贵人”家歌伎的见惯世面和势利，“亦谨不敢吐一语”则透露出范温在“贵人家会”上的拘谨，那是什么样的贵人啊？连范祖禹之子秦观女婿都不敢多说话了！而“遽起”“叉手而对”和“某乃……女婿也”所构成的效果，便造成了“闻者多绝倒”的喜剧场面。

南宋吴曾《能改斋漫录》卷十六所记的故事，除了更能说明秦词风靡一时的盛况外，还说明了当时词风炽盛，连歌伎也都能随口就改韵填词：

杭之西湖，有一倅闲唱少游《满庭芳》，偶然误举一韵云：“画角声断斜阳。”伎琴操在侧云：“‘画角声断谯门’，非斜阳也。”倅因戏之曰：“尔可改韵否？”琴即改作阳字韵，云：“山抹微云，天连衰草，画角声断斜阳。暂停征辔，聊共饮离觞。多少蓬莱旧侣，频回首、烟霭茫茫。孤村里，寒鸦万点，流水绕红墙。　　魂伤。当此际，轻分罗带，暗解香囊。谩赢得，青楼薄幸名狂。此去何时见也，襟袖上、空有余香。伤心处，高城望断，灯火已昏黄。”东坡闻而称赏之。

歌伎琴操改韵的词已收入《全宋词》，可见唐圭璋先生是将其作为正式作品看待的。“闲唱少游《满庭芳》”的杭州通判（倅，意为副职，州太守的副手即是通判）应该就是时任太守的苏东坡的副手，因为他的“偶然误举”，引发了歌伎的创造力。那是一个什么样的时代!？州副长官“闲唱”曲子，歌伎没大没小纠正指谬，此后改韵填词，气定神闲，俨然一副词人的派头，宋代的文化品味，可见一斑。

据考，少游此词或作于元丰二年（1079）。该年五月，秦观自高邮往会稽（今浙江绍兴）探望他的叔叔秦定（时任会稽尉）和祖父，在会稽数月间，他与越州知州程师孟（字公辟）多有过从，且时有宴游之乐，或由此而与某位歌伎产生了一段恋情，词中的“蓬莱旧事”“香囊暗解”“罗带轻分”等语，颇涉情事，可证。据此，可推此词系赠别之作，赠别的对象就是这位歌伎，这就与柳永的《雨霖铃》颇有相类之处了。但秦词与柳词，一苍凉，一凄清，一怆恻，一哀婉，呈现出两种不同的美学风格与张力。“山抹微云”云云，意境苍茫阔大，在这样的背景下，停船饮酒，饯别恋人，又正值夕阳暮色、归鸦点点、流水孤村，能不令人“销魂”？少游自知，他并不是专一的人，他的这一段恋情并不会地老天荒，他也和那个小杜一样，都是要“赢得青楼薄幸名”的，此地一别，难再相见，因此，襟袖上洒满啼痕，也是“空惹”，也是白搭。高城望断，灯火黄昏，足堪伤情，离别是痛苦的，但也很无奈。

少游的其他《满庭芳》都写得很好，如：

红蓼花繁，黄芦叶乱，夜深玉露初零。霁天空阔，云淡楚江清。独棹孤篷小艇，悠悠过、烟渚沙汀。金钩细，丝纶慢卷，牵动一潭星。

时时，横短笛，清风皓月，相与忘形。任人笑生涯，泛梗飘萍。饮罢不妨醉卧，尘劳事、有耳谁听。江风静，日高未起，枕上酒微醒。

红蓼、黄芦、玉露，再加上霁天空阔、云淡江清，一派秋天景色，在这样的背景下，独钓清江的渔父出场了，只见他独自棹着“孤篷小艇”，“悠悠过、烟渚沙汀”，此处的“悠悠过”甚妙；接下来便是垂钓了，“牵动一潭星”极具想象力，此句与上句的“慢卷”结合，构成了极富动感的画面。下阕进一步写“相与忘形”、悠然自得的生活状态，无论是上阕的悠悠独棹、慢卷丝纶，还是下阕的“横短笛”“不妨醉卧”和“尘劳事、有耳谁听”，都是一度宦海沉浮半生漂泊的作者所向往的渔隐式生活吧。

下引的这首《满庭芳》也是淮海词中的名作：

晓色云开，春随人意，骤雨才过还晴。古台芳榭，飞燕蹴红英。舞困榆钱自落，秋千外、绿水桥平。东风里，朱门映柳，低按小秦筝。

多情。行乐处，珠钿翠盖，玉辔红缨。渐酒空金榼，花困蓬瀛。豆蔻梢头旧恨，十年梦、屈指堪惊。凭阑久，疏烟淡日，寂寞下芜城。

上阕写春景明丽，用拟人的手法写景状物是亮点，如用“蹴”喻燕子在繁花中穿飞而把花瓣碰落，用“舞困”喻榆荚随风缓缓飘落，皆精警新奇、形象生动；“低按小秦筝”句妙极，胜在一片春光中人物形象与声音形象的突围而出，仅五个字，就使人如见其人，如闻其声，琴声美妙，弹琴者自是妙人。下阕一开始便写春日游乐之盛，华丽车马，吃喝玩乐，可惜，这一切都是“十年一觉扬州梦”罢了，无论是豆蔻妙龄的少女，还是珠翠装饰的宝马香车，都是浮云，词人“凭阑久”所看到的，是“疏烟淡日”，是“寂寞”，这寂寞，既指心境，也指眼前的河山。此处化用杜牧诗句，妙合无痕。

秦观的确是填《满庭芳》的圣手，此调因了他的创作而终于有了长久的生命力，成为被历代词家所习用的数十个词牌中的一个，因此，对于《满庭芳》来说，秦观是首席词家。以至于我的一个朋友在创作以秦观生平为题材的小说时，起的书名就叫《满庭芳》。

关于词牌的来源，有说是因唐吴融的诗句“满庭芳草易黄昏”而得名，查吴氏《废宅》诗，有“满庭荒草易黄昏”句，“荒草”与“芳草”显然不是一回事；也有说出自柳宗元《赠江华长老》中的“偶地即安居，满庭芳草积”句，柳诗倒是有“满庭芳”三字，但要说它就是本词牌的源头，也难以查实。《词谱》卷二十四“满庭芳”条下说：

> 此调有平韵、仄韵两体。平韵者，周邦彦词名《锁阳台》。葛立方词有“要看黄昏庭院，横斜映霜月朦胧”句，名《满庭霜》。晁补之词有“堪与潇湘暮雨，图上画扁舟”句，名《潇湘夜雨》。韩淲词有“甘棠遗爱，留与话桐乡”句，名《话桐乡》。吴文英词因苏轼词有“江南好，千种美酒，一曲满庭芳”句，名《江南好》。张野词名《满庭花》。《太平乐府》注“中吕宫”，高拭词注“中吕调”。仄韵者，《乐府雅词》名《转调满庭芳》。

以上文字并没有提及调名出处，可见是难以查实，或并无把握。该词谱以晏几道词和周邦彦的《夏日溧水无想山作》为正体，晏词如下：

> 南苑吹花，西楼题叶，故园欢事重重。凭阑秋思，闲记旧相逢。几处歌云梦雨，可怜便、流水西东。别来久，浅情未有，锦字系征鸿。
>
> 年光还少味，开残槛菊，落尽溪桐。漫留得，尊前淡月西风。此恨谁堪共说，清愁付、绿酒杯中。佳期在，归时待把，香袖看啼红。

此词一仍小山词的题材和风格，伤离别，怀远人，故园欢事，歌云梦雨，浅情未有，流水西东，讲述的都是“梦后楼台高锁，酒醒帘幕低垂”（《临江仙》）的故事。

东坡现存的六首《满庭芳》，多为议论风发、诗化或散文化倾向较为明显的作品，下引的这首可作代表：

归去来兮，吾归何处，万里家在岷峨。百年强半，来日苦无多。坐见黄州再闰，儿童尽、楚语吴歌。山中友，鸡豚社酒，相劝老东坡。

云何。当此去，人生底事，来往如梭。待闲看，秋风洛水清波。好在堂前细柳，应念我、莫剪柔柯。仍传语，江南父老，时与晒渔蓑。

此词之前记有小序：“元丰七年四月一日，余将去黄移汝，留别雪堂邻里二三君子。会李仲览自江东来别，遂书以遗之。”据此可知词为东坡“量移汝州”之前留别黄州父老之作。雪堂是东坡在黄州之居所，是他到黄州后得友人之助而建成的。据苏轼黄州信札《与子安兄》：“近于城中得荒地十数亩，躬耕其中。作草屋数间，谓之东坡雪堂。种蔬接果，聊以忘老”（《苏轼文集》卷六十），则知所谓雪堂者，乃荒野外“草屋数间”而已。东坡“留别雪堂邻里二三君子”，当是那些与他朝夕见面的纯朴村民。东坡因“乌台诗案”差点被杀，后以罪臣的身份被贬黄州，心情自是惶怖而又抑郁的，幸得黄州太守徐君猷是个正直的好人，黄州百姓又淳良朴实，因此，东坡在黄州，是感受到温暖和真情的，也可以说，东坡对黄州是感恩的，这种感恩，在上引作品中表露无遗。词以平实质朴的口语娓娓道来，仿佛还原了当时“留别”的场景，听东坡和黄州父老拉家常、道别：我这是要回到哪里去呢？我的家乡在万里外的四川啊！年近半百，来日无多，来到黄州已有五年，听惯了孩子们的楚语吴歌，父老乡亲好朋友，携带着鸡肉猪肉和烧酒，来这里劝慰我这半老的东坡翁。说什么好呢？人生总是如穿梭般地来来去去辗转奔波，此去汝州，秋风凉，洛水清，前程如何，也只能等闲看之，随遇而安，各位乡亲，请不要剪堂前的细柳柔枝，也请不时晒一下我留下的蓑衣，也许有一天我还会回来的啊！抒写自然流畅，感情饱满恳挚，充溢着东坡式的潇洒通脱与真性情。

晁端礼与晁补之是叔侄关系，他们之间颇有唱和，就本调的创作来说，二人的唱和作品都是佳作：

> 绿绕群峰，红摇千柄，夜来暑雨轻收。共君乘兴，轻舸信悠悠。且尽一尊别酒，荷香里、满酌轻讴。明朝去，征帆夜落，何处好汀洲。
>
> 风流。吾小阮，朝辞东观，夕向南州。况圣时、争教贾傅淹留。若过浔阳亭上，琵琶泪、莫洒清秋。堤边柳，从今爱惜，留待系归舟。

此为晁端礼送别晁补之的词作。从绍圣二年（1095）开始，晁补之因坐修神宗实录失实之罪名，在知济州（今山东济南）的任上被一贬再贬；元符二年（1099），补之被贬监信州盐酒税，晁端礼作此词为他送行。词写叔侄二人在湖上泛舟，“轻舸信悠悠”；在弥漫着荷香的湖中“满酌轻讴”，饮酒唱歌；并想象征帆远去，明日停泊在“何处好汀洲”，一派悠然自在，全无离别的愁苦。在词中，晁端礼称补之为“吾小阮”，赞扬他文采“风流”；小阮原指魏晋时的名士阮咸（阮咸与其叔阮籍并称“大小阮”），后借以称侄儿，端礼用此典称其侄，甚为得体，既点出了补之和他的关系，也有以“大阮”自居，自比阮籍之意。对于补之此次被贬信州，端礼亦以轻松的口吻出之：“朝辞东观，夕向南州”，而且还劝勉道：现在是圣明之时，不会让你长久羁留不归的。最后三句颇有巧思，也充满了感情：爱惜堤边柳，也就是珍惜离别情，况且此柳还得“留待系归舟”，盼归之情溢于言表。

晁补之的和词题作《赴信日，舟中别次膺十二叔》，据题，此词应作于赴贬所信州时：

> 鸥起蘋中，鱼惊荷底，画船天上来时。翠湾红渚，宛似武

陵迷。更晚青山更好，孤云带、远雨丝垂。清歌里，金尊未掩，谁使动分携。

竹林、高晋阮，阿咸潇散，犹愧风期。便弃官终隐，钓叟苔矶。纵是冥鸿云外，应念我、垂翼低飞。新词好，他年认取，天际片帆归。

此词上阕所写也大致不出端礼词的范围，一样的画船游湖，一样的唱歌饮酒。下阕一开始，也照样用了魏晋阮氏叔侄的典故，当然，补之在此谦虚了，说相比于阮咸的“潇散”风度，自己是觉得惭愧的；而“弃官终隐”的思想则为端礼词中所无，这或许缘于叔侄二人仕宦经历之不同。补之虽然也仕途坎坷、屡遭贬谪，毕竟做过京官、州官，端礼却只当过州县小吏和县官，而且被闲废三十年之久，所以，补之时有归隐之心，并形诸笔墨，端礼则仍有仕进之意，直到晚年犹受蔡京之荐向宋徽宗进谀词，求得大晟府协律郎之职。“新词好”三句是对端礼词的呼应，“他年认取”的，固是“堤边柳”，但“天际片帆归”，则不一定与端礼的“归舟”意同。

晁端礼和晁补之的唱和之作还是不少的（各有十一首），通过这些作品，可看出他们叔侄俩的关系还是比较亲密的，陆游在《家世旧闻》中说端礼“以京荐为大晟府协律郎，举族耻之”，看来并不完全是这样，起码从晁补之身上看不出来。当然，陆游比二晁晚出七八十年，他所说的“举族耻之”，应该是从祖辈（陆游的外祖母是晁冲之的姐姐）或父母辈的叙述中所得，或有个人的情感因素；而且，数十年后的族人评价，又或与当时不同。

《满庭芳》的名作较多，周邦彦的那首题作“夏日溧水无想山作”的词作，也是一首受到历代词评家盛赞的佳作；而《词谱》将此词作为本调之正体，或可见其格律之严整规范：

风老莺雏，雨肥梅子，午阴嘉树清圆。地卑山近，衣润费炉烟。人静乌鸢自乐，小桥外、新绿溅溅。凭栏久，黄芦苦竹，拟泛九江船。

年年，如社燕，飘流瀚海，来寄修椽。且莫思身外，长近尊前。憔悴江南倦客，不堪听、急管繁弦。歌筵畔，先安簟枕，容我醉时眠。

宋哲宗元祐八年（1093）二月，周邦彦到远离京城的溧水县（今属南京）任县令，直到绍圣三年（1096）三月离开，他在那个“地卑山近”的地方足足待了三年。此词当作于这一段时间。周邦彦在政治上倾向于变法的新党，元丰六年（1083），当时还是太学生的他向宋神宗献《汴京赋》称颂新法，大得赞赏，神宗命尚书右丞李清臣宣读于迩英殿，并召其赴政事堂；次年，竟直接拔擢他任太学正之职，虽然只是个小官（有人认为相当于太学生的班主任，官秩仅九品），但毕竟是皇帝亲自提拔的，前途未可限量。可惜好景不长，元丰八年（1085）神宗去世，年幼的哲宗继位，新法被主政的高太后废除，旧党上台，新党被排挤出朝廷，周邦彦就是在这样的背景下来到溧水任职的。

由于带有贬逐的性质，周邦彦在溧水任上当然不会是开心的，这种迁臣逐客的苦闷在这首词中也能看得出来。“年年。如社燕，飘流瀚海，来寄修椽。”游宦或迁谪的人生又何尝不是如此。美成自元祐二年（1087）出为庐州（今安徽合肥）教授，后赴荆州（今属湖北），再迁溧水，其漂泊的境况不正如词中之“社燕”一样吗？尽管仕途不顺，但美成毕竟是个有情怀有文化的知识分子，不会完全被苦闷和烦恼所困。你看他把无想山的风光写得多美，开首两句便令人惊艳，不仅属对工整、言辞典丽，而且极具江南夏日的典型性，再加上嘉树午阴、乌鸢自乐、清溪淙淙，这样动中有静静中带幽的绝妙景致，不是那些市井俗人或猥屑小吏所能体味的；而“衣润费炉烟”和“黄芦苦竹”的细节，又把“地卑山近”的僻远和南方的潮湿点了出来。尽管风景清幽，毕竟地处偏远，对于正值盛年（时年约四十）的美成来说，还没到收拾心情享受田园的时候，所以他才要“长近尊前”，连那些“急管繁弦”的宴饮之乐，也“不堪听”了，“何以解忧，唯有杜康”，酒无疑是中国文人最常用的缓释物！南宋陈振孙《直斋书录解题》谓美成词“多用唐人诗语隐括入律，浑然天成，长调尤善铺叙，富艳精工”，用陈氏此语专评此词，最是恰切。此词连续化用杜甫、白居易、刘禹锡、杜牧的诗句，融典入词而了无痕迹，形成了一种沉郁典雅的意蕴，这也是美成词最令人称善的特色。

宋徽宗赵佶是书画大家，也是诗词好手，他在位二十五年，各方面的创作应该是很宏富的，但由于亡国被俘，死在异域，或导致作品大量散佚。就他的诗词来说，诗的情况好一些，有三百多首留存于世，而词则少得多，《全宋词》仅收得十三首（包括残句）。

就赵佶存世的十多首词作来说，好的作品其实不多，比较受到注意的是他被俘去国后的《眼儿媚》和《燕山亭》两词，尤其是《燕山亭》，后人或将其与李后主词相比，甚至认为此词比后主的《浪淘沙》（帘外雨潺潺）“其情更惨”，更具黍离之悲。（清贺裳《皱水轩词筌》）这当然是过誉了，赵佶的词不能与李煜词相提并论。

赵佶的《满庭芳》是一首宴会和韵赐词，内容与艺术俱无可称道，唯一的价值，或可从中略窥北宋末皇家的奢靡虚骄和表面的繁盛太平：

寰海清爽，元宵游豫，为开临御端门。暖风摇曳，香气霭轻氛。十万钩陈灿锦，钧台外、罗绮缤纷。欢声里，烛龙衔耀，黼藻太平春。

灵鳌，擎彩岫，冰轮远驾，初上祥云。照万宇嬉游，一视同仁。更启维垣大第，通宵宴、调燮良臣。从兹庆，都会赓载，千岁乐昌辰。

此词见载于南宋谢维新《古今合璧事类备要》外集卷十一（南宋末陈元靓《岁时广记》卷十《赐御筵》条引《岁时杂记》所记与此略同）：

宣和上元锡宴，左丞范致虚进《满庭芳慢》一阕。上赓其韵，序之：“上元赐公卿宰执观灯御筵，遵故事也。卿初获预坐，以《满庭芳》词来上，因俯同其韵以赐。”

据此，可知赵佶此词创作于宣和年间某次元宵节的观灯御筵上，是左丞范致虚所进《满庭芳慢》的和韵之作；也可知北宋朝廷每年上元都要“赐公卿宰执观灯御筵”，因为这是“遵故事也”。宣和是宋徽宗最后一个年号，共使用了七年，其间国事败坏，政治黑暗腐朽，宣和末年金兵兵临城下，他接受李纲的建议让位于太子赵桓，是为宋钦宗，次年改元靖康，靖康二年（1127），国亡被掳。联系以上历史，我们会对词中“寰海清爽”“万宇嬉游”“千岁乐昌辰”等文字生出一种悲哀，作为皇帝的宋徽宗，显然一直沉浸在河清海晏歌舞升平的幻觉中，对数年后就要到来的亡国危殆丝毫没有觉察。而那些“公卿宰执”朝廷重臣又是什么态度呢？看看范致虚所进的谀颂词《满庭芳慢》就知道了：

紫禁寒轻，瑶津冰泮，丽月光射千门。万年枝上，甘露惹祥氛。北阙华灯预赏，嬉游盛、丝管纷纷。东风峭，雪残梅瘦，烟锁凤城春。

风光，何处好，彩山万仞，宝炬凌云。尽欢陪舜乐，喜赞尧仁。天子千秋万岁，征招宴、宰府师臣。君恩重，年年此夜，长祝本嘉辰。

在一片“丝管纷纷”“彩山万仞，宝炬凌云”的上元帝京盛景中，大臣们“陪舜乐”，“赞尧仁”，祝颂“天子千秋万岁”。宋徽宗是个不折不扣的亡国之君，可进入历史上著名的昏君之列，但范致虚作为尚书左丞（尚书令的属官），却以舜、尧称颂之，这真是莫大的讽刺，由此也可见出，徽宗朝多有阿谀奉承之臣，而不独蔡京而已。

自从南宋宰相韩侂胄为岳飞彻底平反以来，岳飞作为抗金名将、民族英雄的历史已历八百多年之久，但近年来却颇有一些质疑之声，如说岳飞并不是常胜将军，也打败仗，战功也有夸大或谎报的成分；如说岳飞是个军阀，岳家军有私人武装的性质；如说岳飞专横跋扈，他的鲁莽抗金破坏了宋高宗的统一部署，反而会影响南宋的国家安全，等等。笔者未能判断以上质疑的真伪，个人认为，即便这些质疑都符合史实（符合什么史实也成问题，正史？野史？），但对于岳飞是否为抗金名将、民族英雄这一命题影响不大，问题的要害在于，在南宋初立国并已站稳脚根这样一个背景下，抗金与和议到底哪一个更符合南宋的国家（并不仅仅指朝廷）利益。

下引邵缉的《满庭芳》应该是较早描写岳飞形象的作品，据词中所写，岳飞无疑是一个统领大军、武勇超群、能文能武、既懂兵法又能打仗的儒将型抗金统帅：

落日旌旗，清霜剑戟，塞角声唤严更。论兵慷慨，齿颊带风生。坐拥貔貅十万，衔枚勇、云槊交横。笑谈顷，匈奴授首，千里静欃枪。

荆襄。人按堵，提壶劝酒，布谷催耕。芝夫荛子，歌舞威名。好是轻裘缓带，驱营阵、绝漠横行。功谁记，风神宛转，麟阁画丹青。

像“坐拥貔貅十万”“谈笑顷，匈奴授首”“轻裘缓带”“绝漠横行”这样的描写加之于一个将领的身上，那这个将领理所当然地就是一个大英雄。我们知道南宋对岳飞的评价前后呈两极状态，高宗秦桧当国时期岳飞是因抗拒诏命、“指斥乘舆（皇帝）”等罪名被处死的罪人，但在孝宗时期岳飞的冤狱得到昭雪，恢复了他的官爵，谥武穆，而在宁宗时期更是给予彻底平反，追封为鄂王，理宗时谥忠武，遂成为抗金恢复的一面旗帜。邵缉（字公序）此词见于岳飞的孙子岳珂的《金陀粹编》卷二十八所引永州通判官孙逌编《鄂王遗事》：

岳王在鄂州为宣抚使，纪律严明，路不拾遗，秋毫无犯，军民皆乐，虽古名将无以加。邵缉公序因作《满庭芳》赠之。

而明人陈霆《渚山堂词话》卷一所记则更详细：

岳武穆驻师鄂州，纪律严明，路不拾遗，秋毫无犯，军民胥乐，古名将莫能加也。有邵公序者，薄游江湘，道其管内，因作《满庭芳》赠之云：（略）。《鄂王遗事》云：此词句句缘实，非寻常谀词也。

陈霆所记显然是出自于前记。当然也有人质疑岳珂以后代的身份所辑材料之客观性，但我想他或不至于伪造邵缉的作品吧。邵缉尽管生卒年不能确考，但李弥逊《筠溪集》卷二十二中有《送邵公序还乡序》，据此可推他与李弥逊是同时代人，大约生活于两宋之间，又或与岳飞生活的年代相近。如以上推测成立，则邵氏所写，算是当代人写当代人，只要他不是成心写谀词，应该有一定的可信度。

南宋亡国对于普通老百姓来说更是一场巨大的灾难，下引《满庭芳》是一位家庭妇女眼中的亡国实录，它对于历史的认识价值并不比那些文人士大夫所写的作品低：

汉上繁华，江南人物，尚遗宣政风流。绿窗朱户，十里烂银钩。一旦刀兵齐举，旌旗拥、百万貔貅。长驱入歌楼舞榭，风卷落花愁。

清平三百载，典章人物，扫地俱休。幸此身未北，犹客南州。破鉴徐郎何在，空惆怅、相见无由。从今后，梦魂千里，夜夜岳阳楼。

此词的本事见于元末明初陶宗仪《南村辍耕录》卷三“贞烈”条：

岳州徐君宝妻某氏，亦同时被虏来杭，居韩蕲王府。自岳至杭，相从数千里，其主者数欲犯之，而终以巧计脱。盖某氏有令姿，主者弗忍杀之也。一日，主者怒甚，将即强焉。因告曰：“俟妾祭谢先夫，然后乃为君妇不迟也，君奚用怒哉！”主者喜诺。即严妆焚香，再拜默祝，南向饮泣，题《满庭芳》一阕于壁上，已，投大池中以死。词曰：“汉上繁华（略）。”

在中国历史上，每一次改朝换代，都能看到这样的细节。呜呼哀哉！呜呼哀哉！

望海潮

“怒涛卷霜雪，天堑无涯”是柳永对钱塘江潮浩大与澎湃的形象描写，就像“乱石穿空，惊涛拍岸，卷起千堆雪”是苏轼对赤壁长江的描写那样，充满激情的文字赋与描写对象以雄强勃郁的生命，对于“望海潮”来说，柳永的描写是永恒的，我们或许不难发现东坡词中的柳七影子，尽管他自己不一定愿意承认。

其实，东坡对柳词的心态是矛盾的，他以“柳七郎风味”作为对手本身就是一种重视的态度，所以他一方面对柳词时有鄙薄之语，但另一方面，他也承认柳词中的佳句“不减唐人高处”（赵令畤《侯鲭录》卷七），柳永的《望海潮》就是这一类“不减唐人高处”的作品：

> 东南形胜，三吴都会，钱塘自古繁华。烟柳画桥，风帘翠幕，参差十万人家。云树绕堤沙。怒涛卷霜雪，天堑无涯。市列珠玑，户盈罗绮，竞豪奢。
>
> 重湖叠巘清嘉。有三秋桂子，十里荷花。羌管弄晴，菱歌泛夜，嬉嬉钓叟莲娃。千骑拥高牙。乘醉听箫鼓，吟赏烟霞。异日图将好景，归去凤池夸。

《望海潮》最早见于柳永的《乐章集》，当系柳氏所创的词调。《词谱》即以柳词为正体，并在其下注曰：“双调，一百七字。前段十一句，五平韵；后段十一句，六平韵。”并说“秦观、张元幹、史㠓之、石孝友、赵可、折元礼诸词，俱照此填”。可见柳永从一开始就奠定了此调的格律形式，后人多照此格填写，或有变化，也只是句读稍异而已。

关于此词的本事，见于南宋末陈元靓《岁时广记》卷三十一引杨湜

《古今词话》:

> 柳耆卿与孙相何为布衣交。孙知杭州，门禁甚严。耆卿欲见之不得，作《望海潮》词，往谒名妓楚楚曰："欲见孙相，恨无门路。若因府会，愿借朱唇歌于孙相公之前。若问谁为此词，但说柳七。"中秋府会，楚楚宛转歌之，孙即日迎耆卿预坐。

这则本事生动地记叙了柳永此词产生的过程。首先这是一首干谒词，旧时文人往往通过向达官贵人进呈诗文，显示自己的才能，以求得到录用，柳永写这首词也是想达到这个目的。其次，柳永自己不能直接干谒，而是通过名妓楚楚的"曲线"。第三，楚楚在州府的"中秋府会"上将此词"宛转歌之"，引起了州官的注意，柳永的"曲线"干谒成功。

已有学者就柳永此词干谒的对象做了考证，认为柳创作此词时，孙何已去世三十多年了，因此这首《望海潮》是柳永为孙沔写的，孙沔与柳永是好友，年龄接近，并任过杭州知州。

另一则更有名的本事见载于罗大经《鹤林玉露》卷一：

> 孙何帅钱塘，柳耆卿作《望海潮》词赠之云（词略）。此词流播，金主亮闻之，欣然有慕于"三秋桂子、十里荷花"，遂起投鞭渡江之志。近时谢处厚诗曰："谁把杭州曲子讴，荷花十里桂三秋。那知草木无情物，牵动长江万里愁。"余谓此词虽牵动长江之愁，然卒为金主送死之媒，未足恨也。至于荷艳桂香，妆点湖山之清丽，使士大夫流连于歌舞嬉游之乐，遂忘中原，是则深可恨耳。因和其诗云："杀胡快剑是清讴，牛渚依然一片秋。却恨荷花留玉辇，竟忘烟柳汴宫愁。"

说金主完颜亮闻柳永此词，"遂起投鞭渡江之志"，这是评赏此词者最喜欢引用的内容，这其实是拐个弯表扬柳氏用生花妙笔把杭州写得极美，但我颇怀疑此事多出于文人的想象。金人要灭掉南宋一统天下，与南宋要收复中原混同九州一样，恐怕是路人皆知不言而喻的吧，之所以划江而治，乃是双方都没有吃掉对方的实力之故。完颜亮诗“万里车书尽混同，江南岂有别疆封。提兵百万西湖上，立马吴山第一峰”，即是他灭宋雄心的反映，因而投鞭渡江，在他来说是早晚的事，与读没读柳永的词，关系不大。后来他果然渡江击宋，被虞允文大败于采石矶，最终引发兵变，被杀身亡，罗大经说“然卒为金主送死之媒”，所指即此，但罗氏之说看来也是臆想之词。至于令罗大经“深可恨”的导致士大夫流连歌舞遂忘中原的“荷艳桂香”，其实是罗氏的借题发挥，与柳词本身并无关系。

世人皆谓柳词俗，文人士大夫如晏殊、苏轼、李清照、王灼、胡仔等皆有讥评，但柳永的雅词也是很优秀的，直可进入一流作品之列，如《雨霖铃》《八声甘州》《满江红》（暮雨初收）、《凤栖梧》（伫倚危楼风细细）、《夜半乐》（冻云暗淡天气）、《破阵乐》《戚氏》，等等，当然还有上引之《望海潮》。此词用典雅工丽的语言描写杭州城市的繁华、钱塘江潮的奇丽和西湖明媚风光，“承平气象，形容曲尽”（南宋陈振孙《直斋书录解题》），是柳永描写仁宗朝所谓盛世太平气象的重要作品。其实，北宋时的杭州并不是大都市，“参差十万人家”的规模，比首都汴梁差远了，所以南宋吴自牧在《梦粱录》中说：

> 柳永咏钱塘词曰“参差十万人家”，此元丰前语也。自高庙车驾自建康幸杭驻跸，几近二百余年，户口蕃息近百万余家。杭城之外城，南西东北，各数十里，人烟生聚，民物阜蕃，市井坊陌，铺席骈盛，数日经行不尽，各可比外路一州郡，足见杭城繁盛耳。

由此可见，杭州是在做了南宋首都后才逐渐繁华起来，成为一个有“近百万余家”户口、“南西东北，各数十里，人烟生聚，民物阜蕃”的大都市的，但是，在柳永的笔下，“钱塘自古繁华”，杭州的繁盛富庶被极力渲染，仿佛当时就已经是一个“竞豪奢”的超级大都会似的。其实，杭州的城市规模和繁华程度在当时不但远比不过东京汴梁，也比不过西京洛阳和南京商丘等城市，柳永的生花妙笔，使杭州的繁盛被放大了，这就是艺术作品的魅力所在。

秦观的《望海潮》也是本调的佳品，少游今存《望海潮》四首，以下面这首为最佳：

> 梅英疏淡，冰澌溶泄，东风暗换年华。金谷俊游，铜驼巷陌，新晴细履平沙。长记误随车。正絮翻蝶舞，芳思交加。柳下桃蹊，乱分春色到人家。
>
> 西园夜饮鸣笳。有华灯碍月，飞盖妨花。兰苑未空，行人渐老，重来是事堪嗟。烟暝酒旗斜。但倚楼极目，时见栖鸦。无奈归心，暗随流水到天涯。

秦词意概深沉，佳句叠出，像“柳下桃蹊”二句、“华灯碍月”二句、“无奈归心”二句，都是好句，为此词增色不少。怀旧伤今为本词的主旨，“东风暗换”的不光是年华时序，更是新旧党争所导致的政局变化。元祐八年（1093）九月，反对变法的神宗母亲高太后去世，此后哲宗亲政，新党上台，旧党被逐，作为苏门弟子的秦少游，面对的必定是被贬谪的命运，从这一背景看，再参考“梅英疏淡，冰澌溶泄”等初春景物的描写，可知此词或作于绍圣元年（1094）春少游被贬离京前后。“金谷”“铜驼”当系虚指，借指京中那些与师友们游踪所至的名胜。至于“西园”，则实有其地，为英宗女婿神宗妹夫王诜驸马之园邸，苏轼与其门人弟子及友人等常常在此园聚会。元祐三年（1088），东坡与苏辙、李之仪、黄庭坚、秦观、晁补之、张耒、米芾、李公麟、圆通大师、王诜等十六人在西园饮酒聊天、赋诗作画、弹阮说禅，史称“西园雅集”，画家李公麟作《西园雅集图》，书画家米芾作《西园雅集图记》，由于此图与记皆流传了下来，故后人得以一睹雅集之盛况，东坡“着乌帽黄道服捉笔而书”，少游“幅巾青衣，袖手侧听（陈碧虚弹阮）”，由此亦可知少游所写之西园种种，乃实有其事。今日重来，抚今追昔，难怪少游要“是事堪嗟”，而“倚楼极目”，看到的却是归宿的

“栖鸦”，是以牵动逐客之“归心”，飞往远在天涯的师友亲人身边了。

张元幹的《望海潮》前有一小序，曰：“癸卯冬，为建守赵季西赋碧云楼。”据此可推知此词作于宋徽宗宣和五年（1125），是应建州（今属福建）长官赵季西之邀为当地名胜碧云楼而赋：

苍山烟澹，寒溪风定，玉簪罗带绸缪。轻霭暮飞，青冥远净，珠星璧月光浮。城际踊层楼。正翠帘高卷，绿琐低钩。影落尊罍，气和歌管共清游。

史君冠世风流。拥香鬟凭槛，雾鬓凝眸。银烛暖宵，花光照席，谯门莫报更筹。逸兴醉无休。赋探梅芳信，翻曲新讴。想见疏枝冷蕊，春意到沙洲。

登高远眺，望中景色当有山峦如玉簪、溪涧如罗带；词人应该是在一个日暮时分登临的，所以看到薄薄的雾霭在暮色中飘，也看得到瓦蓝色的天空渺远明净，随着时间推移，星如珠，月如璧，那是高朗夜空的景致了……此词上阕写景，颇有气势，显示了作为豪放词人的张元幹一贯的风格。然而，下阕却不按前面的内容和风格走，转写了一场宴会，这大概是州守宴请的吧，宴饮歌舞，有“香鬟”相拥，有“雾鬓”凝眸，把酒凭栏，多了几分脂粉味，少了几分英雄气，而欢乐的时光总嫌过得太快，故希望“谯门莫报更筹”，为的是“逸兴醉无休”。当然，词人还是有一丝清醒的，疏枝冷蕊，沙洲春意，与“银烛暖宵，花光照席”之间有着强烈的反差！

吕渭老在宋词人中并不是著名人物，但他的词却有“婉媚深窈”（南宋赵师秀《吕圣求词序》）之誉，明人杨慎在《词品》中说：“圣求在宋人不甚著名，而词甚工。”这是符合事实的。吕氏的生卒年与生平事迹不详，只知道他字圣求，是嘉兴（今属浙江）人，大致活动于宋徽宗宣和年间（1119—1125），南宋藏书大家陈振孙在《直斋书录题解》中说他是“宣和末人，尝为朝士”，但没说具体任何官职。他的《望海潮》写得清丽婉美，与那些名人大家所写相比并不见得逊色，颇符合杨慎《词品》的评价：

侧寒斜雨，微灯薄雾，匆匆过了元宵。帘影护风，盆池见日，青青柳叶柔条。碧草皱裙腰。正昼长烟暖，蜂困莺娇。望处凄迷，半篙绿水浸斜桥。

孙郎病酒无聊。记乌丝醉语，碧玉风标。新燕又双，兰心渐吐，嘉期趁取花朝。心事转迢迢。但梦随人远，心与山遥。误了芳音，小窗斜日对芭蕉。

此词写元宵过后的初春景象，极明艳，也极生动，一些景致，被作者以新颖明净的语言绘出，如“碧草皱裙腰”，如“昼长烟暖，蜂困莺娇”，如“半篙绿水浸斜桥”，如“小窗斜日对芭蕉”，等等，给人带来一种难以名状的愉悦，春天的声音和色彩在诗句流淌，不管是春雨、春日、春草、春水，或是春风、春燕、春心、春梦，都在一种充满生机的萌动中被整合起来，从而构成盎然的意象。

史隽之的词名与官声皆不著，但却是个家世显赫的人物，他的祖父是孝宗朝丞相史浩，其堂叔（伯）父则是谋杀韩侂胄、擅权宁宗理宗两朝二十六年的权相史弥远，因此他可说是典型的“官二（三）代”，以祖泽为太府寺簿，南宋理宗绍定三年（1230）尝知江阴军，官职比其叔、祖小多了。《全宋词》仅辑史隽之词一首，此词即为《望海潮》：

危岑孤秀，飞轩爽豁，空江泱漭黄流。吴札故邱，春申旧国，西风吹换清秋。沧海浪初收。共登高临眺，尊俎绸缪。凤集高冈，驹留空谷接英游。

八窗尽控琼钩。送帆樯杳杳，潮汐悠悠。千古兴怀，关河极目，愁边灭没轻鸥。淮岸隔重洲。认澹霞天末，一缕青浮。未许英雄老去，西北是神州。

此词题作《浮远堂》，据题并玩味词意，当是一首登高望远抒发怀抱的作品。浮远堂或是宋代江阴名胜，据南宋祝穆《方舆胜览》卷五“江阴军”：“浮远堂，在君山上，取苏子瞻‘江远欲浮天’之句。北临大江，南望城市，东睨鹅鼻，西俯黄田，号为胜概。”宋代有不少诗人写过以“浮远堂”为题的诗，如尤袤的《浮远堂二首》、戴复古的《江阴浮远堂》、吴汉英的《浮远堂》等，可见浮远堂为当时文人时常登临游赏之地。

一般而言，登临送目，看山川形胜，察古今变幻，然后抒发豪情壮志或深沉感慨，乃是此类登高词的题中应有之义。此词也一仍此种笔墨套路，在洋洋洒洒地描写了极目所见的景物之后，归结到“未许英雄老去，西北是神州”的抗金主题。史㰅之虽是靠祖泽入职当官的“官后代”，其叔、祖都是著名的主和宰相，尤其是其堂叔史弥远，更是以残杀主战宰相韩侂胄并用其头颅向金乞和、主导更加屈辱的“嘉定和议”而臭名昭著，但是史㰅之却似乎并不一样，起码表面上不一样，他的词中所表现出来的英雄情结与恢复情怀，是属于辛弃疾、刘克庄那一路的（辛派词人多类似句子，辛弃疾《声声慢》有“凭栏望，有东南佳气，西北神州”句；刘克庄《玉楼春》有“男儿西北有神州，莫滴水西桥畔泪”句）。

宋太宗九世孙赵崇嶓有一首《望海潮》似也可拈出来说说：

轻云过雨，炎晖初减，楼台片片余霞。曲径通幽，小阑斜护，水天薄暮人家。暝色趣归鸦。竹风交立玉，清透窗纱。断岸涟漪，乱萍芳苇绕烟沙。

依稀画艇莲娃。掩鲛绡微沁，急桨咿哑。香雾霏微，冷光摇曳，娅红深映低花。天际玉钩斜。矶边菱唱答，惊断鸣蛙。满棹白蘋归去，幽兴绕天涯。

此词题作《泛舟》，从“薄暮”“暝色”“天际玉钩斜”等词句看，当系写从日暮到晚上这一时段的泛舟过程，是一首描写田园优美风光和“幽兴”的作品。作者赵崇嶓是宋太宗赵光义子、宋真宗赵恒弟商王赵元份的八世孙，虽是宋朝的宗室，但应该是旁系疏支了，世居南丰（今属江西），为宋宁宗嘉定十六年（1223）进士，曾任金溪主簿、石城知县、淳安知县等职，官至大宗正丞，都是些小官，由此或可略知宋朝宗室一般成员的仕宦情况。联系南宋皇帝除开国的高宗外都由太祖赵匡胤一系子孙担任的情况，太宗一系的子孙，因靖康之变已大多殒灭，少数幸存者，或多为旁支，他们的后代，也难以进入权力中心，通过科举弄个小官当当，也就可以了。赵崇嶓曾上疏极论储嗣未定和中人专横，可见他并不是一个不关心朝政的人，奈何他所面临的时代已是南宋之末世，所以他的词中表现出来的水色天光云影以及由此生发的“幽兴”，或许也是一种无奈心理的折射?!

据以上介绍，我们可以看到，名家作品固然很优秀，影响也大，如上引柳永、秦观之作即是，但还是有不少非名家的作品其实也是写得很出色的，如上引吕渭老、史㵾之和赵崇嶓的词作。这类非名家的优秀作品往往不为人所重视，选家或囿于眼光，或限于篇幅，致使此类作品难以进入大众视野，这是颇令人遗憾的。本文之所以选入这些作品，一来秉持只看作品不问“出身”的原则，二来也有拓展选编领域、挖掘更多优秀新作之意。

下引的这首《望海潮》甚至连作者姓甚名谁都不知道，《全宋词》将其归于“无名氏”的作品，此词题作《吊杨芳与黄岩妓投江》，估计是不知名的文人伤于二人投江事，赋此悼之，或虽知名，但不便署名；而即便是“无名氏”，也显示出较强的写作能力：

彩篙角黍，兰桡画舫，佳时竞吊沅湘。古意未收，新愁又起，断魂流水茫茫。堪笑又堪伤。有临皋仙子，连璧檀郎。暗约同归，远烟深处弄沧浪。

倚楼魂已飞扬。共偷挥玉箸，痛饮霞觞。烟水无情，揉花碎玉，空余怨抑凄凉。杨谢旧遗芳。算世间纵有，不恁非常。但看芙蕖并蒂，他日一双双。

此词见载于南宋吴曾《能改斋漫录》卷十七：

绍兴庚午，台之黄岩妓有姓谢，与姓杨者情好甚笃，为妪所制，相约夜投诸江。好事者有为《望海潮》以吊之：“彩篙角黍（略）。”

据本事，此词所写为一个令人悲伤的殉情故事，狎客与妓女两情相悦，“情好甚笃”，但因鸨母不能相容，竟双双投江自尽，如此决绝而又激烈的反抗方式，在婚姻或恋爱皆不能自主的古代，想来是不少见的。我想，这个“姓杨者”一定不会是个有钱人，也许就是一个穷书生，穷书生和妓女相好，把钱花光了，被鸨母逐出，二人为情所困，最终选择双双殉情，这样的故事，符合旧时戏曲小说的叙事逻辑。只不过，这里所记的是一个真实的故事，一个发生在南宋绍兴庚午年（即绍兴二十年，公元1150年）的故事，因为有“好事者”作词伤悼，遂使这个悲惨的故事得以流传下来。

细揣词意，觉得这个“好事者”之所以创作此词，或真的有点“好事”的成分。首先他认为此事“堪笑又堪伤”，“堪伤”是当然的，是底线，但“堪笑”就有点复杂了，似乎有点不以为然的意思；而称妓女为“临皋仙子”，称狎客作“连璧檀郎”，雅是极雅，但总感觉到不那么对味；“弄沧浪”也使人感觉过于浪漫了。下阕总的说来还是“堪伤”的，从“魂已飞扬”到“烟水无情”再到“抑凄凉”，都可读出作者的伤悼之情。或者，作者创作此词，既有“好事”游戏的成分，又有痛惜伤悼的真情实感，毕竟是两条鲜活的年轻的生命殒灭了，毕竟是双双投江殉情，死得刚烈，因此，尽管他对二人“暗约同归”或不以为然，但还是要为他们的死感到凄凉悲伤的，况且，结尾两句也含有对二人的祝福在。

词调《望海潮》的情况与《雨霖铃》《声声慢》等调相类似，都是名气很大而作品偏少，查《全宋词》，调作《望海潮》的词作仅得三十二首（包括无名氏的作品）。作品少，从概率来说，好作品自然就少；而且，除柳永、秦观、晁氏叔侄、张元幹、朱敦儒等几个名家外，许多词坛大家如苏轼、贺铸、李清照、周邦彦、辛弃疾、姜夔、吴文英、张炎等都没有留下本调作品，这也是导致本调虽有名作但优秀作品偏少的主要原因。尽管还是有一些非名家写出了较好的作品，但总的来说，真正能称得上优秀的的确不多，按我的标准，本调的扛鼎之作当然是柳永的创调作品，秦观的“梅英疏淡”也不遑多让，其他作品，就本文所引，大多还差强人意，再选，就有点勉强了。

《望海潮》从记录北宋的繁华开始，它最好的作品，是时代的文化名片，使人在千年之后，犹能领略那个高度繁荣的朝代的风姿。

宋朝被认为是中国历史上经济与文化最发达的朝代，尤胜于最令中国人骄傲的汉、唐，但它同时又是最羸弱最屈辱的朝代，两宋三百一十九年，一直被动挨打，一直割地赔款求和，北宋亡于金人，南宋亡于蒙元，创汉族政权彻底沦亡于少数民族之始，最令汉族人感到耻辱。

望海潮。云蒸霞蔚，怒涛翻卷，天堑无涯。柳永所热情歌吟的当然是前一个宋朝。但是，不知他用华丽的语言夸饰钱塘的繁荣富庶时，会否想到它日后有一个名字叫临安。

市列珠玑、户盈罗绮固然豪奢，三秋桂子、十里荷花固然美丽，但又是如此弱不禁风。

八声甘州

甘肃省张掖市古称甘州。甘州在唐宋人的诗词里常常作为苦寒和战争的边塞地出现，典型的如五代蜀毛文锡的《甘州遍》：

秋风紧，平碛雁行低。阵云齐。萧萧飒飒，边声四起，愁闻戍角与征鼙。

青冢北，黑山西。沙飞聚散无定，往往路人迷。铁衣冷，战马血沾蹄。破番奚。凤凰诏下，步步蹑丹梯。

毛氏此词见于《花间集》，词中的塞雁、戍角、征鼙、铁衣、战马、血，在花间的一片风月与脂粉的绮靡中显得尤为突出。

唐玄宗时的教坊大曲《甘州》应该也与这样的文学传统有关。该曲据说是由当时的河西陇右两镇节度使盖嘉运献给唐玄宗的，玄宗甚爱之，命教坊进行演出，遂成为教坊大曲，盛行于宫廷，后流入民间，乃至于传到日本。一般认为，词调《八声甘州》就是从唐教坊大曲《甘州》中截取一段改制演化而成的，如是，则此调的创始作品或也与边塞相关。

目前所能看到的最早的《八声甘州》是柳永创作的，此词也是本调最有名的作品：

对潇潇、暮雨洒江天，一番洗清秋。渐霜风凄紧，关河冷落，残照当楼。是处红衰翠减，苒苒物华休。惟有长江水，无语东流。

不忍登高临远，望故乡渺邈，归思难收。叹年来踪迹，何事苦淹留。想佳人、妆楼颙望，误几回、天际识归舟。争知我、倚栏干处，正恁凝愁。

虽说此词内容涉羁旅行役、离愁别绪，但“霜风凄紧，关河冷落”也颇有关塞之萧飒苦寒味，要说柳氏此词完全不扣调名，恐怕也不完全是，不过，虽有萧瑟之气，毕竟与边塞的铁血和鼙鼓不是一回事，况且，登高临远，想望佳人，自是花间底色，因此，柳永比词，虽“不减唐人高处”（苏轼语），然与真正的边塞作品，并非同类。

羁旅行役构成了柳词的重要内容。读柳永写羁旅游宦、浪迹漂泊的词，有时会觉得他太苦太累，一个人总是行走在路上，像无根的浮萍，这种滋味可不好受；有时会觉得他或许是一个喜欢浪迹天涯的人，他的那些愁啊惨啊悲啊，仿佛只是一种无病呻吟，你看他把路上的景色写得多美，把游宦的过程写得多生动，如果不是热爱，他就不会投入巨大的热情。谓予不信，请看他的《夜半乐》：

冻云黯淡天气，扁舟一叶，乘兴离江渚。渡万壑千岩，越溪深处。怒涛渐息，樵风乍起，更闻商旅相呼。片帆高举。泛画鹢、翩翩过南浦。

望中酒旆闪闪，一簇烟村，数行霜树。残日下，渔人鸣榔归去。败荷零落，衰杨掩映，岸边两两三三，浣纱游女。避行客、含羞笑相语。

到此因念，绣阁轻抛，浪萍难驻。叹后约、丁宁竟何据。惨离怀，空恨岁晚归期阻。凝泪眼、杳杳神京路。断鸿声远长天暮。

虽然也有“惨离怀”“凝泪眼”等悲愁语，但更多的是兴奋、欣喜，商旅相呼，片帆高举，画鹢翩翩，酒旆闪闪，渔人鸣榔，浣女含羞，构成了极其生动繁富的溪山行旅图，如果没有对游宦生活的热爱，就不会有如此生动的描写。

实际上，羁旅生涯对柳永这样的文人来说是一种常态。科举应试几乎是旧时每一个文人的必由之路，士子总是汲汲于功名，游学或赴考也就构成了他们生活的重要组成部分。柳永屡试不第，因而，这样的宦游过程就更多；他直到暮年才进士及第，当过团练推官、县令、判官、屯田员外郎一类的小官，当然也只能随着职位的变动而东奔西走，过名副其实的游宦生活了。所以，柳永的羁旅行役词还是比较多的，有六七十首，约占二百一十多首柳词的三分之一，由此可见，羁旅生涯对柳词创作的重要影响。

柳永的《八声甘州》起点太高，以至于后人所作，难以企及，由此也可见出，柳氏的确是千年词史上的第一流词家，他最好的作品，真不让苏辛辈。如果就本调而言，东坡唯一的一首作品当然也很优秀，但与柳词相比，仍稍觉逊色：

> 有情风、万里卷潮来，无情送潮归。问钱塘江上，西兴浦口，几度斜晖。不用思量今古，俯仰昔人非。谁似东坡老，白首忘机。
>
> 记取西湖西畔，正春山好处，空翠烟霏。算诗人相得，如我与君稀。约他年、东还海道，愿谢公、雅志莫相违。西州路，不应回首，为我沾衣。

此词题作《寄参寥子》，当系东坡寄赠诗僧道潜之作。道潜字参寥，与苏轼、秦观等友善，苏轼颇称赏他的诗，他对苏轼甚为景仰，苏轼守徐州时，他专程前去拜访；苏被贬黄州，他不远两千里相从，在黄州陪伴东坡一年多时间；此次东坡守杭，他又前来从游。二人的密切关系与深挚友谊，正如词中所说的“算诗人相得，如我与君稀”，真的是不可多得。

孔凡礼《苏轼年谱》将此词系于哲宗元祐六年（1091）三月六日。孔氏能够将创作日期具体到月、日，或系据南宋胡仔《苕溪渔隐丛话》后集卷三十九中的记载：

> 东坡别参寥长短句云：“有情风（略）。”其词石刻后东坡

自题云："元祐六年三月六日。"余以《东坡先生年谱》考之，元祐四年知杭州，六年召为翰林学士承旨，则长短句盖此时作也。

查宋王宗稷《东坡先生年谱》："（元祐）六年辛未。先生年五十六，在杭州任，被召。按先生作《别天竺观音三绝》，序云：'以三月九日，被旨赴阙。'"可知东坡离杭赴京的时间是元祐六年三月九日，此词当系离杭前三天写给参寥子。

此词起笔"有情风"二句，极有气势，颇受评家赞誉，如晚清郑文焯赞曰："突兀雪山，卷地而来，真似钱塘江上看潮时，添得此老胸中数万甲兵，是何气象雄且杰。"（《手批东坡乐府》）而近人俞陛云则曰："起笔破空而下，风潮来去，有情而实无情，千古之循环兴废，大抵如斯。"（《唐五代两宋词选释》）可见东坡此词的确是出手不凡，直如钱塘江潮奔来眼底，突兀磅礴，是东坡豪放词的本色；而"有情""无情"，也紧扣赠别的主题，巧妙而妥帖自然；词中所涉诸地名，皆杭城景色，想来也是东坡与参寥时常游历处；最后以谢安自比，以羊昙拟参寥，写出了他们的深情厚谊。

元祐七年（1092），苏轼与学生晁补之同城为官，苏轼任扬州知州，补之副之，任通判。我们能够想象师生二人同治一城，得以朝夕相处、诗词酬唱的赏心乐事，只可惜时光匆匆，东坡三月到任，席不暇暖，八月又奉诏还京，任兵部尚书充南郊卤簿使，兼侍读。行前，东坡于当地名胜平山堂宴别僚属，补之为赋《八声甘州·扬州次韵和东坡钱塘作》一词：

谓东坡、未老赋归来，天未遣公归。向西湖两处，秋波一种，飞霭澄辉。又拥竹西歌吹，僧老木兰非。一笑千秋事，浮世危机。

应倚平山栏槛，是醉翁饮处，江雨霏霏。送孤鸿相接，今古眼中稀。念平生、相从江海，任飘蓬、不遣此心违。登临事，更何须惜，吹帽淋衣。

据词题，补之此词是一首次韵和作，即是按东坡《八声甘州·寄参寥子》之韵而创作的一首词。东坡向有归隐之情但一直未能如愿，盖因“天未遣公归”，虽然仕途蹭蹬，辗转各地任官，但作为儒家知识分子、朝廷命官，也只好忠于职守，未可轻易言退。此词就东坡的这一“欲罢不能”的矛盾心结展开笔墨，说东坡此前任杭州、颍州的地方官（二州皆有西湖），这次又到扬州来任职，“拥竹西歌吹”，化用唐杜牧《题扬州禅智寺》“谁知竹西路，歌吹是扬州”诗句，是说东坡知扬州事；而“僧老木兰非”则出自唐王播《题木兰院》“三十年前此院游，木兰花发院新修；而今再到经行处，树老无花僧白头”，词用此典，除有物是人非的沧桑感外，似也有说东坡老年奔波，辗转州官任上之意。东坡自元祐四年（1089）三月知杭州，元祐六年（1091）三月奉诏还京，本应任吏部尚书，但因避亲嫌（其弟苏辙时为尚书右丞执政），改任翰林学士承旨，又遭弹劾，八月，出知颍州，至元祐七年（1092）正月，又自颍州移知郓州，寻改扬州（三月到任），八月又还京。短短三年间，年老的东坡（元祐四年为五十四岁）就像任人乱踢的皮球一样在杭州、汴京、颍州、郓州、扬州、汴京往返辗转，这样的仕宦生涯，又怎能使人不生出“归去来兮”的感慨呢！这官做得真累，何况官场上到处充满危机（新旧党争、乌台诗案，等等），不做也罢！

平山堂为欧阳修在扬州知州任上时所筑，欧公《朝中措》词句“平山栏槛倚晴空，山色有无中”，写的就是平山堂上远眺的景色；苏轼《水调歌头・黄州快哉亭赠张偓佺》也有“长记平山堂上，欹枕江南烟雨，杳杳没孤鸿。认得醉翁语，山色有无中”句。晁词下阕隐括了欧苏词的内容，既写出了平山堂的美景，又点出了其历史渊源，用墨不多而又一石数鸟，这就是用典的好处了。“念平生”数句，表达了对苏轼的景仰和相从之意，其中或隐含了与其师在政治上共同进退的意思。作为名满天下的苏轼的弟子，晁补之是幸运的，但同时也是倒霉的，一荣俱荣、一损俱损的党争政治，主宰了他的仕途和命运，一旦有风吹草动（政治上的），“吹帽淋衣”就是必然的。但苏轼的道德文章和人格魅力真的是非比寻常，因此，苏门弟子晁补之也是骄傲的，他终生服膺苏轼，并为其师的政治遭遇抱不平，这些，在他的这首词中也能看得出来。

与苏轼、晁补之这类纯粹的文人士大夫不同，南北宋之交的叶梦得虽然也是文人，但他同时又是个能统兵打仗的地方大吏（曾任江东安抚大使兼知建康府并寿春等六州宣抚使，抗击金兵），因此他的《八声甘州》便隐然有一种儒将的英武在：

故都迷岸草，望长淮、依然绕孤城。想乌衣年少，芝兰秀发，戈戟云横。坐看骄兵南渡，沸浪骇奔鲸。转眄东流水，一顾功成。

千载八公山下，尚断崖草木，遥拥峥嵘。漫云涛吞吐，无处问豪英。信劳生、空成今古，笑我来、何事怆遗情。东山老，可堪岁晚，独听桓筝。

此词题作《寿阳楼八公山作》。绍兴十年（1140）六月，金将兀术率军围攻顺昌府（今安徽阜阳）。顺昌府乃咽喉要地，一旦失陷，金兵就可以渡过淮河，入侵淮西地区。时叶梦得在江东安抚大使兼寿春六州宣抚使任上，闻报，往寿春视师，并作有《闻兀术将过淮再遣晁公昂觇师》诗：

狂酋屡惯骋长驱，未省新军有被庐。
快饮忽辞金凿落，先声须破铁浮图。
趋官尔自疲千里，飞将吾宁较一夫。
试向八公山上望，当关何用守濡须。

诗中所提到的“八公山”在寿春东北之淮河南岸，东晋淝水之战，晋军以八万兵力在这一带击败号称百万（实为八十万）的前秦苻坚大军，成语“八公山上，草木皆兵”，说的就是此山。而叶梦得的这首词既是“寿阳楼八公山作”，当系与此诗同时的作品，即作于绍兴十年六月寿春视师时。

词的上阕回眸淝水之战的历史，乌衣少年、芝兰秀发，都是用典。想当年，实际指挥淝水之战的东晋将领，谢石五十七岁，谢玄四十一岁，谢琰三十二岁，他们都出自金陵乌衣巷谢氏家族，三人中除谢石年龄稍大外，其余两人，说得上是风华正茂，因此，笼统地说“乌衣少年”，也说得过去的。苻坚率十倍于对方的兵力，南渡击晋，结果一败涂地，究其原因，先败在“骄兵”轻敌，后又败在疑神疑鬼、草木皆兵，因此，成就了谢家的“芝兰玉树”，一顾功成。下阕抒发感慨。如今来到八公山下，江山依旧，人事全非，豪英何在？只能“坐拥峥嵘”、空念往事。最后用“东山老”谢安听“桓筝”之典，伤谢安晚年遭际，似有自比之意（谢安晚年受晋孝武帝司马曜的猜忌，后听桓伊弹筝并歌曹植诗，谢安落泪，孝武帝“甚有愧色”）。

魏了翁是与真德秀齐名的南宋理学家，也是宁宗、理宗朝的重臣，能诗文，存词百余首，大多是祝寿词，但也有少量例外，如下面的这首《八声甘州·偶书》：

> 被西风、吹不断新愁，吾归欲安归。望秦云苍憺，蜀山渺浲，楚泽平漪。鸿雁依人正急，不奈稻粱稀。独立苍茫外，数遍群飞。
>
> 多少曹符气势，只数舟燥苇，一局枯棋。更元颜何事，花玉困重围。算眼前、未知谁恃，恃苍天、终古限华夷。还须念，人谋如旧，天意难知。

从此词也能看出，魏了翁并不是那种只会空谈玄奥之学、对时事世情毫不挂怀的理学家，而是一个有着忧国忧民情怀的传统知识分子。面对南宋日渐衰弊的国势，他有着“吹不断的新愁”，这样的忧愁，使任何一个关心国事民瘼的人无法“安归”！“望秦云”三句，笔力雄健，极具概括力，江山万里，尽收眼底；而“独立苍茫外”则或与“遗世独立”“众人皆醉吾独醒”略同，显示了作者作为思想家的本色。虽然国事日非、国势日弱，但作者仍然要振奋精神，为国家、朝廷鼓吹打气：即便如曹操、苻坚那样的气势，还不是几船苇草便烧了（指赤壁之战），一局棋都没下完便溃败了（指淝水之战）。然而作者也知道前途渺茫，虽说“恃苍天”，但又说“天意难知”，老天爷毕竟靠不住，因此，便又呼应了起首之句，可谓旧愁未了、新愁不断！

有学者将此词的作年系于端平三年（1236），如是，则魏了翁作此词时，引发宋蒙战争全面爆发的“端平入洛”事件（指宋蒙联合灭金后，宋朝于端平元年出兵收复位于河南原北宋东京开封府等三京的军事行动，以宋军全面失败而告终）已经过了三年，当时的南宋，正面临着更为强大凶悍的蒙古铁骑的威胁，因此，魏了翁的“新愁”，或即指此。“端平入洛”的彻底失败给宋理宗、给南宋朝廷以沉重的打击，原先高涨的兴奋情绪瞬即幻灭，随之而来的是悲观，是消极保守，这样的情绪一直贯穿了整个南宋末期的四十多年，直至亡国。可以说，魏词中所透露出的“恃苍天”“人谋如旧，天意难知”的情绪，恐怕也是南宋朝廷中颇有代表性的情绪。

魏了翁是众多反对“端平入洛”的大臣之一，其实南宋朝廷上反对兴兵北伐的人还是比较多的，但架不住宋理宗急于想当中兴之主，掌兵的赵范、赵葵兄弟想通过军功达至个人目的，而一向主和的宰相郑清之又支持赵氏兄弟提出的“踞关守河”（西守潼关，北依黄河，与蒙古对峙）建议，因此，“端平入洛”便成了势在必行的事。后世有不少史家和学者认为“端平入洛”轻启兵衅，给蒙古人以入侵的借口，最终导致了南宋的覆亡，是极其错误的决策；但也有人认为蒙元灭宋是早晚的事，不管南宋有没有兴兵，它都是要打过来的，关键还是自己内功没练好，实力不济。事实上，凭南宋当时的政治与军事状况，并无进行北伐、收复中原故土的实力，倘若南宋在灭金之后，不被复仇的快感冲昏头脑，而是休养生息，积攒力量，未尝不能和蒙古长期周旋。当然，这些都是“事后诸葛”的话了，因为，历史是没有“倘若”的。

吴文英的词总是令人眼花缭乱、意乱神迷，这当然是他所刻意营造的斑斓色彩、奇特意象和朦胧奇幻的语感造成的，读他的《八声甘州·陪庾幕诸公游灵岩》，便会产生和前面所引诸家词作很不一样的感觉：

渺空烟四远，是何年、青天坠长星。幻苍崖云树，名娃金屋，残霸宫城。箭径酸风射眼，腻水染花腥。时靸双鸳响，廊叶秋声。

宫里吴王沉醉，倩五湖倦客，独钓醒醒。问苍波无语，华发奈山青。水涵空、阑干高处，送乱鸦、斜日落渔汀。连呼酒，上琴台去，秋与云平。

这其实是一首怀古抒怀词。灵岩山在苏州西南的木渎镇，据说当年越王勾践和范蠡在此向吴王夫差献西施，夫差遂于其地专为西施建馆娃宫，娃者，吴人称美女也。吴文英一生未第，终身游幕，据词题，此词或作于他任江南东路提举常平司幕宾时，大概吴文英陪他的同僚“庾幕诸公”到灵岩游赏，山上的吴宫遗迹幻化为斑斓的意象，并引发他生出深沉的历史感慨。馆娃宫、采香径（箭径）、响屧廊……这些历史陈迹，和渺远空烟、苍崖云树、五湖苍波、乱鸦斜日搅合在一起，使梦窗产生了奇妙的幻觉，酸风射眼，秋叶飘坠，眼前一片迷离，美女西施从响屧廊款款走过，脚下所靸的鸳鸯屧发出穿越千年的脆响，宫女胭脂粉黛之腻水，流出宫墙，熏染山花，散发出一种奇异的“花腥”；吴王与西施仍在宫中逸乐，清醒的五湖倦客（范蠡?）在湖上独钓，苍波默默，华发易生，青山长在，望远处渔汀，归鸦乱飞，斜阳缓缓沉落……梦窗营造的这些意象，恰似他的这个叫“梦窗”的号，如梦似幻，亦真亦幻，时空倒错，无理无序，读来令人惊艳而纠结。收束三句倒是清醒语，但又透出参透历史的无奈：呼酒上琴台，只见秋色敻远，历史就在这苍凉高远的秋光中循环往复，“吴宫花草埋幽径，晋代衣冠成古丘”（李白《登金陵凤凰台》），今日之南宋，君暗臣昧，重蹈昔日吴国之覆辙，当为期不远了罢！

陈允平和周密、张炎一样，都是由宋入元的遗民，他的词学周邦彦，讲究格律声韵、偏重艺术形式，有《西麓继周集》，集中一百二十三首词作，和清真韵者一百二十一首，可见其词所本。陈氏词今存二百余首，其中以组词《西湖十咏》为著名，其词末自注云：“右十景，先辈寄之歌咏者多矣。雪川周公谨以所作《木兰花》示予，约同赋，因成，时景定癸亥岁也。”据此注，则可知组词是和答周密（字公谨）之作（周词全集中亦有十首《木兰花慢》咏西湖十景），此其一；其二，亦可知此词作于理宗景定四年（景定癸亥即景定四年，1263）。《西湖十咏》由《探春·苏堤春晓》《秋霁·平湖秋月》《百字令·断桥残雪》《扫花游·雷峰落照》《八声甘州·曲院风荷》《蓦山溪·花港观鱼》《齐天乐·南屏晚钟》《黄莺儿·柳浪闻莺》《渡江云·三潭印月》《婆罗门引·两峰插云》等十首词组成，是用十个不同的词牌咏西湖十景，其中的《八声甘州·曲院风荷》，或亦能看出西麓词“清丽芊绵”（清秦恩复《日湖渔唱·跋》）、“和平婉雅”（清陈廷焯《白雨斋词话》卷二）的风格：

放船杨柳下，听鸣蝉、熏风小新堤。正烟蒸露蓼，飞尘酿玉，第五桥西。遥认青罗盖底，宫女夜游池。谁在鸳鸯浦，独棹玻璃。

一片天机云锦，见凌波翠碧，照日胭脂。是西湖西子，晴抹雨妆时。便相将无情秋思，向菰蒲深处落红衣。醺醺里，半篙香梦，月转星移。

像“凌波翠碧”“照日胭脂”“落红衣”“半篙香梦”一类的意象，清词丽句，典雅工致，确实与清真词有相类似处。

周密的本调作品调名作《甘州》（或系简称），存两首，其一题作《灯夕书寄二隐》，曾选入自编的《绝妙好词》，细读此词，颇觉清雅秀逸，当得起“绝妙好词”四字：

渐萋萋、芳草绿江南，轻晖弄春容。记少年游处，箫声巷陌，灯影帘栊。月暖烘炉戏鼓，十里步香红。欹枕听新雨，往事朦胧。

还是江春梦晓，怕等闲愁见，雁影西东。喜故人好在，水驿寄诗筒。数芳程、渐催花信，送归帆、知第几番风。空吟想，梅花千树，人在其中。

据词题，此词当系周密于某年灯夕（元宵节）创作并寄赠二隐的作品。二隐即李彭老、李莱老兄弟俩，盖因李彭老字商隐、李莱老字周隐，故称。周密与二隐交往密切，多有酬唱，其诗词集中有与二隐酬唱作品多首，而李氏《龟溪二隐集》中亦有和周密词。据周密《三犯渡江云》词前长序，或具体可知他和二隐交往的情况：

> 丁卯岁未除三日，乘兴棹雪访李商隐、周隐于余不之滨。主人喜余至，拥裘曳杖，相从于山巅水涯、松云竹雪之间。酒酣，促膝笑语，尽出笈中画、囊中诗以娱客。醉归船窗，纨然夜鼓半矣。归途再雪，万山玉立相映发，冰镜晃耀，照人毛发，洒洒清入肝鬲，凛然不自支，疑行清虚府中，奇绝景也。朅来故山，恍然隔岁，慨然怀思，何异神游梦适。因窥自念人间世不乏清景，往往汩汩尘事，不暇领会，抑亦造物者故为是靳靳乎。不然，戴溪之雪，赤壁之月，非有至高难行之举，何千载之下，寥寥无继之者耶。因赋此解，以寄余怀。

此序文字极美，直可当作优美的散文来读，较之于姜夔那些简淡洁隽的词序，亦不遑多让。文中所记作者棹雪访二隐的过程，使人觉得他们像是生活在太平盛世的桃花源，而不是生活在国破家亡的劫难已经悬在眉睫的时代。按丁卯岁即度宗咸淳三年（1267），此时距南宋彻底亡国（1279）也只有十二年的光景，但序文中却丝毫看不出这种日益逼近的危殆，南宋末世文人士大夫如此“超然物外”的修为，令人感慨良多。当然，笔者在本书的其他篇目中也说过，面对翻天覆地的历史巨变，这些手无缚鸡之力且又没有担当能力的文人，除了喝酒画画作诗词，又能做些什么呢？不能要求人人都去当文天祥、陆秀夫，绝大部分人只能苟安于乱世，做个顺民，像周密、陈允平等能够不出仕新朝，保持一定的气节，也不容易了。

当然，周密有些词还是有所寄托的，像上面的这首《八声甘州》，回忆江南元宵、少年游处，箫声灯影，月下戏鼓，十里香红，对故国风物的回忆，本身就寄托了一种特殊的复杂的感情，说是爱国，说是对当下的不满，也是可以的，只不过，这样的寄托很轻很轻，轻到可以忽略不计。

遗民张炎是南宋最后一位大词人，他和周密等人一样，既然不可能在新朝中走读书做官的文人传统之路（不管是主动或被动），只好以读书著述自娱，以消遣有涯之生。张炎今存词三百零二首，而《八声甘州》就有十二首，是著名词人中创作此调最多者。以下引的这一首最为有名：

记玉关、踏雪事清游。寒气脆貂裘。傍枯林古道，长河饮马，此意悠悠。短梦依然江表，老泪洒西州。一字无题处，落叶都愁。

载取白云归去，问谁留楚佩，弄影中洲。折芦花赠远，零落一身秋。向寻常野桥流水，待招来、不是旧沙鸥。空怀感，有斜阳处，却怕登楼。

此词的小序曰：“辛卯岁，沈尧道同余北归，各处杭越。逾岁，尧道来问寂寞，语笑数日，又复别去。赋此曲，并寄赵学舟。”据此，可知此词作于壬辰年，即元至元二十九年（1292），此时，距南宋亡国已有十多年了。南宋灭亡后，张炎曾于元至元二十七年（庚寅年）与沈尧道等前往大都（今北京）为元朝廷书写金字《藏经》，次年从北方南归，这首《八声甘州》所写的就是此事，“玉关踏雪”“寒气脆貂裘”“长河饮马”云云，都是北方的风景物事。学界对张炎的此次北上有不同的看法，有认为他是前去求官的，是丧失民族气节的行为；有认为他是被迫的，他与新朝有着血海深仇（祖父张濡被元人磔杀，家遭籍没），不至于堕落到向仇家求官的地步。

细玩词意，首先觉得张氏词中所写的北行之事并非艰难或痛苦的事，事清游，意悠悠，玉关踏雪，长河饮马，给人的感觉是很爽很豪迈，如果是被迫，情绪上应该会压抑一些、克制一些；然而接下来的“短梦”数句，又给人以不同的感觉，乍一看，似乎前后有矛盾。其实，如果不执著于张氏之北上是否被迫，而仅仅看作是他的一次壮游，问题也许会简单些。北国的雄浑壮阔与江南的灵秀清明自是不同，作为江南人，张炎的兴奋是可以想象的，但这一切都像是一个短暂的梦，短梦过后，依然要回到江南来，江南是故国，可这个故国已经不存在了，同样不存在的还有他钟鸣鼎食的生活和世代簪缨之家的荣耀，面对困顿的现实，国破家亡的痛楚无时不袭来，难怪他要“老泪洒西州”，觉得“落叶都愁”了。

张炎的寂寞是他们那一代人的寂寞，是遗民的寂寞，同样是遗民的沈尧道，又怎能解除这个时代之痛呢？所以，也只能“语笑数日”，又匆匆别去，与山中白云为伴，是他们的共同归宿。他们折芦花赠别，让这样的别离带上一种萧瑟零落之秋意。说到底，他们是这个时代多余的人，是孤臣孽子，他们的吟唱，是已经消亡了的王朝的挽歌，与新的王朝无关。所以，张炎被称作南宋词人，而宋朝宗室赵孟頫却被称为元代诗人、书法家，尽管他们年龄相当（赵只比张小六岁），算是同一个时代的人。

烛影摇红

“烛影摇红”是一个华美而又暧昧的意象。

红烛的光影在帘幕重重的华堂中摇曳着，锦被玉枕、画屏金兽、纱厨罗帐，与美丽女子的明眸与笑靥一起，都被镀上一层绚烂而慵懒的暖色，夜色深沉，宿酒难消，深闺寂寞，远人何处，思念在烛影的晃动中渐渐蕴积、发酵、生长，歌声缥缈，抚摸了潜沉已久的冲动，相思是古典时代柔韧而坚定的爱情记忆……

作为词牌名，《烛影摇红》的指向其实很明显，它属于女子深闺，是玉堂美屋的衍生物，为婉约派的传统题材，在它的创作实践中，也是女子相思男女恋情的内容最相宜。

据《词谱》，《烛影摇红》是北宋词人周邦彦统合王诜与毛滂词而创制的：

宋吴曾《能改斋漫录》：“王都尉诜有《忆故人》词，徽宗喜其词意，犹以不丰容宛转为恨，乃令大晟乐府别撰腔，周邦彦增益其词，而以首句为名，谓之《烛影摇红》。”按王诜词本小令，原名《忆故人》。或名《归去曲》，以毛滂词有“送君归去添凄断”句也。若周邦彦词则合毛、王二体为一阕。元赵雍词更名《玉珥坠金环》，元好问词更名《秋色横空》。

查南宋吴曾的《能改斋漫录》卷十七与今人唐圭璋所辑《全宋词》第一册，王诜的《忆故人》词如下：

烛影摇红，向夜阑，乍酒醒、心情懒。尊前谁为唱阳关，离恨天涯远。

无奈云沉雨散。凭阑干、东风泪眼。海棠开后，燕子来时，黄昏庭院。

这王诜可不是个简单人物。首先，他是一个画家、词人，存世的画作有《渔村小雪图》《烟江叠嶂图》《溪山秋霁图》等，分别藏于北京故宫博物院、上海博物馆、美国华盛顿弗利尔美术馆；存词方面，《全宋词》录其词十五首、断句三首，代表作有上引之《忆故人》及《蝶恋花》（小雨初晴回晚照）《行香子》等。其次，他是北宋开国功臣王全斌之后，后来做了宋英宗赵曙的女婿，宋神宗赵顼的妹夫，官拜左卫将军、驸马都尉，曾任登州刺史，卒赠昭化军节度使，谥荣安，是北宋的上层贵族和高官。再次，他是苏轼、黄庭坚、秦观、米芾、李公麟等著名人物的好朋友，活跃于当时的文人圈，他的府邸西园也是当时名流聚集的一个“文化沙龙”，元祐三年（1088），王诜尝邀苏轼、李之仪、黄庭坚、秦观、晁补之、张耒、米芾、李公麟等十数人在西园“雅集”，画家李公麟作《西园雅集图》，书画家米芾作《西园雅集图记》，记录了这一次文化盛会。

王诜虽贵为驸马，跻身皇亲国戚，但仕途上却并不顺利，屡屡受到大舅子宋神宗的贬谪。一次是因元丰二年（1079）“乌台诗案”发生前，王诜将御史台准备弹劾苏轼的消息泄露给苏辙，使苏轼得以提前知道，预作准备，须知“漏禁中语”是皇家大忌，北宋朝廷有规定严禁驸马都尉等外戚做此等事，但王诜却违反禁令，向苏轼通风报信，此事随着案件的审讯被追查出来，加之他与苏轼等文人交往密切，这也为朝廷诏令所不许，王诜因而受到严厉处罚，被免掉驸马都尉、利州防御使等职。一次是元丰三年（1080）公主死后，公主的乳母告发王诜对公主不敬，《宋史》卷二四八《公主传》载：“诜不矜细行，至与妾奸主旁，妾数抵戾主，主薨后，乳母诉之，帝命穷治，杖八妾以配兵。既葬，谪诜均州。”据以上文字，则王诜对公主的所作所为实在太过分了，难怪宋神宗要对他重贬，不但剥夺他驸马都尉之封号，责授昭化军节度行军司马，均州安置，而且他的八个小妾都遭到杖责，被配给了士兵。

说到底，王诜是一个风流文人，按当时的社会风气，文人狎妓蓄妾是很正常的事，王诜的不幸在于，他比一般的文人多了一个驸马的身份，如果他只是一般的官宦，他大可以守着公主，享受由此而带来的荣华富贵，但才华横溢的王诜并不安心当“吃软饭”的驸马，即便囿于驸马的身份，在政治上难有作为，也要在文学艺术上有所发展创造，这也是他亲近苏轼的根本原因。而苏轼一类的文人，大多率性而为、放浪形骸，以这样的文人充任驸马，实难使皇家满意，令公主安心，因此，王诜与公主的联姻（本质上是一种政治婚姻），不能不说是一个错误。

王诜此词写相思女子夜阑酒醒后的心理活动，开创了“烛影摇红”的绚美意象，颇具艺术天分的宋徽宗“喜其词意”，但认为不够“丰容宛转”，便令周邦彦“丰容”了一下。美成的“丰容”，一是取王词首句“烛影摇红”作调名，这比原调名《忆故人》来得有意境，极具美感和诗意；二是扩充了容量，增加了字数，具体而言是将毛滂词的格式重复了一遍，以营造出回环往复的节律，达至“宛转”的效果；三是拓展了内容，在不变动王氏词意的前提下（因徽宗“喜其词意”，故不能变动），用了整整一个上阕来描写歌女的妆容、动作与心理活动，而下阕则是“增损”原词字句，稍加变化，稳稳“兜住”了原词的内容。可以说，经过美成如此这般的“丰容”之后，基本奠定了本调的格式，此后的《烛影摇红》，大多按此填写：

芳脸匀红，黛眉巧画宫妆残。风流天付与精神，全在娇波眼。早是萦心可惯。向尊前、频频顾眄。几回相见，见了还休，争如不见。

烛影摇红，夜阑饮散春宵短。当时谁会唱阳关，离恨天涯远。争奈云收雨微。凭阑干、东风泪满。海棠开后，燕子来时，黄昏深院。

历代词家对美成的“丰容”有褒有贬，如清代朱彝尊就说：“原词甚佳，美成增益，真可谓续凫为鹤也。”而今人论词，则大多评王词就说王词好，评周词就说周词好。其实，无论王词周词，都写得不算太出色，但王词首创“烛影摇红”的意象，甚妙；而周词虽在内容上袭用原词，创意不多，但却在音韵节律上有所增益，使其变得更回旋宛转，并在格式上将词调固定下来，因此可以说，王词对本调的贡献主要体现在内容意象上，周词的贡献则主要体现在韵律格式上，而周氏的这一贡献，也颇符合他作为格律词派大家的身份。

《全宋词》收录毛滂《烛影摇红》三首、贺铸词一首，《词谱》引用了毛氏“老景萧条”一词作例词，并在其后注曰：“周词前段即此词体也，故可平可仄即可参之，余校毛词别首及贺铸词。”可见在格律上，毛、贺的《烛影摇红》其实是周词的前段（上阕），这或可视为此调在未定型前的一种格式，这样的状况在许多词牌的成型过程中都有所体现：

一亩清阴，半天潇洒松窗午。床头秋色小屏山，碧帐垂烟缕。

枕畔风摇绿户。唤人醒、不教梦去。可怜恰到，瘦石寒泉，冷云幽处。

毛滂此词题作《松窗午梦初觉》，内容如题，是写词人夏日松窗下午梦初醒之所见所感。词风清幽，与“烛影摇红”的华美绚烂迥然有别，从内容上看，也已脱离了相思念远男欢女爱的花间主题，从中或可见出毛氏此作已经摆脱“缘题而赋”的拘束，达至形式（词牌）与内容的各自独立。其实，词的创作到了毛滂时，形式与内容早已分离，毛氏的老师苏轼创作的名篇《念奴娇》（大江东去）、《水调歌头》（明月几时有）、《江城子》（十年生死两茫茫）等，就已经完全没有“缘题而赋”的痕迹了。

据《全宋词》所录，两宋共有王诜、贺铸、周邦彦、毛滂、王重、廖世美、吴亿、张抡、赵长卿、赵善扛、张镃、程珌、高观国、卢祖皋、孙惟信、刘克庄、赵以夫、张榘、方岳、吴文英、翁元龙、翁孟寅、陈著、刘辰翁、邓剡、刘埙、赵必瑑、仇远、张炎、鼓峰、无名氏、无名氏等三十二位词人创作了四十七首《烛影摇红》，在这四十七首词作中，除了王诜一首、贺铸一首、毛滂三首、王重一首、张炎一首（张氏有本调三首，其一为令词）共七首令词外，其余词作，皆为按周邦彦词格式填写的长调。按《全宋词》的排列，周邦彦之后除了毛滂和王重二人，其余二十七位词家都按周词格式填写（其中只有张炎一首例外），可见，说周邦彦奠定了本调的格式，并不是虚言。

《烛影摇红》并不是一个热门的词牌，因此优秀的作品并不多，但还是有一些作品给人留下好印象，如廖世美的这首词：

> 霭霭春空，画楼森耸凌云渚。紫薇登览最关情，绝妙夸能赋。惆怅相思迟暮。记当日、朱阑共语。塞雁难问，岸柳何穷，别愁纷絮。
>
> 催促年光，旧来流水知何处。断肠何必更残阳，极目伤平楚。晚霁波声带雨。悄无人、舟横野渡。数峰江上，芳草天涯，参差烟树。

廖世美生平无考，或生活于南北宋之交，其词今存两首，见于南宋黄昇《唐宋诸贤绝妙词选》卷四，《全宋词》据以录入。此词题作《题安陆浮云楼》，据题意，当系一首登楼临远骋目抒怀之作。晚清况周颐对此词评价甚高：

> 廖世美《烛影摇红》过拍云："塞鸿难问，岸柳何穷，别愁纷絮。"神来之笔，即已佳矣。换头云："催促年光，旧来流水知何处。断肠何必更残阳，极目伤平楚。晚霁波声带雨。悄无人、舟横古渡。"语淡而情深。令子野、太虚辈为之，容或未必能到。此等词一再吟诵，辄沁人心脾，毕生不能忘。花庵《绝妙词选》中，真能不愧"绝妙"二字，如世美之作，殊不多觏。
>
> （《蕙风词话》卷二）

况氏此评或有过高之嫌。其实，廖氏之作胜在隐括剪裁前人诗句而妙合无痕。唐杜牧有《题安州浮云寺楼寄湖州张郎中》诗："去夏疏雨余，同倚朱阑语。当时楼下水，今日到何处。恨如春草多，事与孤鸿去。楚岸柳何穷，别愁纷若絮。"廖词从上阕的"朱阑共语"直至下阕的"旧来流水知何处"数句，皆出自杜诗，而"紫薇登览"两句，则更能见出廖氏对杜牧其人其诗的称赏（紫薇指杜牧，盖杜牧尝任中书舍人，而中书省别称紫薇省）。至于"断肠"以下数句，亦皆有所本，最为人所熟知者，有韦应物的"春潮带雨晚来急，野渡无人舟自横"（《滁州西涧》），钱起的"曲终人不见，江上数峰青"（《省试湘灵鼓瑟》），苏轼的"枝上柳绵吹又少，天涯何处无芳草"（《蝶恋花》），等等，这些唐宋诗人的佳句，被廖氏信手拈来，糅合在词中，既能造境生情，却又显得如此妥帖自然，这也不是容易做得到的。

张镃是个值得书一笔的词人，他家世显赫，是南宋初名将张俊之曾孙，也是南宋末大词人张炎的曾祖，他凭借父祖遗荫，得以过极尽奢华的生活，"园池、声伎、服玩之丽甲天下"（周密《齐东野语》卷二十），尝筑园林桂隐林泉于临安南湖之滨，旬日与文人士大夫宴饮其间。宋元之际的文学家戴表元的《牡丹宴席诗序》对此曾有描述：

> 渡江兵休久，名家文人渐渐修还承平馆阁故事。而循王孙张功甫使君以好客闻天下，当是时，遇佳风日花时月夕，功甫必开玉照堂置酒乐客。其客庐陵杨廷秀、山阴陆务观、浮梁姜尧章之徒以十数，至辄欢歌浩饮，穷昼夜，忘去。明日，醉中唱酬诗或乐府词，累累传都下，都下人门抄户诵，以为盛事。然或半旬十日不尔，则诸公嘲讶问故之书至矣，嗟乎！

而遗民词人周密的《齐东野语》卷二十"张功甫豪侈"条，则细致地描写了张园之奇丽，并通过王居安（字简卿）的叙述，生动地记录了当时的宴集过程：

> 尝于南湖园作驾霄亭于四古松间，以巨铁絙悬之空半而羁之松身。当风月清夜，与客梯登之，飘摇云表，真有挟飞仙、

溯紫清之意。王简卿侍郎尝赴其牡丹会，云："众宾既集，坐一虚堂，寂无所有。俄问左右云：'香已发未？'答云：'已发。'命卷帘，则异香自内出，郁然满坐。群妓以酒肴丝竹，次第而至。别有名姬十辈皆衣白，凡首饰衣领皆牡丹，首带照殿红一枝，执板奏歌侑觞，歌罢乐作乃退。复垂帘谈论自如，良久，香起，卷帘如前，别十姬，易服与花而出。大抵簪白花则衣紫，紫花则衣鹅黄，黄花则衣红，如是十杯，衣与花凡十易。所讴者皆前辈牡丹名词。酒竟，歌者、乐者，无虑数百十人，列行送客。烛光香雾，歌吹杂作，客皆恍然如仙游也。"

如此豪华的园林和奢侈的生活，令人难以想象，从中或可折射出南宋上层阶级的生存状态和某种精神层面。据上引文字，则张镃的豪华园林是当时文人士大夫的宴集中心，像陆游（务观）、杨万里（廷秀）、洪迈、辛弃疾、姜夔（尧章）等著名文人都曾厕身其间，当这些被后人看作当时社会良心、爱国诗（词）人或民族精英的著名人物频频出现在如此奢华的享乐场合时，我们对南宋之所以亡国或会产生新的认识！南宋之偏安、覆亡，难道不是整个上层建筑、统治阶层所导致、所"推动"的吗？以文人士大夫为核心的知识精英当然是上层建筑的一部分，当他们如此地放弃责任、耽于逸乐时，这个国家还有前途吗？

张镃的《烛影摇红》写的也是他丽甲天下的园林中事，其词题作《灯夕玉照堂梅花正开》，玉照堂，正是桂隐林泉中的一个堂名：

宿雨初干，舞梢烟瘦金丝袅。嫩云扶日破新晴，旧碧寻芳草。幽径兰芽尚小。怪今年、春归太早。柳塘花院，万朵红莲，一宵开了。

梅雪翻空，忍教轻趁东风老。粉围香阵拥诗仙，战退春寒峭。现乐歌弹闹晓。宴亲宾、团圞同笑。醉归时候，月过朱楼，参横蓬岛。（柳塘、花院、现乐，皆家中堂名也）

明人杨慎《词品》卷四曰："张功甫，名镃，有《玉照堂词》一卷。玉照堂以种梅得名，其词多赏梅之作。其佳处如‘光摇动，一川银浪，九霄珂月’，又‘宿雨初干，舞梢烟瘦金丝袅……粉围香阵拥诗仙，战退春寒峭’，皆咏梅之作。虽不惊人，而风味殊可喜。”杨氏所云，恰好作本词的注脚，一来说明“玉照堂”以种梅名，故其词多梅词；二来说明本词咏梅，“虽不惊人”，但尚有佳处，“风味殊可喜”。

此词描写元夕日玉照堂梅花绽开之盛景，说今年“春归太早”，所以“柳塘花院”之梅“一宵开了”，先以“万朵红莲”拟梅开之盛，复以“粉围”数句，写众“诗仙”赏梅作诗、通宵宴饮歌舞的欢乐情景。这是一种多么逍遥自在风流高雅的富贵生活！

张镃穷奢极侈的贵公子生活在“诛韩”事件后戛然而止。他参与了杨太后、史弥远发动的诛杀权臣韩侂胄的政变，并起到了“定海神针”的作用，但却因此而遭到史弥远的忌恨，远谪岭南，最后死于象州贬所。周密于上引之条尝云：“功甫于诛韩有力，赏不满意。又欲以故智去史，事泄，谪象台而殂。”又于《齐东野语》卷三“诛韩本末”条详细记录了事件的过程：

> 前一日，弥远夜易服，持文书往来二参（钱象祖与李壁，时任参知政事）第。时外间籍籍有言其事者。一日，侂胄在都堂，忽谓李参曰：“闻有人欲变局面，相公知否？”李疑事泄，面发赤，徐答曰：“恐无此事。”而王居安在馆中，与同舍大言曰：“数日之后，耳目当一新矣。”其不密如此。弥远闻之大惧，然未有杀之之意，遂谋之张镃。镃曰：“势不两立，不如杀之。”弥远抚几曰：“君真将种也，吾计决矣。”时开禧三年十一月二日，侂胄爱姬三夫人号“满头花”者生辰。张镃素与之通家，至是，移庖侂胄府，酣饮至五鼓。其夕，周筠闻其事，遂以覆帖告变。时侂胄已被酒，视之曰：“这汉又来胡说。”于烛上焚之。初三日，将早朝，筠复白其事，侂胄叱之曰：“谁敢？谁敢？”遂升车而去。甫至六部桥，忽有声诺于道旁者，问：“为何人？”曰：“夏震。”时震以中军统制权殿司公事，选兵三百俟于此。复问：“何故？”曰：“有旨，太师罢平

章事，日下出国门。”曰：“有旨，吾何为不知？必伪也。”语未竟，夏挺、郑发、王斌等，以健卒百余人，拥其轿以出，至玉津园夹墙内，挝杀之。是夕之事，弥远称有密旨。钱参政欲奏审，史不许曰：“事留，恐泄。”遂行之。是夕，史彷徨立俟门首，至晓犹寂然，至欲易衣逃去。而宰执皆在漏舍以俟。既而侂胄前驱至，传呼太师来。钱、李二公疑事泄，皆战栗无人色。俄而寂不闻声，久之，夏震乃至，白二公曰：“已了事矣。”钱参政乃探怀中堂帖授陈自强曰：“有旨，太师及丞相皆罢。”陈曰：“何罪？”钱不答，于是揖二公，遂登车去。是夕，使侂胄不出，则事必泄矣。

周密的这段描写惊心动魄。诛韩前，主事者之一的史弥远心中害怕，不知如何对付韩侂胄，是张镃“势不两立，不如杀之”的决绝语给史弥远壮了胆；而在诛韩的前一天，张镃为麻痹韩侂胄，借为其爱姬满头花过生日之机，“移庖侂胄府，酣饮至五鼓”，这一勇举，对政变的成功更起到了决定性的作用。再看诛韩后诸人的表现，“史彷徨立俟门首”，“至欲易衣逃去”；而“钱、李二公疑事泄，皆战栗无人色”。可以说，如无张镃的决绝果敢，诛韩断不会成功！但贵公子张镃终究敌不过老谋深算的阴谋家史弥远，诛韩之后，史弥远欲专权擅国，势必要清除像张镃这样心思决绝出手狠辣的“将种”，因此，张镃的倒霉也就不可避免了。

张鎡擅书画，能诗词，有《南湖集》《玉照堂词》等，《全宋词》辑其词八十四首，代表作有《满庭芳·促织儿》《念奴娇·宜雨亭咏千叶海棠》《水调歌头·姑苏台》等。

如果要在本调中选一首苍凉凄冷的羁旅佳作，高观国的《烛影摇红》是可以入选的：

别浦潮平，远村帆落烟江冷。征鸿相唤著行飞，不耐风霜紧。雪意垂垂未定。正惨惨、云横冻影。酒醒情绪，日晚登临，凄凉谁问。

行乐京华，软红不断香尘喷。试将心事卜归期，终是无凭准。寥落年华将尽，误玉人、高楼凝恨。第一休负，西子湖边，江梅春信。

此词写羁旅中登高临远，所见景物，所抒怀抱，当与柳永、美成诸人同。远村、孤帆、烟江在夕阳下闪烁，征鸿相唤着穿越风霜雨雪，朔风凄紧，雪意垂野，惨惨冻云天气，更兼岁晚日暮、酒醒意绪、羁旅情怀，此情此景，应是古时骚人墨客在宦游人生过程中最易感受与最喜渲染的，高词可圈可点之处，在于下阕以“软红”“香尘”“西子湖”“江梅春信”等意象衬托，“行乐京华”与“别浦潮平”的反差，形成了审美上的刺激。

高氏生平不详，约略与姜夔同时，与史达祖友善，多有唱和，时有“高史”之称。

《烛影摇红》虽有登高怀远的苍劲之作，但还是以描写花草美眉的作品为多、为佳。盖前有王诜、周邦彦、贺铸等人的创作开先河，后又有吴文英、张炎辈殿之，说起来也都是些婉约大家，故就整体创作而言，软香轻媚的作品还是较出彩，如吴文英的《元夕雨》：

碧澹山姿，暮寒愁沁歌眉浅。障泥南陌润轻酥，灯火深深院。入夜笙歌渐暖。彩旗翻、宜男舞遍。恣游不怕，素袜尘生，行裙红溅。

银烛笼纱，翠屏不照残梅怨。洗妆清靥湿春风，宜带啼痕看。楚楚留情未散。素娥愁、天深信远。晓窗移枕，酒困香残，春阴帘卷。

此词一仍梦窗词的绵密绮丽，略显“无理”的构词和句子组合，又使得词中的意象呈现出轻度的朦胧或晦涩，而这正是梦窗词引人入胜的地方。词题作《元夕雨》，则词中所写应与“元夕”和“雨”关联。想来，“碧澹”“润轻酥”“洗妆”“湿春风”等等是和雨有关的了，而“灯火”“银烛”等则与元夕关联。对于梦窗的词来说，就如李商隐的《无题》诗那样，其实不必作刻意或详细的解读，就在朦胧或含混中接受作品语言或意象所传递的美感好了。像近人陈洵《海绡说词》将此词说成是梦窗抒写忠爱（君国）之情，而杨铁夫则认为是忆姬之作，都有穿凿附会之弊。元夕遇雨，远山碧澹如眉黛，驰马南陌，小雨轻润如酥，而雨中恣游，素袜沾尘土，行裙染红痕，也属当然；至于深院灯火、入夜笙歌热舞，想来也是官宦人家之寻常事。下阕承上，所写亦大抵为深院宴乐事，银烛笼纱，楚楚（歌女）留情，欢乐未已，直至月上高天，酒困香残，才卷上重帘，移枕晓窗……

梦窗今存本调七首，多宴乐歌舞之作，当以此词为佳。

张炎的《烛影摇红》，也颇有可观者：

舟舣鸥波，访邻寻里愁都散。老来犹似柳风流，先露看花眼。闲把花枝试拣。笑盈盈、和香待剪。也应回首，紫曲门荒，当年游惯。

箫鼓黄昏，动人心处情无限。锦街不甚月明多，早已骄尘满。才过风柔夜暖。渐迤逦、芳程递攒。向西湖去，那里人家，依然莺燕。

其词前小序曰："西浙冬春间，游事之盛，惟杭为然。余冉冉老矣，始复归杭。与二三友行歌云舞绣中，亦清时之可乐，以词写之。"据此可知，此词为张炎于某年（黄畬《山中白云词笺》卷三谓此词作于元成宗大德三年，即公元一二九九年，时作者五十二岁）"归杭"与二三友人游乐后的纪游之作。词虽纪游，但也寄托了深沉的感慨，尽管在"舟舣鸥波"中"访邻寻里"，可令"愁都散"，但那些"当年游惯"的胜迹，都已"紫曲门荒""骄尘满"了，而西湖中的"那里人家"，"依然莺燕"，也令人生出"商女不知亡国恨"的憾恨，奈何时光荏苒，南宋亡国已有二十年，作者也"冉冉老矣"，乃有"亦清时之可乐"之谓，不管作者此语是不是真心话，那种无奈之情，已溢于言表。

本调中的无名氏之作亦颇值得重视。《全宋词》录入无名氏的《烛影摇红》两首。一般而言，无名氏的作品虽有生活气息，但多显得粗疏不文，这大抵因为无名氏或来自草根民间，或来自不出名的下层士人，他们囿于才华与技巧，所作多达不到文人词的水平，但这两首作品却不是这样：

点点飞香，见梅知道春心透。怕寒不卷玉楼帘，羞与花同瘦。手捻青枝频嗅。诮冷落、蔷薇金斗。翻惊绿鬓，不似芳姿，年年依旧。

才破凝酥，满园桃李看看又。江南幽梦了无痕，啼晕残襟袖。鸳被有谁温绣。怎敢更、十分殢酒。伴君独自，几个黄昏，月明时候。

乳燕穿帘，乱莺啼树清明近。隔帘时度柳花飞，犹觉寒成阵。长记眉峰偷隐。脸桃红、难藏酒晕。背人微笑，半弹鸾钗，轻笼蝉鬓。

别久啼多，眼应不似当时俊。满园珠翠逞春娇，没个他风韵。若见宾鸿试问。待相将、彩笺寄恨。几时得见，斗草归来，双鸳微润。

两词皆涉女子姿容与情怀，自是"烛影摇红"的本色之作。如前词之"怕寒"二句、"翻惊"数句，写思妇幽居心绪，甚妙；"满园桃李看看又"其实是"看看又满园桃李"之倒装，写女子感念时序变换，有伤时怜己之意，亦佳。而后词更是典雅混成，文人词的成分颇浓，如"乳燕穿帘""乱莺啼树"，造句甚工；"长记"以下数句，写少女娇憨巧黠如画；"彩笺寄恨"，虽是熟语，但用在女子相思的主题中，也颇恰切。

兰陵王

关于北宋词人周邦彦的风流逸事，最著名的莫过于他与李师师、宋徽宗的三角恋关系。此事见载于南宋张端义的《贵耳集》卷下：

> 道君幸李师师家，偶周邦彦先在焉，知道君至，遂匿于床下。道君自携新橙一颗，云："江南初进来。"遂与师师谑语。邦彦悉闻之，隐括成《少年游》云："并刀如水，吴盐胜雪，纤手破新橙。"后云："城上已三更。马滑霜浓，不如休去，直是少人行。"李师师因歌此词，道君问谁作，李师师奏云："周邦彦词。"道君大怒，坐朝谕蔡京云："开封府有监税周邦彦者，闻课额不登，如何京尹不案发来？"蔡京罔知所以，奏云："容臣退朝呼京尹叩问，续得复奏。"京尹至，蔡以御前圣旨谕之。京尹云："惟周邦彦课额增羡。"蔡云："上意如此，只得迁就将上。"得旨："周邦彦职事废弛，可日下押出国门。"隔一二日，道君复幸李师师家，不见李师师，问其家，知送周监税。道君方以邦彦出国门为喜，既至不遇，坐久至更初，李始归，愁眉泪睫，憔悴可掬。道君大怒云："尔往那里去？"李奏："臣妾万死！知周邦彦得罪押出国门，略致一杯相别，不知官家来。"道君问："曾有词否？"李奏云："有《兰陵王》词。"今"柳阴直"者是也。道君云："唱一遍看。"李奏云："容臣妾奉一杯，歌此词为官家寿。"曲终，道君大喜，复招为大晟乐正。后官至大晟乐府待制。

张端义的这则故事写得很精彩，细节丰满而曲折，人物对话和表情也生动曼妙之至。在他的笔下，宋徽宗（道君）像个痴情而爱吃醋的纨绔；而李师师则显得楚楚动人、惹人怜爱，她作为一个妓女，周旋于两个男人（一个代表权力，一个代表才华）之间（似乎稍倾向于“才华”），那种无奈与窘迫的感觉，是让人感觉到了；至于蔡京、京尹等人，当然是一副佞臣与权奸的嘴脸。故事中并没有正面描写周邦彦，但通过引用他的《少年游》，亦能稍见他风流才子的形象。

作为周邦彦的两首名作《少年游》与《兰陵王》的本事，这则故事流传很广，但其真实性如何，也是颇令人怀疑的。王国维在《清真先生遗事》中对此做了考证，得出了“尤失实”的结论：

> 案：此条所言尤失实。《宋史·徽宗纪》：“宣和元年十二月，帝数微行，正字曹辅上书极论之，编管郴州。”又《曹辅传》：“自政和后，帝多微行，乘小轿子，数内臣导从。置行幸局，局中以帝出日谓之有排当，次日未还，则传旨称疮痍不坐朝。始民间犹未知，及蔡京谢表有‘轻车小辇，七赐临幸’，自是邸报闻四方。”是徽宗微行，始于政和而极于宣和。政和元年先生已五十六岁，官至列卿，应无冶游之事。所云开封府监税，亦非卿监侍从所为。至大晟乐正与大晟乐府待制，宋时亦无此官也。

王国维用过硬的史料来证实张端义《贵耳集》所记本事之妄。周邦彦生于仁宗嘉祐元年（1056），而据《宋史》所记，宋徽宗“微行”最早的年份是在政和年间，王国维按政和元年（1111）算，则此时清真先生的年龄，按虚岁就已经有五十六岁了，一个五十六岁的老人，竟有如此生猛的精力，跟皇帝专宠的妓女打得火热，甚至还在床底下躲了一个晚上，这几近天方夜谭，很难令人相信；至于大晟乐正等官称，经王氏考证，也是子虚乌有，这就根本上否定了《贵耳集》此条的真实性。

笔者也一向怀疑此本事为小说家言，我没有能耐像王国维那样娴熟使用史料，我的怀疑只是基于一般的常识：按理说，皇帝临幸某地，为安全计，都要实行清场吧，一个大活人在一国之君和妓女睡觉的床底下藏了一晚上，这听起来多悬啊！如果那人是刺客怎么办？而这周邦彦胆子也忒大，皇帝的女人他居然也敢碰，弄不好是要掉脑袋的。还有，宋徽宗虽然昏庸，但也不至于如此不顾身份，寻李师师不遇，竟在妓院中“坐久至更初”吧。这些都是小说才有的情节。

其实，宋人笔记中多穿凿附会的故事，有时候，你只能将其作为小说来读，而不必当真的。像周邦彦的《兰陵王·柳》，从内容上看，只是历代许多文人都写过的别情，那些与李师师、宋徽宗的三角恋故事，都是后来好事者的瞎掰：

柳阴直。烟里丝丝弄碧。隋堤上、曾见几番，拂水飘绵送行色。登临望故国。谁识。京华倦客。长亭路，年去岁来，应折柔条过千尺。

闲寻旧踪迹。又酒趁哀弦，灯照离席。梨花榆火催寒食。愁一箭风快，半篙波暖，回头迢递便数驿。望人在天北。

凄恻。恨堆积。渐别浦萦回，津堠岑寂。斜阳冉冉春无极。念月榭携手，露桥闻笛。沉思前事，似梦里，泪暗滴。

此词写作者乘船离开汴京时的所见所感，柳谐音“留”，古人有折柳赠别之俗，故词题“柳”在此只有象征意义，也就是说，此词不是咏柳词，而是别情词。而这里的所谓别情，是指作者作为“京华倦客”，离别京华却又思念故国、思念往事、思念恋人的复杂感情。

在汴河的隋堤（汴河堤筑于隋，故称）上，杨柳飘拂，柳烟凄迷，年年岁岁，不知送别了多少行人，“应折柔条”句甚妙，不说离人多少，而说折柳过千尺，更新颖，也更含蓄；“酒趁哀弦”数句是回忆京华“旧踪迹”，而“一箭风快”等句则是写眼前实景，这些句子，都是佳句，显示了美成文字锤炼的深厚功力；“凄恻”以下，写“别浦”，写“津堠”，写“斜阳”，也都是写眼中所见，但已染上“凄恻”的色彩，而“月榭携手”云云，又是“沉思前事”，难怪作者要“泪暗滴”了。此词结构复杂而严整，时而眼前，时而闪回，跌宕跳跃，转折腾挪，极尽一波三折之妙。

美成此词，应该就是《兰陵王》的创调词了，之所以这样说，一来是因为此词之前还没有出现过本调作品；二来是因为美成本身精通音律，曾任提举大晟府（掌乐律的官署），是能“自度曲”的大家（曾创《六丑》等词调），又是格律词派的开山宗师。据此，可以说美成是最有资格创制此调的人。

关于本词牌的来历，据《词谱》载：“《兰陵王》，唐教坊曲名。《碧鸡漫志》：‘《北齐史》及《隋唐嘉话》称，齐文襄之子长恭，封兰陵王。与周师战，尝著假面对敌，击周师金墉城下，勇冠三军。武士共歌谣之，曰《兰陵王入阵曲》。今越调《兰陵王》，凡三段，二十四拍，或曰遗声也。此曲声犯正宫，管色用大凡字，大一字，勾字，故一名《大犯》。’”则可知词牌原为唐教坊曲名，源自北齐时讴歌兰陵王高长恭勇武的歌谣《兰陵王入阵曲》，是该曲的“遗声”。史载高长恭“貌柔心壮、音容兼美”，不但“勇冠三军”，而且还是个美男子，据说他为了不让敌军轻视，上阵时戴上凶恶的“假面”。想来，《兰陵王入阵曲》一定是个雄壮激越曲子，可惜没能流传下来，而此曲的“遗声”《兰陵王》，却演变成凄恻婉转的曲调。

此调演变的过程已不可考，但经周邦彦创用后，却是盛行一时、大受欢迎，宋人毛幵《樵隐笔录》记载了周词当时流行的盛况：“绍兴初，都下盛行周清真‘咏柳’《兰陵王慢》，西楼南瓦皆歌之，谓之《渭城三叠》。以周词凡三换韵，至末段声尤激越，惟教坊老笛师能倚之以节歌者。”据此可知，起码在南宋初，美成此词是受到歌楼瓦肆的歌女热捧的。

与游乐场所“西楼南瓦”的盛行和热闹不同，文人创作似乎显得冷清。按理说，这种三叠三换头且字数多达一百三十字的长调，能容纳更多的内容，抒发更细腻曲折的情感，施展更复杂的技巧，似应受到格律派词家的喜爱，但据《全宋词》统计的情况看却并不是这样：整部《全宋词》仅录得三十三首《兰陵王》，作者也只有周邦彦、张元幹、袁去华、曹冠、葛郯、辛弃疾、张镃、史达祖、高观国、陈韡、方千里、葛长庚、李曾伯、李昴英、杨泽民、叶隆礼、刘子才、陈允平、施岳、曹邍、黄廷璹、刘辰翁、彭履道、赵必瑑等二十四人，除了词家不多、作品偏少外，许多格律词派的重要词家，如姜夔、吴文英、王沂孙、蒋捷、周密、张炎等也都没有留下本调作品。

据《全宋词》所显示的本调创作情况，在周邦彦首创之后，是豪放词人张元幹创作的作品，这有点出乎人意料。张元幹今存两首《兰陵王》，其中一首题作《春恨》，就风格看，与他的豪放词迥然有别：

卷珠箔。朝雨轻阴乍阁。阑干外，烟柳弄晴，芳草侵阶映红药。东风妒花恶。吹落。梢头嫩萼。屏山掩，沉水倦熏，中酒心情怕杯勺。

寻思旧京洛。正年少疏狂，歌笑迷着。障泥油壁催梳掠。曾驰道同载，上林携手，灯夜初过早共约。又争信飘泊。

寂寞。念行乐。甚粉淡衣襟，音断弦索。琼枝璧月春如昨。怅别后华表，那回双鹤。相思除是，向醉里、暂忘却。

说是“春恨”，其实有所寄寓。作者写春日“芳草侵阶”“东风妒花”的各式景象，追忆“旧京洛”（汴京）“年少疏狂”的种种情事，其实寄寓了深沉的故国之思和黍离之悲，他把昔日的种种写得愈热闹、愈美好，就愈能反衬出他的沉痛和悲哀。这种以美人芳草来比拟家国与士人的诗歌传统，其实可以追溯到屈原，也是婉约词人最称手的工具。张氏虽以豪放见称，但也只是代表作豪放，《芦川词》中也颇有“翠被眠时常要人暖”（《春光好》）、“烛边疏影映酥胸”（《浣溪沙》）一类的艳词，那些慷慨激昂、气冲斗牛的作品数量并不多，倒是婉约轻软的词作占了较大的比重。这种情况在苏轼、辛弃疾等豪放派代表词家身上也多有体现。

《兰陵王》作品不多，但艺术水平却普遍较高，这或许是因为，创作此类对艺术技巧要求较高的词调，需要投入较大精力，认真对待，不然，或难以成篇。美成的创调词，给本调的创作树立了极高的标杆，使后人在赞赏、仰慕之余，也产生了追步和试图超越的冲动，因此，宋人次美成韵的本调词作比较多，据《全宋词》，在全部的三十三首作品中，就有六首是次韵之作，而且，这些词作的水平也比较均衡。

南宋词人袁去华的《兰陵王·次周美成韵》是今存最早的次韵之作：

小桥直。林表遥岑寸碧。斜阳外、霞绚晚空，一目千里总佳色。初寒遍泽国。投老依然是客。功名事，云散鸟飞，匣里青萍漫三尺。

重来怆陈迹。又水褪沙痕，风满帆席。鲈肥莼美曾同食。听虚阁松韵，古墙竹影，参差犹记过此驿。傍溪南山北。

悲恻。暗愁积。拥绣被焚香，谁伴孤寂。追寻恩怨无穷极。正难续幽梦，厌闻邻笛。那堪檐外，更夜雨，断又滴。

而随后的方千里、杨泽民、陈允平三人，也都有步美成韵创作的词作，方氏等三人都是周邦彦的“粉丝”，方、杨二人各有《和清真词》一卷，陈氏的词集叫《西麓继周集》，从词集名就可看出，他们的创作，大抵是对周词的学习和仿效：

晚烟直。池沼波痕皱碧。年芳为、花态柳情，挼粉揉蓝酿春色。繁华记上国。曾识。倾城幼客。风流是、联句送钩，笺绿绡红递书尺。

行云去无迹。念暖响歌台，香雾瑶席。当时谁信盟言食。知一岁离聚，几多间阻，人生如梦寄堠驿。况分散南北。

悲恻。万愁积。奈鸾凤欢疏，鱼雁音寂。天涯何处相思极。但目断芳草，恨随塞笛。那堪庭院，更听得，夜雨滴。

（方千里）

翠竿直。一叶扁舟漾碧。澄江上、几度啸日迎风，怡怡钓秋色。渔乡共水国。都属沧浪傲客。烟波外，风笠雨蓑，才掷丝纶便千尺。

飘然去无迹。恣脚扣双船，帆挂轻席。盈钓香饵鱼争食。更拨棹葭岸，放篙菱浦，才过新栅又旧驿。占江南江北。

堪恻。利名积。算纵有豪华，难比清寂。须知此乐天无极。有一斗芳酒，数声横笛。芦花深夜，半醉里，任露滴。

（杨泽民《渔父》）

古堤直。隔水轻阴扬碧。东风路，还是舞烟眠露，年年自春色。红尘遍京国。留滞高阳醉客。斜阳外，千缕翠条，仿佛流莺度金尺。

长亭半陈迹。记曾系征鞍，频护歌席。匆匆江上又寒食。回首夂应念，旧曾攀折，依然离恨遍四驿。倦游尚南北。

恻恻。怨怀积。渐楚榭寒收，隋苑春寂。眉颦不尽相思极。想人在何处，倚楼横笛。闲情似絮，更那听，夜雨滴。

（陈允平）

应该说，以上四首和作都写得不错，单独看，也算跌宕起伏、典雅工稳，无论是抒写离情别恨，还是描绘渔乡水国，都颇有生动流畅之韵致，但是，如跟周氏原作比，则远不逮矣！

葛长庚今存三首《兰陵王》，是宋人中创作本调最多的词家。葛氏又名白玉蟾（或说入继白氏，因名），他的主要身份是道士，为道教内丹理论家，创金丹派南宗，全真教尊其为南五祖之一，总而言之是个神奇人物、厉害角色。我们从他的《兰陵王・题笔架山》一词就可以看出他的道教背景：

三峰碧。缥缈烟光树色。高寒处，上有猿啼，鹤唳天风夜萧瑟。山形似笔格。人道江南第一。游紫观，月殿星坛，积翠楼前吹铁笛。

客来访灵迹。闻王郭当年，曾此驻锡。二仙为谒浮丘伯。从骖鸾去后，云深难觅。丹炉灰冷杵声寂。依然旧泉石。

泉石。最幽阒。更禽静花闲，松茂竹密。清都绛阙无消息。共羽衣挥麈，感今怀昔。堪嗟人世，似梦里，驹过隙。

词中所描写的笔架山如同仙境，紫观、月殿星坛、浮丘、骖鸾、丹炉、清都绛阙、羽衣挥麈，这些与道教仙家有关的词汇大量堆叠在作品中，显示出作者与道教的渊源。

葛氏虽是道教徒，但同时也是颇有才华的诗（词）人，存世诗歌一千余首、词一百三十多首，上引《兰陵王》即看出他的诗词创作才能。此外，他还是当时极其罕有的长寿老人，据其《水调歌头·自述》："虽是蓬头垢面，今已九旬来地，尚且是童颜。未下飞升诏，且受这清闲"，则可知他写此词时已经九十岁了，"尚且是童颜，未下飞升诏"，说明他还活得好好的，而当时士人的寿数一般也只有六十岁左右（寇准寿六十二，范仲淹六十四，晏殊六十五，欧阳修六十六，王安石六十六，苏轼六十五，黄庭坚六十一，秦观五十二，晁补之五十八），因此，葛氏的高寿，或与道家的养生理论（如修炼内丹）有关。

李昴英是广东番禺（今广州）人，为理宗宝庆二年（1226）科考的探花，曾官龙图阁待制、吏部侍郎。广东地处岭南，偏于一隅，科举中能进三甲的屈指可数，能进入中央政府当大官的也不多，这李昴英既考中探花，又当上了副部长级的高官，在岭南也算是个人物了。昴英性情耿直，立朝刚正，据说他尝上疏弹劾贪官，宋理宗不理会且拂袖而去，他竟不顾君臣礼仪，上前扯住皇帝的衣袍继续述说；曾奏劾权奸贾似道，可见他是个直言敢谏的忠臣直臣。昴英去世后，朝廷赐他的谥号曰"忠简"，也是实至名归。

李昴英也是个词人，《全宋词》录其词三十首，大多写得浮泛，写得较好的有《摸鱼儿》（敞茅堂）、《贺新郎》（绣谷流明帜）等，下引的这一首《兰陵王》算是他最好的作品，刚直耿介之人，写起词来也可以很婉约：

燕穿幕。春在深深院落。单衣试，龙沫旋薰，又怕东风晓寒薄。别来情绪恶。瘦得腰围柳弱。清明近，正似海棠，怯雨芳踪任飘泊。

钗留去年约。恨易老娇莺，多误灵鹊。碧云杳渺天涯各。望不断芳草，更迷香絮，回文强写字屡错。泪欲注还阁。

孤酌。驻春脚。便彩局谁忺，宝轸慵学。阶除拾取飞花嚼。是多少春恨，等闲吞却。阑干猛拍，叹命薄，悔旧诺。

词写春日闺怨。此词代思妇立言，在题材上并无新意，唯描写较细腻，人物刻绘也颇显功力，借助试衣、写信、嚼花等典型细节和心理活动，刻画出具有鲜明个性的思妇形象；而三叠长调的大容量，也适宜于作者的从容叙写，可收回旋转折之效。

曹邍的《兰陵王》亦可称本调中之佳制：

杏花坼。烟柳藏鸦翠陌。苏堤上、人正踏青，嫩草茸茸衬罗袜。游丝挂晴塔。十里酣红艳白。秋千外，娇靥笑春，一片笙箫绮霞碧。

阿香妒倾国。把镜日深夵，丝雨愁织。崇桃积李无颜色。但蝶粉香渍，燕泥芹冷，紫钱芳晕翳宝瑟。怅迟近寒食。

岑寂。恨无极。更酒驿孤烟，棋院长日。梨花满地春狼藉。望凤阙波渺，燕楼云隔。凭阑干晚，吟袖湿，但笑拍。

此词题作《雨中登龟溪乾元寺阁赋》，据考，此处的龟溪与乾元寺皆在浙江湖州之德清县，故词中之苏堤，则非杭州苏堤，而是湖州苏堤了。据题，词当为雨中登阁远眺之作，杏花绽放，烟柳藏鸦，游人在苏堤上踏青，嫩草如茵，游丝飘荡，桃红李白争艳，少女娇靥笑春……联系词题的“雨中”，上阕所展开的烂漫春日游乐图，或有想象的成分；中、下阕则有所转折，“丝雨愁织”“崇桃积李”（桃李结实繁盛）云云，自是雨中所见，切合“近寒食”的时令，而“岑寂”“恨无极”“春狼藉”等等，则有伤春的情绪在，难怪作者凭栏看了半天，要“吟袖湿”了。

曹邍的生卒年与生平事迹皆不详，只知道他是宋理宗时的权相贾似道的门客，《全宋词》录其词六首，其中三首的词题都有“被召赋”的字样，据此可推知他也是一个御前应制词人。

丙子年即南宋恭帝德祐二年（1276），这一年正月，国都临安被元军攻陷，尽管恭帝赵㬎之庶兄赵昰在福州被大臣拥立为帝（改元景炎，所以丙子年又可称为景炎元年），南宋的残余力量此后在南方又坚持了三年，但作为一个政权，南宋实际上已经覆亡。刘辰翁的《兰陵王·丙子送春》即写于是年，送春，即是悼宋，刘氏此词作为南宋朝廷的挽歌，最是恰切：

送春去。春去人间无路。秋千外、芳草连天，谁遣风沙暗南浦。依依甚意绪。漫忆海门飞絮。乱鸦过，斗转城荒，不见来时试灯处。

春去。最谁苦。但箭雁沉边，梁燕无主。杜鹃声里长门暮。想玉树凋土，泪盘如露。咸阳送客屡回顾。斜日未能度。

春去。尚来否。正江令恨别，庾信愁赋。苏堤尽日风和雨。叹神游故国，花记前度。人生流落，顾孺子，共夜语。

痛哉！在这里，春天，就是那个令人爱之恨之惜之痛之的赵宋王朝啊！就是那个维系着文人士大夫精神节操伦理道德价值体系的赵宋王朝啊！亡国必然是时代的深创巨痛，更何况这一“国”是亡于“夷狄”，是亡天下啊！春去人间无路！国破家亡将安归?!

德祐二年（1276）春，元大将伯颜率军攻入临安，南宋亡。因南宋亡于春天，故“送春”二字便具有了象征意义。明陈邦瞻《宋史纪事本末》卷一〇七《元伯颜入临安》篇记录了这一段悲苦沉痛的历史：

帝㬎德祐二年春正月，遣监察御史刘岊奉表称臣于元……二月丁酉，帝率文武百僚诣祥曦殿，望元阙上表，讫为藩辅。元伯颜承制，以临安为两浙大都督府，命忙兀台、范文虎入城，治都督府事。又命程鹏飞取太皇太后手诏，及三省枢密院吴坚、贾余庆等檄，谕天下州郡降附……三月丁丑，元伯颜自湖州入临安城，建大将旗鼓，率左右翼万户巡城，观潮于浙江，又登狮子峰，观临安形势，部分诸将……明日发临安，阿答海等入宫宣诏，免牵羊系颈之礼，趣帝及太后入觐。太后全氏泣谓帝曰："荷天子圣慈活汝，宜拜谢。"礼毕，帝与太后肩舆出宫。太皇太后谢氏以疾留内。与㬎及沂王乃猷、度宗母隆国夫人黄氏，并杨镇、谢堂、高应松、庶僚刘褒然三学生等皆行。

刘氏此词，用比兴与象征的手法形象地描写了这一段亡国的历史。陈廷焯《白雨斋词话》云："题是《送春》，词是悲宋，曲折说来，有多少眼泪。"极是。"春"是南宋的象征，"送春去"二句包含了多少沉痛与无奈。"国破家亡欲何之?"明末抗清将领张煌言《甲辰八月辞故里》诗中的这一问，简直就是历朝历代那些必须面对亡国惨变的文人士大夫的一种宿命。国破家亡，对于有气节的知识分子来说，其实是无路可去，不是像文天祥、张煌言那样杀身成仁，就是躲到深山老林穷山僻壤挨命等死（当然也可以选择著书立说，但那往往是无奈的选择，况且也并不是任何人都能做得到的。刘本人就是隐遁山中埋头著述，但他似乎并不认为这是一条"路"），我想，"春去人间无路"，所表达的也就是同样的意思啊！"春去。最谁苦。"以战争方式实现的朝代更替，最受冲击、最受苦的当然是老百姓，正如元曲中所说："兴，百姓苦；亡，百姓苦"（元张养浩《山坡羊·潼关怀古》），芸芸众生永远是战乱年代最直接最深重的受害者。但刘氏的这首"送春"词显然不是以老百姓为关注对象，"箭雁沉边，梁燕无主。杜鹃声里长门暮"，他所着眼的，是南宋王朝的象征赵姓皇族以及依附于他们的文人士大夫，亡国，对于他们来说，就等于失去一切，甚至包括做老百姓的权利。"春去。尚来否。"这是明知故问！春天能再来，但已经覆亡的赵宋王朝可是一去不复返了，对于这一点，刘氏心里是清楚的，所以，他所系念的"故国"也只能"神游"了。

公元九七五年，宋军攻陷金陵，南唐亡，作为阶下囚的南唐后主李煜写下了"流水落花春去也，天上人间"（《浪淘沙》）的血泪词句；三百年后的一二七六年，元军攻陷临安，南宋亡，宋臣刘辰翁写下了这首同样饱含血泪的"送春"词，发出"春去人间无路"的悲鸣。

蓦然回首，仿佛看到时空隧道深处历史老人的诡谲笑容。

沁园春

二月的阳光洒在年轻的雪原上，风把清冽的感觉熨进人的心肺，蛰伏已久的声音悄悄苏醒，青草的气味唤回生机勃勃的记忆，美丽少女的笑声清亮而爽朗，柳眼鹅黄，花儿绽放明艳的清辉，纯净的面纱渐次打开，远山近水闪烁着青春的欢乐……

“沁园”是一个容易使人产生想象空间的符号，事实上，它是东汉明帝刘庄之女沁水公主的园林。美丽公主的美丽园林——我们可以任意想象沁园的富丽与繁盛。公元七七年，即明帝子章帝刘炟建初二年，外戚窦宪倚仗权势，强行夺取这座公主园林。此事在当时一定引起较大轰动，《后汉书·窦宪传》对此有所记载，后人并作诗吟咏之。词调《沁园春》之得名大抵源于此。

在历史的隧道中潜行了一千年后，“沁园春”开始在宋代发出光彩。现存最早的《沁园春》作品可能是北宋古文大家、诗人曾巩留下的：

> 绛萼欺寒，暗传春信，一枝乍芳。向篱边竹外，前村雪里，青梢犹瘦，疏影溪旁。惹露和烟凝酥艳，似潇洒玉人初试妆。江南路，有多情伫立，回尽柔肠。
>
> 倚楼最难忘处，正皓月、千里流光。纵广平心劲，难思丽句，少陵诗兴，犹爱清香。休怪东君先留意，问他日和羹谁又强。还轻许，笑凌空桧影，松荫交相。

曾巩的作品集《南丰类稿》不收词作。这首题为《腊梅》的作品见于南宋黄大舆辑《梅苑》，作者署无名氏。清沈辰垣等辑《历代诗余》

将其系于曾巩名下，调作《洞庭春色》。李震的《曾巩年谱》亦将此词归于曾巩，并将创作时间系于宋仁宗至和元年（1054）。如果此说能够成立的话，此词当然就是《沁园春》现存最早的作品了。因为其后张先和苏轼的《沁园春》都系在宋神宗熙宁七年（1074），比此作整整晚了二十年。

《沁园春》在整个北宋时期似乎还不太“热门”，仅有张先、苏轼、陈睦、黄庭坚、秦观、晁端礼、贺铸、毛滂等十数人留下的十来首作品。《词谱》将苏轼下面这首词作列为本调之正体：

孤馆灯青，野店鸡号，旅枕梦残。渐月华收练，晨霜耿耿，云山摛锦，朝露漙漙。世路无穷，劳生有限，似此区区长鲜欢。微吟罢，凭征鞍无语，往事千端。

当时共客长安。似二陆初来俱少年。有笔头千字，胸中万卷，致君尧舜，此事何难。用舍由时，行藏在我，袖手何妨闲处看。身长健，但优游卒岁，且斗尊前。

苏氏此词作于自杭州北上赴密州知州任途中，时为宋神宗熙宁七年（1074）十一月。苏轼调任密州（今山东诸城），其中一主要原因，是为了方便和在齐州（今山东济南）任书记的弟弟苏辙就近见面。苏轼与苏辙兄弟俩感情很好，这在苏轼的《水调歌头》（明月几时有）等众多作品中可以看出来。这一首赴任途中写下的作品同样也贯注了作者浓厚的手足情。他回想自己与弟弟当年在汴京时的情景，“当时共客长安，似二陆初来俱少年”——就像西晋诗人陆机、陆云兄弟那样，二十来岁初入洛阳，就以文章为时人推重。宋仁宗嘉祐二年（1057），二十一岁的苏轼和十九岁的苏辙进京应试，当年的考官正是文坛领袖欧阳修、著名诗人梅尧臣等，苏轼等风格自然朴实的文章受到他们的赏识，兄弟俩一举获得进士及第。苏轼在考试中写的文章为《刑赏忠厚之至论》，据说欧阳修看后连声赞叹：好文章！好文章！认为此文议论精当，文风雄健浑朴，自然畅达，有《孟子》之风，应该取为第一名。梅尧臣也认为文章难得，建议提为第一。但因当时的试卷是密封的，欧阳修怀疑文章是自己的同乡门生曾巩所作，为避嫌疑，遂将此文评为第二。试卷启封后，才知道是苏轼所写，后悔不迭，但已无法挽回。欧阳修从苏轼的文章中看到了他的才华和潜力，曾对人说："老夫当避此人，使之出人头地。"文坛泰斗和前辈的赏重使青年苏轼一鸣惊人，名动京师，那时候的苏氏兄弟可谓春风得意，逸兴遄飞，他们觉得自己身怀奇才："有笔头千字，胸中万卷"；他们对前途充满了信心，觉得实现自己济世救民的政治抱负，"致君尧舜，此事何难"！十八年后，当苏轼在这首《沁园春》中回忆起当年往事，字里行间仍充溢青春年少的豪迈和自负。

宋代士大夫大多具有较强的儒家入世意识和政治使命感，反映在文学创作中，就形成了好发议论的文风诗风和词风，上引苏轼的《沁园春》即体现了这样一种"以议论入词"的风格。但"道貌岸然"的宋人其实在骨子里是相当放纵的，文人士大夫宴饮狎妓蔚然成风，这种私生活上的风流放任在词作中多有表露，如下面这首《沁园春》：

> 小雪初晴，画舫明月，强饮未眠。念翠鬟双耸，舞衣半卷，琵琶催拍，促管危弦。密意虽具，欢期难偶，遣我离情愁绪牵。追思处，奈溪桥道窄，无计留连。
>
> 天天。莫是前缘。自别后、深诚谁为传。想玉篦偷付，珠囊暗解，两心长在，须合金钿。浅淡精神，温柔情性，记我疏狂应痛怜。空肠断，奈衾寒漏永，终夜如年。

据南宋人编的《绿窗新话》卷上引《古今词话》，此词见于下引的一段本事：

> 陈子雍奉使浙江，沈可勋正叔留饮，出家妓侑觞。有翠鬟者，与子雍目色相授，以玉篦密赠子雍。未几，辞沈而去，径往子雍之宅。子雍未得翠鬟，有《沁园春》念之曰："小雪初晴（略）。"子雍既见翠鬟，又作《清平乐》曰："鬓云斜坠。莲步弯细。笑脸双蛾生多媚。百步兰麝香喷。　从前万种愁烦。枕边未可明言。好是蓝桥再渡，玉篦还胜金钿。"

宋代叫陈子雍者不止一人，《全宋词》将此词系于陈睦名下。陈睦字子雍，嘉祐六年（1061）进士，历任秘书丞、集贤校理、两浙提点刑狱、监察御史、史馆修撰等，并曾知广州、潭州，从仕宦经历看，是一个典型的文人士大夫。他的生活方式当然也具有典型的宋代文人的特点。词作及其本事中所描写的狎妓过程与对友人沈氏家妓翠鬟的眷念，无不打上那段风流岁月的深深印记。宋代此类文人“勾搭”友人家妓的故事颇多。俗话说“朋友妻不可欺”。家妓虽然不是妻，但也接近于妾，反正是主人可以任意支配“使用”的女人。但宋代文人好像不受此条“规则”的约束，主人可随意将家妓赠送或赏赐给客人，客人也可以随便挑逗勾引主人的家妓，就像陈子雍与翠鬟“目色相授”那样，而主人好像也不生气，客人好像也觉得挺坦然，家妓好像也没有觉得不应该。这种现象出现在理学兴盛的宋代，倒也颇具讽刺意味。

秦观历来被认为是最典型的婉约词人。关于他的“婉约”，秦氏自己有两句很美的诗句倒可以用来形容：“有情芍药含春泪，无力蔷薇卧晓枝。”（《春日》）金代诗人元好问也曾拈出这两句来讥评秦观的诗风：“有情芍药含春泪，无力蔷薇卧晓枝。拈出退之山石句，始知渠是女郎诗。”（《论诗三十首》）是的，脉脉含情，纤弱婉柔，少游的诗作的确带有女性的妩媚，而他的词作则更是如此：

宿霭迷空，腻云笼日，昼景渐长。正兰皋泥润，谁家燕喜，蜜脾香少，触处蜂忙。尽日无人帘幕挂，更风递游丝时过墙。微雨后，有桃愁杏怨，红泪淋浪。

风流寸心易感，但依依伫立，回尽柔肠。念小奁瑶鉴，重匀绛蜡，玉笼金斗，时熨沉香。柳下相将游冶处，便回首青楼成异乡。相忆事，纵蛮笺万叠，难写微茫。

这一首《沁园春》并不是秦观的代表作，他最好的作品当然是《满庭芳》（山抹微云）、《鹊桥仙》（纤云弄巧）、《踏莎行》（雾失楼台）、《浣溪沙》（漠漠轻寒上小楼）等词作。然此词仍然体现了秦观“女郎诗”的风格，充满了浓烈的脂粉气和鲜明的女性色彩，像“腻云”“兰皋”“红泪”“柔肠”“小奁”“蛮笺”这些意象，使人不禁想起了花间的香艳绮靡与细腻深挚。

秦观一生困顿坎坷，虽以文才受到王安石、苏轼等的赏识，但在科场上却屡遭挫折，年近四十才跻身仕途，任职太学博士、秘书省正字、国史院编修等。但好景不长，不久便卷入党争，以“元祐党人”被逐出京城，此后屡遭贬谪，远至横州、雷州，最后死在偏远的藤州（今广西藤县）。秦观的人生际遇与柳永颇有相似之处，他们同样都是仕途坎坷、身世飘零，同样都喜欢流连欢场、与歌伎舞女为伴。与柳永一样，秦观一生也写了许多爱情词，这些作品大多是写给那些曾与他相爱过的欢场女子的，如下面这首著名的《鹊桥仙》：

纤云弄巧，飞星传恨，银汉迢迢暗度。金风玉露一相逢，便胜却人间无数。

柔情似水，佳期如梦，忍顾鹊桥归路。两情若是久长时，又岂在朝朝暮暮。

这是别出心裁的爱情宣言！天性柔弱而感情丰富的秦观在爱情上表现得如此“决断”，实则表现了一种心灵上的执著。在这里，秦观表达的不是传统的“从一而终”“终身厮守”式的爱情，而是追求过程的美丽和感情世界的纯真诚挚。说实在话，秦观并不是一个从一而终的情人，从他的文人身份和漂泊身世看，他只能是一个泛爱主义者，他爱一切和他相爱过的女子，只是他对每一个所爱的女子都可能付出过真情，都有可能爱得死去活来。据说，秦观在蔡州时曾和一营妓娄琬字东玉者相好，为她写了一首《水龙吟》，首句“小楼连苑横空”，嵌入了该妓的姓名（谐音），下阕首句“玉佩丁东别后”，也嵌进了妓女的字，整首词写得深情缠绵，可见秦观对营妓是有感情的。秦观的赠妓词还有一些，如《南歌子》，是赠给苏州妓女陶心儿的，末句“天外一勾残月带三星”，暗藏一个“心”字；《虞美人》，是赠给一达官的歌姬碧桃的，首句“碧桃天上栽和露”，径直写进了碧桃的名字……这些情意深长的词作，都印证了秦观的风流生活与情爱方式。

南宋偏安屈辱的现实使《沁园春》这样能够容纳更多内容的长调有了大的发展，在整个南宋词坛，用此调写作的词家大为增加，作品数量也有大幅增长。一般来说，豪放派词人较喜欢使用此调，如辛弃疾就有十三首《沁园春》，刘过有十七首，方岳有七首，刘克庄有二十五首，刘辰翁有七首，而陈人杰所作词，竟全部为《沁园春》，共有三十一首之多。在国家危亡社会动荡的大背景下，《沁园春》也和《念奴娇》《满江红》《水调歌头》等一样，成了南宋词人尤其是爱国词人所习用的长调。

南宋大诗人陆游同时也是个大词人，他的词当然是以雄放激越为主调，如《水调歌头·多景楼》《诉衷情》（当年万里觅封侯）这样的作品，是他词创作的主旋律；但他的作品中也有不少纤丽委婉之篇什，如《钗头凤》（红酥手）、《月照梨花》（霁景风软）等，可见陆游也和苏轼、辛弃疾等大家一样，有着几副不同的笔墨，兼具豪放与婉约之美。陆游共有三首《沁园春》，下面引的就是一首典型的婉约词：

> 一别秦楼，转眼新春，又近放灯。忆盈盈倩笑，纤纤柔握，玉香花语，雪暖酥凝。念远愁肠，伤春病思，自怪平生殊未曾。君知否，渐香消蜀锦，泪渍吴绫。
>
> 难求系日长绳。况倦客飘零少旧朋。但江郊雁起，渔村笛怨，寒釭委烬，孤砚生冰。水绕山围，烟昏云惨，纵有高台常怯登。消魂处，是鱼笺不到，兰梦无凭。

诗人陆游留给后人最深刻的印象，是至死都在为抗金复国呼号呐喊的热血战士。“楼船夜雪瓜州渡，铁马秋风大散关”（《书愤》），陆游的诗总是燃烧着沙场杀敌的渴望和激情，他的绝笔诗《示儿》更是以一种“英雄逝去、壮志未酬”的悲情震撼人心：

> 死去元知万事空，但悲不见九州同。
> 王师北定中原日，家祭无忘告乃翁。

此外，他也是与其妻唐琬上演了一场凄美爱情悲剧的痴情男主角。他的爱情词《钗头凤》赚取了千百年来无数人的眼泪：

红酥手，黄縢酒。满城春色宫墙柳。东风恶，欢情薄。一怀愁绪，几年离索。莫！莫！莫！

春如旧，人空瘦。泪痕红浥鲛绡透。桃花落，闲池阁。山盟虽在，锦书难托。错！错！错！

然而，在那样一个"西湖歌舞几时休"的年代里，陆游还有一个角色要扮演：风流文人。在宴饮歌舞狎妓冶游已成时代风气的大背景下，即便是正直爱国有担当的文人士大夫，也可以一面放言杀敌复国，以"塞上长城"自许，一面却"忆盈盈倩笑，纤纤柔握"。陆游的痴情也是相对的，"秦楼"应该是他曾经涉足的地方，"一别"之后还让他时时忆念。据说他尝偶经驿站，看到驿卒女的题墙诗，遂纳该女为妾。这似乎有点随意与轻率。当然也有人力辩其事之伪。南宋陈鹄《耆旧续闻》和周密《齐东野语》都讲述了陆游与唐琬离异后邂逅于沈园，陆因题《钗头凤》于园壁的故事。但也有人颇怀疑此事："玩诗词中语意，陆或别有所属，未必曾为伉俪者。"（清吴骞《拜经楼诗话》）更有人考证陆游《钗头凤》之本事，认为此词不是写给唐琬的，而可能是寓居成都时的冶游之作。陆游的《沈园》二首，论者一向将其与《钗头凤》连在一起解读，认为是陆游沈园之会数十年后的追忆之作：

城上斜阳画角哀，沈园非复旧池台。
伤心桥下春波绿，曾是惊鸿照影来。

梦断香销四十年，沈园柳老不吹绵。
此身行作稽山土，犹吊遗踪一泫然。

但据上说，这两首著名的诗作，当不是怀念唐琬的，那"曾是惊鸿照影来”的倩影，那“梦断香销四十年”的伊人，也都不是唐琬，而是一位曾与陆游相会于沈园的“美人”（这样的“美人”很可能是秦楼女子）。

如果以上的说法能够成立，则陆游“痴情男主角”的形象可能要受到冲击。陆游数十年埋藏心底念念不忘的“沈园女子”居然不是被迫休弃的妻子，而是秦楼女子，这恐怕要使千百年来为他的婚姻悲剧洒下同情泪的无数人大失所望的。但是，按当时的道德标准和风气，陆游的“风流”也是再正常不过的现象，他的诗词中就有不少赠妓作品，这样一种宴饮狎妓的生活方式有可能并不违背当时的爱情原则。我们不能以今天的标准来苛求古人。

尽管上面所引的作品大多是婉约的，但豪放词始终是《沁园春》调的最强音。以辛弃疾、刘过、刘克庄等为代表的豪放词人，用他们的如火激情与昂扬斗志，为《沁园春》留下了大气磅礴的文字：

> 叠嶂西驰，万马回旋，众山欲东。正惊湍直下，跳珠倒溅，小桥横截，缺月初弓。老合投闲，天教多事，检校长身十万松。吾庐小，在龙蛇影外，风雨声中。
>
> 争先见面重重。看爽气朝来三数峰。似谢家子弟，衣冠磊落，相如庭户，车骑雍容。我觉其间，雄深雅健，如对文章太史公。新堤路，问偃湖何日，烟水蒙蒙。

辛弃疾这首题为《灵山齐庵赋，时筑偃湖未成》的《沁园春》写于宋宁宗庆元二年（1196），时辛弃疾闲居于江西上饶。辛弃疾自宋高宗绍兴三十二年（1162）手擒叛徒张安国归附南宋后，一直没有受到大的重用，却先后闲居了二十年之久，这种赋闲对于一个具有英雄气质和非凡胆略渴望驰骋疆场的人来说真是一件十分残酷的事。无奈，他只好饮酒寻乐，作诗消遣，以打发漫长的时光，排遣心中的郁闷与愤懑。辛弃疾留存于世的诗词有六百多首，这些作品大多是他闲居二十年间所写。辛弃疾一生以恢复中原为己任，渴望杀敌报国、建功立业，“一世之豪，以气节自负，以功业自许”（南宋范开《稼轩词序》），而以诗词创作为余事。然而，命运却给他开了一个玩笑，他所看重的“功业”似乎并没有给他留下什么，而他并不怎么看重的“余事”倒成就了他大词人的历史名声。

此词虽然是赋闲家居的作品，但字里行间却翻涌着一股沛莫能御的风云之气。群山汹涌，似战马驰骤；长松挺立，似士兵列队……辛弃疾做梦都想驰骋疆场，杀敌报国，可是残酷的现实却时时扼杀他的梦，他只能将梦寄托于词作中，于是，无知山水林木变成了可知可感有血有肉的生命，飞翔的想象力突破现实的围困，被雄浑激发的豪迈抚慰了心中报国无门的悲愤……

辛弃疾沉郁苍凉慷慨悲愤的词风对南宋后期词坛影响极大，他的周围和身后聚集着一大群意气纵横才情超迈的人物，形成了一个以高亢激越的旋律为主调的爱国词派，他们发出的壮歌或悲歌，始终应和着南宋血与火的悲壮历史。在这一群气概豪迈的辛派词人当中，刘克庄的歌声显得格外嘹亮：

何处相逢，登宝钗楼，访铜雀台。唤厨人斫就，东溟鲸脍，圉人呈罢，西极龙媒。天下英雄，使君与操，余子谁堪共酒杯。车千两，载燕南赵北，剑客奇才。

饮酣画鼓如雷。谁信被晨鸡轻唤回。叹年光过尽，功名未立，书生老去，机会方来。使李将军，遇高皇帝，万户侯何足道哉。披衣起，但凄凉感旧，慷慨生哀。

刘克庄是辛弃疾真正的继承者，他比辛弃疾晚出近五十年，对这位前辈词人终生服膺、极为推许。他对辛词的推崇也达到前所未有无以复加的高度，盛赞辛词“大声镗鞳，小声铿鍧，横绝六合，扫空万古，自有苍生以来所无”（《辛稼轩集序》）。刘克庄的词风明显受辛弃疾的影响，时人张炎的评语“直致近俗，效稼轩而不及”（《词源》）应该是一个的评。上引这首《沁园春·梦孚若》即充分体现了辛派词人以议论、才学入词的散文化倾向和好用典、“掉书袋”的特点。此词借写与友人方信孺（字孚若）梦中相逢的情景，抒发作者怀才不遇、报国无门的一腔悲愤。刘克庄的人生境遇与辛弃疾颇有相似之处。辛弃疾回归南宋四十六年，先后两次遭罢职，赋闲家居的时间长达二十年；而刘克庄在仕途上也是屡遭挫折，长期被当权者排斥，并曾因《落梅》诗获罪，闲废十年，因此，他的悲愤是有感而发的，并不是“为赋新词强说愁”。如那首使他罹祸十年的《落梅》诗，也就是有感而发的讥刺之作：

一片能教一断肠，可堪平砌更堆墙。
飘如迁客来过岭，坠似骚人去赴湘。
乱点莓苔多莫数，偶粘衣袖久犹香。
东风谬掌花权柄，却忌孤高不主张。

南宋理宗赵昀宝庆元年（1225），杭州书商、江湖派诗人陈起刊刻《江湖集》，收入刘克庄这首《落梅》。时宰相史弥远专权。他在宁宗死后擅改遗诏，拥立赵昀做了皇帝，而改封皇子赵竑为赵王，此后又将赵竑杀掉。此事引起了人们的强烈不满，真德秀、魏了翁等人上书理宗，为赵竑申冤。史弥远为了压制舆情，便指使爪牙罗织罪名，打击异己，陷害忠良。《落梅》一诗即被指控为“讪谤当国”，刘克庄因此入罪，这就是历史上有名的“落梅诗案”。十年之后，端平改元（1234），理宗亲政，刘克庄进入真德秀幕府，此后又经历了几起几落，最高做到了工部尚书，但任职时间都很短暂。

上引《沁园春》创作时间难以确定，作者另有《梦方孚若》诗两首，作于理宗淳祐三年（1243），此词或作于同时，如是，则刘克庄时年五十七岁。是年刘罢归福建莆田老家，当时的境况，正如他在当年生日作的《木兰花慢》中所写，“病翁将耳顺，牙齿落，鬓毛疏。也惭愧君恩，放还田舍，免诣公车”，身体上是一“病翁”，仕途上是“放还田舍”，此时的刘克庄无疑正处于人生又一“低谷”，所以，他发出“叹年光过尽，功名未立，书生老去，机会方来。使李将军，遇高皇帝，万户侯何足道哉”的强烈感慨，也是很自然的事。

最为悲壮的《沁园春》是南宋遗民谢枋得写就的：

十五年来，逢寒食节，皆在天涯。叹雨濡露润，还思宰柏，风柔日媚，羞看飞花。麦饭纸钱，只鸡斗酒，几误林间噪喜鸦。天笑道，此不由乎我，也不由他。

鼎中炼熟丹砂。把紫府清都作一家。想前人鹤驭，常游绛阙，浮生蝉蜕，岂恋黄沙。帝命守坟，王令修墓，男子正当如是邪。又何必，待过家上冢，昼锦荣华。

此词题为《寒食郓州道中》，写于元至元二十六年（1289）寒食，时谢枋得被福建行省参知政事魏天祐强行押往京师，途经山东郓州，乃作此词。此词也是谢枋得唯一留存下来的词作。此时距南宋亡国（1279）已有十年，距谢氏德祐元年（1275）抗元兵败隐匿山中头尾也有十五年之久。谢枋得在作此词后不久的四月五日即绝食殉宋。因此，这首沉痛悲凉的词作既是谢氏本人的殉节宣言，也是他向已成为历史陈迹的赵宋王朝吟唱的最后一曲挽歌。

谢枋得与文天祥、陆秀夫同为宋理宗宝祐四年（1256）进士，他们三人在南宋覆亡前夕奋力支撑危局，此后分别以不同的方式壮烈殉节，吟唱出人生至刚至大的正气歌。谢枋得兵败后改姓换名，遁入闽赣边境山中，以卖卜教书度日。他多次拒绝元朝政府和忽必烈的征召，对新政权采取坚决抵制的态度：至元二十三年（1286），程文海向元朝推荐二十二位宋臣，谢枋得列为第一；二十四年（1287），元世祖忽必烈亲降诏书，召其入京；二十五年（1288），他已降元的老师留梦炎再次荐举……这三番四次的劝降活动，都遭到他的断然拒绝。至元二十六年（1289），福建行省参政魏天祐为向忽必烈邀功，强行押解谢枋得入京。此时谢已怀必死之心，他在临行前所写的《北行别人》中表明了他的决心：

雪中松柏愈青青，扶植纲常在此行。
天下岂无龚胜洁，人间不独伯夷清。
义高便觉生堪舍，礼重方知死甚轻。
南八男儿终不屈，皇天上帝眼分明。

谢枋得乃六十多岁的老翁，手无缚鸡之力的一介书生，他只能以绝食来抗争暴虐，一路上他拒绝进食，四月一日到大都，他已饿得骨瘦如柴，不成人样。他的老师留梦炎可怜他，便在他喝的水中偷偷放进一种可以恢复体力的药物。谢枋得知道后，竟连水也不喝了，五天后便死于狱中。

公元一二七九年，陆秀夫背着南宋小皇帝赵昺在崖山投海殉节。

公元一二八三年，文天祥从容就义于大都柴市。

公元一二八九年，谢枋得绝食死于大都狱中。

孟子曰：富贵不能淫，贫贱不能移，威武不能屈，此之谓大丈夫。信然！

三位同榜进士，为了一个共同的目标而殊途同归！为了抵抗异族的侵略，为了延续南宋王朝的寿命，为了践行儒家的纲常伦理，为了捍卫文人士大夫的气节与尊严，他们不惜献出了生命，尽管方式不同，但都同样壮烈！生命消失了，但在血泊中开放的绚丽不会随风而逝，飞翔的灵魂发出铿锵的音符，悄然潜入寻常百姓的永恒记忆中。

远方传来的歌声缥缈而真切，旧日的情愫一再勾起我们对早春阳光的浪漫想象，美丽风景永远不会被沉重的历史所尘封，古典意象伸展着华美的身段，匆忙的路人弯腰拾起遗忘已久的庄严……

跋　语

我的职业是编辑，我的兴趣是写作。

这二者其实是有冲突的。

编辑是个既费时又耗神的职业，写作亦然，把二者搅在一起，似乎有点跟自己过不去。

数十年编书无数，写作成果却寥寥可数：一本诗集，三本散文集。

但当编辑有个好处，就是知识博杂，思路开阔，如此，方能编各种各样的书；体现在写作上，就是能写跨度大的书稿。我写新诗，也写学术文化散文，这样的“跨界写作”，可能与我的编辑职业有关。

本书的写作，首先源自我对唐宋词的偏爱，我的大学毕业论文是关于李清照和婉约词的，工作之后编辑过不少唐宋词选本图书，也曾经注释评点过《花间集》；但最直接最根本的动因，则是对词牌所蕴含的文化信息和神秘性的兴趣。

词牌是中国独有的文化符号，“菩萨蛮”“更漏子”“浣溪沙”“念奴娇”“烛影摇红”“兰陵王”“沁园春”……这一个个奇妙的汉字组合，构成了极具想象空间与艺术韵味的意象，能够使人产生无穷的遐思与审美愉悦；解剖一个词牌，追溯其来龙去脉，挖掘蕴藏其中的丰富信息，串连起有关的故事、人物、名篇等，能写出生动有趣并兼有学术意蕴的文字，这正是我所极力追求的。

将散文与诗歌的笔法加之于古典的材料上，会产生什么样的效果？为了追求新奇，满足标新立异的自我承诺，我往往会陷入苦思，这样一种散文化或诗化的写作，耗去我大量的时间与心血。

选择词牌也颇费踌躇。康熙五十四年（1715）编成的《词谱》，收入词牌八百二十六个（据说仍有遗漏），面对如此大的量，写什么样的词牌，写多少个词牌，是一个问题。

本书写了四十六个词牌，所写词牌大抵依据以下原则：常用的；有名人名作的、影响大的；有故事的、传奇性强的；可以追根溯源、有文化意蕴的；早期的、能体现词草创时期风貌的。应该说，符合上述条件的词牌还有很多，但限于篇幅，只能忍痛割爱。

尽管有了所谓的“原则”，但在写作过程中往往还是会陷入困惑。比如说，有些词牌很有名，应该说影响也大，但却没几首作品；有些词牌可以追根溯源，也有故事，但却没有什么好作品，这就给写作增添了难度。很难想象，像《雨霖铃》这样的既有故事又有名家名作的词牌，《全宋词》只录得七首作品，作品太少，能写的东西不多，写作时就得开拓思路，发挥想象力，从别的地方挖掘材料，如此成篇，难度当然要大得多；而像《章台柳》，除了那个著名的故事和韩翃柳氏二人的词作外，并无太多的内容，令人难以下笔，考虑再三，只好放弃。本书写作的基石，还是材料，没有材料，再好的文采也是白搭。

本书断断续续写了好些年，这当然也是职业与兴趣的冲突所导致的。

职业是饭碗，是饭和菜，不可或缺；兴趣是什么呢？也许是烟和酒吧。烟酒能成瘾，这瘾要发作起来，任谁都拦不住！

这也就是我在繁冗忙碌的编辑工作之余坚持写作的动力。我的这些文字，多是在更深人静的时候，在别人泡吧K歌、搓麻打牌、喝茶聊天、看电视刷微信的时候写下的，没有“瘾”作支撑，我做不下来。

暗夜中酝酿着一个巨大的哈欠，野猫求偶的凄厉从远处传来，玉兰树宽大的叶子缓缓下坠，发出扑簌扑簌的脆响，冷雨无边，浩荡的湿气像无孔不入的幽灵，洗涤了熬夜者的五脏六腑，蛙鸣如鼓，给寂寞的夜空增添了些许生动……

我轻叩键盘，写下了以上的文字。

是为跋。

二〇一七年夏夜于广州从化一哂斋

图书在版编目（CIP）数据

前世今生话词牌：唐宋词演义 / 周伟励著． -- 北京：作家出版社，2017. 10（2023.2重印）

ISBN 978-7-5063-9753-7

Ⅰ. ①前… Ⅱ. ①周… Ⅲ. ①散文集 - 中国 - 当代 Ⅳ. ①I267

中国版本图书馆CIP数据核字（2017）第260663号

前世今生话词牌：唐宋词演义

作　　者：周伟励
责任编辑：王　烨
装帧设计：北京中作图文
出版发行：作家出版社
社　　址：北京农展馆南里10号　　　**邮　　编**：100125
电话传真：86-10-65930756（出版发行部）
86-10-65004079（总编室）
86-10-65015116（邮购部）
E-mail:zuojia@zuojia.net.cn
http://www.haozuojia.com（作家在线）
印　　刷：固安兰星球彩色印刷有限公司
成品尺寸：152×230
字　　数：450千
印　　张：30.25
版　　次：2018年2月第1版
印　　次：2023年2月第2次印刷
ISBN 978-7-5063-9753-7
定　　价：90.00元